红色军旅文学作品

欧阳海之歌

金敬迈
著

中国言实出版社

图书在版编目(CIP)数据

欧阳海之歌 / 金敬迈著 . -- 北京 : 中国言实出版社, 2022.5

ISBN 978-7-5171-4151-8

Ⅰ . ①欧… Ⅱ . ①金… Ⅲ . ①长篇小说 – 中国 – 当代 Ⅳ. ①I247.5

中国版本图书馆 CIP 数据核字（2022）第 072825 号

欧阳海之歌

责任编辑：曹庆臻
责任校对：张　丽

出版发行：中国言实出版社
地　址：北京市朝阳区北苑路180号加利大厦5号楼105室
邮　编：100101
编辑部：北京市海淀区花园路6号院B座6层
邮　编：100088
电　话：010-64924853（总编室）　010-64924716（发行部）
网　址：www.zgyscbs.cn　电子邮箱：zgyscbs@263.net

经　销：新华书店
印　刷：北京盛通印刷股份有限公司
版　次：2022年6月第1版　2022年6月第1次印刷
规　格：710毫米×1000毫米　1/16　24印张
字　数：320千字

定　价：98.00元
书　号：ISBN 978-7-5171-4151-8

金敬迈（1930 年 8 月 17 日—2020 年 3 月 15 日），江苏南京人。中共党员。1949 年 5 月参军，进入四野后勤青年干部学校，后任中南军区文工团团员，广州军区战士话剧团演员、创作员，军区政治部创作组创作员。

目录

第一章　风雪中

一　起名

春陵河水绕过桂阳县，急急忙忙地向北流着，带着泥沙和愤怒，留下苦难和呜咽，穿峡出谷，注入碧蓝碧蓝的湘江。湍急、咆哮的春陵河身后，是一块荒凉贫瘠的地带——桂阳山区。山区的东北边是起伏不平的丘陵，西南面就是高耸入云的南岭山脉了。在一块石多地少、岭高涧深的半山腰上，集居着十来户贫苦人家，世世代代向吝啬的石头缝里洒着汗水。这儿，土比别的地方珍贵，石头比别的地方多，汗水比别的地方更不值钱。有活路的人家，谁也不愿挂到这上不着天、下不着地的山坳子里来，只有饥饿的乌鸦才不得不在这里歇歇脚。人们鄙弃地把这个穷山村称作“老鸦窝”。

一九四〇年阴历十月二十三，乌沉沉的天紧紧扣在山顶上。平地上初冬刚至，老鸦窝早已是严寒逼人了。从西北方刮来几团灰白色的云彩，绕着山尖不肯离去，云层顺着山背漫下来，山区隐没在一片雾霭中。几只老鸦，扑打着翅膀，匆匆忙忙自天外归巢，山上留下了一片凄凉的呱呱声。它们像是替老鸦窝的穷苦人鸣不平：“苦哇！苦哇！……”

上灯时分，雪花打着旋儿，静悄悄地向老鸦窝扑来。大雪染白了屋顶，盖满了田塍，遮断了山路。白茫茫的老鸦窝，除了呼呼的北风外，没有一点声响。人们蜷缩在自家的火塘旁边打瞌睡——哪一个冬天不是这么熬过来的！

村子北边，那间用石头和土块儿垒成的小屋门前，有一棵刚刚出土的小松苗，正被北风撕扯得左右乱晃，指头般粗的树干，在风雪中挣扎。看样子，小松苗怕是活不成了。屋子里边，柴草把四壁土墙熏得漆黑，墙洞里搁着一盏昏暗不明的小油灯，黄色的火苗有气无力地跳动着；床上传来几声轻微的呻吟，欧阳恒文的女人临产了。北风夹着雪花从墙缝中，从茅草屋顶的隙罅里挤了进来。床上、补丁连成片的蚊帐上，都积下一层薄薄的雪花，寒意直透骨髓。刚过四十岁的当家人欧阳恒文，坐在火塘旁边发呆。过重的体力劳动和挑不起的生活重担，压得他腰弯背驼，愁得他满脸皱纹，看上去倒像五十岁出头了。他往火塘里添了一把柴，回头望望床上呻吟着的妻子，心里盘算着：

"……又要添一张吃饭的嘴了！三分冷水田、一亩八分坡地，怎么养得活这五口之家啊……明年的日子怎么过，今年这个冬怎么熬！唉，老天爷又不睁眼，偏偏今年冷得这么早……"

十来岁的二姑娘欧阳玉英给妈妈掖了掖破被子，走过来蹲在爹爹跟前轻声说："爹！我去隔壁屋里把杏婆婆请过来吧。"她见爹爹一直望着火塘出神，便不等回答，开门跑了出去。一阵风挤进门来，把墙洞里的小油灯吹灭了，屋里一片漆黑。

欧阳恒文打了个冷战。他像刚被惊醒过来似的，连忙站起身来掩好了门，从火塘里点燃了一根松明向油灯走去。

"算啦，莫点灯熬油了！今天怕还不到日子。"女人在床上望着恒文手里的松明说。

欧阳恒文犹豫了一下："唉！攒下这盏把两盏油也熬不过冬！"说着还是点燃了小油灯。他焦急地望了望窗外："嵩伢子打头遍鸡叫就起了身，出去一整天，也该回来了。要是他能借点把子粮食回来，你在月子里多少还能喝两口稀的……唉！都十七八岁的人了，办事还这么不利索。"

"跑也是空跑，穷亲穷友的，家家碗里照得见月亮，你让他到哪家去借哟？苦就苦在今年种的红薯也遭了大旱，没得么事收成，这一下雪，怕连野菜也……"

门被推开了，二姑娘玉英搀着杏婆婆进来。杏婆婆在床前看了看脸色蜡黄的女人，回头埋怨地说：

"哎呀！都发作啦，连水还没烧一盆！玉英妹子，快！多加几根柴火，把火笼旺点。”她对着欧阳恒文向门外摆了摆手，“男人家先出去一下。”

欧阳恒文看了看床上的妻子，只见她虚弱焦黄的脸上已经渗出了一颗颗汗珠。他茫然不知所措地退出门来站在屋檐下，揪心地听屋里边妻子一声接一声地哼着。雪越下越大，不一会儿，欧阳恒文的衣服褶缝上都堆满了雪花。他像根木头似的待在门口，脑子里乱糟糟的。生儿育女，养家糊口，眼下穷得缸里一坛子清风，手里空捏两把汗水，拿么事来填饱肚子，熬过冬啊！……他把两只长满厚茧的大手抱在胸前，嘴里默默地祷念着：“我们祖祖辈辈都住在这老鸦窝，苦撑苦熬七代人，未必到我恒文手上就过不下去了？我不求金不求银，盼只盼明年多下点子雨水，逢上个好年成。我和嵩伢子拼死拼活再往坡上多甩几把汗水。穷人没得地，力气就是粮啊……”

村口传来了一阵急促的脚步声，十足成年人模样的嵩伢子敞开衣襟、空着双手，气喘吁吁地跑了过来。

“爹，我中了！”嵩伢子劈头一句。

“中么事了？！”

“中签啦！”

“签？……么，么事签？”

“壮丁签！”

“啊！……”欧阳恒文浑身一颤，下意识地一把抓住了嵩伢子。

“中午潘保长在乡公所当众开的柜。先说是刘大斗的五少爷中了；刘大斗打发人送了张帖子来，他姓潘的一改口，又说是我中了个‘上上’，头三名就有我一个！”

欧阳恒文像是当头挨了一棒，晃晃悠悠地站不大稳。他明白，把嵩伢子一抓走，就算明年风调雨顺，那地里的功夫靠哪个呢？……这是要了全家的命啰！

“不是说……不是说‘独子不当兵’吗？他们官府定的法令，未必说改就改，说变就变啦！”爹爹急得舌头发直，话不成句地说，“你……你都十七八岁的人了，就、就不懂这个事？就不晓得跟、跟他们评评理！”

“法令？这是潘保长和刘大斗搞的鬼名堂！他拿了别个的包袱钱，硬拉我去补刘家五少爷的名字。”

“不怕，嵩伢子，我们不怕！‘独子不当兵’，这是上头定的法。他潘保长敢甩偏手，我就敢告他！”爹爹给自己壮着胆说，“告到区里，告到县政府，我也不怕他！”

“爹呀！”嵩伢子气得直跺脚，“镇上的周铁匠替我打抱不平了，可他潘保长说，‘恒文婆娘快坐月子了，这回嘛，要是生个带把儿的，嵩伢子还算么事独子？依法就该两丁抽一！’”

“什么？生个儿子就‘两丁抽一’！……”欧阳恒文觉着天在打旋地在转，迎面扑来的雪片，像是一把把尖刀直钻心窝。他打了一个寒噤，心里凉了半截，仰头望着昏黑的夜空，嘴里不住地咕噜着：

“‘两丁抽一’……‘两丁抽一’……”

“哇——哇——”屋子里传出了初生婴儿的头一声哭叫。他哭得那么响亮，清脆。

“这……”他们两人被这突如其来的声音惊呆了，直愣愣地在雪地里站着。

门开了，玉英姑娘飞快地跑了出来，高兴地喊着：

“爹！妈生了，是个弟弟！”

“什么？玉英妹子，你瞎说！你妈她到底是生了个妹子，还是……”爹爹不相信地问。

“是个弟弟嘛！”玉英不解地回答。

杏婆婆从门缝里探出头来：“恭喜恭喜啊，生了个儿子，是生了个儿子！早三个月我就看出来了，肚子圆圆的，不像是怀的丫头。好啊，这也是你们家的福气，‘丁成双，日子旺’啊。快进来看看。”

“那……杏婆婆，难、难为你老人家了！”欧阳恒文对着杏婆婆苦笑了两声，急忙背转身去。他撕扯着胸前的衣襟，绝望地喊着：“杀人的老天爷！‘两丁抽一’呀！……”他试着抬了抬腿，可是迈不动步子。脚下的大地像裂开了一条缝，他正从这条缝里往下掉着；眼前发黑，什么也看不见了，满耳响起了呼呼的风声。他心里明白：这回是真的掉进那万丈深渊里边去了……

“哇——哇——”新生的婴儿在昏暗的茅屋里有力地哭叫着。这个不该出世的孩子啊，他伴随着严寒、饥饿和苦难，呼叫着，挣扎着来到了这不平的人间。

交二更了。

屋子里静悄悄的。一家人围在火塘旁边，你望着我，我望着你，谁都没有出声。小儿子安详地躺在妈妈怀里。

风还在刮，雪还在下……

“唉！”床上的妈妈长叹了一声。她眼泪汪汪地望着怀里的儿子，把前前后后的事情想了又想。她摇摇头，无可奈何地说：“没有别的法子好想了，看看哪家有福养得起，就趁早把他送过去，免得……”

爹爹打断她的话说：“这兵荒马乱的年月，国民党当道，日本鬼子又要打进来，还有刘大斗、潘保长逼租要人催得紧，哪家还添得起一张嘴哟！”

“那……”妈妈带着哭声说，“那只好趁天没亮，把他送到土地庙去。”她亲着怀里的儿子：“儿啊，不是你爹妈不要你，实在是你投错了胎。要是你的命长，总会碰上哪家有福气的好心人把你抱回去的……”

“妈！”玉英哭着扑到妈妈的床前，“莫把弟弟送到土地庙去，去年廖二婶把他们的细妹子放到土地庙旁边，一根香还没烧完，廖家的细妹子就让山狗子拖走了！……要丢弟弟，还、还不如把我卖了……”

“二丫头！”妈妈摸着玉英的头说，“把你卖了，还不是要‘两丁抽一’！没有法子啊。不是做爹妈的心狠，就只当……就只当他不是妈妈身上的一块肉……”

“妈！”嵩伢子闷声闷气地喊了一声。他想说，“抓丁就抓丁，豁出自己死在师管区，也不能把弟弟……”看了看妈妈的脸色，他把话又咽了回去。

“伢子他爹，眼看天不早了，你快些拿个主意呀！”妈妈催促着说。

欧阳恒文双手捂着脑袋在那里发愣，刚才的话他都听见了。可是，他能拿什么主意呢？丢到土地庙，不等天亮就会被山狗子拖走，再不，也得活活冻死；不丢，抓走了嵩伢子，全家靠哪个？把小儿子留在家里，也只有饿死这一条路呀！……

全家静静地坐着。不知道过了多久，呼啸而过的北风里，传来几声鸡鸣。

“伢子他爹，天快亮了，要抱就快点抱出去！”

爹坐着没有动。妈妈把孩子托在手上说：

“嵩伢子！来，你把弟弟抱……抱出去。”

“我不！我不！”哥哥边说边往后退，贴在墙角边站着。

“我来！”爹爹猛的一下站了起来，“不能为他饿死全家！”他浑身颤抖着，走上前去从妻子手上接过孩子，转身刚要开门，又慢慢地走回到油灯跟前，眯缝着眼睛，透过泪水把刚刚出生的小儿子看了又看：红通通的脸，一头黑发，连眼睛都没睁哩。“唉！……”他一咬牙，向门口走去。

“爹……”嵩伢子和玉英连忙上来，一把扯住爹爹的后衣襟，跪下来喊着，“爹呀……”

爹爹没有理他们。玉英又回转头来望着床上的妈妈：

“妈！你，你不知道，外头正下着大雪哩……”

妈妈赶忙背过身子，紧紧咬着衣角，一面用手撕扯着自己的头发，一面不停地把额头朝床沿上撞着。床上传来了强忍着的隐隐啜泣声。

欧阳恒文见妻子这副模样，心里一阵绞痛，两条腿像有千斤重。抱着怀里的儿子，他怎么能跨出眼前这道门槛！可是他看了看跪在身边、中了壮丁签的嵩伢子，想起往后的日子，“‘两丁抽一’，两个总要舍一个！”他跺了跺脚，喊道：“你们把手松开！”随即打开了门。

一阵冷风夹着雪花涌进门来，怀里的儿子惊醒了，哇的一声哭了起来。

这一声哭叫，像一根钢针，像一把利刀，像一束带刺的竹签扎进了妈妈的心里。她喊道：

“伢子他爹！你……”

欧阳恒文停住了脚，回头望着披头散发的妻子。

“你等等，等我……再给他加上件衣服！”妈妈说着，把儿子接了过来，赶忙脱下身上那件补丁挨补丁的棉袄，细心地把儿子裹得紧紧的。

“哇——哇——”小儿子不停地哭着。妈妈不由自主地解开衣襟，把奶头塞进他的小嘴里，屋子里又恢复了平静。她目不转睛地望着儿子，把儿子紧紧地搂着。她不停地揉着干瘪瘪的胸脯，恨不能在这几秒钟内，把全身的奶汁、血和爱都灌到儿子身上去。母子俩越靠越近，越贴越紧。忽然，她拔出奶头，发疯似的喊着：“快！快接过去呀！”她意识到，儿子不能留在怀里了，只要再温存一会儿，母子俩就再也分不开了……

欧阳恒文抱着小儿子，踉踉跄跄地走出门去。雪花扑打在他的脸上，一阵疾风吹掉了他头上的破毡帽，他仍然如呆如痴地向前走着。该拐弯上路了，他找不到门口的那棵小松树。定神细看，小松树已经被大雪深深地盖住了，只留下一束松针在北风中摇曳。

前边，土地庙像个白坟包似的立在岔路旁边。庙门，像张黑乎乎的大口，要把这父子两人全吞进去。欧阳恒文来到土地庙跟前，他腾出一只手来把香烛台上的积雪拂掉，轻手轻脚地放下怀中的儿子。他平静地向那不管人间事的土地公公、土地奶奶默念了几句托付的话，转身往回走去。

小儿子静静地在香烛台上躺着，也许他会从此安详地睡去，再也不会醒过来了。

两声凄厉的犬吠撕破了沉寂的雪夜，小儿子被惊醒了。他踢蹬着小腿哭了起来。这几声哭叫拖住了欧阳恒文的脚步，使他也好似从噩梦中苏醒过来……

这是第七胎了。早先的六个孩子，冻死饿死了四个，只留下嵩伢子和英妹子两人。为了那些没能活下来的孩子，做爹娘的担了多少心，流过多少泪啊！……如今，儿子来了，又亲手把他扔到风雪地里，饿得发狂的山狗子，正在这山前山后打转哩……

“这是我自己作孽，还是老天爷要绝我欧阳家的后啊！”他回过头来望着土地庙，“我在做么事？老鸦窝坡上坡下十多户，一色受苦人，能指望哪一家半夜把这孩子从土地庙捡回去？糊涂啊！我这是亲手把一个活活的儿子埋到雪里去，我这是拿自己的骨肉来喂山狗子呀！”望着土地庙，望着漫天大雪，他不由自主地反身朝小儿子奔去……

妈妈倒在床上，听着门外的脚步声消失在风雪里了，心里像刀绞似的。这是掏走了她的心肝，挖掉了她身上的肉！十月怀胎不易啊，难得让儿子落了地，又眼睁睁地看着把他丢了。她越想越后悔，越想心越痛，摸了摸身边，空空荡荡的不见了儿子。她昏昏沉沉，像是在一场噩梦里，可又明明感到嘴里发咸，流不完的眼泪正往肚里淌哩！

“作孽呀！……作孽呀！……这杀人的‘两丁抽一’啊！”妈妈嚎着，从床上滚落到地下……

突然，像是一阵大风推开了两扇破门，欧阳恒文紧紧抱着儿子奔了回来：

“抽丁就抽丁，抓人就抓人，要死我们也死在一堆！儿子没有罪，我不能把他丢出去。我不能啊！”

全家看见爹爹抱着孩子跑了回来，反倒吓呆了，谁都说不出话来。母亲跪在地上，伸直手臂，嘴唇抖动着，半天才挤出一句话：

“他爹，快，快，快把他给我啊！”她像捡回来一个儿子似的，飞快地扯开衣襟，把孩子紧紧贴在心口上，惊惶的眼睛，不安地望着恒文，唯恐他又把孩子从怀里抢走。

两行泪珠，正从欧阳恒文布满皱纹的脸上，往下淌着。

风还在刮，雪还在下……

雪一连下了几天，刚刚停住，保长先生进山了。老鸦窝山高路险，保长从来无事不上山。今天他提着个文明棍，悠悠晃晃爬上山来，准是又打谁家的主意了。远远看见潘保长直奔茅屋走来，欧阳恒文张皇失措，连忙迎了出去。

“恒文哪！听说你屋里又添了个丁。我公事忙，还没来恭喜恭喜哩！”潘保长笑呵呵地说着就要跨进门来。

“保长先生，我们穷家穷户的，生儿养女也是劫数啊！屋子里又小又脏，没有个落脚的地方。”欧阳恒文把身子一歪，堵在门口。

“不要紧，我们公事人吃的公事饭，三灾七难都不忌讳。如今抗战时期，国难当头，又提倡起‘新生活’运动来了，蒋委员长规定，行人都靠左边走了嘛！”保长用文明棍推开了恒文，正要迈腿，一只手从后边拉住了他。

“保长哇！月子婆房里进不得。‘新生活’、旧生活都一样，沾了腥气要晦气一辈子的呀！”杏婆婆笑呵呵地拉住了保长，“你们当先生的，讲究的就是个功名前程。要真的误了你老的荣华富贵，他恒文家也担待不起。有话到我屋里去说。恒文哪，你也过来，过来给保长答话。”说着，半拉半推地把保长请到了她自己家里。

“恒文！”保长开门见山地说，“今天我爬十五里山路，是单找你来的。本保长辖内，一十七名适龄壮丁，就数你家嵩伢子前程大，中了个‘上上’签，又是当众开的柜，偏偏那天联保主任也在场过了目。”他把手中的文明棍晃了晃，“你我虽是乡里乡亲，我潘某人是要帮忙插不上手，想敬神也找不到庙啊。听说过不几天，师管区就来要人了。”

欧阳恒文呆痴痴地站着，张了张嘴巴没有说话。

杏婆婆递过来一碗茶，说：“保长先生，不是听说‘独子不当兵’吗？”

姓潘的笑了笑：“是啊，‘独子不当兵’是上边定的法。可是恒文的婆娘前几天不又生了个丁吗？这叫‘两丁抽一’。我也是警察揍他爹——公事公办嘛！”

“生儿子？”杏婆婆故意把嘴一撇，说，“恒文婆娘前世没有修来这个福，今生再也没有这个命啰！”

“你说什么？”

“又生了个丫头片子，赔钱货。这几天恒文正想找个富裕人家，一担谷子也不要，把这丫头送过去哩。”

“真的？”保长放下茶碗站了起来。

“是我接的生，那还假得了！那天我一接下来，说是个丫头，恒文婆娘哭得死去活来，就连恒文这么个老实人，也生着闷气，直到今天还没有和他婆娘搭过一句话哩！你要是不信，我们就过那边屋里看看去。”

“杏婆婆，你这个妇道人家可不兴胡言乱语啊。如今是‘一家犯法，十家连坐’！你要知情不报，胆敢欺骗上司，蒙哄政府，可要罪加一等！”保长威胁着说。

“我也犯不起这个法，我这就抱过来给你看看。”杏婆婆说完转身就走。她心里盘算：硬躲恐怕是躲不过去了；只要我有胆量抱过来，他姓潘的未必肯看。

不一会儿，她果真把恒文的小儿子抱了过来。

“是龙变不成凤，是凤变不成龙。你保长先生吃的是公事饭，让你老看真了好交差。”杏婆婆说着真的动起手来解开小孩的破包被。

欧阳恒文把两只手捏得直响，壮起胆子说：“是啊，看看也好，免得保长先生不信……”

“哎呀！”杏婆婆忽然叫了起来，“这个死丫头，又屙了一身！保长先生，你还是自己看吧。”杏婆婆掖好了孩子的包被，硬把孩子往保长怀里送。

“未必是他们传错了？”潘保长一边往后躲，一边想。他站得远远的斜着眼睛看了一眼：一把骨头一张皮。心里引起一阵恶心，连忙挥了挥手说：

“抱走，抱走！”

杏婆婆还是笑呵呵地：“保长先生，还是看一看，公事公办啰！”她低头对怀里的孩子说：“死丫头，打你出世，老鸦窝隔壁左右十几户，没有一家上你们的门。你倒真有福，惊动了保长，爬十几里山路来看你……”

“丫头就丫头，没有什么可看的。”姓潘的转身对着恒文说，“如今是国难当头，‘有钱出钱，有力出力’！丁可以不抽，这十石谷子的壮丁捐，你是一颗也不能少！前方的抗敌将士，等你的粮食吃。”

潘保长提着文明棍走远了，欧阳恒文才喘出一口气来，只觉得两手冰凉，额头上冒出一阵冷汗。他感到浑身的骨头像散了架一样，就地瘫了下去。

“你还蹲在这里做么事？”

“我……我……”

“你还不赶快起个名字报上去！”杏婆婆把婴儿递回到恒文手上说。

孩子出生以前名字就起好了，是麻烦药铺的老先生起的。老大叫“嵩”，这生下来的要是个男，就单名一个“海”字，说是“高山”得“水”，日子才能过得兴旺顺遂，全家图个吉利。欧阳恒文说：

“名字起过了，小名‘三三’，官名‘欧阳海’。”

“欧阳海？莫起这个海呀河的！要瞒就瞒到底。我看哪，起个丫头名字报上去！”

“那……那叫个么名字好啊？”

“他姐姐不是叫玉英吗，他呀……”杏婆婆想了想，“他就叫个‘玉蓉’吧！”

“欧阳玉蓉？”恒文抱着儿子跨出门来，心里不知是苦还是甜。儿子要起个丫头名儿，这是个什么世道啊！

“哇——”欧阳玉蓉哭起来了。迎面刮来一阵寒风，把人世间的全部冷酷，都吹进这个出世不久的孩子心里。寒冷、饥饿、灾难，就像一条条无形的绳子，紧紧地捆住了这个幼小的生命。

“哇——哇——”欧阳玉蓉挥舞着小手挣扎着。他大声地喊着，反抗着，哭叫着，响亮的哭叫声传遍了荒僻的老鸦窝。

老鸦窝四周的群山呼应着：苦哇！苦……

二　饿死不讨米

门前的小松树挣扎着活过来了。它生长在贫瘠的地里，枝叶虽不茂盛，树干居然也快有碗口那么粗了。欧阳玉蓉——欧阳海满了七岁。

两年前，就听说是什么“胜利”啦，可抓丁反倒抓得更恶些。有钱有势的人家，十兄八弟不当兵；缺盐少米的穷苦人，独子也要抓丁。男扮女装也没得用啊，小海额前梳着刘海，脑后拖根辫子，穿着一身姐姐留下来的破夹袄，还是眼睁睁地看着大哥被保长用绳子五花大绑带走了。欧阳嵩刚刚被押解到镇上，就被人按在板凳上剃了个“阴阳头”：半边留着头发、半边剃得精光，弄得人不像人鬼不像鬼——这样，你就是长上翅膀也飞不了啦。再加上“十人连保”、“非伍不动”——不凑够五六个人，就是屎尿憋在裤裆里也不准上茅房，哪还有人敢跑，哪还有人跑得了啊！抓大哥的时候，潘保长没有说“国难当头”，说的是

“戡乱建国”。这些话小海哪能听得懂哩！他懂得的，只是从那一年起，一到青黄不接的日子，妈妈就牵着他们姐弟俩出门讨米；第二年，爹爹到外乡去找活路，年三十的晚上，空着手，扛着根扁担回来……他还不知道，大哥为了躲那几年壮丁，“壮丁捐”加上利钱，已经欠下莲溪头号大财主刘大斗家一百二十石谷；他更不知道，刘大斗和潘保长是看见他们家再也没有什么油水可榨了，这才把大哥捆去“戡乱”的。

饥饿和灾难就像影子似的紧紧跟着小海全家。

又是一个风雪交加的严冬。屋顶落白了，茅草屋檐上垂下来一根根长长的冰凌子，像一颗颗獠牙，像一把把倒挂着的尖刀，要把蜷缩在老鸦窝的人们撕碎嚼烂。一阵风起，它们跟着呜呜乱叫。

小海一家五口——大哥被抓走了，家里又添了个妹子——围在火塘边上发愁。又到了米缸里满是清风，空碗里映着明月的时候了。

妈妈说：“辛辛苦苦在地里忙了一整年，汗水都流进刘家大屋去了！唉！……”她叹了口气，“他爹，守在屋里也不是个办法，我还是带着他们几个出门讨点去。”

爹爹低着脑袋没有做声。姐姐赶忙把讨米篮和棍子找了出来，说：

“走哇，妈！”

爹爹横了姐姐一眼：“你莫去！我这个当爹的没得用，养不活你们，可也不能让你这么大的丫头出门去讨米。英妹子，我们不能让别个笑话。”

“让他们笑去。我不怕！”姐姐低着头，轻声回答说。

“你不怕？”爹爹难过地望着长得清清秀秀的大闺女，转身对妈说，“丫头不小了，再出去讨米……哪还有人肯上门来说亲哟！我们不能误她一辈子。”

“我……”姐姐噙着眼泪，望着妈妈，“妈！我……我到老都跟着你……”

妈妈眼圈也红了：“英妹子，过年你就满十九吃二十的饭了，不能再……”

姐姐哭着躲到门角里。妈妈叹了口气，拍拍小海的肩膀头说：

“三三，我们走。”

玉英把讨米篮和棍子塞到弟弟手里，眼泪吧嗒吧嗒地往下掉着。她望着妈妈说：

“妈，我不去，你把四妹子留下来吧，刚满月。外边又下着这么大的雪！”

妈妈把四妹子交到玉英手上，刚要出门，又转身把四妹子抱了过来。

“还是抱着吧，抱上她好讨些。要不，哪个肯施舍呢？”妈妈说完，领着三三走出门去。

姐姐赶到门口喊着：“三三，叫妈早去早回来！”

漫天大雪，上哪儿去讨！老鸦窝穷家穷户的没人施舍得起；要讨米得逢墟赶集。今天的墟在沙塘，来回四十几里。走了没几步，妈妈回转头说：“三三，我们今天到莲溪去，那里近些。”

老鸦窝山顶上有两个黑点在慢慢移动：妈妈抱着四妹子走在前面；小海拖着根辫子穿着姐姐那身紫红色的破夹袄，牵着妈妈的衣襟紧跟在后边。

洁白的雪地上留下了两行脚印：妈妈的脚印子深一些；小海才七岁，脚印浅浅的，但上边清晰地印着五个脚指头。脚印从老鸦窝铺到莲溪，弯弯曲曲十五里。

一阵疾风刮来，卷起层层雪粒跟在母子三人的后边打转。脚印渐渐地被雪盖住了……

莲溪镇上家家关门闭户，街上一个行人也没有。妈妈牵着小海进了街，前边就是刘大斗的刘家大屋了：红门高墙，墙上有好多幅画，画的都是些财主，有的在下棋，有的骑着马。小海常想：“为么事他们不讨米呢？”

刘家大屋门口，蹲着一对趾高气扬的石头狮子。它们昂着头，张着大口，一只前爪踏地，一只前爪举起，龇牙咧嘴，神气活现地瞪着过往行人，显得刘家大屋格外威风。

看着这对石狮子，小海倒从来没怕过。每次路过刘家大屋，他总想上前用手摸一摸。狮子口里还含着一颗能滚来滚去的球哩，也不晓得是怎么含进去的。小海连做梦都想：“要是能够骑到狮子背上去，那该有多好！”快到刘家大屋，快看见石狮子了，妈妈一转身，牵着小海拐进一条窄巷子里。

“妈！顺街上走嘛！”小海一心想看看石头狮子。

“大屋去不得。那里狗凶人也恶。”

“我……”

“三三，听话！”妈妈扑打着小海头上的雪花说，“这边有讨的。”

小海踩着妈妈的脚印拐进了巷子，还不时地回过头来，想望望那对狮子。

好几十家铺面的莲溪街上，只有一家杂货铺下了门板，一家铁匠炉生了火。

母子三人来到杂货铺门口，妈妈刚伸出手来，里边的掌柜先生就吼起来了：

“去去去！今天还没有开张哩。”

母子三人在街上转了个把时辰，找不到一处可开口的地方。小海的两只赤脚在雪地里冻得又红又肿，妈妈也走得两眼直冒金花。她在一家屋檐底下坐了下来，招呼着身边的孩子说：

“三三，过来，让妈给你把脚暖一暖。”

“我不冷。”小海说着还是紧靠着妈妈坐下了。妈妈撩开衣襟的下摆，把小海那双脚心、脚背都裂开了血口子的小脚，焐在自己怀里。脚早就冻僵了，妈妈摸着这双冰冷的脚，心里在说：

“有钱人家的伢子像他这么大，棉鞋都穿破六七双了；我们的三三从娘胎落地到如今，一直是一双赤脚……”她眼泪汪汪地望着三三，感到浑身发紧，五脏六腑像被什么扯着似的阵阵作痛。

不知道是冷还是饿，妈妈怀里的四妹子哭起来了。小海急忙缩回脚，站了起来。几口冷风呛得四妹子半天没喘过气来，哭声又憋了回去，嘴里不停地吐着白沫。妈妈急了，连忙掐着她的人中，发狂似的喊着：

“四妹子！四妹子……”

“唉！”身边一声叹息，斜对门铁匠炉的周师傅端着一碗开水走过来说，“欧阳婶子，你不该呀！大风大雪的，拖儿带女出门讨么事米啰！今天又不逢墟，没得人施舍打发。”

“我们是不常出来的，没得办法呀，周师傅。”妈妈接过开水说。

“出来也是受罪。婶子，你们家嵩伢子打信回来了吧？”

妈妈摇了摇头。

周师傅也跟着摇了摇头：“婶子，不着急，总会有信的。走，到我炉边上去暖和暖和。”

他们三人跟着周师傅来到炉边。好半天四妹子才缓过气来，张着小嘴又哭起来了。妈妈解开衣襟，把干瘪瘪的奶头塞进她嘴里。四妹子吃力地吸吮着。妈妈咬着牙，紧锁着眉头。四妹子每吸一口，妈妈的嘴角就随着颤动一下……这阵阵绞痛从妈妈脸上传到小海心里，他知道，妈妈身上已经没有奶了。四妹子吮不出奶汁来，松开奶头大声地哭了起来。妈妈焦急地揉着胸脯，想再挤出一滴半滴奶汁喂喂孩子。可是糠菜都吃不饱的母亲，身上再也挤不出奶来了。

四妹子仍然不停地哭着……

妈妈脸上的痛苦，四妹子嘶哑的哭声，像一把把刀子在割小海心上的肉。他一阵心酸，情不自禁地喊了一声：

“妈……”

妈妈诧异地望着小海：“你怎么了？饿了？”

“不，我不饿。”

站在一边的铁匠周师傅走过来说：“欧阳婶子，我也是个半饥半饱的人，唉！没有办法啰。”说着从炉边翻出几个红薯递到妈妈手上。

妈妈不好意思再打扰别人，说了声“难为难为”，急忙牵着小海走了。到了街口，她才拣了个大点的红薯塞在小海手里：

“三三，你吃了。”

“妈，你吃吧。”

“听话！趁热吃了你先回去，把这几个红薯捎回去给你爹。他是要出力气的人……”

“妈，你先回吧！我讨着一口半口就回来。”

妈妈觉得今天是有些不舒服，眼前一阵阵发黑。怀里的四妹子喉咙都哭哑了。看样子，再也讨不到什么了。她嘱咐小海说：“三三，你到穷家穷户去讨，莫到大户人家去要啊！小心狗子。”

“我晓得。”

“早点回来！”妈妈把半片破麻袋披在小海身上说，“讨不到就算了，啊？”

“嗯。”小海低头答应着，心口好像被一个什么东西堵住了。他悄悄地把那个热乎乎的红薯又塞回到妈妈的篮子里。

妈妈抱着四妹子，拄着棍子走远了，小海才慢慢地抬起头来，眼泪不停地往下滚着。这么富足的天下，家家门口贴着“五谷丰登”、“六畜兴旺”，可偏偏没有他可吃的东西；这么大的镇子，户户门前写着“招财进宝”、“黄金万两”，可就没有一家可讨的。他在街上走着，一心在想：只要能讨着一口吃的，我就给四妹子送回去……走啊走啊，脚下的雪吱吱作响，肚子里也咕咕地叫得更厉害了。不知道过了多久，突然，一团雪球砸在他的脊梁上。回头一看，刘家大屋门口的两个石狮子睁着大眼瞪着他；半开着的门缝里，有几个脑袋在晃动，里边传来叽叽喳喳的议论声：

“别看他拖着根辫子，他是个假丫头！”

“对！那年他大哥想躲壮丁，他爹还给他起过一个丫头名字。”

想起了大哥被抓丁，小海心底升起了一股火。他抓起两个雪团，狠狠地朝半开着的门里扔去。

门吱的一声大开了。朱漆大门里拥出来一帮地主的小崽子，一个个肥头大耳，皮袍子外边还套着马褂，又跳又跑，活像几个石头碾子从台阶上滚了下来。他们笑着喊着：

“打讨米的叫花子呀！打这个假丫头！”

“看哪个先打中他的脑壳！”

“揪他那根辫子！上啊，揪住他的辫子打！”

一团团雪球在小海身上开了花。小海被这突如其来的侮辱气傻了，竟呆呆地站在那里不知道躲也不知道跑。紧接着，一团雪球砸在小海的眼窝旁边，小崽子们得意忘形地叫了起来：

“打得好！”

“是我先打中的！是我先打中的！”

小海听出这是刘大斗十少爷的声音。他扔下讨米篮和棍子，迎着雪球，朝那个拖着两条黄龙鼻涕的十少爷奔过去。小海飞起一脚，小崽子饿狗抢屎似的趴在地上了。小海居高临下，拼尽全力把一团雪球狠狠地砸在十少爷的扁脸上。其余几个小崽子吓得屁滚尿流往回跑，没有一个人敢上来帮忙。就在这个时候，大门里冲出来一条黄狗。

“‘来喜’‘来喜’，怂怂怂！”扁脸躺在地上向黄狗求援。

黄狗“来喜”张着大嘴朝小海扑了过来。小海转身想捡棍子，左腿已经被黄狗咬住。一个踉跄，小海跌倒在雪地里。

欧阳海慢慢地从雪地里爬起来，左腿肚子上连皮带肉被黄狗撕破了一大块，血正顺着腿肚子往下流着。他顾不得腿疼，紧紧捏好两个雪球准备报仇，心里在骂：“你才是讨米的哩！年年都是我们把租谷挑来养活你们……”

砰的一声，大门关死了。门里边传来小崽子们得意的嬉笑声。

人都跑光了，门前那一对石头狮子还朝小海瞪着眼睛。小海眉毛一扬，眼里迸出一股怒火，把雪球使劲砸向龇牙咧嘴的狮子，心里说：

“你也神气？总有一天，总有一天我要骑到你背上来的！哼，看吧！”

小海一跛一跛地朝老鸦窝走去。山顶上又移动着一个孤孤单单的人影，洁白的雪地上又踏出一行新的足迹。脚印清晰地印在雪地上，在左脚踩出的雪窝旁边，殷红的血清清楚楚地渗在白雪上，也清清楚楚地留在小海心里。

回到家门口，妈妈迎了出来："三三，讨着了？"

见到了亲人，小海想起了一肚子的委屈，鼻子发酸，真想抱着妈妈哭一场。可是看见妈妈愁眉苦脸的样子，他又忍住了眼泪，咔的一声把打狗棍折成两截。

"妈！我不梳辫子，我不穿这件衣服，我也不讨米了！我，我就是饿死也不讨米了！"

"啊！有人欺负你了？儿啊，快过来给妈看看。"

"妈，我打柴，我帮爹爹烧炭去！妈，你莫看我小，我能挑多少是多少……我，我再也不讨米了！"小海说完，脱下了姐姐的那件破夹袄，扭头朝柴草堆跑去。

妈妈拾起夹袄，捡起折断的打狗棍，不知道发生了什么事情。细心的姐姐看见小海站过的地方，留下了一块鲜红的血迹，急忙把妈妈推回屋里去。

堆柴草的破屋里，小海穿着一身单衣，拿起一把生锈的剪刀，剪断了辫子，连扯带抓地把额前的刘海和半长的头发都剪了下来。他心里只有一个念头：我再也不讨米了，我要砍柴去！他拿起爹爹的那把砍刀，正要往外跑，姐姐在门口拦住了他。

"姐姐，我……"小海看着姐姐担心的样子，连忙说，"我砍柴去，我再也不讨米了！"

姐姐重复着："是啊，再也……不讨米了。"

看见弟弟血淋淋的左腿，她一把把小海搂在胸前，两颗晶莹的泪珠挂在她清秀的脸上，断断续续地说：

"三三，都怪姐姐！这讨米的事……本该是姐姐去的……"

"不，好姐姐！你莫去讨，我也不讨了，断了粮我们也不讨。我们跟着爹爹砍柴去！"

玉英姐姐从隔壁杏婆婆屋里要来一小块红糖、几个干辣椒。她把干辣椒捣碎拌在红糖里，对着小海说：

"三三，你忍着点啊，姐姐给你搽点药。叫你莫到大户人家去讨嘛！……又是让刘家大屋的狗子咬了吧！"

“我才没有去刘家大屋讨哩！他们给我我都不要！”小海扯着脖颈子申辩说。他指了指腿上的伤口：“好姐姐，你莫让妈妈晓得！”他咬着下唇，明亮的眼睛里闪出两股逼人的怒气。

“痛吗？三三。”姐姐把辣椒抹在伤口上问着。

“不……”小海紧锁着两道浓眉回答，额头上憋出了一颗颗豆大的汗珠。

大雪还在不声不响地飘着。路上的脚印子被雪填平了，血迹也被大雪盖住了。可是，伤疤落在小海的腿上，仇恨，牢牢地、牢牢地在小海心里扎下了根。

三　过年

门前的松树又长高了一截，欧阳海砍柴烧炭一年整。

大哥几年来杳无音讯。人被抓走了，为缴“壮丁捐”欠下的债却一天天在往上涨。地主刘大斗言明是“加二”的利，可是他大斗进、小斗出，小海全家一年的汗水所得还交不起刘家的利钱。年关将近，地主派人传下话来，叫欧阳恒文跟着到山下“去一趟”。全家知道大祸临头，忙着把辛辛苦苦从山里采来的、自己舍不得吃的金针、木耳，装了大半篮子，给爹爹带着，战战兢兢地把他送出山口。

欧阳恒文到了刘家大屋，被人领进上房。撩开棉布门帘，刘大斗正踩着白铜烘篮半躺在虎皮太师椅上养神。房里暖烘烘的，恒文却感到浑身发冷，半天才吐出几个字来：

“我……我来了。”恒文望了望手里的篮子，“我们穷山穷沟的，没有么事好东西，就这么点金针、木耳，算给你拜个早年！”

“嗯，放下吧。山货年货，我都不缺，今年就是手头紧。你先把钱交到账房柜上去。”刘大斗咧了咧嘴，还没睁开他养神的眼睛。

一个管事的就手把欧阳恒文的篮子接了过去，撩开门帘走了。

“我能交的都交了，八月十五，我就送过些利钱来了，冬月初三，又挑了一担茶籽给府上……”

“我叫你把钱交到账房柜上去！”刘大斗睁开肿眼泡瞟了欧阳恒文一眼，又闭上了。

“今年，今年实在没得办法，求你再宽一年。”

地主啧了啧嘴巴没吭声。

“……你家大业大，摊派不上我这几个小钱。”欧阳恒文恳求着说，“过天把，我再给府上烧两窑好炭送来，这天气看冷哪！”

地主一翻身坐了起来，肿眼泡里的黑眼球就像死耗子的眼珠似的全鼓出来了。他吼着：

“什么？你又想拿两窑炭来混一年哪！我家大业大，开销也大。我不能光靠烤火过日子！黄灿灿的谷种借给你，你想拿墨黑墨黑的炭来换？……算啦，今年我们本利两清，三十晚上结账，明年我不图个顺遂还要图个清闲哩。”

“老爷，嵩伢子让你们抓走了，好几年是只字不见，这‘壮丁捐’我出得冤枉啊！借的谷子一倒手，还不是又倒回你老爷的仓里了……”恒文气得声音都变了。

“‘戡乱建国，人人有责’，上点把捐算什么！再说，送走了你嵩伢子，省了你一份口粮，我这也是为了出息他，要不，我还不替你在潘保长跟前说这个情哩！”看见恒文没做声，刘大斗换了副面孔说，“唉！我也替你盘算过：现钱嘛，你一时怕也拿不出来；你坡上向阳的那五分地……阴阳先生说，风水嘛，还可以……”

“什么！”欧阳恒文脑子里轰的一声，像要裂开来似的。他心里在说，那向阳的五分坡地是用手刨出来的，几代人辛辛苦苦往地里甩下了多少汗水啊。民国二十一年大旱，嵩伢子下头的两个儿子活活饿死了，也没舍得卖那五分地……不能！万万不能啊！

“这地——”恒文刚开口。

“我还有客。”刘大斗站起身来，指了指桌上一张写好的文书，“你自己再过细地盘算盘算。地呢，还是佃给你先种着，我是为老太爷百年之后用的。”走到门口他又回转身来，“盘算过来了，只要你打上个手印，今年的利钱就算清了；不然，我们就县政府见。”

欧阳恒文明白了：这是逼债夺地呀！他急忙抓住刘大斗的衣襟：

“你，你……你这是要了我们全家的命啰！”

门外，文明棍戳得地板笃笃直响，潘保长满脸酒气，嘴里含着根牙签走了进来。

“恒文哪！”他说，“你们这些黑脚杆子就是死心眼，你怎么盘算不开呢！

等你嵩伢子当上个连副、排长的回来，要买房子要置地，还不都随你的便？听我的话不吃亏，打个手印算了！”

欧阳恒文把双手死死抱在胸前，连声说：“不能，不能啊！保长先生，我们山里人抬头看天，低头看地，没有了地还指望什么哟！你保长办事也要凭个天理，嵩伢子被你们……”

“那就随你的便啰。”潘保长用文明棍推开恒文，对刘大斗说，“满禄，县党部的赖秘书长在厅里等你哩。”

恒文抓起文书，抢上一步拦住刘大斗说：“老爷，我先把话说明了，地我是万万不能卖的。……利钱，我，我卖儿卖女、卖了我这把骨头来还你！”

刘大斗龇了龇牙：“好嘛！趁保长在场，我也把话说明：旧账不过新岁。今天是腊月十八,三十晚上我等你的钱用。”他把头转向保长，“要是过了期限，那我们就……啊？哈哈哈！”两人笑着走了。

欧阳恒文昏昏沉沉地走出刘家大屋，黄狗“来喜”还撵着他叫了几声。他一脚高一脚低地爬上山来，一阵阵的北风也没能使他清醒。走一步他心里念一句：“地我是不能卖！地我是不能卖呀！”可是上哪儿去找这笔钱呢？他不知道。恍恍惚惚地来到那块向阳的坡地旁边，看着这块黑油油的土地，他双腿一软，坐在地头上了。两手捧起一把黑土，土里的热乎气立刻传到他的心上。恒文透过泪水定神看了看说：“这是我们用手刨、用汗水浇出来的哟！六七代人辛辛苦苦开出了这块地，要是让刘大斗夺了去，我……我这心不甘哪！”他回过头去，望着山下的刘家大屋，咬牙切齿地说，“姓刘的，你真下得了狠心！你这个断子绝孙，遭天火的！”他把土块不停地在手心上揉着，嘴里还在念叨，“不能卖呀！不能卖呀！”可是他心里边，已经模模糊糊地感觉到：“完啦，完……啦！这个家……败在我的手上啦！”

腊月十八的后半天，老鸦窝北坡上冒起了一股白烟，欧阳恒文在土窑里生火烧炭了。全家上阵，砍的砍，挑的挑，连妈妈也背着四妹子上了山。从这一天起，爹爹整日整夜守在窑门口看火，没有回来过，一心想烧几窑好炭卖了还债。八岁的欧阳海一次能挑三十来斤，炭一出窑，不管哪里逢墟，他都跟着妈妈、姐姐挑炭去卖；墟镇上整天响着小海清亮的叫卖声。偏偏老天不作美，一连几天都是好太阳，天不冷，炭卖不上价钱；有时一担炭挑出去，来回四五十里地，又原封不动地挑回来。

二十九的晚上，爹爹把床头的钱又翻出来，数来数去，不够还刘大斗利钱的零头。全家望着那几张压得平平整整的金圆券，唉声叹气地没有睡着。几天来，为了凑够那笔阎王账，连红薯汤也没舍得大口喝过。眼看期限就在明天，拿什么来保住那块向阳坡地呢？

四妹子今天晚上好像格外乖，一声也没有哭，妈妈几次把奶头塞到她嘴里，她也不大肯吃了。不知道她是可怜妈妈没有奶了，还是她自己已经没有吃奶的力气了。

欧阳海蜷缩在堆柴草的屋里过夜。半夜里起风了，北风摇撼着破门，发出吱吱呀呀的响声。他爬起身来，扛了一捆柴火堵在门边，又多搂了几把茅草盖在身上，迷迷糊糊地，好像是大哥推门进来了。小海刚要问他是怎么回来的，大哥说："三三，走，我带你抓鱼去，你还没有吃过鱼吧？"小海一想，是啊，前些时隔壁杏婆婆就说，看神色，四妹子怕不行了，叫妈妈想法弄点小鱼煨汤吃，说鱼汤能够发奶……"嗯，妈妈没有奶，怪不得四妹子整天饿得哭哩，要能给妈妈抓两条鱼回来就好了。"小海想着，跟着大哥来到水田旁边。天哪，好多鱼啊！一群一群都在往水面上鼓泡泡哩。小海直后悔，要是早知道这田里有鱼该多好，那我天天来抓鱼，天天给妈妈熬鱼汤喝。他伸手去抓，鱼又游到田中间去了。小海卷起裤腿，对准了一条大鱼，扑通一下扑到田里边，鱼被他抱住了，冰凉冰凉的，只觉得脚底下更凉，冷得钻心，他急忙跳回田坎上来，刚一迈腿，只听咔嚓一声——门边上的那捆柴火让他蹬倒了……小海从梦里惊醒过来。欧阳海揉了揉眼睛，发现雪花穿过门缝，已经在他的脚上厚厚地落了一层，盖在身上的茅草也散落到一边去了。门外，早已是一片银色的世界。

"下雪了！"小海高兴得跳了起来，"妈，你看啰，下雪了，好大的雪呀！"

妈妈在屋里应了一声："晓得了。"

"明天是莲溪的墟吧？我挑炭到镇上卖去，一定能卖出个好价钱。"

"快睡吧，三三。"

小海兴奋得再也睡不着了。他把扁担、箩筐收拾了一下，对自己说："明天，我要挑四十斤。不怕，多歇几次总能挑到墟上去的。"看看天色，还早得很哩。他又回到草堆里躺下，搂了一大堆茅草严严实实地把脚盖住。冷风透过墙缝直往身上钻，冻得小海上下牙不停地磕碰着。他心里还在说："下吧，下吧！不下大点，我爹还不起账啊！下得越大越好，越大……"渐渐地，他又回到了梦里……

莲溪镇上，小海挑着那担炭来回叫了十几趟，没有人应他。年三十了，店铺都上了板，门上贴着些骑着麒麟、拿着宝剑的门神；冷风中，几张没有粘牢的写着“生意兴隆通四海”、“财源茂盛达三江”的对联在晃动。刘家大屋院子里，噼噼啪啪热闹得很，狗崽子们已经开始放鞭炮玩了。小海觉得肩上的担子越来越重，连那一对招人喜欢的石头狮子，他也无心思再看了。

街口菜市上，还有几个老头，提着烘篮在那儿守摊子。一个老头喊了一声，小海飞快地跑过去。

“伢子，买两块糯米糍粑回去过年啰。”

小海一听，没有理他，挑起炭回头就走。

“来来来，买几条鱼吧，新鲜的，刚从河里打起来的鲫鱼！”另一个老头喊着。

“鱼！”小海挑着炭走到跟前看了又看，“多好的鱼啊！”他心里在说，他本想问问价钱，可自己肩上的这担炭，叫卖了大半天连个问价的人都没有。“要是他肯便宜卖，我拿么事买呢？”他半张着小嘴还是恋恋不舍地走了。

小海在街上走着。忽然，他想起了铁匠周师傅，便加快步子朝铁匠炉走去，心想：“我这担炭好，周师傅一定会要的。”刚刚拐弯，远远看见铁匠炉门口围满了人，一根黄颜色的文明棍在人群里乱晃。

“走啊走啊！这有么事好看的？‘杀人抵命，欠债还钱’，这是老规矩。”潘保长咋呼着说，“他周铁匠欠刘家的钱也不是一天两天，他爷爷的老账到现在都没还清。今天大年三十，哪家不等着钱开销？刘老爷是看在街坊们的面上，只封了他的店来抵债。哼！要不然早就连人送官啦！”

小海挤进人堆，看见一个保丁正把两张封条十字交叉地贴在门口，白纸黑字上边扣着两个血红的大印。他望着封条，不知道出了什么事。

人都走了。小海发现门边上还蹲着一个人，正低着头，在收拾什么东西，身上只穿着一套单裤褂。

“周师傅？！……”

铁匠周师傅抬起头来说：“伢子，你是来烤火的？来晚了！这些，”他往身背后指了指，“这些都是别个的啦！是他姓刘的啦！”

“师傅，”小海似乎明白过来了，“不不。我，我是给你送炭来的……”

周铁匠笑了笑："我现在用不上了。你看，就这一身单褂裤，连个炉子，连把家什都没有啦！"

小海想起了红通通的炉火，想起了铁匠师傅给的热乎乎的红薯和暖心的开水。多少个下雪天，这里，曾经是他出门来唯一可得到温暖的地方。如今，连歇脚的地方也没有了。他望着周师傅难过地说：

"我，把炭送给你，我不要钱！我会砍柴，我会跟爹爹烧炭了。"

"三三，难为你这片心。快把炭卖了回家去吧，你爹爹在等你。去吧，啊？"

小海看见周师傅把地上的一个小包缠在腰上，正准备上路，担心地问：

"周师傅，你，你怎么办？连个家也没有了……"

周师傅爽朗地笑了起来："三三，我都不难过，你难过么事啰！天下这么大，总有我去的地方。山不转路转，"他摸了摸小海的头，"我们总有一天会碰面的。记住我的话吧，这个日子长不了啦！"

小海眼望着周师傅大步朝街口走去。连背影都消失不见了，他还深情地在那儿望着。好半天，他转过头来，瞥见了门上的封条，想起了自家的五分向阳坡地，才意识到得赶快把炭卖了。可是他觉得两条腿更重了，好不容易才挪回到菜市边上。他一个人站在那里大声地叫卖着，封条上的两颗血红大印却总在脑子里打转转。

天色渐渐地暗下来了。店铺里传来猜拳行令的吆喝声，是吃团圆饭的时候了，小海也早就饿了。他摸了摸衣服口袋，里边是妈妈塞给他的几片红薯干，从上午到现在还一片都没吃呢。他掏出一片放到嘴边，刚要吃又停住了："还是留给妈吧，她要喂奶，吃不饱，连四妹子都跟着挨饿……"想着他又把红薯片放回衣兜里，眼巴巴地望着那担卖不出去的木炭。

"伢子，你还没走！"卖糍粑的老头从这儿路过，同情地说，"回去过年啰。有钱人家，腊月二十四就办齐了年货；没得钱的，今天哪有心思买炭烤火啊！"

另一个人也说："过了初五再来，这几天没有买卖。"

小海想："不早了，妈妈该等得着急了，回去算啦……"他挑起了炭，仿佛又看见爹爹愁眉苦脸的样子；那两张扣着血红大印的封条也在眼前转动起来。

"我要不卖几个钱，我怎能回去呢？"想到这个，他拦住了那几个老头说："老人家，行行好，把我这担炭买回去烤火吧。我爹爹等着钱还账。"

老头苦笑着说："我要是不该账，今天也不会出来坐冷板凳啊。"

小海央求着："买啰，我便宜点。"

卖糍粑的老头放下挑子说："伢子，火我是烤不起，我是看你可怜。唉！你留半边炭给我，换几块糍粑回去。"

"不，糍粑我们吃不起，我们家不兴吃这个。"

卖鱼的也走过来说："好事做到底，你把那半边炭给我，提几条鱼回去。好歹也算过个年。"

鱼！昨天晚上梦里边还抓鱼哩。看见鱼，小海好像又看见妈妈微微抽动着的嘴角，耳边似乎又响起了四妹子嘶哑的哭声……他下了个狠心：

"好，我只要一条小鱼、一块糍粑。你们做做好事，给我几个现钱吧。我爹爹他……"

老头们相互看了看，叹息着凑了几个钱给小海。卖糍粑的老头拿起两块糍粑塞到小海手里。

"伢子，你……早点回去吧！"

小海转身要走，另一个老头喊住了他：

"等等，伢子，你……你再拣几条鱼回去！"

小海感激地望着他们，含着眼泪拣了两条小小的鱼。

小海告别了老人们往回走，他在想："鱼和糍粑都给妈妈吃吧！只要妈妈有了奶，四妹子就不会再哭了。可怜的四妹子整一岁了，我就没见她笑过……"突然，他远远看见刘家大屋门前的那对石狮子，正龇牙咧嘴地瞪着他。小海一声尖叫："哎呀，该不会碰见刘大斗吧！他会把鱼和糍粑都抢去的。不行！"一想到这，小海急忙拐进了一条窄巷子，解开衣襟，把鱼和糍粑都揣在怀里，整了整衣服，系好腰带，蹑手蹑脚地从刘家大屋门前走过，眼睛警惕地望着那两扇朱漆大门和那对威风凛凛的石头狮子。出了街口，小海头也不回，撒开两腿，直奔老鸦窝而去。

天全黑了，小海才赶到山上。远远看见玉英姐姐打着火把守在山口，在等他回来。

屋里静悄悄的，灯也没有点。四妹子在床上躺着，大概是睡着了吧；爹爹捏着那几张不知道数过多少遍的金圆券，木呆呆地坐在火塘旁边，两眼无神，脸上的皱纹像石雕一样，凝固在那里了；妈妈坐在床边，伤心伤意地在掉眼泪。小海满怀着兴奋，进门就喊：

“爹，炭卖了！这是卖炭的钱。”

爹爹接过钱去，还是没有动，过了好一会儿，他才就着火塘的微光，把小海卖炭的钱数了数，渐渐地他两道眉毛紧紧锁在一起了。他把钱又仔细数了一遍，忽的一下站起身来：

“四十斤炭啊！就这几个钱？”

小海看见爹爹铁青的脸，一下竟愣住了。

爹爹一把揪住小海：“说，你买么事吃了？”

小海睁着一双惊惶的眼睛望着爹爹，不知道得怎么回答是好：“我，我……”

爹爹脸上的肌肉可怕地抽搐着：“你不晓得家里等钱用啊，你不晓得家里在等钱还账啊！”他一边说一边跺着脚，“我，我……我打死你这个馋嘴的！”他一巴掌把小海打倒在地上，顺手抄起一根棍子。

妈妈含着眼泪赶过来护住小海：“他爹，利钱横竖是凑不齐了！三三一年到头没有吃过一顿饱饭，这几趟赶墟卖炭，他跟大人一样，总是喝两碗开水下山，饿着肚子回来，连我给他的几块红薯干都没舍得吃。今天过年，你，你就饶他这一回吧！”

姐姐从身后抓住爹爹手里的棍子，跪在地上喊着：“爹！要打，你打我吧！可怜三三小，他还不懂事……”

“不关你的事！”爹爹推开姐姐，怒气冲冲地对着小海，“说！钱到哪里去了？不说实话，看老子今天怎么收拾你！”

小海忍住眼泪，慢慢从地上爬起来：“天都快黑了，炭还是没有人要，我看四妹子饿得作孽，妈妈又没有奶……我就拿半挑子炭换了点吃的回来。”说着他解开腰带，从怀里掏出那几条小鱼和糍粑，鱼和糍粑都带着小海身上的热乎气。小海战战兢兢地把它们捧到爹爹跟前。

看见小海手上的鱼和糍粑，全家都呆住了。爹爹好像站不稳似的，晃晃悠悠朝后退了几步，棍子从他手上掉了下来，金圆券也散落一地。他呆呆痴痴地站在那里，过了好一会儿，才抢了两步，一把把小海搂在胸前，嘴唇上下乱抖，脸上的皱纹也可怕地颤抖着，半天说不出话来。是啊，小海什么时候馋过嘴呀，还不是为了那可怜的四丫头！

“爹委屈你了！儿啊，我……”恒文东张西望，好像在找什么。忽然，他捏紧了拳头，狠狠地捶打着自己胸口。他一边打，一边嚎着：

“我这是急糊涂了！我这是急糊涂了啊……”

这一拳一拳就像打在全家人的心上。

“三三，你不晓得爹爹的难处啊！我们坡上的那五分地……没有啦！”恒文指着小海手上的糍粑说，“这些东西，哪是我们这样人家吃的呢？”

“我晓得，爹爹！”小海额头上一阵冰凉。爹爹的眼泪正一滴滴地掉在他脸上。

望着糍粑，望着鱼，全家想起了坡上的那五分地。姐姐在一边暗暗地流着眼泪；妈妈倒抽着凉气，扑倒在床脚边……

爹爹抬起了头，说：“地是保不住了，保不住了！盼只盼嵩伢子早点回来，我们一家人都平平安安地活着。”

两块糍粑，正好一人半块，这也叫一顿“团圆饭”；煨好的鱼汤，清清淡淡只有一碗，姐姐端着送到妈妈的手边。

“妈，你喝了吧。”

“三三，过来！你先喝两口。”妈妈喊着。

小海坐在火塘旁边，没有答话也没有动。

“过来呀！”妈妈心疼地唤着，“可怜你这片心意，你先过来尝两口……”

爹爹说话了：“我说屋里的，叫你喝嘛，你就趁热喝下去。”

妈妈几次把碗送到嘴边，张了张嘴又把碗放下来。这碗鱼汤她怎么能咽得下去啊！她一边揉着心口一边说：

“英妹子，把碗端过去，我，我这里哽得慌。”

“妈，喝吧，四妹子等着吃奶哩！”姐姐把鱼汤又送回到妈妈手上，转身抱起床里边的四妹子。

“是啊，该喂奶了。”妈妈在想，“人家岁把的细妹子早就满地乱跑了，可我们的四妹子连坐都还坐不稳。”她鼓起勇气把碗又送到嘴边。

突然，姐姐一声尖叫：

“妈！不好了，不好了！你看，四妹子她……她……”

“啊！”妈妈一惊，砰的一声碗掉在地上摔碎了。她连忙从玉英手上接过四妹子……

小屋里一阵忙乱。活了岁把的四妹子，全身已经冰凉冰凉的了……

劳累了几天的小海，抓着半块糍粑靠在火塘边上睡着了。屋里的忙乱，也没能把他从好梦里惊醒过来。梦里边，他还在为四妹子抓鱼哩。一条条欢蹦乱跳的大鱼，在他眼前游动着。他抓了一条又一条，那微微张开的小嘴，流露出一丝淡淡的笑意。他还不知道，他可怜的四妹子，已经永远不需要鱼汤，永远不需要奶了。

茅屋里传出一片哭声，一家人为早死的四妹子，为失去的那五分向阳坡地，为这数不清的灾难哭泣着。

雪下得更大了。一片片鹅毛大雪，翻卷着、盘旋着，不声不响地扑向山区，扑向老鸦窝，扑向欧阳海家那间挡不住风雪的小茅屋。寒冷、饥饿、死亡，就像走马灯似的在山区人民面前，转了一遍又一遍。一年又一年啊，人们用眼泪迎接新生的孩子，又用眼泪送走早逝的婴儿；一个又一个啊，孩子们空着肚子从娘胎里出来，又空着肚子离开人间……这吃人的社会，什么时候才坍塌崩溃？苦难的中国人民啊，哪一天才能见到晴天！

更声传来，交子时了。远处响起了噼噼啪啪的鞭炮声，是送旧迎新的时刻了：旧的一年不声不响地过去了，新的一岁已经开始。

门前的小松树，悄悄地又增加了一圈年轮。

四 “天兵天将”

一九四九年的冬天，暴风雪铺天盖地地扑向老鸦窝。十年不遇的大雪下了尺把厚，压得松树弯了腰，压得茅草屋顶吱吱作响，再下，天都要塌了！人们盼着：老天爷，该晴天了！

嵩伢子回来了，是开了小差、又在外乡当了几年长工，一路上讨米回来的。二十多岁的人，头上已经斑斑点点地出现了一些白发。那天半夜嵩伢子回到家，全家又是喜又是怕，爹爹白天不敢放他出来，让他躲在漆黑的红薯窖里，害怕潘保长又来抓“逃兵”。

个把月前就听过路的人说，共产党要开进山里来，这几天大人们到处在低声议论。小海想凑拢去打听打听，爹爹总要瞪他两眼：“小伢子走开，你懂个么事！”长辈们越是背着小海谈，小海越想知道：“共产党”是什么呢？是人呢，还是别的么事？他不明白。

又一个风雪天的晌午，山口子上响起了一阵锣声。潘保长带着六七个保丁突然冒雪来到老鸦窝，说是“紧急戒严”，还说共产党进了山，他保长要挨家挨户地搜查。两个保丁各端着一条“汉阳造”闯进了小海屋里。小海觉得奇怪：我们屋里也有“共产党”？他跟在保丁后边，瞪大了眼睛想看个究竟。保丁们翻箱倒柜地搜着，看看尽是些破衣烂衫，才故意踩破两个瓦钵子走了出去。

屋后红薯窖的盖子被掀开了。接着传来两声狂吼：“不准动，动一动老子就枪毙你！”——大哥被他们从地窖里揪了出来，反剪着双手拖到打谷场上。小海赶出去一看，场上还捆着好几个年轻人。保长一挥文明棍：“带走！”一根长绳捆着一串庄稼人，连拉带拖地扯下山去。

老鸦窝像开了锅，一片哭叫声，叫儿喊娘的，呼天抢地的，乱成一片。人们跟着被抓走的亲人，踉踉跄跄地跑下山去。

小海一边跟着爹爹往山下走，一边在想：不是说搜“共产党”吗，怎么把哥哥抓走了呢？他心里更糊涂了。

莲溪镇上的刘家大屋院子里，塞满了刚从四乡抓来的百十口子青年人，绑没松、绳没解，一个个蹲在院子里交头接耳地议论着什么。刘大斗出现在台阶上，身旁还跟着两个护兵。他披着一件国民党部队的军上衣，威风凛凛地咳嗽了一声，人群立刻静下来了。

“乡亲们，”刘大斗开了腔，熬过夜的眼珠上布满了血丝，“今天，我把弟兄们请到这里来，是要告诉大家一个信。这些天人人都在谈共产党，不错，”他提高了嗓门，“共产党正往这边开过来……”

不知是惊还是喜，人群里轰的一声又乱了。

刘大斗紧忙咳嗽了几下才压住场。他滔滔不绝地胡诌了一套什么共产党“杀人放火”、“共产共妻”，还扯了一些什么“共产党待不长远”，“蒋委员长最晚清明就要回来祭祖”……最后，他才一本正经地托出本意：“上峰指示兄弟我组织民团自救。只要弟兄们肯跟着我刘某人上山，躲过这两个月，班师之日，我论功行赏，好好让乡亲们过几年太平日子。刘某人说话算话，决不食言。”

“上山？那我们吃么事？”有个胆大的问了一声。

“有盐同咸，无盐同淡。在山上我早有安排，囤了好些粮食。从今天起，各位的口粮就由兄弟我包下来。”

“寒冬腊月的，我们走不了啊！”有人在小声嘀咕。

“这不怕。衣服嘛，过几天就发，里外三新的棉袄；家里的事情，我自然会替各位办妥，大家只管放心。好，快给弟兄们松绑！”刘大斗对持枪的护兵说，“哪位愿意跟我走的，请站到前边来。”

绳子解开了，可是人们都在原地活动被捆的手脚，低着头，没有一个人站到前边去。

刘大斗皱了皱眉头：“我这是为了乡亲们好。乡亲们是不知道，共产党在县城里是七家共一把菜刀，天不黑就反锁大门，不准人顶着星星走夜路。共产党真的来了也没有你们的好日子过。”看看还是没有人动，他继续说，“兄弟我今天把话说明，哪个愿意上山，欠我刘家的旧债新账，不管是谷子还是现钱，一概不算。今后我们就两清了。”

刘大斗的这一手，像往油锅里倒进一盏清水。人群里谁家不欠刘家的债？大伙叽叽哇哇地又沸腾起来。可是你看看我，我看看你，还是没有人走上前去。有个人傻呵呵地跑到前边去站了一会儿，回头看看大家没动，又急忙跑回人群里来。

潘保长站在一旁，斜眼一直盯着崽伢子：“欧阳嵩，你这个逃兵，不在前方戡乱，私自逃跑回家，本保长没有查究你弃枪脱逃的罪责，你还胆敢站着不动？过来！”

嵩伢子横了他一眼，没有动。

“过来！你爹欠下刘老爷一百几十石谷，你拿什么来还？刘老爷宽待你，这么大个便宜你不捡，你是找死啊！”潘保长对护兵一挥手，“把他捆过来！”

“让他自己过来嘛！”刘大斗憋住火，转向嵩伢子说，“只要你跟我姓刘的上山，坡上向阳的那五分地，也算我刘某人赏给你了。”

嵩伢子看了看刘大斗，又看了看身边的乡亲们，往地上一坐，双手抱住膝盖，像在地上生了根似的。潘保长嘴一歪，几个护兵过来，连踢带打地把他押了过去。

看着大家都站在原地不动，刘大斗气得直咬牙，他强压着性子说：

“上山是个大事，急不得，各位再盘算盘算。下边请‘湘南自卫救国军’吴司令给大家训话。”

正厅的门打开了。一个满脸横肉、矮墩墩的胖子走了出来。他光着脑袋，敞着短皮袄，带着铜护镜的宽宽腰带上紧贴着两把二十响快慢机。

“吴崽子！……”有人低声地尖叫着。

人们心里明白了：惯匪吴崽子要拉人入伙，强逼乡亲们上山当土匪。落在这个活阎王手里，怕是活不出去啰！

吴崽子把腰一叉：“本司令只说一句：情愿走的，跟我上山；不想去的，就地正法。”他满脸杀气，拿眼睛朝院子里扫了一周。

人们都躲着他的目光，又不敢动，又不敢不动……

大门外边叽叽哇哇地哭成一堆，掩儿带女的亲人们来到刘家大屋门口，密密麻麻地站满了半条街。他们想来看看自己的骨肉，想打听打听：这回潘保长绑人，是拉夫，还是抓壮丁？

吴崽子听见门外闹成一团，脸上的横肉一抖，小声对刘大斗说：

“凡是男的，不管老小都放进来！”

刘大斗不明白吴崽子的意思：

“带上这些老老小小的，上山有什么用？”

“你懂个屁！”吴崽子咬着牙说，“人多好办事。共产党要真敢上山追老子，老子就拿他们打头阵，当炮灰。有这帮穷鬼跟着我们，共产党啊共产党，我谅你有枪不敢开，有炮不敢放！”

“高！高！”刘大斗似乎明白过来了。他向手下人传说：“只要是男的不管老少都给我放进来；妇道、细妹子，一个也不准进！”

护兵把大门打开了，人们不知是计，拼死拼活地往里挤。欧阳恒文好不容易被人潮推了进来，大门又关死了。小海慢了一步，被拦在外边，夹在一群哭得死去活来的妇女中，没命地大叫着：

“爹！爹！……大哥呀……”

红门高墙挡住了小海的叫声，那对石头狮子正咧着大嘴、鼓起眼睛瞪着他。

小海在院子外边转了又转。丈把高的砖墙把他隔在外边，院里不时传来哭叫声。他苦思苦想，想不出个进去的办法。后院靠墙边有棵小树，对，可以顺树爬墙头跳进去，只是要等到天黑了才行。“天快点黑吧，我妈等我讨个信回去哩！”他捡了几块石头揣在兜里，准备对付“来喜”那条黄狗。他埋怨自己说，“唉，要是把柴刀带来了，那该多好！”

天黑了好一会儿了，小海攀着树跳进墙来，顺着墙根往前摸。这么大的院子，他又是头一回进来，黑漆漆的往哪儿摸呢？爹爹和大哥在哪里呢？

突然，身后有脚步声，一条手电棒的光柱从身边滑了过去。小海紧紧贴在墙根下趴着，连气也不敢大喘。两个巡更的保丁就在他身后不远的地方谈起话来。

“你听说没有：共产党就是当年搞暴动的红军，如今人马壮了，正从县城往这里开过来了！”

“知道。”

“想溜就趁早啊……”声音很低。

另一个大声地回答着：“怕什么！当年他们就没有到这里来过，这回来不来还不一定哩！就算他们真的要来，县城离这里百把多里地，够他们跑好几天的……”

“你不知道啊！”另一个打断了他的话，“我听撤下来的弟兄们告诉我说，共产党都是天兵天将……”下边的声音小得听不见了。

“天兵天将”！小海明白了，他想起老人讲古时说的故事，“神行太保，一夜能走八百里”，“哪吒太子，脚踏两只风火轮”——共产党怕就是这样的人吧。连保丁都怕，一定很厉害。唉！也不晓得他们到不到山里来。“共产党啊，你一定来，你快点来吧！”想着想着，他差点喊出声来，急忙咬住自己的舌头。

远处有点什么动静。“哪一个？”保丁吆喝着，端枪追过去了。小海乘机站起来一溜烟似的来到正厅前边的大院子里。

院里灯火通明，几十个火把亮着。刘大斗已经收拾停当，好几个长工正往外搬东西。台阶下捆着不少人，小海贴在一根柱子后边用目光搜寻着，“大哥也被捆在人堆里！”他想叫，又没敢出声。“爹在哪儿呢？爹爹该不会……”

一只大手抓住了小海的后脊梁：“这里还有一个！”小海整个身子被提了起来。

“塞到牢里去算啦！”一个声音说。

小海还没来得及反抗，就被扔进一个黑咕隆咚的房里，房门跟着就咔嚓一声反锁上了。他眼睛里还冒着金花，什么也看不见。

停了一会儿，屋角上一个低低的声音在问：

“是哪个？”

“爹！”小海听出是爹爹在问，高兴地飞快朝着传来爹爹声音的方向爬了过去。

“三三，是你？！”爹爹吃惊地问。他伸出双手在黑屋里乱摸着。

“是我！”小海爬到爹爹身边说，“我到处找你。”

爹爹抱住了小海，又是心疼又是埋怨：“三三，你进来做么事啊？唉……”

“妈在屋里着急，我想来讨个信回去。”

“三三哪！”恒文叹息着说，“你跟爹一样，这是跳到火坑里来了！”

小海从爹爹嘴里知道，共产党要往山里开过来了，刘大斗和吴崽子想拉人出去当土匪。如今，去是一条死路；不去，也是死路一条。

“爹，共产党到底是些么事人？”

“共产党嘛，就是红军，是些打土豪的穷人。民国十七年红军打县城路过，听见过他们的人说，红军都是梭镖长枪宽大刀，红旗红缨枣红马，好不威风啊……”

“他们敢打刘大斗不？”

“当然敢！”

“那就不怕了。”小海心里全明白了，“爹，刚刚我听说，共产党从县城往这里打过来了。”

爹爹叹了一口气：“是啊！怕只怕来不及啰。”

小海没问“天兵天将”的事，也没问共产党是不是真有“飞毛腿”和“风火轮”。这一点，他深信不疑。他心里盼着：“共产党啊，你撒开‘飞毛腿’，踏着‘风火轮’快点杀过来吧！要不，我们就等不及了！”

共产党、毛主席、朱总司令领导的百万南下大军，没有踏着什么“风火轮”，是穿着草鞋，迎着漫天风雪，正朝桂阳山区、朝老鸦窝、朝着欧阳海飞奔而来。

一个保丁给吴崽子报信说，共产党的先头部队已经从沙塘那边绕小路过来了。这个消息就像棍子捅进了马蜂窝，引起一阵骚乱。

吴崽子叫人摊开地图，光秃秃的脑袋凑在地图上琢磨着。几把明晃晃的火把，把他的秃头照得油光锃亮。猛地，他抬起了头，脸上横肉一抖：“厉害！共产党这一手厉害！要不是他们能掐会算，就是有人走漏了风声，赶到我们前边来了！”

刘大斗的鼠眼睁得圆圆的：“吴……吴……吴司令，我，我们快，快走呀！”

吴崽子慢吞吞地说：“来不及啰！这些穷骨头没法带，拖着他们肯定要坏事。不过，没关系，甩开这些家伙，我们绕太平山走，山上有我的人。”

远处传来几声枪响。

刘大斗脸色煞白："司令，司令，我刘刘，刘某人……全，全靠你了。"

吴崽子拍了拍他肥肥的胸脯："有我就有你，只管放心，老弟！"他指着院里的年轻人小声说，"满禄！先把他们都赶进那排下房里去，千万不能让这些穷鬼晓得了我们的去向，得亏刚才没把洞子说出来！"

刘大斗一边支使护兵把捆着的庄稼汉往下房里赶，一边使出吃奶的劲喊着："都听着！刘某人要走了，留几句话给大家。共产党是待不长的，民国十七年他们在县城也只待了几天，就让蒋委员长赶上了山，这回也长远不了。你们哪个敢动一动我刘老爷的房子、刘老爷的地，哪个敢替共产党通风报信，我杀他满门九族！"他咬牙切齿地说，"刘某人从来就说话算话。不怕死的，你们就试试看！"

吴崽子把他推到一边："你跟他们费什么口舌！"他对护兵喊，"给我烧！"

"什么？你，你，你……"刘大斗急得舌头像短了一截，"吴司令，这点家业，来得不易呀！我刘某人可从来没有亏待过你，你这一烧，我，我班师之日……"

吴崽子心平气和地说："满禄，旧的不去，新的不来，一排下房值得几个钱！回来的时候再叫他们给你砌！"他压低了声音，"再说，不杀人灭口，我们在山上怎么待得住？"

刘大斗又咬牙又跺脚："好！老子横下一条心，依你的。烧，烧，烧！"

他们收拾好细软，刚刚从后门溜出了刘家大屋，一股浓烟就从院里冒了起来……

就在这个时候，"天兵天将"——解放大军踏着风雪冲过来了。

一个连长高声喊着："二排救人，救火！一、三排，跟我追！"

一个通信员的声音："报告，二排长挂花了！"

"周虎山，你代理排长，镇上的事交给你了！"连长一挥手，"其余的跟我上！"

哭声，喊声，救火声混成一片。

关在下房里的乡亲们被浓烟呛得喊不出声来，只听轰的一声，浓烟变成了火苗，烧起来了。眼看火苗越着越大，欧阳恒文几次撞门也没有撞开。他手足无措地搂着小海，紧紧贴在土墙上。他想起了九年前自己抱着小海往土地庙走去的情景："那一关总算闯过来了。未必那年雪里没死成，今天却要埋在这火堆里……"

二排代理排长周虎山带着四班的战士冲进院里。他虎彪彪的眼睛朝周围扫了一圈，隐隐听见下房里有人呼救。“不好，屋里有人！”他把打铁的胳膊用力一挥，“同志们，上！赶快救人！”他边说边飞快地解下了子弹袋，飞起右腿，一脚踢开了正在着火的房门，纵身跳进屋里，用胳膊夹起一个浑身冒烟、小脸被熏得漆黑的孩子，大步跳将出来，抱着孩子就地一滚，小孩身上的火灭了。周虎山又冲进火海中……

天麻麻亮的时候，火全灭了。小海和爹爹又失散了，也没看见大哥。他坐在刘家大屋的门槛上，看着自己的一身：衣服全给烧烂了，一碰就掉下来一大片，摸摸自己的脑袋，头发也燎去了一大半，幸好还没有伤着什么地方。他心里像一锅粥似的闹不清发生了什么事情。是哪个把我抱出来的？是哪个救的火？刘大斗跑了没有？爹爹在哪里？是不是“天兵天将”已经打过来了？

随着脚步声，小海隐隐约约发现有一个黑影朝大门口走来。他本能地躲在门影的暗处，细细打量着这个人。

这个人走到大门口就停住了。他也正在注意着门边的一个小黑影。

透过熹微的晨光，小海发现站在门口的是一个兵，一个自己从未见过的兵。他本想撒腿就跑，刚要起脚，又停住了。他回头细细地看了看这个兵：衣领上两面鲜艳的红旗，帽子上一颗五角红星，掖在腰间的枪把上，缀着一条长长的红绸子。“红旗红缨枣红马，”他想起了爹爹说的话，“莫非他就是那个‘天兵天将’，是那个共产党吧！”小海回转身来，不停地眨巴着眼睛。他忽然觉得好像在做梦一样，这个兵我在哪里见过……

门口的那个兵，也在细细地打量着这个孩子：一身烧烂了的破棉袄，东挂着一块，西拖着一条；下边光着两只小脚丫子，脸上乌漆抹黑，只看见两颗明亮的眼珠忽闪着……

小海站在门角落里，鼓起勇气，问道：“你，你是红军，是共产党！”

“是啊，”那个人笑呵呵地回答说，“我叫周虎山。是共产党，是毛主席、朱总司令派来的。”

“你们真的能掐会算，晓得我们在遭难哪？”小海还是站在原地没有动。

“我们不会掐也不会算。可是毛主席、朱总司令晓得桂阳山区的人民在遭难，是他们两位老人家叫我们赶来的。”

共产党真的来到了身边，小海心里千言万语不知从何说起。他想问，是谁救的火，他想知道是哪个把他从火里抱出来的。看了看眼前这个兵，觉得这一切都不用问了。他迈开双腿，张开手臂猛的一下扑到了周虎山的怀里，张了张嘴，喉咙里像被什么东西哽住了，话没说出口，眼泪却涌了出来……

周虎山用两只大手紧紧搂着扑过来的孩子。透过他又破又烂的棉衣，周虎山感觉到怀里的孩子在浑身颤抖。他急忙脱下自己的棉军衣，披在孩子身上。棉衣上的热气立刻传遍小孩的全身。

“这身棉衣真暖和啊！”孩子心里在说。他记起了铁匠铺里温暖的炉火。他想起了铁匠师傅多少次递到他手上来的热乎乎的红薯和开水。这回不只是手上暖、身上暖，连心里都暖了。他仰起头来，望着这个“天兵天将”亲切而又陌生的面庞。他从自己记事以来短短几年经历中，努力搜索着对这张面庞的回忆。他仍然觉得是在梦中，他害怕这场梦会突然惊醒。他紧紧偎依在周虎山的怀中，没有出声。

周虎山望着怀里的孩子。透过那张满面烟黑，模糊难辨的小脸，那一双熟悉的大眼睛，那一张即使在要饭的年月也微微翘起、流露着不满和刚毅的嘴唇，他明白了，怀里的孩子不是别人。他把小孩举了起来：

“小兄弟，我是喊你三三，还是喊你欧阳玉蓉？”说着，顺手把小孩放到门前那只龇牙咧嘴的石狮子背上。

小孩高高地骑在石狮子背上。他感到奇怪：这个“天兵天将”怎么会晓得我的名字呢？他本能地想回答说“欧阳玉蓉”，话到口边又停住了。看了看身边的这个“共产党”，觉得自己胆大起来，他眉毛一扬，有生以来头一次当着别人的面响亮地回答道：

“不！我叫欧——阳——海！”说着他侧过头来，骄傲、自豪地望着身边这个解放军。

周虎山微笑着慢慢地摘下了头上的军帽，一副亲切熟悉的面容就在小海眼前。铁匠炉边的件件往事涌上心头：四妹子嘶哑的哭声，母亲微微抽搐着的痛苦的脸，莲溪镇上凄凉的叫卖声——那是一个个多么令人心里发颤的冬天啊！在那些严寒的日子里，正是这张熟悉的脸，给过他笑容、安慰和温暖。只可惜四妹子没能熬过这些风雪严寒。小海张开双臂钩住周虎山的脖子，亲切地喊着：“周师傅！”

“三三，我不是说过吗，我们总有一天会再碰面的！”周虎山搂着小海，“这一天不已经来了吗？”

是啊，这一天已经来了。欧阳海，他站在刘家大屋门口的石头狮子背上，抬头看，一轮太阳正在东方升起来，低头瞧，神气活现的石头狮子已经踩在自己的脚下了。他伸手摸了摸狮子嘴里的圆球，又使劲地拍打着狮子的脑袋。

“我真的骑到狮子背上来了吗？”小海心里在问着自己。他从狮子背上跳了下来，狮子还和从前一样：咧着大嘴，鼓起眼睛，只是好像远不如往年那么神气了。小海轻蔑地看了石头狮子一眼，一翻身又轻易地跨上了它的脊背。

“这是真的吗？”小海骑在狮子背上还在想。刚满九岁的欧阳海，他还不知道，一场天翻地覆的变化已经到来！

天大亮了。街上行人熙熙攘攘，爹爹和大哥也夹在人群里边，笑着朝周师傅走来。小海骑在石狮子背上，指着东方升起的太阳，高声喊着：

“爹，大哥，你们看，天晴了啊！”

冬天的阳光从天上洒下来。它铺满了山区，铺满了老鸦窝，也暖烘烘地照在历经了九个严寒风雪的欧阳海身上。

雪开始融化了。屋檐下、树下滴滴答答地掉着雪水。亮晶晶的水啊，正鼓着小泡急急忙忙往地里流去。

门前的小松树伸直了腰，挺立在阳光下，它碧绿，娇翠。我们的小松树啊，它正在往上长哩……

第二章　阳光下

五　变了

桂阳山区晴天了，暖洋洋的太阳挂在天上。老鸦窝的积雪化尽了，周围的群山脱下白皑皑的素装，换上了一身苍翠。站在山顶往下看：梯田层层，村庄点点，弯弯曲曲的小溪，像一条亮晶晶的带子蜿蜒在山下。是啊，谁能说山区荒凉！从山脚往上看：翠竹成林，映山红满地，老鸦窝在群山中傲然挺拔。谁说它是个“老鸦窝”，它像一只展翅的凤凰，正要腾空起舞。

变了，变了，一切都好像变了！山变了，水变了，连老鸦窝都变得格外逗人喜爱起来。

这些天，小海兴奋得没有睡过一夜安生觉。夜里，他忽闪着两只大眼睛，一边数着天上的星星，一边琢磨着这些日子以来的变化：周师傅回来了，当了兵，带着枪回来了；工作队的同志和“天兵天将”们搬进了刘家大屋，如今跟着爹爹到墟上去卖柴的时候，不用绕道走了，可以大摇大摆地从刘家大屋门前过，可以随意爬上石狮子背上玩一会儿，也不用担心黄狗“来喜”会蹿出门来咬人了；墟镇上、山里边，再也看不见潘保长和他那根晃动着的文明棍。从前，黄灿灿的谷子从四乡里一担又一担地挑进刘大斗的粮仓；如今，工作队的同志四处招呼着乡亲们到刘家大屋去领救济粮，解放军同志还帮着工作队，把救济粮挨家挨户地送到那些没柴没米的穷苦人屋里……

小海从来没遇见过这样的好人，老鸦窝开天辟地以来也没碰上过这样的好世道。逢墟赶集或者是半路上，人们只要一碰到解放军，总要拉着手哇一哇家常，扯上个把时辰也都有话可讲。在家的时候他们不是出苦力的也是庄稼人哪！可是前不久有天半夜里，吴崽子、刘大斗的人出了山，抢了粮不说，还留下一句话："再给共军办事，鸡犬不留。"从此乡亲们叽叽喳喳又在议论着什么，老人们在叹息，连隔壁杏婆婆屋里明明没有米下锅，也不肯动一颗救济粮了……

小海眨了眨眼睛在想："这是为了么事呢？"

大概正是为了这个小海不知道的原因，周虎山领着四班的战士住到老鸦窝来。他们在村头上支起了一个茅草棚子。解放军真是麻利，一顿饭的工夫，四根柱子一个顶的棚子就搭起来了。周虎山还在土地庙旁边架起了一座红炉。他领着通信员小董，挑着一担空箩筐挨家挨户地串。见谁家的砍刀钝了，他放进箩筐里。见谁家锄头缺了牙，钉耙断了齿，他也往箩筐里一放。连杏婆婆屋里挂在火塘边上一口多年没用的鼎锅，也被他摘下来，当着亮处照了照，发现鼎锅裂了缝，他也放到筐里挑走了。不一会儿，土地庙旁边就响起了叮叮当当的打铁声。日头还没偏西，砍刀重新开了口，鼎锅补好了，缺牙断齿的农具，让他收拾得像新的一样。

乡亲们从周排长手上接过回了炉的铁器，心里感激地说：

"难得周师傅投了解放军，当了官，可铁匠师傅的禀性没改啊！只是，你也不能天天守着我们哪……"

四班的战士们，干得更欢。他们背包还没解开，就忙着给这家挑水，给那家打柴。要论打柴，这下可有小海显身手的地方了。他连蹦带跳地领着同志们上了山，告诉他们：哪些枝枝能砍，哪些小树不能动——砍柴他是老手了。战士们笑着摸了摸小海的头，没有说什么。哪晓得过不一会儿，他们每人都砍好了一大担。小海上前一看，傻了。他心里在说："真是'天兵天将'！砍起柴来也个个都是里手。"

小海装成个"队伍"上的人，挑着柴跟在战士们身后挨家去送。他们把柴火送到火塘边，把水倒进缸里。乡亲们客客气气地把他们迎进屋里来，又客客气气地把他们送出门去，嘴里说着"难为"，心里却在想："唉！不砍柴不挑水也知道你们是好人哪！放心不下的是，不晓得你们住不住得长远啊！"

周虎山凭自己的感觉和听了战士们的汇报，知道这个"客气"里边有问题。

问题在哪儿，他一时还摸不准。一个叫欧阳德信的老头常来门口看看，好像有话要说。今天他又来了，周虎山笑着迎了出去。

“老人家，进来坐嘛！”

“不啦，不啦，你们忙……”

“不忙。来喝碗开水。”周虎山向里边招呼着，“小董，拿点水来。”

“不麻烦，我是来看看你们这个棚子的。棚子盖得这么单薄，半夜里不冷啊？”

“德信大爷，你老说这话可见外了。住在这棚子里的，和你老一样都是受苦人。要说冷，我们也冷惯了。”

老头摇了摇柱子：“山里风大，我是说，这棚子不大结实，恐怕……”下半截话他没说出来。

“能住就行，我们还有任务……”

周虎山话没说完，老头一转身就走了。小董端着一碗开水愣在门口，周虎山也像掉进闷葫芦里了：

“德信大爷是什么意思？”

工作开展不了，群众发动不起来，抓吴崽子的事更是八字还没有一撇。周虎山和四班的战士都在纳闷：破烂铁器重新收拾过了，水也挑了，院子也打扫了，也没有谁犯群众纪律，为什么老乡们总是躲着呢？前些时见了面，谈天说地没个完，现在碰到一起了也说不上三几句话。周虎山说：

“欧阳海家是贫农，苦大仇深。小董，你先把小海找来问问。”被招呼的小董，是班里最年轻的战士，口说十七，其实十六岁还不到。他原来在团里当“小鬼”，临时调到四班来的。这几天他已经和小海混得很不错了，还答应给小海做个木头手枪哩。

“谈正经事，找他这个娃娃来有啥用？”小董不以为然地说。

“你这个小鬼！”周虎山笑了，“用你们东北话来说，你不也是个‘半拉子’吗？半拉子能同样扛枪打仗，人家小海连问个‘正经事’都不配？”

“那……那我就招呼他来呗！”小董扯着童音叫着，“欧阳海！”

一个更年轻的声音学着“天兵天将”的口气立即回答着：

“有！”

“你过来一下。”

“是——”小海把“是”字拉得老长。

“是”了半天，没见小海的影儿。大伙更纳闷了：往天，只要喊一声，小海就拉着“是”字来到门口，还要学着小董的模样喊一声“报告”的。今天怎么不来“报告”了呢?

“这小家伙，今儿个是怎么的了？不来了？”小董话刚落地，门口响起一声不太对劲的“报告”。听声音就知道，小海受了点什么委屈。

小董拉着欧阳海的手问：“木头手枪我赶明儿就给你做。你怎么啦？”

“妈不让我跟你们玩。”小海噘着嘴说。

周虎山连忙问：“为什么？”

“她说周师傅是好人，这我们心里都明白。可看样子你们住不长远，过几天就要开拔了……吴崽子、刘大斗他们还在山上哩！”

“哦！”周虎山心里全明白了：这里刚刚解放不久，乡亲们对解放军还不够了解，担心我们很快又要离开。怪不得这几天救济粮没人敢要了，怪不得老乡们突然对我们“客气”起来，怪不得德信大爷说“草棚不结实”，原来乡亲们怀里还揣着兔子哩！他往自己后脖颈上打了一巴掌，“咳，我呀我呀！虽说是桂阳山区土生土长的，可是一当兵，就忘了庄稼人的心思了。我们没家没业，拔腿就能走，拖家带口的乡亲们，怎能不顾及刘大斗的报复？我们还没有把‘底’交给群众嘛！”

“小海，你快回去吧，免得妈妈说你。”

“你不是找我来有事吗？”

“没得啰。”

周虎山就着膝盖匆匆给连里写了一封信，叫小董跑步送去。他回头对四班长说：

“来，同志们，我们把这茅棚子拆了！”

“干啥？”四班长问。

“重新盖个结结实实、正经八百的房子。”周虎山挽起袖子边说边干，“要想发动群众，抓住土匪，就得让乡亲们相信，我们大军在这儿生了根！要不，群众怎么信得过你！”

全班十来个人一齐动手。砍竹子的、扛木料的、搬石头的，热火朝天，边干还边唱着：

我为谁人来打仗，为谁来打仗？
我为谁人扛起枪，为谁扛起枪？

听见歌声，人们连忙从屋里出来。一看：解放军在拆草棚，心里凉了半截。

“我早就说过，他们是住不长远的，你们还不信。看，这不就要开拔了？”有位“诸葛亮”叹着气说。大家站在老远的地方，难受地看着。

为了爹，为了娘，为了自己来打仗；
为了你，为了他，我为人民扛起枪。

竹子砍来了，木料扛来了，大块大块的石头抬来了，看样子是要垒墙基。

“诸葛亮”有点怀疑自己：“咦？这是搞么事名堂呀！莫非……”

人们渐渐地围到跟前来，抱着孩子的大嫂，梳着长辫子的姑娘们，也都站在一边睁大了眼睛望着。

我为人民，人民为我，人民解放我解放！
我为人民，人民为我，嘿！嘿！嘿！嘿！
　人民解放我解放！

墙基垒好了，房架又重新立了起来，四个角上还结结实实地钉了些木桩。

“哦，是在盖房子哩！”有人说。

“诸葛亮”这回真的算准了，急忙改了口气说：

“我早就说过他们一时走不了，你们就是不信。毛主席、朱总司令既然把他们派来了，心里自有盘算，哪能轻易就让他们走哩！”

欧阳德信稳稳当当地走上前去，用力摇了摇房架的柱子，又仔细打量着身边这群边干边唱的解放军战士，两颗感激的泪珠挂在他布满皱纹的脸上。他回过头去，对站在一边的人们喊着：

“你们站着做么事？还不赶快过来帮帮手！”

人们一拥而上，七手八脚地帮着干了起来。

歌声在老鸦窝四山引起回响，人们的脸上也泛出了笑容：看样子，解放军怕是真要在我们老鸦窝住下来了！

周虎山根据连里的指示，当天就在老鸦窝开了个群众大会。老鸦窝自古以来没有这么热闹过，邻近的几个村都来了人，连男带女总有一百好几。排长周虎山在大会上讲了话，什么“感谢老乡们的帮助”，“感激人民群众的支援”，大家都没有放到心里去。人们记得最清楚的是：“不把刘大斗、吴崽子抓住，我们不走！”“不把这股土匪消灭得干干净净，我们决不离开山区！”

会上，乡亲们的情绪像开了锅的水。人人都想要为剿灭匪患出一把力，可是吴崽子、刘大斗究竟在哪里躲着，谁都不清楚。

刚一散会，四班住的房子就被老乡们团团围住。这个说，“上我屋里坐坐去”，那个讲，“周排长，有空过来玩”……亲热得像一家人。

当天晚上，在老鸦窝后坡的大树上，发现一张“吴司令”的“告示”。上边说，“给共军通风报信，出卖乡里者，杀他全家”，“敢给共军引路进山，充当卖客者，祸灭九族”。乡亲们揭下“告示”来见周排长，一致请求大军赶快抓住这一股土匪。他们说，要不，山上就没有太平日子。

土匪已经明目张胆地出来活动了：沙塘后山上，吴崽子半夜出来抢粮……情况逼人，剿匪工作必须加紧进行。

周虎山拿着那张“告示”，决定立刻到连里去汇报、请示。小海在村口撵上了周排长。他指着排长手里的“告示”，小脸气得通红：

“周师傅，‘祸灭九族’是什么？”

周虎山说：“吴崽子吓唬人，说是谁要给解放军带路进山，他就把谁家的亲戚朋友都杀了。”

小海鼻子里“哼”了一声，眼里迸出一股火。

周虎山打趣地问：“你怕不怕呀？”

“我才不怕哩！”小海说得很干脆。他想了想又说：“要是你在，我就不怕。”

周虎山想，连这个倔强好胜的孩子也担心我们住不长远。刘大斗在这一带作了多少孽啊，怎能怪群众思想上还有顾虑呢？他拍了拍小海的头说：

“三三，你想想，我周铁匠要是不抓住吴崽子、刘大斗，我能走吗？你帮我们打听打听，吴崽子、刘大斗他们藏在什么地方？有多少人，多少枪？”

小海忽然想起来了，那天晚上在刘大斗的院子里，大哥不是被他们捆着要拉上山去吗？也许……

“走，我领你去找一个人。”小海拉着排长就走。

欧阳嵩正坐在门口打草鞋，小海拉着周虎山跑了过来。他隔着老远就喊：“大哥，你晓不晓得吴崽子、刘大斗他们在什么地方？”

欧阳嵩一下愣住了，想了好半天才说：“我不晓得。”

“咦！”小海追了一句，“那天晚上我见他们捆起你来，要拉你上山嘛！”

“他们光叫我扛东西，去哪个山，他们没有说。真的，我不晓得。”

小海急了：“大哥！刚才周师傅又说了一遍，他们真的不走了。真的！”

周虎山接过嵩伢子手里的草鞋，熟练地编了起来：“大哥，你怕是忘了吧，再好好想想。吴崽子那天晚上打算从哪条路走，只要你给我们指个方向，我们就好办了。”

欧阳嵩低着头半天没有吱声。刘大斗究竟在哪里躲着，他也确实不知道，只记得那天晚上，地主交代过往“老鹰嘴”扛东西。可是“老鹰嘴”也是好大一片哪，万一不在怎么办？这么大的事，说错了可不好。他说：

“刘大斗原是说往太平山扛东西，后来枪一响，他们丢下东西就跑，恐怕又变了地方。”

“对呀，太平山我们部队已经去过，搜了半个月没有找到下落。”

“那，那我就不晓得他们钻到哪里去了。”欧阳嵩把排长手里已经穿好耳子的草鞋又接了过来，“周排长，你忙，我自己来。”他低头打草鞋，再也没说话。

小海把排长送到路口，心里觉得很不好受。他低着头一声不响，不时用手里的竹棍抽打着路边的小草。周虎山看出了小海的心思，从口袋里掏出一支木头做的小枪。

“三三，你要的小手枪做好了。”

“我不要！”

周虎山知道小海的倔脾气，现在不是安慰他的时候。他把木枪塞在小海手里，说：

“别急嘛！等有了‘情况’，你再来‘报告’嘛！”

周虎山大步向连部住的村子走去。小海目送着排长下了山，心里还在生闷气。

土匪经常在夜里出来活动，部队又在太平山搜了好几天，连个土匪毛也没看见。上级有指示：在群众没有彻底觉悟、不是主动要求带路的情况下，坚决不能麻烦群众。战士们心里窝着一把火。

有的说："这儿的老百姓就是胆小，守着咱们这么些解放军，他们还害怕！"

有的不同意："这不是胆大胆小的问题。你没听咱们排长说过？刘大斗在这一带可把乡亲们糟践苦了。是凡新区的老乡们，对剿匪都会有些顾虑。这只能说明老乡受苦太深，咱们的工作还没做到家。"

"还要怎么做？救火、救人；砍柴、挑水，架起红炉、收拾农具；送救济粮、打扫院子，哪样没做？房子都盖了两遍还信不过咱们，就差没把心掏出来了。"

"人家不是信不过你，也不要你掏什么心，只要你把吴崽子、刘大斗给抓来。要不，哪一家老乡深更半夜不提着颗心，怕土匪下山来报复？"

"那、那、那……"

"那什么？那说明你脑瓜子里有问题，对群众的看法不全面。就你这片面性儿，黄牛只有半拉脑袋一只角；汽车，叫你看也只有俩轱辘儿。"

四班长作结论："问题很明白，是咱们的工作还没做到家，不能怨老乡们。在早，我想起咱们家乡那儿的一个地主，叫刁大马棒的，心里还直'突突'哩。这儿才刚刚解放嘛！"

"对，我明白了。"有"问题"的那个战士说，"现在的问题是怎么才能找到吴崽子的老窝。只要能把他们抓到手，群众就什么顾虑也没有了。"

战士们就如何才能抓着刘大斗他们议论开来。山高林密，部队又是初来乍到，怎么可能一下子就找到土匪的老窝呢？乡亲们也只知道吴崽子在太平山，可太平山方圆这么大，谁知道他在哪儿猫着？大海捞针也没这么难！再说吴崽子他们头上也没刻着"土匪"两个字，就算见了面，还兴许点个头就把他放走了哩。总归一句话：得靠老百姓帮忙……战士们你一言我一语地把问题补充得很清楚。可是吴崽子是个杀人不眨眼的惯匪，刘大斗是个吃人不吐骨头的恶霸，群众一想起他们就害怕，有顾虑，不敢提供线索，我们总不能瞎猫去碰死耗子啊……

"我看哪，"小董说，"找欧阳海来想办法。"

"你不是说过，他一个娃娃家谈正经事不顶用吗？"有人"将"了小董一"军"。

"那是我前几天的看法。人总在进步嘛，小娃娃怎么的？刘胡兰牺牲那会儿才十六岁！"小董在为欧阳海也为自己辩护着。

“报告——”小海隔着八丈远就喊起来了。

周虎山正在屋里看一份太平山区的地形图，听见小海的声音，他放下那份地图迎了出来：“三三，什么事？”

“周师傅、周排长，我告诉你，”小海进了屋，神秘地说，“有‘情况’啦！”

“情况？”战士们都拿起枪围拢来了。性急的人，咔啦一声，顶上了子弹。

小海咽了两口唾沫，眉毛一扬，滔滔不绝地说起来：

“明天我外婆过生日。外婆八十一了，她住在大舅家里。我妈说大舅从前没钱娶媳妇，后来当了人家的上门女婿，住在舅妈娘家。舅妈娘家我去过，是姐姐领我去的，有好几十里路，还要翻一架大山哩……”

“这叫啥‘情况’！”小董打断了他的话，不耐烦地说，“你别领着我们转磨磨！”

“莫慌啰！”小海兴致很浓地接着说，“要翻的那架山，就是太平山。”

“太平山！”小董来了点情绪。

“今天一早，妈妈给我们收拾好东西，给外婆带了二十个鸡蛋、一把干辣椒，还有……”

“行啦，这些啰唆事你就免了吧。”小董又急了，“你快说正题儿嘛！”

“好……带上了鸡蛋，把辣椒也放进包袱里了。姐姐领着我正要出门，大哥把我们拦住了。他问：‘你们怎么走？’姐姐说：‘走近路，从老鹰嘴底下插过去。’大哥一听，说：‘算啦！今天不去算啦。’”

“我一听，心里想：‘前天就说好去看外婆的，怎么又不去了呢？’我就对妈妈说：‘妈，还是去嘛！大舅答应过给我编个鸟笼子，还说要给我抓一对四喜来喂哩。’妈说：‘早去早回来吧。’……哪晓得大哥把妈妈扯到一边叽咕了几句，妈也变卦了。我吵了半天，妈妈才悄悄地跟我讲：‘三三，那条路上恐怕不大太平。’”

战士们觉得这还像个“情况”，可是小海不说了。

“快往下讲啊！”小董催促着。

“没得啰。”

“没了？”小董忽地一下站起来，“你绕了这么大个圈子，好不容易才说到点儿上，就，就‘没得啰’！”

“这算啥‘情况’！”有的战士把顶门火退了出来，把枪又放回枪架上。

周虎山把小海说的话从头到尾想了想，说："小海，总归一句话，你要过太平山去外婆家，哥哥说路上不太平。"

"对。就是这个'情况'。"

"老掉牙的'情况'了。"小董说，"咱们刚解放这儿的时候，老团长就知道太平山上有股土匪，为首的就是吴崽子。这点情况咱排长比你清楚得多！"

"那……那是周排长叫我有'情况'就来报告的嘛！刚才我爹爹还甩了哥哥一巴掌，问他为什么不早点说路上不太平的事。"

"同志们，欧阳海反映的这个情况很重要。"周虎山拉着小海的手，回头对四班长说：

"换便衣。"

四班长还没明白排长的意思，睁大了眼睛望着他。

周虎山走到四班长跟前，悄悄地说："小海的哥哥不放心他们走近路过太平山，这说明吴崽子很可能就在老鹰嘴那一带活动，咱们上那儿看看去。"说话的声音很低，"老鹰嘴"三个字刚够对方听见。

小海眉毛一扬，知道了排长的意思。他说：

"报告周排长，我也要去！"

"你？你去哪儿？"

"老鹰嘴呀！"

"不行。我们不去那儿。我们是去莲溪执行别的任务。"周虎山见小海还不信，又补充了一句，"真的，紧急任务！"

小海张开嘴刚想说什么又忍回去了。他生气地掉转身跑出门去。

老鹰嘴是太平山上的一座奇峰，巉岩怪石构成一个悬空的突出部，远远望去，恰似一张鹰嘴。山上刺窝丛生，原来有一条弯弯曲曲通向山顶的羊肠小道，由于过往行人稀少，已经长满了尺把深的茅草，十多米以外全被树枝杂草挡住，根本看不出去。半山腰里有几只老鹰在打旋旋。周虎山叹了一声："真是个险地方！"

周虎山和四班长顺着模糊难辨的小路一步步登上山去。在靠近"鹰嘴"的地方，他俩爬上一棵大树，蹲在树上观察周围的动静。从上午一直等到日头偏西了，也没发现什么情况。四班长有些灰心了，轻声对排长说："这四周连户人家都没有，土匪们吃啥？我看不会在这跟前……”

四班长话没说完，不远处传来一阵沙沙声。周虎山看了四班长一眼，两人急忙顺着树干溜下来，隐蔽到路边的草窝里。

声音越来越近了，四班长把短枪掏出来，心想：“好小子，我看你今天往哪儿飞！”

突然，沙沙声没有了，显然是那个人停下来了。隔不一会儿，又听见棍子打草的嚓嚓声。听声音，好像是土匪惯用的“投石问路”。显然那人停在原地没有动，也在试探着周围有没有情况。周虎山给四班长打个手势，两人顺着声音摸过去。近了，更近了，他们不约而同地扳开大机头，站起身来，准备猛扑过去。谁知，他们竟像被谁使了定身法似的站在原地愣住了……

欧阳海坐在一块石头上，左手托着一对鸟蛋，右手握着小棍，挥打路边的茅草，嘴里还轻轻地叽咕着：“我打死你刘大斗！……我砍死你这个‘来喜’……”他好像也听见了什么声音，急忙丢掉小棍站起来，从怀里掏出那支木头手枪，睁大了眼睛，毫无畏惧地四处张望着。

周虎山见到欧阳海拿着木头小枪的模样，心里“咯噔”一下：“多么好，多么倔强的孩子啊！”他后悔早上没有答应小海，却让他一个人进了大山。万一出了危险可怎么得了！小海是一片真心要为剿匪出点力，而自己却觉得他是个累赘，这对小海说来，是多么大的委屈啊！……周虎山大步跑过去，双手捧住小海的头，后悔、疼爱的心情，使他一时不知说什么才好。

小海见是周师傅，把小嘴噘得老高，好像是说：“你不是执行‘紧急任务’去了吗？”

打这天起，部队进山侦察，经常都是小海领路。周排长再三嘱咐小董：“欧阳海交给你了，别让他乱跑。出了危险，看我怎么敲你！”

小海的妈妈近来感到奇怪：每天一大早，小海说声“砍柴去了”，就上了山，非到天黑不回家；可是柴火却越打越少。有天半夜里，妈妈起来摸着小海的头说：

“三三，这几天你真打柴去了？”

“嗯。”

“你该没有背着妈做什么别的事吧！”

“没有！”小海从不撒谎，说完这两个字心里怦怦乱跳。亏了是半夜里，要是白天妈妈早就看出来了。

“屋里柴火够烧了。”妈妈说，“明天，你跟着姐姐到坡上找点野菜去。”

小海没吱声。

第二天天还没亮，小海就溜了。

部队来到老鹰嘴附近，分别卡死几条下山的路口，除非刘大斗、吴崽子不出来活动，否则怎么也要撞着战士们警惕的眼睛。小董根据排长的嘱咐，紧紧跟着小海，一步也不离开；小海东张西望的，不知在想什么。太阳快当顶的时候，小董看见一条黄狗从他身边跑了过去。小董看了看，并没在意，可他刚和另外一个同志说了几句话，转眼一看，就这么一会儿，欧阳海不见了。

“咦，人呢？”小董急了，“这可怎么交代？”他满山满坡地找，怕暴露了目标，又不敢喊。在山上转了一两个钟头，衣服、手、脸全剐破了，也没见着欧阳海。小董低着脑袋来到排长跟前。

“排长，你‘敲’我吧！”

“敲？敲你干吗？”

“欧阳海没了。”

“什么？”不仅周虎山，在场的人都很吃惊。

小董把情况向排长作了汇报，周虎山立即下了决心。

“四班长，你带几个人继续卡住下山的路口；其余的同志，找！无论怎样也要把他找到。一个小时以后，我们到这儿来碰头。”

战士们分头出发去找。天哪！这么大的山，上哪儿去找啊？一窝土匪都还没找到，何况一个欧阳海！论目标吧，他才是个不足四尺的小娃娃。

足足过了个把时辰，战士们陆续回来了。

“报告，没有。”

“报告，没有。”

“……”

“上哪儿去了呢？”大伙想不通。要是回家，他会说一声的；要是遇上土匪了，那他也一定会喊，只要一喊，大家也该听见了。

“该不是他回家玩去了吧？”一个战士说。

“对，刚才我就这么想的。一天到晚在这儿守着，对他来讲有啥意思，他准是回家玩去了。”小董说完，悬在喉咙管的那颗心，好像掉下去了一截。

周虎山摇了摇头说："不会的！"他找不出更多的理由，可心里很清楚：从小看，欧阳海也不是那样的孩子。

"是啊，他天天吵着要跟来，劝都劝不住，怎么可能独自跑回去呢？"小董也知道小海剿匪的决心。他刚回到原位的那颗心，这下又悬了上去。

"报告——"小海喘着粗气跑了回来。

"你上哪儿去了？"好几张嘴都对准小海吼着。

小董一把抓住欧阳海的腰带，唯恐他又飞了似的：

"排长，敲他！这小子可把我坑苦了！"

小海没理会这些，说："我看见'情况'了！"

"情况？"

"嗯！这回是个真的情况。"

"那你快讲啊！"

"早上我正想爬上树去掏一对'四喜'蛋——知道不，四喜长大了会打架哩……"

"你就快点说'情况'吧！"

"好……我刚想上树，一看，身边有个黄黄的家伙跑过去了。我一想，这不是'来喜'吗！"

"来什么喜呀？"

"狗嘛！"

小董又急了："哎呀，你老人家别转磨磨了，我们受不了。说正题儿！"

周虎山取下身上的水壶递给小海，对大家说："这个情况很重要。你们让他慢慢讲！"

小海没顾得上喝水，神情贯注地说："'来喜'一看见我，夹起尾巴就跑。我捡起一块石头就跟着它的屁股追。我想：'今天我非打你一石头不可！'它跑得好快哟，我就一直跟在它后边撵，绕过了老鹰嘴，'来喜'忽的一下钻进了盘古洞。咳，差几步我就打着它了！都怪这条鬼路，草又深，跑不动。要不，我一定饶不过它！"

"后来呢？"小董急着问。

"后来，后来它躲在洞子里不出来，我就回来了嘛！"欧阳海忽闪着眼睛，惋惜地说。

“哎呀，小祖宗！”小董失望地说，“你老人家咋尽是这么些不咸不淡的‘情况’！”

“不！”周虎山瞪了小董一眼，回头对欧阳海说，“三三，你看清了没有，那条狗是‘来喜’吗？”

“一看我就晓得。周排长，你忘了刘大斗的小崽子前年放狗咬过我？我死了也记得这条‘来喜’！”小海卷起裤脚，露出腿肚子上的伤疤转向小董说：“你们看！这就是‘来喜’咬的。”

小董似乎明白过来了：“哦，‘来喜’是刘大斗家的狗？”

“对，那是刘大斗家一条看门护院的恶狗。莲溪镇上的受苦人，个个都认得这条‘来喜’。”周虎山对大家说，“小海的这个发现很有用。‘饿狗不离主’嘛！‘来喜’钻进了盘古洞，那说明刘大斗他们很可能就在这个洞子里。”

小董眼瞅着欧阳海腿上的伤疤，激动地说：

“小海，等抓住刘大斗了，我一定替你报仇！”

周虎山布置四班的战士们在盘古洞周围隐蔽监视，不准放走土匪，也不能惊动他们；自己带着小海去找连长。

连部屋里坐满了人，欧阳恒文和他家的老大也在。经部队反复向乡亲们表达了剿匪的决心后，老乡们心里有了底，都主动来到连部报告情况。有的说，老鹰嘴那里过去就是土匪窝；有的讲，解放前不几天刘大斗悄悄往那里运过粮食。尽管具体地方谁都不晓得，但是大致的方向已经弄明白了。正好，这时候小海来提供了关于“来喜”钻进了盘古洞的重要情况……这一切都和侦察员了解到的完全一样。连长想，这说明洞里没啥吃的，“来喜”才饿得满山乱窜，怪不得他们前一阵总出来抢粮食哩。他一拍桌子站起来说：

“土匪很可能要溜。马上行动！”

听不见号音，听不见脚步声，部队悄悄地扑向老鹰嘴，连夜把盘古洞层层包围起来。四乡的群众，也拿起柴刀、棍棒，守在各个路口上。

天刚亮，太平山那边响了几枪，接着又是轰的一声。乡亲们都站到山头上去看。

太阳冒出山尖的时候，小董跑回村里来。说只放了三枪，点了一个炸药包。除了“来喜”被打死以外，四十来个土匪全部活捉了。

老鸦窝忙开了。烧水的，杀鸡的，连救济粮也拿出来煮了，人人都想为犒劳解放军尽点心意。

不知谁喊了一声："回来了！"人们都拥到村口来。

连长打头，战士们平端着步枪走在两边，当中一溜是四十多个土匪：一个个像犯了鸦片瘾似的，低头走着。

人们用眼睛仔细地在人丛中寻找吴崽子和刘大斗。眼看四十来个俘虏都过完了，还没找着。

"没有！"有人低声说，听口气失望得很。

"没有！！"很多人紧张起来，"哎呀！该不会让这几个祸害跑了吧！"

"走！"一声童音吸引住大伙的视线，人们转头向村口望去。又有三个单另捆着的押上来了：五花大绑，反剪双手，后边跟着四把刺刀，寒光闪闪。

"吴崽子！"有人咬牙切齿地叫了一声。

"刘大斗！"有人捏紧拳头喊着。

"潘保长，你这个挨千刀的！"

欧阳海神气十足地走在前边，手里挽着一节绳子，绳子的那一头正套在刘大斗的脖子上。你看他：手握着那支木头手枪，脸上一副"天兵天将"的神气！人们先是诧异地想："这个不懂事的娃娃哟，太冒失！"接着好像明白过来似的，从看热闹的人群中，爆发出一阵震天的笑声，笑得那么突然，笑得那么响，吓得刘大斗和吴崽子迈不动腿，吓得潘保长直往后退，缩成一团了。

笑声在四山里回荡，笑声是那样的爽朗，那样的舒畅，这是从心底发出来的笑声。自古以来，老鸦窝的受苦人，还没有这么笑过。以往，谁见了刘大斗敢不请安！谁又敢在地主老爷面前放肆地纵情大笑呢！

太阳升起来了，金光四射，老鸦窝漫山遍野洒满了阳光。

小松树沐浴在阳光下，它好像突然间显得高大起来。

山变了，水变了，老鸦窝的人也变了。一切都变了！就连四乡闻名的大地主刘满禄老爷也变得值不上一担柴火钱了。瞧！砍柴的娃娃欧阳海，握着那支木头手枪，正牵着他的脖子走呢！

六　"快长吧，欧阳海！"

自打抓住了吴崽子、刘大斗他们以来，小海干脆不在自家屋里落脚了，有时连吃饭睡觉都和战士们在一起。班里唱歌，小海跟着张嘴；同志们出操跑步，小海跟在最后头；排长晚点名的时候，小海还总想拉着小董的衣角站在队列旁边。现在姐姐也不拦他，妈妈也放心了，只是说："三三，莫去麻烦别个啰，该吃饭了就早点回来。"小海照例不听："那怕么事，解放军和老百姓是一家人！""哪个说的？""周师傅——周排长！"在小海的心目里，当年的铁匠师傅，今天的二排长周虎山的威信比妈妈高。妈妈一听说是周虎山说的，自然也就格外相信了。

战士们个个都喜欢小海。不管干什么，只要可能，总是吆喝他一道去，弄得有时排长分配任务，小海也插在战士当中喊："我去我去！"遇着有些零星活儿——向老乡借个笤帚、扁担，讨个火引个亮什么的——排长有时也故意"分配"一两件给他干干。

有一天，周虎山叫小董给连部送信去，小海抢上前去，把右手举在眉梢上说：

"报告排长，我去！"

"你不行，来回三十多里地哩。"

"这你还不知道？挑四十斤炭我都走过！"

"你还太小，送信来回都要小跑步，误了事可不行。等你长大点再说，啊？"周虎山把信交给了小董。小董临走的时候故意朝小海挤了挤眼睛。

小海眼看着小董神气十足地出了门，回头又望了望排长，心里说："我才比他小一点点，要说跑山路，莫说是他，连你还不一定跑得赢我哩！"

从这以后，小海经常爱和小董膀靠膀地站在一起，还总是偷偷踮起脚后跟和他比比高矮。小董也鬼得很，每当他来比的时候，就故意昂首挺胸，次次都把小海比得灰溜溜的。

"哼！"小海嘴里不说，肚子里全是对小董的意见，连着几天，见了小董就把嘴巴噘得高高的。

"欧阳海！"这天小董按排长指示，大声向小屋那边喊着。

"有——"

"过来一下！"

"我……我不来！"

"有任务！"

"真的？"小海连忙奔过来了。

“你好好立正听着。”小董拉开架势先咳嗽了两声，然后才正儿八经地说，“上级让我向你交代一项重要任务……”

“我晓得，又是还笤帚借扁担。我不干！”

“你不干？正好。你请回吧！老实说，我还怕你干不下来哩！算啦算啦，这个任务交给你本来也不保险，我找别人去。”小董卖了个关子，拔腿就走。

小海见他要走，急了，连忙拉住他的皮带恳求道：

“我干得了，保险干得了！”

“你不行，回去吧！”

小海死死拉住他不放：“你先说说嘛，我一定干得了！”

“‘团长’，你当得了吗？”

“团长！团长有多大？”

“要带领几千人去冲锋打仗，杀反动派！”

“那，那……”小海真的傻了。想了想才说，“那你也干不了啊！”

“这个‘团长’咱当兵以前就干过了。”

“么事团长？”

“儿童团团长。你能干吗？”

“能！”小海想了想又补充说，“你能干的我就能。”

小董心里想，这个娃娃还真有股顽强劲哩。他说：

“行！这个任务就算交给你了。听着！听我这个老‘团长’告诉你，儿童团的任务是什么，怎么才能当好儿童团团长。”小董把如何把老鸦窝的娃娃们组织起来，怎样组织大家跑步、出操，站岗、放哨，遇到了情况怎么报告，儿童团的主要任务是啥，都一五一十地教给了小海。

小海紧闭着嘴唇，认真地听着。他感到儿童团的任务确实不简单，眉毛一扬，明亮的大眼睛里满是兴奋的光彩。

第二天一清早，打谷场上传来“一,二,一”的口令声：小海领着十来个娃娃正在出操。每个人肩上都扛着根棍子，腰上也扎着根“皮带”——有的是布腰带，有的是草绳。小海和别的娃娃略有不同，布腰带上还别着那支木头小手枪。

看热闹的人越围越多，有的小孩看见爹妈就在旁边，不好意思起来，低着头，也不听口令了，结果，步子乱糟糟的，队伍也不成行了。人群里有了笑声。廖家的细伢子丢掉棍子想跑，小海火了：“立定！跑么事？把枪捡起来！”他重新整理好队伍，廖家细伢子也忸忸怩怩地捡起地上的“枪”，站到行列里来。小海一本正经地对看热闹的大人说：“这又不是‘办家家’、‘躲猫’玩，我们儿童团演操——办正事哩！齐步——走！”说完，“一,二,一”的口令喊得更起劲了。

大人们反倒难为情起来。有人啧啧嘴说：“莫看伢子小，志向大着哩！”

刘大斗要押回乡里来斗争了。这个消息使得平静了很久的老鸦窝一下又沸腾起来。乡亲们相互打听日期，议论着是判刑还是毙了他。小海早就代表儿童团接受了任务：站岗放哨，维持秩序。

斗争大会准备在山下莲溪镇上的刘家大屋里召开。小海头天晚上跟着周虎山来到莲溪，和部队一起住在刘家大屋里。有生以来，小海还是头一次大摇大摆地跨进刘家大门。刘家大屋的砖墙还是那么高，只是再也不用顺着墙边的小树爬进来了；门前的那一对石头狮子还是那么神气，只是立在两边好像是给小海打“立正”似的。门沿上挂着一条横幅：“清算恶霸地主刘满禄罪行大会”，小海心里想：这回该轮到刘大斗见了这条横布，见了这对石头狮子就打颤颤的时候了。

小海和周虎山住在一间上房里。周虎山和工作队的同志在隔壁堂屋里开会，小海独自一人躺在床上，眼望着房里的箱子、柜子上都贴着封条，也是十字交叉，也扣着一个个鲜红的大印。他想起当年潘保长奉刘大斗之命封了周师傅铁匠炉的情景，忽闪着一双机灵的眼睛，不明白这是怎么一回事。

周虎山开完会回到房里来，发现小海还没睡着。

“小海，怎么还不睡？鸡都叫过头遍了。”

小海没有回答排长的问话，还在继续想自己的心事：

“周排长，我们封了刘大斗的东西，斗了刘大斗，他还敢不敢再找你算账？”

“他敢不敢都没用。”

“为么事呢？”

“有共产党、毛主席的领导，只要我们把这个攥得紧紧的，”周虎山拍了拍斜挎在身后的一支匣子枪，“别说他刘大斗不行，天下的反动派不管谁来，我们也不怕它！”

欧阳海心里想：“枪是个宝贝！难怪刘大斗、潘保长催租催粮、封别个的门，都带着几个背枪的保丁呢！”他悄悄地伸过手去摸周虎山的枪。

“小海，你干什么？”

“排长，把你的枪给我看一看嘛！”

“不行，小孩不能动。”周虎山拍着他的头说，“等你长大了再说。快睡吧！”

小海躺在床上睡不着。他还没有睡过这样的架子床哩，上边刻着好多木头喜鹊木头花，连榻板都漆成红的，描了金。侧过头来一看，墙上有幅画：一个穿着长旗袍的女妖精，咧开血红的大嘴笑着，站不像站，坐不像坐，弯弯扭扭靠在一张椅子背上，手里还夹着一根正在冒烟的香烟。他生气地掉转头来，这边墙上也贴着一张画：一个男妖怪，两把黑胡子像刷子一样往上翘着，头上顶着个古里古怪的帽子，旁边写着好大的“仁丹”两个字。看着这些画，小海才意识到自己睡的这张床，也许就是刘家那个扁扁脸的小崽子睡过的。想到这个，小海更睡不着了，很多往事涌上心头，连那年在梦里给四妹子抓鱼的事也在脑子里翻腾起来，“可惜呀，四妹子饿死了……”他叹了一口气，昏昏沉沉地进入梦乡。

天没亮小海就起来了。昨晚排长借给他一条皮带，小董又借给他一顶军帽，他在一个大镜子前认真地打扮着。镜子里的欧阳海什么都好，瞧，帽檐下那一对大眼睛今天格外有神，黑黑的眉毛不时往上扬起来，脸色也变得红通通的了；就是腰上那支木头手枪太碍眼，一看就知道是假的。“唉！周师傅要给我一把真枪就好了！”想着，他把木头枪掖到衣服里边，外边只留下个鼓鼓包包的样子，这才心满意足地跑到大门口去。

人们陆续来到刘家大屋。小海拿着木棍站在门口的石狮子背上。他瞪大了眼睛，叉着腿，那副样子比他脚下的石狮子还要神气。

起风了，一阵春寒来到山区，天上稀稀落落地飘起雪花来。

乡亲们扶老携幼地来了。工作队的同志宣布斗争大会开始。小海领着儿童团站在最里圈，一个个怒目圆睁，把手里的木头棒棒捏得紧紧的。

刘大斗弯着腰，低着头站在他当年发号施令的台阶下边，肿眼泡包着的那对鼠眼还在滴溜乱转。工作队的同志搀扶着一个双目失明的老婆婆站在台阶上。她手里拿着一条绳子，边哭边诉：

“……儿子逼走的第三天，你又来糟蹋我儿媳妇。她，她就用这条绳子吊了颈！剩我一个孤老婆子，无依无靠哭瞎了眼，要看看不见，要活活不起，讨米要饭，苦撑苦熬十五年哪！……”老婆婆哭着哭着昏过去了。

男人们叹息、愤怒，姑娘媳妇们有的想起了自己的伤心事，也跟着抽泣起来。

大哥一步蹿下台阶，指着刘大斗说："你这个狗娘养的，你和潘保长串通好了抓我作壮丁，逼得我爹给你当牛当马不说，连那五分坡地你都不放手啊！"他摘掉头上的毡帽，露出斑斑点点的白发，"我腰不敢伸直，话不敢讲，成天躲在红薯窖里，不见天日。就这样你还不松手，你，你还硬逼着我替你往山上扛东西，让我替你卖命啊……"

大哥说不下去了，气得浑身直颤，两只长满老茧的大手在身上摸来摸去。忽然，他转身提起台阶下边的一桶凉水，来到刘大斗跟前。

刘大斗翻起那双鼠眼恶狠狠地盯着大哥，大哥突然不动了。

小海正在维持秩序，会场上群众的情绪激动着他。他发现坐在墙角的妈妈正在抹眼泪。"妈妈是在哭死去的四妹子哩。四妹子要不饿死该有多好啊……"小海想着，觉得左腿上的伤疤隐隐作痛。他看见刘大斗脸上还带着几分杀气，仿佛又看见那几个穿得厚厚实实的狗崽子，从大门里滚了出来，嘴里还喊着"打讨饭的叫花子呀""打这个假丫头"……一股说不出来的劲头，把小海推到院子当中。他忘记自己是维持秩序的儿童团，顺手接过大哥提着的那桶凉水，对准刘大斗，劈头盖脑地浇了下去。刘大斗被这突如其来的一桶凉水吓坏了，浑身湿透，像堆稀泥似的瘫倒在地上。

周虎山大步跨下台阶，一把抓住刘大斗的后襟，把他提了起来：

"我爷爷欠你刘家的账，这回该还清了吧！"周虎山一松手，刘大斗倒在地上缩成一团，脖子藏在衣领里边，再也不敢抬头。

"打呀！打呀！"群众愤怒地吼着。耳边响起了周虎山的口号声："打倒地主阶级！"

"向刘大斗讨还血债！"

战士们呼应着，群众呼应着，几百个古铜色的拳头，捏得紧紧的，忽的一下从刘家大院里举了起来。

斗争大会开完了，分田分地就要开始，部队也真的要"开拔"了。小海得到消息的时候，部队的同志已经打好背包准备上路。他一把抓住四班长：

"你们等等我呀！"

"干吗？"

“我也走。”

“你？你算老几？”小董说。

“怎么？你们不要我了？我，我早就是队伍上的人啦！”小海把剿匪带路、侦察、接受组织儿童团的任务，平时干的零星活儿……以及领着大家上山砍柴，都一一数了个全。最后反问道，“这还不算队伍上的人呀？”

大伙没回答，反倒哈哈大笑起来。

“等着！等我拿点东西找周排长去。”小海奔回家里拿了两件衣服，刚要出门，迎面看见周虎山正大步朝小屋走来。小海冲了出去，一把抱住了排长。

“周排长，我们走吧。他们还不想要我了呢！”

“谁呀？”

“四班长、小董他们。”

“要的。怎么敢不要你哩！”

“那我们快走啊，要不赶不上他们了。我这就跟你当兵去！”

“你说说，你为什么要当兵？”

“当兵好。我要跟你们打仗去！那天你说，有了枪就不怕天下的反动派了！”

“对！不过现在不行，你还太小。三三，等过几年你长大了，能拿枪了，我一定从部队来接你。”周虎山说的是真心话。早几年他就疼小海，在这段相处的日子里，他更是打心眼里喜欢这个孩子，也着实舍不得离开他。

“那……”小海把木头手枪递到排长手上，伤心伤意地说，“还给你吧！反正你也不要我了。”

“三三，你还十岁都不到，怎么能去打仗呢！等过几年我一定来接你！”周虎山解下自己的皮带，扎在小海腰上，又替他在小木头手枪的把儿上拴了一条红绸子，最后从挎包里拿出一顶旧军帽，端端正正地替小海戴在头上。

“小海，你等着，我们总有一天还会见面的！”

小海摸了摸头上的军帽，恋恋不舍地望着周虎山。

“我走了。”周虎山背起背包说，“欧阳海，快长吧！”

小海站在门前的松树下，望着排长远去的背影，鼻子阵阵发酸：“松树都这么高了，我什么时候才能长大呢？”

周虎山走出好远了，回头看见小海还倚着松树，踮起脚跟期待地朝这边望着。他深情地又喊了一声：

“快长吧，欧阳海！”

山里起了回声，声浪滚滚。

每座山，每棵树，整个老鸦窝都在呼唤：

“快长吧，欧阳海！”

七　当兵的心思

快长吧，快长吧！那门前的松树年年都在往上蹿，它枝干挺拔，长得比房顶还要高了。这一年，欧阳海好不容易才刚满十六岁。

年年想参军，年年都落空。抗美援朝第二年，村里敲锣打鼓地欢送走了好几个胸前戴着红花的青年人；不几年，又敲着锣鼓，喊着口号欢迎那些抓过俘虏、缴过美国枪的战士们复员回来。可自己呢，就像那离不开巢的乌鸦似的，还在老鸦窝打转转。老战士们讲述的战斗故事，多少次把欧阳海的心带到那炮火连天的战场。等啊等啊，满以为今年能参上军，哪晓得队长不同意，支书又不肯开介绍信。说起来很有理，什么“你年龄还不够，参个么事军”，什么“队里缺人手，你又不是不知道”……欧阳海想：“哦，工作忙，我就算个大人；想参军，我就还是娃娃！人家小董像我这么大的时候，早就是队伍上的‘小鬼’了，可我……完了！这个军我是参不上了。”

老鸦窝西南边有座四州山，听老人们说，爬上山顶就能看见附近的四个州、八个县。欧阳海得闲的时候，几次爬上四州山顶，望着脚下起伏的山峦和远处灰蒙蒙的村镇，对自己说：“我什么时候才能当上兵，到边防，到战场上去呢？远处是什么样的……”欧阳海踮起脚跟向天边望着，每次每次，他都像是插上了翅膀，越过那四州八县的上空，飞到了响着炮声的战场上……

莲溪前些时成立了高级社，沙塘的高级社也成立了。听说老鸦窝这临近的几个合作社也要并在一起，县里还答应派工作组来。成立高级社，走社会主义道路，老鸦窝世世代代受苦的贫农下中农哪个不高兴啊。听说这个信儿，人人脸上带笑，欧阳海更是浸沉在走集体化道路的喜悦中。可是，他肚里那把小算盘也在响：“等工作组的同志来了，我找他们要求要求，参军的事也许还有指望哩！”

镇上捎回的信说，工作组就要到了。欧阳海主动要求到路上去迎他们。一路上他都在想：工作组不知道是些什么样的同志，不知道他们好不好说话。兴许他们一看到我就问："欧阳海呀，怎么还在屋里守着，还没去参军呀？"想来想去，他得出一个结论：既然是县里来的同志，对参军一定支持——这是十拿九稳的。

山下上来了一个同志，背着个小背包，拿着把雨伞，从那一身打扮来看，不用问就知道是工作组的。欧阳海迎着他跑过去，快到跟前的时候，反倒停住了。

"周排长……"

"欧阳海，是你呀，怎么样，我们又见面了吧！"

几年不见排长的面了。这些年来，欧阳海心里一直在想着他，一直盼着他早点回来把自己接到队伍上去。当然，欧阳海心里也明白，这几乎是不可能的。今天猛地一见面，他真是不知道该先说些什么才好，直到他接过周虎山的背包时才问了一声：

"排长，你到哪里去？"

"凤凰村。"

"凤凰村？"

"就是我们老鸦窝。县委根据乡亲们的要求，正式批准把'老鸦窝'改名为'凤凰村'了。"

"好呀！……排长，"欧阳海期待地望着周虎山，眼睛里满含着感激，"你，你是来接我的吧？"

"啊？……哦哦！"周虎山想了想，拍着他的肩膀说，"小鬼，你还想着当兵的事哩！不错，是该惦记着这个事。不过现在嘛，得看工作情况。你瞧，工作一旦需要，连我这个当兵的还把军装脱了哩！这不是，县里让我们来帮助成立高级社。我是打前站的，先上山来了。"

"你？"

"不信？"周虎山摇了摇手上的雨伞，"早就地方化了。那年部队继续南下，把我留下来，一直没有离开过湖南，湘西剿匪结束以后，我就转业到县里来工作了。"

欧阳海这时才顾上仔细地打量一下周虎山。真是，身上的军装都洗得发白了，一条蓝裤子卷到膝盖上，腿上满是泥巴，褪了色的军帽上连那个红红的五角星也不见了。只是脚上没变样，还和那年一样穿着双草鞋……他亲热地抓着周虎山的大手握了又握：

“排长，我等了你这么多年，这回你一定要想办法把我送到部队上去，你答应过的。”

“没有问题。”周虎山说着，眨了眨眼睛，心想，得跟这小鬼好好谈谈，让他明白组织高级社的重要性，看来还得让他在建社工作中多起点作用哩！

建社的工作搞得热火朝天，唯独社里的会计一时还找不到适当的人。有人说让欧阳海来当；有的人又不同意：他还是个娃娃，全社几百口人的钱粮交给他来管，不放心。意见反映到工作组，周虎山想，既然欧阳海当过初级社的记工员，可以让他试试，不行再换嘛。

社里刚把这个安排给欧阳海谈了谈，他就气呼呼地跑来找工作组：

“周师傅，”他还是习惯用这个老称呼，“会计这工作，我，我干不了。”

“听说你那记工员就干得很不错嘛。”周虎山说。

“记工员是记工员，会计是会计，那可不一样。”欧阳海心里就是不想干。

“人总得往前走嘛，不会就学。连我这个打铁的不也进了工作组吗！你现在是记工员兼会计，这有什么干不了的？”

“我，我……”欧阳海心里那把算盘又在响，“参军的事怎么办，不参了？”

周虎山见他没说话，站起来说：“组织高级社，走社会主义道路，这可是我们庄稼人几千年来从没遇到过的大喜事呀！我们该多出一把力才对。至于你那点心思，我早知道了，我负责把你那块心病治好。你先干着，等时机成熟了，找着适当的人了，一定把你换下来！”

欧阳海还是没吱声，心里在琢磨周虎山这后半句话的意思，“找着人就把我换下来……”他眉毛一扬，觉得心里有了底。

紧接着，区里开三级干部会议，社的几个干部和工作组的同志都去开会了，家里的工作交给副社长负责。哪晓得当天晚上副社长就病倒了。偏偏正赶上插红薯秧的季节，又难得下了一场好雨。不能误了农时！欧阳海找副社长研究了一下，又和几个老农商量着，决定马上动手。他连夜把地块划分好，把红薯苗也准备好了。

谁知道第二天派工的时候遇到了麻烦。

村里有个叫傅盛财的，以前做过几天小买卖，还会点裁缝手艺。合作化的时候，他就不太想化进来，这次成立高级社，他也是带着占便宜的思想进来的。派起工来，他总是挑肥拣瘦怕吃亏，大大小小几十件工，他都看不上眼：嫌这个活路重干不了，嫌那个工分少划不来。为他足足磨了半个时辰，欧阳海已经把火憋了半天。

“盛财叔，”欧阳海耐着性子说，“你莫耽误大家的工夫啰，快些拿个主意吧。坡上那块记八十分，沟边那块记五十分，随你拣。”

“莫慌啰，等我再过细盘算盘算。”

“没有什么好盘算的啦！工分是大家评定的，不会让你吃亏的。”

“各有各的禀性嘛。工分这个事，我从来都是要过细划算的。这‘人不划算家不富，火不烧山地不肥’嘛！”

“只剩我们两个人啦！……你挑剩下的给我。”

“那我要坡上八十分的。”

“先说好，保种保活保质量，挑水锄草的事也都算在内的。”欧阳海嘱咐着说。

“那……坡上浇水来回那么远，才八十分？”傅盛财又变了卦，“我还是要沟边那块。唉！五十分就五十分！”听口气他好像已经吃了亏。

干部们开完会往回走的时候，发现红薯秧都插下去了。听说是欧阳海负责组织的，大家对他夸个没完。哪晓得刚迈进社委会的大门，迎面就碰见个告状的人。

“好，干部们都回来了，”傅盛财气势汹汹地一屁股坐在门槛上，“我告欧阳海一状！”

“告他么事？”

“告他私心重，见不得人的丑事。让这个娃娃家来当记工员兼会计呀，我一百个不放心！”傅盛财把一肚子的不满全挂到脸上来。

“有理不怕人，有话慢慢讲。来，坐吧！”社长给他端了条凳子。

傅盛财指手画脚地讲起来。他说沟边那块地里石头多，草也多，花了好大的力气才把薯秧插下去。按理说本该再给他加三五十分；他只要加十分，欧阳海就是不肯。欧阳海那块地原来评的就多，八十分；拿走八十分不说，又给自己加了四十分，凑了个一百二……“你们干部评评，天下哪有这个理？我呀，我就要告他这个见不得人的丑事！”傅盛财结束了他的控告。

欧阳海原来就在屋子里，他坐在那里没出声。

“小海，怎么回事，你说说看。”社长问。

“我懒得说。”欧阳海望着窗外出神。

“我能不能讲两句？”欧阳德信大爷站在外边扶着门框问。

“可以，民主办社嘛，有话都可以讲。”

老头也很激动，跨进门来，嘴唇乱抖，两只手比画了好大一会儿，也没说出话来。

周虎山见老头这么激动，连忙倒了一碗水送上去：“德信大爷，你老慢慢讲，不管欧阳海有多大的错处都可以说，社里管不了他，我们县里管。”

欧阳德信没有理他，推开送过来的开水，指了指心窝对傅盛财说：“说话要凭这个，莫看我也姓欧阳，我们老鸦窝——哦，我们凤凰村姓欧阳的多得很。要说哪个亲，你婶娘还是我的大侄女呢！我也不偏向哪个，我只说几句公道话……”

事情原来是这样的：

……欧阳海这几天白天黑夜都在坡上忙。他用了整整两个昼夜，才把坡上那块地弄完了。第三天，又腾出手来替劳力弱的人家忙了一整天。三天三夜他只睡了两觉。有些社员心里过意不去，说他干的活多、质量好，要把他们自己的工分补给小海四十分。这是大家议定的。傅盛财呢，三天当中赶了两个墟，耽误了整整一天工；他听说人们要给欧阳海加工分，今天一早就拿着工分本找欧阳海来了。

“海伢子，我那块地只评五十分，太吃亏了。”

“你靠着沟边，弄水省力气，五十分就不少啦！”

“就光凭那一堆石头，你也该给我再加三十分。”

“工分是大家评的，我怎么能给你加呢？”

“唉……”傅盛财换了个话头，“明年我打算把春芝妹子送到城里上学去，那里开销大，你只给我加二十分算啰！”

“我个人不能随便改工分本。再说我给你加了，社里吃亏。”

“十分！”傅盛财像在做买卖，把工分本递给了小海。

“一分我也不能加！”欧阳海厌恶地把工分本还给了他。

“你给我加十分算了，这里又没有外人嘛，你就手改一改，盖个红印就行了！”

“盛财叔，你这思想要不得呀！我们的高级社不是哪一个人的。你总是为个人划算，今后怎么得了啊！”欧阳海说完往门外走去。

傅盛财拦住他：“哦！我总是为个人划算，你呢？”他话中有话地说，“伢子，放明白点子，你莫当我不晓得！”

欧阳海停住了脚：“你把话说明了。”

“别个给你加四十分你都加了，我只要加十分就是‘为个人划算’？”

“哪个给我加了四十分？”

“你还想瞒过去呀，有胆子的把工分本拿出来，我们一起找社长去！”

…… ……

欧阳德信大爷喝了一口水，说：“这都是我亲耳听见的，往后的事我就不晓得了。”老头说完，刚坐下又站起来补充了一句，“依我说，欧阳海加的那四十分，该！那是大家评的嘛。你那十分就不该加。”

“一个和尚一份斋，有稀有稠打起来。凭什么他吃稠的我喝稀的？凭什么他加得我就加不得？凭什么……”傅盛财说得唾沫星子乱飞。

老头一拍桌子打断了他的话：“他一心为社里劳动，你三天赶了两个墟！他是为集体，你是为哪个？”

情况都清楚了，干部们相互递了个眼色，社长说：

“看看，怎么处理好啊？”

干部们还没讲话，傅盛财又站了起来：“私自乱加工分，还有人为他盖印，这要当个正事办一办！”

“好。”社长对欧阳海说，“把你的工分本拿出来。”

“我不拿。”欧阳海嘴巴里鼓着一口气。

“拿出来给大家看看嘛！”社长催促着。

“我真的没有加工分，也没有哪个为我盖印。你们莫看算啦！”欧阳海的脸气得通红。

“你瞒不过去了，伢子！老实话告诉你，中午你吃饭的时候，我已经偷着看过了！”傅盛财得意地对大家说，“记在最后一页上的，清清楚楚写着个‘一百二十分’，还盖着副社长的红印哩！”

“好，给你看！”欧阳海把工分本往桌上一丢，转身就走。周虎山拉住了他。

社长拿起工分本来看了半天：“这上头哪有个什么‘一百二十’？连个八十分也没有啊！”

“就在最后一页上，我看得一清二楚。”

社长指着本说：“这不是什么红印，这写的是个‘二十分’，不是‘一百二十分’！”

“咦！”傅盛财接过本来一看，也傻了，“怪！”

“怎么回事？小海。”周虎山问。

“坡上那块地我是两天做完的。我才十六岁，不算全劳力，每天记十个工分就算多的了。二一得二，我就让副社长给我记了二十分。”

短短的几句话，说得全屋子的人都沉默起来。不用说，欧阳海不仅没有按照大家的评议，再给自己加四十分，连原来评好的八十分他都主动要求减去了六十分。

傅盛财看见没有人讲话，解嘲地说：“啧啧啧，唉！这，这都怪我这个眼睛，当时心里一慌，也没看清楚，把二十分看成了个一百二……”

社长严肃地说：“傅盛财，不能怨眼睛，该怨的是你那思想。你也要把它‘当成个正事办一办’哩！社里跟你谈过不止一次了，你那光为自己划算的思想要快些甩掉，要不，害了集体也害了你自己。就凭你这思想，没把别人的二十分看成二百分，就算你眼睛不错了！”

大家都笑了。傅盛财也满脸通红地跟着咧了咧嘴，那样子比哭还难看些。

第二天早上，社员大会上正式选举会计。

“欧阳海。”很多人说。

“我不同意。”有个人坐在角角里喊。听声音就知道是傅盛财。

“说说理由！”

“理由？……他又没上过学堂，又没‘毕’过么事‘业’，写写算算的事莫找他，弄错了账大家吃亏……我一百个不同意。”

欧阳德信老人站起来说：“我同意欧阳海，一百个同意！”

“说说理由嘛！”

“理由？”老人四下里望了望，找着了坐在角落里的傅盛财，冲着他说，“么事理由？我不晓得么事叫‘理由’！我只懂得一个理：他爱社、爱集体，办事公道，这样的人我信得过。实打实地说吧：这样的人把账算错了，我也心甘情愿。”

老头的话博得全场热烈的掌声。

欧阳海一个人溜出会场，来到松树底下。

“欧阳海，还生气吗？”周虎山跟了出来说，“问题已经弄清楚了嘛，社员都信得过你。”

“你信不过我呀！”

“我？”

“那年我要跟你去当兵，你说，过几年就来接我；这回好不容易碰到你，你又叫我等时机成熟，有了会计就把我替下来。这一下好，会计倒有了，我也别再想参什么军了！”

“欧阳海，参军是为了保卫社会主义祖国，可是农村里也要人为保卫集体利益而斗争呀！就拿昨天傅盛财争工分这件事来讲，你能说记工员这个工作不重要吗？你一走，眼下这个工作交给谁呢？只要有保卫祖国的雄心大志，早一两年，晚一两年总会实现的。我也考虑过，你才十六岁嘛，来得及！”

欧阳海被周虎山说得没有话讲了。他也明白会计这工作很重要，可是参军的心思怎么也放不下来。

周虎山看出了欧阳海的心思，连忙又安慰他说：“参军当然是好事啰，为了保住社会主义江山，我们还要把最优秀的青年送到部队上去哩！不过你现在的年纪还小，就像打铁一样，还没有烧到火候。另外，集体化的道路上，需要有人带头。你先为社会主义建设多铺几块砖，再过两年，我一定送你去参军。”

周虎山扶着欧阳海厚实的肩膀，慢慢往回走去。欧阳海亲切地把头倚在周虎山的肩膀旁边。这时，周虎山似乎才感觉到：眼前的欧阳海，早已不是当年的三三，也不是几年前的小海，而是个大人了。

阳光照着门前那棵松树，留下了一大片阴影。单从影子看，松树确实不小了，可是要成材，还得经几番风雨哩！

八　飞向前方

党中央、毛主席制定的建设社会主义总路线，乘着强劲有力的东风，吹遍了全国各地。从黑龙江边到五指山下，到处都擂响了为建设伟大社会主义国家而共同奋斗的战鼓。我们欣欣向荣的祖国啊，正沿着通向社会主义——共产主义的航道，全速前进。凤凰村的人们顶着星星出工，踏着月光归来，意气风发地建设着自己的家园。公社成立了，公路从县城一直铺到山脚下；工厂办起来了，山区第一次出现了大烟囱。世世代代居住在老鸦窝的穷苦人组织起来了。他们从多少年来，单家独户难以经受的苦难日子里，熬了过来，更加懂得把自己的命运托付给社会主义道路的可贵。人们从自己屋后烧炭的土窑里，跨进社办工厂，这是多么大的一步啊！老鸦窝的人们重新安排江山，也重新安排自己的前程，一定要把荒僻的老鸦窝建成社会主义的凤凰村。

村里没有人上过北京，人们站在山头上，感激地望着北方在说：党中央惦记着我们山里人。莫说山里苦，山里穷哇，山里要变了，党中央在指引我们改天换地挖穷根啊！

欧阳海几乎忘了这段日子是怎么过来的。他心里常念着周虎山的那句话，要为社会主义建设多铺几块砖。记得勘探队来了，公社派他领着他们进了大山，三个来月中踏遍了太平山、老鹰嘴、四州山的大小山头；勘探队背着各种矿石回去不久，区里的油印报纸上就出现了斗大的红“喜”字，紧接着，高大的钻探机就在山里立了起来。他还记得有天傍晚接到指示以后，他是连夜背起小行李卷来到公社砖瓦厂的。为了给社会主义大厦增添一砖一瓦，不管刮风下雨，不管白天黑夜，干哪，干哪，祖祖辈辈日思夜想的不就是今天这个日子嘛！盼哪，盼哪，望穿了眼睛，流干了泪啊！如今党中央指引我们上了大路，顺着大道往前跑吧！

金门前线一声炮响，勾起了欧阳海的心事。我们埋头搞社会主义，敌人看了眼红。这反动派还真的不死心哩。“好，今天是时候了！为了保卫社会主义建设，为了保卫人民的江山，当兵去！”

几个月来的兴奋变成满腔愤怒。欧阳海在砖瓦厂报名应征，拿起介绍信急忙去莲溪报到，等候检查身体。他一路都在想：“这回参军是十拿十稳了：厂里已经同意了；论年龄，虽说不满十八，可也差不了几天；论力气，挑百把斤重没有问题。就是个子小了一些。这也不怕，听那些复员的老战士说，志愿军在朝鲜战场上打击侵略者的时候，小个子战士又机警又灵活，专门能治那些长着‘仙鹤腿’的帝国主义少爷兵哩！”

莲溪应征青年报到处门口冷冷清清的，欧阳海想：“这回可让我赶了个好时候。”他兴高采烈地进了门。

“同志！”

“干什么？”一个兵役局的干部出来问。

“参军，我要打仗去。”欧阳海恭恭敬敬地把介绍信递给了他。

那个干部接过介绍信，对照着一本花名册找了又找，然后把介绍信递给欧阳海说：

“小伙子，来早了！”

“早，早了？”欧阳海愣住了。

“今年要求参军的青年特别多，我们把全公社适龄的青年都统计过了。上级也有指示，严格按照兵役法规定，不满十八岁的，一律不接受。”那位干部说着把花名册递给了欧阳海，“你自己看看嘛，这符合条件的名册上没你的名字。”

“我哪点不符合条件？”欧阳海急了，“我眼看就满十八了，掰着指头算也差不了几个月！”

“差半个月也不行，小同志！”那位干部笑着说。

“你，你就不能灵活点？”欧阳海变了个口气，哀求着说，“你别看我个子小，论力气，我比那满了十八岁的还大得多哩！”

“那也不行。”那位干部拍了拍花名册，“我只能按花名册办。”

“同志，你先发给我一张体检表吧，”欧阳海恳求着说，“等检查了身体，不合格再把我勾掉。”

“不行。”那位干部始终笑呵呵的，“我得照章办事！”

欧阳海好像掉进冰窟窿里，从头到脚都凉了。他苦苦向那位干部哀求了半天，什么好话都说了，那位干部就是不答应，笑呵呵地非“照章办事”不可，而且态度还挺好。急得欧阳海笑也不是，哭也不是，要吵还吵不起来。他一屁股坐在椅子上，憋住火说：

“好，我就坐在这里，等你们的负责同志来了再说！”

“等也没有用。负责同志来了，还是我这句话：照章办事。”那位干部说完，忙别的事去了。

欧阳海呆呆地在那儿等着，心里一个劲埋怨那位“照章办事”的干部：以往村里报名参军的，十六、十七的都收了，好不容易轮到我，差几个月就不行。“我就不信他们的负责同志也这么死板！”正想着，门外进来一个人。欧阳海赶忙起身迎了上去，还没开口，那个人先说话了：

“小同志，你在这儿干什么？”

“首长，我是赶来报名应征的。”

“我不是么事首长。”那个人谦虚地说，“你是想参军，是吧？”

“是啊，向金门开炮了，我要打仗去！”

“好啊！”那个人仔细地打量了欧阳海一番，问道，“我怎么没见过你，你是哪个村的？”

“我叫欧阳海，凤凰村的。”欧阳海觉得有希望，毕恭毕敬地站着，把胸脯挺得高高的，补充说，“眼看只差几个月就足足十八周岁了。刚才那位同志说什么也不肯发给我一张体检表。按兵役法也不能这么……”

“凤凰村的，只差几个月？小同志，我们镇上好几个像你这样的还都不行哩。连我家成伢子只差几天……”

欧阳海顾不上弄清楚对方的身份，继续恳求着说：

“首长，那你就替我和成伢子一齐办了吧！只要你一句话就行。我打十岁上起就盼望当兵打仗了。这眼看金门前线都开炮了……”

那个人打断了他的话，说：“你做么事老喊我‘首长’？你当是由我来做主啊？成伢子差几天人家不收，急得我四处乱转。小同志，你要是有办法……”

欧阳海这才明白了对方的身份。他知道自己求错了人，抓起桌上的介绍信，转身出门，身后还响着那个人的声音：“小兄弟！你要是有了办法，也帮帮我成伢子的忙。他属小龙的，辛巳年冬月初八未时生人，满十七吃十八的饭了……”

太阳落山了，欧阳海拖着沉得像灌满了铅似的两条腿，慢吞吞地往回走。也不知道是因为一天忙得没吃饭，还是参军的希望落了空，他简直一步也走不动了。他觉得一阵腿软，无力地坐在一家门口的台阶上。一抬头，看见对面的影壁墙上贴着一张通告：

> 凡已办好手续的应征青年，定于本月十七日上午八时进行体格检查。
> 体检地点：沙塘卫生院。

看着通告，欧阳海一算日子，把右腿用力往地上一跺：“完了！今天已经十六号了，明天别个就要去检查体格，可我连份体检表也没有领到！”他又回到台阶上坐着，双手托着下巴想："我怎么这么背时呢？想当兵想了整整八年了，应征的花名册上连我个名字也没有。别个检查完身体，军装一穿，马上开去打反动派，去炮击金门，我欧阳海连个炮声都听不见！"他心里一阵难过，头渐渐地垂到胸前。"怨哪个呢？"欧阳海还在想，"怨自己年龄不够，差几个月？不，怨周排长！往年参军的条件根本就没有这么严，哪听说非满十八岁，差几天也不行的？要是他早点把我送到队伍上去该有多好啊，恐怕我早就抓过俘虏，缴过枪了！"想起周虎山，他心里一亮堂，"我找他去！他说过今年送我去当兵的。再说他又是部队转业的，一定会有法子。"力气又重新回到他的身上，他站起来飞快地朝公社跑去。

公社党委书记周虎山正在开会，说是会议就要结束了。欧阳海焦急地在他房里等着。他觉得好像等了半辈子似的，一看，桌上闹钟的长针才慢慢地爬过一个字。他急得满屋乱转，眼睛不时看看闹钟："该不是停了吧！"可是耳朵里明明听见它嘀嗒嘀嗒地响着。也不知道过了几个世纪，门才开了，周虎山笑呵呵地走了进来。

"等急了吧？小海，坐坐坐！"周虎山把他让在椅子上坐着，就手递过来一条毛巾，"看你这一头汗，出什么事了？"

"周书记！"欧阳海胡乱擦了一把脸，开门见山地说："参军的事。你早就答应过，今年送我当兵去的。金门前线开炮了，我也再等不起了！"

"那你就去金门前线向敌人开炮嘛！现在又没有谁拦住你，刚才我还跟你们厂里说了，厂里也表示支持。我看哪，关键就在于你自己的态度。"

"关键在我自己的态度？"

"对，现在可就是考验你有没有保卫祖国的决心的时候了。"

"我的决心你还不知道啊？"欧阳海委屈地说，"现在不是我有没有决心，关键是人家不肯要我呀！"

"凭什么？"

欧阳海把因为年龄不够，人家要"照章办事"的经过，一五一十地全告诉给周虎山。越说越带情绪，最后埋怨地说："往年条件多松，就是你不让我去！今年算让我撞上了，金门前线一打炮，参军的人多了，差几天不满十八岁的也不要了。要那年你把我带走该多好，这些麻烦早就没有了。"

"不要紧嘛！"周虎山还是慢条斯理地说。

“你当然不要紧啰！蒋介石你早就打过了，剿匪战斗也参加过，功也立了，连军装都穿破了好几套。可我……”欧阳海没有说下去。他从书记的态度上感觉到，这最后的一条门路也快完了。

“不要急，着急也不解决问题。今年要求参军的人多，条件当然要严格些。”周虎山往书架旁走去，“你参军这个事在我脑子里转了不止一天啦。来，我给你找本书看看。”

“看书有什么用？看了还不是不够年龄，还不是不符合参军的条件！”欧阳海赌气说。

周虎山笑了：“嗬，看来气还不小呢！小海，任何规定、条件，都有例外。”他话中有话地说，“领导上除了年龄这个条件需要考虑以外，还要考虑思想条件嘛！你还是把这本书看看再说。”

“我不看！”欧阳海固执地说，“我要打仗去，蒋介石在那里搞鬼哩。等我打完了反动派再回来搞生产。现在关键就在于你的态度，一定要想法让我参上军，打上仗！”

周虎山把书放在欧阳海面前：“风箱越扯得紧火越旺。我的态度由你的态度来决定。你还是先看看这是本什么书吧，看了对你有好处。”

一个举着炸药包的年轻战士的画像，出现在欧阳海眼前：《董存瑞的故事》。他急忙拿起书来，仔细地端详着封面上的董存瑞。看着这个从小就敬仰的舍身炸碉堡的英雄，欧阳海脸上满是兴奋和激动，目光一亮，眉梢也微微扬了起来。很快地，那兴奋的神色从他脸上溜走了。他把书放回桌上说：

“他举他的炸药包，我扛我的锄头。我又不够年龄，也扛不上什么炸药包！”

“别光讲怪话。人家董存瑞要求参军的时候，也是年龄不够。你看看他是怎么参上军的？”

董存瑞的一些英雄事迹，欧阳海早就听说了；怎么参上军的，却一点都不知道。他眨巴着眼睛问道：

“他是怎么参的军？”

“你看看这一段。”周虎山指着《董存瑞的故事》中的一段微笑着说，“你好好学学人家！”

欧阳海拿着书，结结巴巴地念不下去，说：“书记，你别难为我了……这上头有些字我还不认得。”

“你看个大意就行。”

欧阳海吃力地一句句念下去。渐渐地，他心里亮堂了。看着看着，他一拍桌子站起来说：

“董存瑞是凭他那股要杀敌报仇的坚决性，反复要求才参上军的。董存瑞的指导员也是哭着闹着要参军，部队才收留了他。连董存瑞他们的老政委也是这样：红军长征的时候，部队打他们家门口过，他宁愿饿着肚子，也要跟着红军走，结果才当上了兵。”他放下书本说，“周书记，我明白了！能不能参上军，关键就在于我有没有那股保卫社会主义的坚决性。我呀，就是要创造这么个思想条件！”

周虎山把欧阳海拉到跟前，认真地说：

“对！首先要提高认识，端正入伍动机。否则就算穿上了军装，也不能算是真正的人民战士。小海，解放快十年了，人民的觉悟水平越来越高，青年人都愿意到部队去锻炼锻炼，为保卫社会主义出一把力。党要把那些最优秀的工农子弟送到队伍上去；部队哩，当然也是愿意挑选那些对保卫祖国最坚决的同志到部队中去。我看这些条件你都具备。只要你真心诚意为了保卫祖国，保卫社会主义，至于年龄还差点，那……”他对着欧阳海的耳朵说起悄悄话来。

欧阳海紧锁着的眉头逐渐舒展开来，嘴角上也挂出一丝微笑。突然，他眉毛往上一扬，双手抱住了周虎山的脖子，高兴地喊着：

“周师傅，你真是个好书记！我心里憋了快十年的那块‘病’让你治好了！”

第二天上午八点钟，沙塘卫生院的院子里站满了等待体格检查的应征青年。一位白衣护士拿着一本应征青年登记名册走出来。她按照名册上的顺序，念一个名字，进去一个，名字已经念完了，院子里还剩一个青年，稳稳当当地站在那里。

“你叫什么名字？”护士问。

“欧阳海。”

“怎么没有你的名字呢？”

“当然没有。他们硬说我还差几个月才满十八岁，不够条件。”

“哦，那你还等什么？快回去算了，不用在这里等啦！”

“护士同志，我打老鸦窝解放那年就等起，到今天已经等了快十年了。蒋介石不老实，你们为什么不让他晚几个月再来送死，偏偏要我等、等、等，你还让我等到哪一年哟！”

“这个，”护士为难地说，“你跟我讲没有用啊，我们只负责检查身体。”

“那麻烦你把兵役局的干部请出来一下，让我当面跟他说说这个道理。”

“好吧，你等着。”护士说完进去了。

欧阳海老老实实地站在院子里等着。他早就想好了，现在想参军的人太多，不经受一点考验是当不成兵的。等，就算是对自己杀敌坚决性的一次具体考验吧。

护士同志出来说：“兵役局的同志正忙哩，他说已经知道你的心意了，请你明年再来。”

欧阳海没有说啥，也没有动地方，还是老老实实地等着。不知道过了多久，有些青年已经检查完身体出来了。欧阳海看见他们有的人满面春风，连蹦带跳地跑了出去，看样子检查的结果不错。有的垂头丧气地走了出来，估计是身体的哪一部分不合要求。欧阳海目送着他们一个一个地走了，自己还信心十足地等着。护士偶尔从门口路过，看见他还直挺挺地站在院子里，对他说：

“不是叫你明年再来吗？”

“今天要不让我参军，我就站在这个院子里过年！”

护士眨了眨眼睛没说话，赶紧跑进去把一位兵役局的同志请了出来。

“就是他！”护士指着欧阳海对兵役局的同志说，“从早上一直等到现在。”

“小同志，”说话的还是昨天那位“照章办事”的同志，“这名册上没有你的名字嘛！”

“同志，你这本册子上的名字，是按规定，按出生的年月来要求的。”欧阳海激动地说，“要按苦大仇深来要求，我的名字早该写在上边了。七岁那年，地主刘大斗放狗咬了我，从那个时候起，我就完全符合参军的条件了！”他撩起裤脚，露出了左腿上的一块伤疤，“我已经等了整十年了，还要等到哪一天呢？”

那位干部把眼睛盯在伤疤上，然后慢慢地从下而上，看到了欧阳海那满含着期待而又坚定的眼神，他挠着头皮在考虑什么。

护士同志递上一张体格检查表说：“要按这个标准来衡量，我看他完全符合参军的条件。少吃几个月的饭算什么，这一腔仇恨早抵上了！”

那位干部犹豫了好一阵子，慢吞吞地把体检表交到欧阳海手上：

"按照规定来说，这是不行的。不过，你，你先检查身体再说吧。"

"是！"欧阳海大声应着。

"快跟我来吧！"护士同志热情地招呼着。

欧阳海三步并作两步，紧跟着护士进了门。身后忽然传来吵吵声，一个中年人被个小青年拉着走进院里来。欧阳海好像在哪里见过他，想了想才记起他就是昨天被误当成首长的那个人，不用说，那个小青年一定是他那只差几天不够条件的"成伢子"。欧阳海心里说："小兄弟，现在关键在于你的坚决性如何了！"

虽然护士同志一直在旁边热情地招呼着，可医生还是板着副面孔把欧阳海仔仔细细地检查了一番。医生检查得那个细呀：这儿听听，那儿又敲敲，眼皮也翻过来了，耳朵里也捅过了，连牙齿有多少都点了数……凡是能看见的地方都看了。折腾了半天，才在体检表上写了几个字。欧阳海也不知道他写的是什么。他带着感激和担心告别了护士，决定再去找周书记。

还没走出大门，听见耳房里有人在谈话，声音透过门缝传了出来。

"……不行啊！"一个声音在说，"按照规定，你们公社我们顶多只能要十个，可是符合条件参加体检的就有四十多。"

"像他这样的青年到部队，一定是个好样儿的！把这样的青年送到部队去锻炼，也是我们的义务。我是看着他长大的，旧社会他男扮女装，为的是躲过'两丁抽一'，如今抢着要早一天上前线杀敌，这是多么鲜明的对比啊！你看看他今天这坚决性……"这是周书记的声音。

欧阳海听着，心里一热。他小声说："周师傅，我的好书记，你最懂得我的心！"

工厂里出了一张大喜报，欧阳海被批准参军了！下边还剩下妈妈那一道关口。欧阳海想，怎么对妈妈讲呢？妈妈最喜欢我，出几天远门，她心里都要惦记。参军的事，事先又没跟她哇过。咳，现在的关键是她老人家的态度了。他决定拖几天再看。

临出发的前一天晚上，欧阳海才从工厂回到家里来。路上他想了很多理由，准备对付妈妈。转过山口，看见门前那棵松树了，他反倒胆怯起来："怎么跟妈妈开口呢？难的就是头几句话。要是我先跟爹说，由爹爹告诉妈妈就好了。"这会儿，他是又想快点见到妈妈，又有点怕，“船到桥下自然直，到时候再说。”

进了门，妈妈不在，他心里平静一些。他放下行李，刚要出门去坡上找爹爹，身后响起了妈妈的声音：

“三三，你回来了！”

“嗯。”欧阳海胡乱答应了一声，连忙停住了脚步，刚平静下来的心情，又变成乱七八糟的了。路上想好的那些话，连一句也记不起来了。他有点后悔，这一趟不该回来，直接从工厂走了，倒比现在好受些。

妈妈从里屋走了出来，眼睛不看欧阳海，低着头说：“三三，你到底还是回来了。衣服给你收拾好了，在你床头上放着。”说完，伤心地背过脸去。

欧阳海没有料到妈妈早就知道了，更没有想到，妈妈已经替他收拾好了行装。他走到自己床边，打开包袱，里边包着几件洗得干干净净、叠得平平整整的衣服，那磨破了的肩膀头都用新布补好了，袜子上新绱了个袜底，千针万线纳了一行又一行。针针都是妈妈的心意。欧阳海最害怕的这道关口，妈妈自己闯了过来。欧阳海看着手中的衣服包，心里说：妈妈养育我十八年，十八个寒暑啊，天天看见妈妈围着火塘转，自己竟不晓得她是这样一个通情达理的好妈妈!

“妈！”欧阳海喊了一声，想扑到妈妈跟前去，又怕惹得妈妈更伤心，只好站在原地没有动。

妈妈还在伤心。她轻轻地晃着头，转过身来瞟了儿子一眼，想说什么又没有说出来。

欧阳海一时找不出适当的话来安慰妈妈，感激妈妈。刚好大哥从门外进来，欧阳海走到妈妈跟前说：

“妈！那年大哥被抓了壮丁，那是为刘大斗他们去卖命，为财主老爷们去当炮灰呀。我今天参军，是为穷人去打仗。我是去保卫社会主义的好日子，保卫你老人家的……”

“三三，这些妈妈心里明白，那‘两丁抽一’的日子就像在昨天。那年月怕抽丁，又是躲来又是跑，生个儿子要扮成丫头，真像遭了一场灾；如今是挤着抢着要当兵，听说山下有几个细妹子都报了名。这真是世道变了！”

“那你老还伤心做么事？”

“儿啊，眼下我又有孙子又有外孙守在跟前，你要走就走，我还有么事舍不得的？我伤心的是，参军这么大个事，你都不跟妈先哇一声！我就是再糊涂，我也不会拦你呀！三三，你这是信不过用野菜把你喂大的妈妈啊……”

听见妈妈的这几句话，像寒冬腊月里几口开水进了肚，欧阳海觉得周身热乎乎的。别看妈妈大字不识一个，可她心里亮堂，道理她懂啊。他激动地扑倒在妈妈跟前：

“妈！我的好妈妈……”

…… ……

一切都顺利地解决了，这反倒使欧阳海心里翻腾起来，兴奋里总搀着一些说不出来的滋味。他好像这时才发觉，原来自己也舍不得妈妈，舍不得老鸦窝，舍不得离开这间度过了十八个寒暑的屋子。全家都睡了，灯也吹了，欧阳海躺在床上，望着屋顶，件件往事涌上心头：“……小时候，我还想数天上到底有多少颗星星哩！明天一走，我会睡在另外一块屋顶底下，只是再也不会数星星了。”他又想起了在草堆里过夜的情景，梦里抓鱼，透心的寒风……他好像听见了四妹子嘶哑的哭声，仿佛看见了在莲溪街上讨米时，妈妈那紧锁着眉头、嘴角微微抽搐着的苦脸……两块糍粑，两条小鱼，在眼前晃动起来，雪地上的脚印，也一个个展现在他的面前……“多么苦的日子，多么冷的天啊！万万不能让它再回来！”他觉得脸上有条冰凉的东西在爬似的，一摸，才知道眼泪不知不觉地流了出来。“不行，我要走，我要开炮去！不能让那些吃人的家伙，带着苦日子再回来！”他激动地握紧拳头往铺板上一捶，静静的小屋里发出一声有力的响声。

屋外，阵阵惊雷滚过山峦起伏的老鸦窝；沟里，湍急的流水带着咆哮向山下奔去……

太阳还没露头，山里飘着一层薄薄的晨雾。欧阳海要上路了，全家送他到门口。他看了看门前的松树。松树，早已是枝繁叶茂了，笔直的树干挺立着，松针傲指蓝天。十八个春秋，十八个冰雪风霜、阳光雨露，使它也挺拔成材了。是啊，欧阳海已经长大了，该是他换羽学飞、为保卫社会主义江山贡献力量的时候了。

欧阳恒文把他长满厚茧的大手，搭在儿子的肩上说：

“三三，家里的事你莫挂记。到了队伍上，可要为我们贫农人家争口气，事事都要干在前头啊！”

“爹，这你放心。我一定处处争个上游！”

玉英姐从门里跑出来喊着：“三三，你的书！”说着，把那本《董存瑞的故事》递给了弟弟。

“到了地方，就打信回来！啊？”妈妈嘱咐着。

欧阳海知道是该走的时候了。他深情地用眼睛向妈妈，向松树，向全家人告别。他带着亲人们的期望上了路。

到了村口，欧阳海回过头来，看见妈妈还眼巴巴地朝这边望着。爹爹拿着小烟袋挥了挥，好像在说：

“三三，往前走吧！”

太阳出来了，金色的阳光照在松树上，照在妈妈他们身上，也洒满了欧阳海住了十八年的凤凰村。

头上朝霞满天。欧阳海觉得心里特别舒坦。他把《董存瑞的故事》放进包里，回过头来迈上了大道。一阵晨风迎面扑来，欧阳海加紧跑了几步，一面舒展着手臂，一面张开大嘴，深深地呼吸着家乡的空气。他仿佛在飞，仿佛在喊着：

“董存瑞！我的好兄弟，欧阳海正踏着你的脚印，跟上来了！”

第三章　战斗在召唤

九　炮声在哪方

京广铁路上，一列军车飞快地向南奔驰。列车满载着刚入伍的新兵，满载着欢笑和歌声。

我是一个兵，
来自老百姓，
…… ……
枪杆握得紧，
眼睛看得清，
谁敢发动战争，
坚决打他不——留——情！

《我是一个兵》这首歌，很多人从刚刚戴上红领巾的时候，就已经会哼哼了，有的人是腰里别着个木头手枪时学会的。可是今天唱了一遍又一遍，越唱越兴奋。大家有一个共同的感觉，今天再唱，心情不同了，歌词好像格外亲切。不是吗？车厢里的哪一个“我”不是“一个兵”哩！而这正是多年来的向往。重复过多少次的梦啊，今天终于变成了现实——是啊，“我是一个兵”了！这词儿，就像特意为他们这些人写的。唱啊，唱啊，歌声把列车行进时发出的巨大响声都盖住了……

忽然，车厢的那头冒出来一个男高音，就像有谁下了个命令，大家都自动地闭住了嘴，把目光集中在他的身上。

唱歌的战士叫刘伟城，他长得出奇的高大，往哪儿一站，就像半垛城墙竖在哪里。按常规，这样的大个子，早被篮球队物色去了。一身特大号的新军装，紧紧地绷在他身上，显得格外短小，像小蒲扇似的两只大巴掌，正一上一下地为自己打着拍子，胳膊露出袖口好长一截。

今年一开春，
我当上解放军；
挎上了冲锋枪，
军装正合身。

车厢里会唱的同志，轻声地和着，大部分不会唱的，也被歌词唤起了幸福和自豪的感情。虽然冲锋枪还没挎上，军装也不一定合身，但他们仍然非常得意地随着曲调的节奏，左右摇晃着身子。

真是乐死人，
真——是乐死人！

是啊，参了军，怎能不乐呢！全列车的新兵，哪一个从前没有历经过“真是急死人”的考验？参军，既是义务，更是光荣。如今当上了解放军，坐上了火车，又正往前边开着，多年的夙愿实现了，不乐才怪哩！……车上掌声、笑声、列车行进的咣当声混成一片。

紧靠着车窗坐着一个年轻的战士。他没有参加到这个欢乐的集体中来，手里拿着一本《董存瑞的故事》，全神贯注地望着窗外的原野：路边的树和电线杆子，急速地朝后边倒过去，电线像波浪似的在窗外起伏；村庄和独立建筑物也都一眨眼就不见了；只是远处的群山，又像跟着列车在一起在向前移动着，又像在原地旋转。火车已经开行一天了，穿过了多少座山，越过了多少条水啊，前边，还有数不尽的高山大河哩！……战士望着窗外的大地，明亮的眼睛一闪一闪的。他轻轻地喊了一声："这就是我的祖国！……"想了想，眉梢往上一扬，又掏出个笔记本来准备写点什么。他想写，作为一个战士，一个拿枪的人民战士，应该终身为祖国战斗。他想写写多年来对战斗生活的向往，该有多少出名的战斗英雄，刚把锄头把换成枪杆子，就杀得敌人闻风丧胆！他想写，枪炮声是最激动人心的声音，硝烟赛过最绚丽的云霞，而战斗火光的闪烁处，正是自己应该奔赴的地方。但他觉得心里的这些意思都表达不出来，还有满肚子的话不知怎么说才好。是啊，自己没有上过学堂，只念过一年半夜校，文化不高嘛！他想，反正应该写几句关于打仗、杀敌、当战斗英雄的话。一个战士，不为了打仗，不为了杀敌，不为了当战斗英雄，在家种地算了，何必来当兵。他把头枕在车窗上，苦苦地琢磨着……

"喂，你叫什么名字？"那个又高又大的刘伟城唱完了歌，走过来问他。

"欧阳海。"他回答着，眼睛没挪地方，心里还在想那些词儿。

"想家啦，是不是？"

欧阳海没理他。

大个子干脆在他对面坐了下来："不要紧，我也和你一样，家嘛，哪能不想它呢，我不光是想家，昨天还流了几滴眼泪哩！过几天就习惯了。"

欧阳海心里想："这个同志才怪哩，你自己想家，还要我也跟着你一起想！"他还是没吱声。

"你家在哪儿，啊？"大个子大大咧咧地问。

欧阳海这才抬起头来仔细打量着对方。他认出了坐在面前的，就是刚才唱歌的那个大个子。他把头偏过去望着窗外，心里说："参军是好不容易才争取来的，为打仗、为杀敌人才来当这个兵，想家干什么？再说，你既然想家，干什么刚才又唱'真是乐死人'呢？"

"说啊，你家在哪里？"

"我没有家，也用不着想！"欧阳海硬邦邦的话，像甩出来的一把石头子。甩完了，又背过脸去想他的打仗杀敌、当英雄的词儿。

刘伟城被崩了一下。他站起来要走了，摆出一副居高临下的姿态，顺手揉了揉欧阳海的头发说："小鬼！我想家的时候别人问我，也是不好意思说的。你呀，和我一模一样！"说完就好像完成了一项任务似的，大摇大摆地走了。

欧阳海被大个子在头上拨弄了好几下，满肚子不高兴，望着他的背影，心里在说："我和你不一样。如果我想家，我也不会认为这有什么不好意思的。我们山里人，解放前受了多少苦，翻身后又尝到了多少甜！越是想到从前的老鸦窝，我越是要参军；越是想到凤凰村的社会主义建设，我越是要到前方去打仗。就是为了这个家，我才离开家的。"他望着书上的董存瑞，继续对自己说，"看看人家吧，自小来到部队上，从来不想家。我应该向他学，一心一意地多杀敌人多立功。"他想起了临走时爹爹的嘱咐、周虎山书记的谈话，"对！不能惦记着家里的事，这是来为社会主义当兵，一定要干出点名堂来！"……

"加油！加油！"车厢那头又热闹起来。

"好——一比零，刘大个胜！"

"二比零，刘大个再战告捷！"

"三比零，好啊！"有个小战士用手当做喇叭筒在那里喊着，"喂，各位听众注意了，各位观众注意了，本广播电台第八次播音：大力士刘伟城已经三战三捷，创造了不败的纪录。谁敢和大力士掰手腕子的，请过来报名。"

一群新战士中，有的在撸胳膊，有的在卷袖子，你推我，我怂恿你，可是没有人敢上。刘伟城非常得意地站起来朝车厢各处望了望，好像在问："谁敢来？"

欧阳海一看：是他！忙把《董存瑞的故事》揣进衣兜里，边跑边喊着：

"我来！"

"你？"刚才当广播员的小黄故意把欧阳海拉到刘伟城跟前，并排站着，欧阳海的脑袋刚刚冒过大个子的肩膀头。小黄说："小家伙，你不行吧！你是轻量级的，人家是重量级的。"

刘伟城故意挺起胸脯，低下头来望着欧阳海笑了笑。

"不管'重'的'轻'的，敢不敢吧？"欧阳海撇开小黄，直接冲着大个子说。

"那就试试吧。"刘伟城满不在乎地坐了下来。他故意掏出个手绢递给欧阳海，"掰不赢可不兴抹眼泪啊！"

欧阳海推开手绢笑了笑，面对着大个子，自己还是有些信心的。从小打柴烧炭，十多岁上就顶个全劳力了；人虽长得瘦小一点，可干巴劲儿还有一些。他把全身的力气和心里对大个子的不满意都憋在手腕子上。第一回合，坚持了不多一会儿，刘伟城使了一股猛劲就把欧阳海扳倒了。第二回合，双方坚持住了，观战的同志都在为欧阳海加油，可是最后还是刘伟城胜。第三次，小黄喊了一声“开始！”可两只握在一起的手就像被什么定住了似的，纹丝不动，从双方紧绷着的嘴唇上，可以看出较量的激烈程度。慢慢地，这个用胳膊搭成的“人”字形一会儿偏向这边，一会儿又向那边歪过去，谁也压不倒谁。欧阳海发觉对方的脸都涨红了，而自己还留着一把劲没使，他心里有了底。可是坐的姿势不带劲，那把力气使不出来。他正想挪过身子和大个子决战的时候，一不小心，又让刘伟城趁机扳倒了。

“三比零！绝对冠军刘大个子再传捷报。”小黄大声宣布着。刘伟城也站起身来准备走了。

欧阳海坐着没有动。他正在琢磨为什么最后的一把劲没有完全使出来。他想，要是再来一次，我准能赢他。他一把拉住刘伟城说：

“大个子，再来一次吧。”

“算了，小鬼！过两年再说，现在你根本不是对手！”刘伟城有意避开最后的决战。

“已经三比零了，捞不回本儿来啦！”小黄也说。

“我不是要捞本。刚才我琢磨到一点窍门，要是再来一次，他一定扳不倒我。”欧阳海说。他心里有把握。

“也行。”小黄对刘伟城说，“再来一次‘安慰赛’。大个子，来吧！”

“好吧，安慰安慰！”刘伟城还是满不在乎的样子。

“等一下！”欧阳海活动活动手臂，又把坐的姿势调整了一番，“这可是关键的一次啊！”他心里嘱咐着自己说。然后，稳稳当当地握紧了对方的大手。观战的同志又重新围拢来，紧张地注视着这次较量。有的同志小声说：“看来小个子能赢，他要是没把握，一定不敢再挑战。”

小黄郑重其事地宣布了：“开始！”

欧阳海用眼睛盯着对方的眼睛，先留着一把劲，等待大个子的进攻。没想到大个子不是朝前使劲，而是主动地朝后边倒了下去。

“这……”欧阳海诧异地站了起来，他还没有明白对方的意思。

“好，小鬼，算你赢了！”大个子满脸得意。

周围观战的同志轰的一声全笑了起来。裁判员小黄站起来大声宣布着：

“同志们注意了，同志们注意了！最新消息：‘安慰赛’冠军已经产生，是由——”他问欧阳海，“你叫什么名字？”

欧阳海没有回答，刚才刘伟城的这一招儿完全出乎他的意料。他先是愣住了，听见了同志们的笑声，才真正地难过起来。心想，你这是干什么呢？掰手腕嘛，谁胜谁负都一样，你故意整我干什么……他闷声闷气地回到自己的座位上，紧皱眉头暗暗地下着决心：“好，你‘让’我！我们俩在战场上比比看，看谁能多杀敌人多缴枪！”

想到即将来临的战斗生活，欧阳海的情绪马上轻松起来，把刚才掰手腕的失败忘得一干二净。他望着窗外起伏的群山，脑子里立即出现了那筑有碉堡，架着铁丝网的战场，一队队端着枪，举着红旗的战士，正在往上冲哩！树丛在欧阳海的眼里，是炮弹爆炸时激起的烟柱；火车的震动，就是他心中哒哒哒的机枪声。

天色渐渐地暗了，窗外的景物变得模糊不清，远山也只留下了一个剪影。欧阳海这才恋恋不舍地把眼睛从窗外收了回来。他发现车厢里有一个同志总在忙着。记得中午开饭的时候，他也是忙前忙后，为同志们打饭送菜，帮助新同志找碗筷；这会儿，他又提着一桶开水，朝自己走来。

“欧阳海，你喝水不？”那个同志问道。

“你怎么晓得我叫欧阳海？”

“我当然晓得。我会算！”

欧阳海看见他洗得发白的军衣上，肩头缀着补丁，笑着说：“我也会算，你——是个班长。”

“我叫陈永林，四班的一个老兵。”陈永林倒了一碗水，递给欧阳海。

欧阳海没有接水。他把班长拉到身边坐下：“班长，我们这是往哪儿开呀？”

“前边。”

“这我知道。我是问去什么地方？”

“这个……”陈永林摇摇头，认真地说，“部队移防这不能讲，到地方你就知道了。”

“为什么呢？”欧阳海不大明白。

“军队调动，这是军事秘密嘛！”

“哦！”欧阳海半张着的嘴巴好半天都没合拢来，眼睛也分外地明亮起来。尽管班长没有正面解答，可是“军事秘密”这几个字不仅完全说明了问题，而且也给他带来了极大的兴奋：如今自己的行动与“军事秘密”有关了！可不像在家砍柴的时候，什么“北坡”哪，“后山”哪……随随便便就把地点说出来了。“既是军事秘密，想必与打仗有关系。对！”想着这些，他的心跳得格外有力，周身的血液循环也好像加快了速度，“哼！掰手腕子算什么，上了战场，打起仗来，那才要真功夫哩——这才是关键问题！”

“班长，”欧阳海故意把声音放得很低，好像害怕泄露了“军机”似的，“我们……是往海边上开吧！”他把“海边”这两个字咬得很重。

“嗯。”陈永林答应着，又点了点头。

“这我就不怕了！”欧阳海高兴得叫了起来。

陈永林莫名其妙地问：“不怕？你不怕什么？……”

欧阳海没有回答他。他正在想自己的心事：临来以前，他在周书记屋里那张密密麻麻的地图上，左找右找也没有找到大、小金门和马祖这几个小岛，没想到现在自己正往那边开着哩。也不晓得大海是什么样的，到了海边，一定可以看见金门……嗯，马祖也行。欧阳海想着想着，咯咯地笑出声来。

“你笑什么？”陈永林问。

欧阳海还是没有回答。他是在笑昨天上火车时碰见了一个老兵。欧阳海问他：“同志，我们是上前线去吧？”那老兵说：“你胡想些什么！”说完就走了。走了没几步，又回转身来把欧阳海批评了两句……

“怪不得哩！”欧阳海还在想，“原来那个老兵也是怕暴露了军事秘密啊！这也难怪他，上级有规定不许到处乱讲的，要是我知道地方，也不能乱喳喳啊。上前线，这又不是去赶墟，军事秘密嘛！……”

“班长，”欧阳海拐了个弯儿问道，“你……你打过很多次仗了吧！”

“没有。”

“没有？”欧阳海眨眨眼睛，心想，这个班长挺谦虚的，要能跟他在一起就太好了。

“我们的连首长都打过仗。”陈永林说，“知道不？解放战争在东北，开原战斗最著名的刺杀英雄就在我们连。他一个人拼倒了五个敌人，刺刀都捅弯了。后来他提着根爆破筒冲进了敌人的工事，一脚踹倒了敌人的机枪手，用手攥住了敌人打得发红的枪管，往回一拖，硬夺过来一挺美式重机枪！”

“是吗？”欧阳海兴奋得挪了挪身子，紧贴着班长坐着。

“不光这个，抗美援朝的时候他又立了几大功。不管是中国反动派，还是外国反动派，都是他手下败将。我听说临津江东上浦坊战斗，他抓了个高鼻子，押着往回走的时候，半道上那个小子不老实，想跑。他呢，一不开枪二不撵，只在背后大喊了一声：‘站住！’就把那小子给吓瘫了。押回来以后，那个高鼻子怎么也起不了床，又不想吃，又不想睡，像掉了魂似的，医生给他左检查右检查也不知道伤在哪儿。后来听他们俘虏自己说，他这是得了‘吃惊病’。按咱们中国的老说法，那叫做把苦胆吓破了！”陈永林绘声绘色地讲着，周围听故事的同志都乐得哈哈大笑起来。

欧阳海完全沉浸在幸福的幻想中。他心里在想：“强将手下无弱兵。有了这样好的连首长，那今后就等着多杀敌人，多立功吧。咳！跟上这支英雄部队可真不错啊！”

夜幕完全降下来了，窗外一片漆黑。听声音，火车好像加快了速度。欧阳海希望它能开得更快一些——快些把自己拉到前线去，快些把自己送到战场上。他从口袋里掏出那本《董存瑞的故事》，深情地望着封面上的英雄说：“董存瑞，你为新中国举起了炸药包，我欧阳海马上就要为了保卫社会主义祖国，向敌人开炮了！”

车厢有节奏地晃动着，欧阳海带着满脑子的幻想，慢慢地合上了眼睛。咣当咣当的震动声，把这个刚刚入伍、什么都不懂得的新兵带入了梦乡，带上了战场。他一会儿紧锁着两道黑眉，一会儿又扬起眉梢咧嘴微笑——欧阳海正在参加一场紧张的战斗哩！前方，车头传来一声长鸣，也许正给梦中的新兵吹响了决战的冲锋号……

东方刚刚发白，列车在祖国南方边境的一个小车站上停了下来。陈永林捅了捅睡梦中的欧阳海说：

“快醒醒！咱们到了，背起背包下车吧。”

“到了？”欧阳海揉揉眼睛站了起来。他推开陈永林递过来的背包，纵身从窗口跳下车去。身后传来叫新兵集合的哨声，他好像没听见似的，一口气爬上附近的一个小山头。他想早一点看看咆哮着的大海，早一点看看我们轰鸣着的大炮。可是前边，是座更高的大山，耳边，只有火车头喘气的响声。

大海在哪里？……

炮声在哪方？……

欧阳海失望地、木呆呆地站在山头上。这个从山沟来的、刚刚入伍的新兵，仿佛又退回到他老鸦窝的童年时代——作为一个娃娃，他又什么都不懂，什么都不明白了……

十　没有寄出的信

这里为什么看不见金门，为什么不像前线的模样？这里为什么没有铁丝网，为什么听不见炮声？——这几个问题一直在欧阳海脑子里打转，把他那过于天真，甚至单纯到几乎幼稚的脑子塞得满登登的。他几次张口想问问班长和老兵们，可是话到口边又咽了回去。如今是个兵了，要有个兵的样子！一个战士嘛，怎么能像在家当老百姓似的，遇事就乱说乱打听呢？再说也记不得今天是单号还是双号，没听见炮声算什么，也许今天正赶上个“双号不打炮”哩！——对！幸亏没问。要不别人又该笑话我这山沟里来的新兵了。欧阳海把“金门”、“炮声”这两个问题一直憋在肚子里，从早上憋到中午，又从中午憋到日头偏西。

靠山脚有一排用竹子搭成的草棚，这就是三连的营房了。门前的黄土地碾得平平展展，打扫得干干净净。连接各连各排的黄泥巴路，上面铺着细沙，两旁用鹅卵石砌了边。路旁用碎瓷组成的路标：“解放路”、“北京路”、“胜利大道”映着阳光一闪一闪的，格外好看。房前的小斜坡上，两行标语更是醒目：“保卫祖国，建设祖国”、“加紧施工，准备打仗”。这是老战士们花了多少休息日，从海边拾来贝壳，精心镶嵌成的。它表达了战士们的心意。远远望去，首先映入眼帘的不是那排简陋整洁的营房，而是这两行战士们的决心，在闪闪发光。紧靠东边的那间草棚里，三连四班的战士们盘着腿在床上坐成个圆圈，正在开会。

“同志们，”四班长陈永林手里拿着个小本说，“我们从五湖四海集合到一起来，从今天起，我们都是全心全意为人民服务的革命战士了。我们将共同生活在四班这个革命的小集体中，成为目标一致，志同道合的战友，在一起学习，一起工作，一起战斗。现在我们先开个班务会……”

“班务会？”大个子刘伟城插了一句。

“班务会，就是处理、解决有关本班一些问题的会议。”陈永林耐心地解释着，“我们是革命队伍里的同志，又是一个班的战友，应该互相关心，互相帮助，今后班里有什么事情，哪位同志遇到了什么困难，我们就召开班务会来研究解决……”

陈永林还没讲完，刘伟城又大大咧咧地抢着说：“哦，这会我们在采石场也开过。懂了，懂了！”

“今天这个班务会要解决什么呢？就解决一个彼此熟悉的问题。”陈永林接着往下讲，“我们先互相介绍介绍，认识一下：叫什么名字，哪里的人，多大的岁数，是不是……”

没等陈永林说完，“我说，我说”、“我先讲，我先讲”的叫声，又把班长的话音盖住了，会上叽叽喳喳乱成一片。

欧阳海稳稳当当地举起右手，不慌不忙地喊着：

“报告！”——这正是他在老鸦窝的时候跟着小董他们学会的。

“请欧阳海同志发言。”陈永林向欧阳海点了点头，又对大家讲，“以后我们开会发言，希望都能像欧阳海同志这样：先举手，后发言。要不，会场就乱了。”

欧阳海心里很高兴，他想站起来，又觉得站在床上不像样子，于是只往前欠了欠身子，说道：

“我叫欧阳海。湖南省桂阳县凤凰村人，今年刚满一十八岁。”说完了，他对自己这段发言很满意：简单、干脆，一清二楚的。

“完了吗？”陈永林问。

“完了。”欧阳海有点后悔：怎么把“完了”这两个字忘了呢？当年周排长领着四班在老鸦窝开会，谁发完了言，都要说这两个字的。

“是不是党员，是不是团员，什么时候加入的，都说一下。”陈永林还望着欧阳海。

“我……”欧阳海像被什么噎住了似的，停了好一会儿，才望着班长摇了摇头。他心里一个劲儿地埋怨自己：解放这么些年，自己也十八岁了，可是连自己的组织都没有加入，怨只怨自己进步慢，对入团的事关心得太少。唉！这头一炮可没打好。他感到耳朵里嗡嗡乱叫，下边谁在发言介绍他都没听清楚，好像是几个老同志在作介绍，完了以后，又隐隐约约听见刘伟城的声音：

“……共青团员，一九五七年十二月在我们县采石场入团的。”

欧阳海羡慕地望着刘伟城，心里说：“大个子虽然掰手腕子的时候整了我一下，可人家这点就比我强，入团一年多了。这可是关键问题，我呀，一定好好努力，一定要争取尽快解决组织问题。”

陈永林捅了捅身边一个满脸稚气的小战士说："开会的时候注意力要集中，不要干别的。现在只剩下你一个人了。"

"我……"那个小战士忙把一本小人书掖到屁股底下，"我……我说什么呀？"

同志们都笑了起来，陈永林赶忙制止大家，对小战士说：

"互相介绍介绍嘛。"

"哦！我小名叫'晃荡'，大名叫魏武跃。"

"什么？晃荡！睡午觉！"刘伟城插了一句，立刻引起一阵哄笑。

"'晃荡'是小名儿，魏武跃才是大名！姓魏的魏，文武的武，跃进的跃！……今年……今年差不多十……十六岁了。"

"十六岁不到，你就来当兵啊？"

"我爹说，别让'晃荡'在家瞎晃荡了，送队伍上去学习学习，兴许还能有出息。我来学习嘛，你管我多大年纪？"

"什么什么？"刘大个插嘴说，"来学习？学习什么？"

"学什么都行。我想学开汽车，又想学摆弄无线电，又想学文化，再不就学着造地雷。我小时候看过一个电影，地雷的劲可大了，坦克压上去都能把它崩翻了。好些人都说，解放军是个大学校，只要自己愿意学，什么都能学到手！"魏武跃非常认真地说。

"老天爷，你要学这么多东西呀！难怪你时间抓得紧，开会的时候还'学'小人书呢……"

刘大个子还没说完又引起一场大笑，班长制止了好半天，会场也静不下来。

欧阳海没笑。他觉得这没什么，想来学习这有什么可笑的？另外，更不该笑他十六岁就来参军，我九岁的时候就梦见自己是"天兵天将"了。人家董存瑞还不是十五六岁就当兵了，还不是照样抓俘虏、缴机枪！……想到这个，"炮声"、"金门"这两个问题又在脑子里转了起来。

轰——轰——轰轰——巨大的爆炸声从山后滚滚而来。欧阳海这次没喊"报告"，第一个跳了起来：

"这……这是什么？"

"放炮，别管它！"一个老兵说。

"放炮！好啊——"欧阳海连鞋也没顾得上穿，嗖的一下从窗口跳了出去，光着脚丫子就往响着炮声的山上奔去。

轰隆轰隆的爆炸声响得更激烈了，震得欧阳海耳朵发麻，震得地都发颤。他边跑边喊着：

“我可把你等来了！我还以为今天是双号，不打炮了哩！”

“炮”声轰跑了欧阳海心里那两个问题，把满肚子的疑虑、焦急、担心都轰没了。隆隆“炮”声勾起了他的战斗激情，他越跑越欢，越跑越快。

欧阳海一跑，把全班都弄愣了。陈永林也光着脚撵了出来，可怎么能撵得上从小跑惯山路的欧阳海？他只好跟在后边，一边比画一边喊：

“卧倒，卧倒！”

“炮”声盖住了陈永林的喊叫声。欧阳海回头看了看，发现班长紧紧跟在后边。通过班长的手势，他似乎明白了，这是叫他赶快卧倒。他噗的一下趴在地上，丝毫不是为了隐蔽，更不是因为害怕，仅仅是要尝尝在炮声中卧倒的“战斗滋味”。

趁着欧阳海卧倒在地，陈永林急忙赶了上来，匍匐在他身边，一把拉住他的腰带说：

“你，你要干什么去？”

“班长，我看看打炮去！”

“这里危险哪！你没看见前边插着小红旗吗！要是碎渣崩着你怎么办？”

“我不怕！班长，你还不了解我，我就是奔着这个来的。”欧阳海说完爬起身来又要跑。

陈永林也跟着站了起来，拉住他的腰带不放：“昨天刚下火车你就不请假乱跑，今天你又从窗户往外跳！”

“今天我请假嘛！班长，你快放开我，要不人家炮都打完了，看不见了。”

“那有什么好看的？以后我们天天打炮。回去吧！……欧阳海，开会的时候不许乱跑。再说，这儿也危险哪！你刚入伍，这还算是头两次，以后再这样，可要受批评了。”

欧阳海跟着班长往回走，他不时地回过头去望望打炮的那个方向。回到班里，坐上了床，他还在闷着头高兴，小声自言自语地说：“只要听见了炮声，别说批评，你打我两巴掌我也心甘情愿哪！”

刚吃罢晚饭，欧阳海就拿起班长的自动步枪说：

“班长，快！快来教教我怎么瞄准，怎么打。”

“你这么着急干什么？”

“不急还行？现在是早一天学会，早一天用啊！”

欧阳海根据班长讲的要领，一个人趴在地上练了好半天，直到天黑了，什么也看不见了，才兴犹未尽地回到屋里来。他恋恋不舍地把枪还给陈永林。

“班长，我们怎么还不发枪？”

“发枪？”陈永林说，“那还早着哩！等着吧，到时候会发给你的。还要正式举行授枪仪式哩！”

“那现在总得要有个什么……可以……”欧阳海做了个射击的姿势，“不能让手老是闲着。”

“这你放心，咱们当兵的手是闲不着的。明天就会发给你一件武器。”

“什么武器？”

“到时候你就知道了。”陈永林笑着说。

欧阳海没有继续追问下去。他早就懂得，武器更是属于“军事秘密”，是不许随便打听的。再说现在使用的武器都是我们祖国自己造的，不管发什么都行……成了，一切问题都解决了！疑问消除了，心里也定下来了，他反而不知道该干点什么才好。他独自一人来到门外的平地上，穿过“解放路”，走上“胜利大道”，整个营房静悄悄的，一点声响也没有。“这恐怕就是战斗前的寂静吧——书上都是这么讲的！”他想。无意间，他瞥见了月光下用贝壳镶嵌成的几个醒目大字：“保卫祖国”、“准备打仗”，才意识到：“哦！该赶快给家里写封信，以后恐怕就没有时间办这些事了。”

欧阳海回到屋里趴在床沿上，就着一盏小油灯，细心地一笔一笔地写着：

双亲大人：

来信不为别事。儿已到了前线，儿的住址因军事秘密不能相告。这里从早到晚炮声不断，一片战斗气氛。我们连长是个战斗英雄，班长也是打仗的里手。儿一定努力杀敌，下封信里定将立功喜报邮给二老，请双亲只管放心，莫要挂念。

此外，还有一事禀知二老：（请万万不可告诉外人！！！）

明日一早，上级就要发给儿一支新式武器，是祖国最新制造的……

…… ……

他还写了几句问候哥哥姐姐的话。看看时间还早，又按同样的意思，给公社周虎山书记写了一封，这才心满意足地躺上床去。

熄灯号一响，陈永林挨个儿替同志们掖好蚊帐，小声嘱咐着，别蹬被子，小心着凉，然后噗的一声把灯吹灭了。身旁的那个小战士“睡午觉”，刚才还在唱歌哩，一翻身已经打起呼噜来。月光正好透过窗户，照在欧阳海的床上。他悄悄地从枕头底下摸出《董存瑞的故事》，想看看董存瑞第一次战斗是怎么打的。光线太暗，看不清，费了好大劲才猜出这么个意思，好像说董存瑞参加八路军后，不两天就打上仗了。他合上书本，想：我也不错，顶多比董存瑞晚几天。

屋顶上透进一缕月光，像条带子似的垂了下来，在蚊帐上映出一个白点。欧阳海望着它出神：前些时还躺在家里看星星呢，今天已经到了这里，明天——是啊，明天将有什么样的战斗任务在等待着这个充满了幻想又几乎什么都不懂得的新兵呢？……

欧阳海醒来的时候，陈永林已经把全班同志的洗脸水都打来了，牙膏也挤在各人的牙刷上。“在家的时候，洗脸水我妈给我打过。”魏武跃拿着牙刷高兴地说，“可牙膏从来是自己挤的，这儿比家里还带劲！”“人民军队就是个革命大家庭嘛！”班长一边替大家整理内务一边回答说。这一小段对话，使班里个个都感到生活在这个集体里，幸福，温暖，愉快。欧阳海也觉得来到部队这两天当中，事事都顺遂。可是，现在心里又起了两个新的波澜：会发给一件什么样的武器？什么时候才能正式参加打炮呢？

早饭以后，全连在草棚门口集合。一个满脸黑胡茬子的同志从连部走了出来。欧阳海见他膀大腰圆，两道浓眉又黑又粗，直不楞登地横在额头上。心想，不用问就知道他是连长，看一眼就知道是个战斗英雄。值星班长整好队伍，向大胡子报告了几句，大胡子往队前一站，虎彪彪的像钉在那里似的。

“同志们！”黑胡茬子右手掖在腰带上，挥舞着左臂说，“我代表三连党支部和全体老兵，热烈欢迎你们！有这么些新鲜血液输送到我们这个革命集体中来，三连的战旗一定会更红，更鲜艳！大伙先说说：我们为什么参军，我们当兵是干什么来了？”

队列里响起了参差不齐的回答：

“保卫祖国，准备打仗！”

“为了报仇！”

“响应号召，尽义务嘛！”

“……”

大胡子笑了笑，用手势止住了大家：“好！说得都对，也都不够全面。”他眼睛朝队列里扫了一圈，“哪位老同志说说？四班长，你讲讲看。”

陈永林朝前跨了一步，迈出队列：

“我也说不好。简单点说吧：时时刻刻想着人民群众，事事处处和人民群众站在一起，一句话，为人民服务来了。”

大胡子又笑了：“四班长说得对，就是不够具体。好了，这个问题是个必须闹清楚的大问题，以后我们还要专门来讲。今天，连长不在，我也是早上才赶回来。咱们先认识一下，我叫曾武军……”

“称五斤？”有个新兵在队列里扑哧一声笑出声来。

黑胡茬子接着说：“大伙别笑，小时候我是叫‘五斤’来着。爹妈没文化，不会起名，我也不知道自己生下来以后叫啥，也许根本就没有过名字。赶我四岁上爹妈一死，财主拿我卖了抵债，是隔壁的老邻居用五斤高粱米把我赎回来的。从那才叫上了‘五斤’这个名儿。后来收养我的爹妈又死了，我跑到革命部队里来。有人说，‘五斤’太难听，换个名儿吧。首长说，这个名儿好，叫着它能不忘本。文化教员按字音给我改成这文武的武，军队的军，意思是叫我一辈子拿着枪杆闹革命。当兵是为了什么？起初我只是为给自己找一条活路；往后才知道，咱们当兵是为了打出一个社会主义江山，保住这个社会主义江山，让咱中国这片大地上，子孙万代，谁也不会再交上这五斤高粱米的命运！我想，咱们这一堆同志当中，”他伸直了手臂，挨个在同志们面前滑过，“解放前没有名字，或者是没有个正名儿的人，一定不止我一个。”

欧阳海想起了自己男扮女装的童年，想起自己逐渐淡忘了的“欧阳玉蓉”这个名字，紧咬着嘴唇，深情地望着这位大胡子。他心里的好多往事，都被黑胡茬子的这段话勾起来了。

“好了，今天不扯这些了。往后在一起工作久了，大伙就会熟识的。”

曾武军接着又讲了一些参加工建的重要意义，它与保卫祖国的直接联系。后来，又强调了砍树当中应该注意的事项，特别嘱咐老同志要带好新同志，新同志要格外注意安全，防止工伤事故。——这些，欧阳海都没有听进去。他一直亲切地望着大胡茬子，心里在想："这是一个受过苦的硬汉子，可他又不是连长，他是谁呢？"

陈永林扛着一大捆工具，来到四班同志们跟前，欧阳海忙上前去打听。

"班长，那个黑胡子大汉是谁呀？"

"指导员嘛！"

"哦！不听说指导员都斯斯文文，秀秀气气的吗？他怎么这样一副长相！"欧阳海又仔细地看了看黑胡子。心想："这个指导员真不错，一定也够厉害的！瞧他那双眼睛，要是发起脾气来瞪谁一下，一定能把谁身上穿透两个洞！"

"欧阳海！"陈永林喊。

欧阳海的思路被打断了，连忙答应：

"到！"

"这个给你！"

"什么？"

"武器呀！"陈永林说着递过来一把斧子。

欧阳海慢慢吞吞地接过这把明晃晃的斧子，他简直不敢相信自己的眼睛：

"这，这算什么武器？"

"我们工建部队全靠这个武器。没有它，怎么能砍倒大树做支撑木？"

欧阳海似乎明白过来了，怪不得刚才那个黑胡茬子指导员说什么"工建工建"，还说新同志要注意安全哩。哦，原来是让我去砍树啊！

"班长，我，我不是来砍树的。你还是让我上打炮那儿去吧，我就是冲着打炮来的。"

"打炮？"

"对，昨天下午开班务会的时候，人家打得多热火，轰隆轰隆的！"

"哦！你这个小鬼，那，那是一连在用炸药崩石头嘛！崩石头挖坑道，懂吗？咱们砍的支撑木就是给他们送去的。"

"崩石头？"欧阳海心里那个打仗杀敌的梦，全让这三个字崩醒了。不用问，金门根本就不在这个方向，完了，连马祖也看不见了，一切都完了！咳！

队伍已经上山了。陈永林和欧阳海留在后边，一路上他耐心地给欧阳海解释工建部队的任务：为什么要砍树，为什么要用炸药崩石头，以后还要干些什么……欧阳海明白倒是明白了，可是嘴角也耷拉下来了。他心里说："这下子好，关键问题也完了！……看人家董存瑞吧，参军不两天就打上仗了。我哩，参军不两天就砍上树了。这，这不跟我小时候在家拿着木头手枪一个样！”班长还说了些什么，他没听进去，脑子里只有一句话在打转：“关键在于……咳！关键在于，这个‘军’我是‘参’错地方了。”

欧阳海遇着了难题，天大的难题。一场好梦被惊醒了，还可以等待下一个好梦，多年来的向往落了空，拿什么来填补？他想，董存瑞遇到过这样的倒霉事没有？他是怎么解决的呢？对，应该向那本书求教。他习惯地把手伸进兜里去，想掏出那本《董存瑞的故事》看看，没想到书没有带来，倒从口袋里把昨天晚上写好的那两封信掏出来了。信里还带着“儿已到了前线……这里从早到晚炮声不断，一片战斗气氛……立功喜报邮给二老”，还有什么“新式武器”哩！……他难过地把信撕了，揉成一团，悄悄地朝身后使劲扔去。

信不偏不歪正好打在后边走着的一个人的头上。那个人摸着满脸的黑胡茬子愣住了：这小家伙怎么回事？“哦！”他想起来了，前边走着的，正是刚才动员时那个心不在焉的小鬼，怪不得发工具的时候，他跟班长叽咕了半天……黑胡茬子不声不响地弯下腰去把纸团拾了起来。他发现那是两封没有寄出的信。他笑着把它揣进自己那装满了“问题”的皮挎包里。

十一　百万农奴站起来

榕树又添上了一身逗人喜爱的嫩绿色的新装。早春刚刚过去，四月的南方，论气候，已经进入了漫长的夏季。欧阳海每天扛着斧子出工，又扛着斧子归来。从工作上看，他没有什么可挑剔的；不仅干得不坏，而且在新同志中，还算最突出的一个。至于思想嘛——思想包在每个人不透明的脑子里，谁知道他是怎么想的呢！当然，脑袋虽不透明易见，眼睛可是透明透亮的，一个人在想什么，往往会从他的眼神里泄露出来。

欧阳海那双一贯充满着希望和幻想的眼睛，最近经常是木呆呆的。

工作完了，或者是节假日休息时间，欧阳海总是喜欢捧着那本《董存瑞的故事》，一个人坐在山坡上看。从头到尾，也不知看过多少遍了，可每次再看，仍然和第一遍一样深深地激动着他。看到董存瑞参军的地方，他为他高兴；看到董存瑞打仗、缴机枪、侦察、挂帅点将的事迹，他浑身火辣辣的坐不住；看到董存瑞舍身炸碉堡的章节，他总要情不自禁地举起左手，模仿董存瑞那个震撼世界的英雄姿势，轻声地喊着："为了新中国，冲啊！"……可是一合上书本，他又感到茫然。眼神又沉入呆滞的状态中。

"唉！我要早点出世就好了！"欧阳海给了自己的后脖颈一巴掌，"看人家董存瑞该有多幸福，出生在战争年代，不管怎么样，只要能够参上军，起码还不打它几仗！就是人家当民兵的时候，仗也没有少打。可是现在，什么都晚了，什么都赶不上了！别说是在家当民兵，就算是参了军，也只剩下抡斧子呀、砍大树呀这样的'战斗'任务留给自己了……工作当然重要，可是一个人只有短短几十年的一生，这几十年总应该过得更有意义才对。今天，平平淡淡地过，当然也容易，要想多杀敌人，多缴枪，轰轰烈烈当个战斗英雄什么的，那真是难上加难了！"

这天傍晚，欧阳海刚爬上山坡，书还没打开，就听见班长在喊他。说是看电影，叫他快点下去。

和前几次一样，一放就是两部影片：在正片《上甘岭》的前边，还加映一部反映百万农奴站起来的新闻纪录片。听说《上甘岭》讲的是打美帝国主义的故事，欧阳海来了劲头。——自己不能去打帝国主义、反动派，能看看打帝国主义的电影也是好的。

两根竹竿挑起一块白布，算是银幕。战士们席地而坐，歌声一阵接着一阵。

开始放映了，银幕上出现了白皑皑的雪山，急湍的河流，黑压压的原始森林和一望无边的草原。解说员深沉浑厚的低音，在欧阳海耳边响了起来：

"……在祖国的西南边疆，有一片号称'世界屋脊'的西藏高原，它是我们伟大祖国的西南屏障……"

银幕上又出现了金碧辉煌的喇嘛寺庙和肥头大耳的喇嘛。也不知为什么，那个喇嘛手里总在转着一个不知叫什么的东西。不一会儿，从灰蒙蒙的低矮阴暗的石头房子里，走出来一群骨瘦如柴的藏族同胞。解说员的声音更加沉重了：

"……居住在这里的我国藏族人民，世世代代过着牛马不如的悲惨生活，受尽了西藏上层反动集团的欺压……"

同志们都闷声不响地看着。没有议论，没有嬉笑，不时从人群里传来几句愤怒的叫骂声。

欧阳海前几次看电影都是从头笑到尾；这次不一样，一开始他心里就不是个滋味。看着看着，他的眼睛模糊起来，银幕上的景物看不明，解说员的声音也听不清了。他揉了揉眼睛，还是不行。这眼前晃动着的，哪是西藏高原，哪是藏族兄弟姐妹？明明是被风雪覆盖着的老鸦窝和桂阳山里的亲人们。他仿佛从银幕上看到了莲溪街上母亲那张紧咬着牙、嘴角微微抽搐着的充满了痛苦的脸，耳边正响着四妹子嘶哑的哭叫声……眼泪顺着欧阳海清瘦的脸颊流过嘴角，一滴一滴地掉在沙土地上。他什么也看不见了……

“看！”解说员的语调里充满了愤怒，“这是用人的头骨做的一盏灯！……”

“看！这是从活人身上扒下来的一张人皮！……”

“看！这是用藏族姑娘的大腿骨做的一杆鸦片烟枪！……”

“看！西藏上层反动集团挖掉了这位藏族老人的双眼……”

“看！叛匪抽掉了这位藏族青年的腿筋，使他再也站不起来了！……”

“看！……”

“看！！……”

欧阳海看不见，也不愿意再看了。这世界上还有人在吃人肉、喝人血啊，那反动派还在残害和自己过去一样的受苦人！童年时期的欧阳海，熬过了九个严寒；爹爹和妈妈，在风雪中度过了四五十年；饥饿、灾难先后夺去了五个姐妹的生命……这样的岁月，应该早就过去了，为什么这天底下，还有穷人在受罪，在遭难呢？不行，欧阳海不能再往下看了！他好像回到莲溪镇斗争刘大斗的群众大会上，他已经看见周虎山那只有力的手臂举了起来。欧阳海猛地站起身来，把握紧的拳头指向夜空，拼尽全力呼喊着：

“打倒吃人的叛匪！”

“为藏族人民报仇！”

同志们呼应着。

解说员的声音变得激昂有力：“……几千年的奴隶枷锁已经打烂！……百万受苦的农奴就要站起来了！”

银幕上，我们的边防部队，正在冰天雪地里追剿叛匪，一队队持枪的战士，冒着严寒，迅速蹚过冰河，跃上陡壁。欧阳海看得清楚，听得明白，他仿佛觉得在追剿叛匪的部队行列中，那个跑在最前面的高个儿战士不是别人，他就是董存瑞。好像董存瑞正从银幕上回过头来，瞪大了眼睛，生气地朝他喊着：

“快来呀，欧阳海！你还等什么呢？快跟着我冲上去，我的好兄弟！”

连部里，有两个干部正在灯下研究工作。满脸胡茬子的指导员的对面，坐着一个三十来岁的干部，他就是三连连长关英奎。他虽不如曾武军那么高大，倒也长得厚厚实实，黑里透红的脸庞上，皱纹又粗又硬，带棱带角的厚嘴唇紧闭着，正不时用手里的大蒲扇扑赶着腿下的蚊子。他一说话，就像有谁把一口洪钟敲响了，嗓音嗡嗡的：

“……这才干了几天，各式各样的问题都出来了。要我说，这工建部队就是难带……”

曾武军打断了他的话：“又来了，又来了！老关，你是个连长，嘴皮儿上老缺一个岗哨，把不住关。”

“连、连长怎么的？当个连长就遇事不能有情绪啦？”姓关的连长分辩着。他摘掉帽子搔头，露出脑后一道伤疤。

“那得看是什么情绪。正因为工作上有问题，正因为工建部队的思想政治工作不好做，所以上级才把我们安在这儿。与这个有抵触的情绪，就得赶快扔掉。连长嘛，说话就得有个斤两，随便乱呱呱，不定什么时候就造成影响。”

“嗬！实话告诉你吧，”关英奎压低了嗓音说，“今天早上碰见团长，我还跟他嘀咕来着，要有个平叛战斗任务啥的下来了，说什么也要考虑考虑我们老三连。拿枪的人不打仗，还叫什么兵……”

连长话没说完，门砰的一声被推开了，震得草棚子直掉渣。欧阳海满脸泪痕跨进门来，像个木桩竖在那里，一动也不动地立着。

“欧阳海，你怎么啦？”曾武军站起身来问，“看电影去嘛，《上甘岭》，打仗的！”

欧阳海没有回答曾武军的话，冲着关英奎问道：

“连长，你们不是常讲，一个战士要时时处处为人民的利益着想吗？我虽然是个新战士。可要是看见敌人在杀人放火，我管不管？”

“管！”关英奎像撇手榴弹似的，厚嘴唇里迸出这么硬邦邦的一个字。

“要是看见人民在受苦受难，我去不去救？”

“救！”

“眼看敌人在逃跑，我追不追？”

“追！”

“那好。连长，我要上西藏去！”欧阳海说完，一屁股坐在板凳上。

“什么什么？”关英奎反倒站了起来，他没明白欧阳海的意思。

欧阳海忽的一下又站了起来，说：“西藏的上层反动集团在杀人，我受不了，我要到西藏去！我要去管，去救，去追！”

“追？哦，你要去西藏，好嘛！那我问你：我们这儿的工作怎么办？不干了？收摊儿了？咱们三连也撒丫子一走算了？”关英奎又敲响了洪钟，砰砰砰给了欧阳海几炮。

“我就是为打仗才来参军的。”欧阳海不吃连长那一套，“现在有仗你不让我去打，眼看藏族同胞在受难，你不让我去救，还要我等到什么时候？……砍树的事，你找别人干吧。要不，等我打完了叛匪，再回来砍树。”

“嘿嘿！……”关英奎拉开了架势，准备再轰他几炮。曾武军连忙咳嗽了两声，关连长才把话憋在喉咙里没崩出来，顺手拿起那把蒲扇往腿上乱扑打。

“来来来，坐下来谈。”曾武军拉过欧阳海来，说，“人民的利益是多方面的。正是为人民的利益着想，我们才在这儿搞工建，打坑道。再说，当兵也有分工嘛！比方你们湖南收稻子，有人割，有人打，有人往回挑。平叛不是咱们的任务，咱们的任务是搞工建。上级没下命令，怎么能随便走哩！”

“我们连不去，那，我一个人去！”

关英奎故意板着面孔吼了一声：“你一个人去？说得挺容易！”

“连长，”欧阳海的眼泪流了出来，“你没有看电影，你不晓得西藏人民受的是什么罪！……”

看见欧阳海满脸激动，关英奎自己的那股情绪也上来了。他递过一杯水说：

“噢，就你知道，就你一个人要去？……实话告诉你，听说西藏人民在受苦，我这心里像猫爪子抓似的，我也想去啊！当兵的，手里拿着枪，眼看敌人在杀人放火，那心里能好受？谁不想去为西藏人民报仇？”

“连长，真的呀？”欧阳海一边抹着眼泪，一边高兴地说。“那我们俩一齐去！你好好带着我，让我多杀几个叛匪，多缴几支枪！”

曾武军连忙接过话来说：“连长的意思是说，一个当兵的，一个为人民扛枪的战士，应该时时记着人民的苦难。至于去不去平叛，那还得从全盘来考虑。”

“对对对。你比方现在……”老关的厚嘴唇直卡巴，“现在上级没批准，咱们哩，还得在这儿砍大树。听见没有，包括我在内，没有上级的命令，谁也不能去。三大纪律头一条嘛：一切行动听指挥！”他接过曾武军的话尾巴，好不容易才把弯儿拐了回来。

欧阳海知道再说也没有用了。他起身就走，临出门又补了一句：

“你们不让我去，我给上级打报告！”

望着欧阳海的背影，关英奎不住地点头：“咦！这个小伙子，还真有股子虎劲呢！就像过去咱连那个谁谁谁……”

曾武军笑着说：“像谁？见了他我就想起你打开原的那股劲头来了！也是哭着吵着要参加战斗。”

“像我？……不不不，我们那时候，总比他这会儿听招呼吧！”

“算了吧！都是一个味儿，没啥两样的。只是现在的小青年和我们那时不同了。他们想得多、想得远、遇事有自己的主见。我们那会儿，只要干部们说个‘不’字，自己赶忙背地里去考虑、琢磨。现在就不行，比方刚才你故意绷着脸想吓唬他，人家欧阳海就不吃你这一套……来，我给你看个东西。”曾武军从挎包里拿出欧阳海扔在山坡上的那两封信说，“我们刚参军的时候，一般地说，只记住咱自己家乡巴掌大那块地方有个姓啥的地主，最大的愿望是抓住他报了仇就行了。现在不同了，现在的小青年眼界开阔得多。你看欧阳海是怎么想的，人家开口就是社会主义革命，认准了要学董存瑞，学黄继光，一心要来部队当个战斗英雄。这是我们党对青年人进行宣传教育的结果。虽然年轻人只向往英雄人物轰轰烈烈的那一面，还不够实际，但思想境界很高。我们思想政治工作的一个重要任务，就是既不能挫伤他们的革命激情，又把他们引导到脚踏实地为人民服务的正道上来……”

两个战友把揉皱撕破了的那两封没有寄出的信，拼在一起，平铺在桌子上，脑袋凑在油灯下研究着……

欧阳海回到班里，急急忙忙写了一份要求去西藏参加平叛战斗的报告。他把报告交给了班长，转身打好背包，自己就坐在背包上等候批准了。

“报告我马上就给你转，现在还没批下来嘛，你先解开背包睡觉，休息休息，啊？”陈永林说。

“批准了我连夜就走。不睡啦！”

魏武跃从蚊帐里探出头来，说：“欧阳海，快睡吧。这砍大树也是一门功夫。我原来是想学开汽车的，现在一晃荡，觉得学会了砍树也不错，将来一复员，我到湖北的神农架开发原始森林去。你何必一定要去打仗呢？”

欧阳海没理他。

小魏打着哈欠说：“你要实在觉得打仗好玩，明天我借给你两本打仗的小人书看看。”话没说完，他又钻进了蚊帐。

陈永林推了推欧阳海：“睡吧，啊，看，都睡了嘛！……再说，今天不好好休息，明天怎么上工呢？”

欧阳海犹豫了一下，很快又想：“上工当然也重要，可现在的关键在于马上去西藏打仗去！”

小魏又探出头来说：“班长，我建议咱们开个班务会解决一下。”

“班务会，就是处理本班有关问题的会议。”刘伟城在床上故意放大嗓门说。

陈永林制止道：“别讲挖苦话了，对同志应该帮助，爱护嘛。快睡你们的觉吧！”

欧阳海心里有主意：“开就开，只要能打仗去，怎么都行。我就是来打仗的，好不容易赶上平叛这个机会，要再放过去，会后悔一辈子的。”

连部桌上的小油灯还亮着，曾指导员和关英奎连长还在灯下研究欧阳海的那两封信。

“老关你看怎么样？”曾武军对连长说：“他是带着满脑子幻想来到部队的。革命的荣誉感强、自尊心强，一心一意要当个战斗英雄。对他这股劲头，得辩证地来看，不能只看到他毛躁的一面。不够实际，不听招呼，是他的外表；积极向上，是他的本质。”他收起欧阳海的两封信，捂着右膀子在屋里来回走着。

“怎么了？”关英奎指着曾武军的胳膊说，“是不是又疼起来了！”

曾武军还在思考欧阳海的问题：“现在要想办法把他引到正路上来。”

“睡吧，睡吧！”关英奎一边脱衣服一边说，“说实话，老曾，我是打心眼里喜欢这个兵：看见有人在受剥削，受压迫，他心里难过；看见阶级兄弟在受苦受难，他心里像刀绞似的；为了受苦人，自己愿意去打仗，愿意到战场上去拼、去砍、去牺牲。这就是觉悟！可我那‘三板斧’没起作用，下边该看看你的能耐了……咦，你睡不睡？”说完他躺上床去。

“我？”曾武军笑了一下，“我这点水儿你还不了解！打参军到那次住院回来，整整十年没摸过小皮挎包。上级说咱身上有残疾，照顾咱，把指导员的皮包往身上一挎，问题也就跟着来了。——你睡了？”

关英奎闭着眼睛没吭声。

曾武军打了个哈欠，慢慢解着衣扣，自语地说：

“有啥办法，‘笨人先起身，笨鸟早出林’，咱们就凭这点坚持性，早起晚睡地多学点呗！——你真睡了？”他见关英奎没有回答，又悄悄地扣上衣服，坐到桌边上来，用一张报纸挡住射向连长床头的光线，轻轻地打开抽屉，拿起一本《毛泽东选集》。

“老曾，”床上的关英奎说，“你又要干吗？”

“就睡就睡。”

“睡你就躺下来嘛！”关英奎欠起身子说，“政委可是嘱咐过好几次，凡是劳动活儿你少参加；营党委会上也交代过，让我在这方面多关心点。我这方面关心得不够，我检讨。可你自己也得自觉点嘛，同志！”

“别乱扣帽子，我哪点不自觉啦？”

“今天白天你干啥啦？你那右胳膊不好使，你就别抢着干算了，硬要挤上去抡几斧子。怎么样，这会儿胳膊疼起来了吧？同志，这对工作可没好处！”

“对，对，我向你检讨，咱们今后注意点。”

“那你现在快睡吧！”

“这……这也不是劳动活儿，和胳膊又没啥关系……”

“把灯吹了，上床躺着。这是生活制度！”

“行了行了，我接受意见。”曾武军指着桌上的《毛泽东选集》说，“我看完这一段一定睡。《矛盾论》里关于‘主要的矛盾和主要的矛盾方面’，就一小段嘛。”

营房静悄悄地躺在月光下，魏武跃已经从蚊帐里发出了均匀的鼾声。同志们在紧张的伐木劳动中所消耗的体力，全靠这几个小时恢复过来，可是还有人强睁着困倦的眼皮在考虑问题。

指导员曾武军坐在油灯前，拿着欧阳海的那份“报告”在想：“这可真是一块好铁啊！怎么才能把他炼成钢呢？”

连长关英奎躺在床上并没睡着。他在想：“这小伙子可真倔呀！只要他转过弯儿来，那在工建中准是一把硬手！”

班长陈永林守在欧阳海身边想："你要不好好休息，明天怎么工作呢？"

欧阳海坐在背包上也在想："叛匪，你等着！现在的关键在于上级批不批，只要一批准，你看我怎么来揍你们！……"

十二 "这里就是前线！"

欧阳海把"报告"连着递上去三份，三份都是一个意思：我要打仗，我要去西藏。

三天来，欧阳海一收工就往连部跑，打听"报告"的下落。文书和通信员们都有点烦他了：这样的兵真少见，硬是一条死胡同走到底。关英奎和曾武军却得出了相反的结论：好！一个战士积极要求参战，劲头这么强烈，这说明他不是那号时冷时热的人。现在领导上的责任是，既要做好思想工作，使他懂得革命有分工，不要挫伤他这种革命的积极性，又要对他进行组织性和纪律性的教育。只要他能把这股要求杀敌的朴素的阶级感情转移到国防工建上来，那该会发挥多大的作用啊！

这天是星期日，陈永林破例地放下班里一些勤杂活儿，认真地打好了准备给欧阳海做思想工作的腹稿，说是要陪欧阳海出去玩玩，哪怕去散散心也好。欧阳海不干，他怕报告批下来，自己不在，错过了机会。出公差的同志走了，打球的人上操场去了，班长坐在门口给同志们洗起衣服来。宿舍里空空荡荡的，只剩下小魏趴在床沿上写着什么。欧阳海故意避开班长。他知道陈永林是好同志，但不愿和他谈话，怕万一自己要求打仗的想法被班长说活了，参加不上西藏的平叛战斗，会终身惋惜。眼见班长正要给他打招呼，他赶忙走到小魏跟前去。他看见魏武跃是在写信。信，又勾起他一桩心事来。

参军这么久了，连一封报平安的家信也没有写，妈妈不知道怎么惦记着自己哩！可是，可是写什么好呢？仗也没打成，功也没立上，连金门也没看见，好不容易听到几声炮响，也不过是炸药崩石头的声音。未必，未必就写"儿在部队很好，整日都在砍树"？……不行！这样的信，邮回去也会惹二老生气的。

魏武跃正在埋头疾书，已经写满三大张了。欧阳海想，他怎么就有话可写，他都写了些什么呢？

"小魏你写些什么？这么多！"

“没什么秘密，无非是些来部队后的情况、想法，和今后的几个打算……”

“你又有了新的打算了？”

“一成不变的东西是没有的。你听吧！”小魏从下边翻出第一页来，念道：“亲爱的爸爸妈妈：你们两次给我寄来的几本小说和其他小人书，我早已收到。我觉得，看这些东西没多大意思，至于那些小人书，早已不能吸引我了。目前，除了工作以外，我把我的主要精力，初步集中在下军棋上。我认为，它更能培养我当机立断的能力，使我不再晃来晃去，三心二意……”

“什么？”欧阳海诧异地问，“你三天两变，岂不是晃荡得更厉害了？”

“真是一点办法也没有。我这个人从小就缺乏毅力和勇气，干什么都犹犹豫豫的。为了克服这个毛病，我就拼命地看书，再不就摆弄无线电，一坐一天，不吃饭，不喝水，为的是锻炼毅力。现在来当兵了，我又觉得应该培养自己的机智、果断，我想通过下军棋来……”

欧阳海没等小魏说完就朝门外走去，心想：“随便你怎么变，怎么晃，我可得果断一些，千万不能犹豫。这次一定要争取到西藏去，一定要参加平叛战斗！”身后，小魏还在滔滔不绝地讲着他的新的打算……

欧阳海一口气跑到连部，里边只有文书一个人在埋头画什么表格。他又来到连长和指导员的宿舍门口，听见里边有人在讲话。

“……举手不悔，落地生根。”这是曾武军的声音。

欧阳海推开一条门缝一看：连长和指导员正在“将军”。他心里不太高兴：当连首长的，也太不关心同志了，人家急着要去打仗，他们不管不问，自己倒先在棋盘上打起来了……他转身要走，屋里传来指导员的声音：

“是欧阳海吧？进来嘛！”

欧阳海没有答应，也没有走，只听见屋里有哗啦哗啦的棋子声，好像又把棋子重新摆过一遍。

曾武军开开门，笑着把欧阳海拉进房里：“我知道你要来找我的。来来来，先帮我一把。”说完，把欧阳海按在棋盘旁边的椅子上。

欧阳海哪有心思下棋。他像个弹簧似的又蹦了起来。

“星期天嘛！休息休息。”曾武军又把“弹簧”按了下去。

欧阳海无可奈何地把棋势一看，指导员已经占了明显的优势：当头炮支上了，左边的车沉了底，只要“车八平七”吃象一将，连长就完了。自己这边没有问题，只有连长那匹准备卧槽的马还有点威胁。但是不要紧——右边有个大车正看着它，封锁住了卧槽的通路。欧阳海想：这已经是一盘残局，下就下吧，三几步就完了，早点下完好问报告的事。

“好吧，我可不大会。该谁走？”

“该连长走。”曾武军说。

关英奎本该立即保住左边的象，防止指导员的车横扫过来，可他错拱了一步卒。欧阳海马上准备拿左车去吃象、将军。正要落子，曾武军拦住了他，提起右边看着卧槽马的那个车。

“不行不行！”欧阳海不同意指导员这一着。

“追！多过去一个车，多一份力量！”曾武军说着，还是把右边的车提了起来。

“落地生根，举手不悔啊！”关英奎故意提醒着说。

“咱们自打学会下棋就没有悔过。”曾武军啪的一下，把车开到了“黄河”对岸。

“将！”关连长的马卧槽了。这边的老将上也上不来，出也出不去。

明明是一盘一着定胜负的赢棋，硬叫曾武军给下输了。欧阳海眨眨眼睛问道：

“指导员，你，你这是个什么下法？”

“这是一种新式下法。本应该早就把所有的兵力都开过去，乘胜追击，杀他个落花流水，片甲不留。”

“这个车明明是该看住那匹卧槽马的，你硬把它开过‘黄河’干什么？那边的兵力够了嘛！”

“管他兵力够不够，多过去几个子，杀他个痛快再说。这不也是你的主意吗？”

“我？”欧阳海更糊涂了。

曾武军见欧阳海那副憨厚的样子，哈哈大笑起来。他仔细地和欧阳海研究刚才的棋势：

“有的车应该去追象吃，有的车应该看住要卧槽的马，各有各的用场，不能乱动；有的部队需要去参加平叛战斗，有的部队需要在这儿搞国防工建，保卫祖国的南大门，各有各的分工，更不能忘了自己的职责。刚才我稀里糊涂地把那个车开了过去，一片好心，要追剿残敌，结果使老将吃了亏。”

“这……”欧阳海挠着头皮没说话。

“下棋要全盘考虑，当兵、打仗、干革命也一样，”曾武军接着讲，“我们能都去西藏追剿叛匪，丢下南大门不管吗？不能！……砍树、搞工建，也是和平叛同样重要的任务，都是人民所需要的。我们在这儿别看不起眼，可这是在看着敌人的‘卧槽马’哩！棋子有分工，革命就更应该有分工了。党需要我们看住敌人的‘卧槽马’，我们就在这儿一步也不动，死死地看住它；党需要我们去追剿叛匪，我们抄起枪就出发，一分一秒也不耽搁。一切都应该从革命的需要出发，凡是革命工作都是重要的！”

“道理谁不懂啊，我，我……”欧阳海想了半天，也没找着适当的词儿来反驳指导员的话，只好说，“我反正要求参加真正的战斗，我反正要去西藏！”

“这说明，道理你还没有真正懂得；要是真懂道理了，你就不会是这个态度了……好，今天是星期天，不谈这个问题。走，我们上山玩玩去。”

“指导员！”欧阳海说，“报告我都打了三次了，还……还没有……”

“走吧！玩玩对你有好处，也许你对那份报告会产生新的看法哩！”曾武军拉着欧阳海出了门，回头对连长说，“老关，棋算我输了，家里的事都交给你了！”

红彤彤的木棉花在枝头怒放，像一团团火球在树顶上燃烧。木棉花，把南方的绿水青山点缀得斑斓多彩。它红得那么稳重，庄严，难怪人们又把它叫做“英雄花”。

曾武军和欧阳海肩并肩踏着一条古老的青石板路朝山顶走去。一路上，欧阳海无心浏览山光林景，几次想找机会再问问“报告”的事，可曾武军每次都故意地把话题岔开。他一会儿指着这棵树问欧阳海认不认得，一会儿又拔起那棵草问欧阳海叫不叫得出名字来。当欧阳海回答不了的时候，曾武军就告诉他，这叫“大叶桉”，又叫“阔叶桉”，那种是“小叶桉”，又叫做“澳洲有加利”，树皮树叶都可以当药材；那是“苦楝”，那是“华山松”，据说是因为华山盛产这种松树而得名的。……欧阳海只是出于对上级的礼貌，应付似的点点头，好像是在注意听着，其实对这些树——从小就砍，现在又砍，说不定今后还得砍——他根本不感兴趣。

曾武军又拔起路边的一棵草说：“这你一定认得。”

欧阳海兴趣索然地看了一眼：“地菜。”

“我们家乡叫地米菜，也叫荠菜。小时候在家度春荒，抢都抢不着啊！”曾武军摘下一片菜叶闻着，“那时候，有钱的财主们有时也用它来包一顿饺子吃，说是尝新鲜，要吃它那股清香味。等三月三一过，地米菜开出小白花了，他们就嫌它老了，不吃了。穷人们可恨不能整年拿它当粮食！”

欧阳海想起了自己捡野菜的童年。他侧过头来望了望曾武军，觉得自己的心和指导员靠得更近了些。他指着地菜问道：

“指导员，你在家的时候常年都捡野菜吗？”

“捡！有一年我从财主的地头上捡了小半篮开了花的地米菜，财主硬说我偷了他们家的玉米棒子，抢走我的篮子不说，还把我抓住毒打一顿。参军以后，我把这件事在诉苦会上倒了出来，正好第二天部队就开到我们那个村去了，偏偏又赶上了斗争财主的群众大会，咱们连长关英奎——那会儿也像你现在似的，是个新战士——跑上台去把老财主揪了下来，按在地下死揍了一通……为了替我出那口气，老关他还背了个处分哩！”

“打地主，也……也受处分？”

“这动机是好，可方式方法不对啊！再说，革命战士嘛，要有政策观念，还要有组织纪律性。比方你吧，要为西藏人民报仇，这种感情是对头的，积极要求参加平叛战斗，这个想法也不为错，可不管三七二十一，非去不可，甚至于在上级答复以前，就打起背包连觉都不睡，这就缺乏点组织纪律性了。你说呢？”

“指导员，你不是说今天不谈这个问题吗？”这回轮到欧阳海想把话题岔开了。他望着前边的一片树林问，“指导员，那些什么‘阔叶桉’、‘澳洲有加利’你从小就认得？”

“不，那是我住院时学的。欧阳海，我在医院里躺了整整半年啊！我还以为再也不能回部队工作了，想学点植物知识，等什么也不能干的时候，回到家乡去看森林去……不能为党工作，是一个革命者最大的痛苦。住医院可真不是个滋味，那时候，我一天到晚盼着出院。一个革命者，只要他还能够为党做点工作，就是他最大的幸福。我们在这儿砍树，不是为地主老财修祠堂，不是为军阀买办盖洋楼，是为保卫我们的社会主义革命和社会主义建设搞工建。你仔细琢磨琢磨看，人民需要我们做这个，我们认真地去做了，而且做得很好，这不就是最大的幸福吗！一年四季看林子的，他觉得自己的工作重要；长年累月守灯塔的，他也觉得自己的工作重要。说它重要，是因为不管干啥都是为了人民，为了社会主义，为了革命。”

欧阳海点了点头，似乎明白曾武军的这一番用心了。他心里在说：“这指导员真厉害！光看外表吧，他长得又高又大，虎彪彪的，以为他肚子里没有什么墨水儿，哪晓得他粗中有细，能文能武，不管谈什么都能联系到你的思想上来……遇上了这么个指导员，看来，我想去西藏参加战斗的事，八成要落空了！”

“欧阳海，”曾武军指着山头说，“只有百十米了，来，看咱们谁最先上去！”

别看曾武军长得人高马大，要论爬山，他当然不是自小就挂在老鸦窝半山腰上长大的欧阳海的对手。指导员跑不几步，就被远远地落在后边。欧阳海一口气冲上了山头。

山顶的另一边是一堵面海的峭壁，无边无际的大海立即呈现在欧阳海眼前：层层海浪像手拉着手似的，一排跟着一排向岸边滚来，海浪撞击着山下的岩石，发出震天巨响，激起一阵白雾……大海的景象使欧阳海惊呆了，这个从湖南山区来的年轻战士连做梦也没有想到海是这样的。自从知道这里不是前线，他就连海也无心思来看了。现在，他又后悔没有早一点爬上山顶来。

汹涌澎湃的海涛声从山脚传来，海风把欧阳海的军衣高高扬起。他真想面对大海高喊几声，可一想到这里并不是自己向往的前线，刚张口又改变主意，只是低声地唤着：“大海啊，大海！……”这时，他才省悟到：欧阳海呀欧阳海，你就应该像大海这样，奔腾咆哮，永不平息！

曾武军甩动着一只胳膊，气喘吁吁地爬上山来。他坐在一块石头上休息，额头上布满了一颗颗豆大的汗珠。

“指导员，你……”

“没啥！上了点年纪，比不过你们这些小青年。你快好好看看，待一会儿，我给你讲个故事。”

欧阳海面对大海伫立着，好久好久才回过头来。身后山峦起伏，脚下的公路成了一根白线，营房变成了几个小黄点，山脚平坝子上那郁郁葱葱的一大片，该是水田吧。“哟！这里插秧比老鸦窝早多了！”是啊，除了这个，欧阳海好像回到了家乡的凤凰村山头，好像又重新站在四州山顶上一样，只是视野更开阔了。那时说是能看到附近的四州八县，其实看得并不远，现在却一眼望不到边，好像整个祖国都收在自己的眼底了。

隔身边不远，有一块石碑引起了欧阳海的注意。这是一块饱经风雨的石碑，碑上的字迹已经斑驳脱落，只留下这样几行字：

……溯道光……年……𠸄夷犯……军由湖南统兵……𠸄……猝至轰击全军奋勇敌忾击退𠸄夷者三不料海潮骤涨苦无舟楫接应遂至慷慨捐躯军士……皆……无一逃者……

石碑上有些字欧阳海不认得，有些字又不明白是什么意思。他正在纳闷，曾武军来到石碑旁边。

“我要给你讲的就是这个故事。”

欧阳海和指导员臂靠臂地坐在石碑前，面对着大海。海涛声伴着曾武军的话音，传到欧阳海的耳朵里来。

“这块石碑上记载着一百多年以前，一支中国部队和帝国主义作战的英勇故事。一八四一年，就是清朝道光二十一年，英帝国主义凭着它的洋枪洋炮来侵略咱们中国。为了抗击侵略者，当时有一支部队从你们湖南赶到南海边。可那时，朝廷腐败，地方官又都是些怕死鬼，跑都跑不赢哩，哪还顾得上修筑工事。那支部队不分昼夜赶到这里，正准备抢修工事，可是已经来不及了。

“英帝国主义派了五艘战船、两只汽艇，气势汹汹地来到这一带海面上。部队仓促迎战，只好凭借着天然工事，在一块礁石上还击敌人。那个时候，敌人战船上装的是后膛炮，我们中国士兵的手里只有土炮土铳。尽管武器比敌人差，可是凭着中国人不甘心受压迫，不甘心被侵略的志气，连着打退了英国兵船的三次进攻。敌人急了，重新组织兵力，又开始向海岸冲击，炮弹一颗又一颗地落在礁石上。咱们的人，有的牺牲了，有的负了重伤，可是没有一个人撤退。他们冒着炮火，继续在礁石上射击。士兵们越战越勇，眼看要把英国战船‘摩底士底号’打沉的时候……”

欧阳海焦急地问：“怎么样了？”

“海潮涨起来了！海水涌上了礁石，涌进了他们的临时工事，渐渐地漫过了士兵的膝盖。这是一个非常危急的时刻。礁石已经没在海水里，海潮还在继续上涨，再不离开礁石，海水断了退路，就再也撤不下来了……指挥官扬起一面铜锣，问了声：‘撤不撤？’全体士兵只回答了一个字：‘打！’……

“为了打沉侵略者的兵船，他们在齐腰深的海水里继续开炮。海水又涨高了一些，眼看所有的土炮都相继淹没在水中，根本无法点火了。这时，只剩下最高处还有三门土炮露出水面。一个重伤的炮手爬了上去，瞄准敌船，一连开了三炮，炮炮命中。‘摩底士底号’到底给我们打沉了！英国侵略者仓皇弃船逃命。可是我们这些勇敢的士兵们……”曾武军突然停住了。

欧阳海急切地问：“我们的人怎么样了？”

“为了消灭侵略者，这一千多个中华儿男，誓死守在礁石上，继续射击，直到他们全部被潮水卷进海底……战斗结束以后，人民为了纪念这些牺牲了的英雄，给他们在山头上立了这块石碑。”

指导员讲完了，两个人都沉默着。过了好一会儿，欧阳海才轻轻地问了一声：

“他们就牺牲在这里吗？”

“对。就在我们面前。”曾武军扬起左臂指着海上一块礁石说，“那儿，就是他们当年战斗的地方。”

一块乌黑的礁石挺立在海浪中，一阵高似一阵的海潮，正铺天盖地地从它头顶上漫过去……

涨潮了。

欧阳海目不转睛地望着英雄们战斗过的地方，心情像海涛似的翻腾不停。海风呼啸，涛声阵阵，他仿佛看见了那群士兵正在向敌人开炮，他仿佛听见了当年的喊杀声。他激动地看着，想着……

曾武军深情地说：“一百多年以前，我们的祖先在这里抗击过帝国主义；今天，我们作为一个有觉悟的人民战士驻守在这里，守卫着有光荣战斗历史的南大门。”他站了起来，目光炯炯地望着远方，“前边，帝国主义的军舰，还时时想窜进我们祖国的领海哩！我们能不认真对付吗！你想想，作为一个战士，我们肩上的担子该有多重！欧阳海呀！谁说这里不是前线，谁说这里不是战场！”

“指导员！……”欧阳海激动得不知道该说些什么。

“前边是我们的神圣领海，身后是我们伟大的祖国。欧阳海，我们在这里是为祖国的南大门站岗，是为北京、为天安门、为党中央站岗。站在这个山头上，你用眼睛虽然看不见北京城，可是你心里应该看到她。抗美援朝的时候，有一位同志在堑壕里写过这样一句诗：‘我们决不后退一寸，因为，我们的身后，就是天安门。’他是用自己那颗心望见了北京城。从堑壕到北京，这几千公里的距离，在他心里紧紧贴在一起。真正懂得了这个道理，你心里就亮堂了，你就会明白：这里就是我们的战场，这里就是你为保卫社会主义杀敌立功的前线！”

是啊，脚下的这个山头，并不比家乡的四州山高，可是欧阳海觉得自己看得更远了——是指导员拨亮了他心里的那盏灯，让自己想得更深，想得更远。他认真地说：

“指导员，你，你替我向上级把那份要求参加平叛战斗的报告，撤回来吧！”

“怎么，不去西藏、不想当个董存瑞式的战斗英雄了？”

“西藏我不去了！”欧阳海斩钉截铁地说，“战功我一时也立不上了，可是我要在工建中战斗，在劳动和训练中为人民多立几功！”

“好哇！我就等你这一句话哩！欧阳海，咱们算说定了：报告的事，我正式向上级要求要求，把它撤回来。”

“行。”

“下棋的时候我就说过，你对报告会有个新的看法的，你还不信；我说咱们出去玩玩对你有好处，你又不肯。”曾武军用巴掌在欧阳海后脑勺上轻轻蹭了一下，“现在怎么样，不骗你吧！”

欧阳海难为情地笑了笑。

“笑！笑什么？打不上仗，又没有立上什么功，就不给家里写信了？信还是要写的！免得老人家惦记。”

“信！我……我写过了。”

“是写过了。可是你没把它放进邮箱，是当手榴弹把它撇到山上了。今天上午我收到你爹一封信，还向我打听你在部队的情况哩！”曾武军从衣袋里拿出一封信，“给你！看看家里为收不到你的信，多么着急。还‘写过了’呢！”

“指导员，是，是你给我爹写信了？”

“你不写嘛，有啥办法，我只好按照这个地址给老人家写啰！”曾武军又把那两封撕破后揉皱了的信掏了出来，“那天，多亏你拿这两封信砸了我一下，要不然我这个当指导员的还蒙在鼓里，摸不着你心里的底哩！只是以后别再拿信砸我了，遇上什么问题，咱们一起扯扯。怎么的，你看我这指导员长相凶，满脸胡茬子，怕了？”

“头一眼见你是有点怕，不过现在嘛……”欧阳海没有继续往下说。他亲切地把头靠在曾武军的胳膊上蹭了蹭。

曾武军拍了拍这个倔强的小战士：“听我说，欧阳海，今天回去以后，头一个任务就是好好给家里写封信。写好了给我看看，我也要给你爹爹回信哩。”

“现在……”欧阳海心里想，“现在功也没立上，连靶都没打过，那……那有什么可写的！”

曾武军好像看出了他的心事，说道：“写写部队的生活情况，写写自己的进步……至于怎么才能立上功，怎么才算是个战斗英雄，一时你还明白不了。可是不听班长的招呼，打起背包不睡觉的事，不能再发生。作为一个人民战士，要自觉地遵守组织纪律，哪能想干什么就干什么呢？没有自觉的纪律观念，上了战场，也打不好仗。——这些，我们以后再谈。回去就写信。”他晃晃那两封没有寄出的信，“只是别再像这个似的，光在信里‘车大炮’。”

欧阳海急忙抢过信来，脸上羞得通红通红。他心里想：“这个指导员就是厉害！我自己还蒙在鼓里哩，他就把什么都做了，连我心里想的一些什么，他都知道，就像周虎山一样。唉！刚才我还埋怨他只顾下棋不关心我哩！原来他是和连长故意摆好一盘棋来将我的军。我呀我……我要不好好多立几次功，也对不起指导员这一番苦心啊！”想到了立功，他问道：

“指导员，听说我们连首长里，有个立了几大功的战斗英雄，是谁呀？”

“你听谁说的？”曾武军下意识地捂着右胳膊问。

“班长告诉我的。他说那个连首长，赤手空拳抓住了敌人打得发红的枪管，缴了一挺重机枪，还抓过俘虏。在朝鲜战场上，有个俘虏想跑，他大吼一声，把那个侵略军的苦胆都差点吓破了！”

“你听他胡诌，没有这个事！”

“哦！我知道了。是你，一定是你！”欧阳海指着曾武军的右胳膊说。

“我？”曾武军哈哈大笑，“你说说看，我有哪一点像个战斗英雄？告诉你，抗美援朝那会儿，我还在炊事班当班长，别说什么战斗英雄，连个敌人都见不着，整天猫在山沟里边，给前沿同志发豆芽、磨豆腐哩！”

“那是谁呢？”欧阳海还在想，“我一定要像他那样，为人民多立几功。来当兵了，上了战场就应该是一只老虎，这才像个兵的样子。穿上了绿军装，就应该能打能冲，就应该争取当个战斗英雄！——人家董存瑞、黄继光也都是人民战士，我也应该那样！”

海潮阵阵卷来，大海还在咆哮。欧阳海迎着海风屹立在山头上，正在想他的立功计划。

第四章　前进的路上

十三　“属虎的”

阳光穿过树叶的缝隙，变成千万条乳白色的纱带，斜射到潮湿的大地上。露珠化成的地气，像薄薄的轻纱，缓缓上升。森林里的早晨，气象万千，好似云飘雾绕，更似硝烟翻滚。新的一天开始了。

随着第一声鸟鸣，树林里响起了咔嚓咔嚓的伐木声。一个年轻的战士，双手抡起斧头，嘴里喊着“消灭叛匪！”“支援西藏！”一斧又一斧地向大树砍去。哗啦啦一声巨响，一棵大树倒了下来。战士望着横躺着的大树，咧嘴憨笑，随即往手心里啐了啐，拎起斧子朝另一棵大树走去。

这个年轻的战士带着对西藏叛匪的满腔愤怒，带着创造荣誉的强烈愿望，投入到伐木工作中来。他经常是提早上工晚收工，挂在林间空地的流动墙报上，也经常出现“欧阳海”这三个字。同志们都说他是“属虎的”。

熄灯号响过了，欧阳海倒在床上，浑身无力。身子一放平，周身的关节好像都散了架，动弹不得，连腿上有点痒痒都懒得伸手去抓了。猛地，他想起自己和小魏订的锻炼计划——每天上床后要做二十下屈臂支撑运动。今天的计划还没完成哩！他偏过头来小声对身旁的魏武跃说：

“小魏，屈臂支撑你做了没有？”

“没有。”

“快做呀！”欧阳海说，“来，我数数儿，我们一起做。”

“不行，我今天实在太累了。再说，半夜里还有一班岗哩！……哎哟！”小魏觉得连翻身都有些吃力了。

欧阳海提醒着说：“小魏，来吧，这可是锻炼你毅力的关键时候啊！”

“对我目前来说，当务之急不是什么锻炼毅力的问题。屈臂支撑运动容易造成四肢发达，头脑简单，我正在琢磨一个新的打算。我们俩订的公约，宣布无效了，我劝你也好好睡一觉。再说一天不做，关系不大。毅力也得慢慢培养嘛！”

欧阳海想：“今天确实太累，明天再补二十下算了。”他又重新把身子放平，隐隐听见门外有磨斧子的声音，“班长还在替大家磨斧子哩，他未必就不累？不，不能像小魏似的，这正是考验一个革命战士毅力的时候！”想到这里，他一翻身爬起来，咬着牙坚持做了二十五下屈臂支撑，这才心安理得地重新躺下。眼睛刚刚闭上，他又仿佛看见了满山都是放倒了的大树。他自言自语地说：“搬运组的人手少了些，应该向连里反映反映。对！提个意见去。”他又一骨碌爬起身来，悄悄地向门外走去。

陈永林正要进屋来睡觉，欧阳海迎上去说：

“班长，我提个意见……”

“熄灯这么半天了，又爬起来干什么？有意见明天提。”

“不行。这意见不提我睡不着！”

“那……”陈永林把他领到一边去，“说吧！小声点。”

“搬运组的人手不够，劳动力得重新组织一下，要不会影响全连的进度。”

“领导上研究过好几次了，现在抽不出人来。”

“班长，你跟连里建个议，把我调到搬运组去吧。”

“那活儿太累，你不行。”

“为什么？”欧阳海不服气地说，“那天指导员号召党团员们主动找重活干。现在团支部正在培养我，为什么不让我响应号召？”

“怎么是不让你响应号召呢？”班长耐心地说，“你想想看，放倒的大树，最轻的都一百多斤一根，两个人抬，走起来不方便，一个人扛，你受不了嘛！”

正在担任游动哨的刘伟城，听见了他俩的谈话，走过来说：

“快去睡觉吧！欧阳海，像你这样的，能参加伐木组就不错了。我们搬运组全是铁肩膀。扛木头你干不了！”

欧阳海心里说：“为什么干不了？都是一样的革命战士，你能干的我也能干！再说，只要工作需要，干不了也要干。”他没有搭理刘伟城，转身朝连部跑去。

关英奎和曾武军正在研究伐木的进度和劳动力调配问题。听见门外的脚步声，曾武军抬起头来说：

“准是欧阳海。一定又是来提什么意见了……”话没说完，欧阳海进了门。

“连长，我提个意见！”

两位干部都憋不住笑了。曾武军问：

“你不赶紧休息，这会儿来提什么意见？”

“我请求把我调到搬运组去。”

“你？你不怕大树把你压趴下？”关英奎打量着欧阳海瘦小的身材说。

“连长，你别小看人。‘人不在大小，马不在高低’，我七八岁的时候就能一担挑四十斤。”

“那也不行。你就在伐木组好好干吧！把你累伤了，谁负责？”关英奎嗓音嗡嗡地说。

欧阳海心里一阵难受：我不信，一百多斤的木头就能累伤人！刘伟城瞧不起我，你连长也看不起人！他赌气地对曾武军说：

“指导员，我要去西藏的时候你怎么说的，说这里工作需要，说工建就是战斗……可是现在搬运组要人，战斗需要人，你们又不让我参加！总不能要我留下的时候，说这里工作需要，等真正工作需要的时候，又把我甩在一边嘛！”

曾武军见欧阳海那一肚子委屈的样子，说：“好，这个意见我接受，你让我们考虑考虑。你先回去睡觉吧。”

“我不明白这还有啥可考虑的！……连长也在，要考虑你们现在就考虑吧，我在门口等着，等考虑完了我再睡觉。”欧阳海说完，真的站在门外边，不肯走了。

“瞧！虎劲又上来了。”关英奎望着曾武军直眨眼睛，“这号战士，没风就是雨，直来直去的。真没见过！”

曾武军摸着下巴上的胡茬子摇了摇头：“我见过。跟你当年一样倔！”他指了指门外说，“老关，就让他去搬运组吧。你说呢？”

“行啊。”关英奎说，“刚才不是研究好了，让四班长去搬运组吗？我看招呼四班长把他抓紧点儿，不能让他一个劲地猛干，伤了身子。”说着，他来到门外边。

“你还竖在这儿干什么，像根木头似的！快回去睡觉去吧。”

欧阳海拧着脖子看了连长一眼，没动。

“你的意见我们接受了，批准你参加扛木头的战斗。”

“是！”欧阳海猛喊一声，转身就跑，积着雨水的黄土地上，传来他呱唧呱唧的脚步声。

曾武军在屋里一听，说：

“这小伙子，怎么又打起赤脚片子来了！”

欧阳海扛起一百七八十斤重的大木头满山飞跑。为了多扛几趟，他总爱抢先，谁要听见后边有声音，就知道是欧阳海来了，得赶快往路边靠，不然他一冲过来，树枝总要剐你一家伙。更多的时候，他抄近道走，在那陡坡陡坎上爬上跳下。入伍不到三个月，一双崭新的解放鞋，让他穿得底帮分了家，十个脚指头有一大半露在外边了；有时他干脆光着脚丫子干，边干还边喊：“消灭叛匪，加油！支援西藏，干哪！”“小个子向大个子挑战啰！”……

墙报组每天都收到表扬欧阳海的稿件。陈永林心里又是喜来又是愁。连长招呼过，要自己多看住他一点，可是谁能看得住？论个头他虽然比自己矮半个脑袋，可是扛起木头来，也不知他哪儿来的这么大的劲，至于谈到爬山路，连里谁也不是他的对手。一转眼人就不见了，怎么看得住？总不能拿根绳子把两人拴在一起吧。参军几年来，还很少看见欧阳海这样的战士，真能干也真肯干。可是像他这样虎里虎气的做法，这不叫干活儿，简直是拼命。刚满十八岁，身子还没发育完全哩，要是累伤了哪儿，怎么得了！他给连里提了个意见，希望连首长不要在队前表扬欧阳海。建议俱乐部，有关表扬欧阳海的稿件，一律不登。班里再配合着把他抓紧些，少给任务多批评——对欧阳海就得这样。

有天中午开饭的时候，欧阳海光着脚丫子，一跛一跛地回来了。陈永林知道大事不好，抬起他的脚一看，右脚划破了一道足有两寸长的血口子。

“你怎么搞的？”

“我怎么知道！”

“你自己的脚划破了，你，你不知道？”

“班长，我要知道，我就不会把它划破了。刚才我才觉得右脚有点……痒痒。”

“我给你那双鞋呢？”

“放在保管室里了。”

陈永林又急又气。他说：“连里早有规定，连长、指导员又再三跟你讲过，不准光着脚干活。这，这你不知道啊？”

“我……”欧阳海知道自己错了，可是嘴里还小声嘟囔着，“我在家的时候就光脚干惯了。你也知道，我们那里下地从来也不兴穿个什么鞋子……”

“这里是部队嘛！……好吧，今天下午你休息休息，你别再想干活了。”

“我不痛嘛！”

“不痛也得休息！”陈永林从来不生气，这回真的有点火了。他说完就朝连长那儿跑去。

关英奎领着卫生员匆匆赶来。他脱下自己的胶鞋扔在欧阳海跟前，板起面孔坐在旁边一声不吭，看着卫生员给欧阳海包扎伤口，有棱有角的大嘴上带着一股火。欧阳海偷偷瞟了他一眼，心想：完了，这一顿骂是躲不过去了。

正好三连的老炊事班长李祥挑着开水打这儿路过。关英奎喊住了他：

“炊事班长，你不是要个公差帮着烧开水吗？把欧阳海派给你。他哩，只帮着往灶膛里添添柴就行了；你哩，替我好好看着他，不准他再乱跑乱动！”

“是！”李祥笑着应了一声。

连长把李祥招呼到一边去，小声嘱咐着说：

“主要是让他休息！这小兵太虎了，干起活来不要命。你可要把他盯住！”

关英奎说完朝一排走去。欧阳海松了一口气，满肚子高兴，心想，连长这一关，看来又算过去了。他小声说：“我还以为你这回一定要狠狠骂我一顿哩！……”

“你叽咕什么？”关英奎走了没几步又回过头来瞪了他一眼，“告诉你，这个事不算完，咱们俩的账晚上再算！”

山坡上，欧阳海老老实实地坐在灶坑旁边烧开水，心里盘算着连长今晚要跟他算的“账”。身后不远的地方，关英奎正向班长交代任务。

“……山上我刚检查过，放倒的木头都扛完了。午休以后，你组织三个体力棒点的小伙子，去把沟里的那几十根木头扛到公路上来，要注意安全。下午有车来拉，明天我们就要转入正式工建了……”

欧阳海心里还在想："连长今晚怎么跟我'算账'呢？一定是不让我参加工建：让我一天到晚烧开水……再不，就是派我整天看家。唉，都怨自己不小心，把这个鬼脚划破了！"他赌气地把右脚往地上狠狠地踹了几踹，"……至少这一顿批是没法躲了！"他欠起身子看了看，连长和同志们已经各自找个阴凉地方躺下休息了，有几个同志在树荫底下打扑克，炊事班长正在那边一心一意地修理水桶。"……任务这么紧张，我怎么能老在这里闲着不干活？干脆，趁同志们午休的时候，我去把沟里那堆木头扛出来。连长不会知道的。明天就要转入正式工建了……对！"他往灶膛里添了几根柴，猫着腰，躲过炊事班长的视线，悄悄地朝沟里走去。

五六十根大木头横七竖八地挤在沟里。这些木头，是放倒以后从山上滑下来的，互相压着、别着，推都推不动。欧阳海脱了个光膀子，从最上边的下手。他一趟又一趟地扛着，来回全是小跑，一心在想："快点干！干完了好回去烧开水。"干哪干哪！也不知道过了多少时间，眼看木头只剩一半了，他对自己说："该回去了，再晚就不行了。"可是两条腿不听使唤，心里也老有一个想法拖住他：再扛一根就走，再扛一根我一定走！一根又一根地又干了好一会儿，隐隐约约地好像听见了午休起床的哨音。"糟啦！不早了，再不回去就真的晚了！"他嘱咐着自己说。可是木头只剩下十来根了。"我的脚不痛了嘛，为什么不干完！反正要找我'算账'的，对！干脆扛完算了。有'账'一起算吧！"欧阳海说着，一咬牙，加快了速度，加大了步伐。当他肩头上压着最后一根木头的时候，他感到了完成任务后特有的愉快和满足，想起指导员有次说过，能为党工作，就是最大的幸福！"……对！这话对。我看哪，劳动就是好！别看浑身是汗，手脚酸痛，可是心里轻松！"他越想越高兴，竟轻声哼起一支家乡小调来：

…… ……

叫声那个哟，桂花那个啊，

抢哎头名啰嗬……

——突然，他停住了脚步，小调也噎在喉咙管里了。在离他十来米远的地方，关英奎两手叉着腰，瞪大了眼睛正望着他，也许是由于激动，那有棱有角的大嘴闭得紧紧的，满脸都是火。

欧阳海扛着那最后的一根木头，慢慢走上公路，轻手轻脚地卸在路旁，然后磨磨蹭蹭走到连长跟前。他咧着嘴朝关英奎憨笑了一阵，看看对方没有反应，连忙收起笑容，把脑袋耷拉在胸前，等候着连长那洪钟般的吼声。

关英奎确实很生气。哪有这样的战士，太不听招呼了。可当他顺着公路望去，几十根大木头整整齐齐地码在路边时，他的气又消了。他看了看身旁的欧阳海——光着脊梁，卷着裤腿赤着脚，脚上的纱布早没影儿了，伤口的边缘，已经被泥水泡得泛白……三个强劳动力一下午的工作量，叫欧阳海一个人在午休时间完成了。他藏住内心对这个不听话的小战士的喜爱，没好气地说：

“你，你还真是‘属虎的’？你干得好，干得不错嘛！我让你烧的开水呢？”关英奎的钟敲响了。

“我……”

关英奎往地上一蹲，憋了好半天才又把那口洪钟擂响了：

“来！等我把你背回去了，再跟你算账！”

“连长，这……”

“你啰唆些什么！你那双脚泡成这个小样儿了，你还能走啊！你不怕伤口里揉进了沙子？你不怕化脓？”他脖子一拧，“你还站着干什么？还不赶紧趴到我背上来！”

欧阳海乖乖地趴在连长背上，觉得心里热乎乎的。他想说“不能让首长背”，也想从背上跳下来，可是他还是老老实实地任凭连长背着，一直没敢开口，也一直没敢动弹……

关英奎把欧阳海交给了卫生员，嘱咐多给伤口上抹点碘酒：“就是要治治他！”然后眼看着卫生员给他包好伤口，目送着卫生员把他送回营房去休息，这才回到工地上来。他拦住那三个正要往沟里去扛木头的同志说：

“不用去了！你们各回各的班吧。”

“怎么啦？”曾武军走过来问。

“我算服了！”关英奎掩饰不住自己的满意说，“老曾啊，有他这么几把硬手，转入正式工建我心里也有底了……他压根儿就没烧开水，一个人利用午休时间跑到泥坑里，把那堆木头全扛出来了！你要派那些稀汤寡水儿的去呀，三个人一天干不完。”

“又是欧阳海？”

“除他还有谁！这个属虎的！”关英奎还在不住地点头，“一个连队，应该有这么几只虎！”

“干吗只要几只虎？全连百多口子应该都变成这样的虎。”曾武军也满意地点了点头。“部队就应该有这么股虎劲。不过单有这股虎劲，那还远远不够，对欧阳海的虎劲，更要一分为二。”很快地，他又摸着胡茬子，好像在考虑什么别的问题……

十四　“我来算一个！”

紧张的工建任务开始了，打锤成了全连的一大难题。十二磅的大锤抡起来一阵风，要不偏不歪地正好砸在钢钎上，劲使小了不起作用，大臂抡锤又很难打准。不少新同志见了大锤就有些胆怯。今年补充的新同志比较多，让他们很快地跟上队，打出老同志的水平来，这是提前完成工建任务的重要一环。上级正号召开展技术练兵活动，连里决定组织一次打锤示范表演，一来打消新同志的顾虑，二来摸摸大家的底。

晚饭后的自由活动时间，魏武跃一个人待在俱乐部里研究军棋的战术，欧阳海进来就喊：

“小魏，快！看看示范表演去。”

“不行。”小魏指着军棋说，“这次我是下了决心的，不研究出来我决不休息！你快走开，别动摇我的决心。”

“表演马上就开始啦！”

“要去你自己去吧。”小魏眼睛都没挪地方，“我目前的主攻项目，是如何消灭对方的品字形的地雷。”

“行啦！”欧阳海说，“你现在还是把主攻项目转移到打锤上来吧。”说着拉起小魏就往外跑。

房前的平坝子上，围满了前来参观的同志。几个过去打锤的能手，相继出来表演了一番，叮当叮当砸得火星直冒，嘿哟嘿哟的，打得新兵直吐舌头。有的说，老兵就是不简单；有的讲，革命部队嘛，什么样的人才都能培养出来！……关英奎归纳了一下他们打锤的要领和经验，问新同志中谁愿意出来试试。

“我来算一个！”欧阳海从人群里蹦了出来。

“你？”负责掌钎的那位同志急忙站了起来，怀疑地问道，“你以前打过吗？”

“没有！”欧阳海蛮有信心地往手心上啐了两口唾沫，虎里虎气握住了大锤就要打。

“那……”那位同志有点为难。欧阳海的虎劲是全连出了名的，胆儿也大。可是打锤不光是力气活儿，万一有一锤打偏了，那掌钎人的两只手就跟着报销了。

是啊，欧阳海敢打，可是谁敢替他掌钎呢？同志们相互看了看，谁都没有上去。小魏笑着说：

“我们连要是再有个属虎的就好了，两个凑一对儿。”

关英奎瞪了他一眼：“你来嘛！你不是遇事喜爱琢磨吗？”

“我是属鼠的，这事我不干。”小魏边说边往后躲，“我跟他凑不到一起去。”

四班长想了个办法。他去找了一把长钳子，用钳子稳住钢钎，让欧阳海试试身手。

欧阳海挥动双臂，抡起十二磅大锤朝钢钎砸去。力气倒是不小，可是一连三锤都打在地上，连钢钎的边也没碰着，长钳子倒被他砸弯了。周围爆发出一阵不太友好的笑声。关英奎也失望地说：

“欧阳海，看来光有虎劲还是不行。你先在一边多看看。换个人来吧！”

刘伟城大摇大摆地走出队列：“好久没摸了，我也来试试吧。”小黄也主动出来给大个子掌钎。刘伟城二话没说，抡起铁锤就打，只听叮当叮当，一声接着一声，锤锤都砸在钢钎上。一口气打了几十锤，他才停下手来，赢得了一片掌声。

“不简单，不简单！你打得很不错哩，比起老同志来也不次。”关英奎夸奖着说。

“不行了，连长！我在采石场干了两年，那时候，嘿嘿，打个一百多锤是常事。”刘伟城笑呵呵地说。

“连长，你不知道，参军前在采石场，我和大个子就是老搭档。”小黄也很得意，“那时候，工地的流动红旗总是舍不得离开我们俩！”

欧阳海躲到一旁咬着嘴唇埋怨自己：“我就是笨，除了会砍柴，拼力气以外，什么都不会，干什么都干不好！人家打得叮叮当当的，我连一锤都打不准。

工建任务需要更多打锤熟练的能手，我又有劲使不上。”他羡慕地望着刘伟城，“……像他那样多好啊，拿起锤来就能打，有任务交下来了，就能完成呀。战士嘛，就应该是这样的……不行，我得撵上去！他能干的我也能干。为了加快工建进度，也为了争口气，我一定要比他干得更好！”他忽闪着眼睛，暗暗下定了决心。可是，怎么才能够练出一身打锤的硬功夫来呢？

要练吧，没有人敢给自己掌钎；再说，老耽误同志们的时间也不好。怎么办？欧阳海决心先把刘伟城的本领学过来再说。可是大个子总是爱理不理的，有些话听起来也刺激人，什么“你别以为这是扛木头，出大力，这也是一门技术”，什么“打锤要求准、快、狠，手、眼、身子都得配合好，不像你想的那么简单……”这些话，欧阳海都老老实实听着，有意见也憋在肚子里。施工的时候，他别人不找，专找刘伟城配对，替他掌钎，再不就有意识地守在刘伟城旁边，给他当下手，仔细揣摩他的动作。欧阳海这样不声不响地干了好几天，打心眼里佩服大个子的技术，同时也觉得打锤并不神秘，渐渐心中有了底。

连着好几天，午休的时候，陈永林总也看不见欧阳海在床上躺着，晚饭后的游戏时间，球场上也没有欧阳海的人影。原来是小魏替欧阳海设计出了一个练打锤的窍门，他正抓紧休息时间在练。房后的一个大树墩上，用粉笔画了个小白点，欧阳海特意从仓库里借来一个十八磅的铁锤，一有空，就抡起铁锤拼命地朝小白点砸去。这样既练了臂力，又练了准确性。每次都练得胳膊抬不起来，身子也站不稳了，小魏硬把他拉住，他才住手。几天以后，胳膊又红又肿，特别是晚上上了床，胳膊火烧火燎，疼得他浑身冒汗。连每天必须坚持的二十下屈臂支撑也只得暂停。他弄了块凉手巾敷在又红又肿的胳膊上，紧咬着嘴唇，尽量不让自己哼出声音来。

有一天，班长发现欧阳海吃饭的时候，连着掉了好几次筷子；出操的时候，两臂甩动的幅度也不合要求，纠正了几次都改不过来。他琢磨欧阳海一定又出了什么问题。直到洗澡的时候，陈永林才发现，欧阳海的两只胳膊又红又肿，滚烫滚烫。他把欧阳海叫了出来，指着胳膊问：

“怎么回事？”

“打三联疫苗的反、反应。”欧阳海怕挨批评，编了个谎儿。

“你胡扯些什么？三联疫苗是上个月打的，你怎么今天还有反应？”陈永林要把欧阳海往连部拖，“再说，往你左胳膊上打针，怎么右胳膊也反应了？”

欧阳海赶紧求饶，憨笑着说："我这是……练……练的。"他向陈永林汇报了小魏想出来的"窍门"和自己练锤的经过。最后要求说：

"班长，你替我掌次钎看看，我保险打不着你的手！"

"胳膊都肿成这样子了，你就不知道疼？"

"我只试几锤，看行不行嘛。"

陈永林被欧阳海这股顽强劲所感动，只好替他掌钎。欧阳海抡起大锤就打，叮当叮当，班长喊了几次才住手。

"班长，我们班再要成立突击组的时候，你让我也算一个嘛！要不，我跟你配对，向全连挑战！"

"干什么？"

"上级不是号召说，要突破打锤这一关吗？营长还说，为了破除打锤的神秘性，要组织全营的新老同志交流经验来提高工效哩！"欧阳海想了想又问，"对了，我们连谁在经验交流会上表演？"

"可能是刘伟城。"

"班长，你去建个议，让我也去试试！"

"你？你也要在经验交流会上表演？"

"我就不行啊？我保险不给我们班、不给我们连丢丑！交流经验不就是为了推动工作吗？刘大个子能干的，我也能干！再说，小个子要是也能打得好，那推动作用不就更大了吗？"

"等你胳膊好了再说。要不，我马上就找连长汇报去，刚才他还问到你哩，说你午休的时候不在床上躺着，球场上老也见不着你，是不是又闹情绪了？"

"别，班长！你可别汇报……我，我一定好好休息，不再练了！我要再不睡午觉，你汇报什么都行。"

陈永林抿着嘴笑了笑，没吭气。

经验交流大会就在坑道口现场举行。几个兄弟连队沿着山坡围成个圆圈，互相拉着歌子，热闹得很。坑道口两旁，俱乐部新竖起几条标语："苦练技术，提高工建速度！""修好坑道，誓死保卫祖国！"工建指挥部的同志和营首长也来了。

这次打锤全是用十八磅的大锤。按顺序，一连的打锤能手老张最先出场。

他先介绍了一些打锤的要领和自己的体会，接着就一气打了一百五十锤。人群里发出一片啧啧的赞叹声。二连的代表也不错，打了一百三十几锤。大家夸他速度快，锤锤都扎实，一锤顶一锤。最后轮到三连新选出来的打锤标兵刘伟城出场了。今天他特意穿了件胸前印着大红“奖”字、下边还印着“采石场赠”的白背心，那两条门杠似的胳膊显得格外粗壮有力，黑黝黝的脸上挂着自信。他叉开双腿往场子当中一站，笑咧咧地用眼睛把周围扫了一圈。“好一个彪形大汉！”“三连从哪儿整来这么个大力士！”兄弟连队一些不熟悉刘伟城的人赞叹着，议论着。刘伟城绘声绘色地谈了些他打锤的体会和窍门。从他谈话的口气和那副轻轻松松的神态来看，赶上一连、二连的代表是完全没有问题的。有人向营首长介绍说他是个新兵。营长满意地点着头，示意开始。

刘伟城先拉开架势，抡了抡胳膊，又像运动员似的，左摇右摆地活动活动腰腿，然后才不紧不慢地打起来。

“……五十六、五十七……”营部的书记数着数，“……九十九、一百！……”

数到一百五十的时候，人群里起了议论。有的讲，差不多了，有的说，看样子还有点后劲……

“……一百九十八、一百九十九、二百，二百整！”

刘伟城放下铁锤，满头大汗、满面春风地回到队列里。掌声、笑声、赞扬声跟着他一起涌来。一连、二连的代表也赶来握着刘伟城的手，向他祝贺。有人低声说：“打得确实好，不过人家是采石场的嘛，那谁能比得了！”

工建指挥部的同志就要开始总结并分析他们三人的优缺点了，欧阳海小声地对身旁的陈永林说：

“班长，你快建个议，让我也上去试试！”

“二百啦！”

“我知道，不怕！”

陈永林还不摸欧阳海的底，为了保险起见他没吱声。

看看班长没同意，欧阳海想：“我应不应该出去试一试呢？我看应该！刚才还有同志说，‘人家是采石场的嘛，那谁能比得了！’这说明还有的同志对打锤信心不足。我这个不是采石场的，应该出去打一打！”

“报告！”欧阳海跃出行列，“首长，我来算一个！”停了停，他觉得这句话不妥当，又补充道，“我没有什么经验可介绍的，我只想试试看。”

“好嘛！打不好不要紧，刚才的几个同志会帮助你的；打好了，这里边就一定有可总结的经验。来吧，来吧！”营长向欧阳海点着头说。

“是！”欧阳海大声应着，连跑带跳地过去拿起铁锤。大家都愣住了：这个属虎的，又要出什么洋相？陈永林那颗心，忽悠一下被提了起来，后悔自己刚才没有一把拉住他。

掌钎的同志一看是欧阳海，放下钢钎走到一边去。同志们都笑了起来。欧阳海进退不是，拿着铁锤，一个人孤零零站在那里，前后左右无依靠，脸唰的一下红了。

“我也来算一个！”人群里响起了一口嗡嗡的钟声。关英奎迈着大步走了过来。他拾起地上的钢钎，稳稳当当地竖在石头上，仰起头来，信任地望着欧阳海，好像在说：“属虎的，你就只管放心地打吧！”

就像一股温乎乎的热流从头传到脚，欧阳海觉得周身麻麻酥酥的。他没想到，平素态度一贯很严厉的连长，会在这个紧要关头出来支持他，鼓励他。他没有想到，连长不是批评他，剋他，而是亲自来给他掌钎。欧阳海感激地望着关英奎，还没等营长说“开始”，就慌慌忙忙地抡锤打了起来。好像为出口气似的，他一锤又一锤，重重地砸在钢钎上。有人在议论：“劲倒是不小，可惜使得太猛了。这个打法怎么行，过不了五十！”

“……四十九、五十、五十一……”欧阳海还在继续打着。他一锤比一锤更加有力。又有人在说：“还真有点子虎劲哩。不过，顶多也就百把下。当然，这也就很不错啰！”

“一百零一、一百零二……”这会儿欧阳海不仅锤锤有力，而且速度也加快了。掌钎的关英奎只觉得两手直颤，震得虎口发麻。

打到一百七十几锤的时候，欧阳海觉得再也没劲了。铁锤不是十八磅，像是突然间增加了几倍似的，每抡一锤，都要费尽全身的力气。“这可真是关键时刻啊！”他鼓励着自己继续打下去。可是力不从心，速度也渐渐地慢了下来。

“加油啊，欧阳海！”小魏在队列里大声喊着，“像你自己说的，要考验毅力，这可正是时候！”

“对，再加把劲，为没有打过锤的新兵立个榜样！还差十几锤就赶过刘伟城了！”有人鼓励着说。

小魏的提醒、同志的鼓励，使欧阳海浑身是劲。一个信念在支持着他：一定要赶过刘伟城！一定要对得起掌钎的关连长！为了鼓起新同志打锤的勇气，一定要坚持打下去！

“……一百九十九、二百、二百零一……”人群里起了一阵骚动。有的说，真没想到；有的讲，既然敢出来，必然有两下子。陈永林悬着的那颗心，这会儿才放回到原处。他庆幸自己刚才没有拦住欧阳海。

书记数到“二百三十”以后，同志们反而静下来了。大家都咬着牙，暗暗地替欧阳海使劲。很多人不由自主地合着书记的声音小声数着：“……二百三十五、二百三十六……”

掌钎的关英奎先前也在暗暗替欧阳海使劲。这会儿，他好像猛的一下明白过来：糟！这小伙子虎劲又上来了！他怕欧阳海好强伤了身子，不断地用眼睛向他示意。欧阳海误会了连长的意思，一下比一下打得更猛，速度更快，铁锤不停地在空中画着圆圈，带着一股风来。

快到二百五十锤的时候，营长、连长都劝欧阳海停住。欧阳海反倒觉得浑身是劲，十八磅铁锤的分量，这会儿倒像减轻了几成似的，只需要机械地一下一下往下砸就行了。

“停住！”关英奎拧着脖子嗡了一声。

“最后三十锤！”欧阳海欲罢不能。

叮当叮当，像连珠炮似的声音，震得大家目瞪口呆。很多同志热情地随着欧阳海的动作，每抡一圈喊一声“加油”。就在书记数到二百八十下的时候，关英奎猛地一抽身，扔下钢钎站了起来。欧阳海这才意犹未尽地被迫停了下来。

四班的战士一拥而上。班长递过来水壶，小魏递上条毛巾，就手扯了一张芭蕉叶子替欧阳海扇着……新同志们又议论开了：

“二百八呀，老天爷！得亏三连长不干了，要不，地球也得让这小伙子砸穿！”

“这说明打锤并不神秘！”

“欧阳海和我们一样，他能干，咱们也能干！”

“……”

“大家静一静。”营长制止住同志们的议论，转身向欧阳海问道，“你不会没有经验的。说说你的体会是啥？”

“我没有什么体会。指导员说了，工建就是战斗，铁锤就是武器。我哩，只要把钢钎看成是反动派的脑袋瓜，”欧阳海说，“这样嘛，胳膊上就来了劲，抡多少锤也觉得没打够。”

“好！我看这点体会很重要！”营长满意地说，“他能一口气打二百八十锤，是因为他思想里有敌人。这一点值得我们全营的新老同志都来学习。带着敌情练兵，带着敌情搞工建，要和敌人争速度，抢在他们前面！”

“对！向欧阳海同志学习！”同志们异口同声地说。

欧阳海心里并不满足。对着树墩，他打过三百多锤，今天还有股劲没使出来哩。

小魏一边替欧阳海扇着风，一边在人群里搜寻刘伟城，小声说：“采石场的大个子，怎么样？你能干的，我们小个子一样能干！”

欧阳海深深吐了一口气。

这时，他才感到天旋地转，浑身一点力气也没有了……

指导员曾武军站在一旁，摸着大胡茬子没有吱声。他那双犀利的大眼正盯着欧阳海煞白的脸。“二百八十锤”这几个字在他脑子里打转，渐渐地，构成了一个大的“？”。

十五　大红花

星期六下午，党团活动刚刚结束，俱乐部里就热闹起来了。部队刚刚转入正式工建，指标就不断被突破。为了鼓起全连更大的干劲，连里正敲锣打鼓在为庆功晚会做准备：手巧的同志在扎大红花，能说会唱的在练节目。文娱委员小黄一边打着竹板，一边对着篱笆墙在独自排练：

“……欧阳海，个儿不大，什么困难都不怕。一心想学董存瑞，要去西藏把叛匪杀。自打安心工建后，虎里虎气有办法。扛起那个木料满呀满山跑，抡起那个铁锤二呀二百八。论干劲，他数第一，打锤标兵也是他。入伍刚刚三个月，胸前戴上大红花。大红花，大红……”他忘了下边的词儿，只好又从头开始：“欧阳海，个儿不大……”

欧阳海正在隔壁伙房里帮厨。小黄的快板透过篱笆墙，一个劲地往他耳朵里钻。他听了心里又舒坦又有点不好意思。来到部队才三个月，前不久加入了共青团；昨天，班务会上又给他评了个三等功。虽说还要等党支部最后批准，可是小黄已经在练节目，估计这个功是评上了。下边该做些什么呢？首先得给家里写封信，汇报自己在部队的进步，把立功喜报寄回去。喜报喜报，就是为了报喜用的。让爹爹收到后也喜上一喜。另外，还要到镇上去照张相，最好能把枪带去，打开刺刀照一张冲锋姿势的，那样神气些。还要买几本写战斗英雄的书，结合学文化好好读一读……想着想着，欧阳海心里忽忽悠悠的，恨不得马上动手去办这些事。正好炊事班长李祥走过来说：

“欧阳海，伙房没啥事情了，人太多了也转不开身子。你这两个月够累的啦！今天休息休息，等着会餐吧。”

“炊事班长，要说忙都一样；要说累，你们炊事班可比我们累多了！”

“有的人说，‘别看炊事班，单单怕会餐’。我们炊事班不一样，只要是会餐，越忙活越高兴。”李祥一边说一边把陈永林、欧阳海几个人往外赶。欧阳海四下看了看，发现帮厨的同志确实多了些，这才跑回寝室去。

寝室里没有人，空空荡荡的。欧阳海从枕头底下的小包袱里拿出一身新军装，匆匆忙忙换上，刚刚准备去请假，又停住了脚，觉得应该先写信才对。等把信纸平铺在床上，准备动笔写的时候，他又停住了：“万一党支部没批准怎么办？那不又得像前次那样，把写好的信扔了！另外，昨天晚上指导员给我谈得挺好：要防止骄傲，要继续努力……是啊，组织纪律性方面经常出毛病，身上的缺点还不少哩！”他看看窗外，“太阳都快落山了，上哪儿照相去？再说，也不准擅自带枪出去照相呵！……咳！”他揪揪自己的耳朵，“班长也评上了三等功，人家在伙房忙完了，又不知道忙什么别的去了。我为什么就想到这些事上来了呢？指导员对我讲的话，为什么我就记不住呢？”低头看见自己一身新军衣，他羞愧地赶忙把它换了下来，转身朝猪圈跑去。

“不是让你去休息吗？你怎么也来了！”陈永林正在切猪草，见欧阳海进来，迎上前问道。

欧阳海赶紧拿起一把菜刀说：“我……我也来帮着切切猪草。”说完，心里扑通扑通地跳个不停，好像刚才的心思，全被班长看出来了。他闷声不响地蹲在那里切猪草，再也没好意思抬头，连手指被割了一下，都没吭声。

三连的庆功会和娱乐晚会同时举行。俱乐部里张灯结彩，锣鼓喧天。两盏大汽灯照得满屋通明透亮。红底金边的光荣榜上，写着全连二三十个立功受奖同志的名字，头一个就是“欧阳海”。

营、连首长还在开会，同志们一边拉着歌子一边等。欧阳海看见写在光荣榜上的自己名字时，连忙低下头来望着脚尖，心里有股说不出的滋味。

一个挎着讨米篮、拿着打狗棍的穷孩子，一个连正名也不敢叫，男扮女装的假丫头，十冬腊月衣不蔽体，光着两只脚，从漫天风雪中走过来。如今生活在温暖的革命部队里，各级组织在关心、培养自己，多少同志在帮助、指点自己！班长和老同志们起早贪黑，事事干在头里，处处为全班作榜样，自己作为一个新兵，只是在大家的带动下做了一点工作——也就是多扛了几根木头，多抡了两下铁锤——就评上了三等功，还要戴上大红花！

……欧阳海慢慢地抬起头来，迎面的一排领袖像，毛主席和其他几位中央负责同志好像正用慈祥的眼神望着他。他抑制不住内心的感激，轻轻地说了一声：

“多亏你们，我才有今天！”

大会开始了。营、连首长都讲了话，意思是要发扬革命英雄主义，争取更大的光荣。这时，欧阳海才发现正面墙上贴着两行醒目的标语：“虚心使人进步”，“骄傲使人落后”。他对自己叮咛着：“路还长着哩。我刚刚起步，可不能在半路上摔跤哇——这可是个紧要关头……”

“欧阳海！”关英奎拿着名单朝下喊了一声，打断了欧阳海的沉思。

“到！”他慌忙答应着站起身来，不知如何是好。陈永林推了他一把，他才想到应该走上台去。欧阳海来到主席台上，营长把大红花给他别在胸前。台下响起了一阵又一阵的掌声。欧阳海低着头，站在台上不敢朝下看，觉得浑身不自在。扛木头、打锤的时候，自己可以喊着“我来算一个”，主动抢上前去。戴花跟那些事不一样，站在台上，全连百十双眼睛注视着，连手脚也不晓得怎么放着才好。接着，连长继续叫着立功受奖同志的名字，掌声不断传来。欧阳海像在做梦似的，闹不清到底发生了什么事情。直到连长喊到“刘伟城”三个字时，他才抬起头朝下瞟了一眼。

刘伟城跨着大步走上前来，脸上还带着他那副常有的得意劲。戴完花后，他正好直挺挺地竖在欧阳海的旁边。欧阳海觉得刘伟城今天胸脯挺得特别高，样子也特别神气。看见大个子这副模样，一股不服输的劲头从欧阳海的心底涌了上来。他心里暗暗地说：“你别这么神气，我们今后再比比看，看谁能把工作做得更好，立的功更多！”

节目开始了，欧阳海的心情变了。他想起临参军那天，爹爹嘱咐的话：“到了队伍上，事事都要干在前头啊！”是啊，现在总算没有辜负爹爹的期望。不过这还只是刚刚开始哩，以后啊，以后……想着想着，大红花、冲锋姿势的相片，又都在脑子里活动起来。

熄灯号吹过了，营房又恢复了平静。月光悄悄地从窗户口洒进来，欧阳海躺在蚊帐里兴奋得睡不着。他在想：“相片，明天到镇上去照；信，抽空就写。再有……再有几天，爹爹、周书记都该收到信了。在第一封信里，就能看见立功喜报，他们该怎么想呢？……”

欧阳海伸出手去把军衣上的大红花取了下来，在蚊帐中凑着月光看了又看。一叠红纸粘在一起，说它像花吧，它并不太像；说它好看，也很一般；说它很香，一股糨糊味道。尽管这样，它还是非常可贵，因为它是首长别在一个战士胸前的，它不是几张纸，它代表着一份荣誉。“今后，我要干得更好、更出色，还要多多地立上几功！当兵嘛，就得当个好样的。”欧阳海还在想，“现在一时半会儿打不上仗了，可是，只要把训练、施工这些任务完成好，那就跟打了胜仗、缴了机枪一样。和平环境里一样出英雄！……”

换岗的同志轻轻地从欧阳海床边走过去，该睡了！可是欧阳海连半点睡意也没有，侧过来、翻过去还是睡不着。他习惯地拿起《董存瑞的故事》，想找董存瑞立功的事迹来看，隐隐约约记得董存瑞光因为缴了敌人的机枪，就立过一大功，后来胸前的勇敢奖章好几个……欧阳海想，这才叫真正的光荣哩！我算什么？又没有缴过机枪，又没有炸过碉堡，只不过立了个三等功。和他比起来，只能算是刚刚学着走路……不过不要紧，谁都是从第一步走起的！我现在不已经开始迈腿了吗？……迷迷糊糊的，他觉得自己正在一条路上大步走着，不，好像是正在天上展翅飞着。一团团白云把他托了起来，他越飞越高，越飞越快。不知怎么的，白云变成了红花，自己正躺在无数朵红花上边。红花变成了奖章，全都缀到他胸前的衣服上了。一个同志问他，为什么满身奖章不去照个相？他赶紧拿起枪就跑。到了照相机跟前，冲锋的姿势摆好了，可就是刺刀打不开，这才糟哩！哪有冲锋不上刺刀的呢？没办法，只好肩着枪照一张算了。照相的同志叫他“自然一点”，“笑一笑”，他不同意，扛着枪，笑什么！应该带着一股为了保卫祖国、随时准备跟敌人拼刺刀的神气！他正想使自己更严肃一点的时候，眼前灯光一闪，照相的同志已经把照片递到他的手上来了，说这是“快相”。他拿起照片一看哪：老天爷！那肩上扛着的哪是一支步骑枪，明明是一挺刚刚缴获的美国造的重机枪！手上还提着两箱美国子弹哩，和那位打开原的战斗英雄一模一样。欧阳海端详着手中自己的照片，看着看着，不禁笑了起来……

从窗口洒进来的月光慢慢地移动着。它照着欧阳海微笑的脸，也照在他手中的大红花上。

正在查铺的曾武军轻手轻脚地替欧阳海掖好了蚊帐。透过蚊帐，他看见欧阳海手上的大红花和满脸的笑容。曾武军沉思着：这个年轻的新兵向前迈了一步，立下了第一次三等功。可是革命的路途还长着哩！立功，可以说是革命路上的一个加油站。有的人，把鼓励当成力量，推动着自己，以更高的速度前进；有的人，却从荣誉当中找到一张思想上的躺椅，以为可以心安理得地躺在路边喘喘气、休息休息了。辩证的观点对任何事物都是适用的，对荣誉也不例外。目前，荣誉给这个刚刚起步的新战士带来了些什么？他在向往着什么？梦中的欧阳海，又在笑什么呢？……

月亮躲进了云层，北斗也闭上了疲倦的眼睛。整个大地都入睡了。窗外传来的一两声虫鸣，更显得营区分外安静。可是，指导员还在床前沉思，欧阳海也还在梦中微笑……

十六　擅离岗位

南方的八月间，骄阳似火。中午时分，太阳把树叶都晒得蜷缩起来。知了扯着长声聒个不停，给闷热的天气更添上一层烦躁。

欧阳海独自一人守在营房宿舍的廊檐下，小板凳前边的方凳上平铺着两张白纸。他把钢笔杆放在嘴巴里咬着，转悠着两只明亮的大眼睛，正在憋一份“心得”。同志们都上工去了。连长罚他“再看一天家”，好静下来琢磨琢磨自己的缺点。事情是这样的：

昨天，轮到欧阳海在家值班——看守营房，打扫环境卫生，整理内务和处理营区的其他杂务。他好动不好静，对这样轻松的工作却感到是极大的负担。加上爆破组正遇上个难题——爆破后经常出现“残眼”。严重影响施工的进度，而他又是爆破组的骨干，那里正需要他。还有，自从刘伟城调到一排去以后，大个子他们那个爆破组进度快、质量好，几次评比都领先，而他们又是和一排挑了战的。想到这些，欧阳海怎么也待不住了。他再三向班长建议，说别留人看家算了。班长不同意，欧阳海来到了连部。

“连长，我提个意见。”

“你哪儿来的这么多意见？隔不几天就一个呀！”关英奎知道他是不愿留在家里，想上工干活去，故意吓唬他说，“不行，有意见明天再说。”

欧阳海见关英奎这么副态度，拿眼睛盯着连长，绷着脸一时没有说话。

关英奎感到意外：这小伙子的意见从来都是憋不住的，怎么今天一吓唬就不吱声了呢？他问道：

“怎么啦？不吭声啦？你有意见也不提啦？”

“不提？”欧阳海气鼓鼓地说，“你要是连意见都不让提，我就找营长、找团长提去！”

“对嘛！”关英奎满意地说，“一个战士就应该是这样的，不管有什么意见都能及时向组织提出来，这才是对工作负责。你说吧。”

欧阳海明白刚才连长是逗自己，也改变了口气，央求着说：“营区里有游动哨了，还留人看家干什么？我的意见是家里别留人，让我跟着一起去出工算啦！”

“不行！我就知道你是不愿意看家。这个意见可不能接受。”关英奎戴上防险帽，严肃地说，“部队嘛，什么时候都要保持高度的警惕性，不能因为没发生什么问题就麻痹大意起来。就拿这个防险帽来说，戴上它是为了安全，但脑袋不一定准能让石头砸一下，就这样也得戴着。要是等石头掉下来再戴，那就晚了。你想想，是不是这么个理儿？”

“那……那换个人看家不行啊？”

“我知道你在家待不住。欧阳海，看家也是工作，为什么要换别的同志？你看看那些警卫战士，在指定的岗位上一天要站好几班岗。人家那么认真负责，你为什么就不行？上次的‘账’我还没有跟你算呢！你可要记住。”关英奎那口洪钟嗡了几声后，匆匆忙忙上工去了。

欧阳海看见连长不同意，只好回到宿舍里来。他把宿舍里的内务重新整理了一遍，床单铺得平平展展，被子叠得有棱有角，床下的鞋子放得一溜笔直，像是“向右看齐”过似的。打扫好环境卫生后，还把全班的枪支擦拭了一遍。又找来一大捆稻草，搓了些草绳，准备送给饲养班派个什么用场。忙了半天，一看，日头还没过午哩，还有整整一个下午怎么熬啊！他坐在门口，无聊地摆弄着手中的草绳。忽然他想起小魏上次说过，坑道里非常潮湿，新打出的炮眼里边很快就有积水，炸药容易受潮，炸药的劲也不肯往里钻，所以放炮后才留下些“残眼”。要是小魏的这个分析是对的，那么在炮眼里先塞进一截草绳行不行呢？草绳既可以把水吸干，又能让炸药的劲充分发挥出来。对呀，这也许是个办法。只要这个办法能行，那不解决全连的大问题了吗？想到这儿，他站起身来，急急忙忙朝工地跑去。

到工地他就忙开了，他先找小魏谈了自己的想法。小魏到底是脑袋瓜子灵，经他一琢磨，又把装药的方法改进了一下，把握就更大了。欧阳海找爆破组长汇报了自己的土办法后，一心一意等着看试验，忙得把什么都忘了。忘了看家的任务，也忘了连长要找他算的那笔“账”。直到试验成功，同志们都说他发明了“空心爆破法”，这才高高兴兴地跟着同志们一齐收工回来。

回到宿舍，欧阳海和小魏把刘大个子、小黄找了来，准备和他们一起研究继续改进的办法。话刚刚开了个头，通信员就跑过来了。

“欧阳海，连长让你到连部去。”

欧阳海以为是有关“空心爆破法”的事，嘱咐小魏他们继续研究，说他去去就来。他来到连部，前脚刚迈进门，关英奎就冲着他说：

“去！把你的枪拿来我检查检查。”说完，把两片嘴唇绷得紧紧的。

欧阳海想：检查武器嘛，发这么大的火干什么！他不慌不忙地往回走。他那支枪从来没出过故障，也一直是全班擦拭得最好的。回到班里，往枪架上一看，糟了！整整齐齐、乌黑锃亮的一排步骑枪当中缺了一支，偏偏是自己那支从不出故障的“5608874”没有了。

“班长！你，你看见我的枪没有？”

“没有。我哪知道你的枪，今天又不是我看家。”陈永林话中有话地说。

欧阳海急得满屋转。门背后、床底下都找遍了。

“同志们，”他声音里满是惊慌，“你们谁见我的枪了？‘5608874’，谁看见了？”

“没看见。”同志们个个都很认真。

“一个战士，一个时刻准备打仗的战士，最心爱的就是他手中的武器。我还没听说哪个战士把自己的枪弄丢了的。”小魏说完，憋不住想笑，急忙背过脸去。

“不要紧，这问题自有看家的同志负责。你着什么急，拿他是问嘛！”小黄说。

“那……那……”欧阳海手足无措地愣在枪架跟前。

陈永林走过来说："欧阳海，丢失了武器，这可是个严重事故啊！"

"是啊，这是个严重事故……"欧阳海说着，瞪大了眼睛望着班长，希望能从他脸上找到点安慰、启示，或者是别的什么；最好能看见班长咧嘴一笑——这样，什么严重问题都没有了，一切只不过是一场玩笑。可是，陈永林严肃的脸膛上，没有半丝儿笑意。

"你这个同志才怪哩，一个劲儿地看着我干什么？还不赶快到连部报告去！"

"报告！连长，我的枪不见了。"

"把你们看家的同志找来。"

欧阳海没有动。

"去呀！"

"我就是看家的，今天轮到我在家值班。"

"好嘛！"关英奎虎彪彪地往前跨了一步，放开了喉咙，敲响了他那口洪钟，"我问你，看家的任务是什么？"

"看守营房，注意武器、弹药、营具的保管及营区的安全。"

听见欧阳海回答得很麻利，关英奎更火了，"钟"也"敲"得更响："你任务完成得怎么样？"

"不好。"

"具体点说！"

"我丢失了武器，造成了严重事故。根本原因是我没有经过请示就擅自离开了岗位。"

"不！你请示过。可是领导上并没有同意，那你为什么还要擅离岗位呢？"

"警惕性不高，责任心不强，思想上对看家值班的任务，没有认识。"

"还有呢？"

"没有了。"

"没有了？……"关英奎以为欧阳海一定会找些客观理由来解释他擅离岗位的行动，也准备着，一旦他强调客观原因，就狠狠批评他一顿。没想到欧阳海根本不为自己辩护。他紧闭着嘴唇走到一边去，心里说，组织纪律性问题，对欧阳海来说，是个老问题了。听四班长说，刚到这里那天，一下火车就发现少了一个新兵，原来他跑到山顶上去看什么"金门"去了。以后为了要求去西藏参加平叛战斗，硬是打起背包不肯睡觉……这些问题，都没能及时认真地解决一下。今天，他又擅离岗位去和小魏一起搞“空心爆破”。刚才爆破组长汇报说，这个办法很好，把“残眼”的问题解决了。这本来是他擅离岗位的一个重要理由，可他根本没提这回事……

“这点很不错！”想到这个，关英奎张开紧闭着的嘴唇大出一口气，心里的那股火全灭了。他从门背后把那支5608874号步骑枪拿出来放在桌上说：

“炊事班的同志去送饭，从你们门前路过，看见屋里没有人，他请另外一个同志把饭挑去，自己替你值了半天班。这是他临走的时候从你们班上拿来的，偏巧就拿了你这一支。他原来是想吓唬吓唬值班看家的同志——当然，这种教育方法不一定好。要是那个同志没有替你值班，要是坏人闯了进来，那将造成什么样的损失？你先回到班里去好好想想，待会儿我们再算账！”

晚点名的时候，关英奎集合全连讲话，他首先代表工建指挥部表扬了欧阳海的工作积极性，和魏武跃一起创造了“空心爆破法”，这对工建进度起了很大的作用。接着，狠狠地批评了欧阳海擅离岗位的无组织无纪律行为。最后特别提到，欧阳海并没有拿他创造了‘空心爆破法’来为他的失职行为辩解。任何时候我们都不要拿优点来抵消缺点，拿成绩来掩盖错误，否则我们就永远也无法进步。这一点欧阳海做得对，值得我们大家向他学习。

“今天就讲这些。欧阳海留下，其余的，解散！”

“杀——”

欧阳海像怀里揣着个兔子似的等着连长“算账”。关英奎把他拉到操场边上，两人在一块石头上坐了下来：

“欧阳海，指导员说过好几次，要我好好找你谈谈。我这个人你知道，粗得很，不会做思想政治工作，找你来谈话也是三言两语，没解决问题。这是我的缺点，我向你检讨。”

听见连长反倒向自己检讨，欧阳海心里很难过。他抢着说：“连长，这是我的组织纪律观念不强，怎么能怪你呢？”

“不，作为一个连长来说，战士有了缺点、不足，主要应该从自己身上找原因。像组织纪律性这样一些根本问题，正是检验一个干部工作好坏的标准。你在组织纪律上一再出问题，说明了我的工作有毛病。今晚我给你讲一个故事。”

晚风中，欧阳海坐在连长身边，神情贯注地听着。

“抗美援朝战争中，有一次，为了夺回一个高地，上级命令一支部队，趁天黑摸到敌人的眼皮底下潜伏起来，为的是保持战斗的突然性，打敌人一个措手不及。总攻的时间，就定在第二天的黄昏……”

“那要潜伏多久啊？”

“将近二十个小时。别看时间长，只要潜伏成功了，胜利就等于攥在我们的手心里。当然，只要有一个人暴露了目标，那就会影响整个战斗的胜利。同志们定了一条潜伏纪律：即便被敌人的子弹打中了，也决不暴露目标。就这样，一支好几百人的部队，悄悄地摸到敌人的阵地前沿潜伏下来。一个小时，两个小时……整整十个小时过去了，没有一个人动一动。敌人也不知道，就在他们的眼皮底下，埋伏着这么些‘定时炸弹’。

“大概快到中午的时候，突然，有颗燃烧弹在一个战士身边爆炸，烧着了那个战士腿上插着的伪装。一开始火很小，他只要打个滚就能把火扑灭。可是他想到了潜伏纪律，想到了整个战斗的胜利，继续趴在那里，一动也不动。火逐渐在他身上越烧越大，从腿部烧到腰部，又蔓延到整个后背。潜伏在他身旁的战友们都焦心如焚地望着他，希望突然来一场暴雨，希望提前发起冲锋——这当然是不可能的。可是这个被火烧着了的战士却神态自若，两只眼睛坚定地望着前方，任凭大火从下往上烧遍全身。直到光荣牺牲，他的两只手深深抠进泥土里，身子却仍然坚持在原地没有挪动一寸！有这样好的战士，敌人怎么可能发现我们这支潜伏部队！等战斗一打响，二十分钟就把高地拿下来了。这个伟大的战士，就是……”

“邱少云！”欧阳海激动地喊着。

“是他。这是他对党、对人民事业的无限忠诚和高度的组织纪律观念的表现。值得我们对照自己的缺点认真地去想一想。”

关英奎讲完了，看见欧阳海在低头沉思，心想，“快马不用鞭催，响鼓不用重槌”，像欧阳海这样的战士，只要道理上明白了，改正起来一定很快。

关英奎起身要走了，欧阳海拉住他，焦急地说：“连长，你说的这些道理我都懂了，我今后一定坚决改正……就是我老也坐不住，一待下来就想动。这可怎么办呢？”

关英奎笑了起来：“这好办！为了磨一磨你这个静不下来的性子，明天罚你再看一天家。回去你跟班长说是我讲的。”他严肃地说，“更重要的是从思想上、认识上来解决。明天你在家里好好琢磨琢磨这个问题。想通了，写份心得给我。”

……知了还在树上叫个不歇气。欧阳海放下钢笔，捡起一块石头，朝树上扔去。嘎的一声，知了不叫了。可还没等欧阳海拿起笔来想心得的事，它又叫了起来，叫得比刚才还响，还聒耳！

“叫吧，叫吧！”欧阳海生气地说，“我今天就坐在这儿专门听你叫！”

炊事班长李祥担着一副空桶从工地回来，看见欧阳海那副发愁的样子，打趣地说：

“欧阳海，工地没开水了，帮我们送一担去。”

“真的？”欧阳海站了起来。

“当然真的。”

欧阳海突然想起了什么，稳稳当当地坐了下去，嘴巴又咬住那支写心得的笔杆。

“去不去呀？”李祥笑着问。

“你给我走开！”欧阳海拿起小板凳吓唬他，“告诉你，我现在的关键是加强组织纪律性，没有连首长的指示，别说是送开水，不管干什么我也不能去！我就在这儿生了根，一寸也不能挪动！”

“不错，是不错！今天比昨天就有进步。”李祥竖起大拇指，回伙房去了。

太阳就像用钉子钉住了，一动也不动。欧阳海觉得这一天比往常要长得多似的，每一分钟都难熬。又一想，不对！我这不是从思想上、认识上解决问题。邱少云一心只想到战斗胜利，就不觉得潜伏的时间太长，不觉得大火烧身难熬。我这算得了什么，我只要对看家值班的任务有正确认识，哪怕这一天永远没完没了，我也该坚持在这里！

远处隐隐传来的锣声，打断了欧阳海的沉思。他侧过头来听了听，好像有几个老乡在对面坡上喊叫。由于距离太远，听不清喊的什么。

欧阳海还在想：要是昨天，我一定跑过去看看。今天嘛，说什么我也不能够擅离岗位！

“……来人哪！……水渠……漏水啦！……”老乡的喊声，断断续续地飘过来，锣声也更紧了。

“什么？水渠漏水啦！”欧阳海扔掉手中的钢笔，忽的一下跳了起来。听得更清楚了，是对面坡上的水渠漏水了，老乡们正在鸣锣呼救。

“……邱少云要是碰到这个情况会怎么办？董存瑞会怎么想？……他们也不去吗？……不！他们一定会去的。就是他们不去，我犯错误也要去！”

欧阳海跑到伙房喊了一声：“李班长，看家的任务交给你了！”没等李祥回答，他就朝出事地点飞奔而去。

坡上的一条水渠漏水了。水顺着岩壁哗哗往下淌，岩壁上被水浸透了的松土，眼看要塌下去，严重地威胁着坡下十多间民房。要不赶快堵住缺口，很可能造成塌方。偏偏社员们都下地了，只剩几个老年人在家。欧阳海一赶到，顾不得脱衣服就跳进缺口中，接过老乡递来的稻草、石头，加上自己的这一百来斤，才把水拦住。堵好了缺口，欧阳海又跟从地里赶回来的老乡们一起，把岩壁上的松土刨下来，打上木桩，保住了坡下的民房。

日头偏西的时候，欧阳海拖着疲倦的步子往回走。他想：心得还没写好，又擅自离开了值班的岗位，不知道李班长替我看好家没有，不知道我那支“5608874”还在不在。批评是躲不过去了，恐怕大小还要背个处分！……可是，当他回过头去看见坡上的水渠和岩壁下的民房时，提着的心又放下了。他自言自语地说：

“为了这样的事，就是挨批评、受处分也值得！”

“什么值得不值得的？”一个像钟似的声音在耳边响着。

欧阳海转过身子：关英奎叉着腰，曾武军摸着胡茬子，都站在身后望着他。

“连长，指导员，你们处分我吧！”

“干、干吗处分你？”关英奎问。

“我未经请示又擅离岗位，犯了组织纪律性的错误。”

“欧阳海呀欧阳海！”关英奎生气地说，“看来我昨晚上跟你谈的那段话白谈了，邱少云的故事也白讲了！”

“我，我是考虑过该不该去的。想了想，我觉得这不去也……”

“不！”关英奎气得脖子都拧起来了，“你根本就用不着犹豫。一个战士遇到这样的情况，应该冲上前去。昨天你做错了，你还以为自己对了；今天你做对了，你反倒又怀疑起来！”

“我这样做对吗？”欧阳海眼睛一闪一闪的。

“当然对！组织纪律性和维护人民利益的行为是不矛盾的，它是为了让一个战士更好地、更自觉地为人民服务，不是为了捆住战士的手脚，该动的时候也不敢动。”

“嘿嘿……我，我也这么想过。”欧阳海眉毛一扬，憨厚地笑了起来。

“别笑！”关英奎把嘴唇又绷紧了，“这说明你还没有真正领会邱少云的精神，还不懂得，加强组织纪律性只有一个目的：为了保证革命事业的胜利。”

站在一旁没开腔的曾武军说：“是啊，这个问题你要好好加深认识。现在你先回去，打好背包，听候命令。”

“干什么去？指导员！”

“你不是要求处分吗？”关英奎接过来说。他紧绷着脸，可眼神里藏不住对这个小战士的满意。

“什么处分都行。要我离开我们连队，我……我有意见。我不能接受！”

“明年部队要转入军事训练了，连里决定调你到集训队学习去。这，你也不接受？”

“我……”欧阳海跟着两个连首长一齐笑了起来，“是，是真的叫我去集训队呀？”

“真的。”曾武军认真地说，“明天一早就要集中，晚上我再找你好好谈谈，你先回去准备吧。”

“是！”欧阳海敬了个礼，撒腿就跑，晚风扬起他的衣服，在身后左右乱摆。

关英奎和曾武军满意地盯着欧阳海渐渐远去的背影。背影逐渐消逝在黄昏的薄雾中。

“真是个好战士啊！”关英奎赞叹地说，“他身上总有那股火辣辣的劲，坐不住、闲不着，见了工作他就干，遇着了危险，抢着也要上！我看哪，这就是觉悟。”

“我不同意。这只是他朴素的阶级本能的流露。要上升为真正的无产阶级觉悟，那还得我们狠下一番功夫呢！”

“我也不同意你的看法。”关英奎说，“对这么个新战士来说，跑得够快的了！”

曾武军摸着胡茬子点了点头，意味深长地说：“快是快，就是跑得还不太稳哪！”

十七　“小老虎”

碧绿的耒阳河水，推动江边的一轮水车，昼夜不停地转动翻滚，时间随着奔腾的江水，进入六十年代的第一个春天。柳树还没抽芽，大地寒意未去，水田里还结着薄冰。大路上，一个全副武装的战士甩开双臂正在赶路，脚下的冻土被他有力的步子踩得咯吱咯吱响——欧阳海带着五个“红五分”，从集训队直奔三连而来。

连队就跟家似的，老待在那里，总想出去走走；真要离开了，又牵肠挂肚地想得慌。几个月不见面了，连长和指导员都还好吧！同志们怎么样？小魏又琢磨出什么新的招数来了，该不会还是从前那样，晃来晃去时时在变换他的“主攻方向”吧？小黄还那么活跃吗？一班的刘大个子可能长得更高更大了，一定又取得不少新的成绩……别看在一起的时候闹过点小意见，真要是你东我西的不碰头，就像心里缺块什么哩！欧阳海远远看见了营房的大门，心情越来越急切，步子也越走越快了。

“报告！”欧阳海直挺挺地站在连部门口。

“你回来了！”关英奎迎出门来，仔细地打量着眼前这个战士，只见他一身带补丁的军装收拾得干净利索，又黑又红的脸上像上了一层釉似的放着光，个头儿好像高了，也壮实些了。就这副模样和装扮——胳膊肘、磕膝盖上的补丁，黝黑的脸庞——足以证明他在集训队下过功夫，干得不错。这才几个月的时间啊，和那副爱打赤脚的模样比，已经又不相同了。他一把抱住欧阳海，连人带背包，把他提进连部来。

“怎么样？”

欧阳海从挎包里拿出集训队的鉴定，递给连长。

“好！”关英奎的声音还是那么洪亮有劲。他看完鉴定后满意地说，“回来得正好，连里已经决定让你担任四班长。”

“我？”

“对。四班是全连的训练先行班，这可关系到全连的训练进度。你一定要好好地干出点名堂来！”

“连长，我不行。我连个兵都还没当好呢！再说，我，我不喜欢去领导别人。”

“什么什么？不喜欢……这干工作能光凭你喜不喜欢？我关英奎要‘不喜

欢’当这个连长，未，未必我就不当了？同志，这是工作需要！你拿小魏来说，他一会儿喜欢军棋、小人书，一会儿又琢磨起什么天文地理来，自打部队转入正式训练以后，他就爱上枪了，射击成了他的‘主攻方向’，打靶的成绩一家伙跃到全连第一。你能说这只是他‘喜欢’什么吗？这是进步！”

“我，我是说我不会领导别人。”

“什么会不会！一开始谁都不会，慢慢学嘛！刘伟城和你一起入伍的，最近也有很大的进步，那股傲气也少多了，现在他是一班长。你比他缺个胳膊少个腿儿？……”

望着连长紧闭着的嘴唇，欧阳海没有再说什么。可是入伍还不到一年哩，这班长班长，一班之长，刚满十九岁的欧阳海，能领导好班里十几个同志吗？能搞好工作、完成任务吗？何况又是训练先行班！

当天，老班长——现在的二排长陈永林主动找欧阳海谈了一晚上。谈的当中，排长把这几年当班长的体会逐条地介绍给他，谈得又生动又具体。欧阳海觉得学到了很多东西。可是陈永林一走，自己再冷静下来一琢磨，又觉得什么经验也没弄明白，脑子里只留下了八个字：模范带头，以身作则。他干脆把那一条一条的经验撇开不管，认真回忆起平素老班长的所作所为，想到了他给同志们磨斧子，闷声不响地切猪草，处处关心同志，事事干在头里……“记住这些就行了。当班长关键在于少说话，多干活儿。再说，刘伟城能干好，我也一定能干好！”欧阳海暗自下定了决心。

天还没亮，小鸟还没出窝，刺骨的冷风中传来清脆的起床号声。号音刚落，关英奎远远看见欧阳海带着四班跑步到操场边上来。这是欧阳海的主意，他们利用今天的早操时间练习攀登陡壁，为全连的这项科目闯条路子出来。

离操场不远的一座小石山，新开出一面八十五度左右的陡壁。这是给同志们练习攀登用的。欧阳海安好了保险绳索，交代了攀登时应注意的事项，特别强调“三点固定”的要领，然后让同志们开始攀登。他发现小魏悄悄地往后躲，就大声喊着：

“魏武跃，出列！”

小魏慢吞吞地走到陡壁下边，刚把保险绳系在腰间，又连忙把它解了下来：“班长，我们练练瞄准，要不跳跳木马算了。一大早练攀登陡壁，没什么把握。”

欧阳海心里直发毛：前两天连长还表扬你在这些方面有进步，说你通过勤学苦练，艺高人胆大，怎么现在又缩回去了呢？他憋住火问道：

“你不是已经攀登过好几次了吗，怎么今天反倒没把握了呢？”

“我每爬一次，这担心就增加一成。”小魏指着山半腰的那块光滑石头说，“那儿最危险，光光溜溜的连根草都没有。再说一大清早，手脚都是僵的，那上边沾着露水，滑得厉害。三点固定万一有哪一点没固定好，非摔个鼻青脸肿不可！”

“我们搞训练，就得从难从严，一切从实战出发。未必一大清早就不打仗了？”欧阳海强压着心里的火气说。心想，这就算危险啊？指导员说，解放战争初期，咱们的大炮很少，攻城拔寨的时候，子弹贴着头皮飞，手榴弹就在身边炸，上哪儿去找保险绳？就那样，人家冒着炮火一样攀上了九十度的城墙，一样抓俘虏缴机枪！欧阳海本想把这段故事再给大家讲一讲，一想到自己“少说话，多干活”的决心，便又改了口：

“你看着，我先来一遍！”说着，系好了保险绳，嗖嗖几下子就越过了那块光滑石面，攀上了陡壁。紧接着，用滑绳下降，三下两下又跳了下来。

“攀登陡壁，一要胆大，二要心细。胆子不大心很细，你根本不敢往上爬；胆子很大心不细，上去了也容易摔下来。你把两条一结合，那攀登陡壁的科目，我们一定能胜利完成！”

看见班长的示范动作麻利干脆，同志们挨个都上去了。小魏好不容易爬到那块光滑石头的地方，却停在那儿，再也不敢往上爬。

“继续上啊！”欧阳海在下边喊。

“这，这里确实不保险……”

“你先下来！”

欧阳海把小魏喊了下来，仔细告诉他如何利用光滑石头上的一道裂缝固定支撑点。最后说：

“这怪我上次教得不细致。你看着，我再来一遍！”

欧阳海系好了保险绳，带着一股火往上攀。刚爬了四五米，一脚没踩稳，哧溜一下滑了下来。正好拉保险绳的同志也没做思想准备，让他贴着岩壁一直滑到地上，手磨破了，下巴上也蹭掉了一小块皮。

同志们急忙围了上来，“班长，班长”喊个不停。

欧阳海自己也知道这一跤摔得不轻。他想：小魏胆子本来就小，对攀登陡壁又有顾虑，我要是不咬咬牙再攀登一次，那这一跤就会吓得他这一辈子也爬不上陡壁了。他掸了掸身上的泥土，分开众人站了起来。

“刚才怪我要领没掌握好，胆子很大心不细，其实那个地方是很容易固定的。现在我再来一遍。”

小魏见班长的下巴都渗出血来了，担心地说：“班长，快休息休息吧，你那下巴……”

“下巴没问题。蹭破点皮就不打仗了？你好好看着！”欧阳海慢慢地往上攀登着，由于刚才手上破了点皮，现在每爬一步，都疼得厉害，爬不几步就浑身冒汗。他咬着牙终于顺利地攀了上去，又顺利地滑了下来。他摘下帽子擦汗，脑袋上热气腾腾，就像刚揭盖的蒸笼似的。

“上吧！我在下边给你保着险！”

“行！”魏武跃说，“转悠了几个省，晃荡了一年多，看来我的主攻方向，还是得放在毅力的锻炼上。我最缺乏的就是你这股顽强劲。我……”他二话没说，突然脱下棉衣，嗖嗖几下就爬到了那块光滑石头的地方。在那比较危险的地方，他来回上下了几次，直到把动作摸熟了，才攀上了岩顶。同志们在下边情不自禁地为小魏的顽强鼓起掌来。

欧阳海在一旁揉着下巴满意地看着。他心里说：

“少说话多干活就是有作用。战士对班长，不光听他怎么说，关键在于看他怎么做！”

关英奎站在操场边上，把这一切都看在眼里了。他走上前说：

“四班长，攀登陡壁，要从实战出发，这是对的。但是训练究竟还不是实战，安全措施一定马虎不得。为什么不把安全措施准备得更细致些？”

“这是我的错。我接受批评，一定改正。”

“小结我来做。去，上卫生员那儿抹点二百二去！”

“是！”欧阳海应了一声，揉着下巴走了。

关英奎瞅着他的背影，自言自语地说：

“行！有他这股劲头，用不了多长时间，就能把一个班都带起来！”

柳树抽芽、满山回青的时候，师的作训部门来考核班的战术动作。上级指定三连的四班去参加考核。连长关英奎把欧阳海叫来，给他交代了任务，叫他沉住气，不要慌，考核是为了检查训练情况，促进训练。考好了更好，考坏了也不要紧。发现了问题，找到了弱点，也是好事。欧阳海集合全班，也给大家交代了任务，叫大家沉住气，不要慌，考好了更好，考坏了不行。“只准考好，不准考坏！”欧阳海对着全班又迸出来这硬邦邦的八个字。

战术场上布满了红白小旗。科目并不复杂：要求全班迅速、隐蔽地通过“敌人”炮火封锁地段，拿下山头的碉堡。欧阳海先领着全班侦察了一下地形，一起简短地开了个碰头会。十来个人隐蔽在出发地，等候攻击开始。关英奎指着山顶上的一面小蓝旗问：

“看清楚了没有？”

“看清楚了！”全班一个声音。

作训科长把小旗一挥，欧阳海领着全班跃出隐蔽工事，撇开一条田间小路，跳下土坎，贴着水田的边边扑向山头。

“停！”紧跟着队伍前进的作训科长又一挥旗，全班都趴在水田里，纹丝不动。

“为什么选择这条道路？”

“右前方有棵大树，正面是个小土包子，这里是敌人的射击死角，火力发挥不了，便于我们隐蔽自己，消灭敌人。”欧阳海一字一板地回答着。

“好！”科长满意地对关英奎点了点头，“开始！”

欧阳海两眼盯住前方，嘱咐着身后的小魏说：“你跟紧点，一步也别落下，照我的动作干！”

“是！”

全班在水田里一脚深一脚浅地向山头跑去。小魏刚跑到水田中间，右腿陷到泥里去了，一着急，光把脚拔出来了，鞋却在泥里埋着哩！“咳！这最倒霉的事又来考验我的毅力了！”他想捡鞋，抬头一看，全班已经接近山脚，只好光着一只脚板紧紧跟了上去。

山上满是带刺的小灌木丛，蒺藜扎得小魏直咧嘴。他真想停下来用什么东西包包脚。可是看看跑在前面的班长，浑身增添了勇气，他一步不落地朝山头爬去。

紧跟着四班的作训科长和参谋们，对四班选择这条路线，以及通过水田的动作都十分满意。科长发现小魏的脚上已经渗出血来，急忙赶上去。

“停止！”

“干什么？”

“你的脚划破了。”

“不怕！”小魏还在往上冲。

“你负伤了，撤下去！”

“轻伤不下火线！”小魏说着又蹿出去好几步。

科长连忙脱下自己的胶鞋扔给小魏：“穿上！”

“没时间，拿下敌人的碉堡要紧！”小魏头也不回，跟着欧阳海冲上山头。

“杀——”山顶一片喊声。欧阳海拿着一面小蓝旗回来了，这表明“敌人”的碉堡已经被我们占领。

根据参谋们的观察，四班这次考核可以打个“上游”：突破道路的选择，跟进的速度和接敌动作，都合乎要求。作训科长笑着对关英奎说：

“关连长，你这一拨兵，还真有点虎劲哩！”

关英奎紧闭着嘴，既没笑也没吱声。

作训科长走到小魏跟前说：“小同志，你告诉我，刚才给你鞋，你为什么不要呢？”

“打仗嘛，哪顾得上这个。再说，你看看我们班长！”小魏指着站在一边的欧阳海说。

作训科长顺着小魏的手指望去：一个满脸娃娃气的年轻班长，直挺挺地站在那里，两道浓眉下边，那一双又黑又亮的大眼睛里，流露出他对自己班里战士的满意神情。往下看，他也是一双赤脚片子，而且正悄悄地把脚往草窝里藏哩！

作训科长指着欧阳海的赤脚问：“怎么回事呀？”

“科长同志，我们准备工作做得不好，事先检查不够。我的鞋……也陷在水田里了。”

“哦！”作训科长回头望了望小魏，似乎他什么都明白了。“是啊，有什么样的班长，就有什么样的兵！”

“科长同志，该给后勤提提意见了。”关英奎十分认真地说，“这种解放鞋，穿着逛马路还行；打仗，不适用。”

“这个意见在部队里很普遍。”作训科长风趣地说，“可惜后勤的设计人员没到水田里来爬过。”

作训科长和参谋们刚走，关英奎把欧阳海叫到跟前来，绷着脸说：

“我对困难估计得不够，任务交代得不够细致，我检讨。可你们为什么事前不把准备工作做好？为什么不多检查两遍？我们自己可不能埋怨鞋子适不适用，强调客观原因。去！把鞋替我捞上来。待会儿再上我那儿来一趟。”

欧阳海领着四班唱着歌儿往山下走去。关英奎这时才无限感慨地说出他心里的话：

“光着脚冲上了满是刺棵的山头。班长的模范带头作用，对一个班的影响可真不小。好啊！一只小老虎，已经带出一群小老虎来了！”

曾武军从师里开会回来，一进门，发现桌上放着一沓同志们的立功喜报。欧阳海以他突出的训练成绩，再次立下了三等功；他领导的四班，还立了集体三等功，并被评为全师的“战术标兵班”。

“好啊！”曾武军兴奋得在屋里来回踱着，他自言自语地说，“参军刚满一年，按说还算个新兵哩，就已经连续立下两次三等功了，这在参加训练、施工和日常劳动的和平环境中，确实不容易！但是，党把这百十口子年轻人，把欧阳海交给我们支部，难道只要他们做出了这点成绩，我们就可以心安理得了吗？……不！一个干部、一个支部书记的责任，应该远远不止于此。”

曾武军坐了下来，想起欧阳海曾经说过，他要立志做个战斗英雄。他想，一个革命战士应该有这样的志愿。他们这一代人，和过去的青年是大不相同了，在他们的脑子里，就很少有什么七侠五义呀、黄天霸之类的神奇鬼怪的故事，代替它们的是董存瑞、黄继光、刘胡兰……这些英雄人物。英雄们的光辉形象，成了年轻人学习的榜样，甚至有些人连做梦也梦见自己和这些英雄人物在一起。革命英雄主义的教育，无数战斗故事的熏陶，使得任何一个拿着木头手枪的新中国的孩子，也都认为自己是天下无敌的。这是我们党的光辉业绩，我们军队的英勇战例，给这一代青年带来的坚定信念。这种可贵的自豪感，发展起来，就形成他们对战斗英雄的敬仰，对战斗生活的向往。但是有的同志，他们过多地看到英雄轰轰烈烈的一面，羡慕英雄的事迹和他们得到的荣誉；对英雄们全心全意地为人民服务、任劳任怨地工作和对党的事业无限忠诚的高贵品质，则认识不足。当然，这是需要一个过程的。欧阳海早就有这个向往，在一年当中，又连续两次立功，他对这些荣誉是怎么想的，他对“战斗英雄”又是怎么理解的呢？……

曾武军又站了起来，继续思考着，无意间发现自己的枕头边上放着一份入党申请书。拿起来一看，是欧阳海写的。他看了一遍又一遍，浓眉下边的一双眼睛里，包含着少有的兴奋。他想：向组织递上入党申请书，这是一件庄严的大事。它表明一个战士开始下定决心，把自己无条件地交给人民，交给党了。它是一个新的起点——立志做个无产阶级先锋战士。它是给自己吹响的一声冲锋号——鞭策、激励自己在共产主义大道上，加快速度，一往无前……看来，欧阳海并没有满足自己的那点工作成绩，而是向自己提出了更高的要求。

“得跟上去啊！”曾武军望着申请书说，“支部要对他提出一个新的尺码——用共产党员的标准来教育他，要求他。假若今后在工作中，他还像过去一样，只是单纯地带着那股虎劲，甚至是争强好胜，那我们一定不能放过他，是该敲打敲打这只‘小老虎’的时刻了。”

十八　敲打

三连的夜间实弹射击科目是早就安排好了的。连长说在两三天之内一定要进行，具体时间，听候作训部门的通知。这次夜间射击从实战出发，要求严，难度大——接到命令后，要在两个半小时之内奔袭三十五华里到达指定地点，在完全陌生的场地上对隐现靶进行射击。小魏这两天特别高兴，一心盼着夜间射击快点到来；有些同志的心里却没有底。欧阳海觉得根据四班这几晚上预习的情况来看，打好这次夜间射击是完全有把握的。

熄灯号吹响好一会儿了，同志们还没有睡着，躺在床上眯起一只眼睛在琢磨夜间射击的要领。忽然，房顶上响起了噼里啪啦的雨点声，雨下得不小，雨声又急又密。有人估计这样的雨夜里不会有“情况”了，这才放心地侧转身来，准备好好睡它一觉。

“同志们，”欧阳海轻声嘱咐身边的战友，“可别因为一下雨就麻痹大意，也许领导上专找这样的天气来考验我们。睡着了也得竖只耳朵，注意集合号音。”

“班长，你只管放心，”小魏说，“不管上级让我们什么时候打，不管风里打、雨里打，我保证优秀！”

“多考虑考虑困难和不利条件，别把大话说得太早了。”欧阳海提醒他说。

“别的我不敢讲，要说夜间射击这个科目，几个月来我一直把主攻方向盯准了它，从来没晃荡过。可以说，我现在最有把握的，就是夜间射击。”

“行啦！不管你有把握没把握，你在床上好好把要领再琢磨几遍。你是连里的射击标兵，千万大意不得。其他同志也别被大雨吓住了，只要敢于藐视困难，就一定……”

“不要讲话。”曾武军制止道。他正拿着手电到四班来查铺，听见声音，轻轻走到欧阳海床前。

“你还想叫大家瞪着眼睛守一夜，不休息啊？”

“我，我是见下雨了，想让同志们提高点儿警惕性儿。”

曾武军没有再说什么，轻手轻脚地走了。他在想，欧阳海在这一方面是无可挑剔的。他总比别人想得多、想得远，夜间科目又逢上大雨，有的同志畏难，他就给鼓气；有的同志麻痹，他又提醒几句，难怪四班在各方面都比较突出。只是这里边还多少带着点争强好胜的情绪……

半夜十二点整，营房里响起一阵紧急集合号音。四班手不忙、脚不乱，提前集合完毕，跟着全连向目的地奔袭。他们头顶暴雨，脚踏泥泞，按时赶到指定地点，胜利完成了夜间的实弹射击。

雨过天晴，太阳还没出山，东边的天上刚刚映出一片微红的朝霞，四班的战士唱着歌儿返回营房。尽管一夜没合眼，可你看他们个个挺着胸脯，一身泥水，满面红光。不用上文书那儿去打听，光看看他们的眼神儿，听听他们的嗓门儿，就能知道这次夜间实弹射击打得不错，不用说，至少又是全班总评“优秀”。

日落西山红霞飞，
战士打靶把营归；
胸前红花映彩霞，
愉快的歌声满天飞。
咪嗖啦咪嗖，啦嗖咪哆咪……

一路上还没唱够，回到营房，湿衣服没换，一边擦枪一边还在唱。欧阳海故意绷着脸对大家说：

“静一静！我觉得这次夜间射击我们班还不够理想，个别同志让天黑雨大吓住了，没有打出预习的最高水平来。大家说是不是？”

同志们知道班长这会儿的心情——总评“优秀”还要怎么的！——没有人正面回答他的问题，只是歌声更起劲了：

夸咱们枪法数第一。

一、二、三——四！

连部的文书跑进来：“嗬，这么高兴哪！”他悄悄地对欧阳海说，“四班长，别看你们班射击总评优秀，副业生产的‘上游’完了，叫人家撵过去啦！”

欧阳海心里有把握：“不会的！”

“不会？射击完了，你们一路倒是挺自在，挺着胸脯、唱着歌儿往回走；刘伟城他们一班，是沿路打着猪草，每人一大捆，背着回来的。刚刚报来的数字，整整比你们多一百斤。”

文书的声音虽然很小，可是班里的同志都听见了，就像“咔哒”一下关了收音机的电门一样，歌声突然齐唰唰地停住了。

“是吗？”同志们都觉得问题严重。欧阳海的眉梢也在额角上跳了几下，他心里埋怨着自己说：

“人家的工作做得多细啊！为什么我们就没想到这一点呢？”

文书把统计表递给欧阳海说：“炊事班这几天又忙着做饭，又要忙着夜间射击的预习，没有时间打猪草，猪圈里的青饲料不够了。司务长让我统计统计，说下午要来次评比，好促进促进哩！刚才我计算了两遍，你们顶多闹个第二名。你们自己看吧！”

统计表上写得清清楚楚，一班整整比四班多一百斤。

“那我们也不止这个数啊！”欧阳海指着统计表说，“规定每个人要打……”

“班长，这事怨我。”小魏说，“我这几天把主要精力全集中到夜间射击上，打猪草的事放下没管。我的那份任务还没完成哩……”

“你怎么不早说呢？”

“这副业生产有什么了不起的，又不是战术，又不是射击。这个‘上游’让给一班算了。再说，他们这种态度也不够正确，多少有那么点锦标主义。”

“不！”欧阳海说，“不管别人怎么想的，反正我们自己订的计划应该完成。我们四班向连里保证过，不光是战术、射击、刺杀、扔手榴弹这些主要项目要争个‘上游’，打扫卫生、副业生产，再加上给墙报投稿、参加文娱活动，也都不能落在别人后边！训练先行班嘛，不样样跑在前边还叫什么‘先行’？”他想了想，心里有了主意。拿起镰刀对大家说，“枪擦完了的跟我走，我们快去快回来！”

“班长，”小魏说，“我们现在去突击，怕、怕不太好吧。指导员嘱咐过，让我们回来后好好休息休息，说不定今晚还有任务哩！”

“任务，打猪草不是任务？这个任务我们还没有按计划完成，还是先考虑考虑这个吧。”欧阳海说，“再说猪圈里青饲料又不多了，躺在床上也睡不着啊！”

欧阳海领着几个同志正要出门，外边响起了值星排长的哨声：

“各班注意了！枪擦完了的，抓紧时间睡觉，今晚可能还有夜间科目。”

欧阳海在门口停住了。他想，晚上可能有工作，不能耽误同志们的休息。可是先行班不能落后，一定要打两担猪草来补上。再说猪圈里正缺青饲料，多打点猪草总不会错。他转身对大家说：

“你们抓紧时间休息，别因为昨天晚上射击成绩不错就万事大吉。我一会儿就回来。”

欧阳海到值星排长那儿请了个假，说是班里的副业生产还留了个尾巴，需要突击一下，回头他就上了山。营房附近的猪草早就让同志们打光了，他一口气跑出十多里路，满山满坡到处找。昨晚上的那场大雨把坡上弄得又湿又滑，他摔得浑身是泥。好不容易打了一担回来，称了称才一百二十多斤。尽管评比可以得个“上游”了，可是看见炊事班的几个同志正在忙着，他觉得这会儿无论如何也不能躺上床去睡觉。他舀了碗凉开水在伙房门口坐了下来，准备歇口气再上山去。

刚刚坐下来，上下眼皮就开始打架。昨晚来回奔袭了七十多里地，前几个晚上为了预习夜间射击，也一直没好好休息。按说今天是该补一补觉，晚上可能还有科目哩。可是连里对训练先行班期望多大啊，要求我们为全连做出个榜样来，再困再累也不能辜负连里的期望。欧阳海跑到水管子那儿用凉水淋了淋头，然后又提起镰刀，清清爽爽地上了山。

快开中午饭的时候，欧阳海又挑着一大担猪草回来。试试肩膀头上的分量，他知道不仅补上了小魏的那一份，完成了班里订的计划，评比也不会成问题了。

欧阳海在沟边把猪草洗得干干净净的，准备直接送到猪圈里去。刚拐进大门，一个声音在说：

“回来了，放下来歇歇吧！”

“指导员！”欧阳海放下担子说，“你昨天晚上跟着我们跑了一夜，今天也不好好睡一觉！”

“我倒刚睡了一会儿，有人还根本没睡呢！”

“我，我可是刚起来不一会儿，睡不着就……”

“什么睡不着？你就没打算睡嘛！魏武跃已经向我汇报过了。”曾武军把欧阳海拉到身旁来坐下，继续说，“看见猪草不够了，牺牲自己的休息时间去打猪草，这是好的。总想把班里的工作做得更出色，事事都要争个‘上游’，这也无可非议。要是为了评比、为了争第一而来回奔跑，甚至不惜影响到晚上的工作，那就不对了。我相信，这三方面的原因你都有，哪个为主，哪个为次，你应该好好想想。欧阳海，入党申请书你已经递上来了，对自己的要求应该更严格些。作为一个决心把自己的一切都献给党的革命战士，你应该特别想一想：你这一上午的劳动，究竟是为了评比，为了争个第一，还是为了别的？你这两担猪草，是准备送到猪圈里，还是把它送到评比栏上？为什么一定要赶在评比之前来打这两担猪草？你对训练先行班又是怎么理解的呢？”

欧阳海低着头没有回答。他在想：看来小魏是对的，他劝过我不要赶在这个时候突击。自己思想里也确实存在着不肯服输的情绪，特别是对一班更是这样。可是这又有什么不对呢？你追我赶看谁更先进，不同样促进了工作吗？难道，难道这样做不对吗？……

“连里是想通过训练先进班来带动全连，要求你们为其他几个班做出榜样。”曾武军接着说，“但是最首要的，是希望你们在思想上、风格上走在全连的前面，带动全连，而不是要你们处处去争第一，把别人甩在后边。党要求我们人人都把工作做得好上加好，但是单纯为了争第一而突击的这种做法，党是从来不提倡的。”

欧阳海呆呆地望着那担猪草和自己的满身泥浆陷入迷惘中。从指导员那严肃的神态来看，他知道自己错了。究竟错在哪里，他还不十分明白，也没有完全想通。

十九　"响鼓也用重槌敲"

省里要召开民兵积极分子代表大会，上级指示从三连选派一个好班长作为代表去列席会议，并给民兵代表们作刺杀示范表演。支委会正在研究这个问题。根据代表的条件和要求，多数支委同意欧阳海去：论刺杀技术，他是全连最拔尖的；其他无论战术、射击、投弹、体育各方面，也都是班长当中数一数二的人物。个别支委的意见是让刘伟城去，论刺杀他虽然不一定比欧阳海强，可是最近的进步比较大，同时也稳重些。

"是啊，欧阳海太毛躁了。"一个支委说，"遇事爱提意见，弄得不好就会造成影响。"

"爱提意见并不能算是缺点嘛！"支部书记曾武军说，"只要是为了帮助领导，改进工作，爱提意见还应该算作是对革命负责的优点哩！"

"那我同意让欧阳海去。"那位支委说。

曾武军看看大家没什么意见了，站起来说道：

"我的意见是让刘伟城去。这个同志工作一贯不错，思想方面最近也有很大进步。特别是在骄傲自满这个问题上改正得比较快。至于欧阳海，他的问题我考虑了很久。不错，这是个非常好的同志，但是有些争强好胜。在他还不能恰当地看待荣誉的时候，荣誉对他目前来说没有什么好处。"

他把最近打猪草的事谈了谈，最后说，"在他闹着要去西藏的时候，我们要看到他积极的一面；在他做出了一些成绩的时候，我们也不能忽略他不足的那一面。哪怕是些细枝末节的小事，也应该引起重视。特别是现在，当他正在申请入党的时候，为了对一个同志的进步真正负责，那在思想上就应该对他要求得更严格一些。"

"欧阳海已经很不错了！"关英奎说，"遇事想争个第一，而且能争到第一，这就不简单。老实说，我最怕的是那号战士：工作没干好，他也不太在乎，挨了批评，他还是不紧不慢儿的。这种人倒好，不计较什么荣誉。可是能起什么推动作用呢？我看还是让欧阳海去，响鼓不用重槌，给他点两下他就会明白的。要不，可能会挫伤他的积极性。"

"如果欧阳海的积极性这么脆弱，不当民兵会议的列席代表，就受到了挫伤，那说明他积极性的思想基础太不牢固了。积极性是要有个正确的思想基础的。你呀，老关！从表面看，你对欧阳海很厉害，动不动就瞪眼珠儿，剋。其实，你对他还太娇惯了点。一个战士越是不错，对他的要求就应该越高，这样他才能进步得更快。'快马不用鞭催，响鼓不用重槌'的说法并不一定恰当。响鼓也用重槌敲敲，那声音不就更大了吗？"

关英奎笑了："怎么？我，我对他还不厉害？"

"你是当着面厉害，背后就心软。不管在哪次会上，你都很少谈到过他的缺点和不足。你在欧阳海身上，总是不太愿意一分为二。"

"我确实喜欢这个战士。你这说的倒也是事实。"关英奎点着头说。

"我这也只是个人的意见，你们大家再考虑考虑。"曾武军接着讲，"欧阳海从他淳朴的阶级感情出发，为什么革命这个问题已经基本解决。怎么革命，怎么才能达到党所要求的那样，成为一个全心全意为人民服务的战士，这还要靠他自己努力，靠我们支部多引导，多为他创造些条件哩！"

关英奎想了想，说道："我同意老曾的意见，派刘伟城去列席民兵会议。至于会不会挫伤欧阳海的积极性……"

曾武军接过来说："那要看我们工作做得怎么样。做好了，不但不会挫伤他的积极性，反而能使他在现有的基础上再大大提高一步。这个工作，"他对一位支委说，"陈永林不在，你们党小组抓紧点，多找他谈谈。"

那位同志点了点头。支委们都同意了这个意见。

"那就这样决定了。"关英奎说，"支部正在培养他，这就算是对他的一次具体考验吧！"

考验来到欧阳海的头上了。

从关英奎在队前宣布刘伟城去参加民兵大会的时候起，欧阳海就低着头没有吱声。班务会上就这个问题进行讨论时，一向发言成套的欧阳海只说了句"大家谈谈吧"，就再也没话说了。

…… ……

大操场上，杀声不断，关英奎正领着刘伟城和另外几个同志在练对刺。刘伟城就要到省里开会去了，在大会上除了取经以外，还要拿出点真功夫来，这样才能有效地指导民兵们提高刺杀本领，否则还叫什么"示范表演"呢？

膀大腰圆的刘伟城，穿着一身防护盔甲，威风凛凛地站在那里。由于他身高体大，对刺起来，居高临下，占着明显优势；再加上他臂力过人，拼杀拨刺都难以抵挡。几个战士轮番上去，被他一一刺中。关英奎挥舞着小旗，担任评判；文娱委员小黄是义务广播员，他扯着嗓门大叫：

"一比零！"

"二比零！"

"三比零！又垮了一个。谁再上？"

有人提议："连长！连长亲自出马！"

关英奎摆了摆手说："我不行。"

"同志们！"一个排长向周围的同志大声喊着，"让连长上！解放战争打开原的时候，他一个人捅死了三个敌人。那不是，"他指着关英奎的头说，"他脑袋后边还留着一块'光荣疤'哩！"

关英奎红着脸说："谁告诉你的？那次我差点叫敌人捅死了！亏了咱们……"

曾武军抢着说："我证明！他那次确实捅死过敌人，不过不是三个，是三个半——有一个叫他把肠子挑了出来，捂着肚子跑了。"

"来，呱唧呱唧！"随着排长的语音，场上响起了有节奏的鼓掌声。

"好吧！"关英奎想，刘伟城左边总有空当，提醒了几次他都改不过来，得让他吃点亏才能引起他的重视。他换好了防护衣帽，对站在一旁的曾武军说：

"老曾，我怕真的干不过他哩！"说完他平端着枪，拉开了架势，透过防护帽，两只眼睛虎视眈眈地瞅着刘伟城，等待他的进攻。

刘伟城知道连长的功夫。他在原地琢磨了一会儿才猛的一枪刺过去。关英奎早料到他有这一招儿，瞅准了空子，顺手一拨，当的一声，刺中了刘伟城的左前胸。

"一比零！"小黄喊着。

观战的同志也跟着叫："姜还是老的辣！"

"老将出马，一个顶俩！"

"……"

第二回合，关英奎没占着便宜，三几个来回就被刘伟城回敬了一枪。

"一比一！好一个旗鼓相当。现在就看最后一枪定胜负了！"小黄说。

第三枪谁都不轻易出手。眼睛看眼睛、枪尖对枪尖，围着一个不存在的圆心打转转，都想找出对方的破绽再刺，就这样相持了好一会儿。关英奎忽然擂响了洪钟，大喝一声，就像一个闷雷劈了下来，震得地都发颤。刘伟城被这突如其来的情况惊呆了，正在犹豫时，关英奎的枪尖直朝左边奔来。他凭着个子大、力气猛，好不容易才躲过了这一枪。可是尽管他左拨右挡，进进退退，仍然摆脱不了被动局面。好个刘大个子！他也急中生智，怪叫了一声，顺势把枪刺了出去。关英奎眼看躲避不及，干脆迎身而上，两个人同时刺中对方。

掌声、叫好声一直平息不下来。

小黄反倒急了，他喊道："这，这可怎么算呀？……干脆，一点五比一点五，和了。"

关英奎摘下防护帽说："不！应该算我输了。战场上，我们提倡积极主动地打击敌人。平时的训练中，我们也要鼓励主动进攻的精神。刚才这一枪，是大个子主动，按规定应该判大个子胜。另外，他刺得比我勇，比我猛。他快而不乱，勇中有谋。加上他充分利用了他个儿大手长出枪有力的优点，所以给对手的威胁特别大。不过也还是有毛病，尤其是两腿的动作，跟进、配合得不够好，只是我还治不了他。告诉你们吧，要是咱们指导员那年不挂花，他才是真正的一把手哩。打开原的时候，他那把刺刀在全师都挂上号了。不是他，我这脑袋恐怕早就不存在了！抗美援朝那阵，咱们老曾硬是凭一支'三八大盖'刺出了威风。要是他上来嘛；还能跟刘大个拼一阵子。"

"老关，你出我的洋相干吗！"曾武军说。

"大个子进步得可真快呀！"有人讲。

"看来，一时半会儿没有人能治得了他。连咱们连长都输了嘛！"有人附和着。

"你们先等等，我去找个能治大个子的人来！"关英奎说完跑回宿舍，冲着正在屋里看书的欧阳海说：

"走，跟刘大个子练练对刺去！"

"我不行。我怎么是他的对手？"欧阳海还捧着书本不放。

"什么态度？刘大个正缺你那两下子，他步法不对，左边老有空当，得让他吃点亏才能引起重视。快！捅他几枪去。"

"连长……"

"啰唆什么？快来吧！"

操场上正在议论谁敢再上去拼一拼的时候，一个披挂停当了的战士，跟着关英奎跑来了。他分开众人，站在场子中间；个子虽小，可弓箭步拉得有精有神儿，防护帽紧紧扣在头上，一双眼睛透过面罩，气势逼人。从那矫健灵活的外表来看，大家知道来者不善，但一时还认不出来这是谁。

“这是谁呀？”

“还真有不怕‘死’的！”

“既然来了，手里必定有‘金刚钻’！”

“对！山外有山，天外有天嘛！”

战士们你一言我一语地议论着。

“准备！”小黄关照刘大个一声，“开始！”

刘伟城像块碑似的竖着，真有一副风吹不摇、雷打不动的气势。正当他选好了有利地形，仔细观察对方弱点，准备进攻的时候，小个子猛不防从原地向前一跃，来了一个突刺，步法是那么灵活、矫健，出枪是那么迅速、有力。刘伟城的防左刺还没完成，就觉得胸前一震，当的一声挨了一枪。这一枪刺得干脆、利索，出其不意，不仅大个子惊呆了，连观战的同志也都暗暗叫绝。

“咦！”小黄完全处在惊诧之中，忘了自己广播的职责，好半天才喊了声，“……一比零！”

小黄话音未落，刘伟城端枪冲了上去。小个子原地不动，以逸待劳。等刘伟城的长枪直指心窝而来的时候，他才侧身闪过，紧接着他的防右刺和突刺，跟得比机枪的连发还要紧，突突两下，就像他一人同时伸出两支枪来——一个挡，一个刺。刘伟城哪里躲闪得及？只听当的一声，大个子的左胸脯上又结结实实挨了一枪。

“二,二,二——比零！”小黄的声音都变了个调儿。

这两枪刺得如此干净、迅猛，完全出乎刘伟城的意料。他还没来得及想想失利的原因，小个子又冲了上来。他后退几步拉开架势，决心以守为攻，等待时机和对方决一胜负。哪想到小个子虚晃一枪假意露出个破绽。刘伟城觉得机不可失，正准备拿出自己的绝招，扳回败局，却不料小个子突然转身，回头猛地一拨，刘伟城只觉得手心一麻，左胸前又是当的一声。

“三比零！好哇，强中更有强中手，能人之外有能人！”小黄高兴地喊着。

“卤水点豆腐——一物降一物。”

“精彩！”小魏也喊着，“这是我这辈子见到的最精彩的三枪。”

关英奎招呼着他俩说：“来来来！我们研究一下。”他走近刘伟城，指着他的左前胸说：“大个子，刚才这三枪，都刺中你的左边，问题就在于你的腿部动作跟不上，造成了左边的空当……”他话没讲完，四下里一看，小个子已经不在了。

曾武军和同志们一样，被刚才小个子的熟练枪法吸引住了。他作为一个刺杀能手，深深知道这三枪里凝聚着小个子的多少汗水。“世上从来没有天生的能人。”他心里说，“只有勤学苦练，下大功夫，才能换来一身真正的本领，杀敌制胜！”可是等他转眼看见小个子哧溜一下从人缝里钻走了，场子上只剩下刘伟城一个人孤零零地站在那里时，他才想起来：糟！思想工作没跟上。

欧阳海回到宿舍，刚刚脱下防护衣帽，曾武军就跟着他进来了。

“欧阳海，你的枪法很不错哇！”

“嘿嘿。”欧阳海笑了一声。不知道他是同意指导员的话还是不同意。当然，他也不知道指导员的这句话是夸奖，还是含有别的什么意思。

“可是像你这样的枪法，就是刺得再好，我们也根本不提倡！”曾武军非常生气地说。

欧阳海还很少看见指导员这么激动过。他低头望着手中的防护盔甲，不敢正视曾武军威严的眼神。

“练习对刺是为了什么？”曾武军接着说，“拼刺，同志间的拼刺，既是为了刺倒对方，更是为了使对方在任何情况下都不被敌人所刺倒。我们的同志，不管是谁参加拼刺，既要使出自己的全部力量，又要满怀希望，希望对方刺倒自己。因为同志间的相互拼刺，彼此都是处在对方的‘假设敌’的地位。难道我们不希望自己的同志刺倒敌人吗？难道我们不正是怀着这样的热望才来参加拼刺，才以自己做靶子，借以达到提高对方的刺杀技术为最终目的的吗？”

练习拼刺不是为了刺倒对手，恰恰是为了使对手刺倒自己！这个说法使欧阳海受到了极大的震动。他慢慢抬起头来，坚定地望着指导员的眼睛。

曾武军声调里仍然满含着激动：

“如果只是为了拼个谁胜谁负，我们又何必要练习刺杀动作？刘伟城是谁？是你的同志，是将来和你在一个堑壕里并肩作战的战友，是连里派出去的代表！他代表全连，也代表你欧阳海！他的刺杀技术有了提高，只可能是对敌人的威胁，我们应该高兴、欢迎。他有了不足的地方，就会在真正的战场上给他带来危险，我们应该焦急、担心。这样，我们是赶紧给他指出来，帮助他改进、提高呢，还是像你这样，刺完了三枪转身就走？”

“我……”欧阳海手中的防护盔甲，咣啷一声掉到了地上。

“不错，刘伟城的刺杀技术不如你，这正需要你出来帮助他。因为我们练兵，是为了保卫祖国，准备打仗。在战场上，我们总是希望自己的战友个个能杀能砍，多一个刺杀能手，就多一份战胜敌人的力量。撇开这个大前提不谈，就说刘伟城当代表这件事。要知道，他这个代表是代表全连、代表部队去做工作，帮助他就是帮助工作，就是帮助了民兵积极分子代表大会。这个道理你应该是懂得的。显然你那不服气的想法，妨碍了你正确地认识这个问题。欧阳海，也许我把问题看得严重了一些，我认为透过今天这件事，反映了你对‘代表’的认识也不够正确。你过多地把它看成是一种荣誉了，所以你没有想到应该帮助刘伟城克服他刺杀上的毛病。就算是荣誉，欧阳海，我们一个革命者是从来都不去计较它的。我们要比对党的忠诚，比全心全意为人民服务的思想，我们从来不和自己的同志比荣誉。”

欧阳海还从来没有受过这么严厉的批评。曾武军的这几句话，使他感到问题很严重，但是一时还理不出个头绪来。

“……解放战争打开原的那次战斗中，咱们的关连长——那时还是个新兵——和另外一个同志缴了一挺重机枪。那时候，缴了重机枪是要立大功的。战斗进行得非常紧张。战斗结束以后，两个人都弄不清，那挺重机枪究竟是谁最先缴过来的。领导上要给他们记功，他俩你推过来，我推过去，谁都不愿要这个功。欧阳海，他们为了什么？为了‘打到南京去，打倒蒋介石’，为了解放全中国！——这对他们来说，比十个大功还重要得多。正是为了这个理想，他们才参军，战斗，负了伤，伤口还没好利索又继续冲锋、战斗。我们今天呢，全国解放了，进入到社会主义社会了，伟大的共产主义理想在鼓舞着我们。我们应该比当年的新兵站得更高、看得更远才对啊！怎能让一张奖状蒙住我们的眼睛呢？”

曾武军见欧阳海紧咬着嘴唇，表露出深深的悔恨，便继续讲下去：

“上次为打猪草的事我就跟你谈过，让你遇事都好好想想，应该考虑得更全面一些。把本班的工作做好，固然能起到带动全连的作用，热心帮助那些比自己差一点的同志，不更能起到推动工作的作用吗？一个同志，既然决心为共产主义事业奋斗到底，那他的一言一行，一举一动，都应该是在这个崇高的理想指导下进行的，都应该无愧于自己向党表示的决心。你再好好想想：今天，你知道刘伟城的不足，不给他具体指出来，刺完三枪转身就走了，这究竟对不对？这里边究竟反映了个什么问题？怎样做才会对工作更加有利？”

刚才对刺的时候，欧阳海是刺中了刘伟城三枪。怎么刺中的，刺中了什么地方，他当时的感觉并不很具体；而现在指导员对他说的每一句话、每一个字，都像一支支的枪刺，直奔他的心窝而来。这是一支支无法抵挡的枪，他也心甘情愿地被它所刺中，被它刺倒：“我是犯了错误，出了问题了！连长说得清清楚楚，让我和刘伟城练练对刺；指导员讲得明明白白，让我干什么都想一想。为什么我刺完了三枪转身就走，为什么我在转身的时候，没有想一想这样做是个什么态度呢？……咳！我真是糊涂啊！工作当中有了一丁点成绩，眼光应该看得更远才对。可是我却完全辜负了连里的希望……”欧阳海紧皱着眉头对自己说，“不要紧，只要我能从现在起彻底认清自己的问题，遇事都想一想，那还来得及！”他慢慢地抬起头来，准备向指导员倾吐自己心中的悔恨。可是指导员不在了……

文书站在欧阳海的面前问：

“指导员呢？刚才不是在跟你谈话吗？”

欧阳海莫名其妙地点点头：“是啊，刚才是，是在这儿的，可现在……”

“咳！这么大把年纪的人了，还跟我躲猫猫玩！”文书晃动着手上的一张表格说，“上级要干部们填个表，立功受奖这一栏，指导员就是空着不肯填。听说连长比较了解，我去问连长，连长说记不清了，起码立过五大功，叫我还是问指导员自己；我来问指导员，指导员又干脆躲着不见面！”

欧阳海心里忽的一下，好像全身的血液都涌上了脑门儿，心也跳得更厉害了。他望着文书手上的那张表格，心里再现出曾武军那虎彪彪的个子和带着伤残的右臂。他自言自语地说：“看样子，指导员就是那个全军出名的战斗英雄，就是那个缴机枪的好同志！人家见着荣誉绕道走，而我，我在追求些什么啊！”他感到两腿无力，慢慢蹲了下去，心目中曾武军的形象愈来愈高大，愈来愈魁梧。他双手紧紧掩住自己羞愧的面颊，陷入极度痛苦的沉思中。

鸡叫第三遍了，欧阳海在床上痛苦得睡不着。他从掰手腕子、打锤、打猪草想到白天刺的那三枪，这一年多来，走的是一条什么样的路呢？入了团，立了功，当了各式各样的标兵，受了不少次嘉奖，自己还以为是在一条英雄的大路上朝前跑着。其实，在很多问题上不仅是原地踏步，有些时候还在后退呀！……想到这里，欧阳海打了个寒噤。“真怕人哪！毛主席要我们做一个高尚、纯粹、有道德的人，而我做了些什么呢？”他觉得对不起周书记，对不起连长、指导员，也对不起刘伟城同志。他从枕头下抽出一本书来，望着封面上举着炸药包的董存瑞，各种问题又涌上心头：怎么才能当上真正的英雄？什么样的人才算是真正的英雄？该不该立志当英雄？……这些问题，欧阳海还没有完全弄明白；但有一条他明白：要把自己想的一切都告诉党，请求党进一步的批评和帮助。

欧阳海迫不及待地坐起身来，把纸平铺在膝盖上，借着手电的亮光，满含着羞愧的泪珠，给支部写检讨。

敬爱的党支部：

今天午后刺出的三枪使我发现，我的刺杀技术有了很大的提高，但我距离一个党员的要求，却太远太远了。

…… ……

鸡又叫了两遍，曾武军也还没有睡。他在桌前一边翻看欧阳海历次的思想小结，一边在想：一个十九岁的年轻战士，要他把问题考虑得那么全面，是不太实际的。年轻人有一些争强好胜的思想，也是难免的。何况今天是连长让他去对刺的，他只是没有主动地去帮助刘伟城而已。这么重的批评，特别是提到原则高度来分析，对一个入伍才一年多一点的兵来说，是不是过了？他受不受得了？会不会挫伤他那股虎劲和积极性，使他今后失去进取的信心呢？……这些问题，曾武军也还没有完全得出答案来。

窗外操场上，传来一阵噼噼啪啪的格斗声。曾武军抬头望去：晨光熹微中，有一大一小的两个黑影在对刺。只见小个儿的黑影不时停下来，比比画画像是在讲解什么，接着，又刺了起来。尽管天色还暗，看不清是谁，但是曾武军从那一大一小熟悉的身影上感觉到，自己苦恼了一夜的问题，已经基本解决了。

“哟！天都亮了！”曾武军熄了灯，站起身来。他望着操场上那两个对刺的身影，心里头有股说不出来的舒坦劲：一个政治工作者，最首要的责任，莫过于正确地贯彻党的路线、方针、政策，使党的意图在工作中得到正确的体现；

最大的愉快，也莫过于看见了同志们在党的指引下，不断进步，大步向前。他慢慢地走到窗前，迎着一阵带潮味的晨风，深情地望着那个虎里虎气的小个子。望着望着，他情不自禁地说：

“人是很难不犯错误的。一旦知道自己错了，就毫不犹豫，立即改正，这是多么可贵的品质啊！”

第五章　骨硬心红

二十　紧急任务

火辣辣的阳光直射到大地上，知了又躲在树叶底下，扇动着音膜，尖声怪气地叫起来：酷热的夏天到了。这是欧阳海来到部队后的第二个夏天。就在这个时候，一场新的战斗来到中国人民面前。面对国际上修正主义集团对无产阶级革命事业的背叛，是坚持原则、敢于斗争，还是放弃真理、屈膝妥协？当国际上修正主义叛徒集团把国际共产主义运动的大论战转移到国与国之间的关系上来，并借助经济问题进行要挟的关键时刻，是高举革命红旗、坚持真理，还是拿原则做交易、在压力面前让步？

人民解放军和全国人民一起，意气风发斗志昂扬，用战斗的姿态，响应党中央和毛主席发出的号召：面对修正主义集团的背叛，坚持真理，高举红旗；面对修正主义集团的经济压力，自力更生，奋发图强！

这一天，关英奎正率领全连在山头上演习“连进攻”。这是为即将到来的全师合练做准备的。他右手高举着指挥旗，两眼紧盯着腕子上的手表，秒针刚刚跑到预定地点，指挥旗猛地劈了下来。随着三发红色信号弹升起，爆破手突上去了，炸药包拉响了，硝烟弥漫中，司号员吹响了冲锋号，同志们打开刺刀，跃出堑壕……突然，一阵急促的马蹄声从山下传来，骑兵通信员隔着老远就喊：

“关连长，命令你们停止演习，马上返回营房！”

“什么？”关英奎焦急地大声问着，嗓门盖过了号音。

骑兵通信员已经来到跟前，人和马都被汗水湿透了。他匆匆忙忙把一纸命令递到关英奎手上，头也不回就翻身上马。马蹄声又由近而远。

关英奎眼瞅着命令，两道眉毛蹙成一条直线，棱角分明的嘴唇紧绷着。他朝司号员喊：

“停！”

司号员莫名其妙地望着连长，把铜号举到嘴边，想了想，又把号拿了下来。

“吹呀！命令部队：停止前进，马上返回出发地。”关英奎扬起指挥旗，气呼呼地吼着，“你看着我干什么？吹！”

一阵急促的紧急集合号音，两发出人意料的绿色信号弹，使正向山头冲击的全连战士都愣住了……

三连在返回营房的路上走着，队伍格外沉默，只有脚下的沙沙声。人人都很纳闷，个个心里都在猜测。战士们望望班长，班长把目光集中在排长的脸上，排长们不时瞟一瞟连长的眼神，谁都想从对方的脸上、眼睛里找到答案或者启示：为什么突然停止演习返回营房？发生了什么紧急情况？

关英奎把命令掏出来又看了两遍，上边只有简短的几句话：立即停止一切操课、演习，准备接受紧急任务。这突如其来的变化，打乱了部队正在顺利进行的整个部署。从命令上看不出是什么原因，更不知道发生了什么事情。“为什么突然把全年的正常训练停下来了呢？”他心里也在问着自己。对部队来说，临时改变计划是家常便饭，敌变我变嘛！但是这次变化来得太突然了，上午团里还通知说，调指导员去政治干校学习，让自己和支委们研究一下，如何搞好下阶段合练中的政治思想工作。现在说变就变，要求得这样急促，时间又这么紧迫，这在关英奎的印象里，好像只是在战争年代才发生过。他自言自语地说：“一定是发生了什么严重问题了！”

一辆指挥车迎面飞驰而来，在和部队擦肩相遇的时候，停住了。

“是三连吗？”一个头发花白的首长探出头来问。

“是！”关英奎迎了上去，“政委！怎么突然把正在进行的‘连进攻’停下来了……”

“关英奎，不要想不通。训练嘛，我们总会有时间搞的，也一定会搞好的。不过现在要暂时停一停。也不光是你们一个连队，我们全军各个师、团都要抽出相当一部分力量，去完成这次紧急任务。”老政委把这最后四个字，一字一顿，说得非常清楚。

欧阳海瞪大了眼睛望着首长，嘴里重复着：

“紧急任务……”

“我们要去为一座刚刚搭起架子、又突然连设计图纸都被那些背信弃义的家伙带走了的现代化国防工厂，铺设一条铁路。这不是一次普通的施工任务，这是一场新的战斗。它意味着中央已经下了决心，要提前完成这项重要工程。告诉同志们，没有什么了不起，天是塌不下来的！我们每一个党员，每一个革命者，一定要在新的困难面前挺直腰杆！因为……”老政委停了停，小声对关英奎说，“因为那座国防工厂，现在要完全靠我们用自己的双手把它建起来。有什么了不起的？中国人民从来不信邪！没有他们，中国人自己就不能搞出朵‘蘑菇云’来？你们这次要去担负的铁路施工，就直接关系到这项工程的进展。你和同志们一定要把它当成个战斗任务，明白吗？当成一个‘战、斗、任、务’接受下来。”

军政委的这几句话，使关英奎更加明确了任务的重要性。他回味着政委说的话：“天是塌不下来的！……每一个革命者，一定要在新的困难面前挺直腰杆……用自己的双手……”他好像明白了什么似的，一步跳上路边的一块大石头，放开他洪钟似的嗓门儿，对全连大声喊着：

“跑步前进！”

全连整好了行装。保证书、决心书像雪片似的飞到关英奎手上。欧阳海拿着四班的决心书和他自己的第三次入党申请书来到连部。

“你来得正好。”关英奎接过他的申请书说，“东西都准备好了吗？”

“好了，可以马上出发！”

“明天有车上医院去，你就跟着去吧。支部希望你能服从治疗，安心休养。”

“连长！”欧阳海叫了起来。

“服从命令听指挥！”关英奎也吼了一声。停了停，他才换一副口气说，“你现在是个老兵，是个班长啦。刚才我们和医生、卫生员一起，把你的情况仔细研究过了，你的慢性肠炎不能再拖了。先住院去，治好了再来。我们在工地等你。”

欧阳海几乎要炸：这么紧急的情况，这么重要的任务，怎能把我甩在一边？他刚要张口，关英奎拿起一叠材料向门口走去。他边走边说：

“我现在忙得很，没有时间跟你磨。你自己想想去，想通了，明早坐车走；想不通，我找人捆也要把你捆到医院去！反正你得住院去。”说完，人已经出了门。

“摆在我面前的紧急任务是住医院吗？”欧阳海摇了摇头，不行啊！这次紧急任务我一定要参加。再说班里还有大量的工作要做。新调来的同志中，有个别同志对部队生活还不习惯，班里又缺个副班长。我要去住院，四班交给谁？更重要的是，我自己不能失去这样一个锻炼的机会。入党申请书中写得清清楚楚：要经受这次紧急任务的严峻考验，向党靠拢，向党员的标准跨近一步。可是连长已经把话都说死了。怎么办呢……

他跑去找卫生员小李，嘴皮都磨薄了，小李说他做不了主。他跑到卫生所找张医生，什么理由都谈了，张医生说，明天去医院的几个同志，由他负责带队。……该找的都找了，该说的话都说了，就像没找没说一样。欧阳海垂头丧气地回到班里来。

班里的同志早已整理好行装，单等一声出发的号令便立即启程。大家都预感到：这次紧急任务不同一般。有的在订计划，写保证书，有的在一起悄悄议论，个别的正抓紧时间闭目养神，把精力留着去完成即将到来的一次急行军。

靠窗口有个名叫高翼中的新战士，他一个人孤零零地待在那里，时而坐在打好的背包上，时而又烦躁地站起来望望窗外。白皙的面孔，薄薄的嘴唇和过长的头发，一副十足的城市来的学生兵模样。

“班长，提个意见总可以吧？”高翼中坐在背包上，对刚刚进门的欧阳海说。

“说吧。”

“到底什么时候出发，工作有没有计划？”高翼中拍拍身子下边的背包说，“光催快准备、快准备，可是背包打好这么半天了，午休也没休成，还在原地没动。这是不是有点张皇失措，庸人自扰？”

欧阳海心里正憋着一股火没处发泄，一听这个意见，就像往火上泼了一瓢油，浑身火辣辣的，连头发根都想炸。他想了想，强压住火说：

“我们是为了去执行一个紧急的修筑铁路的任务。这是为了顶住修正主义集团撕毁合同，撤走专家所造成的困难，是为了独立自主地去完成一座国防工厂的修建任务。在这个紧要关头提前做好准备，怎么是庸人自扰呢？你这不叫意见！”

“请你正面回答我的具体问题。”高翼中用手指在背包上轻轻敲着鼓点，“我问的是工作有没有计划，为什么一大早把人折腾起来又无事可做？”

欧阳海的火再也憋不住了。他没好气地说：

“到底什么时候出发，这由上级决定。打背包，是任务需要。没有睡成午觉，革命也不能再赔你一个。”

“班长，你不要发火嘛！我听别人说，当一个人遇上件事，既拿不出办法，又说服不了对方的时候才会发火。这是无能的表现。”高翼中故意轻飘飘地说。

坐在一边的魏武跃实在看不下去了。他说：“高翼中同志，你这是干什么？情况这么紧，未必你就感觉不出来？上级叫我们做准备，我们就好好准备，连我这个出了名的‘睡午觉’也挺了过来，这是一个革命战士最起码的觉悟，识大局嘛！”

高翼中不以为然地瞟了他一眼：“什么是大局？难道大局需要我们无事瞎忙……”

欧阳海气得赶紧跑出门去。他害怕控制不住自己，又和高翼中顶起来。现在他心里更加明确了：不能离开四班，一定要想办法到工地去！就是挨批评、受处分，也得和同志们一道去完成这项紧急任务。

曾武军从团政治处匆匆赶回连队的时候，连里正进行着最后一次行装检查。他自己也忙着收拾起来。关英奎过来问道：

“回来了！你在团里还听说什么没有？”

“没有。有一个不太准确的消息说，重要的机器部件全被拆下带走了，工程完全停顿了，相应地，我们的修路任务也更迫切、更紧张了。不过这些还暂时不要对下边讲。”

“那……老曾哪！那咱们支委再开个会，统一一下认识，做好充分的思想准备，迎接这场战斗任务！”

“我完全同意。这个时候，支部的战斗堡垒作用更为重要。一定要使全连团结成一个人，坚定不移地高举革命红旗，修好这条路！”曾武军斩钉截铁地说。

“忘了问你了，老曾哪，”关英奎担心地问道，“你这次去政治干校要学多长时间？偏偏赶在这个节骨眼上，你这一走……”

“老关，我是要走啊，是要去学习，学多长时间也还不知道。”曾武军看见关英奎满脸的焦虑和担心，认真地说，“不过不是去政治干校学习，是跟着你，跟着连队一齐到工地去，到现场去就地学习！”

“真的？”

“当然是真的。情况来得这么突然，任务这么紧，主任说，一切为了这次任务，一切为了国防工厂，让我们在这次考验当中来学习政治。不仅我们是这样，而且很快地全国都要成为一个反对现代修正主义的政治大学校，人人都将在这场斗争中学到真正的马列主义和毛泽东思想，人人都会在思想上、理论上得到提高。”

“真是这样就太好了！”关英奎高兴地握着他的手，用力摇了几下，说，“老曾，原来我听说这次调去学习的同志，一学就是一两年，而且学完了以后还不一定回原单位。我真担心你这一走，咱俩就分手了哩！从个人来说，咱们出生入死一起待了十几年，从来没有分过手；从工作来说，这次任务可真要你这个支部书记较劲儿哩！我只担心你的身体，怕……”

“身体没有问题，主要是先得把眼睛擦亮。光凭我个人这点水平，能干些什么？还得靠支部、靠集体。你不是说再召开一次支委会吗？我看咱们抓紧时间开吧！”

“好。我这就去找人！”关英奎话音刚落，人已经出了门。

天傍黑的时候，淅淅沥沥地下起雨来。不一会儿，雷声隆隆，闪电不断，蚕豆大的雨点，砸得房顶噼啪作响。闪电把天地万物都刷上一层惨白色，乌云已经贴到山头上来了。

接到命令后，部队顶着暴雨，迎着闪电，踏着滚滚雷声出发了。

约莫走了四五个小时，大概是半夜了，一个黑影从后边蹿到关英奎跟前来。

“连长！”那人大声叫着。

“谁呀？”关英奎也大声问道。

大风大雨盖住了他俩的声音。一道闪电，关英奎看清楚了：身旁走着的是欧阳海。

“你！”

欧阳海不停地抹着脸上的雨水说：“连长，你批评我也行，处分我也行，不管多重的批评、多重的处分我都接受。你只答应我这一回，让我跟着部队上工地去吧。在这场战斗面前，我，我不能住院去！”

关英奎没有回答。

“好连长，你应该是了解我的。”欧阳海大声恳求着，“在这个关键的时刻，在这场严峻的考验面前，让我住院会把我憋死的！”

关英奎还是没有回答。他是了解欧阳海的，他甚至想过，欧阳海会冒雨跟上来。“果不其然，”他想，“这么大的雨，他到底还是跟来了。让他回去吧，辜负了他一片为国防工厂而战斗的心意。他思想上，感情上怎么受得了？让他跟着走吧，谁知道前边有多大的困难！他带着有病的身子，疾病再加上体力上的消耗，他同样受不了啊！”

“连长，我一定不给部队添麻烦。到了工地，你让我干什么都行。值班看家不也要人嘛，连长！……你实在要我回去，那，那我就服，服从命令……上，上医院去。”

天黑得什么也看不见，可是听声音，欧阳海这几句话是含着眼泪说的。

“老关，我看……让他跟着去吧。到了工地，我们再找医生想想办法。”身旁的曾武军小声说，“在这样的时刻，全党全军全国人民都面临着严峻考验的时候，谁能在医院躺得下去呢！”

“听着，这回可是指导员给你说了个情，要不然……算了，到了工地，我再找你算账！”

“是！”欧阳海高兴得一跺脚，溅起一洼泥水。他撒开两腿跑回到四班的行列中。

“小黄！”关英奎朝队伍里喊着，“怎么，让大雨给吓住了吗？别行哑巴军，领着大伙唱个歌！”

“我来起个头。”曾武军向路旁跨了一步，朝着行进中的队伍，放开了喉咙：

起来，饥寒交迫的奴隶，
起来，全世界受苦的人！

几十年来，这首无产阶级的战歌，激励过多少为共产主义事业奋斗的战士啊！在冲锋陷阵的时刻，在敌人的屠刀面前，在任何艰难困苦的环境中，它能燃起我们心中的熊熊大火，鼓起我们向旧世界斗争的必胜信心！伟大的巴黎公社被镇压了，我们的先驱——公社战士，在五月流尽了最后一滴血。可是战斗的《国际歌》，却成为全世界无产者向旧世界发起最后总攻的冲锋号声，听吧：

这是最后的斗争，
团结起来，到明天。

英特纳雄耐尔就一定要实现！

风还在刮，雨还在下。电闪雷鸣之中，一曲雄壮有力的歌声在和风暴搏斗！

从来就没有什么救世主，
也不靠神仙皇帝。
…… ……

一队雄伟的人流，奔向新的战场；一支高亢的战歌，震撼着夜空，在三山五岳间激荡。战士们踏着泥泞急速前进。一道闪电劈来，照亮了欧阳海满是激愤的面孔。他严肃地注视着前方，信手抹掉脸上的雨水，紧跟着曾武军的脚印，艰难地、信心十足地，前进着……

二十一　扬帆远航

大雨连续泼了两天多才勉强收住，但头上仍然是乌云压头顶，看不到一丝儿蓝天。

部队蹚过了一条暴涨的小河，正沿着公路行进。几天来，在大雨和泥泞中急行军，已经使同志们疲惫不堪。肠炎引起的腹泻，大大消耗了欧阳海的体力，他觉得一步比一步艰难了。前方，一匹枣红色的战马，迎面飞奔而来，骑兵通信员传来指挥部的指示：各连连长到前边去开会，部队原地休息待命。

同志们不管路边是泥是水，就近找一块地方坐了下去。欧阳海屁股刚刚沾地，又咬牙站了起来。他感到一阵目眩，站在原地稍稍定了定神，就忙着了解全班同志的情况去了。有的同志背包完全湿透了，行装的重量足足增加了一倍；更多的同志成了“泡”兵。魏武跃见班长朝自己走来，连忙把打满了血泡的双脚，藏到雨衣里边去。

欧阳海已经看见小魏这笨手笨脚的掩饰，走上前说：

“小魏，这几天晃荡得够呛吧！”

“我没啥，再晃荡几个月也不要紧！参军一年多来，我觉得最轻松的急行军就数这一次。你还是多关心点同志们吧，别把我当成了主攻方向。”小魏的脸上，强装出一副不自然的笑容说。

欧阳海心里暖烘烘的。他被小魏这极其平凡的表现所感动。多快啊，前些时，他一会儿喜欢看小人书、下军棋，一会儿又是天文地理，晃荡来晃荡去，完全是个凭兴趣随时改变主攻方向的小鬼，现在，他也懂得了要克服自身的困难，适应革命的需要，为集体分忧了。脚上打了泡还要继续行军，这本是部队的传统。但是在小魏身上，也体现出这股精神，却使欧阳海深深感觉到，在这次困难面前，人人都想拿出最大的力量，来分担党和国家的重担，谁都是用战斗的姿态，来迎接这次顶住现代修正主义者压力的紧急任务的！欧阳海不声不响地走过去，把小魏的米袋子抓过来扛在自己的肩上。能为战友们减轻一两负担，作为班长，心里也是舒坦的。路还要往前走哩。

“喂，年轻的老积极！你说，”高翼中跷起自己的脚板，向身旁的小魏，“脚为什么会打泡？”

“告诉你吧，知识分子！长途行军，最忌讳的就是穿新鞋。咱俩犯了忌讳，雨水一泡，新鞋一缩，紧紧地箍在脚上，那还有不打泡的？”小魏说，“这全怪我们的准备工作没做好，事先考虑得不周到。”

“不。”高翼中俏皮地说，“新鞋旧鞋那倒无关要紧，根本的原因，是由于脚板和地球摩擦的次数太多，超过了它力所能及的限度，这才使得皮和肉分了家——皮肉之间的空隙，我们把它叫做‘泡’。”

小魏笑着说：“嗬！到底是高中生，说起话来都曲里拐弯儿，严严实实的，让人找不着个——空隙！”

“这是科学。干什么都应该有一定的限度：吃饭吧，一次最多只能吃六合——零点一三二加仑，这是胃里最大的容量；走路吧，一次也不能走得太远。超过了限度，违反了科学，就会带来痛苦。”

“小高，我不完全同意你的说法。不错，凡事要讲究科学。违反了科学办事，是要吃大亏的。但是你把事物的一定限度绝对化，这本身就违反科学，走向了反面。”欧阳海走上前说，“按你这么讲，那长征也不科学了？红军过草地的时候，他们吃野菜、草根，甚至吃皮带，还照样打胜仗！老红军战士，哪个脚上没有血泡？可是他们踩着血泡，照样走完了两万五千里！这是为什么呢？”

“这……这……”高翼中嘴里没说出什么来，心里却着实佩服这个小班长：别小瞧他！看来他还读过几本马克思，懂得一点辩证法哩！

欧阳海接着说："只要是斗争需要，别说是脚上打了几个泡，在战场上就是打断了两条腿，怎么办？投降吗？不！也要往前爬。这是一种勇往直前的革命精神！再说，革命本身也是一门科学呀！老红军正是由于懂得革命这门科学，他们才吃大苦，耐大劳，不怕苦，不怕死，打了那么多的大胜仗。我们今天，也还要靠发扬这种优良革命传统去打胜仗！"

"对！我'投降'了。班长说的这个科学，好像比我那'科学'还要科学些。"高翼中的这几句话，把大家都逗笑了。

"不，你这又错了。我丝毫没有不尊重科学的意思。我说的是，一个革命者应该用什么态度来对待困难。这两者应该是不矛盾的。"欧阳海说着从挎包里拿出一小块肥皂递给高翼中，接着又说：

"你快抓紧时间把鞋里的沙子抖一抖，袜底、鞋边上打点肥皂。这虽然不怎么'科学'，可是能起作用。要不你又该怪什么和地球摩擦的次数太多呀、皮肉分了家呀……怪来怪去没有用。"他说完自己也笑了起来。

前方传来了继续前进的号音，同志们唰的一下站起来，准备再往前走。关英奎从前边赶了回来。他一面挥手拦住大家，一面喊：

"同志们，我们已经到了，这里就是我们的目的地。我们的战场，就在这里！"

"到了？就在这里？"同志们都感到诧异。这时，他们看了看周围的环境：两山之间的一块洼地，前无村后无店，四周连一户人家也没有。身旁有一条简便公路，沿着小河伸向山里去。部队难道就在这个光秃秃的地方扎下来？住在哪里呢？

关英奎指了指周围，对曾武军说："老曾，指挥部分配我们就在这里扎下来，要在这块洼地上垒起一道和小山一样高的铁路路基。时间紧得很，上级刚又来了指示，要我们一定争取提前通车！"

简便公路上，一辆载重汽车颠簸着、喘着粗气驶了过来。司机停下车来加水。欧阳海跟着关英奎和曾武军朝汽车走去。

"同志，"关英奎问，"这车上拉的是什么？"

"你要是不怕脏了眼，自己看嘛！"司机提着个帆布水桶没好气地说。

关英奎揭开车上的雨布，发现里面躺着一堆刻着外国字的大机器。

"怎么？"欧阳海指着那堆机器问，"拉走干什么？没，没用了？"

"图纸带走了，主要的零件都不供应了，光留下这个空壳子有什么用？"司机的火更大了，“放在厂里还占地方哩。”

欧阳海紧皱着眉头，关英奎和曾武军也都没有再问什么。是啊，现代修正主义者的丑恶嘴脸，他们背信弃义的无耻行径，都在这堆破机器上显现出来。真是有铁为证啊。

司机同志起动车要走，从车窗里探出头来笑着说：

“解放军同志，等着吧！要不了多久，我会把咱们自己出的机器拉回来的！”

“工人老大哥，你说得对呀！咱们提前把路修好，等着你把咱们自己造的新机器再运来。”曾武军说。

关英奎想起了老政委的话，冲着远去的汽车大声喊道：

“天是塌不下来的！”

为了在这块光秃秃的地方先落下脚，部队立即动手上山砍竹子，割茅草，一个下午就把简单的窝棚搭好了。欧阳海一边干，一边想起周排长他们在老鸦窝搭草棚的情景来。那时候觉得“天兵天将”真了不起，现在自己也成了“天兵天将”。工作需要，革命需要嘛。十多年过去了，好像现在才更深刻地理解了当年的周虎山和四班的战士们。如今自己也是个四班长了，老鸦窝的劳动场景又浮现在眼前。当年他们为了剿匪，今天我们为了建设，目的都是一个：要建成社会主义，要高举红旗把革命进行到底。一首儿时学会的歌子在脑子里萦回着，他大声地唱了起来：

我为谁人来打仗，为谁来打仗？
我为谁人扛起枪，为谁扛起枪？
…… ……
为革命，为祖国，我为人类求解放！

这支普普通通的人民解放军部队，在荒山野地里驻扎下来了。他们——穿上军装的青年工人和贫农下中农的子弟，在这场新的战斗面前，能拿出来的，只是自己那把力气和一颗赤诚的红心；能完成的，也不过是一小段铁路路基。这对全国自力更生、战胜困难，顶住现代修正主义集团的背叛来说，对宏伟的社会主义建设来说，是太微小太微小了。可是，对这个连队说来，他们知道担子有多么重，困难有多么大。

工作还没开始，困难就先到了。

垫路基以前，要把沟里、田里的稀泥、松土挖走，然后才能铺上石头。可是，大部分工具还没有运到。为了争分夺秒抢时间，上级指示立即开工。三连挖泥用的铁锹不够分配，司务长望着一小堆工具发愁。他对前来领工具的班长们说，每班只有两把锹，叫大家克服困难先干着。欧阳海扛起最后两把锹往回走的时候，一班长刘伟城才赶来。

“属虎的，在哪儿领工具？”

“工具？”欧阳海知道铁锹已经没有了，说，“大个子，你跑哪儿玩去了，这时候才来！我正准备给你送去哩。”说着，把自己的铁锹递给了刘伟城。

“那就谢谢啦！”刘伟城扛起铁锹就走了。

欧阳海只拿着两把使不上劲的十字镐回到班里来。他把几个骨干分子找来，交代了情况，研究了干法，领着大家来到分配的地段上干起来。过不一会儿，他跑回草棚拿来了脸盆、饭钵、茶缸子，同志们就用它们当做工具在稀泥里挖着。为了加快挖泥的速度，欧阳海一下跑到水田里，用自己的双手，靠那十个手指头在泥里刨起来。刨呀，刨呀！……这双拿过打狗棍的手，这双砍过柴、烧过炭、握过锄头把子、长满了厚茧而又年轻的手啊，在祖国需要的时候，它握起枪杆，抡起斧头；今天，当有人妄想逼着我们跟他走，这双手没有合十作揖，而是深深地插到泥里边来，为了高举无产阶级的革命红旗，它一把土、一捧水地劳动着！指甲缝里塞满了淤泥，皮都泡皱了，它还在坚持着。就这样一捧又一捧，一盆又一盆，一担又一担地挖走了一层泥，戽干了一片水。论方式，当然落后一些，论思想，却是人类最崇高、最先进的。因为这是为了坚持真理，为了革命而劳动。那些十指尖尖、听着电子音乐、跳着摇摆舞的青年人，他们的思想境界怎能和这一代风流人物相比！有人把安逸、享受当成最大的幸福，为了活命，竟能够认敌为友，出卖无产阶级的利益；有人认为，幸福就是劳动和斗争，宁愿自己多吃点苦，也要为天下受苦人战斗终生。

“高举革命红旗，干哪！”欧阳海的这声呼喊，变成了全工地的口号。四班在喊着，全连在喊着，整个工地都在喊着：

“高举革命红旗，干哪！”

工间休息的时候，一班长刘伟城到四班的工地上取经来了。他发现欧阳海还在用两只手在泥里刨着，再一看，整个四班连一把铁锹也没有。他这才明白过来，忙把欧阳海拉到一边。

“属虎的，你，你，这是干什么？”刘伟城指着欧阳海沾满稀泥的双手说。

“干活儿，修路基嘛！”

“拿着吧！”刘伟城把手里的铁锹塞到他手上，“四班长，我们两个班可是挑了战的。这样，我们就算是比赢了，心里也不好受呀！”

“大个子，我对你真有意见了。挑了战又怎么的？只要你们任务完成得好，我给你磕三个响头。不管谁跑在前面，都是为整个工程抢出了时间，这有什么不好的？”欧阳海生气地把铁锹又扔回给刘伟城，“现在反正都一样，我们班不用手刨，你们班也得用手来刨，关键在于工具不够嘛。听司务长说，过两天，大批的工具就运来了。”

“对，对，对呀……”刘伟城激动得一个劲儿地点头。他紧紧握着欧阳海的双手，半天没有放开。这两双手，从掰手腕子起，经过了扛木头、打锤、刺杀，还从来没有这样紧紧地、亲密地握在一起过。眼前的形势，使得这两个战友都明白了自己过去的不足，更深地懂得了为什么要开展竞赛、互助、评比、挑战；为什么既是“对手”，又应该肩并肩、手拉手地共同战斗。因为我们是同志，战友，我们重任在肩，目标一致；我们要自力更生，顶住现代修正主义叛徒集团的压力，长一长世界革命人民的志气！

天擦黑的时候部队才收工。小魏跑来报告说，他发现有一小块地方稀泥还没清除干净。

欧阳海问：“是谁干的！”

“小高。他没有干过这种活儿，工具不够，又为了抢时间……”小魏噘着嘴巴嘟囔着说。

高翼中低着脑袋没吭气。

欧阳海说：“小高，这可不行！对这个问题，我们要有个科学的态度。‘百年大计，质量第一’嘛。”

“那怎么办呢？”有个战士问。

欧阳海斩钉截铁地说：“返工，重新干！”

“来不及了，要返工也得明天再说了！”

欧阳海看看天色，天已经完全黑下来了。他说：“那我先去连里汇报一下。”

那个战士拉住欧阳海小声说："班长！工程进度刚刚统计过，晚上要评比呢！明天，明天我们抽休息时间，悄悄补上算了。"

"你说呢，小高？"欧阳海问道。

"我说……我说还是去汇报吧。"小高低着头说，"都怪我！我想头两天嘛，总得争个第一，再加上工具又不得劲，以为留点稀泥没大关系。这种认识本身就，就不科学。"

"对。我们是在建设社会主义，忽视工程质量的事我们不能做。更重要的是这种争第一的思想要不得！"欧阳海在劝说大家，实际上也是批评自己。

欧阳海饭也没顾得吃，急忙来到连部，向连长、指导员详详细细地汇报了。最后说：

"明天我们一定利用休息时间返工，把这一段补上。"

关英奎指着统计表说："那可要影响你们今天的评比了。"

"给我们的进度画个零，给我们四班评个最'下游'。这样，既教育了我们，又警惕了大家。"

"刘伟城他们完成了三十多立方。你们一班、四班是挑了战的啊！"曾武军笑着说。

"指导员，你别再刺激我了，这个事我们已经想过了。该什么是什么，干革命工作要老老实实，实事求是，不能为了图虚名，欺骗自己。大个子他们记三十立方是应该的；我们记半个立方，心里也觉得对不起社会主义。"

看见欧阳海那严肃认真的样子，曾武军摸着胡茬子满意地笑了。看样子，欧阳海已经不再把个人、小单位的荣誉放在心上，大踏步地跑到正道上来了。这个小战士啊，从里到外通明透亮，变得更加纯粹了。他主动要的这个"下游"，却是一个新的、更高的起点。正像一只小船，磕磕碰碰几经曲折，终于冲出了滩多水急的峡谷，来到宽阔的大海上。现在，他可以扬帆远航了……

二十二　心意

多雨的南方，今年的雨水下得格外苦，一个雨天接着又一个雨天，雨总是不停地下着。雨水掺着汗水，使得同志们浑身上下、里里外外，整天都是湿漉漉的。窝棚里浸着两三寸深的积水，屋顶又噼里啪啦地漏个不停，四处拉着雨布，床上搁着脸盆。从来到工地起，被子就从来没有干过。雨水严重地影响到工程的进度，影响了同志们的健康；运输被隔断了，器材不能充分供应。更严重的是，大雨把靠河的两个公社那些眼看可以到手的粮食，全都沤烂在田里了。大自然和现代修正主义者一起欺负、考验着中国人民。

省里拨来的救济粮，一时还没有运到，部分群众的生活，遇上了暂时性的困难。部队党委决定：节约口粮，支援受灾的群众，战胜饥荒。

工程一天比一天紧张，劳动强度也一天天增大。但是，就从曾武军传达部队党委决定，号召大家节约粮食的这一天起，每当开饭的时候，欧阳海总是盛满一碗饭，夹几筷子菜就走了。问他上哪儿去，他说去连部看报纸。直到同志们吃完了，他才把碗筷洗得干干净净的回到班里来。

魏武跃见欧阳海日益消瘦的脸颊，心里起了疑，正在暗自琢磨班长的行动。这天，欧阳海端着碗又要走的时候，魏武跃拦住了他：

“班长，在工作上，你从来都是拣最重的担子挑，身体方面，也得注意啊！”

“这点不用你嘱咐，对身体我从来都是注意的。我倒觉得你最近脸色不大好，你可得多……”

魏武跃指着欧阳海手里的碗说：“你别以攻为守。我问你，这一碗饭你就够了？你也太神了……”

“看你说的，一来我这肠胃病还没好利索，医生嘱咐过不能多吃；二来我饭量本来就不大；三来嘛，三来连长、指导员的饭量你是知道的，和他们那一对大个子远不相称，每次我上连部看报纸，都要顺便替他们‘打扫战场’。小高不是说，胃里边只能装六合吗？我那胃里头至少也塞进去七八合了，弄得我呀……”欧阳海留住半截话，故意哈哈大笑起来。

欧阳海的笑声，从来都是那么真切、自然、清清朗朗的，可这次却是一阵干笑。小魏心里的疑团更大了。他试探着说：

“真的？”

“肚子可以装假，干活儿掺不得假。你看我这劲头，”欧阳海说着，一使劲把路边一块夯实场地的大石头抱了起来，又轻轻放了下去，“怎么样？”

是啊，干起活来，欧阳海一贯拣重的干：挖土费劲的时候，他拿着铁锹不放；挑土吃力的时候，他总把扁担扛在肩头，而且咋呼闹喊，有说有笑；休息十分钟还总忘不了给大家出个节目。小魏想：单从这方面说，班长讲的也许是真的。可是他的脸盘一天天瘦下去了，加上那干瘪瘪的笑声都是骗不了人的。

下午出工的时候，小魏有意识地紧跟在班长身后，看看他究竟怎么样。哪想到他干得比平常还要猛。工间休息的时候，同志们都坐下来喝口水，喘喘气，他又来了一段自编自演的快板。尽管既不合辙又不押韵，可是把班里的好人好事都数了个全，逗得全班乐呵呵的。休息以后，小魏发觉，有次担子上肩的时候，欧阳海紧锁着两道黑眉，牙也咬得紧紧的，哈着腰两手使劲撑着膝盖，还是站不起来。小魏连忙上前帮他一把。这时才发现班长的外衣都被汗水湿透了。

“唔……这说明体力下降，虚汗增加了。”小魏心里琢磨着，“看来，得想个招数，把班长这个品字形的地雷阵攻下来，探个究竟，弄个水落石出。”

第二天开饭的时候，欧阳海端着碗又要走了。临走前还故意说了声：“小魏，我到连部抓紧时间看看报纸去。”

小魏心里有了主意，没有拦他。

从班里到连部只有十几二十步远。欧阳海边走边吃，还没到连部门口，那一碗饭就咽下去了。他先在门外把碗洗干净了，然后才走进连部去。

“又来看报纸了？今天报纸还没送来，桥断了。”关英奎说着把头转向曾武军，“老曾，你知道了吧，六号桥又冲掉了，老百姓的房子也淹了不少。指挥部说，十天半个月都不一定能修好。这可是个问题呀！”

“是啊，我也听副团长讲过。还说要赶紧组织一拨人，把部队节约的粮食和同志们捐献的衣服，给受灾的公社送去。今年的雨水真多呀。”

关英奎说：“咱们节约的口粮还是少了一点。还得尽量多省一点下来，我已经和司务长交代过了。往灾区送粮食、衣服的事，想让一排长负责组织人力，连夜送去。”

“连长，我也算一个！”

“你？你给我好好待着！我正琢磨，过几天把你送到医院去哩。”关英奎说着还瞪了欧阳海一眼，“张医生给的药，你是不是都按时吃了？”

“吃了！一天三次，饭前两片。”

“饭呢，这么快就吃完了？”

“完了！我不论干什么，都图个快字。”

“来，再加一点。”曾武军说。

“不行了。三碗干饭一碗汤，再加，就从鼻子眼里漫出来了。指导员，别看别的班有点紧张，我们班的小魏和小高，饭量都不怎么样，顿顿都有点剩，每次都让我‘打扫战场’……”

小魏站在门外听得一清二楚。他想进去，又觉得进去不好。他的那颗心，就像被什么揪起来了似的阵阵作痛。班长啊班长！担子你拣重的挑，生活上从来不计较。身上的汗水没干过，你却担心把同志们累着了。睡觉你守在门旁边，挡住风、遮住雨，唯恐冻坏了战友们。上工号一响，你跑在最前头，收工号吹了半天，你又落在最后边。为了早一天修通这条路，你忍饥受寒心甘情愿。这小小的一碗饭，表达了你对灾区人民多么深的心意！小小的一碗饭啊，说明了一个革命战士骨硬心红意志坚。是啊，欧阳海没有更大的能耐，他只能以最朴素、最实际的态度，勒紧裤带，从嘴里省出一碗碗饭来，和伟大的祖国一起经受这场严峻的考验。

“咦！你站在这儿干什么？”欧阳海刚出连部，发现小魏在门外站着。

“不干什么。我也是来看报纸的，我听说，六号桥又给冲断了……”

“哦……”欧阳海浑身不自在起来，“是啊，今，今天报纸还，还没送来。走，我们俩下盘军棋去。我刚琢磨出一个挖品字形地雷的新办法。”

“你算啦！你知道我早就不爱下军棋了，你也别拿什么品字形地雷来打岔。”

“那……”欧阳海急中生智，“走，你跟我来，我打听到一个预测晴雨的土办法……”

小魏一把夺过班长的碗说：“我哪儿也不去，我们还是进连部吧。”

“别别别！”欧阳海知道赖不过去了，求饶地说：“小魏，我今天确实吃不下，真的吃不下嘛！”

“吃不下也用不着在连长他们跟前说谎啊！你在班里说去连部‘打扫战场’，在连部你又说在班里‘打扫战场’，这么多天了，你到底在哪儿打扫的战场？不行，我得汇报。走，找指导员去！”

“我接受你的意见还不行吗！有问题，有问题我们回去开班务会解决。……”

从这以后，开饭的时候，欧阳海再也不端着碗去连部“看报纸”了。也就是从这一天起，不知道是因为同志们晓得了班长的这件事，还是大家的饭量突然下降了，尽管为了多节约一些粮食支援灾区，炊事班再次削减了下米的定量，但是四班打回来的饭从来没吃光过。四班如此，全连也如此，不管伙房下多少米，饭还是吃不完。弄得连长、指导员和炊事班，反倒为如何才能动员大家把饭吃下去而费神了。

有一天中午，连长和指导员把欧阳海留在工地研究提高工程质量的问题，过了开饭时间才赶回来。值班员告诉他们说，饭留在伙房里。欧阳海进伙房一看，桌上只摆着两副碗筷，饭菜也不多。他知道是班里的同志忘记通知伙房了，便转身走出来。

关英奎、曾武军和欧阳海是前脚跟后脚，只差几步路。他们刚走到门口，欧阳海已经转身出来了。

“欧阳海，你吃得也太快了。”关英奎说。

“我这个速度，就是打仗的时候也饿不着肚子。趁敌人换梭子的工夫，我就能干完一顿饭。平时为战时着想，我这是练出来的。”

曾武军早就听说过欧阳海让饭的事，拦住他说：

“四班长，我有个事想跟你谈谈。”

“是。等一会儿我上连部来找你。饭都快凉了，你们还是先吃饭吧！”

“进去边吃边谈嘛！”

“指导员，班里还有点事，我先回去……”

曾武军不由分说地把欧阳海拉进伙房里来。一问炊事班长李祥，一切都明白了。

关英奎拿起筷子没有说话，曾武军望着桌上的饭菜出神，欧阳海像根木头竖在那里。三个人都沉默着。

李祥一边擦汗一边检讨：“这都怪我们工作太不细致，以为就是连长和指导员没吃，没有多留一份……我这就给你们下面条。快得很，一会儿就好。”

“不用了。时间来不及了，我也不太想吃，再拿一份碗筷来吧。”曾武军说着，接过炊事班长递过来的碗筷，把桌上的饭菜分成了三份。

关英奎、曾武军、欧阳海三个人，低着头，默默地合吃着那两份饭菜，各人在想各人的心事。关英奎吃着吃着，忽然放下筷子说：“你这个同志啊！……”下半截话没说出来，又闷声不响地吃起来。

欧阳海大口大口地吃着，不时用眼角偷偷瞟连长和指导员一眼，饭菜是什么味道，他根本不晓得。他心里直后悔：唉！今天这事儿弄得不好，本来是很小的事，不该让连长、指导员为自己担心的，工作这么紧张，太不该了！

曾武军拿着筷子一动也没动。他吃不下去。今天这个事，证实了自己的判断：欧阳海一直在勒紧裤带，忍受饥饿，支援灾区。他望着低头吃饭的欧阳海，只见他像犯了错误似的，脸上红一阵白一阵，心里想：多么自觉的战士啊！看来时机已经成熟了，支部一定要抓紧时间讨论他的入党问题。一碗饭是个小事。国家遭受了自然灾害，粮食歉收，但是党和政府还是想尽了一切办法，让我们吃饱、吃好，千方百计地组织灾区人民生产自救，战胜灾害。就在这个时候，一个准备献身于共产主义事业的战士，能主动地、一口一口地从非常有限的口粮中，再省下几口来减轻国家的负担，这多么难能可贵！虽然只是小小的一碗饭，欧阳海却是用它表达了为党、为祖国、为人民分忧的心意！这种可贵的吃苦在前的精神，是作为共产党员和人民战士的一种本色代代相传下来的。在井冈山头，在长征路上，在反动派封锁边区最困难的年代里，在一把炒面一捧雪的朝鲜战场，有多少关于最后一碗炒面，最后一个饭团，最后一壶水推过来让过去的动人事迹，谁都是宁愿自己多吃一点苦，也要尽一切可能去关心、温暖同志们。这是中国人民的崇高品德，这是中国人民的志气。我们这么大的国家，要革命，要支援世界一些地区的革命人民，要把革命红旗高高举起，没有这种吃大苦、耐大劳的精神是不行的。通过这小小一碗饭，让我们看到了这个战士崇高的精神世界和广阔的胸怀。

是啊，就在这同一个时期内，全国上上下下、男女老幼，从中央首长到普通劳动人民，谁都是用这种精神来对待自然灾害的。为了自力更生地建设我们的社会主义祖国，为了履行我们的国际主义义务，为了偿还抗美援朝时打击侵略者欠下的债务，为了坚持真理，中国人民踢开困难朝前走，高举红旗干革命。有了这种精神，还有什么样的威胁能吓倒中国人民！我们伟大的祖国还有什么样的困难不能战胜呢！

号声响了。关英奎、曾武军、欧阳海和全连的同志们，精神焕发地涌向工地。革命的精神支持、鼓舞着他们，给他们增添了新的力量。

又一次紧张的劳动开始了。

二十三　入党

乌云滚滚，从四面八方翻卷而来。云层越来越低，几乎要贴着地面，整个天空就像一口倒扣过来的黑锅，紧紧压在人们头上，只在天边留下了一圈薄薄的光带。风卷起地上的树叶、杂草满天飞舞，沉闷的雷声在远处轰鸣，一场狂风暴雨就要来了。

路基已经修起好几米高了。战士们站在这一寸一寸垒起来的路基上，望着前边小河里浑浊的激流和头顶上翻卷而来的乌云，担心着：该不会发生什么事吧。约莫下午四点来钟，天色就开始发暗，眼前的景物变得模糊不清。部队赶紧收工回到住处。不到五点钟，天就完全黑了下来。

小河边上，有座临时搭起来的器材仓库，里边装着刚从船上卸下来的贵重器材和仪表，总指挥部还没来得及往工厂运，暂时委托部队看管着。支部紧急动员全连的同志赶到那里，用草席、雨布把仓库堵得严严实实的。又新打了些木桩，用背包带和绳子，把房子的四角死死拴住。等这一切搞完，同志们回来躺上床的时候，已经是夜间十一点整了。

不知道是累了还是别的原因，曾武军觉得右臂特别不得劲。每当阴雨天总是这样的。“可是今天，”他再三地嘱咐着自己说，“曾武军，你可一定要挺住啊！在这关键性的时刻，你不能由于这点病痛就倒下去……”

风好像停下来了，空气显得特别沉闷，远处不断地传来雷鸣，银色的闪电，时时照亮夜空。人们等了半天，雨并没有下起来。疲惫不堪的欧阳海躺在床上，不时望望窗外，带着担心进入梦中。

半夜两点多钟，雨下起来了。开始还是一滴一滴地下着，正在灯下学习的曾武军，还能听清雨点砸在黄土地上扑扑啦啦的声音。转眼间，雨声连成一片轰鸣，天像裂开了无数道口子，暴雨汇成瀑布似的水柱，朝大地倾泻。人们从梦中惊醒的时候，窝棚里已经积了一尺多深的水，鞋也不知道漂到哪里去了。紧接着，一声喧天巨响，耳边传来万马奔腾似的水涛声；山洪暴发了。河水猛涨，路基也被冲塌。战士们在水里搏斗着，看不见，听不清，水声、雨声和雷声搅成一片……

欧阳海站在漫及膝盖的水里，把漂浮着的被子、蚊帐，用绳子拴住。天黑得什么也看不见，他只能凭借闪电的光亮抓住什么算什么，一心只想尽量让国家财产少受点损失。忽然，他隐隐约约听见远处有呼喊声，大风大雨使他听不清楚。他急忙放下手中的衣物赶到门边，听清楚了. 是指导员的声音。他正在河边上喊着，喊声夹在雷雨声中断续传来：

“……共产党员们，共青团员们……器材仓库……共产党员们……”

喊声又被大风大雨盖住了。接着，“啪！啪！”河边传来了两下“五六式”手枪声。

“器材仓库？糟了，指导员正在鸣枪呼救！”

枪声就是命令，仓库一定十分危急了。又困又饿的欧阳海，听见了枪声，浑身增添了力量。他涉着深水，迎着枪声，朝河边的器材仓库摸去。

倾盆而下的大雨使河水暴涨。大水漫过了堤岸，仓库正处在山洪暴发形成的激流之中，屋架经不住洪水的冲击，已经开始倾斜了，木桩有的被大水拔了起来，绳子已经挣断。咆哮着的洪水，正不停地向它冲击着，只要再晚一会儿，只要再来一股大浪，所有的贵重器材连同整个仓库，都将随波漂去。

欧阳海赶到时，水已经漫及胸脯。黑暗中，只见一个熟悉的高大身影在独自加固仓库的支柱。情况十分危急！欧阳海拼尽全力，朝窝棚的方向喊着：

“同志们！仓库危险啦！”

关英奎闻声带领同志们赶来。他们拥进仓库，扛起装着仪器的木箱朝门外走去。大水冲得他们东倒西歪，站立不稳。急流中，他们涉着深水，艰难地、一步一个踉跄朝高地缓缓地挪动着。

水还在继续上涨，仓库倾斜得更厉害了。房架已经发出嘎吱嘎吱即将断裂的声音。

“同志们，这样太慢了！我们赶快排成队，把仪器一箱一箱地传送出去！”曾武军大声喊着。“我算排头的第一名。跟着我，用胳膊组成一条传送带！要快，要快！”

欧阳海听惯了指导员慢声细语的讲话。曾武军这几声洪亮的喊叫，像几颗炸雷，盖过了风雨声。他吃惊地发现，好像这声音不应该是指导员的，倒更像那位打开原时缴过重机枪、抗美援朝时吓破敌胆的战斗英雄所发出的喊声。这时，曾武军高大的身形，满脸的胡茬子，两道直不楞登的大眉毛，和他平时慢声细语的讲话，才在欧阳海脑子里完满地统一起来。他想起了指导员平时不太灵活的右手，他想起了多少个深夜，指导员在油灯底下苦读马列著作和毛主席有关政治工作的指示……对！是他，一定是他！原来日夜景仰的那位战斗英雄，就在自己的身边……

曾武军平素勤勤恳恳，默默无闻；沧海横流，方显出他英雄的本色！

欧阳海朝指导员身旁一靠，大声地应着：

“我排第二个！”

“我第三！”

“我第四……”

“我……”同志们争相呼唤着。

队伍排成一字长蛇。一箱箱的器材、仪表，从一双手递到另一双手上，木箱飞快地往安全地带传送着。

欧阳海不时被大浪打得左右摇晃。他恨不能往脚背上钉上两颗钉，让自己在激流当中生根不动。

“小心！重的。”欧阳海一边提醒着，一边递过去一个特大的木箱。

“属虎的，你这轻量级的小个子够呛吧！”刘伟城接过木箱说。

“大个子，是你呀！”欧阳海听出声音来了。他说，“没问题。有指导员和你在我两边，别说是大水冲不动，天塌下来也能把它顶回去！”

是啊，几十个战友在洪水的冲击下坚持着，由几十双手臂组成的这条运输线，慢说是洪水，任何力量也冲它不断!

这条由手臂组成的传送带，不是搬砖递瓦，而是在搬运上百斤重一个的仪器箱；加上洪水的冲击，人人都感到有些支持不住了。不用谁说，通过这一送一接的动作，大家都能相互感觉出来。速度明显地慢了下来。曾武军负过伤的右臂疼得钻心，好像再次断裂了一样。他知道快要挺不住了。为了鼓舞大家也鼓舞自己，他喊着：

“同志们，咱们唱个歌吧！”

“好！”

小黄领着大家唱了一个又一个。可是唱着唱着，传送的速度又逐渐慢了下来。

“同志们！”曾武军喊，“决不能让国家财产遭受损失，要拼尽最后一把力气加快传送速度！来！我们唱个《义勇军进行曲》。”他放开喉咙为同志们起好了调：

起来，不愿做奴隶的人们！……

同志们齐声歌唱着。在一片漆黑的雨夜里，在浪涛滚滚的激流中，这支雄壮的歌曲，鼓起了同志们和大自然搏斗的勇气和信心。仪器随着歌声的节拍，飞快地传送到安全地带。

中华民族到了最危险的时候，
每个人被迫着发出最后的吼声：
起来！起来！起来！
我们万众一心，
冒着敌人的炮火，
前进！……

眼看木箱就要搬光了。忽然，远处传来了轰隆隆的波涛怒吼声——一股更大的洪峰，带着呼啸狂奔而来。

排在最外边的关英奎一听这声音，知道不好，连忙大声喊着：

“同志们，赶紧手拉着手，撤！”

随着关英奎洪亮的钟声，刘伟城一把握住了欧阳海的左手。就像在火车上掰腕子时的感觉一样，欧阳海感到伸过来的大手是这样有力。不同的是，这回可不是为了拼个谁胜谁负，而是握在一起共同和洪水见个高低。欧阳海这时才进一步领会到曾武军对竞赛、评比的解释是多么深刻。可是当欧阳海急忙伸出右手去抓指导员时，只觉得那边空荡荡的，指导员已经不在了。

“同志们，仓库要倒了！快，快冲出去！”仓库里传来一声叱咤风云的喊叫。

一道闪电，把眼前的景物照得分外清晰：共产党员曾武军用他负过伤的手臂，用他整个身子，全力支起就要倾倒下来的房架；仓库里的几个同志闻声刚刚冲出门来，抓住了伸向他们的手，一股大浪哗啦啦从人们头上漫了过去……

闪电的余光消逝了，整个仓库和曾武军那高大魁伟的身影也随着淹没在浑浊的波涛中……

“指导员！……”欧阳海在风浪中喊着。

“指导员！……”同志们喊着。

“老曾！……”关英奎在黑暗中揪心地喊叫着。

没有回答。

“指导员哪！”欧阳海吃力地呼唤着。可是耳边除了风声、雨声、奔腾叫啸的浪涛声之外，听不见曾武军叱咤风云的呼喊，也听不见那慢声细语的回答。

“同志们，快！我们的指导员……”

大家艰难地围拢过来，无数双手从倾倒了的房架底下抬起昏迷不省的曾武军。

闪电照亮了他苍白的脸，殷红的血从嘴角流出，渗在他黑乎乎的胡茬子上，他紧闭着眼睛，没有回答同志们的呼唤……

在战争年代负过伤的战斗英雄曾武军，在和平环境中再次身负重伤。一分钟也不能延误，必须马上抢救。

“快，把指导员托起来！”这是关英奎的声音。同志们伸直手臂，把指导员身子放平，高高地托在头上，在水深齐胸的激流中，艰难地、一步一步摸索着往回走去……

天亮的时候，雨停了，水也退了一些。路基被山洪冲开了一道三十多米宽的豁口，整个仓库也被大浪卷走，但是贵重的仪器和器材基本上都抢救了出来。除了指导员，抢救器材的同志都安全脱险了。

曾武军躺在床上，还处在昏迷中。

欧阳海领着全班去寻找被冲走的衣物。等他回到驻地时，只见连部门口围满了人，有医生、护士，团的首长也来了。欧阳海挤到连部跟前，被护士拦住不让进去，从人们的脸上就可以看出，曾武军的伤势很重。一个医生从屋里走出来，小声对团长说：“右臂折断，内脏也受伤了，初步诊断，大口吐血的原因，估计是肺动脉破裂了。”

欧阳海觉得一股凉气从背后袭来，浑身发冷。他不由自主地拧着手上的军帽，嘴里喃喃地喊着：“指导员，指导员啊！……”

经过一阵抢救，曾武军勉强止住了吐血。医院来电话说，救护车已经派出来了，由于公路被冲坏，正绕道赶来。为了让曾武军安静一会儿，人们都渐渐散去。

天又黑了下来。欧阳海吃不下饭，咽不下水，焦急地守候在连部门口。屋里边，曾武军脸色苍白，右臂用绷带临时固定着，半坐半躺地倚在床上。关英奎焦急地在一边来回踱着。

“老曾啊！一听那动静，你就该知道是洪峰下来了，不能再……唉，要是我在里边就好了！”关英奎急得不知道说什么才好。

“谁在里边都一样，这可不是缴机枪，咱俩用不着争也用不着让。你想，当时的情况那么危急，我能让那几个同志都被捂在里边，自己先往外跑吗？”曾武军强打起精神说，话虽说得很慢，可是听声音，他好像是个健康的人。

“我是说你那右胳膊原来就负过伤，使不上劲。”

“那又有什么。老关，你替我想想，自打那年负伤以后，组织上花了多少心血啊！给我治，培养我学文化；照顾我的残疾，凡是劳动活儿都不让我参加；看着我摆弄枪支不方便，又调我改行搞政治工作……千方百计地让我把伤养好了，好为革命再做点工作。人长着一双手，就是为了给革命多做工作。今天，当革命需要我这只手的时候，我要不把这只手上的力气全使出来，那我当初为什么要治它，那我还留着这只治好了的手干什么呢？”

关英奎没有说什么，他心里在讲：“对，是应该上啊！咱们辛辛苦苦造好一个手榴弹，为了什么呢？为了在关键时刻再把它炸成碎片，而不是为了挂在身上好看。手榴弹炸碎了，敌人消灭了，目的达到了。老曾的右胳膊也是这样，那年好不容易把它保留下来，没有锯掉，为的是关键时刻，它能再为革命立一功。老曾的胳膊再次折断了，可是同志们脱险了，革命的有生力量保住了。”望着老曾缠着绷带的右臂，他想，谁都会这么做的。这些年来，老曾一直是支部的一面旗帜。那年负伤以后，他凭着一颗红心和那只左手，照样在战场上冲、杀、拼、砍、抓俘虏；改行搞政治工作以来，他模范带头、事事走在前边，把整个支部团结得像一个人一样。记得他常说：“咱们的革命才刚刚走完第一步，咱们人民的生活还不算富裕，世界上还有不少受苦人，一定要革命，一定要更快地把共产主义革命推向胜利！”……十多年了，自己一直为身边能有这样一个好战友、好同志而感到庆幸。这次抢救器材中，他又为全连做出了榜样。只是今后恐怕再也不能和他在一起工作、战斗了……想到了这些，关英奎叹了口气，急忙背转身去。

曾武军好像看出了关英奎的心事，安慰他说：“你放心，老关！我这点伤能治好的。我一定争取早一点把伤治好，尽快回到三连来。我们俩还像过去似的膀靠膀地工作。一旦打起来了，咱们也还像过去一样，并排儿冲锋，共同缴机枪。有个奖章啥的，咱俩还是你推我让……”为了缓和一下气氛，他轻轻地笑了两声，很快地，又捂着嘴巴咳嗽起来。

关英奎连忙上前给他喂了几口水。曾武军轻轻喘着，停了停继续说道：

“当然，我思想上也做了这个准备：胳膊一旦治不好，那也没关系，革命工作千千万，总会有我的活儿干的。看树林子，守灯塔，不都是革命工作吗？只要这颗心不残废，一条胳膊能干的工作多的是哩！”

曾武军的呼吸越来越急促了。关英奎替他把枕头垫高了些。曾武军极力控制住自己，话音里满含着爽朗的声调。

“这回要真是‘革命到底’了，那也没啥！人嘛，总有一死，活七八十岁不算长，活二三十年也不算短……老关！说实话，我心里只有一桩事放不下来：打改行搞政治工作以来，我文化低、觉悟慢，虽说读了几本马列主义和毛主席著作，可怎么学也没能跟上队。认真地说，党交给我这指导员的担子，我还没有把它挑起来哩……不行！”他充满信心地说，“我还不到彻底休息的时候，我一定要争取回到连里来。现在任务没完成，我不能‘撤退’！”

一阵激动，使欧阳海控制不住自己的感情，他在门口轻轻地叹了口气。

“是欧阳海吗？进来！”曾武军在屋里说。

欧阳海轻轻推开门走了进去。他满怀着感激和敬佩之情，道出了全连战士的心意：

“指导员，我们在工地等着你！”

“你这个属虎的，今天是怎么啦？革命战士嘛，干吗唉声叹气的？”曾武军带着笑容问，“说说，东西都找回来了吧！班里的同志有没有碰伤、闹病的？”

“都挺好的。”欧阳海强忍着自己的激动，坚定地说，“指导员，你放心地去治疗吧，我们一定加倍地工作，一定要把这条路提前修通！”

“对，应该这样。”

远处传来了汽车喇叭声，关英奎起身迎了出去。

曾武军吃力地用左手从枕头底下拿出一份入党志愿书，眼睛里闪出异常兴奋的光彩。他说：

“欧阳海，党委已经批下来了，让我正式通知你：党接受你为中国共产党预备党员。预备期一年，从支部大会通过的那一天算起。现在，你可以作为一个党员正式参加党的组织生活了。”

“指导员……”欧阳海庄严地举起了右手，“曾武军同志，共产党员欧阳海向党保证：只要我还活着，我就竭尽全力为人民服务；只要我不死，我就为党的事业战斗到最后一口气！”

听声音，汽车已经在门口停下来了，曾武军说：

“支部本来指派我找你谈一次话的，现在已经没有时间了。记住，一个党员每时每刻都应该是这样：活着，为了党的事业战斗；死，为了党的事业献身。我们这个时代充满了尖锐复杂的斗争，斗争需要我们这样。我们的前辈们，整整战斗了一生。我们这一辈，我们的下一辈，下十辈人，还要继续斗争下去。那些什么名誉、地位、安逸、享受，任何时候都不是我们个人所要考虑的。一个党员，不能光看见自己，要眼观全国、胸怀世界。无产阶级的解放事业，需要千千万万个这样的人。只有有了这样的抱负，才能称他为共产党员，他们也才能成为全人类的希望。今天世界上出现的那些怕死鬼们，他们是不配被称作共产党，也不配被称作共产党员的。”

欧阳海目不转睛地望着支部书记曾武军，好像把这些话都一字一句地刻在自己的心上了。

曾武军欠起身子，指着桌上的书说：

“这三本《毛泽东选集》和两本《干部必读》——里边收集了革命导师马克思、恩格斯和列宁的一些重要著作——作为我祝贺你入党的礼物。支部要跟你谈的话都在上边。欧阳海，一定要好好学习马列主义和毛主席著作。它会擦亮你的眼睛，让你认清世界。我知道你已经读过一些了。但还不够。革命没有止境，学习也没有止境。一定要按照革命导师的教导，按照毛主席教导的那样去工作、战斗！”

欧阳海双手捧起指导员送的《毛泽东选集》和《干部必读》，深情地望着封面上革命导师们的画像，心里感到特别亲切。从马克思、恩格斯发表《共产党宣言》到现在，一百多年过去了。今天，自己这个讨米要饭、砍柴烧炭的娃娃，也成为威胁着资本主义旧世界的“共产主义幽灵”中的一员。他满怀激情地听着曾武军同志的嘱咐：

“你不是总在向往激烈的战斗生活，立志要当一个战斗英雄吗？欧阳海，照我看，仗是有得打的。作为一个党员，上了战场当然应该英勇战斗，不怕牺牲——这个，我相信你能够做到。”曾武军加重了语气说道，“可是更重要的是在还没有打起来的今天。你想想，我们要反对帝国主义，要反对现代修正主义，也要和我们自己存在的缺点进行斗争。所有这些，都需要我们站得稳，认得清，首先在自己的思想里打个胜利。这个战斗可不比战场上平和呀！”

欧阳海说："那次上党课你说过：和一切违背人民利益的思想、作风、习惯势力做斗争，就是激烈的战斗！"

"对，是激烈的战斗。"曾武军指着欧阳海手中的《毛泽东选集》和《干部必读》说，"指导我们进行这一系列战斗的胜利法宝，就是马列主义、毛泽东思想。一个同志，只要他时时牢记住革命导师的光辉实践，处处为党的利益着想，勤勤恳恳为人民服务，经常把世界上被压迫人民的苦难放在心上，并且说得到，做得到，那他就是今天的战斗英雄。我们学习董存瑞，不能只看到他立过多少次功，挂过多少颗奖章，首先是学他为了共产主义事业敢于粉身碎骨的崇高思想。长征老战士张思德，不声不响地为党工作着。尽管他是由于塌窑而牺牲的，党中央、毛主席同样认为他的死比泰山还重。因为一个革命者身上最可贵的东西，不只是他的贡献大小和获得荣誉的多少，而首先是他全心全意为人民服务的品质。欧阳海，如何正确地看待董存瑞和张思德，是你目前的关键。"

门外有了脚步声，救护车准备停当了，指导员要走了。欧阳海多么希望曾武军能再多说几句，能再多待一会儿啊。他慢慢走向床边，恋恋不舍地望着指导员消瘦苍白的面孔和那双同样依依难舍的眼睛。曾武军慢慢伸出左手。欧阳海紧紧把它握着放在胸前，两颗明亮的泪珠涌出眼眶，掉在曾武军的大手上。

关英奎和护士们走进来，小心翼翼地把曾武军挪上担架。欧阳海手扶着担架把指导员送上了救护车。车门关了，车上还响着曾武军稳重有力的声音：

"老关，冲垮的路基得赶快垒起来！完工的日期一定要提前啊！"

汽车开走了。欧阳海捧着指导员留下来的三本《毛泽东选集》和两本《干部必读》，望着远去的汽车，思潮像大海里奔腾叫啸的波涛，翻滚不停：

指导员啊！你走了，你用你的行动给我上了一堂最深刻的党课。你给我留下了学不完、用不尽的东西。一个革命者，一个共产党员，就应该像你这样。今天我们在建设着社会主义，不像战争年代那样，有那么多的桥形碉堡要用生命去炸，有那么多的机枪火力点要用胸膛去堵。但是哪一个岗位上都需要你这样的好党员，抛弃一切个人的私念，胸怀宽阔，全心全意地为党工作，永不停步，永不满足。这样的同志，哪怕他胸前没有奖章，哪怕他没有得到立功喜报，那他也是一个真正的英雄。

汽车已经看不见了，但是共产党员曾武军用他坚实的步子一步步走过来的那条英雄的革命大道，却清晰地在欧阳海眼前展现开来。

二十四　突击组长

青山缀上了片片红枫，工程进行到最紧张的阶段。笔直的路基垒高了，搬石运土更加吃力。洪水造成的返工，占去了可贵的时间，眼看按期完工已经非常困难。偏偏就在这个时候，很多同志又由于不适应水土而病倒了。

工地上，担土挑石的人流穿梭不停。欧阳海在想：上午的进度太慢了，应该设法在下午补回来。他嘱咐负责上土的同志，给他实实在在地装上一满担。装好了，又夺过锹来自己往上加了两铲，这才挑起来往路基上奔去。可是没走多远，他的速度就不由自主地慢了下来。他本来就是带着病来到工地的，紧张的劳动使他身体愈来愈虚弱，一直没有好利索的肠炎在半个多月以前又加重了。为了能继续留在工地劳动，他瞒着连长，瞒着卫生员，也瞒着全班的同志。他真担心今天坚持不下去了。可是曾武军那缓慢有力的声音，又在耳边清晰地响起来："一个党员，每时每刻都应该是这样：活着，为了党的事业战斗！"想到自己是一个党员，想起指导员的这些话，想到自己是为顶住现代修正主义者的压力而战斗，力量重新回到他虚弱的身体上来。

"干哪！"欧阳海喊着、叫着，挑起担子奔上路基的斜坡。刚上到一半，他的两条腿就不听使唤，身子左右摇晃，脚像踩在棉花堆里，迈不动步子。他知道不行了，连忙站住大喘了几口气，心里提醒着自己说："要坚持住，要坚持住啊！很多同志病倒了，欧阳海呀，你万万不能在这关键的时刻……"话还没说完，他觉得天黑了，地陷了，担子从肩上滑了下来，一头栽倒在斜坡上。

"班长！"走在后边的魏武跃，一把抱住欧阳海。只见他浑身湿透，脸色苍白，手心都冰凉冰凉的了。

欧阳海醒过来一看，自己正躺在魏武跃的臂肘上。他想起了刚才的情景，连忙推开小魏挣扎着站了起来，装出一副无所谓的样子说：

"这地方真滑，一不留神，摔了一跤……"

"什么什么？"

"我说自己不小心，摔了一跤，幸亏让你扶住了。"

"班长，你又来这一套了！没人再相信你这些鬼点子啦！还'不小心'哩。走吧，我们找连长去，你在他面前再摔一跤试试！"

"别，别别别……"

“那我们上医生那儿去。”

“我，我真是不小心才摔倒的。你想嘛，这，这人有失手，马有——”

“班长，失手也好，失蹄也好，凡事都有个原因可查。两条路：一条是告诉连长，一条是回班里躺着。任你自己挑。”

“好好好，我回班里躺着——摔一跤都不行，还要找个原因出来！原因，哼！”欧阳海嘟囔着回到班里来。

宿舍里已经躺着好几个同志了。欧阳海前脚刚进门，后脚跟就被卫生员小李踩住了。

“快躺着吧！早就叫你休息你不听。我再跟你讲一遍，闹肠胃病的人，身体无法吸收足够的热量，过多的体力消耗就一定会虚脱。这就是你马失前蹄的原因。怎么样，现在服了吧，没话讲了吧！”小李说着，把药和开水都送到床边放着，连体温表也塞到欧阳海的腋下来了。

欧阳海知道是魏武跃叫小李来的，一定还向他嘀咕了些什么，心里又窝火又不敢反驳。这总比让连长知道强一些。真要让连长知道了，恐怕连在班里躺着都不成，一准要架到医院里去。

“三十七度七，你看你看，连体温也不正常了！”小李取下体温表说，“好好躺着，两个钟头以后我再来检查。我也是小魏说的那两条路：一是乖乖躺着休息，一是我向连长汇报。”

欧阳海老老实实而又不太甘心地在床上躺着。这时，他才发现高翼中正坐在床上，一个人聚精会神地摆弄着一副扑克牌，还不时用笔在一张纸上写着什么。欧阳海想：“全班十来个人，一下就躺倒了两个，剩下的同志就更吃力了。这样下去，铁路怎么能按期完工呢？不行！连长知道就知道吧，反正我得上工去！”他一翻身坐了起来。

“班长，你躺不住了吧！来，和我一起研究研究这个：桥牌，‘不瑞基’。”

“什么，‘不垒基’？”欧阳海诧异地问。

“对，‘不瑞基’是外国叫法，就是桥的意思。这可以说是扑克牌中最复杂的一种打法。也是打对家的，但是叫牌很有学问，一个黑桃、红桃是三十分，一个方块、梅花是二十分，一个‘诺欧’——这又是个外国字，就是无主，是四十……”

欧阳海真被他说得六神无主了，挥了挥手，打断他说：

“我对这个一窍不通，也没兴趣。”

“咳，兴趣来自对一个事物的深刻认识和急于掌握它的规律的决心嘛！”高翼中滔滔不绝地向欧阳海介绍桥牌的奥妙、打法和他自己为什么要在纸上计算分数。“别的不说，打‘不瑞基’，光记分就是一门学问。”

欧阳海早就听得不耐烦了，好不容易才插上一句话：

“行啦，小高！我脑子笨，又没有文化，你说了半天我一点也没听懂。”他停了停，试探地说，“小高，摆弄这个有啥意思？你要是觉得闷得慌，我们俩上工地去吧。上工地垒一垒路基，总比你在家里‘不垒基’强。再不就给同志们上上土，修补修补箩筐。这也算是一种休息嘛！”

“是啊，你文化水平不高，一时也难对这种复杂的游戏发生兴趣。不过我劝你就在屋里休息算了。班长！我老早就对你有个意见。”高翼中拿起了扑克牌说，“你就是不太尊重科学。从生理上讲，人的精力是有限度的，可你总是蛮干。娱乐可以调节身体各部门的机能，你又不干。”

“小高，我看你这会儿精神挺好的，我们还是去找点轻活儿干干。科学当然应该尊重。可是任务这么紧张，同志们都挺累的，总不能都躺倒不干。为一点小病就待在屋里，心里也‘诺欧’嘛！”

“难受我也得待着。这是从革命利益出发来考虑问题。上级也说过，身体是革命的本钱嘛！”

欧阳海一听，心里有点火。他拍拍胸脯说：“这个‘革命的本钱’是用来干革命的。现在革命需要我们加紧工作，党号召我们用自力更生、奋发图强的精神来建设社会主义。知道不，听说按期完工已经非常困难了。在这种情况下，我们怎么能够因为有点小病就心安理得地躺着哩！”他把小高最近的表现和同志们对他的意见都谈了谈，最后说，“小高，你好好想想，你思想深处是不是有点怕苦怕累……”

“我怕苦怕累？”高翼中打断他的话，分辩道，“谁不愿多做工作？谁都想！要是现在革命需要我去开飞机，你看我能不能坚持！……可是现在那些不怕苦不怕累的同志也不过是多挑了几担土，这有什么了不起的。再说，我在家休息也是医生批准，连长同意了的。”

欧阳海真的火了：“多挑几担土没什么了不起？那……那你就躺在家里研究你的‘不垒基’算了！”说完扭头跑出门去。

欧阳海刚跑不远就站住了，心里又是气又是后悔。气的是小高这个同志怕苦怕累不说，还为自己辩护。按照他的想法，要是遇到隆化的桥形碉堡，要是遇到上甘岭的机枪火力点，他能拿出自己的“革命本钱”扑上去吗？眼前，革命只要我们多挑几担土，多流几滴汗水，可是他连这点“本钱”都不愿拿出来……可是冷静一想，又觉得自己刚才的态度不对。他是有点小病，不该把他平时的表现和今天的事扯到一起。再说自己是个党员，又是他的班长，对一个新同志怎么能这样呢？对新同志要有耐心，应该一步步地帮助他、启发他。领导上嘱咐过好几次，要自己耐心些，别想一口吃成个大胖子……

欧阳海又回到屋里，对小高说：“刚才我说话的声音大了些。这是我的不对，我向你检讨。”说完，他拿起纸和笔趴在床沿上，认真思考着，准备写一份提高工效的倡议书。

同志们不声不响地收工回来了，听不见往天的歌声和嬉笑。欧阳海从小魏嘴里了解到，今天的任务完成得很不好，全连各个班的指标普遍下降。闹肠胃病的同志越来越多，人人都觉得有些力不从心了。

欧阳海拿着自己草拟的倡议书在想：路要是不能按时修好，就要影响国防工厂的建设。欧阳海呀欧阳海，骨头硬不硬，就看你能不能在这关键的时刻，和同志们一道创造出实际经验来，就看你能不能拿出曾指导员的革命干劲，咬牙挺住！对，我一定要用实际行动来证明这个说法：共产党员就是用特殊材料制成的。

连里几个干部连晚饭也没有吃，立即召开了一次紧急会议，研究如何提前完成任务的问题，也全面分析了一下同志们的健康情况。大家一致认为情况很严重，但是任务一定要提前完成。这不是一般的工程，这是一场战斗！它关系到靠我们自力更生建设的国防工厂，能不能按期建成。这可是长革命人民志气的大事，应该拿出奋发图强的精神来战胜眼前的困难。具体做法上，有的提议各排成立突击组，开展红旗竞赛。有的认为这样做目前怕行不通。

“是要认真考虑一下，”关英奎站起来说。自从指导员住院以后，他好像大病了一场，眼窝深深凹进去，带棱的嘴角也无力地耷拉下来了。“成立突击组是没有问题的，只要支部一号召，肯定有人出来挑起这个担子。问题是突击组能不能坚持得住？”

关英奎的话有道理。突击组能否挺得住，谁都没把握，因为干部们自己也感到体力跟不上了。

“报告！”欧阳海站在门外喊。

“进来吧。”

“连长，这是我们全班的倡议书。”欧阳海把手里的纸条交给关英奎，“我们建议在全连开展一次‘自力更生、奋发图强’红旗竞赛。”

“好！”关英奎把他拉到桌子边坐下，说，“你仔细谈谈，连里正在研究这个问题。”

“班和班之间赛进度，比质量；炊事班和卫生员比搞好伙食、照顾好病号；干部之间——我们这是乱想的——比组织分工细致，劳力安排合理。按天评比一次，流动红旗跟着最先进的单位走。”

“我再替你补充一点：把连部的勤杂人员充分发动起来，让那些体力弱一些的同志，负责修补工具，搞好后勤。这不等于又增加了两个班吗！”关英奎问道，“你们说呢？”

“这点我们倒没想到。”

“你们的建议不错，好！”关英奎连声夸奖着这个十九岁的小班长说，“问题是你们班能不能坚持住啊？”

“这要看怎么说。按常规，我们连拉回去休养半个月，也不为过；可现在是什么时候！”欧阳海的声调变得格外有力，“‘自力更生、奋发图强’嘛！从这个道理上讲，我们班能够坚持住！任何一个革命者，都应该坚持得住。”

欧阳海和四班的建议，特别是欧阳海战胜困难的劲头，使干部们增强了信心。支部决定立即开展红旗竞赛。在研究了具体措施以后，关英奎站起来强调说：

“首长说过，这次任务是一场新的战斗，要求我们每一个革命者，拿出最大的力量来。这次竞赛一定要搞起来。支部号召全体党员，要干在头里，干部在工地指挥的时候，也要扁担不离肩膀头。从明天起，连里所有干部一律下到班里去，就在现场指挥，担着箩筐处理问题。”

晚上，举行全连军人大会。关英奎拿着一面写着“自力更生、奋发图强”的红旗，宣布突击组的竞赛条件和评比办法。连长的话音刚落，欧阳海跳上台去，一把把红旗抓在手上，大声说：

“同志们！头一天，没有评比，不知道谁是第一。这红旗给我们四班突击组先借来挂一天。我们向全连挑战，希望其他班的老大哥们早点从我们手上夺过去。不过嘛……”他向台下的小魏挤了挤眼儿。

魏武跃从人群里站起来喊道：“我们不答应！”

四班的十来个战士，忽地一下都站了起来，齐声喊道：

“我——们——不——答——应！”

就像在会场里点燃了一挂鞭炮，全连各个班都叫了起来。这个喊“等着瞧吧”，那个说“大话别说得太早”……咋呼闹喊，十分热烈。关英奎怎么摆手大家也静不下来。

“静一静！静一静！”他放开那洪钟似的嗓门叫着，“红旗先借给四班挂一天，有能耐的，你们明天就去夺嘛！”

坐在台下的卫生员小李，一见连长真的把红旗给了四班，连忙站起来说：

“报告，欧阳海他——”

魏武跃没等他把下半截话说出口来，就一把把他拉回小板凳上坐着，神秘地说：

“革命需要！”

“小魏！你怎么又‘晃荡’起来了？”小李朝他直眨眼睛，“头先你说，欧阳海目前最重要的就是休息，注意身体，怎么这会儿……”

“同志，这会儿最重要的就是国防工厂、铁路！”小魏小声说。

“你怎么一会儿一变呢？”

“这可不能叫晃荡。”小魏想了想，“这也是革命需要！懂吗？”

清脆的军号声传遍整个工地，欧阳海第一个挑起双担奔跑起来。

“高举革命红旗，干哪！”欧阳海喊着。

“高举革命红旗，干哪！”四班呼应着。

“干哪！……”整个工地沸腾起来了。刘伟城率领一班奔跑着；关英奎领着连部勤杂人员组成的突击组奔跑着；一行行的人流，在路基的斜坡上川流不息。喊声、笑声中还夹着一些善意的挖苦话和亲昵的叫骂声，混成一片。

第一天晚上评比，红旗是欧阳海突击组的。连着一个星期，谁也没把红旗夺走。整整一个半月——一个半月啊！欧阳海突击组的红旗不倒。

欧阳海，他像颗刚刚出膛的炮弹，带着呼啸，有力地奔跑着。他就像根本没有生过病。他就像从来不曾疲倦过。

自力更生、奋发图强，鼓起了整个工地的干劲，抢回了可贵的时间，眼看提前完工不成问题了。全连为欧阳海的突击劲头感到诧异，就连最熟悉欧阳海的关英奎也觉得这个战士不可理解：他哪儿来的这么猛的干劲呢？他到底是什么材料制成的？……

有一天晚上，关英奎查完铺回来，发现草棚门口有个黑影蹲在地上在干什么。他急忙走了过去。

"谁呀？"

那人没回答，起身要跑。

"站住！"关英奎捏亮了手电，"欧阳海！你在干什么？"

"没，没干啥。"欧阳海惊慌失措地抓起地上的一个什么东西往背后藏，面前是一个小木盆。

关英奎夺过来一看，是白天换下来的一条内裤，欧阳海正偷偷在洗着……

"你！……"关英奎只是叫了一声，没有再说下去。他想起了欧阳海一直在患着慢性肠炎，想起了这一个多月的突击竞赛，他也找到了完全可以理解的答案：一个共产党员，当他认清了目前的形势，懂得了自己挑几担土，修一段路，是紧紧地和全国自力更生的伟大事业结合在一起的时候，从他身上爆发出来的力量是难以估量的。干劲来自对党的忠诚，对共产主义事业的责任感！

这是多么惊人的毅力啊！每天十多次腹泻，怎么能憋得住！这么艰苦的劳动，加上身体极度虚弱，粮食又供应不足，怎么能受得了！但是新党员欧阳海都挺住了，战胜了。欧阳海，用他无比顽强的意志，表达了他对无产阶级解放事业，对祖国人民的无限忠诚。他用实际行动证明，他是一个骨硬心红的坚强战士，他是一个用特殊材料制成的共产党人！

刚刚入党的欧阳海，在英雄的大道上，迈开了坚实的步伐。他昂首挺胸，阔步向前。

二十五　第三次立功

两山之间的洼地变了模样：一道高大笔直的梯形路基，巍然矗立，两条乌黑发亮的铁轨伸向远方。铁轨下，有无数粒碎石，颗颗碎石上都凝聚着战士们的汗水和忠诚。通车的日子临近了。

欧阳海独自一人在铁路上走着。他不时停下步来，用手摸摸铁轨的衔接处，不时又跳到铁轨旁的泥地上使劲踹几脚——他害怕路基不结实。很快地，他又为自己的幼稚行动感到可笑。难怪他哟，用自己的双手和肩膀头垒起来的铁路上，就要通车了，成千成万吨的物资、器材，将要通过它，运到我们自力更生修建的国防工厂里去，他怎能不在兴奋之中，又提着颗心呢！

前边不远，有个铁路工人正在路边挖着什么。欧阳海紧走两步赶了过去。

“老师傅，干什么呢？”

“挖个坑坑，栽个牌牌。”

“我来！”欧阳海接过镢头挖起来。等把木牌栽好了，才发现上边写着：

严禁在铁路两旁牧放牲畜

“这是什么意思？”欧阳海指着木牌问。

老工人讲：“就是不准放牛放马嘛。”

“哦，怕它们把路边的树苗啃了。”

“不光是这个。”老工人说，“牛马的皮又厚又滑，火车轧不烂，要是叫它们闯上来了，那要出恶性事故！”

“恶性事故？”

“翻车。”

欧阳海摇摇头笑了：“我又不是个细伢子。老师傅，你哄我做么事啰？上百吨重的火车头，碰上个牛马还不把它轧得稀碎！”

“你是不懂啊，小同志。解放前，我在粤汉路一个小站上当检道工。一列火车刚出站就轧着一条水牛，活牲口的皮韧劲大，一家伙从车头到车厢，翻了八节，死伤几百号人哪！”

“那是碰巧的吧！”欧阳海还是不信：牛皮马皮再韧，也抵不过火车的大铁轮子呀。

“不是碰巧！牲口撞上了火车，车轮底下是上下两层皮，滑溜溜的只要垫起半边车轮，就非出轨不可。我在铁路上干了四十几年，亲眼见到一次，耳闻的，总有那么七八次。”

“啊？”欧阳海从老工人那严肃认真的语气中，感到问题的严重。他说：“那，那可要小心哪！”

“就是。这一带刚修好铁路，老乡们不懂这个道理，牲口又容易受惊，弄不好就可能出事。”工人指着木牌说，“这种牌牌要多栽几块，还要开开会，请公社的干部向老乡们讲讲哩。”

“走！”欧阳海扛起镢头说，“我跟你一路去栽。”

“不啰，前头我们有好多人哩。”

远处传来小魏的喊声：“班长！……欧阳海！”

欧阳海告别老工人往回走，心里还在想着牲口皮厚，火车轧不烂的事：“是啊！一条铁路，修起来虽不容易，可是修好了以后，还要多少人为它操劳啊！”他不时回转头，深情地望着老工人的背影。

“班长，连长找你好半天了。”小魏跑到跟前来说。

“什么事？又有什么新任务吗？”

“任务？你想得倒好。好像说要找你算账！”

欧阳海明白了。他想起出发的那天晚上，连长在大风大雨里喊过：“到了地方我再找你算账！”来到工地以后，尽管医生一直不停在给他治病，领导上又一再强迫他休息，可他却没能很好地服从组织的照顾。现在，几个月拖过去了，“账”也真该“算”了，唉！……他急忙跑了回来。

“欧阳海！”关英奎站在窝棚门口对他说，“收拾东西，准备住院去。”

“是！”欧阳海回答了一声，二话没讲就进了屋，真的整理起行装来。

“出来出来！”关英奎早准备好欧阳海讨价还价的。见他这么老老实实就答应了，反而感到意外。“你，你没有什么意见吗？”

“没——有！”

“也没有什么要求？”

“要求嘛……”欧阳海望着连长笑了笑，犹豫了一会儿，还是干干脆脆地说，“我服从组织上的决定，什么要求也没有！”

“不错，有进步。”关英奎满意地笑了笑，“那我替你提个要求吧：等参加了通车典礼再去住院。怎么样？”

欧阳海死盯住连长紧绷着的嘴唇，在考虑他这句话的可信程度：是故意逗我呢，还是真的？他想了想，觉得连长这话不保险。他说：

“连长，我心里可没敢有这个意思。”欧阳海把“没敢”这两个字吐得格外清楚。

“什么敢不敢的？我说的是真话！……你这个小鬼，今天倒学乖了。告诉你吧，明天上午就通车啦！”

“明天通车！……这是真的？”欧阳海满脸兴奋。

“真的！指挥部刚刚来的电话。”

欧阳海高兴得跳了起来。他撇开连长撒腿就跑，边跑边喊着：

“同志们！我们的铁路提前通车了！提前通车了！”

同志们都放下手中的活计，欢呼，跳跃。整个窝棚都喧腾起来了。

第二天一早，战士们个个收拾打扮了一番，把压在枕头底下、平平展展的新军装也拿出来换上了。部队整整齐齐列队来到铁路边上。俱乐部的彩旗打出来了，锣鼓也搬来了。团里还组织人连夜搭起一个松柏彩门。彩门两边写着一副醒目的对联：

自力更生奋发图强两根钢骨铺天下

高举红旗永世革命一片丹心为人民

横批是四个大字：

骨硬心红

锣鼓已经敲了一通又一通，还不见火车开来，大家急得像什么似的。小魏歪着脑袋把耳朵贴在铁轨上，说是这样能听见远处的火车声。

“听见了没有？”急性子的人在问。

“别吵！这玩意儿最忌讳的就是有人在旁边吵吵。”小魏像正在进行一次伟大的发明创造似的，非常严肃地制止大家，“你们都走开点！”

有的同志一边往后退，一边关心地问：

“你这办法……行不行啊？”

小魏急忙摆摆手，继续认真地趴在铁轨上。他紧锁着眉头，煞有介事地待了好一会儿，忽然叫了起来：

“注意！来了，来了！”

大家伸长了脖子朝东边张望着。五分钟、十分钟过去了，连个影子都没看见。

“火车呢？”大家追着小魏找他要。

“奇怪！我刚才就是听见了的嘛。”小魏一边躲一边说，“人家听得清清楚楚的，那边的一个大个子站长把小旗一挥，喊了一声：‘开车！’”

“哦！”大家知道上了当。有人说：“就算能听见火车，你还连站长怎么挥旗、个子有多大都听见了？快抓住他，蹴这小子！”

关英奎把欧阳海拉到一边坐下，问道：“欧阳海，让你去住院，你真的没意见？”

“真的没有，连长。”

“那就好。为你住院这个事，政委已经批了我好几次了。我这个人你知道，毛手毛脚的，指导员一走，工作又忙点，把你闹病的事也放在一边了。你怎么能在每天十几次腹泻的情况下，参加那么重的体力劳动呢！为这事政委自己都做了检讨，说他对下边的情况不了解，关心不够……好，不谈这个了。”关英奎换了个语气说，“这回你一定要好好去休养一个时期，把身体养好了，有多少革命工作在等着我们去做啊！”

政委为下边一个普通战士带病坚持劳动而做了检讨，这件事使欧阳海心里暖烘烘的，又像是感动，又像是对不起政委，一种说不出来的感情在他心里回荡。

“这次一定要安心休养，不准记挂连里的事，等彻底好利索了再出来。啊？”

“连长，你放心，我一定好好治病。我把曾指导员送给我的三本《毛泽东选集》，还有马列的书都带着哩，我结合着认字、学文化，把革命导师的书好好读一读。”

“对。要好好学习马列主义和毛主席著作。一个党员，光有为共产主义事业奋斗到底的决心是不够的，还必须懂得如何去奋斗。马克思、列宁和毛主席在书里边把如何革命、怎样斗争，特别是如何认识世界、改造世界的这些道理都讲得很清楚，很具体。学好了，革命路上就会少碰到一些坎坷；学不好，怎能担当起无产阶级先锋战士改造世界的历史重任呢！”

“是。我一定努力。”

“你……”关英奎想说什么又咽回去了。停了好半天，才慢吞吞地说，“你到了医院，打听一下……咱们指导员，到底还能不能再回到连里来。”

曾武军送走两个多月了。两个多月中全连的干部战士无时无刻不在惦记着他。前些时听说伤势还没有彻底好。最近团首长专门派人到医院去看望过，据主治医生讲，曾武军需要长期休养，治好以后，也不能回部队工作了，至少是不能再回到连队里来。因为他的健康情况已经无法适应战斗连队的紧张生活。

可是同志们都不甘心，都盼着指导员早一天出院，早一天回到连里来。

“欧阳海，我差点忘了告诉你。”关英奎换了个话题，很明显，是为了要冲淡刚才的气氛，“支部决定给你记一次三等功，给你们突击组评了个集体三等功。营党委已经批下来了，过两天就正式宣布。”

“连长！”欧阳海一下站了起来，“我……”

“喜报发下来，我替你邮回家去。”

“不！连长，别寄了。”

欧阳海入伍还不到两年，就连续立了三次功。头两次他是那样的高兴，觉得自己很不错，离“战斗英雄”不那么遥远了；这次立功，却使他心里忐忑不安。他在问自己：我究竟做了些什么了不起的工作，值得党一次又一次地把这么大的荣誉给我呢？和指导员、连长及其他干部当然不能比，就拿周围的同志来说，不管是小魏、大个子，还是其他的战友们，为了完成这次自力更生修建国防工厂的光荣任务，谁都尽到了自己最大的努力。在紧张的施工中，人人都怨自己只生了一双胳膊，一双腿，不能为革命挑更重的担子。一条铁路修成了，这是多少人的劳动，多少人的汗水的结晶啊！自己只不过和大家一样，担了几筐土，垒了几方石。光凭自己，就连半根铁轨也铺不成。何况班里还存在问题，对高翼中同志的帮助也不够。用一个党员的标准来要求，哪一条都还需要自己继续努力。他深刻地认识到：立功，胸前那朵纸扎的大红花，分量真不轻啊。它是信任，是鞭策，也是更重的委托和期望。怎么我头年戴上红花的时候，竟会产生飘飘然的感觉呢？今天，我应该怎样回答党的信任，接受同志们的鞭策，不辜负组织上的委托和期望呢？欧阳海深深感到肩上的担子更重了。如果是一担土，自己可以咬咬牙把它挑起来，要挑一朵红花往前走，就不单是咬咬牙的问题了，需要自己学习、学习、再学习。这时，欧阳海才明白过来：大红花，不是一场胜利战斗的尾声，而是一场新的、更激烈战斗的序幕。

关英奎见他低着头在想什么，深沉地说：“欧阳海，火车头是个了不起的东西，要是它甩掉了车厢，单独往前跑，那就没有多大的用处了。一个党员，一个班长，最首要的任务就是把群众带动起来。”

欧阳海明白了连长的批评，默默地点着头。

长长的列车，发出粗壮有力的排气声，缓缓地开过来了，锣鼓敲了起来，彩旗舞动着，口号声此伏彼起；干部们高兴得像一群稚气的战士，战士们高兴得像一伙嬉戏的娃娃，铁路两旁的人群像煮滚了的水。

司机从车窗里探出头来，紧张地注视着路面。他的神情立刻感染给所有在场的同志，大家都静下来，恢复了常态，连气也不敢大喘了。火车将从大家亲手垒起来的路基上开过去，就像从自己手膀子上驶过一样，它能不能经受住火车的巨大压力呢？

火车缓慢而又平稳地开过去了。战士们从心底爆发出一阵欢笑。劳动的成果已经在为社会主义服务了——这是革命者最大的愉快。欧阳海看见车上装满各式各样又高又大的木箱，上边清晰地印着方方正正的汉字：

北京机器制造厂

沈阳机械厂

上海仪器厂

…… ……

关英奎看着看着，想起了刚到工地来的那天，碰着一位汽车司机，把一堆刻着外国字又缺少主要部件的傻大黑粗的机器拉走的情景，心里不觉自豪地笑了起来。抬头看，彩门上边那副对联，正迎着朝阳放着金光。“这真是坏事变成好事啰！”他轻轻地喊着：“中国人民是有志气的！勤劳、勇敢的中国人民能经受住任何风浪，我们什么也不怕，天是塌不下来的！”

欧阳海跟大家一起，兴奋得不知道喊了些什么。当他突然发觉高翼中正站在自己身旁的时候，想起了刚才连长关于“火车头”的谈话，就像被马蜂在喉咙管上蜇了一针，立刻沉默下来。小高没有跟着整个列车往前跑，在半路上停下来了，自己作为一个小小的车头，没有尽到责任。工作上出了问题，可是党没有批评，反而又给了荣誉。作为一个党员，班长，自己要带动班里这十来节“车厢”。我怎样才能不辜负组织上的委托，起到一个小小的“火车头”的作用呢？

火车加快了速度，朝着新建的国防工厂飞奔而去。欧阳海周身的血液，也随着列车的节奏奔腾起来。他在想：共产党员就应该是个“火车头”，只有组织、带动起千百万群众，共产主义的理想才能早日实现。我得争取早点出院，快点回来，缺点等着我去改正，任务等着我去完成！

第六章　“火车头”

二十六　阶级兄弟

在党中央、毛主席的关怀和指导下，中央军委召开了会议，总结建国十一年来军队政治工作的成绩，并对新形势下我军的政治工作，指出了明确的方向。人民解放军遵循毛主席的建军思想，高高地举起毛泽东思想的红旗，在加强革命化，加速现代化的道路上，加快步伐，向前飞跃。

欧阳海踏着这个新的时代节奏，精神焕发地从医院赶回连队里来。

一进营房大门，就碰见了连长关英奎。

“你回来了！”关英奎用挑剔的眼光，上上下下、仔仔细细地打量着欧阳海。然后不太相信地问，“这么快就出院了？”

“连长，还快呀？一个多月啦！”

“好利索了？”

“全好了。”

“不、不是开小差回来的？”关英奎紧绷着脸，嗓门嗡嗡地说。

“不是。”欧阳海急忙把出院证交给连长，简单地汇报了住院的情况，“……我上个月底就盼着出院了。”

“那干吗不等下午坐车回来？”

“还能等到下午啊，连长！”欧阳海长长地舒了一口气，“这一个多月呀，可把我憋坏了！”他这是说的实话。洁白的医院、洁白的病房，洁白的病床、洁白的床单，这洁白安静的一切，确实是欧阳海无法适应的。他生性好动，他从来躺不住。在他看来，这片白色的天地里唯有那个红十字，还像朵战斗的火花，还能带给他一丝激动的幻想。要不他早就开小差溜回火热的连队里来了。当医生一批准他出院，真恨不能展翅就飞。他说：“连长啊，你没受过那个憋，不知道那股难受劲儿！我想，哪怕早一分钟回来也是好的。办完出院手续，七点五十分整，我就搞了个小演习，来了个三十公里急行军。”

关英奎看了看手表：“不错，三十公里用了不到四个小时，平均每小时十六华里，符合实战要求。好，有那么股严肃紧张的劲头！”关英奎这时才使劲地握着他的手，“连里正缺人手，领导上决定你担任三排的副排长。”

欧阳海吃惊地半张着嘴巴望着关英奎，心里有点犯愁。他记起连长曾经对他说过，火车头是个了不起的东西，要是它甩掉了车厢独自往前跑，那就没有多大的用处了。当干部，最首要的任务就是把群众带动起来……他想：“副排长的任务，是要和排长一起，拉着一个排往前跑啊，我……”

关英奎见欧阳海半天没吱声，便擂响了他的那口钟：“怎么，是不想干，还是没兴趣？”

“干革命，哪能光凭兴趣？我，我是干不了啊！”欧阳海恳切地说。他心里想：作为一个班长，我还没能带着全班往前跑，这副排长的担子……

“有啥干不了的。我们当战士那工夫，营长团长也都才二十郎当岁。听说红军时期，二十来岁的师长就不止一个！”

欧阳海没吱声，急闪了两下眼睛。

“你不相信，是吧？”关英奎深沉地说：“长征路上，我们有个年轻的师长，名叫熊开发，年纪刚刚十八岁。他作战勇敢，每战必胜。吓得敌人心惊胆战，恨得敌人咬牙切齿。在一次战斗中，他不幸负了伤，被敌人抓住了。敌人把他绑在大树上，用三门大炮对准了这个年轻的指挥员……可见这个十八岁的师长，在敌人心目中是多么可怕！”

参军还不满两年的欧阳海，确实被副排长的担子难住了。他想：“我怎么能和那些革命老前辈相比呢？自己要经验没经验，要文化没文化，作为一个小小的‘火车头’，我连班里的那十来节‘车厢’都还拖不走哩。马力不足啊！”

关英奎好像看透了欧阳海的心思，从抽屉里拿出一封信来，说道：

“老曾前几天给我来了一封信，给你捎来一样东西。你看看吧。”

欧阳海接过来一看，是一份有关熊开发烈士英雄事迹的学习材料。他说：

“连长，我一定好好学习革命先辈的英雄事迹。可副排长我真是干不了。你知道，我连一个班都没带好，马力不够，拖不动啊。”

“马力不够，那就学习、学习、再学习。欧阳海，我们现在该有多么幸福！党中央、毛主席给我们把前进的道路指得多么明确。人民解放军从无到有，从小到大，靠的是毛泽东思想，这是几十年来的成功经验所充分证明了的。”关英奎语重心长地说，“只要我们深刻地领会了毛泽东思想的精神实质，坚持在一切工作中用毛泽东思想挂帅，那我们就一定能够完成上级交给的任务。”

“可是我这点水平……”

“水平也不是天生的，水平是慢慢提高的嘛，怕什么！有了困难，遇上了问题，可以直接向马列主义、向毛主席著作求教。战争年月，哪有这样好的学习条件，难得得到一篇油印的毛主席著作，同志们在堑壕里互相传着读；今天呢，阅览室里有马列的经典著作。《毛泽东选集》第四卷也出版了。只要我们善于学习，学习革命导师观察、处理问题的辩证唯物主义和历史唯物主义的观点和方法，用它来指导我们的行动，那还有什么样的困难能拦住我们，还有什么样的担子我们不敢挑哩！”

“连长，我坚决服从组织分配，希望支部多帮助我。我一定尽最大的努力，完成上级交给我的任务。一边学习，一边工作。”

“对，应该有这样的态度。你现在是副排长了，连里对你的要求会更严一些。目前你们三排就数高翼中的问题比较多一点，可不能像过去那样，甩掉了这节‘车厢’自己往前跑。记住，作为一个副排长，最主要的是政治挂帅，掌握排里的思想动态，用阶级分析的方法，抓住思想本质问题，集中力量打好兴无灭资的思想仗。部队马上要进行阶级教育，你好好琢磨琢磨这个问题。”

“是！”欧阳海忽闪着两只大眼睛，正在琢磨连长的这些话……

龙腾虎跃般的连队，突然换了一个气氛。操课后，开饭前，同志们满含着对旧社会的愤怒在唱新学会的《谁养活谁》。球场旁边的喇叭筒里，经常播出杨白劳和喜儿悲愤的歌声。部队遵照党中央、毛主席的一贯教导，为提高广大指战员的阶级觉悟，为加强全体干部、战士在党的领导下的坚强团结，正广泛深入地开展诉苦运动。

支部书记关英奎动员以后，同志们都低着头在搜寻那些渐渐被忘却的往事。欧阳海作为排的诉苦典型，正在准备发言。他拿着一个小本，独自在操场上徘徊，一时还想不出该从哪里谈起。解放才十来年，变化有多大啊！从经济上看，初步翻了身，吃穿虽不算富裕，但至少不冻不饿了；从政治上看，那变化更大：如今全家都是当家作主的公社社员，社里有个大小事情，谁都可以过问，谁都可以管——民主办社嘛。那年选县人大代表，连妈妈都用选民证领来一张选票，在她信得过的人名上画了个圆圈圈；过去谁能梦见这样的事啊……可是诉苦会上，总不能光谈这一类的事情啊！

远处，喜儿悲愤的控诉声正断断续续传来：

……　……

爹出门去躲债，

整七那个天；

我盼我的爹爹，

回家过年。

……　……

欧阳海一边听着喜儿的歌声，一边继续在操场上来回走着。他自言自语地重复着：过年，过年，我从哪里谈起呢？我从哪个年谈起呢……

走着走着，欧阳海觉得脚下软乎乎的。低头一看，才发现自己不知不觉走到操场边上那摊积着雨水的洼地上来了。鞋被打湿了，湿土地上踩出了一行脚印。这一行脚印，不就是从老鸦窝到莲溪那十五里风雪地里铺过来的吗？这一行脚印，把欧阳海带回到莲溪镇上挨门乞讨的悲惨的童年。妈妈那紧锁着眉头、嘴角微微抽搐着的痛苦面影在眼前打转，耳边好像又响起了四妹子嘶哑的哭声……“是啊，我可怜的四妹子就是那年的年三十晚上……饿死的。”他翻开小本，打算把这些事记下来，想了想又把本子合上了。十几年的岁月流过去了，可是这些伤心的往事就像发生在昨天。一闭上眼睛就能看得见，伸手就能摸得着。记什么呢，欧阳海家的苦事苦情是倒不尽，诉不完的！

俱乐部换上了素装，墙上贴着许多同志的家庭血泪史和白纸黑字的醒目标语。同志们一排排地坐在小板凳上，个个都低着头在回忆着伤心的往事。

欧阳海站在前边，低头望着脚尖在述说自己风雪中的童年。他从差点被扔到雪地里谈起，谈到起名，男扮女装，以及哥哥被抓丁，讨米的姐姐嫁不出去；又谈到窑门口的风雪，地主刘大斗家的恶狗恶人。他沉痛的控诉和同志们隐隐啜泣的声音混成一体。整个俱乐部沉浸在一片悲痛肃穆的气氛中。

“……我家四妹子就是那年年三十晚上活活饿死的。初一一大早刘大斗夺了地还不算，还把我爹爹抓到乡公所关了两个多月。是我妈去到镇子上，用剪子剪下她自己胳膊上的一块肉，送给地主的小崽子煨汤喝，这才把爹爹赎了回来……那时我还不晓得我妈生我们兄弟姊妹七个，在我出世前后，就饿死了四个！从我记事到解放，我就不晓得什么叫‘暖和’，什么叫‘饱’。饿了，喝一瓢凉水；冷了，往身上加一把草。那老鸦窝的寒冬腊月冷死人哪！我家苦撑苦熬，要不是来了共产党，我欧阳海还不像那四个姊妹一样，早就饿死在山里、冻死在风雪中了……”

听着欧阳海的苦情，勾起了同志们各自的凄怆往事，有人轻轻哭了起来，有的同志攥紧拳头，一拳一拳地向地上砸去。整个三连处在悲痛之中。

欧阳海极力控制着自己的眼泪，继续说道：“妈说我这条命是从雪里捡回来的，我说我这条命是共产党给我的。今天，党要我干什么我就干什么；革命需要我去牺牲，我起身就把命拿出去。同志们！为了不让那人吃人的旧社会再回来，为了让新生的孩子不再活活埋到雪地里，我欧阳海一定豁出这条捡回来的性命，为人民战斗到最后一口气！”

欧阳海结束了自己的控诉，一脚轻一脚重地回到自己的座位上来。同志们哭声不断，会开不下去了。关英奎站起来，宣布休会十分钟，让大家冷静一下。

一个声音从人堆里传来：

“等一等，同志们，让我先说！”随着喊声，一个战士踉踉跄跄地跑上台去。

一开头，他极力控制住自己的感情，平静地叙述着。他家住在汉口，娘早死了，剩下爹爹和他们姐弟两个。爹爹给一个开医院的外国老板当听差。三十年里，起早贪黑地替这个外国老板卖命，还是填不饱一家三口人的肚子。当牛当马累到老年，得了吐血病，被一脚踢开不管。在医院进进出出三十年哪，最后竟然死在医院的大门外边。剩下他们姐弟俩没吃没喝，眼看日子没法活，忽然那外国人发了“善心”，要介绍姐姐到他的医院里去当什么“看护”。

“……我起初还以为那个外国老板是一番好心。”那个战士说着说着声音变了，“没想到姐姐有了医院的工作，身体反倒变得更坏，每次下班回来，脸色和她的罩衣一样苍白。有时坐在板凳上好好的，一站起来就昏倒在地上。我问她是不是累了，是不是病了，她光是哭不肯告诉我。有天，医院的老门房把她抬了回来，这时我才知道，外国老板不是让我姐姐去当什么‘看护’，她是……”那战士紧咬着自己的嘴唇说不下去了。

欧阳海猛地抬头往台前一看，完全没有料到，发言的战士正是高翼中。他急切地问：

“你怎么不说了？你快讲啊！”

“……我姐姐小时候得过好几次重病，外国老板说她的血里边有好几种免疫力，让她当‘看护’，就是为了每天抽她的血。难怪他发起‘善心’来，他是拿活人做试验！他是把我的亲姐姐当成了一架造血的机器……欧阳海的妈妈用胳膊上的肉还债，我姐姐每天用身上的血换回两餐伙食钱。旧社会谁把我们当人哪！”高翼中捶打着自己的胸脯说，“可是我今天，流点汗我嫌累，多干点工作我叫苦……我，我还对得起谁哟！”

这一句话一行泪的控诉，像无数颗尖针刺在欧阳海的心上，他激动得站起来喊着：

“记住这笔民族恨！”

“高翼中的苦就是我们大家的苦！”魏武跃振臂呼应着。

“为阶级兄弟报仇！”

“为阶级姊妹讨还血债！”

悲痛化成愤怒，仇恨变成力量。不再有人哭泣，不再有人叹息。一双双充血的眼睛望着地下，一个个握紧的拳头挥动起来。俱乐部里口号震天……

……高翼中在床上躺着，两只眼睛又红又肿。欧阳海端着一盆面条进来。

“小高，一天多不吃饭怎么行？快起来把面条吃了。”欧阳海盛好一碗送到他的床前。

“谢谢你，副排长，我真的吃不下去。”

“少吃点吧，喝几口汤也好。身体是革命的本钱。”

“身体是革命的本钱”这几个字，像一股暖流传遍高翼中全身，他羞愧地背转身去。

欧阳海望着手里的那碗面条立在床边，脑子里思潮起伏，心潮滚滚：

“我住在老鸦窝山上，他住在汉口城里。两个人相隔千百里，可两个人的命运就像一条藤上的两个瓜：一样苦来一样甜。我身上带着阶级苦，他身上带着民族恨，天下哪里都有受苦人！……

“这躺在跟前的，不就是自己的同志，自己的战友和阶级兄弟吗？前几个月，他也是这样躺着，那时候，我就没有一句好话对他说，没有一次好脸色给他看。这不单是工作方法问题，更重要的是阶级感情问题。是我在感情上没有把他当成同志，没有把他当成自己的阶级骨肉啊！

“周书记、曾指导员，在我不会走的时候，搀着我走；刚会跑的时候，领着我走上正道。为了我这个雪里捡回来的假丫头——欧阳玉蓉，谁晓得曾指导员有多少个晚上睡不着啊！自己做的那点子工作，是党把着手教的；自己立的那几次功，是首长和同志们用心血浇灌出来的。这不是因为自己有什么本事，而是无数双阶级兄弟的手，为了革命的事业，在拉着自己往前跑。

“可是我，却没有像指导员对待我那样来对待高翼中同志。他从城市来，我从农村来，是一个共同的革命目标，把我们从五湖四海集合到一起来的。革命同志间的互相关心，互相爱护和互相帮助，是为了共同去完成无产阶级革命事业，是阶级利益的需要。不懂得这个道理，就不会自觉地去关心同志。‘同志’的先决条件，首先是阶级利益的一致。不懂得关心同志，正因为自己没有阶级感情……”

想起了党对自己的深情，欧阳海流出了眼泪。他紧紧抓住小高的手说：

“高翼中同志，过去是我错了。我对不起你，向你承认错误。旧社会里，我们俩都是受苦人；今天，我们是革命的好同志。我的那些态度，你不要再记在心上了。”

“不，副排长，是我不对，我忘了本啊！”

“小高，不能怪你，是我还没有真正懂得什么叫做阶级兄弟。”

两双受过苦的手握在一起，两个战友用眼睛无声地倾吐着对自己过去缺点的悔恨，表达着今后的决心。

革命同志的阶级感情，通过这两双紧握着的手，交织到一起来了。

二十七　买书

星期六晚饭后的操场上一片欢腾。操课了一天的战士们，不知道哪来这么大的劲头，练习手榴弹满天飞，捉对拼刺的同志吼声如雷，打篮球的咋呼闹喊、又蹦又叫，吵得房檐上的麻雀都不敢归窝。

爱蹦爱跳的欧阳海，在球场上出现的次数越来越少了。他也想去打打球，玩一玩，可是心里边有个事放不下来：马列主义和毛主席著作的学习还跟不上队哩。每当他想玩玩的时候，就提醒自己说：“我比不得别个，人家拿起马列主义和毛主席的书就能读，就懂得是什么意思。我呢，要一个字一个字地认。好多字认不得，有的会认不会讲。曾指导员说过，‘笨人先起身，笨鸟早出林’，我真要下苦功夫学习才行啊！”

欧阳海拿着一本《毛泽东选集》第三卷和一本《干部必读》，带上一本《新华字典》，绕过球场来到后边的土岗上。他想再学学《愚公移山》这篇文章。在医院里学过好几遍了，仍然有很多问题没有学懂。这是毛主席在党的第七次代表大会上的闭幕词，是毛主席对开完会后将要回到各自的工作岗位上去，分赴各个战场的代表们的重要指示。毛主席为什么要讲这样一番话呢？

彩霞满天，映得书上一片金黄。欧阳海认真地把这篇讲话学了两遍，然后合上书本，琢磨整篇文章的意思。一九四五年召开党的第七次全国代表大会时，中国是个什么形势？为什么毛主席在抗日战争还没结束的时候，就领导全党制定了一条以建立新民主主义的中国为奋斗目标的路线？为什么毛主席在那样的历史条件下，就能预见到国民党的失败和中国人民的必然胜利？……欧阳海激动地对自己说：“辩证唯物主义真是了不起！它能使你透过现象看到本质，它告诉你，世界上没有一成不变的东西，一切事物在一定的条件下都在向自己的对立面转化——黑暗的中国终于转化为光明的中国了。今天，党的七大所提出的任务早已胜利完成。历史已经证明了党中央在七大制定的路线完全正确。可是十几年过去了，我们党已经胜利地由新民主主义革命进入到社会主义革命的历史时期，我作为一个党员，却连已经过去了的历史必然规律都解释不了，也理解不了。”他想学学《干部必读》中收集的列宁的文章：《马克思主义的三个来源和三个组成部分》，以加深对毛主席这篇重要闭幕词的理解，可是天已经暗下来，书上的小字也模模糊糊的看不清了。

“唉！”欧阳海叹了口气发起愁来，“一个游戏时间一晃就过去了，对这篇文章的理解还停留在原来的水平上。我要有小高那样的文化知识该多好啊，那学习的进度也许就快得多了！”他在想，自己只断断续续地上过一年半夜校，真正的学堂大门还没有跨进去过。现在的这点子文化，还是从报纸上，几本革命故事书上，一个字一个字地学来的。那时候只想知道个大意，好多不会认的生字放过去了。如今，作为一个党员，光是那些打仗、当战斗英雄的事，已经填不满自己的脑子了，应该懂得更多的革命道理，应该知道更多的事。无产阶级要解放全人类，共产党员是要闹世界革命的，对已经过去了的事情都不能做出科学的解释怎么行呢?

“副排长，都看不见了，你还在学习呀！小心变成近视眼。”魏武跃拿着一本书走过来说。

“只要能真正学好，变成近视眼我也干。问题是就这么学也跟不上队！”欧阳海指着他手上的书说，“你还不是跟我一样，天天这个时候都坐在那块石头上学！”

“我跟你不同。”小魏说，“我过去瞎晃荡，一会儿迷在小人书上，一会儿又迷在军棋上，再不就钻那些不着边际的问题。晃来荡去的比同志们落后了半个世纪。好不容易对射击有了点兴趣，自己也以为是找对了主攻方向了，没想到过不好久，对当个特等射手又看得淡薄了。”

“认识问题总得有个过程嘛，这是规律。”

“对。最初我怪自己年纪小点，不懂事。后来又怨自己没毅力，干什么都是热一阵冷一阵的，还说这是天性。为什么不懂事，为什么没毅力？现在我才明白：我这个人最缺乏的不是别的，是这个！”小魏摇晃着手上的书说，“政治觉悟不高，革命责任感不强！”

欧阳海心里说：“对呀，小魏！你现在算真正选准了你的‘主攻方向’了。”他发现小魏手上还拿着一本《毛泽东选集》第四卷，急忙问道：

“第四卷！你在哪儿买的？”

“我妈妈给我寄来的！”

“你妈妈？”

“是啊，”小魏认真地说，“我妈妈的思想现在也提高了，不光给我寄书，还叫我以后写信的时候少说废话，抓紧时间多多学习毛主席著作和马列主义哩。”

是啊，透过小魏以及他们母子间的关系，也可以看出来，不仅我们部队在大步前进，整个社会风气都在改变。毛泽东思想进一步深入人心，也更加广泛地为人民群众所掌握。作为一个人民战士，作为一个共产党员，不努力学习马列主义、毛主席的著作，真要像小魏说的那样，落在时代的后边去了。想着这个，欧阳海问道：

“小魏，我想请你妈妈替我买一本第四卷寄来，不晓得麻烦不麻烦？”

“这有啥麻烦的。”小魏想了想，问道，“副排长，不是说部队以后要发第四卷吗？”

“是有这个消息。不过人手一册，数量大，要等很长一段时间才能发下来。”

“哦！不是我怕麻烦，你要是想快点得到书，我听司务长说，明天一早集上的新华书店就有第四卷出售，这比我妈妈寄来快多了！”

“真的吗？”欧阳海高兴地站了起来。他急急忙忙跑回宿舍，把压在枕头底下准备寄给妈妈的那五块钱揣在兜里，转身来到连部。

“连长，”欧阳海冲着关英奎说，“明天不是星期天吗，我想请个假到街上去一趟。”

“干什么？”

“买《毛泽东选集》第四卷。刚才小魏听司务长说，新华书店明天一早就有卖的。”

“行。”

“我想……我想早点去排队，要不还没轮到我就卖光了。”

“行，早去早回，饭后连里要召集班、排长们开个会。”

“是！”

曾武军临走时送给欧阳海《毛泽东选集》一、二、三卷，那时第四卷还没出版。后来听说出了，正在工地上忙，没空去买；等他住院的时候，就哪里也买不到了。欧阳海从图书馆借过一本学了几天，知道里边有很多重要文章，特别是对帝国主义的分析，以及如何向帝国主义、反动派进行斗争的论述，更是指导当前斗争的有力武器。学习第四卷，能加深对党的七大的路线的理解。第四卷所反映的历史进程，正是七大路线胜利执行的过程——由打败日本侵略者，解放全国人民，到建立一个新民主主义的中国。这也正是欧阳海在学习中遇到的难点。今天听说有卖的，他心里能不高兴吗？请假的事已经和值星排长又谈了一次，钱也准备好了，欧阳海躺在床上就盼快点亮天。他害怕睡过了时间，又起来告诉站岗的同志半夜三点钟叫醒他。他盘算着，二十多里路，两个小时就可以走到，赶到书店天还不会亮，排队就可以排上前几名。把这一切都安排好了，他才重新上床。

和往常一样，每当心里有点事就睡不着觉。他睁着两只大眼睛一点睡意也没有。想起《毛泽东选集》，想起学习马列主义、毛泽东思想，又联想起曾武军来。多少个夜晚，指导员房里的灯总要亮到下半夜两三点，他总是孜孜不倦地刻苦学习着。一个没有做过政治工作的大老粗，能把指导员的工作做得这么细，全凭他的刻苦学习。学习马列主义和毛泽东思想，就是学会认识世界、改造世界的方法。可惜我以前对这个一点也不懂。那次去住院的时候，曾指导员已经转院了。前不久他来信说，伤势有了很大的好转。也许现在已经走上一个新的工作岗位，正在为党的事业继续战斗哩！可就是再也不能和他在一起了……"唉！"欧阳海叹了口气，"要是能一直跟着曾指导员，该有多好！"

"还没睡着！"这是关英奎的声音。他又来查铺来了。他挨个儿替同志们掖好被子，又轻轻地走了出去。以往，上半夜都是曾指导员来。他睡觉晚，挤出一部分睡眠时间用于学习，总要在各个班、排查看一遍之后才去休息的。如今，指导员不能来查铺、查哨了……欧阳海也正是从曾武军走的那一天起，才正式参加党的生活，成为中国共产党的一员。曾指导员说得多好啊："活着，为党的事业战斗；死，为党的事业献身。"他真是个好榜样。我就应该像他那样，时时把党的利益放在心上。听说他也是一天学也没上过。要向指导员学，就得像他那样刻苦学习马列主义和毛主席著作。要把干劳动活儿、抡锤、砍大树的劲头，也用到学习上来！想到这些，欧阳海觉得曾武军还在自己的身边，还在用他的模范行动指导自己的思想、学习和工作……

欧阳海刚要睡着，又翻身坐了起来。屋外传来雷声。下雨了。

欧阳海一边穿衣服一边想："如今人人都要努力学习毛主席著作，谁都希望先得到一本第四卷，去晚了一定排不上队，应该是熄灯号一响就到书店门口去等着的。曾指导员经常通宵苦读，我为什么不能带着一本书去，在书店门口一边学习一边等呢！对，应该马上就去！"他拿起一本《干部必读》，披上件雨衣，顶着大雨跑出门去。

雨越下越大，走了没多远，棉裤下边就全湿透了。半夜一点来钟到了镇上，街上一个人也没有。赶到新华书店，门口也没有人。欧阳海心想，这回一定能买得着。他把雨衣垫在身子底下，坐在门口的台阶上，就着身旁的一盏路灯，翻开随身带来的《马克思主义的三个来源和三个组成部分》，就在雨夜中学了起来。

列宁的这篇重要文章，原先在曾指导员的帮助下，曾经读过几遍。指导员说，列宁浅显易懂地阐明了马克思主义的来源和实质，它是学习马列主义和毛泽东思想的一把钥匙。可是因为自己文化水平太低，不敢去碰它，有畏难情绪。

雨声、风声和欧阳海轻轻的读书声交织在一起。他正在认真地看书学习……

读着读着，欧阳海脑子里好像有点开了窍：

马克思主义由哲学、政治经济学和科学社会主义三大部分所组成。辩证唯物主义告诉我们，一切都是发展的。随着生产力的发展，从一种社会生活结构中，会发展出另一种更高级的社会结构。

“对呀，”欧阳海心里说，“这就是怎样去认识世界嘛！抗日战争即将胜利，半封建半殖民地的旧中国，必然会进入到新民主主义的新中国。这是历史发展的规律。”想到这里，欧阳海觉得对毛主席在七大上提出的党的路线——建立一个新民主主义的中国，好像理解得更深了些。

雨似乎下得更大了，风向也转了。欧阳海没有顾及这些。他转过背去，用身子挡住飘到书上来的雨点，继续专心致志地学习着。

马克思主义经济学的核心是剩余价值的理论。资本家剥削无产者，无产者为资本家创造剩余价值。但是资本主义的发展，造成了联合劳动的伟大力量，无产阶级形成了。这正是劳动对资本的胜利的前奏。

“说得多么深刻啊！”欧阳海自言自语地说，“阐明了无产阶级在社会中的地位和作用，就是为了让无产阶级在认识世界的同时，也认识自己。”他想，难怪毛主席在七大的路线中强调要“放手发动群众”呢！发动群众的过程，就是组织群众、教育群众，使群众认清自己的力量和作用的过程。使群众认识到，改造旧中国的历史重担，已经必然地落在革命人民的肩上。

想到这里，欧阳海觉得对主席在七大提出的党的路线，理解得又深了一步。

房檐上的雨水不停地滴在欧阳海身上。他本想站到门洞下边去，可那里的光线太暗，看不清书上的字。“咳！这点雨算得了什么？下定决心，不怕牺牲……”欧阳海鼓励着自己，披着雨衣，猫着腰继续在雨夜的灯光下学习着。

在马克思之前的空想社会主义者，幻想着一个没有剥削的社会能从天而降。科学社会主义学说则认为，促进新社会到来的唯一杠杆是进行阶级斗争。

雨似乎停了。欧阳海合上书本，心里也好像豁然开朗起来：辩证唯物主义告诉我们认识客观世界，政治经济学教会我们认识自己——新社会的主人——无产阶级，阶级斗争的学说，交给我们改造世界的武器。毛主席正是本着马克思主义的基本原理，在抗日战争即将取得胜利时，指明了社会的必然发展，教育人民群众认清自己的历史地位，引导人民群众进行国内阶级斗争，促进新民主主义革命的胜利。难怪毛主席为全党制定了这样一条正确路线，并再三教育我们要下定决心，不怕牺牲，排除万难，去争取胜利哩！因为七大所指出的方向，正是历史前进的方向！

这时，欧阳海才觉得自己开始懂得了一点《愚公移山》的深刻含意。只是他已经分不清楚哪些是马克思的观点，哪些是毛主席的观点了。

欧阳海长长地舒了口气："幸亏雨停了，要不棉袄都湿透了。"他一边说一边感到奇怪：怎么房檐上还哗哗滴着雨水哩？

欧阳海一转身，发现身后有一位老大爷撑着一把油纸雨伞正给他遮着雨哩。后边已经排成了一条长龙，男女老少都有。

"难为你，老人家。"欧阳海十分不安地说，"怎么能让您老人家给我打伞呢！"

"小兄弟，你学得真是专心哪！我站在你后边一个多钟头，你一心扑在书本上，连头都没回。好！就凭你这股学习劲头，就值得我老头子好好学习！"老头感慨地说，"你来得真早，学习也抓得真紧啊。真可以叫做排除万难哪！"

"我是半夜赶来的。反正站着也是等，不如在灯下多看几页书。只是难为了您，这么大的年纪给我撑了大半夜的伞。老大爷，您也是来买毛主席著作的？"

"嗯。"

"给哪个买呀？"

"自己买啰。马列主义、毛主席的书，人人都要读嘛！"

欧阳海心里热乎乎的，现在真是人人都在求进步啊。不学习革命理论，就像火车头上没有煤没有水一样，无法开动，无法前进。他说：

"老大爷，你老排前边吧！"

"一样啰，头几名都买得到的。"

天刚亮，书店的门就开了，后边的人一个劲地往前挤。欧阳海刚要进门，书店的一个工作人员拦住了他。

"对不起，同志们，《毛泽东选集》第四卷昨天晚上已经提前出售了。"那位同志指着门前的一块木牌说，“我们已经贴了通知，请大家不要排队了。”

木牌上的通知被大雨淋了一夜，什么字也看不清，只留下些斑斑点点的墨迹。书店的工作人员一看，“哟”了一声，连忙抱歉地说：

“没想到昨晚下大雨，把通知浇成这样了。这怨我们工作不细致，害得同志们排了这么长的队，耽误了大家的时间。”

“什么？不是说好今天卖的吗？”

“我们起这么个大早都买不到啊！”人群里七嘴八舌地议论着。队不成队、行不成行地都挤到门口来了。

那位同志解释说：“昨天晚上七八点钟就有好几百人来排队，大家都心甘情愿在门口等一夜。我们怕耽误大家的休息和今天的工作，请示了上级以后，决定提前出售。没办法，要学习毛主席著作的人太多了。”

“唉！”人们发着各式各样的议论，惋惜又懊丧地走了。欧阳海觉得淋了一夜雨也没有这一瓢凉水厉害。他恋恋不舍地还站在门口。

“同志，真的没有了！”

“那，那我买几本单行本吧。”欧阳海说着进了书店。他早就想好了要给小高买几本单行本的。他站在书架旁边找书，湿透了的棉衣还一滴滴地往下滴着水，不一会儿地上就湿了一大片。

“同志，你衣服都湿透了！”

“对不起，我马上就走。”欧阳海说。

“不，我是说，你把衣服先脱下来烤烤。”一位工作人员说，“你从哪来？”

“我是半夜一点多钟从营房赶到你们书店的。没想到别人比我来得更早。其实，这是应该料到的。”

“那你在哪里过的夜？”

“就在你们大门口。都怪我自己，没有注意看你们贴出的通知。”欧阳海付完单行本的钱，准备走了。

“同志，你等等。”那位工作人员从抽屉里拿出一本《毛泽东选集》第四卷来，感动地说，“这是我自己学习用的，还没有写名字。你要是急着用，你就先拿去学吧！”

“那……那怎么行？”

“拿去吧。”

“那不耽误你学习了？”欧阳海想要，又不太好意思，伸出两只手刚想接书，又连忙缩了回来。

“不要紧，我们已经向上级反映了，很快又有一批第四卷运来，等有了我再买。书店还有几个同志已经买了，我们可以先穿插着学习。”

“同志，谢谢，谢谢你了！”欧阳海付完钱，恭恭敬敬地把手举到帽檐上说，“敬礼！”

天放晴了。欧阳海拿起《毛泽东选集》第四卷朝营房跑去。太阳钻出云层，阳光照在他的身上，一道长长的身影从地面上飞快地掠过。从他跑过的地方，传来一阵轻快的口号声：

下定决心，
不怕牺牲，
排除万难，
去争取胜利。
…… ……

二十八　“问题在哪里？”

欧阳海提前回到了连里，销了假，新买的书还没放下就赶到连部开会来了。

按季节来说，山上的茶籽都落地了。连里听说后山公社前些时忙着修水利，劳力比较紧张，山上还有些茶籽没捡完，国家的收购计划也未完成，便决定组织一支轻骑队去帮助公社完成这个任务。一来免得国家的财富烂在山上；二来助民劳动是军队的本分。

关英奎向班、排干部们刚一宣布这个任务，欧阳海就嗖的一下跳了起来。

“连长，请把这个任务交给我！”

关英奎想：捡茶籽的任务交给欧阳海是比较适合的。他干劲足，模范作用好，又能吃苦。更重要的是，应该让他在单独执行任务中去锻炼一下。这是一个好的干部“苗子”，应该及早地培养培养他独立工作的能力。

“好吧。”关英奎回答道，“任务重得很哪！只能抽训练预备期这十来天的时间去突击一下，还一定要帮助公社超额完成茶籽的征购计划。”

“我保证完成任务！”

“那好。除了班、排长以外，你可以随便挑选六个战士组成这支轻骑队。”

“还是连里指定吧。”欧阳海开玩笑地说，“由我来挑，那我可都挑好的啦！”

“当然要挑好的！”关英奎认真地说，“现在捡茶籽的季节已经过了。本想多派一些人去的，可连里的工作也要兼顾，只能去六七个人。不挑几个好样的、一个顶俩的小伙子去，你欧阳海本事再大也完不成这个任务。”说完，他拿眼睛盯着欧阳海：挑选人员的问题交给你，看你怎么来处理。这也是对你的一次考验哩。

同志们听说有这么个任务，都纷纷提出自己的请求。有的在保证书上写下自己的决心；有的摆出自己的有利条件：参军前在家的时候年年都捡茶籽。欧阳海有自己的想法：“火车头”要带动“车厢”，要拉着它们一起跑。上次把高翼中甩掉了，这次嘛……他毫不犹豫地把小高的名字写在最前边。

欧阳海拿着名单来找排长商量。陈永林指着小高的名字问道：

“欧阳海，让、让小高去吗？”

“是啊，我想让他跟着去锻炼锻炼。”

“去锻炼一下当然很好。”陈永林觉得欧阳海这么做风格很高。他想了想又说，“不过小高这几天的情绪又有些波动，我想找他好好谈谈。你再考虑考虑：是带他去呢，还是把他留给我？你这次任务重，我担心你忙不过来，影响了工作。”

是啊，小高到了山上要是又犯起毛病来，那问题就大了！排长这一提醒，使欧阳海的脑子多转了几个圈。带不带他去呢？现在刚刚经过“诉苦”教育，小高有了一些转变。他一直待在大城市里，要能让他捡捡茶籽，会有很大的好处。问题是时间紧，任务重，人手又少，万一他要起小脾气来，就会影响整个工作。再说，排长能力强、经验多，把小高留在排长身边，就会更保险些。对！关键是完成任务。为了慎重起见，欧阳海拿起笔来在“高翼中”三个字的旁边画了个问号。

晚点名的时候，关英奎向同志们做动员。他讲明了部队在可能的条件下，从劳力和技术上大力支援农业、支援公社的重大作用和这次助民劳动的意义，交代了任务和出发时间，最后让欧阳海出来宣布名单。虽然这个季节去捡茶籽是个相当艰巨的任务，但是同志们都希望能有自己一个，这是个锻炼人的好机会呀。大家伸着脖子望着欧阳海，关英奎也紧闭着嘴唇在一边瞅着欧阳海。

欧阳海顺着名单往下念，高翼中在队列里慢慢低下了头。他心里也知道，虽然写了申请，可是根据自己一贯的表现，谁会挑中他呢？另外，听说捡茶籽很苦，他对自己能不能完成这个任务，也没有多大的信心。

欧阳海念到第五个名字以后停住了。脑子里就像有两个小人在打架：一个说，关键是完成任务，一切都要从任务来考虑；一个讲，关键是帮助同志共同进步。一个说，完不成任务怎么交代？一个讲，火车头甩掉了车厢就不叫火车头……都有道理，怎么办呢？这时，欧阳海脑子里好像出现了一段空白。他后悔没有早点拿定主意，事到临头，不知该怎么办才好了。忽然，好像有一个庄严洪亮的声音，在耳边响起来了：

共产党员对于落后的人们的态度，不是轻视他们……而是亲近他们，团结他们……鼓励他们前进。

艰苦的工作就像担子，摆在我们的面前，看我们敢不敢承担。

毛主席的教导，使欧阳海的眼睛明亮了，头脑清醒了：完成任务当然重要，但是更重要的，是通过这次任务，使一个同志提高对劳动的认识，彻底觉悟过来。无产阶级的解放事业，需要千千万万个有觉悟的革命战士。

“高翼中！”欧阳海大声地宣布第六个名字。

高翼中愣住了。他猛地抬起头来，感激地望着欧阳海那一双充满信任的眼睛。

别的同志也感到诧异：三排副真怪，他为什么挑中了这位同志呢……

关英奎满意地望了望欧阳海，小声对身旁一位排长说：

“行！小伙子，经受住了考验，是个‘火车头’的样儿！”

山上一间小学校的耳房里，住进来七个解放军战士。当天他们连唱带闹地上了山，晚上，却一个个闷声不响地回到房里来：有人只捡回三五斤茶籽，有的干脆空着手。人人皱着眉头噘着嘴，连玩笑话也听不见了。

“头一天嘛，”欧阳海安慰大家说，“当然捡得不多。过两天摸着门路了，熟悉山上的情况了，就会多起来的。这是规律。”

第二天，天黑了好一会儿，欧阳海非常高兴地扛着大半麻袋茶籽回来了。他已经摸着点门路，准备好好介绍自己的经验。可是进屋一看，地中央只放着小小一撮茶籽，同志们的脸色比昨天还难看。高翼中一个人坐在墙角上，眼圈红红的，看样子好像刚刚哭过。

欧阳海心里怦怦乱跳，问道：“怎么了？”

没有人回答。

“出什么事了？”

有个战士指着地上的一盆饭说：“你去看看嘛！”

不用看就明白了，欧阳海隔着好远就闻到一股焦煳味儿，饭煮得又窜烟又夹生，根本不能吃。也难怪同志们不高兴，忙了一天，肚子还是空的嘛！他想问今天是谁留家值班做饭，话到口边又忍住了。问什么，高翼中嘛！

“唉！这副排长的担子，我怕是挑不起来，连六七个人捡茶籽这么点小事都抓挠不开。我光想到多捡茶籽，冲到第一线去，就把做饭的事忘了，把后勤扔下没管。为什么我事先没有想到小高不会做饭呢？为什么我总是要碰了钉子才转弯？”欧阳海心里埋怨着自己，不声不响地端着饭盆朝伙房走去。

不一会儿，欧阳海又端着一盆热气腾腾的饭进来。

“来吧，同志们，这是特制的烩饭：要多软有多软，没有牙的老太太也喜欢。”

这句玩笑话也没缓和房里的气氛。个个耷拉着脑袋吃饭，眼睛只瞅自己的鼻子尖。欧阳海真的急了：为什么都不说话呢？饭后开了个全体会议，会上还是没有人发言。

“有什么意见，大家讲出来嘛！”

同志们没有吱声。

“今天饭吃晚了，不能怪高翼中同志，怪我考虑不周到，分配任务不当，我向同志们做检讨。请大家给我提提意见吧！”

还是没人讲话。

欧阳海急得一头汗。从当班长那天起，他就害怕开会的时候没人发言。可是那时有了问题可以到连部请示，今天找谁请示去呢？

“从明天起，做饭的事包给我了。”欧阳海还是认准了模范带头这一条。

“你？你光留在家里做饭，不捡茶籽了？那就更玩完啦！”有人说。

“不，我早点起来做，中午给大家带干粮。晚上我们回来以后，我负责现做现吃热乎的，保险耽误不了捡茶籽。”

“当前最主要的问题不在这。”小魏站起来指着地上的茶籽说，“用你的话讲，关键是捡茶籽的任务完不成。怎么才能超额完成捡茶籽的任务——这才是我们的主攻方向。你看，都两天过去了，才这么一点点，回去怎么向连里交代！”

“是啊，现在都什么时候啦！根本就不是捡茶籽的季节。”另一个同志讲。

“就算有茶籽，稀稀拉拉的也不多，我们就是拼了命也不顶事。”

“现在不总强调主观意图要和客观实际相符合吗？客观条件就是没什么茶籽了，主观能动性怎么发挥？”

同志们七嘴八舌地说了半天，尽管都是泄气话，欧阳海心里反倒有了底。他说：

“我不同意这个看法。我先说说我的意见，我们就算开个学习讨论会吧。大家都谈谈自己的认识。”

“首先，”欧阳海接着说，“我们对客观事物的认识不是一次就能够完成的。究竟有没有茶籽，要经过调查研究，不能瞎说一气。

“不错，大路两边，茶树比较密集的地方，茶籽是不多了。为什么呢？因为公社已经组织力量捡过了。任何事物都在一定的条件下向自己的对立面转化。原来茶籽很多的地方，由于有人捡过了，转化了，变成茶籽不多甚至是没有了。但是在那些陡坡陡坎下边，悬崖边上，刺窝堆里……”

小魏打断欧阳海的话说：“你说这些没有用，副排长！那些地方本来茶籽就不多，连树都长得瘦巴。”

“对。”欧阳海回答说，“正因为那些地方树长得不好，路又难走，人们知道那里没有什么油水，所以就把它放过了，没有人去捡过。这也是个一定的条件。它也向自己的对立面转化：由茶籽不多，相对地讲变得多了起来。”

“咦，有点……有点道理。”小魏慢吞吞地说。

“这个分析符不符合客观实际，还要靠实践来检验。”欧阳海说着解开他背回来的麻袋，把茶籽往地中央一倒，“你们看！”

茶籽随着欧阳海的话音，哗啦啦撒满了一地。

同志们兴奋地围了上来，抓起地上的茶籽看了又看。

“这都是从陡坡陡坎、刺窝旁边捡回来的？”小魏问道。

“基本上都是从那些地方捡回来的。那些地方茶籽还真不少哩，一窝一窝的。”欧阳海回答说。

“副排长，你怎么会想到那些地方茶籽反倒比别处多呢？”一个同志问。

“要想完成任务，就得开动脑筋，遇事想一想，琢磨琢磨。世上没有一成不变的事物，辩证法嘛！”

小魏挠着头皮，笑着说：“这辩证法还真顶用哩！”

冷冷清清的会场变得活跃起来。欧阳海详细介绍了自己这两天经过的路线。哪些地方多，哪些地方还有潜力，哪几道陡坎边上估计公社没人去捡过。他抓起根柴火棍子在地上简单画了个山区的地形图，告诉同志们第二天奔哪几个方向去。同志们都聚精会神地听着。

“不过，”欧阳海嘱咐说，“那些陡坡陡坎旁边连条小路都没有，很难走。悬崖边上也比较危险。要上那儿去捡茶籽，得加点小心，还得准备摔两个跟头。”

同志们扯着嗓门叫着：

“摔几个跟头吃点子苦算什么，只要有就不怕了！别说是下陡坎、钻刺窝，就是上天边去，也能把它摘回来！”

“我的认识问题解决了！”

“干脆，我们每天晚上来一个评比，谁要不够五十斤，谁就别回来吃晚饭。”

小魏拍打着自己的额头说：“平时我们口头上总说要学点辩证法，要用辩证的观点来看待一切事物。可一遇着具体问题，马上又糊涂了，又把客观事物看成一成不变的东西了。学习，最没出息的就是学了理论不能指导自己的行动。”

欧阳海说：“这得慢慢来。从学习到指导自己的行动，也得有个过程。”

“得加速这个过程。”小魏说，“明天咱们就评比评比，谁捡得最少，谁就是不懂得辩证法。”

除了高翼中以外，都表示了态度。欧阳海把小高领到屋外，两个人坐在一块石头上。

“小高，是不是大家又说你什么了？别计较这个，革命同志说几句硬点的话，也是无心的。”

“这个我倒不在乎。”

“那……你为什么不高兴呢？”

高翼中犹豫了一会儿，说道：“副排长，我们俩也来分析研究一下：昨天我捡的茶籽最少……”

“头一天嘛！谁都不多。”

“今天我把饭也煮夹生了……”

“头一次嘛，谁都这样。哪有生下来就会煮饭的！”

“我发觉我自己……”高翼中只说了半句话。

欧阳海想，小高这个同志真不错，虽然有不少缺点，但是已经懂得检查自己了。他想安慰他几句，话没出口，高翼中说出了下半句话：

“……我发觉我自己不是干这个的。”

“什么？”欧阳海的脑子嗡的一声，就像谁在他的耳边擂响了一口钟。这是什么“检查”？这是什么意思！

“副排长，你干脆让我回去算了！分析我的主观条件，反正我在这里也起不了什么作用。”

欧阳海真的抓瞎了：这可怎么办？才干了两天就要回去——火车刚出站，“车厢”就自动脱了钩……

“茶籽我不会捡，饭我也做不好，干脆换个人来吧。回去以后，我还可以好好准备准备，迎接军事大练兵。那倒是发挥我主观作用的场所。这样做对工作、对训练也有好处。”高翼中说完就进屋去了。

欧阳海一个人坐在石头上，心里空荡荡的。他望望天，天上的星星直眨眼。“这可怎么办呢？”他噗的给了自己一拳，“唉！我这算个什么‘火车头’啊！连这么一节‘车厢’都带动不了……我能想个什么法子留住他呢？”他呆呆地在石头上坐着、想着，搜肠刮肚地想回忆回忆指导员平素是怎么工作的，遇到问题是怎么处理的。想了半天，连个影子也没想起来。“这副排长的担子，我就是挑不动啊！”

屋里静悄悄的，同志们都睡熟了。欧阳海点燃了小油灯，在桌前翻看自己的学习笔记。鸡叫二遍了，他还紧锁着眉头在为高翼中的问题发愁：诉苦会上他表示了决心，我鼓励他；他想来锻炼，我带他来了；他茶籽捡得少，我安慰他；他把饭煮夹生了，我重新煮一遍……这些该做的工作都做了，也没有起作用，那还有什么办法能解决他的问题呢？

欧阳海继续翻着自己的学习笔记本。当他从学习《矛盾论》的札记中找到了“任何事物的内部都有其新旧两个方面的矛盾……新的方面由小变大，上升为支配的东西；旧的方面则由大变小，变成逐步归于灭亡的东西”这一段时，他想：高翼中出身好，小时候受过苦，又经过了诉苦运动，上进心当然是他的“新的方面”，会“由小变大，上升为支配的东西”的。这是他的“矛盾的主要方面”。怕苦怕累的思想，看不起捡茶籽这种简单劳动的思想，当然是“旧的方面”，会“由大变小”的。这是他的“矛盾的非主要方面”。要求进步的思想一定会战胜怕苦怕累的思想的！而取得支配地位的矛盾的主要方面起了变化，事物的性质也就随着起变化……想到这里，欧阳海心里责怪自己说，是我自己没有看清小高的“新的方面”和“旧的方面”，是我自己没有抓住主要矛盾，是我自己还没有真正懂得辩证法。一切事物都在变化、发展，难道小高能逃脱这个规律？在如何看待小高的缺点和不足这个问题上，我又不知不觉地陷入了形而上学的泥坑里了！

“我呀！”欧阳海不停地敲打着自己的额头说，“我怎么只想怎样去解决别人的思想问题，而没有首先想到，运用革命理论来解决自己的思想问题呢？火车头的蒸汽机靠煤、靠水才能带动车厢朝前跑，一个革命者要努力学习马列主义、毛泽东思想，才有前进的力量。我这个‘火车头’上的‘煤’太少了，所以我走不动，所以我动不动就想把‘车厢’甩到一边去。这关键是在我自己身上啊！”

村里的雄鸡又唱了一遍，三星都偏西了。欧阳海慢慢合上笔记本，心里好像有了主意。

二十九 源泉

欧阳海只是和衣往床上靠了一会儿就爬起来了。他一个人在伙房里忙着，等同志们起床的时候，饭菜已经做好，而且还给每人烙了两块饼，作为中午的干粮。大家匆匆忙忙吃完饭，拿起麻袋就往外走。

“小魏，可别忘了你昨晚保证的那五十斤啊！”欧阳海嘱咐着说。

“你放心吧，忘不了的！”听声音，魏武跃已经跑出大门十几步远了。

高翼中坐在打好的背包上没有动，看样子是等待副排长答复他昨晚提出的问题——干脆让我回去算了。

欧阳海故意装着不知道，心里早有了主意：我要想方设法把你“新的方面”调动起来，一定要让你的“矛盾的主要方面”起作用。同志们都走了，他拿起两条麻袋说：

“走哇！”

“我……我还是回连里去。”

“才来两天怎么能想到回去呢？等完成任务以后，我们一起走嘛！”

“不，我想今天就走。连里的工作挺紧张，反正我在这儿也干不好，也学不到什么……”

“回不回的问题待会儿谈。”欧阳海拉着他的手说，“走，我带你上山玩玩去。走吧！”

绿油油的茶树漫山遍野，一棵挨着一棵。可是树上已经没有什么茶苞了，偶尔有几颗炸裂出来的茶籽散落在地上。欧阳海见了它们心里想：多可惜呀，要是不捡起来，它们就烂在山上了。可他并没有弯腰去捡。高翼中见了它们心里说：听说茶籽的出油率只有百分之十几，捡这么几颗回去有什么意思？可他也没有张口讲出来。

欧阳海领着高翼中像是无目的地走着，看看远山，看看近水，赞赏着湖南山区的富饶和美丽，好像真是游山玩水来了。高翼中无精打采地跟着他，觉得这山上景色既不吸引人，也没啥可玩的。小高的心情欧阳海已经感觉出来了。突然，欧阳海朝一棵大树跑去，只见他脱掉胶鞋嗖嗖几下就上了树顶，不一会儿，手里捧着个鸟窝跑了回来。

“这是什么？”高翼中指着窝里几个带麻点的蛋问道。

“四喜蛋。”欧阳海说。

“四喜？”高翼中第一次听说这个名儿。

“我们村里都这么叫。学名叫……叫什么‘知时鸟’，就像小喜鹊那样。公四喜特别好斗，叫得也好听。”欧阳海学了两声，“叽——喳——叽——喳喳喳……”

高翼中觉得一点也不好听。他应付地说：“我没见过。我在武汉只看见过乌鸦、麻雀、老鹰和燕子，别的都是在动物园里看见的。”

“动物园里的鸟有什么好看的，半死不活的。我们山里才多哩！大大小小各式各样的。”欧阳海和他边走边谈，“我七八岁上山打柴的时候就喜欢捣鸟窝。再过个把月，蛋一孵出来就掏不着了。小时候我听说有的地方，财主们拿四喜来斗架，还输田输地哩！”

“是吗？”高翼中来了点兴趣，“怎么斗？”

“唉！我没见过。”欧阳海领着他来到一个陡坡边上继续讲，“八岁那年我抓来两只四喜，想喂大了看它们斗架。好不容易等它们长大了，我一放出来呀……”

“飞了？”

“没有，它们死活不肯打。”

“为什么呢？”

“一个是公的，一个是母的嘛！”

欧阳海这几句话，逗得高翼中像个孩子似的哈哈大笑起来。他趁着这股欢快的劲头，详细向小高讲了些关于四喜的常识，它们爱吃什么，怎么喂法，为什么从一个窝里掏回来的鸟蛋，往往是一对对的。“为了适应鸟类的生存，自然界就是这么安排的。这里边很有点学问呢——怎么样，山上还是有点意思吧！”

欧阳海的这些经历，引起小高的一点兴趣。正好陡坡下边的茶树根上，铺满了炸裂开来的茶籽，欧阳海跳下陡坎，不声不响地捡起来。他跪着双腿，用两只手去捡，一会钻进刺丛，一会又从刺丛里爬出来，很快就提着小半袋茶籽回来了。

“小高，你看看这个，”欧阳海从口袋里又掏出四个鸟蛋来，“这叫‘黄豆雀’。很小很小，毛是黄的，专喜欢在刺窝里窜来窜去。放在火塘旁边孵三七二十一天，小鸟就出来了。光吃虫子，不吃粮食。小时候我喂过两只。”

高翼中没好意思再问“黄豆雀”的事。他接过茶籽掂掂分量，说：“你这方面还真不错，到底是在农村长大的。你随随便便来几下子，就够我忙一整天的了。”

“这有什么！”欧阳海不屑地说，“敲锣卖糖，各干一行。我从小就干这个，惯了。什么事情都一样，好比你拿起书来就能读，叫我就不行。”

“会认几个字有什么用！”

“用处太大了！多读书多懂道理，进步就更快些。”欧阳海拿出一本《实践论》的单行本说，“可是我连这上边的好些字都认不得。不懂得毛主席讲的道理，怎么进步，怎么提高呢？小高，你教教我吧！”

“《实践论》？这……这个我也不懂啊！”

“教我别的也行。”欧阳海说着又从挎包里拿出了好几本毛主席著作的单行本来——这都是前几天他从书店里买来准备送给小高的。有《为人民服务》、《青年运动的方向》、《改造我们的学习》、《愚公移山》……

“毛主席的这些文章，我还理解得不深、不透哩。小高，你当我的小教员吧，每天晚上给我讲一课。来，你先坐这儿休息休息，顺便看看这些文章，今天晚上就开始给我上课。我再到那边去捡点茶籽去。”

“不行，不行！我能讲什么呢？”高翼中急得脸通红。

“讲什么都可以。”欧阳海递过书说，“学生听从老师的安排嘛！”

“那……那我试试吧。”高翼中接过书无可奈何地说。心想，今天是回不去了，明天再说吧。

“你别跑远了，过一会儿我就回来。”欧阳海说着，纵身跳下一个陡壁，消失在刺窝杂草之中。

高翼中眼望欧阳海的背影在陡壁下迅速地消失了，心里想：“他怎么一天到晚都是高高兴兴的呢？他脑子里都想了些什么？未必他就没有理想也没有苦恼？”一连三个问题，使高翼中觉得他不能理解欧阳海这种人，“……唔，也许到底还是因为文化水平太低，从小一直待在农村里头，一来到部队就觉得很新鲜了，光部队的琐碎事就把他脑子填得满满的，哪还谈得上什么理想呢？没有了理想，当然也就没有了苦恼。思想上的贫困带来感情上的贫乏。”高翼中对自己给欧阳海作的这个分析相当满意。忽然，坡下传来窸窸窣窣声音，是小魏和另外几个同志在下边。高翼中急忙把身子紧贴在树后，唯恐被他们发现。那几个同志也怪，恰好在他身边不远的地方捡起茶籽来。有的说：“今天完成五十斤够呛！”有的讲：“那我们再学学辩证法……今天，说什么也要超过副排长！”“不行，要和他比，咱们不是对手。”“为什么不行？你这个革命战士是个‘等外品’啊！”……高翼中听见这些议论，恨不能把头钻到地里去。过了一会儿，小魏他们吵吵着走了，他才敢把身子探出来。“对，我也不能当个‘等外品’啊！今天反正是回不去了，我多少捡几颗吧。”想着，他就在左近的树下捡起来。

一粒一粒的茶籽散落在地上，要想捡上几十斤也确实不容易。高翼中捡了半天，一看还不够欧阳海刚才拿回来的十分之一，兴致又从他脑子里溜走了。“唉，‘等外品’就‘等外品’吧！”他拍了拍手上的泥，回到草地上躺下，顺手拿起一本毛主席著作单行本来。

映在小高眼帘里的是三个大字：“实践论”。他翻开封面，一行副标题又出现了：论认识和实践的关系——知和行的关系。

“糟了！”小高翻身坐了起来，“认识和实践，知和行，这个关系我怎么讲得了呢？副排长为什么单单要我讲这个呢！”他又拿起《青年运动的方向》，觉得这篇也不好讲，《五四运动》也是如此，《改造我们的学习》要讲起来更是不敢联系实际，光是“墙上芦苇，头重脚轻根底浅”，“山间竹笋，嘴尖皮厚腹中空”。这副对子，自己就无法开口讲解。

“唉，副排长是给我出了个大难题。这比捡五十斤茶籽还困难。反正，反正明天一早我还是回连里去。”高翼中说着又躺回到草地上，就手拿了一本《愚公移山》，“这篇文章学校的老师都教过。今晚咱就给他讲讲这个算了。讲《愚公移山》我还是有点把握的。讲完了明天好走。对，能把今天晚上对付过去就行了。”

太阳照在山坡上，草地里蒸发出一股特别醉人的泥土味。高翼中默诵着今晚要讲的课：“《愚公移山》，全篇共分六大段，文章结构严谨，文字通俗易懂；有问有答有比喻，生动活泼；语言精练、准确，首尾遥相呼应。中心意思是……是……”一阵困意袭来，他躺在草地上睡着了。

云彩在天上飘动，地球在不停地旋转。高翼中醒来时太阳已经当顶了。他发现身上盖了件棉衣，欧阳海正在一旁用枯树枝生起一堆小火，四块油饼在火上烤得吱吱直叫。

“醒了！”欧阳海说，“快起来，我们俩该吃中午饭了。你先喝口水吧！”说着解下身上的水壶递给了小高。

“你什么时候回来的？”高翼中十分尴尬地揉了揉眼睛，水壶也没好意思接。

“刚回来。”

高翼中发现欧阳海身旁放着鼓鼓的一袋茶籽，不觉脸上羞得通红。心里想：他是受苦人出身，我也是受苦人；他长着一双手，我也有一双手；虽然他参军比我早一些，可我也是自愿到部队来的，为什么我就不能向他看齐呢？晚上……老天爷！晚上我还要给他讲课，我连文章的中心意思都还不明白，到时候怎么给他讲呢……

欧阳海递过来两张饼说：“你大概早就饿了吧！”

高翼中觉得自己不配吃这顿中午饭，可是手已经伸出去了，只好硬着头皮说：“我还好。”他接过饼子低头吃着，挺香的油饼他吃不出味道。心里在想：这会儿倒不怕，今天那顿晚饭，我怎么回去吃哟！

“小高，”欧阳海三两口把饼子咽下去了，说，“我把这袋茶籽先扛回去，你再休息一下，等我回来领你到那边山梁上玩玩去。我发现那边草堆里有几窝小鸟，正在孵蛋哩！”

“不！副排长，”高翼中连忙拉住了他，“我想，我想今天反正是回不去了，干脆我跟你一起去捡点茶籽吧！”

“那太好了！”欧阳海把麻袋扔到地上说，“走，我们俩组织个‘互助组’，今晚跟他们好好比一比！”

天黑下来了。魏武跃借了杆秤，把他捡的茶籽称了一遍又一遍，不多不少五十五斤：超额百分之十。他满意地朝门外看了看说：“副排长怎么还没回来？同志们！我估计，他多半是没有完成任务，不好意思回来了！”

“谁说的？”欧阳海扛着一麻袋茶籽，接着小魏的话尾巴进来了。小高跟在他后面。

小魏就手接过欧阳海的麻袋。麻袋一过手，他心里更有底了：副排长顶多四十来斤，要想争个上游啥的，今天可没他的份啰。

欧阳海就是麻利，“嘁里咔嚓”一刻钟就把晚饭弄出来了。大家吃罢晚饭开始评比，小魏信心十足地坐在一边。

“四十五。”

“五十一斤半。”

“又一个五十一斤半。”

…… ……

“嗬！五十五。”

“实践是检验真理的唯一标准。我觉得，”小魏得意地说，“从结果来检查我们当初的保证，也是最科学、最能说明问题的。”

“这回你有话说了。”欧阳海说。

“不光这一次，哪次不这样？言行一致嘛！”小魏兴奋得脸上红通通的。他摇晃着脑袋唱起《社会主义好》来：

> …… ……
>
> 说得到，做得到，
>
> 全心全意为了人民立功劳。

“你别忙着唱，我们的‘后续部队’还没上场呢！”欧阳海说着，跑出门去又扛了满满一袋回来，扑通一声扔在地上，“称吧，这是我和小高两人的。”

小魏见欧阳海又扛了一袋回来，已经吃惊不小，再一听说高翼中也捡了茶籽，就更傻了：

“你……你们俩的？”

“当然，互助组嘛！”

称的结果，“互助组”是四十五斤加六十七斤，一共一百一十二斤，平均每人五十六斤。

“怎么样？小魏，你那个上游还差半斤加半斤哩！”

“只要起到了促进大伙的作用，咱们当不当‘上游’都没关系。”小魏望着高翼中，话中有话地说，“而且希望你们这个互助组继续保持‘上游’！”

高翼中刚想说什么，欧阳海连忙捅了他一下，转身拿出一副扑克牌招呼着大家说：

“来吧！有劳有逸，我们不会‘不垒基’，来几把土的：‘争上游’。”

七个战友没说啥，坐在床上亲密地围成个小圆圈……

大概是半夜了，高翼中躺在床上，把欧阳海要他讲解的那几篇毛主席著作想了一遍又一遍，觉得自己实在无从讲起。他欠起身子，看见欧阳海还俯在桌上写什么。

“副排长，你还不睡呀！”

“哎呀，是不是点着灯你睡不着？”

“不。”高翼中披上衣服走了过来，看见桌上是一大堆小学生的练习本。他问：“你在改算术作业？”

“我上对门老师那里借报纸，看见他桌上有些作业没改完，明天又等着要发给同学们……我在家当过两天记工员，想学着改一改。”

“副排长……”

“你不知道啊，我们山里穷得很，小时候我盼哪盼哪，一直没有上成学，直到现在我路过学校门口还总想进去看看。你读了十几年书，你是体会不到想上学又上不成是个什么滋味！我帮着改改作业，不就像我自己坐在课堂上学算术一样吗！”

“你……你就真的不累呀？”

“累当然还是有点累。可是像我这样的人，大事干不了，小事就应该想法多干一点。眼前的事，不管大小都是革命工作。捡点茶籽是助民劳动，改几本作业也是关心小朋友的一番心意。曾指导员说过，活着就是为了干革命嘛！干革命哪有不累的呢？只要多想工作少想自己，那这点累也当不得什么了。”

是啊，毛主席说一个人能力有大小，只要他毫无自私自利之心，就能成为一个有益于人民的人。副排长和排里的其他同志不都在朝着这个方向努力吗？想到这个，高翼中说：

“副排长，你给我的那几篇文章，好像都是针对着我写的。我说老实话吧，我可以说……我可以说连一句话都没有学懂。我怎么能当你的小教员，辅导你学习毛主席著作呢！你还是让我来改几本作业算了。”

“你早点休息吧，明天我们这个互助组还要保持荣誉，继续争个‘上游’哩！”

“我睡不着。”高翼中拿过几本作业，坐在欧阳海的对面改了起来。小学二年级的作业不过是些简单的加减乘除，他很快就改了十多本。抬头看见欧阳海每改完一本，就在后边一丝不苟、端端正正地写上：

做毛主席的好孩子，天天向上。

看着欧阳海的这几个字，高翼中感到自己的脸在发烧。他只上过一年半夜校，我整整读了十二年书。满以为自己这个高中毕业生懂得多、会得多，拿着那点科学常识到处卖弄，对这个不满意，对那个看不惯。其实那点书本知识有什么了不起的呢？……他把那点记工员的常识拿出来改作业，这不光是看谁算对了没有，而是想到了应该教育小朋友听党的话，在培养下一代。他想得多远啊！我还以为他没有文化，不会动脑子，所以没有理想也没有苦恼。其实，真正思想上的贫困带来感情上的贫乏的，不是别人，正是我自己。他把什么工作都和革命事业联系在一起了。就为这个，他少睡觉，多干活儿，辛辛苦苦捡来的茶籽分给我一半……我呢，我把真正的革命工作抛在一边，整天躺在自己的梦境里，靠那些胡思乱想来安慰自己，反倒以为聪明，不一般。诉苦的时候下过决心，一碰到具体困难就又犯毛病。我算个什么受苦人出身，算个什么革命战士？我真是个“等外品”！

“副排长！”高翼中激动地站起来说，“茶籽是你捡的，今天那个‘上游’我不能要。”

“为什么？你不也一起捡了吗？”

“我不配……”

“谁捡都一样！”欧阳海抢着说，“明天你多捡些不就补上了？再说，我们俩是‘换工’，我还等着你给我辅导辅导那几篇毛主席著作哩！”

“我……”高翼中的眼泪涌了出来，心里在说，我怎么能辅导你学习毛主席的文章？是你用实际行动告诉了我，什么是为人民服务，怎样为人民服务；是你用朴素的感情启发了我，使我懂得了什么是崇高的思想境界，什么是感情上的贫乏、单调。正是从你的身上，照出了我小知识分子的全部弱点。恰恰是在你这个“文化水平”不高的人面前，我才由衷地感到了羞愧……他擦着眼泪，使劲地给了自己一拳，说：

“明天早上你叫我一声。”

“干什么？”

“你当我的小教员吧！白天，教我做饭、捡茶籽；晚上，教我如何看书学习，怎样理论联系实际。我要一切一切都从头学起。”

欧阳海深情地望着他，心里说：好啊！“新的方面由小变大，上升为支配的东西”了，“矛盾的主导方面”在起作用了，事物的性质正在朝积极方面转化。有了这个决心，再坚持下去，不光能学会做饭、捡茶籽，连太行、王屋两座大山也可以用肩膀扛走的！

十天后，营里来人验收了欧阳海他们的劳动成果，并把一包一包的茶籽给公社送去；表扬他们完成了预定的指标，还超额一千多斤。欧阳海领着六个战友，唱着歌儿返回营地。他背包还没放下就来到连部，向支部书记关英奎汇报了这些天的工作情况，特别提到高翼中的进步。

关英奎满意地望着欧阳海：不错，这个小小的“火车头”拉着整个列车，安全到达了目的地了。可是他自己还有些什么突出的事迹呢？关英奎知道欧阳海自己是不会讲的。他想找几个同志来问问。当看见欧阳海深深凹进去的眼窝和满是伤痕的双手时，他打消了再去问问的念头。光看他的眼睛就能猜到，这十来天中他操了多少心，只睡过多少觉；光看他这双手就能想象到，那几千斤茶籽是怎样一粒一粒地捡回来的。

欧阳海回排里去了。关英奎还在想：这个季节去捡茶籽，还超额完成了任务，真得费把力气哩！欧阳海的这股劲头是哪儿来的呢？……他无意间打开了欧阳海遗忘在桌上的挎包。挎包里有一本《干部必读》、几本卷了角的毛主席著作和两本写得密密麻麻的学习笔记，上边还带着一股强烈的煤油味道。

关英奎拿着那几本毛主席著作和《干部必读》，心里边亮亮堂堂的，觉得一切都不必再问，一切他都明白了。

“火车头”在向前飞奔，我们部队、我们整个祖国都在向一个新的高度飞跃。那移山填海的社会主义建设，摸爬滚打的练兵高潮……都需要物质力量、精神力量。而无穷无尽的力量的源泉就在这里，就在伟大的马克思列宁主义、毛泽东思想之中！

第七章　家乡行

三十　“大哥呢？”

山清水秀的春陵河两岸，田里冒出一抹淡绿；布谷声声，水车辚辚，悠扬的山歌在田间飘荡：插秧的季节到了。桂阳山区人民虽然连续遭受了三年自然灾害，但还是信心十足地在和老天搏斗，向大地要粮。县委书记、机关干部、公社的领导同志们的面影都映在水田中。他们正卷着袖子，挽着裤腿，和社员们一道弯背插着秧苗。

哎哟！上下齐心力量大哟，
春旱夏涝我不怕呀；
老天你百日不下雨，
我车干那个河水哟——
　把呀、把呀、把那个秧来插。

水田里映着一个矫健的战士倒影，正飞快地向凤凰村走去。超期服役的好战士欧阳海返乡探亲来了。

多么面熟的山，多么面熟的水啊，多么面熟的一草一木又都出现在欧阳海眼前。拐过前边那个熟悉的坳子就是莲溪镇，再爬一溜十五里山路就到家了。

一想到家，不由得他加快了脚步。

来到刘家大屋门口，欧阳海停下步来。在这个大门口他曾经转过多少回啊！那些年月，刘家大屋给他带来了多少恐惧和愤怒。如今院墙还是老院墙，好像矮了一截；石头狮子还蹲在那里，也远不如从前那么神气了，只是口里还含着那颗会转动的石头球，还瞪着那双无光的大眼睛。看看这些景物，欧阳海不觉笑了起来。多快啊，一晃又是四年过去了！朱漆大门里传来琅琅读书声，欧阳海这时才发现刘家大屋门口挂着块新牌子："莲溪中学"。想起侄儿和外甥都该上小学了，他来到百货商店买了两个绣着"天天向上"的书包。出门一看，天色不早了，"我得先看看周师傅去！"想着，他又急急忙忙朝公社跑去。

欧阳海一心想快点见到周排长。他想："我是周虎山书记看着长大的，四年以前，也是周书记把我送到部队去的，虽说这几年一直没断了通信，可是信上说不清什么问题，这次见了面该有多少话要向书记谈，有多少问题需要向老首长汇报请示啊……"

欧阳海到了公社，一位值班的同志说，要找人到田里去找，公社的所有干部都下去了。周书记最近一直在各个大队里忙，正在抓全社抗旱救灾的问题。欧阳海给老周师傅留了个纸条，向他报了个到，然后直奔山上而来。

这条山路欧阳海不知爬过多少回了。每一道坎坎，每一块青石板，对他都是那么亲切，挎着讨米篮的时候爬过，扛着根空扁担时走过，那年月，这十五里山路啊，每一步都是那么艰难。今天哩，他脚下像踩着"风火轮"似的，一口气没歇，莲溪镇就远远躺在山脚下了。

一轮夕阳刚要下山的时候，欧阳海爬上了山头，激动的心情促使他加快步子跑了起来。到了村口，眼前的景物使他呆住了，两条腿也随着停了下来。村东头新修了一个平平展展的水泥打谷场，一群孩子正在那儿做游戏；那个差点成为自己小坟包的土地庙扒掉了，代替它的是"凤凰村阅览室"；一抹夕阳正照在一排新砌的整整齐齐的瓦房上，"人民公社万岁"的标语上面映着一片阳光。

欧阳海站在村口，深情地望着自己生长的地方。他在问自己：大哥来信叫苦说，山里遭了旱，家里生活有些困难。可眼前哪有什么"灾区"的景象？他用目光从这排房子中一间间扫过，找了两遍竟看不见自家那间草房。直到在一幢带阁楼的砖屋门前，看见了那棵熟悉、亲切而又有点陌生的松树，欧阳海才轻轻地喊出声来：

“凤凰村，你变了！我的松树啊，你也长高了。”他向四山望了望，好像在说：生我养我的家乡啊，欧阳玉蓉——欧阳海回来看您来了！

“敬礼！”欧阳海直挺挺地站在妈妈跟前喊着。他手齐帽檐向老人家行了个军礼。

妈妈正在吃晚饭，听见声音连忙放下筷子，眯缝起眼睛，上下打量这个刚进门的解放军。

“这位小大军同志，你，你找哪个？”妈妈客客气气地问。

“我哪个也不找，就是找您的呀！”欧阳海亲亲热热地又补充了一句，“妈！是您老的三三回来看您来啦！”

妈妈望着他，几乎不相信自己的耳朵，又过细地端详了一阵，好半天才说：

“三三，是你呀！怎么连话音都改了，我的儿！娘都认不出你来了……”妈妈说着撩起衣襟擦起眼泪来。

欧阳海连忙走上前去，替妈妈擦着眼泪：“妈，我回来了你还哭呀！”

“儿啊，盼了你四个寒暑，想得心都痛了。我，我这是快活得过了头啊！”

欧阳海放下挎包紧挨着妈妈身旁坐下。妈妈埋怨地说：

“你要回来哩，也不先打封信招呼一声。”说着，她站了起来，东张张、西望望，刚给儿子倒了一杯水，又连忙拿起碗来去盛饭，饭盛了一半又倒回锅里，从橱柜里取出一个头号大碗，高兴得把筷子也碰落地上了。

“饿了吧，快吃！不晓得你回来，今天也没有到墟上去割肉。你慢点子吃，等我给你炒两个鸡蛋。”

欧阳海端起碗来想，我又不是客，还要给我摆席呀？他拦住妈妈，指着桌上的菜说：

“妈！不用啦。我们家的伙食改善得很不错嘛！”

“你说么事？”妈妈没听懂。

“我说我们家的伙食已经很有水平了！就，就是，干脆一句话，你老做的饭菜，吃起来味道好，闻起来也香啰！”

“那你快吃，快吃呀！”

欧阳海觉得好笑，怎么能一到家就吃饭哩？再说下车的时候刚吃过，这会儿肚子还是饱饱的。抬头看看妈妈那双眼睛，他心里明白了：这一大碗饭非吃下去不可。这会儿的任务就是克服困难多吃几碗，让她老人家高兴高兴。

妈妈坐在桌边，目不转睛地望着儿子，心满意足地看着他大口大口地吃着，不停地夹起菜来往儿子碗里送去。

欧阳海吃完了，推开碗筷问："妈，你看我是不是胖了些？长高了好多吧！"

妈妈打量着儿子摇摇头说："看不清哪！"

屋里是暗了一点，欧阳海拉着妈妈来到门口，自己站在松树下说：

"你老好好看看，该是和信上说的一样吧！"

妈妈眨了眨眼睛没说话。

"是不是胖了呀？"

"依我看哪，高嘛是高了些，这脸上也不怎么见胖。"

"妈！我就是变成一条大牯牛回来，你老人家也不会嫌我胖的。"

妈妈抿着嘴，还在细心地打量着这个壮壮实实的儿子。她心里在想："队伍上就是能出息人，这才几年不见，三三就大变样了！"想着想着，难得地笑出声来："儿不嫌娘丑，娘不嫌儿肥啊！"

掌灯的时候，全家大大小小都回来了，把堂屋挤得满满的：爹爹在一旁含着小烟袋，侄儿们戴起叔叔的军帽、扎起腰带在人群当中走正步，妈妈在灯下纳着鞋底，连玉英姐姐也特意从婆家赶了回来，高高兴兴地看着这个远方归来的三弟。欧阳海给大家讲了讲部队的生活情况，全家都听得津津有味。妈妈几次放下针线张张嘴，好像要问什么事。

欧阳海已经感觉出来了。他说："妈，你老想听什么我就讲什么。"

"我呀，就问你一桩事……"妈妈把要问的话留在肚里没全说出来。她和姐姐小声叽咕了几句，又回头看了看爹爹，好像要从他脸上看出自己的话该不该讲似的。

"有事你就问嘛！"爹爹说。

"三三，你这回回来就……就不走了吧？"

"妈，要走的嗷！顶多住一'炮'天就该回部队了。"

"住十天就走？不是说'三年期满'吗？"

"我信上不讲得清清楚楚，我这叫超期服役。是我自己心甘情愿的。这次是请假回来看看。"

妈妈点了点头说：

"你多当几年兵我倒是情愿啰。我是想，这难得回来一趟，就不兴在屋里多住几天？”

“不行啊，妈！部队任务紧、工作多，离不开呀……”

“你们部队上的规矩我晓得。我是说难得回来一趟，路上就耽搁了好几天，屁股还没坐热哩，就又起身走了。依我说呀，你跟部队打封信，告个假，就说屋里有事，一时脱不开身。要是首长答应了，你就多住两天。”妈妈说的“有事”，就是老年人常为儿女操心的那个终身大事。可是儿子显然没听明白。

“那怎么行！”欧阳海说，“今年我本想不回来的，是连长说离家快四年了，回去看看老人家，硬给我买好了车票，把我送上了车，这才到了家。妈，我这也是代表连里的首长和同志们来看望你们的。住上十天八天还不够啊？”

爹爹磕了磕烟袋发言了：

“听听，人家队伍上的礼性多周到。三三，回去的时候莫忘了问候问候他们。我们社里也是忙，不得闲到队伍上去看望同志们。”他转身对妈妈说，“你们这些妇道人家，就只晓得问这些事。三三没回来你们盼他回来，一回来又想留他多住些时，这日后他还敢不敢再回来了？”

妈妈笑了笑，没吱声。欧阳海说：

“妈，等世界上没有帝国主义、没有受苦人的时候，那我一回来就不走了。莫说多住几天，你们就是拿棍子打我，我还不走哩！”

“听说快了，是不是？”姐姐问。

“快是快了。”欧阳海认真地说，“也还要很得一些年头哩。不过只要我们加紧搞好工作，我呢，当好兵，你们呢，种好庄稼，那帝国主义就完蛋得更快些。”

妈妈点了点头，说：“是啊，那天开会我也听见干部们讲，那帝国主义呀，直到临死还不肯咽它那口挺尸气，满世界到处找软的欺负哩！”

“所以啰，妈！我这回回来只能住‘炮’把天，要赶紧回部队去工作。早天把我们的社会主义建设好，那世界上的受欺负的人就更有指望、更有盼头啦！”

妈妈觉得儿子的话也有道理，加紧纳起鞋底来。大家又问了些别的事，看看时间不早了，欧阳海从提包里拿出几件礼物，分别送到各人面前：给妈妈的是五尺青布，给爹爹买了双套鞋，侄儿和外甥一个人一个书包，姐姐是一把梳子，一面镜子。欧阳海又从提包里拿出一本《毛泽东选集》和两个笔记本，四下里看了看，才想起一直没有见着大哥。

“大哥到哪里去了？”

“他呀……忙嗷！”爹爹的口气不对，说完使劲把烟袋往鞋底上磕了几下。

“开会去了？”

“开鬼的会！”爹爹更火了，“他要开会倒好了。”

听见爹爹是这么副口气，欧阳海没有再问下去。他估计大哥一定是做错了什么事，惹得爹爹生了气。“究竟是什么问题呢？”他在想。难得的一次家庭聚会，本来是欢欢乐乐的。大哥缺席没来，像块硬木疙瘩堵在欧阳海心里。

天还没有大亮，欧阳海扛起锄头往外走，妈妈连忙从厨房里出来喊住了他。

“三三，你做么事去？”

“上工。”

“你就不晓得养息两天？”

“我不累，我又不是回来享福的。”欧阳海说着还是出了门。临探家前就向支部作过保证：一、参加集体生产劳动——这条很重要，一个党员，一个战士，不管走到哪里，都要关心集体，都不能丢掉劳动习惯。决不能因为你是在休假，是在探亲，就可以例外。你是作为一个党员，一个战士回来探亲的。二、正确处理家庭及个人问题——这条也要注意。回到家里总会遇上一些新的、连里所没有的问题，一定要注意正确处理，正确对待。三、按时归队——这点更不能忽视。战士嘛，心里时时刻刻都要有敌情观念。按时归队不单是组织纪律性的问题。欧阳海想，另外，还准备向大队支部书记要求要求，让支部分配一点工作给自己干干。一个党员不管走到哪里，都应该主动找工作做。现在正是农忙的时候，哪能守在屋里享清闲呢？

地里还没有人影，看天色还不到上工的时候。欧阳海信步来到松树下边。松树更高了，树皮好像包不住躯干，裂开一道道缝，变成片片鱼鳞似的小圆块。“难怪叫鱼鳞松哩。”欧阳海扶着树干想，“多快呀，树都长成材了，它是天天都在往上长啊！人能不能天天都进步，一步也不停呢？”

欧阳海在地里干出了一身汗，才听见上工的钟声，社员们陆陆续续都来了。他连忙朝一个老头跑去。

“德信爷爷，你老人家好哇！”

“哟！海伢子，是你回来了！”

“昨天回来的。”欧阳海问完了老人家的饮食起居，说，“德信爷爷，我问你老一个事，我大哥出了么事毛病？”

“他的事呀……你要开导开导他哩！”

欧阳海想，果然是有了问题！他气呼呼地放下锄头，准备马上去找大哥，刚要迈腿又停住了。他想：“还得先摸摸情况。没有调查就没有发言权嘛，我一定要找个时间好好了解了解。等把问题搞清楚了，我再找他算账！”

吃完中午饭，欧阳海上山砍了一担柴给德信爷爷送去。进了门和早几年一样喊着：

“爷爷，给你老人家送柴火来了。”

“哎呀，难为你难为你，我还有烧的。”

“留着慢慢烧嘛。”欧阳海把柴火放在火塘旁边说，“路上我就想好了，这回回来，我一定要给你老打千把斤柴火，打不够数我就不回去。”

“海伢子！”德信爷爷把他拉到对面坐下，说，“你出门四年还是老样子，没有变哪！”

“是啊，没有长进。”

“不啰！我是说你还没有忘记庄稼人的根本。”老人摇了摇头说，“你大哥不像你，有些变了……”

“爷爷，你老跟我好好哇一哇啰。”

欧阳德信点燃了一袋烟，慢慢地说：“山里虽说连着遭了几年灾，可是有党，有人民公社，我们万事都不怕！头两年嘛嵩伢子还好，打今年开春起，他就变了模样。傅盛财这个人你还记得吧？”

“记得。”欧阳海说。

“他是个手艺人，”欧阳德信接着讲，“在旧社会，也还是吃过点子苦的。那年月，光有点裁缝手艺也吃不饱，只好走东闯西地跑起小生意来。这几年山里一旱，他就坐不住了，整天忙着赶墟。你大哥一见也动了心，说么事‘吃饭靠集体，花钱靠自己’，那颗心就没放在地里头，总想到四乡去赶墟抓点子现金。”

“现金？”

“就是现钱啰。”老人激动地讲，“虽说拿自留地里的那点子东西到墟上去卖算不得么事，政策呢也允许，可是你总不能东边买来西边卖，跑起买卖了呀！昨天跑沙塘，今天下莲溪，明天又往白城赶，这，这不成了生意人了？眼下我们山里遇了旱，你不一心一意先把生产搞好，那秋后吃么事？拿么事来支援社会主义？一个贫农，心思不在地里这就不对嘛！”

“咳！”欧阳海气愤地给了自己手心一拳。

德信爷爷接着说：“……当然啰，要怪也不能怪你大哥，他是受了影响，让别个牵着鼻子跑的。跟么事人就学么事样，跟着屠户学不成皮匠。他是个本分人，我才把这些话告诉你，你要好好说他几句。要像傅盛财那号人，我干脆就叫社里开他的会。”

欧阳海心里完全明白了，大哥无心搞生产，四乡去赶墟，又买又卖，这是让那几个“现金”迷住了心窍。这是丢了西瓜去捡芝麻，严格地说，这就是忘本嘛！怪不得他总在叫苦，总说日子不好过呢！忘了根本，那口里就是含块冰糖，也不晓得么事叫甜。“好嘛！”欧阳海心里说，“等着我跟你算账！”

天黑的时候，大哥扛着几捆烟叶子从墟上回来。见到了分手四年的弟弟，他高兴地喊：

“三三，我听说你回来了，实在是抽不开身！”

欧阳海没理他，眼睛冷冷地看着那几捆烟叶说：

“好大的瘾，买这么多烟叶子回来！”

大哥笑了笑，口气也不自然了：“这，这是别个的。我是帮帮忙……”

欧阳海非常严肃地问道：

“帮哪个的忙？社会主义的？队里的？还是帮那些撇开生产队的农活不干，一心只想赶墟做买卖生意人的？”

大哥愣住了，怎么一见面就这样呢？记得三三过去不是这样的。他说：

“三三，你，你好像变了！”

“我倒没变。”欧阳海火气十足地说，“我看你好像变了，烟瘾变大了，人也变勤快了，四处给别人帮忙，忙得屋里地里都不落脚！”说完，他扭头朝大队跑去。

大哥望望弟弟的背影，望望烟叶，十分尴尬地站在那里。

三十一　野菜

公社党委书记周虎山和大队的几个干部正在开会，研究如何搞好抢插抢种、夺取早稻旱粮双丰收的问题。欧阳海满头大汗跑了进来。

"周书记！……你在这里呀！"

周虎山连忙站起身来，紧紧握着欧阳海的手说：

"回来了？昨天你刚走我就回去了，看见了你留的纸条。正好今天要到这里来研究抗旱抢种的问题，准备开完会就去看看你的。"

"书记，我也正在四处找你哩。"

"你？你恐怕早就把我这个铁匠师傅忘了吧！那年想参军的时候，坐在我屋里不肯走，现在穿上军装了，留个纸条儿就把我打发了……"

"老师傅、老排长、老书记哎，你莫冤枉人啰。我早就想好了要跟你汇报汇报的，刚好今天又遇到个新问题，又准备坐在你屋里不走啰！"

"什么问题？"

欧阳海把哥哥的问题以及群众对他的反映，详细地谈了。最后说：

"我是来请示支部，这个问题该怎么处理的。"

"不错！到底是解放军，这组织观念就是强。"周虎山满意地说。他把欧阳嵩的情况和公社对这些问题的看法都谈了。最后试探地问：

"情况就是这样了。我们也正在研究这个问题。你看看，怎么处理好？我们先听听大军同志的意见。"

"要我说……我这是发表我个人的意见啊。"欧阳海想了想，说道，"先开会斗他一顿。一个老贫农，家乡遭了灾不一心一意搞生产，跟着别人跑，四处赶墟做生意，这还算什么贫农！"

"这怎么行！"周虎山说，"你哥哥的问题主要是对抗灾抢种、搞好生产信心不足，所以才想去抓几个现金。从领导的角度来看，这也不奇怪。一个庄户人，想到秋后粮食不足，他是要着急，他是想个人做点准备。问题在于不靠集体把生产搞好，单靠个人去抓现金，是解决不了根本问题的。这是个认识问题嘛。当然，也是脚板没站稳，受了别人的影响。不过对他这样苦大仇深的同志，应该'和风细雨'地帮助才对嘛！你回来得正好，帮着队里做点工作，我们也好借借你的东风，把生产高潮搞起来。"

"那我们就先给他开个家庭会，通过新旧对比来开导开导他。"欧阳海回答着。

"对嘛！这才是解决问题的办法。至于东山大队那个傅盛财，那是要批评的。这个人根本不相信集体，就指望他那点手艺。他的女儿倒不错，就是抹不开情面，不敢向她父亲的思想展开斗争。你不也认识她吗？要好好帮一帮。具体做法……”周虎山看了看表，对大队支书说，“你根据咱们刚才研究的那个精神，好好和欧阳海谈谈。我不能参加了，要赶到东山大队去开个会。他们还在等我哩！”

周虎山打着火把走了，大队支部书记把欧阳海让到桌边坐了下来。

“当兵的，本来该让你好好休息几天的，你既然找上门来了，那我们也就不客气地抓抓你的‘公差’了。”

欧阳海掏出个小本说道：“支部书记，党员不管走到哪里都听党的，有任务你就只管分配。具体该怎么做，也希望支部多给些指示……”

第二天，欧阳海没有去上工。他根据昨天晚上和支书研究的结果，在家里翻箱倒柜地忙了一上午，把新被褥、床单、毛衣、胶鞋都摆了出来，又把暖水瓶、镜子、闹钟……这些日用品摆了一堂屋。一件件东西都整理好了，他左打量右打量，好像又想起什么来了，从屋后搬起梯子要上阁楼。

妈妈一直站在旁边看着，不明白儿子的意思。

“三三，你这是做么事呀？”

“妈，你莫管，有用就是了。”欧阳海在楼上回答，把阁楼上的东西翻得乒乓乱响。

“妈，我的篮子呢？”

“你有个么篮子？”

“我讨米的那个篮子。”

“讨米的？早就进了火塘了！你要那个篮子做么事？大哥屋里有新的，大大小小好几个哩。”

“我要的就是那个讨米篮！”欧阳海找了半天，拿着半截棍子下来。

“妈，这根棍子你莫又给我烧了啵，这是个宝，留它几十上百年有好处！”

妈妈不晓得三三今天是犯了什么邪，嘴里小声咕哝着没敢拦他。

欧阳海挎着个新篮子，提着把小铲刀出了门。他走不多远又转回来嘱咐说：

“妈，这些东西哪个都不准动啵！”

中午吃饭的时候，爹爹进门看见堂屋里摆满了东西，不高兴地问：

“这是做么事？开杂货铺子？”

“三三弄的，还说不准人动。”妈妈回答。

“人呢？”

“出去半天了，也不晓得去做么事。”

“嗯？”欧阳恒文在堂屋里看了看，“哦！……”他想起了文书刚才说，要通过回忆对比来教育教育老大。他低头吃完了饭，把信用社的存折和自己一套崭新的棉衣棉裤也拿出来放在桌子上。

快吃晚饭的时候，欧阳海才满头大汗地跑了回来。他围着火塘又忙起来。

妈妈指着锅里问：“三三，你在做么事呀？”

“煮药，治病的。”

“你不舒服了？三三，看把妈心里弄得七上八下的，快找个人来看看吧！”

“妈！是别人‘病’了，我要给他治一治。”欧阳海说完。头也不抬又忙了起来。

就在欧阳海忙上忙下的时候，隔壁屋里也有一个人正在忙着。

欧阳嵩把几捆烟叶子打开平铺在地上，按成色分成几小堆，又捆了起来。他坐在小板凳上，眼睛盯着烟叶子想：“明天是沙塘的墟，该不会又像前天在白城那样脱不了手吧。傅盛财已经催过好几次了！”想到这里，他眉头抖了几下。“群众已经有了反映，说我对生产不管不问，再不盘算插秧的事就更交代不过去了！……唉，受人之托，忠人之事嘛。再说，他也帮过我的忙。就这一回啦！”

欧阳嵩提起烟叶子，对站在一边的大嫂吼着：

“你站在这里做么事，还不赶快给我做饭？今晚我有事，要出去一趟。”

“有事有事，你又要往哪里跑啊！三天两头不落屋。”大嫂站着没动。

“你懂个么事！烟叶子就这个季节甘贵，等秋后还值么事钱？我今天要不赶快脱手，要不攒几个现钱在手里，到时候拿么事来开销？我这也是为你们忙。”

“你这是瞎眼‘无常’走夜路，鞋跑破了好几双，鬼都没见到一个！”

“到时候我赔你的鞋钱。”

“火钳啰！”大嫂噘着嘴在火塘边做起饭来。“爹这几天把个脸垮了一尺多长，我看你日后怎么收场！三三也回来了，你瞒得过今天还瞒得过明天？”

“你莫啰里啰唆的。”欧阳嵩扛起烟叶生气地说，“我也不麻烦你，我到东山吃去。”

“他们家的饭就那么香？我看你是让鬼迷住了。难怪别个讲，跟么事人学么事艺，跟着黄鼠狼学偷鸡。”

欧阳嵩想起傅盛财正等他去商量赶墟的事，没有心思跟她吵，扛起烟叶就走，正好碰着从门外进来的欧阳海。

“大哥，又在为别个忙哩！”

“啊！你来了。坐，坐呀！”欧阳嵩只好收住了脚，可是烟叶子还没放下来。

欧阳海把眼睛盯在烟叶子上问：

“你要到哪里去？”

“我……我想到东山去一趟。前年开春，西头的盛财叔搬到东山大队去了。他叫我去……”

欧阳海有心试试大哥。他说：“是去开会吧？那你忙你的。过两天我再找你。”

“会倒不是么事会，有一点子小事。”大哥乘机下了台阶，说，“你要不是急事，过天我们好好哇一哇。”

欧阳海拦住他说：“既然不是去开会，那我想今天晚上就跟你哇一哇。”

“那，那也好。”欧阳嵩无可奈何地把烟叶丢在地上，说，“你先过去，我吃完饭就过来。”

欧阳海扛起烟叶说：“我也没吃，妈给我们做好了。走哇，大嫂，我们都过去。”

欧阳恒文全家老老小小十几口人都来了，堂屋里热热闹闹，有说有笑的。欧阳海把大哥安排在桌边坐下，说：

“大哥，我找你来是打听几样东西，要不了好长的时间。等这个事完了，你再忙你的去。”

“不忙，不忙。”大哥说着拿眼睛四处看了看，爹爹果真是垮着个脸，妈也好像在生气。屋子里像杂货铺似的摆满了东西。他心里怦怦乱跳，想：不是说找我来哇一哇吗？怎么把全家都找来了！怪……

“爹！”欧阳海不慌不忙地说，“有几样东西我认不得了，想找大哥来问问，又一想这些东西跟全家都有关系，所以把你们都请了来。这算是开个家庭会。”

“好啰。有事你就只管讲！”爹爹心里明白。

“部队上的同志找我打听几种野菜的叫法，这几年吃饱穿暖，把小时候认得的野菜都忘了。今天我上山挖了一些回来，想让大哥再告诉我一遍。”

“唉！是这么回事啊。”大哥的心这会儿才算落了地。他不满地瞅了欧阳海一眼，心里说，“这种事也来找我？村里哪个不认得！”

“大哥！小时候是你领我上山挖的野菜，一边挖一边告诉我：名字，吃法，什么味道。这一晃十几年过去了。”欧阳海把篮里的野菜倒在桌上，“今天我见它们都还面熟，就是叫不上名字来。不晓得你还记不记得它们！”

大哥觉得这个事太好办了。他站起身来拿着野菜说：“这个是‘张绿老伞’，苦是苦一点，不胀肚子；这个是‘檀树叶’，嫩的还好，老叶子涩得很；这是‘禾架菜’，好是好，就是不容易找；这是‘野芹菜’，这是‘马良丹’，这是‘鹅的秧’、‘野黄瓜菜’、‘且且草’……”

欧阳海生气地说：

“你还都认得呀！”

“当然认得啰！”

“认是认得。”欧阳海也站了起来，“名字你还叫得上来，嘴里说也知道它们是苦是涩，可是你心里边早已把它们的苦味道忘得一干二净了！”

“我！……”大哥想说，这些野菜我还会忘？我比起你三三来，多吃了十好几年哪！

欧阳海本来很冷静，他想根据支书的意见，通过回忆对比来教育大哥。可是一见到野菜，那挨门乞讨的日子和凄风苦雨的童年，又在脑子里浮现出来。他抑制住自己的悲痛，领着大哥，把屋里解放后新添置的衣物、用具都看了一遍，最后拿起那半截打狗棍说：

“我们这个小小的堂屋里摆着两个社会：一个新社会，一个旧社会。大哥，你好好想想，旧社会里我们有什么？年成好，肩上一根扁担；年成不好，手里一根打狗棍……如今山里连着遭了三年灾，政府把公粮免了不说，还把救济粮送上门，为的是不让我们再去挖‘张绿老伞’不让我们再吃‘鹅的秧’、‘马良丹’。这样好的日子我们还不知足，拿着国家支援来的优良谷种，不一心一意搞好生产自救，却跟着别个四处去赶墟，又买又卖抓‘现金’，不顾集体，忘了根本，这不是忘了野菜的苦味道是什么呢？”

屋里没有人出声。大哥蹲在地上，两只手托着下巴，羞愧地低着头。

“妈，你把一九四八年那个旧历年我们是怎么过的，给大哥哇一哇。”欧阳海望着半截打狗棍说。

“那，那是哪一年？”妈妈问。

“就是戊子年。五分向阳坡地让刘大斗霸了过去，四妹子……饿死的那一年。”爹爹说。

妈妈撩起衣襟，擦擦眼泪，望着老大说：

“乙酉年你让潘保长抓走以后，儿啊，这，这家里这日子啊，就过不下去了……”

像一口凉气从喉咙里灌了进去，妈妈的话刚开头，声音就被哽住了。她想说，戊子年的年成还不算坏，可是全家起早贪黑苦累一年，还是照样没吃没喝；她想说，怎么牵着三三、背起四妹子顶风冒雪到莲溪镇上去讨米，可是讨回来的残菜剩饭，连四妹子也喂不活；她想说，寒冬腊月烧窑卖炭，为了保住那五分地，可最后脚掌冻得裂开了血口，地还是归了姓刘的……她想说的事情太多了，却又不知从何说起。“我……”她几次张了张嘴，什么话也说不出来。

欧阳海倒了一杯热水给妈妈送过去，催促着说：

“妈，你说呀！”

“好，我说。”妈妈咬了咬牙，“……年三十晚上，可怜的四妹子饿死了，尸还没有收，初一早晨，刘大斗派人来要账。你爹拿不出钱来，他们夺走了那五分地还不算，硬说误了他年三十的期限，把你爹爹抓到乡公所，押进班房吃了两个月的官司。屋里没个当家人，卖尽当绝救不了你爹的命。后来是刘大斗的十少爷一口痰上不来，先生说要拿‘人股’……要拿‘人股’煨汤喝，我赶快跑到莲溪，用，用身上的……一块肉，才把你爹爹换了回来……”

“奶奶！”一个侄儿问，“么事叫‘人股’？”

“‘人股’，‘人股’就是人肉哎！”妈妈回答着。她卷起袖子，露出左胳膊上杯口大的一个疤……

小孙子哭着扑到奶奶怀里。

妈妈胳膊上的疤，欧阳海看过无数次了，皮肉皱在一起，疤也呈暗褐色。可每次望着它，都像看见一股殷红的血正从妈妈的胳膊上涌了出来；每次看见它，都联想起碗里一块妈妈的“人股”，旁边一把带血的剪刀。真是人吃人哪！欧阳海的心缩紧了，胸膛好像要爆炸。他噙着眼泪望望妈妈，攥紧了拳头，猛一下砸在桌上。

姐姐想过去安慰妈妈几句，话没出口，自己倒先伤心伤意地哭了起来。

欧阳嵩恨不能找个什么地方躲起来才好。欧阳海忍住悲痛对他说：

“大哥，那一年你又是怎么过的？”

欧阳嵩确实想不起那一年是怎么过的了。他只记得被抓到湖北，带着那颗半边头发半边光的“阴阳脑壳”跑了出来。分不清东南西北，不晓得家在哪方。身上又半个盘缠也没有，想打短工也没人敢要——谁见了他的头都躲得远远的。饿得快不能动了，爬到地头上挖了两个红薯，又让财主抓去死打了一顿，还说要送官。幸亏当时身上还有一件半旧的夹袄，把衣服脱给了财主才算完事。从此躲在山上的一个破庙里，像条野狗不敢见人，直到头发长起来了才下山。在山上的那些日子……对了，在山上的那些日子就是靠苦味的“马良丹”、带刺的“且且草”和牲口都不嚼的老“檀树叶”才把这条命保住的。可是今天让他说什么好呢……

“唉！”欧阳嵩叹了一口气，“那些年的事，早过去了，不说也就算啰……”

“嘴里可以不说，心里可不能忘啊！”欧阳海把大哥扶到椅子上来坐着，指着侄儿们说，“除开他们，我们哪个都是老鸦窝的野菜喂大的。你比我早出世十几年，比我多吃十几年的苦；在社会主义的大路上，大哥呀，你应该跑在最前头！”

“你莫讲了，三三！大哥糊涂，对不起你。”

欧阳海觉得自己也有责任。总是强调工作太忙，很少给家里写信，对大哥的关心也不够。关键在于自己只把大哥看成是同胞手足，而没有当成是阶级兄弟。同一个堑壕里的战友，哪能眼看着他步子迈得不正而不闻不问，漠不关心呢？抬头，他望见堂屋当中贴的领袖像，说道：

“大哥！要讲对不起，你对不起给我们带来好日子的共产党，对不起引我们走上正路的毛主席。政府派人把救济粮送到我们口边，实指望我们能生产自救度荒年。你看，连县委书记、机关干部都下到田里车水插秧来了。我们一个庄稼人，吃着国家的粮食，不先搞好集体生产，一心只盘算自己的小日子，那明年还好意思伸手找国家要？全国几亿人，人人伸手要，党又从哪里拿粮食来给大家呢？社会主义是我们自己的，我们不能把社会主义吃空了。我们怎么能跟着别人走邪路呢？大哥呀，我们祖祖辈辈是贫农！”

这些道理欧阳嵩懂得，恨只恨自己一时糊涂忘了本。他站起来说：

“千不怪，万不怪，只怪我自己忘了本。三三，你说我该怎么办？”

“支书昨晚有指示，办法还是老办法。”欧阳海说，“把老鸦窝的那些贫农找来，让大家给你洗个滚水澡，你自己也干净干净，完了，赶快车水灌田，先把秧插下去。”

“我这就去找人。”

“等等。这烟叶子是哪个的？”

“是傅盛财买来的。他说他裁缝活计忙不过来，托我赶墟的时候遇上好价钱，就顺便帮他卖一卖。当然，里头也有我一份。”

“周书记昨晚赶到东山大队去了，说要研究如何帮助傅盛财的问题。以后啊，你多搞生产，少花这些心思。你这种帮忙是又害了集体生产，又害了他，更害了你自己！”

“是啊。我，我找人去！”大哥拔腿要走。

“莫慌，支书已经替你把人集合好了。”欧阳海拦住他，转身到火塘边把鼎锅端到桌上来说，“你不是还没吃晚饭吗？我也没吃。刚才我煮了一点子野菜，我们俩一人一碗。大哥！你、我，还有我们这屋里的十几口人，不管日后吃什么山珍海味，喝什么香的、辣的，心里也不能忘记了吃野菜的苦日子。千万忘不得啊！”

爹爹站起来说：

“来，大家都吃一点。几代人都是靠它活过来的，今天再尝尝有好处！”

老老小小，全家一人一碗端在手边。野菜当然是苦的，可是今天吃着格外不同。救济粮就在身边的坛子里装得满满的，坐在欧阳恒文家新砌的砖墙瓦屋里吃野菜，它能吃出旧社会的苦，也能品出新社会的甜；不仅如此，欧阳家几代人的酸甜苦辣，离合悲欢，好像都包在这几口野菜里边。

欧阳嵩吃着吃着流出了眼泪，他在想：耽误不得了，赶快车水灌田，赶紧把秧插下去。不先搞好集体生产，怕真要挖野菜吃了。

欧阳海看见侄儿们一边吃一边皱眉头，他对自己说：

“好，看来这几口野菜比送给他们的书包有用得多。这是革命后代身上不可缺少的政治营养。”

屋外起风了，松树上掉下几颗松果来。别看它们现在只是静静地躺在泥里，很快地，它们就会破壳，发芽，生长，变成一片苍翠的小松林的。

三十二　“我叫解放军”

在大队党支部书记的主持下，凤凰村生产队的贫农会整整开了一个通宵。

欧阳嵩在会上做了检讨，几个老贫农和德信爷爷狠狠地给他洗了个热水澡，擦掉了他思想上的污垢。接着，欧阳海给大家讲起时事来。他从帝国主义、现代修正主义和各国反动派如何欺负我们，讲到国内自力更生后的大好形势。看见大家听得津津有味，他也忘了时间，把自己知道的东西都讲了，连在路上看见县委书记下田插秧、要找干部上地里去找的事也没漏掉。窗户纸发白了，他才停住嘴。支部书记站起来说："这个会开得不错，欧阳海一回来就为我们队上的生产点起了一把火。现在就看我们能不能战胜干旱，夺取秋后的好收成了！"散会后，大家从会场直接来到田里，围着秧田里一片绿油油的嫩苗，心里那股欢快的劲头才突然爆发出来。

天上只有几片朝霞，太阳还没有出山，凤凰村的上空早已是歌声不断。

布谷声声传四方，
紧擂战鼓震天响；
要夺灾年大丰收，
车水耙田插秧忙。

一不叩头求菩萨，
二不烧香敬龙王；
单凭人民公社好，
双手平地砌天堂。
…… ……

一字排开的插秧行列中，有个黄衣黄裤的解放军战士在和社员们肩挨肩一齐劳动。他插得快、插得匀，不一会儿就把同伴们远远甩下了一截。有人说："好一双巧手！当了四年兵，这插秧的功夫还越来越精了。"

"工农子弟兵嘛，个个都是好后生！"

"是啊，当兵的就是能干！"

"这算么事能干哟？"欧阳海说着干脆唱了起来：

一双大手四四方，
能拿锄头能扛枪；

当兵就是为人民，
劳动的本分哎——
　　不呀不能忘！

歌声引起了一阵赞叹，田里的社员们你追我赶，插秧的速度更快了。

大哥趁休息的时候，把弟弟拉到一边说：

“三三，不是我爱管闲事，你难得回来一趟，也该到盛财叔屋里去看看。”

“看他做么事？”

“春芝回来了。”

欧阳海想起了前晚周书记的指示。周书记要他抽空去帮助帮助春芝。可自己和春芝好些年不见面了，连点情况都不了解，怎么帮助？他问道：

“现在还不到放假的时候，她从学校里回来做么事？是放农忙假？”

“不，年初就回来了。说是响应号召回来的。”

“这不错嘛。党号召知识青年参加农业生产，这是回到第一线来了。她现在干什么？当会计？”

“没有。傅盛财说，读了上十年的书，再回来搞生产太吃亏。把她圈在屋里踩机器。”

“什么机器？缝纫机？”

“嗯。盛财弄了一架半新不旧的机器，赶墟的时候顺便揽些针线活计，把春芝留在家里当个帮手。你快去看看她吧，她整天都在屋里。如今添衣置裳的人就是多，镇上那两间缝纫社忙都忙不赢啊。”

“她忙她的，我不去！”欧阳海听说春芝跟着她爹揽私活儿，踩机器，心里突然冒起三把火。

“三三，按老算法你也是二十三四的人了，还要等到什么时候呀？去看看！顺便到大队把我们的水车扛回来，换了副新叶片子，前天就搞好了。唉，这几天我也是瞎忙，一直忘了扛回来。”

欧阳海还拿不定主意。他想：“按情理说，应该去一趟。记得上夜校的时候，春芝对我帮助很大。这些年来虽然没有通信，彼此不够了解，但是作为同志，应该互相关心关心才对。再说为了根除傅盛财那自私自利的思想，也应该帮助春芝鼓起勇气来和她父亲展开斗争。可是大哥为什么扯到我的年龄上来了？什么新算法老算法，莫非他们背地里商量过什么事情？”

欧阳海朝东山大队慢慢走去，走着走着，他想起了大哥的烟叶子，想起了群众对傅盛财的议论。这么多年了，傅盛财那自私自利的脑筋还没变过来。“可是春芝回来了呀！”欧阳海在问自己：“她作为一个团员，又在县城上过学，懂得的道理多，给了父亲一些什么帮助，进行了哪些斗争呢？既然响应号召回来参加农业生产，为什么又跟她父亲拴在屋里踩什么机器呢？这是个是非问题，团员应该有自己鲜明的态度……”想到这些，他加快了脚步，觉得自己有责任帮助春芝从目前的处境中摆脱出来。

到了东山大队，欧阳海听说，当初春芝从学校回来时，确实是准备参加农业生产的，队里还请她来帮助整理过账目，忙了一些时候。可是傅盛财不愿意，嫌当会计吃亏，说什么“踩一天机器，顶半个月会计”，“人总要穿衣服的，有了这门手艺就不愁没有饭吃”……他整天围在队部门口吵，吵得春芝五心不定，账都算错了，最后他终于把春芝拖了回去。欧阳海听完气得像什么似的。“傅盛财这个人！”他自言自语地说，“自己财迷心窍，还想拖着女儿往回走。不行，我得跟春芝说说去，只要自己决心往前走，哪个也拦不住！”他扛起水车就往外走。刚刚出门，迎面有个人打趣地问：

“欧阳海，做么事来啦？”

“水车修好了，大哥让我来扛回去。”

“春芝妹子正在屋里车新衣服，你是相亲来了吧！”

“什么？”欧阳海感到诧异，“我是来扛水车的。队里正抢时间车水灌田，早点把秧……”

“莫瞒我们啰，你们两家都谈得差不多了。我看也是天生的一对。哪天办哪？莫忘了告诉我们一声儿。”那个人乐呵呵地说。

欧阳海没有搭理那个人开的玩笑，扛起水车就往回跑。“幸亏来扛这一趟水车，要不，我还蒙在鼓里哩！”他对自己说，“怪不得那天妈妈要我‘告个假，多住一些日子’，怪不得大哥谈起我的年纪，怪不得别人开这样的玩笑，原来他们早在背后商量好了！”

翻过了一道土坎，欧阳海坐在一块石头上歇气。他心里说：“我和春芝只不过是从小认识，但相互间并不了解，又都年纪轻轻的，他们操这个心干什么？……咳！这个传统的风气真是要不得，生个儿子，还没成人就怕他娶不到婆娘；生个闺女，从小就盘算给她挑一门好女婿，好心办成坏事的，何止千千万！”

一个约莫五六岁的小姑娘，提着个小木桶走过来，不知说了句什么。欧阳海心里还在生闷气，随便嗯了一声，继续想自己的心事。隔不一会儿，一声尖叫，把欧阳海惊醒过来，抬头看，小姑娘没有了，前边井台四周也空空的没有人影。“小姑娘呢？到哪里去了？”欧阳海连忙朝井台奔去。

井里只有一个木桶在水上漂着，小木桶还一晃一晃的，看样子小姑娘没有走远。欧阳海站在井边朝四周大声喊着：

“细妹子！细妹子——”

没有回答。

“未必是……”欧阳海从井口探身朝下看，话没说完，发现井里冒出一股浑水。不用说，小姑娘是掉到井里去了，现在正在水里挣扎哩！

欧阳海浑身一颤，心好像要从嘴里蹦出来。他毫不犹豫地准备跳下井去。一想，不行！跳下去会砸坏井里的人。下去的办法只有一个：顺着井壁慢慢爬下去。

天旱水枯，从井口到水面足有一丈多高。欧阳海张开两腿蹬住井壁，十个手指头死死地抠在石头缝里，一步一步地慢慢往下挪着……

水面上露出来一绺黑头发，晃了两下又沉底了，浑黄的泥沙翻了上来。欧阳海懂得，现在每耽误一秒钟对落水的人来说是多么大的痛苦。他心里像被刀子割着一样，顾不得危险，把身子紧贴在井壁上，双手一松，沿着井壁滑了下去。粗糙的石头上挂着一片撕破的军衣。

欧阳海把小姑娘从井底捞起来时，她已经昏迷不醒了。他把她托出水面，扛在自己肩上。抬头看，一丈来高的井壁笔直笔直，一个人上去都不容易，扛着这个昏迷的细妹怎么爬得上去呢？他在井里拼命地喊着。可是周围没有人听见他呼救的声音。

水刚刚淹齐欧阳海的耳朵。他必须昂着头挺直身子，踮起脚跟在水里站着，否则他和小姑娘都无法呼吸。三分钟、五分钟、十分钟过去了，还是没有人来到井口。他又喊了一阵，没有人答应，显然井台四周没有过路的行人。

不晓得过了多久，欧阳海那举着小孩的两条手臂开始颤抖起来，被石头擦破的胸脯，经井水一泡，渍得阵阵作痛，身子也左右摇晃起来。他咬牙鼓励着自己说："坚持住！现在的关键是保护好肩上的细妹子，一定要坚持住！很快就会有人来的，很快就会有人来的……"

小姑娘被欧阳海托在肩上，肚子里的水慢慢倒了出来，已经开始轻微地喘气了，这给了欧阳海以极大的力量。他相信只要小孩还活着，他可以在井里再站它三天三夜。又过了一会儿，小姑娘胖乎乎的圆脸上泛出了红色，合着的眼皮也开始动起来了。欧阳海高兴得朝着井口又大声地呼叫起来。

乡亲们终于闻声赶来，他们拿来了梯子、竹竿，又扔下一根绳子。欧阳海先让大家把细妹子救了上去，自己攀着竹竿慢慢爬了上来。

一位妇女哭着跑过来。小姑娘也睁开了眼睛。人们在井台边上忙着。欧阳海看看不要紧了，趁着大家没注意，悄悄离开人群，扛起水车朝凤凰村走去。

人们回头找不着救人的大军，纷纷议论起来。

"哪个看清楚了，那个解放军是哪里的？"

"哪个注意他哟！心里只记挂着社英妹子。"

"哎呀，难得别个把人救了起来，连谢都没谢一声就让他走了……"

"今天得亏碰见他，要不社英妹子恐怕就……"

大家议论着要感谢这位救人的大军。可是没有谁记清他的长相模样，不知道他姓甚名谁。

欧阳海先回到屋里，把打湿刷烂了的军衣换了，然后扛起水车到田里来。大哥远远看见弟弟穿着一身新军装走了过来，心想，换了衣服，又去了这么半天，一定谈得不错。

"三三，你光记着换了身衣服，把脚底下忘了。"大哥指着他那一双赤脚片子说。

"脚底下怎么了？"欧阳海看了看自己满是泥浆的双脚，不明白地问。

"脚上总该穿双新鞋嘛，就蹬一双你们的解放鞋也比打个赤脚体面些。"

"我去扛水车，又不是去检阅，要那么体面做么事？"

大哥也有点不明白："不是说，不是说让你去看看春芝妹子吗？"

"春芝？我正想找你哩！"欧阳海一肚子的气又被大哥勾了起来，"我问你，我不在家的这几年，你到底背着我做过些么事？"

"没，没有呀！"大哥以为他是指烟叶的事，连忙解释道，"我赶的那几场墟，都是拿自留地那点东西去的，除了那点子烟叶，是我和盛财叔搭伙买来准备去卖的，别的我从来没管过傅盛财的事。”

“今天我不问这个。如今别个都在开我的玩笑，说我们两家都谈好了。这不是你们背后弄的？”

“哦！”大哥明白弟弟是指春芝的事，说，“三三，你不小了，也该操操这个心了！”

“你莫操这个冤枉心！我还想出家当和尚哩。”欧阳海生气地说。心里想：春芝明知道她的父亲不对都不敢斗争，我跟她在这方面有什么可谈的？不管哪个操心也没用，我们走不到一起去。

“三三，”大哥拉着他的手说，“这几年妈妈心里就这一桩事放不下来，你想……”

欧阳海不等他说完，一甩手走了。他闷着头车水，再也不肯提起这个事来。

收工以后，一队人敲着锣打着鼓来到欧阳海家门前。他们打听到是欧阳海中午去东山扛水车的。小姑娘的母亲领着小孩，提着两只脚上缠着红布的肥母鸡，口口声声要来感谢“救命恩人”。下工的社员都围在恒文家门前看热闹。欧阳海像做了件什么错事似的，躲在屋里不好意思出来，左催右请他才红着脸站在众人面前。

“社英妹子，这就是你的救命恩人哪！快，谢谢恩人！”中年妇女催促着说。

欧阳海慌了，赶忙上前把小姑娘抱了起来。

“细妹子，你莫谢我，我小时候也是让别个从井底下救起来的。”

“你？”小姑娘睁着圆圆的大眼睛说，“我不信。”

“真的。”欧阳海摸着小姑娘的头，心里说，我九岁以前，不一直泡在那无底的枯井里吗？是共产党，是毛主席、朱总司令派来大军把我、把我们全家、把老鸦窝所有的穷苦人，从旧社会那口万丈枯井里搭救出来的！……他想起了那年刘家大屋的情景：黑屋里，浓烟滚滚哪！要不是“天兵天将”赶了来，要不是周虎山排长把我从大火里救了出来，我欧阳海早就化成灰了！……旧社会不只是枯井，也不光是火坑，那是看不见天日的无底深渊啊！可是，这些话怎么能对五六岁的小姑娘讲得清呢？救人是应该的，你要谢我，我又去谢哪个？……欧阳海双手抱着小姑娘，满肚子的话不知从何谈起……

天黑下来了，欧阳海打着火把送她们母女俩出门。他向小姑娘招了招手：

“再见！细妹子，以后再到井边上去的时候，一定要格外小心哪！”

“嗯。”

大嫂子带着满心感激，提着带来的母鸡走了。小姑娘没走几步昂起头来问妈妈：

“妈，我又忘了，他叫么名字呀？”

“不是告诉过你吗．他叫欧阳海。”

“细妹子，我这个名字不好记。”欧阳海说，“你光记着‘解放军’就行了！”

小姑娘忽闪着眼睛，望望欧阳海又望望妈妈，小声重复着：

“解——放——军。”

一张胖乎乎的小圆脸，在火把的映照下显得更加红润可爱了。

三十三　烟叶

送走小姑娘以后，欧阳海心里又翻起一层新的波澜：见人落水要救，见人不能大步迈上集体生产的道路，在家庭小圈子里徘徊，也应该赶快提醒一声才对。自己和春芝虽然没有什么特殊关系，但是，作为同志，帮助她向傅盛财进行一些思想上的斗争是完全应该的。想到这个，他不管插秧的时候也好，休息的时候也好，都在考虑怎么才能让春芝站稳立场，并使她父亲也回到集体道路上来……可是一贯很有主见的欧阳海，这次却拿不出什么办法来。他心里说：“记得一九五三年上夜校，春芝曾帮助我学文化，‘合作化’、‘社会主义’这几个字就是她教的。以后我当了记工员，写写算算有些什么弄不明白的事，也经常找她问一问。后来她进城里上学，我忙着参军，就很少联系了。妈妈他们究竟跟傅盛财有些什么打算，我是一点也不知道。这次一回来就遇上这些事情……”欧阳海摇摇头，叹了口气说：“彼此不够熟悉，相互间的了解也确实太少了。”

这天，欧阳海正在阁楼上清理东西。他记起春芝进城念书的时候，给他来过一封信，信上大概的意思是要好好学习，其中有两句话现在还记得很清楚：“我要做个新的知识青年，为家乡拿出自己的全部力量！”现在正是要她拿出力量来为家乡的社会主义建设服务的时候，怎么能让她待在家里跟着父亲踩机器呢？欧阳海想，今天要叫她自己再看看这封信，一定会使她鼓起勇气，向父亲的落后思想做斗争的。只要她的态度一坚决，傅盛财的问题也就好解决了。

信还没有找到，楼下传来妈妈和傅盛财的谈话声。听口气他们已经谈了好一会儿了。

“……聘礼再少也不能少过一台机器。”傅盛财在说，“我到铺子里问过，一台缝纫机也就是百把多块钱。花费不大，便宜得很！再说缝纫机这东西用个二三十年也烂不了。我都是快五十岁的人了，到时候我两腿一伸，说走就走，再好的机器也带不进棺材里去。留下来是哪个的？留下来还不是你们家三三的！”

“不晓得三三肯不肯，就怕他们当兵的不兴这个。”妈妈停了停又说，“他们队伍上新规矩多得很哪！”

欧阳海一听，差点叫了起来。心里想：“他们不跟我商量商量，就背着我谈起婚姻大事来了，连几十年后的事情都盘算到了！怪不得别人说我的风凉话哩。要想拿这个捆住我的手脚，那是万万不能。”他决定继续听下去，看看他们还搞些什么名堂。

“……春芝妹子，好说歹说也是个初中毕业生，你们家的三三，连半天学堂也没上过，哪点配他不上？虽说春芝回农村来了，可她跟我学会了裁缝手艺。我看哪，有了这套手艺，比当干部还强。拿工分的干部不用说了，就说那国家干部吧，他们拿得了几个钱？你想想，连县长也才几十块钱一个月嘛！有了手艺，再买它两台机器，那日子好过得很。如今不管哪家都等着添衣服，不愁没有活计。我往墟上一站，求我的人多得很！等日子过兴旺了，三三再一复员回来，我保险他吃不了亏。”

“三三说好了要多当几年兵的，这个我不能拦他。唉！我这当妈妈的也难哪，又想早点让他成个家，又怕这么办如今不时兴。再说，我还没跟他爹哇过，我看……你还是等他爹回来了，再跟他说说看。”

“老嫂子，你莫五心不定啰！好，不管他当几年兵都行，我叫春芝等着，这该可以了吧。至于那个买机器的事——我跟你说心里话吧——不为别的，我是想拿它来稳住丫头的心。她现在一天到晚跟我吵，说什么要当个么事么事……我也听不懂，唉，反正是没出息，想下田。只要有了机器，我看她还敢不敢往田里跑！不听老人的还行？这个事由我当爹的做主。好，就这样说定了！过门的事，由他们年轻人自已定，早办晚办都可以。”

“这……这，你等我跟三三说好了再定，你不晓得，他的脾气倔得很哪！”

“哎呀！我们莫在钱上见外。好，我再让你们十块钱。上回嵩伢子跟我搭伙买烟叶，是我给他垫了十块钱，说是等初五赶白城，烟叶子一脱手就还。眼下这十块钱我也不要了，就当它是一把火烧了。机器嘛，你叫三三快点抬来，我等着它有急用。”

欧阳海听到这里肺都快气炸了。这哪是谈什么婚姻大事，这是在做买卖。他也不管梯子在哪里，一步从阁楼上跳了下来。像一颗重磅炸弹，甩在傅盛财身边。

“盛财叔！”欧阳海气得呼呼直喘，“你趁早死了这个心！莫说我没有这么多钱，有钱我也不干。你想把我拉到你那个臭坑坑里去？万万不能！”

“你，你……”傅盛财被这突如其来的吼声吓得憋不出一句话来。

妈妈责怪地说：“三三，连点礼性都不懂！”

“是呀！”傅盛财这时才缓过一口气来，也吼着：“你还懂不懂得一点子大小长幼？”

“大小我懂得，长幼我也清楚；可是好歹、是非我更明白！”欧阳海气呼呼地说，“要买机器、要发财，要缠着你们家的春芝，莫找我们贫农人家的后生！”

“好，好！有你这句话就行。当兵的，我告诉你，春芝不满二十，不是嫁不出去的老姑娘，别个家的聘礼开口就是三百……”

欧阳海不愿听这些话。这样的婚姻，这样的谈话使他感到羞辱。他跑出门去，用拳头捶打着松树，心里在骂自己：“一个共产党员怎么能卷到这种事情里来？太糊涂了！我怎么事先就没有想到他们会搞这些鬼名堂呢？在农村里，习俗上新的和旧的，前进和后退的斗争，从来都是处处有的，真是一分一秒也不愿停止啊！”

傅盛财的脸色气得煞白煞白的，一路骂着走了。妈妈坐在门槛上叹气：

“三三，你也是二十三四的人了。看，两句话把个媳妇吵跑了，我看你怎么办？”

“我就是当一辈子和尚，也不和他这样的人家攀亲！再说，这个事你老也没跟我商量过呀！”

“唉！如今，如今老人们的话不中用啰，管不得儿女们的事啰！……”妈妈红着眼圈说。

“妈！这是个是非问题。我是个解放军，是个党员，怎么能为了娶个媳妇，拿钱让别个走回头路呢？”

“买台机器就……就走回头路了？”

“妈！他要的这台机器不只是为了揽点活计来赚钱，他是想用一台缝纫机捆住春芝的手脚，不让她参加集体生产劳动。答应这门亲事，不是害了春芝吗？妈，春芝是个共青团员，回乡来参加集体生产劳动的知识青年，怎么能整天让她爹爹把她拴在屋里呢？”

“我也弄不清这些事，只是日后你么样办？”

欧阳海在妈妈身边坐下来，笑嘻嘻地安慰说：“妈！你莫为我操心，现在当不了和尚的，庙里也不收当兵的呀！等再过它五年七年，我给你老人家娶个大手大脚爱劳动的好媳妇回来。”

“给我？”妈妈笑了，“三三，成家是你的终身大事。妈妈想得不周全，可你自己总要多操点心才对呀！”

妈妈见儿子没有答话，只好进屋里去了。

欧阳海一个人站在松树底下，考虑刚才发生的事情。他想起了曾指导员曾经说过：私有观念和因循守旧的习惯势力，每时每刻都在向我们进攻，稍不小心，就会被它俘虏。傅盛财是个满脑子自私自利的人，春芝跟他生活在一起，这里边也有个“谁战胜谁”的问题。

看来，由于春芝的脚跟站得不够稳，快要被她爹拉过去了！……他问自己：“傅盛财在拉她，我也应该拉她一把才对呀！我是个共产党员，能眼看着她偏离集体生产道路不管吗？不，一定要把她拉回来！”

欧阳海回到阁楼上，找到了几年前的那封信。又到大队阅览室借了一些介绍知识青年参加农业生产的材料。然后坐在桌前给春芝写起信来。他在信的结尾写道：

……目前你的态度很重要，只有坚决参加集体生产劳动，使他失去“自发”道路上的帮手，才是对父亲的正确态度；也只有让他感到“自发”的思想处处碰壁，连在自己家里都行不通，他才能更快地转变过来。对错误思想百依百顺，不仅自己丧失了立场，而且也害了你的父亲。社会主义的大道宽阔得很，我们都要往前看。万万不能为了眼前的一点利益就把革命都忘了。地球还要旋转，革命还要发展，社会主义的农村会越变越好的。在这场伟大的斗争中，你应该坚强起来……

欧阳海把信和材料包在一起，托人给春芝捎去了。心里好像还有个什么事，又急忙给公社党委、周虎山书记各写了一封信，汇报了大哥和傅盛财父女的问题。这时，他才像卸下了一副担子，满身轻快地跑到插秧的人群中去。

第二天晚上，就接到了春芝的回信。信里这样写着：

欧阳海同志：

谢谢你的帮助、鼓励和送来的材料。年初我从学校回来时，是一心想参加农业生产的。哪晓得一到队里帮着整理账目，我爹就发起脾气来，怪我事先没跟他商量，说我辜负了他的培养。我从小没有母亲，是父亲把我背在背上，走东闯西拉扯大的，当时我只念父女之情，心一软，也就依了他，以为过些时他自己会改变他的做法。没想到他越变越厉害，竟想找一台缝纫机来把我捆住。

你的信使我明白了：这就是新旧思想的斗争在我们家里的具体反映，对爹爹的那种思想只能斗，不能躲，躲是躲不过去的。为了堵死他的那条路，也为了改正我当初的错误，我当夜就搬到我们的“三八”妇女突击组来了。爹爹什么时候不转变，我就什么时候不见他。

今天，支书正在找他谈话，社员们也都在帮助他。他在旧社会做小买卖时也还是吃过一些苦，我相信他迟早是会转变的。

有关回乡知识青年积极投入农村社会主义建设的材料，我想留下来再学一遍。我和这些先进同志相比，真是差得太远了，我决心从头学起，在农村这个广阔天地里，立志做一个大有作为的知识青年。

另外，听说我爹爹有一点烟叶放在你大哥那里，是准备托他去卖的。请你大哥不要再帮我爹的忙，把他这一条路也堵死。

那些风言风语的事情，是老人们背后干的。我同意你的意见，我也不会再把它放在心上。

此致

敬礼

傅春芝

欧阳海看完信，高兴得跳了起来。“应该是这样的！”他对自己说，“新社会培养出来的知识青年，哪能轻易地开倒车呢！看来，不仅春芝迈上了正道，连她的父亲也会跟上来的。”他拿着信跑到大哥屋里来。

“大哥，给你看看这个。”欧阳海把春芝的信递到大哥的手上说，“到‘三八’妇女突击组去了，到底是在城里读过书的，道理懂得透！”

欧阳嵩这两天一直不好意思单独和弟弟在一起，怕他又提起那点烟叶子的事，可是弟弟已经进来了。他接过信来，越看心里越发慌：“自己和傅盛财一起赶过墟，还准备和他一起倒卖烟叶子，自己犯了错误不说，这不跟春芝过去一样，成了傅盛财自发道路上的帮手了吗？现在人家的闺女都转变了，可是我连烟叶子还没送回去……唉！只好等着，等着弟弟发脾气吧。”

欧阳海扶着哥哥在床前坐下来，说：

“大哥，人们常说，有利于社会主义的事多做，不利于社会主义的事半点也不做。你想想，把生产放下不搞，趁墟赶集去倒腾这点烟叶子，究竟能为社会创造什么财富，究竟对谁有利？”

“唉！买烟叶的钱，反正都是盛财出的，我是想过把烟叶子给他送回去的。这几天忙着插秧，我就把这个事耽误了。都怪我！”

“他还有没有别的什么放在你这里？”

“没有了，就这几捆烟叶。当初我托他到墟上去卖过点自留地的东西，前些时他说白城烟叶子价钱好，要跟我搭伙，我又拉不下脸来，只好……”

“是啊，像你们这样互相‘帮忙’，那精力就一天到晚都放在赶墟的事上了，哪还有心思搞集体生产呢？莫看买卖几斤烟叶钱不多，可那自私自利的思想已经跟着沾上来了。我们应该赶紧改掉身上的邋遢，推着革命往前走才对啊！你了解傅盛财的情况，应该赶紧找他们队长谈谈去，这才是真正帮了他的大忙。”

“嗯。”大哥答应着。他想起这半年来的一些事情，浑身发冷。最早为了手头多几个活钱，把自留地的东西拿到墟上去卖。尝着点子甜头就舍不得放手了。正是从这个时候起，才和傅盛财粘到一起去的。开始是几捆烟叶，后来又是几斤麻线，这颗心就一直挂在墟上，连生产也懒得再搞了。要不是三三回来，自己不就滚进去了吗？他自言自语地说：

“莫小看了这几斤烟叶子，它的分量是真不轻啊！只要思想不对路，几斤烟叶子也会压得一个人喘不出气、抬不起头啊！它硬是会把人引上邪路的。”

欧阳海拿出那本《毛泽东选集》和笔记本说："大哥，抽空把烟叶子送去。要抓紧时间多学习毛主席的书。毛主席思想，就是指点受苦人闹革命的。不学习，在革命路上就迈不动步子，还可能要犯更大的错误哩！"说完，他把书放在桌上，朝门外走去。

欧阳嵩真想把弟弟喊回来，心里还有多少话要跟他谈啊。他后悔这两天不该躲着弟弟。多么好的一个兄弟！难得回家来一趟，自己听他的规劝听得太少了。他拿起桌上的《毛泽东选集》，眼睛望着书上的毛主席像。刚刚接触到毛主席的眼睛，又连忙羞愧地低下头来。他想起吃野菜那天晚上三三讲的话："……要说对不起，你对不起引我们走上正路的毛主席。"他心里火烧火燎地感到难受。"是啊！"他抬起头来，惭愧地说："毛主席！我对不起你老人家，我真是差一点就走上了邪路……"

欧阳嵩好像一分钟也不能再等了。他飞快地跑到墙角，把那堆害人的烟叶子扛在肩上。

欧阳海独自在松树底下徘徊。他在考虑，如何进一步使大哥明白私有观念的危害性，要改变我们一穷二白的农村，关键是树立集体主义的思想。忽然大门一响，里边走出来一个人，急急忙忙朝东山大队奔去。

欧阳海目送着大哥那微驼的背影在月光下渐渐远去，心里说：

"好大哥，你这才算真正回到社会主义大道上来了。记住：顺着这条大路往前跑，万万莫回头啊！"

三十四　万里鞋

凤凰村坡上坡下的梯田里边铺满秧苗的时候，探家的战士假期将满，该返回部队了。

十个昼夜一晃就过去了。欧阳海觉得自己一直在忙，也一直没有忙出什么名堂来。按自己向支部做的保证来检查："参加集体生产劳动"，只能说做了一点，还远远不够；"正确处理家庭及个人问题"，处是处理了几桩事，不晓得处理得正不正确；就连最容易做到的"按期归队"，现在也好像有些麻烦了。还有多少事没办啰：公社周书记那儿应该再去看一看，汇报一下；给德信爷爷砍的柴火还得再打几担；最头痛的是，直到现在还没把明天就走的事跟妈妈商量。

“老人家想多留我几天，这种心情是可以理解的。可我不但不能多住，还准备明天就提前回部队去。这怎么好向妈妈开口呢？”他在想：“也许这担心是多余的，妈妈是个懂道理的好妈妈，她会想到部队上工作忙、任务紧的……对，先给德信爷爷打两担柴火去。别的，到时候再说吧。”他拿起砍刀准备上山去。刚出大门却被队长拉到队部去了。

屋里坐满了人，大家听说欧阳海要回部队了，请他来再做一次“报告”，要不就随便谈点什么，山里人听什么都新鲜。这种不出题目的要求，反倒使欧阳海更加作难。他眨巴着眼睛在想，谈点什么好呢？

“随便讲么事都可以啰！”欧阳德信老人说，“我们山里背得很。拿我来说，活了七十好几也没有你见得多、走得远啊。你把外头的人怎么穿衣、吃饭的大规小矩哇一哇，我们也好长长见识。”

“对呀，对呀！”大家附和着说，“就讲讲穿衣吃饭的事也可得啰。”

“听说广东人过冬，身上不着棉？”

“那个海什么岛，一年收三季呀？”……

欧阳海觉得自己就是山里出去的，这四年要说长见识也不多。可是对乡亲们这样的要求再不满足，那就太说不过去了。他想了想，就天南地北地给大家谈起来。他从广东人冬天身上不着棉，谈到珠江三角洲的富饶，从岭南、雷州半岛的亚热带作物，谈到南海的丰富渔产，渔民的勇敢和勤劳。谈来谈去，一个意思，我们伟大的祖国山好水好人民更好。如今有党中央、毛主席的领导，社会主义的明天将变得更美好。欧阳海把自己这几年走南闯北的感受，和从报纸上、从首长讲话中看到、听到的一些事情全倒出来了，仍然满足不了大家的要求。实在没什么好讲的了，他说：

“要听，我就再给你们讲一个人吧。”

“可得！”大家只有一个要求：讲。

“有个叫曾武军的同志，他是我们指导员，也是我的入党介绍人。”欧阳海又从头谈起来。他从曾武军的名字是怎么从“五斤”变过来的，小时受过些什么苦，怎么来到革命部队的；以后打过多少仗、立过多少功，一直说到开原战斗中，他冲进了敌人的机枪掩体，用手抓住了敌人打得发红的枪管。“……战斗下来，上级要给他立功，他硬是不肯要，说机枪主要是靠身边那个战友一脚踹倒了敌人才缴过来的，他自己只是就便帮了一把，功不能立在自己的名下……”

欧阳海说着说着，想起了指导员的一举一动，看见了那高大的身形和他满脸胡茬子的面庞，声调也越来越激动。“前年秋天，为了执行紧急任务，曾指导员又跟着同志们一起到了工地，就像个好人一样没日没夜地干哪！有天发了大水，为了抢救器材，为了抢救同志，他又用那只负过伤的胳膊，托起要倒的房架，让同志们冲了出来，指导员自己却昏倒在水里……平时他慢声细语，哪个也不晓得他就是个战斗英雄。可是他那颗心、那双手为革命做了多少工作啊！他真正懂得了一个革命者肩上的担子有多重，一个革命者应该怎样去为党的事业战斗。所以他勤勤恳恳地工作，以革命利益为第一生命，从来没有想到过他自己，也从来不愿谈起他自己。”

屋子里静悄悄的，人们钦佩地点着头。

“我们凤凰村这几年也遭了灾。”欧阳海继续说道，“要说困难也确实蛮多。可是比起解放前老鸦窝的苦日子来，这点困难又算得了什么？要是人人都像曾武军同志那样，明白我们肩上的责任，懂得我们多生产一点粮食，是支援社会主义建设，那还有什么样的困难能够难住我们？我们在自然灾害面前，克服困难多打点子粮食，不光是为了让社员的生活过得好一些，我们是在闹革命。我们说人民公社是天堂，还有人盼它垮台哩！搞不好生产，那是我们往自己的脸上抹黑呀！有人拼了性命干革命，我们没病没灾的，要连生产都搞不好，那能对得起谁呢？”

“是啊，有人活在世上，心里眼里都清清楚楚，懂得穿衣吃饭为了么事；有人活了七老八十，糊里糊涂，光晓得吃饭穿衣，不懂得人生在世为革命，那……那就是猪狗不如啊！”欧阳德信感叹地说。

“对！德信爷爷说得对。”欧阳海说，“莫看我们凤凰村在山上，没有什么外人上山来。可是我们的生产搞得是好是坏，就连党中央、毛主席也操心哪！站在山头上，不光要看见这四州八县，心里头要能望见北京城。莫看我们是几十户人家的生产队，工作搞好了，也是推着革命往前走。人人的步子都紧一些，那社会主义建成的日子就会更早一些到来。明白了这个道理，我们就会懂得，活着不光是为了穿衣吃饭，活着是为了立共产主义大业，干无产阶级革命！为了挖尽苦根，子孙万代再也不过老鸦窝的苦日子。”

欧阳海讲完了，大家没有再提什么要求。每个人的眼睛里都闪着光。老鸦窝——凤凰村，这个地图上都找不到的地名，有多少人知道它呢？可它也是整个革命的一部分。住在山上的几十户人家，如今再也不是为刘大斗当牛当马，也不只是为本家本族生儿育女、传宗接代；是在为子孙万代、为不再有受苦人而闹革命。

“我说，”队长站了起来，“海伢子这几年在部队上进步得真快啊，解放军里头就是能出息人！”

欧阳德信老人走过去摸着海伢子的头感慨地说：

“是啊，难得他回来一趟，到家整十天从来没有歇过，光在秧田里就忙了整整九个工。还按天给我送柴火。我不说，在座的都哇一哇，看看该么样办好？”

“要给他们部队打封信，报告报告。”

“工分是要给他记上的！”

“一天就算二十分，也要记上一百八。”大家议论着。

欧阳海连忙站了起来：“德信爷爷，我可不是为了工分才回来劳动的呀！”

“这个我们心里明白。你的道理，我们记在心里；工分，我们也要记。要不，”德信老人拍打着胸脯说，“我们这里过意不去呀！”

“大哥，”欧阳海在求援，“信不要打，工分也不能记。我吃国家的，穿国家的，老鸦窝的山泉流水、野菜树皮，凤凰村的五谷杂粮把我喂大，我回来劳动一下算得什么？我还欠着家乡对我的养育之恩呢！”欧阳海说完，提起柴刀跑上山去。他还有好多事情没有办哩……

日头已经躺在山梁上了。欧阳海挑着满满一担柴给德信爷爷送去。

“德信爷爷，部队的任务紧，我明天一早就要赶回去了。”他笑着说，“这回柴火也没打够，等来年我回来再给你老人家补上。”

火塘旁边的柴火已经快堆不下了，这都是欧阳海见天一担打来的。欧阳德信望着那一大堆柴火好久没有说话。欧阳海替老人收拾了一下屋子，往火塘里加了两根柴，用鼎锅里的开水沏了一碗热茶，送到德信爷爷的手边，看看缸里的水还是满的，便告别了德信爷爷，转身朝门外走去。老人在背后喊住了他。

“伢子，你让我再看看你。”他站起身来抓着欧阳海的手说，“我是个孤老头子，没儿没女，旧社会那年月，我活得好艰难啊！那时我只想，早一天死早一天了。今天，我快八十了，公社把万事都给我安排得好好的，我要出工，他们不让；我想去帮着看看牛，干部们也不依，怕把我累着了。说心里话，我现在又舍不得死了。我还想多活几年，好好看看我们这个新社会，好好看看共产党教养出来的好后生。伢子，你见天给我送一担柴来，临走了还放不下我这个孤老头子，这……这都是哪个教你的哟！”

“是人民教的，是毛主席教的。人民养育子弟兵，毛主席他老人家教给我，要彻底、完全地为人民的利益工作，要全心全意地为人民服务。德信爷爷，我还只是刚刚学着做呢！”

“好啊，好啊……”老人激动得只是重复这两个字，再也说不出别的话来了……

欧阳海告别老人往家走，远远看见妈妈坐在门槛上，只好硬着头皮回来。怎么向妈妈开口讲呢？他故意哼着歌，装成副不慌不忙的样子溜进屋里，急忙收拾起东西来。幸好妈妈一心一意地在绱鞋子，没有问什么。欧阳海想，能拖一个钟头就拖一个钟头，等爹爹回来再谈，人多就不怕了。

爹爹回来了。欧阳海看见妈妈好像在生气，觉得仍然无法向她老人家开口。大哥把他叫到一边说：“等明天你一早走了，我们再告诉她。”欧阳海觉得这样虽不好，但是总比当面看着妈妈流眼泪强些。

全家都睡了。欧阳海躺在床上，想起参军那年离家的情景。这次一走，不晓得什么时候才能回来……想到这些，自己也多少有点舍不得。可是离开连队十来天了，排里该没有出什么问题吧！训练搞得怎么样，练好本领，准备打仗的思想树得牢不牢，在加强我军革命化、现代化的建设方面，又向前跨进了多少……应该快点回去，有多少工作在等待自己啊！对，明天一早还是跟妈妈说一声再走。提前两天回部队，这是为了革命工作嘛，这个道理她会明白的……

欧阳海想着想着快睡着了。迷迷糊糊的，他好像又透过屋顶看见了满天星星。“不会吧，我不是睡在新砌的砖瓦房里吗？”他揉了揉眼睛，才看清是里屋透出来的一线光亮，正好照在楼板上。“哦！妈妈还没有睡！”他轻脚轻手地爬起来，朝里屋走去。

妈妈坐在床边上，正眯缝着眼睛，就着油灯一针一线地绱鞋子。欧阳海推开门走进来。

“妈，这么晚了，你老还不睡呀！”

“就睡的。”

“快睡吧，鸡都叫二遍了。”

“还差几针，这就绱好了。”

“晚上看不清，明天……”欧阳海犹豫了一下，还是说，“明天再绱也来得及。”

妈妈放下手中的活计，说：

“明天？明天你不是要走吗？”

“妈，我明天……走不走都可以，假期还没满哩。”欧阳海慌了。

“三三，”妈妈看了他一眼，说，“我晓得你记挂着队伍上的工作，又怕路上耽搁了，打算早点走。这事做得对嘛，为么事不告诉我一声呢？你还是信不过妈呀！”

“妈，我怎么能信不过你老人家。参军那年还不是你送我走的！……我是怕你老心里难过，想晚一点告诉你。”

“三三，妈妈不认得字，也不懂得么事道理，儿女一出远门，就牵肠挂肚地好像这颗心也跟着走了，这眼泪嘛，我是要流一些的，做妈妈的都是这片心哪！可你这是去办正事、搞革命，留不住，也不该留。这个，妈妈心里也明白。我赶着绱这双鞋，是为了让你出门万里闹革命去。”

“妈！”欧阳海喊了一声。他想劝妈妈早点休息，可是他没有说；他想说部队发的鞋已经够穿了，可是他也没有讲。妈妈要做鞋就让她做吧！是啊，做妈妈的嘛，都是这片心哪。普普通通的一双布鞋，寄托着做娘的送子出门万里闹革命的一番心意！

欧阳海醒来的时候，一双新布鞋帮靠帮地放在枕头边上，挎包里还塞了十几个热乎乎的煮鸡蛋。看来妈妈一夜也没有睡。他特意把部队发的解放鞋包起来，穿着新布鞋在妈妈面前走了几步。

“妈，你看，正好一脚，不肥不瘦。”

妈妈看了看，没有说什么，眉宇间流露出心满意足的神情。

大哥从地里赶来握着欧阳海的手说：

“三三，你放心地回部队去吧。你的那些话我都记住了。秋后……秋后你等着我们生产队的丰收喜讯吧。”

欧阳海本想再嘱咐几句什么，可是话到口边又改变了主意，只是用力握了握哥哥那双劳动惯了的大手。这满手厚茧的贫农，当他记起了旧社会的苦，看清了集体道路的光明前景，并决心一辈子跟着党走到底的时候，那就不需要再嘱咐什么了。

玉英姐姐也来给弟弟送行。她什么话也没有说，只把一个针线荷包塞进弟弟的黄布挎包里。

爹爹远远地站在地里，放下锄头朝儿子晃了晃手中的小烟袋。好像在说：“儿啊，走吧，加快步子往前走！”

欧阳海走了，穿着一双新布鞋又上路了。他向全家告别，向松树告别，然后朝山下走去。妈妈昨天晚上讲的那些话，他记得清清楚楚，这是“办正事，搞革命”去。想着这个，他觉得今天两条腿分外有力，步子都踩得噔噔直响。

欧阳海离开妈妈，离开松树，离开披满嫩绿色新装的凤凰村走了。他带着妈妈的嘱咐，乡亲们的期望返回部队。老鸦窝的山山水水目送着他渐渐远去。绕过了山口，欧阳海加快了步伐，妈妈做的那双万里鞋，在家乡的土地上踩起一缕滚滚向前的灰尘……

三十五　亲人的嘱咐

莲溪周围水田里那些稀稀疏疏的秧苗，已经由黄转青；绿油油的秧苗密密麻麻，随风起浪，把田塍都遮得看不见了。欧阳海边走边看，心里乐开了花。熬过三个灾年，今年的秋收是大有指望了。

上了公路，前边不远就是公社。欧阳海想，该有多少事情要向周师傅汇报啊！这几年在部队的情况，那天没来得及谈；今天的努力方向，还要请老排长指点指点；另外，凤凰村生产队的问题、傅春芝决心参加农业生产劳动以及她父亲的情况，都要向周书记详细谈谈。还有……他刚想到这里，突然身后有谁给了他一巴掌。

“欧阳海，干什么去？”

欧阳海一回头，发现正是周虎山站在身后。

“周书记，我正来找你！”

“找我？等了好几天都没见着你的面，我还以为你悄悄溜了哩！”

“那天我在信上给你汇报的时候，不是说好一定来看看你的吗！这几天让些别的事耽误了。”

“亏得你今天来了，要不我也要派人去把你抓了来！”

欧阳海不以为然地笑了笑。

“你别笑。”周虎山认真地说，“我正要派人去找你。知道吗？刚刚收到一个紧急通知，有情况！”

“情况”！就像当年在太平山抓吴崽子的时候一样，一听到这两个字，欧阳海忽的一下瞪大了眼睛，手也下意识地在身上摸了摸，好像要找家伙似的。他精神抖擞地问：

“周书记，是不是……”

“我马上要赶到县委去开会。走，我们车上谈。”

县委派来的小车飞快地朝城里奔去。没等欧阳海开口汇报，周虎山就抢先说道：

“凤凰村生产队的情况，傅盛财和他女儿的问题，我都了解过了。昨天，他们大队的支书来说，傅盛财出工很积极，春芝在‘三八’妇女突击组组织了个‘铁姑娘小组’，劳动得很好。欧阳海，你做得很对，起了作用，应该这样。”他话题一转，非常严肃地说，“知道不，要打仗了！”

“真的？”欧阳海差点从汽车座位上跳起来。

“真的。刚刚接到县委的紧急通知，要求所有探家休假和临时外出的军人立即返回部队。蒋介石在美帝国主义的唆使下，正吵吵着要窜犯我们的东南沿海。”周虎山轻蔑地说，“蒋介石那把老骨头作痒，准备送货上门来了。”

“真的呀！”欧阳海紧紧握着周虎山的手叫着，“这可太好了！”

“交通运输部门已经采取了相应的措施：所有返回部队的军人，优先乘坐车船。情况很紧。所以刚才我说，要是你今天再不来，我真要派人去抓你嘛！”

“不用抓。这样的事我等还等不着哩！”欧阳海激动地说，“我等了四年了，以为仗都让你们老革命们打光了，自己再也打不上了呢！哪晓得蒋光头自己送上门来了。好！这还省得我去找他。”他想起了刚参军的时候，东南西北都分不清楚，就以为自己一定是上福建前线，硬把崩石头的声音当成是炮击金门。那时候真是什么也不懂，连枪都不会放就先忙着要打仗。以后是西藏平叛战斗，自己也是闹着非去不可，以为一上战场就会成为英雄，就会变成个“董存瑞”。他笑了笑：“那时候真是太幼稚了。可是这一回嘛，”他心里在说，“这回可要看看自己的真本领了！”

“怎么样，这回该满意了吧！”

欧阳海抿着嘴没有做声，眼睛里迸出两道兴奋的光彩，不知道该说什么才好。他想说“满意”，又想把这个“满意”深深地藏在心里。是啊，现在不是担心有没有仗可打，关键在于把平时勤学苦练的杀敌本领，在战场上都使出来。这回是真的要多抓俘虏多缴枪了。

周虎山继续说："蒋光头那点虾兵蟹将做不了几碗菜。你别笑，真的！我看不一定人人都能打上。"

"那……"欧阳海心中有数。他说，"打不打得上，就看我们连开不开上去。只要我们三连有任务，周师傅，我不多抓它几个胡子兵，多缴它几支美国枪，那我这个刺杀标兵就算是个花架子！"

"我说，"周虎山用胳膊肘捅了捅欧阳海，半开玩笑地说，"你回去以后打听一下，要是有让转业的同志归队的信儿，你赶快告诉我一声。"

"做么事？"

"打仗去嘛！"周虎山有神的眼睛忽闪了几下，"有十年没听见炮声了。"

"哦！你也想打仗啊！"

"怎么？就许你想不许我想？"

欧阳海挪过身子，装出副一本正经的语调说："打仗去，你这公社书记的担子交给谁？那年我要求参军的时候，你是怎么对我说的？农业是基础，会计工作也很重要……今天一轮到你自己想打仗，这些道理就变了？"

"三三，你忘了那年没报上名是谁帮的忙？托你这么点事你都不干……"

"你早就该把我送到部队去。这是培养接班人的大问题，也是你的义务，看看我们这些年轻人能不能把打仗的担子接过手，挑起来！"

"是嘛！现在我们一齐到战场上去，在现场交班接班多带劲。再说保卫祖国，人人有责！欧阳海，要是有信儿你不告诉我，你以后再回来，看我怎么揍你！"

"不管有信儿没信儿，等会儿到了县里，我就找县委书记汇你一报，说我们那周虎山书记不安心工作，想扔掉锄头把儿拿枪打仗去。"

"不错呀，欧阳海，看来你这四年兵没有白当，如今也懂得全面地来考虑问题了。好！告诉你吧，小海，我们在后边也闲不着，县委让我们把公社基干民兵连的训练计划提前完成，一旦真的打起来了，要求和正规部队一样：打不垮，拖不烂，攻必克，守必固。要求所有民兵做到，召之即来，来之能战，战之能胜！"

"哦，说了半天你是在考验我哩！"

车里沉默了。他们没有继续谈论下去。不知道是谁轻轻地给了对方一拳，接着是一阵咯咯的笑声。

公路两旁绿油油的秧田飞快地从眼前掠过。欧阳海在盘算他的立功计划。周虎山详细地分析了目前的局势，最后说："真要打起来了，欧阳海，桂阳秋后的丰收可要靠你们来保了。我哩，推着小车给你往前线送军粮。"

"书记，你放心，我保证不辜负家乡人民的期望！"欧阳海一字一板地说。

车到县城，迎面碰上县委书记。书记打着招呼说：

"欧阳海，知道了吧？"

"刚刚知道。"

"知道了就好。欧阳海，上了前方好好打，要为桂阳县的人民争光！"

"是！书记，您放心，我一定记住您的话。"

县委书记重重地拍了拍欧阳海的肩膀，好像把一副担子搁在了他的肩头，说："我们全县的人民都在等你的好消息。你快走吧，车站有专门的接待组，一定会尽快地安排你们上车。回到部队，对所有桂阳县的战士们说，家乡的人民希望你们好好地打，狠狠地打！来多少就消灭多少，一个也别让他活着回去！"

"是！"

"再见。"县委书记说，"老周，武装部的同志都到齐了，我们马上开会。"

欧阳海向县委书记行了个军礼，转身要走。周虎山抢上一步紧紧握着他的手说：

"你快走吧，我不耽误你了。欧阳海，可要为人民多立几功啊！"说着他从提兜里拿出一本红色封面的书来，"这本《红岩》我刚看完，送给你吧。它会告诉你，一个共产党员应该怎样生活，怎样为人民而战斗。"

"周书记，我走了！"欧阳海把《红岩》装进了挎包，"你还有什么指示？"

"没有了，去吧！"周虎山说完并没有松开欧阳海的手，相反两个人的手握得更紧了。他俩就这么不声不响地站着，各自望着对方的眼睛。这两双传神的眼睛，正倾吐着他们心里要说的千言万语。它包含着信任和期望，也包含着决心和感激。

三十六　通信班长

知道了"紧急战备"的消息以后，一路上，欧阳海只有一个念头：快，快！赶快回到连队，赶快和同志们一起奔赴东南沿海去参加战斗。坐上了汽车，他觉得汽车跑得太慢太慢了，为什么它只有六个轱辘而不多安几个翅膀呢！坐上了火车，他觉得火车像在地上爬似的，它应该贴着地面飞才对。即令是坐上飞机，那也适应不了欧阳海此时此刻的急切心情，因为飞机究竟不如炮弹快。盼了多少年啊，想打仗，向往着激烈的战斗生活，现在多年的向往已经来到身边；做过多少次战斗的梦啊，如今梦里的战斗即将成为现实，伸手可及，就在眼前。列车，你再跑快点吧！人民解放军严阵以待，箭上弦，刀出鞘，冲锋号就要吹响了！欧阳海嘴里正默念着刚从《红岩》上学到的警句："如果需要为共产主义的理想而牺牲，我们每一个人都应该，也可以做到——脸不变色、心不跳！"他觉得这样的神圣时刻已经到来了。

连队正处在紧张的战备活动中。大大小小的动员会，一级一级地召开；红红绿绿带着巨大惊叹号的标语，贴满营房；一叠一叠的决心书、请战书和保证书，由连部转送到营里，又由营长交到团首长手中。深更半夜，还有人在操场上练手榴弹，东方欲晓，刺杀声代替了起床号。在营区里，你看不见哪一个人在慢慢走着，不管是谁，不管干什么都是小跑步……一切工作都加快了速度，所有的同志都变得更加生龙活虎——这是适应战斗需要的节奏。同志们为蒋介石冒天下之大不韪，妄图窜犯我东南沿海，气得眼睛都红了；同志们也为"运输大队长""送货上门"乐得嘴都闭不上。大家都在暗自下决心，认真盘算着：干部们盘算这一仗要打得比解放战争时期的著名战斗更漂亮，战士们决心在第一次战斗中，拿出全部杀敌本领，做一个保卫祖国的战斗英雄。

魏武跃认为目前最重要的，就是通过实践来证明他确实是个思想红、技术好的射击能手；高翼中也准备接受最艰巨的任务，立誓让战斗来考验自己。人人都认定这一仗是铁定打上了。多少次油灯下苦读马列主义和毛主席著作，多少个烈日照射下的射击预习，多少个雨夜中的急行军……这一切一切，不都是为了更好地保卫祖国，保卫我们的社会主义建设吗？现在，为人民立功的时刻已经到来，个个摩拳擦掌，劲头十足；人人心情激动，枕戈待旦……

可是，等待着欧阳海的，却是一个考验，一个完全出乎他意料的决定。

"好！我知道你一定会提前赶回来的。上级决定：调你去担任一营通信班班长。"关英奎嗓音嗡嗡地说。——这是欧阳海回到连队后听到的第一句话。

欧阳海刚一回到排里，同志们忽的一下全都围了上来，七嘴八舌地分不清谁在讲话。大家带着诧异的口气在询问、谈论为什么把副排长调走了，为什么让副排长去当班长。高翼中悄悄把他拉到一边问：

“副排长，怎么把你调到营部的通信班去了？你……你犯了什么错误，把你降了？”

欧阳海听了哈哈大笑：

“怎么是降了，从连里调到营里去是升了嘛！再说要杀敌立功，那可不看谁的职务是什么，而是看他平时勤学苦练的功夫深不深，准备打仗的思想牢不牢，战场上，保卫祖国的决心有多大。一句话，关键是看他在祖国需要的时候，敢不敢把命拿出来！”

小魏说：“副排长，这些道理当然对。最可惜的是好不容易捞上个打仗的机会，你又调走了。通信班长光管送信传命令、架线、打个电话什么的，整天围着指挥所打转转，弄得不好你连蒋光头派来的胡子兵都看不见。你准备打仗的工作做得再好，保卫祖国的决心再大，也只有待在营部瞎晃荡，有劲使不上啊。”

“是啊！”高翼中说，“你是个属虎的，怎么能去干通信班长？赶快给首长提个意见，还是留下来吧。我们排里正缺你这么个虎将呢！”

“副排长，这次要是你再打不上仗，那以后就更没有指望了！”

“对呀！这可是个关键性的时刻啊……”大伙都吵吵起来。很明显，同志们都舍不得欧阳海离开三排，千方百计想把他留住。

“你们都走开，让我好好想想。”欧阳海支开了同志们。他确实需要好好地想一想。

刚接到通知的时候，他还没有完全明白过来，经大家这么一议论，他才懂得了“通信班长”的意思：好不容易等来一个打仗的机会，好不容易盼来一个真刀真枪拼杀的时刻，自己又要往后靠——离开连队上营部去了。等上了战场，人家冲锋的时候，自己只能站在一旁打信号弹；人家突、突、突地打机枪，自己喂、喂、喂地摇电话；同志们冲在前边抓俘虏、缴机枪，自己跟在后边架电线。等最后战斗结束了，同志们都为人民立了功，自己空着手连个胡子兵都没抓着……想着想着，欧阳海脑子里嗡嗡乱叫，董存瑞、黄继光、邱少云……这些英雄都在自己脑子里活动起来，就像是一个个的桥形碉堡，一个个机枪火力点，一场又一场激烈的战斗，都要从手边滑过去了。怎么办呢？他拧了一把湿毛巾搭在头上，极力使自己平静下来。他问自己：“要是曾指导员在，他会对我说些什么？他会教我怎么做呢？……"

一想起曾指导员，曾武军那高大魁伟的身影，满脸胡茬子的亲切面孔又浮现在欧阳海眼前。曾武军在战场上，叱咤风云，手提刚刚缴获的重机枪，是个英雄；在和平时期，在平凡的政治工作岗位上，勤勤恳恳地把党的好思想、好作风、好传统带给全连的同志们，他同样也是个英雄。

通信员的工作不也是为人民服务吗？为了整个战斗的胜利，不也需要有人在这个平凡的岗位上勤勤恳恳地工作吗？一九四四年，抗日烽火正急的时候，革命需要有人上前线去杀日本侵略者，革命也同样需要有人去安塞的山中烧炭。莫小看了通信班长，也许我拿出自己的全部力量，还不一定能挑起这副重担呢！……想着想着，欧阳海摘掉了头上的湿毛巾，狠狠地给了自己发蒙的脑袋一拳，对自己说："我呀，我什么时候才能学会更全面地考虑问题，什么时候才能自觉地使自己的想法和党的需要完全一致呢？"

在营部，营长和三连连长关英奎正在谈论调谁来担任通信班长的问题。

"营长，我们三连的小魏你总熟悉吧，人挺机灵，腿儿也勤快，枪法又准，鬼点子也多；更重要的是，他现在思想扎实，学什么都快。要是到通信班来，那准是一把好手。"

"他呀，是不错，不像刚参军那会儿，晃来晃去的了。"营长说，"就是个头太小了点……"

"要大个也有！"关英奎连忙接着话尾巴说，"一班长刘伟城怎么样，膀大腰圆，思想、军事各方面都数得着。我看要是调他来当个通信班长什么的，那一定会比二营、三营的那两个通信班长强多了！"

"老关，你别给我耍鬼心眼！叫你通知欧阳海来，你跟他谈了没有？"

"谈是谈了，我看他不一定干。"关英奎嗓门嗡嗡地说。

"为什么不干？"

"这还用问吗？"关英奎说，"营长，你也了解欧阳海，自打参军那天起，他就吵着要打仗。这好不容易把蒋光头等来了，又调他上营里来，恐怕他想不通。再说，他这个同志干通信班长也不太适合……丢三落四的，文化水平不高，又喜欢穷鼓捣，小心把你的报话机子捅坏了……"

"三连长，你给他胡诌些缺点干什么？他什么时候丢三落四来着？"营长带笑不笑地说，“同志，你别闹‘本位’！哦，你想留着他打起来顺手是不？告诉你，营里没有个得力的通信班长，到时候该联络的联络不上，有个紧急命令传不下去，我照样不放心。要为全营想想！”

“这些我们连里都想过了，除了他你调谁都行。”关英奎还在做最后的努力。

“除了他我谁都不要！”

“要是他不干呢？”

“说服嘛！”

“我说了多少遍，真的连嘴唇都磨薄了，他还是不愿干。”关英奎装出一副无可奈何的样子说，“你也知道，他一副水牛性子，倔得很哪！”

“得了得了！你先把你自己说服了就行啦。”营长盯着他的眼睛说，“老关哪，用欧阳海的话讲——这关键还在你这个连长身上哩！”

关英奎不好意思地笑出声来：“营长，几个好班长都让你调走了，唉……”

“那又有啥？营里培养出来的几个好通信班长，还不都让师、团的通信部门调走了……”

营长说完也哈哈大笑起来。笑声未落，门口响起一个洪亮、清脆的声音：

“报告！”欧阳海全副武装，直挺挺地立在门口，“一营通信班班长欧阳海奉命来到。”

“瞧，这不是来了！”营长说话的时候，用眼睛瞅着身旁的关英奎。“欧阳海，你愿不愿意到营部通信班来？不愿意的话，还可以跟着你们连长再回去。”

“我愿意。”

“真心话？”

“当然是真的。到营部通信班来，也是为人民服务，是战斗的需要嘛！”

关英奎绷着脸把钟擂了两声：

“那，属虎的，我问你：那你就不想真枪真刀地去冲、去砍了？”

“怎么不想，当然想！”

“既然想，为什么……”关英奎看了看营长，不好意思地把下半截话咽了回去。

欧阳海没有再说什么。他正为自己思想上刚才出现的那一刹那间的犹豫而后悔哩！……当兵快四年了，一直在“当不当得成英雄”、“怎么才叫真正的英雄”这些问题上摔跤。组织上一再教育自己，自己也开始在这些问题上有了初步的认识。可是今天脑子一热，差点又犯了老毛病。是不是英雄，不在他打没打过仗。曾武军在战场上为人民做出了有益的贡献，在平时的工作中、在铁路工地上也是个有益于人民的人。舍身炸碉堡的董存瑞是英雄，勤勤恳恳砍柴烧炭的张思德也是英雄。今天党要我干什么我就干什么，谁说通信班长的工作不重要？架线，我是为革命架线，为胜利架线，背着电话机跑一辈子，我也是跑在共产主义的大道上！

“通信班长！”营长喊，“通知各连连长、指导员，马上到营部开会。”

“是！”欧阳海回答道。

“复诵一遍！”关英奎说。

“通知各连连长、指导员，马上到营部开会。”欧阳海复诵得清晰有力，然后一转身，矫健地朝前边跑去。

刚下过一阵小雨，潮湿的黄土地上，留下了欧阳海一溜笔直笔直的脚印。

关英奎深情地望着欧阳海远去的背影。他想起一九五九年通知欧阳海去集训队学习时的情景来。那时候欧阳海毛毛躁躁，还是个光着脚丫子、跑起来左右乱晃的新战士。今天他成熟多了，跑得多么稳当，多么快啊！变了，变了！欧阳海一天一个样。他一步一个脚印，踏地有声，噔噔噔地往前跑着！像他这样的战士，不论放在哪个岗位上，都能完成党交给他的任务，都能成为人民所需要的英雄！

是啊，欧阳海张开翅膀越过了思想上的重重障碍，飞到全心全意为人民服务的航道上来了。当他彻底明确了一个人为什么活着、应该怎么活着，应该怎样工作、怎样战斗的时候，当他真正懂得了平凡与伟大之间的辩证关系的时候，任何困难、任何考验都动摇不了他坚定的革命意志了。

飞吧！欧阳海！展开你的翅膀，紧紧把握住航向，沿着共产主义大道全速前进！

注意啊，欧阳海！前边还有新的考验……

第八章　新的考验

三十七　挑重担

营房四周那一排排四季常青的桉树，不畏寒暑，不分昼夜，天天往上蹿着。这才几年的工夫，它就高过房顶了。一场大雪在它们的枝枝丫丫上镶了一层银边，远远看去，营房掩映在一排排白色的帐幔中。几阵东南风刮来，桉树抖掉身上的积雪，在白雪覆盖过的枝头上，又蹿出条条嫩绿的新芽，明显地比房顶又高出好长一截。摇曳不停的新枝在向人们报信：又一个春天到了。

一九六三年的春天到了，营部的通信班班长、第二次超期服役的老战士欧阳海，在营部经过了半年的战备训练，奉命又回到三连来。蒋介石痴人说梦的“反攻大陆”吵吵了半年多，最后不过是派遣一些小股武装特务前来送死。对付这伙头发花白的胡子兵，驻沿海的部队和渔家儿女都未施展开身手，哪用得着大部队上去？欧阳海当然照旧是既未打上仗，又无缴获；但思想上的收获还是不小的，特别是对苦练杀敌本领，随时准备歼灭一切敢于来犯之敌，有了更深刻的体会。

一九六三年——这是欧阳海参军后的第五个年头，有可能是他留在部队继续服役的最后一年了。欧阳海想，作为部队的一员，自己在这几年中有没有进步呢？特别是近一年来，在思想、作风、训练等各个方面是不是有了新的提高呢？虽然通信班年终受到嘉奖，自己又出席了积极分子代表会议，可是这并不能完全说明问题。通信班里的同志都是从各连挑选出来的，基础本来就不错；再加上营里的几位首长都亲自抓，这样评上的先进单位，验证不了自己思想和工作的实际水平，要想真正地考验自己，要想衡量衡量自己这几年来有没有进步，还必须到一个复杂点的环境里去考验考验才行。担子总是有轻有重，工作也会有难有易，关键在于自己对待革命是什么态度。前不久收到曾武军一封信，他说他的伤已经治好了，可是右手完全残废，无法继续留在战斗部队工作。领导上提出两个工作由他选择：一是留在医院做政治工作；一是回到农村去参加社会主义建设。指导员考虑到农村的工作更需要些，条件更艰苦些，毅然决然地到农业第一线去了。“……指导员残废了，还想着为革命挑重担。老三连这次把我要了回去，我一定不辜负连首长的期望，要找一副重担子挑起来！”欧阳海一路走一路这样盘算着。

俱乐部门前的空地上，有一位二十六七岁的年轻干部正在那儿敲敲打打地修理着一副墙报架子。他把木板刨得平平展展的，又把架子的两条腿稳稳当当地埋进地里。他忙得满头大汗，连脸也没顾得擦上一把，又着手给墙报架涂起油漆来。墙报架焕然一新的时候，这位干部倒退几步，一边打量着自己一个上午劳动的成果，一边自言自语地说：

“可惜还缺个顶儿。要能找几块杉树皮来给它钉个遮檐，我敢保险，就是遇上瓢泼大雨，墙报稿也淋不着。”说完，他发现上边还有一小块没漆匀，便又搬来个板凳，站在上边忙了起来。

欧阳海打这儿路过的时候，这位干部喊住了他：“喂！听见没有？把那个油漆罐递过来！”

欧阳海连忙拎起地上的油漆罐给他送了过去，自己也站在旁边忙了起来。这个干部漆完墙报架，发现身旁这个战士也弄得满手都是油漆，抱歉地说：

“看，害得你也弄了一手脏！”

“不要紧，用煤油一洗就掉了嘛。”欧阳海回答着。这时他才来得及仔细打量对方：高高的个头，两眼虎虎有神，眉宇之间好像总是带着一股使不完的劲。初次见面，就能知道他是个痛痛快快、干巴利落脆的同志。这时，那位干部也正眨巴着眼睛诧异地望着欧阳海。

“同志，”欧阳海看见他忙得满脸都是汗珠，说，“星期天你也不休息呀？”

“休息！”那位干部用沾满油漆的右手指了指墙报架子，“这就是最好的休息嘛！该玩就玩，看见活儿就干！一天到晚抄着手休息，我敢保险，不出三天就一定能把人憋出病来！”

欧阳海点了点头，望着溜光锃亮的墙报架，又看了看身边这位龙精虎神的年轻干部，心里说：“对呀！平素自己也有这个体会，老待着不干活，那最难受了。”

“星期天，你找谁来了，小伙子！”干部爽爽快快地问。

欧阳海还盯着这位干部在想：我怎么从来没见过他呢？昨天教导员找我谈话时说，从机关里给三连新调来了一位干部，莫非就是他？

“我不找谁。首长，我原先就是老三连的，今天刚从营部通信班回来。”

“哦！不用问就知道，我敢保险，你就是欧阳海，对吧？前几天我就听营长说你要回来，心里边还一直盼着你哩！”那位干部热情地伸出手来说，“来来来，反正你的手也脏了，咱俩还是拉拉手吧！我叫薛新文，不叫首长。”

薛新文笑着把欧阳海邀到连部门口，两人用窗台上的一小瓶煤油把手上的油漆洗掉了。薛新文又顺手拿起个脸盆转身对欧阳海说：

“你先进去坐一会儿，我打盆水来，咱俩洗把脸。”

欧阳海连忙抢过脸盆说：

“我去吧！”说着，朝井台跑去。

不一会儿，欧阳海端着一盆水回到连部来。他把水送到薛新文面前：

“首长，你先洗吧！”

“你这个同志才怪哩！就算我是首长，难道非得首长先洗不可？”薛新文瞪了他一眼，“来，一起洗！”

“是！”欧阳海大声应着。两个人笑呵呵地同时把毛巾放进了盆里。

“老薛同志，”欧阳海问道，“昨天教导员还提起过连里新来了一位干部，你就是到我们连来帮助工作的吧？”

“不，我是来锻炼锻炼的。这次领导上下决心把我从机关放到老三连来，主要是让我跟着训练部队好好学一学。我刚从学校出来不久，缺乏实际工作的锻炼，需要到基层来学习。前不久你们的副指导员调到政治干校学习去了，团里临时指定我代替他的工作。”薛新文停了停，“真快！来到连里一晃就是二十多天过去了。”

“哦！那你就是我们的副指导员嘛！”

“不，”薛新文说，“可能我很快还要回原单位去，现在只是代理代理。”

“这一个多月我到军里开会去了，只回来过一次，怪不得没见过你。”欧阳海急于想知道自己的任务，问道，“副指导员，把我分到哪个班？”

“连里的几个同志还没正式研究，急什么嘛。等决定了以后再告诉你！”

“副指导员，”欧阳海说，“我希望能早点定。早点定下来，我就能早点开始工作了。”

“你这个同志，今天星期天嘛，先休息休息！”

“哎？看见活儿就干嘛，一天到晚抄着手休息，我敢保险，不出三天就一定能把人憋出病来！”

“这……欧阳海呀，不用问就知道，我敢保险，你这张嘴一定是全连出了名的！”薛新文说，“好！我们马上就研究，尽快地通知你。”说完两个人都笑了起来。

欧阳海刚想向代理副指导员汇报一下自己最近的情况，薛新文像想起件什么事似的，猛的一下站了起来：

“你瞧我这个人，差点误了件大事！”

“什么事？”欧阳海吃惊地问。

“一班的刘大个子跟我约好了，要我今天下午去和他比比摔跤。我要不去，我敢保险，他还一定以为是我怕了哩！”薛新文急急忙忙地拿起一件上衣，“走，给我助助威去。”

“我想先回班里去看看同志们。”

“那也行。放心，你的工作问题，我们一会儿就研究。”薛新文说完，人已经跑出去老远了。

欧阳海望着他的背影想：“这代理副指导员可真有股热乎劲儿！”

虽然是星期天，但是大多数同志都没有外出，为了迎接大练兵，同志们正在屋里做准备：有的单手托起五块砖在练臂力，有的用新砍回的木头在削手榴弹把儿。欧阳海前脚刚进门，大家就嗡的一下全围了上来。这个说：“欧阳海，你可回来了！”那个喊：“老班长，听说你要回来，我们盼了好几天了！”这个接过背包，那个递过来开水；这个紧紧握着他的手不放，那个扯着欧阳海的衣角，七手八脚地恨不得把欧阳海分成几份儿，每人都能抱着点儿……其实欧阳海离开三连才半年的时间，到了营部，也差不多天天都和大家见面；只是最近一个来月到军里去出席积极分子代表大会，又参加学习毛主席著作心得交流会，大家才没见着他。但是大伙一直是嘴里念叨着，心里惦记着欧阳海。凡是和他接触过的同志，谁都舍不得和他分开。

魏武跃从人缝里挤到前边来说："欧阳海，你上哪个班定下来没有？要不，到我们七班来当班长吧。现在全连最次的就数我们七班，样样都落后。我一个人不行，实在顶不住劲儿！"

小魏刚讲完，马上有人顶了一句："七班副，你也太不知足了！新来的代理副指导员背包还没放下就到你们班去蹲点，一待就是半个多月，你还要怎么的！这欧阳海刚回来，你又想拉到你们班里去？"

"坚决反对！"小黄说，"依我看，到四班来最合适：一、我们四班是训练先行班，要求高，需要配备一个强的班长来领导；二、欧阳海原来就是四班长，对班里的情况比较摸底；三、想必他自己也是愿意的：'穷家难舍，故土难离'嘛！"

"革命部队嘛，什么家乡啊故土的？"高翼中也叫了起来，"硬要这么打比方，那欧阳海还是我们三排的副排长哩！"

"对不起！"小黄说．"现在不兴什么副排长了。"

"不管有没有，"小魏争辩道，"要讲故土啊家乡什么的，那我们三排七班才是他的老家。再说我们也得考虑考虑工作，目前最需要的还是我们七……"

"七、七、七什么？全团出名的好班长，上你们七班去受气呀？"小黄的嗓门提高了。

"四班副，你这个观点可不太对头哩！七班不是三连的一只胳膊了？告诉你，七班要是搞不好，全连的工作照样受影响；再说，未必帝国主义来了，光你们四班去冲锋、缴枪、抓俘虏，我们七班在一边当'啦啦队'？当'参观团'？……"高翼中的声音也不小。

"我不是这个意思，"小黄分辩道，"我是说我这个副班长没啥本事。你想，一、欧阳海第一次立功的时候，我在替他数快板；二、他那三枪把刘大个子刺得一愣一愣的时候，我还在旁边当裁判员；三、……"

"你好赖还是个裁判员。可我呢，"小魏说，"欧阳海当我们班长的时候，我连个加上双保险的陡壁也不敢爬，一想到那次攀登陡壁，我这腿肚子就直抽筋！"

“别夸大事实！说这些干什么？”欧阳海拦住他们说，“我这两下子你们又不是不知道，工作上也没啥经验。再说到营里去了半年多，这次回来还得从头学起哩；另外，分配到哪个班，得由领导上决定嘛。”

“缴枪不杀！”随着喊声，飞过来一个白晃晃的东西。欧阳海连忙伸手接住，原来是一根歪歪扭扭没削好的手榴弹把。“怎么能往人堆里扔这个呢！”欧阳海心里正纳闷，回头一看，一个胖乎乎的小战士，正叉着腰站在门边哈哈大笑。

“你又出什么洋相？砸着人怎么办！”魏武跃分开众人撵了过去。

小战士一溜烟似的钻到床底下去了。

“你要抓着我，就算你是擒拿格斗的能手！”随着一声“缴枪不杀”，又飞出来一只鞋。

“你出不出来？”魏武跃闪过那只扔出来的鞋喊着，“我现在最头痛的就是你！”

小战士根本不听，在床底下喊：“副班长，有本事你进来抓呀！”高翼中喊了一声“代理副指导员来了”，他才哧溜一下钻了出来，后脑勺把床板撞得咯噔一声。

欧阳海上前问道：“小鬼，你叫什么名字？”

“你不是叫我‘小鬼’吗？那你还问名字干什么！”小战士揉着后脑勺说。

“手榴弹把儿不是像你这样削的嘛。”欧阳海拿着那根歪歪扭扭的木棍说，“这样的手榴弹也练不出杀敌的真本领来，上了战场怎么喊‘缴枪不杀’，敌人也不会摞你的。”

“你管得着吗？”小战士抢过那截木棍，噘着小嘴走了。

“咦！……”欧阳海觉得奇怪，这小战士的脾气真倔，大概是刚才喊了声“小鬼”，惹得他不高兴了。

魏武跃走过来说：“老班长，你别理他。他叫刘延生，是我们七班的一个新同志。”

“延生？”

“是啊，延安生的。”魏武跃把小刘如何爱玩爱闹、不听招呼的事都介绍了，最后说，“别说我这个副班长拿他没有办法，我看不管谁来都得费一把劲，只有在副指导员面前他才比较老实点。也难怪他，才刚满十七岁嘛，日本鬼子投降那年在延安生的。”

“唔……”欧阳海在仔细琢磨魏武跃刚才介绍的这些情况。按道理讲，自己是老四班的，这次应该回四班才对。可是听他说七班存在一些问题，小刘又连续在队前挨了两次批评……“要想挑重担，应该争取到七班去。问题越是多，越能锻炼自己。”想着，欧阳海拿起刀来细心地削好了一个手榴弹把儿，朝小刘走去。

“刘延生同志，刚才我不该叫你‘小鬼’，是我的嘴巴走了火。对不起，敬礼！”

刘延生白了他一眼，胖乎乎的脸上没有一点笑意。他拿着那个像狗哨的木棍没有说话。

欧阳海递过自己削好的手榴弹把儿说：“小刘同志，别生气了。你看看我这个怎么样？”

刘延生接过去端详了半天，脸上渐渐露出了笑容，高兴地说：“刚才大伙儿都夸你不错，我还以为是说客气话哩，没想到你还真有两下子。行，帮我再削两个吧！”

“要这么多干什么？”欧阳海问。

“苦练杀敌本领，准备打仗嘛！我这个星期的投弹指标是三十米，等功夫练到家了，上了战场喊不喊‘缴枪不杀’，敌人都会乖乖地缴枪的。你连这点道理都不懂？”

欧阳海笑着说：“看着你刚才的那个样子，我还以为你不想要了哩！”

“我是在考验你是不是真心在帮助同志！老兵带‘小鬼’，这是我们部队的老传统嘛，我干吗不要？”刘延生说完把手伸给欧阳海，“来，拍三下，不吵嘴也不打架；拉拉手，做个肩并肩的好——战——友！”

“行。”欧阳海握着他的手想：这小鬼有他的特点，不错！

“走，”刘延生兴致勃勃地说，“练几弹去！”说完，也不等欧阳海表示态度，拉着他的手就往外跑……

晚上，欧阳海向三排长陈永林打听了连里最近的一些情况后，问道：

“排长，你看我上七班来怎么样？跟着你这个老班长，心里也踏实些。”

“那当然太好了！现在就数七班的问题比较多点。七班也正缺一个班长，我又抓不过来。只要你能来，我看年底评比的时候，全排都有希望。”

“三十五，三十五！”刘延生兴高采烈地跑过来说，“排长，我刚才按照欧阳海教的要领连着打了三弹，都是三十五米。超过了这个星期的指标五米远！”

“不错不错！”陈永林夸奖说。

“按照这个进度，下个星期就能达到优秀；当它三五年兵，这手榴弹准能顶上一门迫击炮使唤！”刘延生指着欧阳海说，“排长，这个老兵还真有两下子哩，教得又耐心，办法又对头。喂，你来我们七班吧，好好带一带我！”

欧阳海见他一身尘土，胖乎乎的脸上挂满了汗珠，心想，这个小战士并不像有些人说的那样调皮嘛。星期天不休息，还在一心一意地练投弹，这身上的积极因素还不少哩！他递过一块毛巾给小刘擦汗，说道：

“把衣服扣上，小心着凉。”

“不要紧！”小刘说着干脆把外衣脱了，“趁热打铁，你再教我打几弹去。”

“练了这么半天，休息一会儿。再说，天都黑了，看不见怎么练？”

刘延生挤了挤眼，从床底下拿出一把香来，细心地点燃了，又把它分别捆在练习手榴弹上说：

“看见没有？苦练加巧练，捆上了这个，晚上照样可以练投弹。扔出去一道火光，又能看见弹着点，又能把手榴弹再找回来。走吧！”他不由分说拉着欧阳海又往外跑。

陈永林在后边喊：“欧阳海，争取来七班吧！等会儿你去跟连长要求要求，别忘了！”

七班确实存在一些问题。主要是纪律比较松懈，作风不够紧张。班长一直没配上，副班长魏武跃一个人又抓不过来，加上小刘爱打爱闹、出个洋相什么的，显得问题更复杂些。头半个多月，刚刚下放来的薛新文同志到七班来蹲点，一进门就碰见小刘拿着一把香，口里念着“南无阿弥陀佛”往外走，薛新文不知道他是去练投弹，以为是在出洋相，也没有问清情况就把魏武跃找来批评了一顿；在队前点名的时候，小刘认为是冤枉了他，又和代理副指导员当场顶了几句，使七班的问题更加复杂化了。刚才在干部会上，关英奎指出了薛新文思想工作抓得不细致、调查研究也不够的缺点——为这个事，薛新文思想里还没完全想通哩！

连部寝室里，关英奎不在，薛新文正在桌前看书。欧阳海打完手榴弹后跑了进来。

“副指导员，”欧阳海问道，“刚才摔跤，你们谁胜谁负？”

“刘大个子使了股巧劲儿，把我干倒了。下个星期天我准备再和他试一试！”

“那……刚才你们干部会上研究过了吧，决定让我上哪个班？”

“会刚刚开完你就跑来了。你可抓得真紧哪！”

欧阳海笑着说：“工作不定下来，心里不踏实。”

“会上还没有最后决定。”薛新文放下书说道，“现在就是四班和七班缺班长。连长的意思让你去七班；我觉得你去四班比较适合。你看呢？”

“我服从组织分配，到哪个班都可以。”欧阳海认真地说。他停了停又补充了一句，“要是让我自己选择，那我愿意去七班。”

“七班？你这个同志才怪哩！”薛新文试探地说，“摆着条件那么好的四班你不去，干什么非要去七班呢？七班的问题多哩！这是目前全连最次的一个班，思想、作风、训练各个方面都比别的班差点劲儿。”

“我知道。”欧阳海知道副指导员是在试探他，坚决地说，“工作就是为了克服困难、解决问题嘛！不是常说，艰苦的工作就像担子，摆在我们的面前，看我们敢不敢承担。我希望组织上能让我去一个问题多点的班里锻炼锻炼！”

薛新文没有吱声。他觉得眼前这个小班长果然不错，有干劲，敢挑重担。可是，又考虑到欧阳海离开连队半年多，对步兵分队的这些工作可能生疏了些，猛一来就挑起一副重担子，吃不消。他说：

“我看你还是去四班算了。那个班比较有基础，工作起来顺手些。七班，你得费把劲儿哩。”

“副指导员，你放心，我保证搞好！”欧阳海要求说，“刚才我把七班的情况大致了解了一下。七班有些问题，这是它消极的一面；但是七班谁都不甘心落后，人人都想赶上先进的一班、四班，这才是它的主导方面。只要我们把工作做好了，变消极因素为积极因素，那完全可以改变七班目前的面貌。关键在于领导方法对不对头。首长也说过，兵都是好兵，就看干部怎么带领他们。只要领导上让我去，我保证和七班的同志一起把工作搞好！”

薛新文望着欧阳海，心里在说：这个老兵是不错，劲头也不小，可就是看问题太片面了点。对自己不足的那一方面考虑到了吗？怎么连一条不利因素也没摆出来呢？积极要求工作是好的，可是对困难也应该有个足够的估计才对啊。

“欧阳海，你能保证把七班搞好吗？”薛新文把“保证”两个字说得很重。

欧阳海琢磨代理副指导员这句话的意思，大概是同意自己去七班了，高兴地说道：

“没问题，保证搞好！”他心直口快地又补充了两句，“我们保证尽快地赶上一班、四班，彻底改变七班的落后面貌，争取在年底的时候，让人人都能思想、作风、训练……全面跃进，来他个满堂红！”

薛新文没有回答。他也在琢磨欧阳海刚才讲的这几句话。心里想：要是能很快地把七班带起来，那当然太好了。可是欧阳海对七班的情况，看来还不够了解，对困难也考虑得不充分。七班有七班的具体困难，需要配备个稳当点的班长。他显然不合适。至于让他去四班嘛，也许倒更恰当些。四班是全连的训练先行班，凭他这股虎劲去带带训练还勉强可以。

欧阳海见薛新文还在考虑，知道他还有些不放心，便进一步要求道：

“副指导员，你放心！要是搞不好七班，你把我撤了！我就不相信天下还有搞不好的事。困难就算是太行、王屋两座山，我们十来个人在支部领导下，也能把它搬掉！”

“你准备怎么‘搬’呢？”

“加强政治思想工作，提高全班对苦练杀敌本领，随时准备歼灭敢于来犯之敌的认识。都是一样的革命战士，都是在一个支部领导下，只要把大家的积极因素调动起来，那别的班可以做到的事，七班也应该可以！”

“从道理上讲，这是对的。可是有哪些具体困难，针对这些困难如何调动全班的积极性，你考虑过了吗？”薛新文说，“我敢保险，这些具体问题你还根本没想！”

“对……我还没来得及细想。”

薛新文望着欧阳海摇了摇头。他想起以前在机关曾经遇到过这么一个同志，也是通信班的，工作上很有一套，遇着困难也会想点子，渐渐地，就有些自负了。有次考核通信联络，他对困难条件估计得不足，大大咧咧的也不好好准备，考核起来才知道情况很复杂，一着急就更抓瞎。结果该联的联不上，出了大事故……

“欧阳海，”薛新文认真地说，“你再好好考虑考虑，对困难估计得不足，往往就是失败的开始。当然，要是你真能像自己保证的这样，那我还是同意你去七班的。”

“副指导员，你同意了！敬礼！”欧阳海乐得一蹦好高地跑出门去。刚出门，他又把头探回屋里说，“副指导员，我保证不辜负领导上的信任，你等着我们七班的好消息吧！”说完，他撒腿朝班里跑去。

薛新文正想再对他嘱咐几句关于刘延生的话，可是欧阳海已经跑了。他摇了摇头，自言自语地说：

“这个同志真有股热乎劲儿，可就是不太稳重，毛里毛躁的。刚回来半天嘛，还能把什么情况都摸清，什么困难都估计到了？再说，我那个同意是有前提的……”

关英奎拿着一张表报进来说：“老薛，训练计划营长已经同意了，下个星期……”忽然他停住嘴，侧耳听了听，“……刚才是欧阳海来了吧！”

“是啊。你怎么知道？”

“用你那话说，‘我敢保险’是他！光听这个脚步声我就知道，一溜风似的嘛！”关英奎指着门外说，“一定是找你来磨嘴皮子，非要去七班不可。对吧？”

薛新文笑了起来：“你说的一点不差，刚才来磨了好半天。我基本同意你的意见，让他去七班试试。”他想了想，问道，“老关，这个同志是不是有点自负？刚回来半天，就呱呱呱地说了好大一套！”

“不不不，你不了解欧阳海。别看他文化水平不高，他历来学习刻苦，认真读过几本马列主义和毛主席著作，思想水平不低；工作上也很有办法，一贯是个踏实、肯干的好同志。上次营长非要指名调他不可，连里怎么留也没留住。”关英奎说，“这次又把他要了回来，就是想让他把七班带起来。我相信他一定能搞好。你说呢？”

薛新文摇了摇头说：“凭他这股子劲头，我相信他能把七班带好。不过咱们也要防止他产生别的问题。”

“当然，这就要靠我们领导上多帮助，特别是你。三排分工由你重点抓起来，七班的情况你也了解，今后对他抓紧些。”关英奎展开手中的训练计划，“来，咱们先把这个研究一下。营长已经完全同意我们的方案了。教导员再三强调，要我们紧跟目前的大好形势，深入实际，加强调查研究，特别是工作中要多倾听战士们的意见，反对主观片面……”

薛新文若有所思地点了点头，全神贯注地盯着训练方案思考着。远处，传来了熄灯号声……

三十八　正确处理

晴空万里，天上没有一丝云彩，太阳把地面烤得滚烫滚烫；一阵南风从地上卷起一股热浪迎面扑来，火烧火燎地使人感到窒息。杂草抵不住太阳的暴晒，叶子都卷成个细条了。南方的盛夏，每当午后，人们总是特别容易感到疲倦，就像刚睡醒似的，昏昏沉沉不想动弹。连林子里的小鸟，也都张着嘴巴歇在树上，懒得再飞出去觅食了。

太阳还在向大地倾射着烈焰，一根火柴似乎就能把空气点燃。

就在这个时候，三连的同志正在山坡上进行战术演习。战士们趴在滚烫灼热的沙土地上，一动也不动。任凭上边晒着，底下烤着，人人圆睁着眼睛逼视前方。伪装圈下，那一个个黑里透红的脸上，正滚着黄豆大的汗珠。汗珠流进了眼窝，渍得眼睛都睁不开；汗珠落在地上，很快又化作蒸气，但是没有一个人动，没有一个人擦一把。远远看去，就像是静悄悄的山上长着一堆堆的小树丛。忽然，一声巨响从山顶传来——爆破手拉响了炸药包。紧跟着冲锋号声，“树丛”朝山顶迅速移动着——全身披满伪装的战士们，飞快地朝爆炸声奔去。豪迈的冲杀声震得地都发颤。

七班最先冲上了山头！

全连进行讲评。关英奎黑乎乎的脸上，像抹上了一层油似的，他见站在一旁的薛新文手脸都被刺窝剐破了，说道：

“老薛，我先讲讲。你到树荫底下歇一会儿，找卫生员来上点药。”

“不用。”薛新文站在太阳底下没动。

“小心化脓！”

“没事。蹭破点皮算什么！你快讲你的吧，我还有点事要说哩。”薛新文还是没有动。

关英奎来到队前，他目光炯炯地把同志们挨个儿看了一遍，放开那洪钟似的嗓门儿说道：

“今天，”声音刚出口，全连唰的一声立正站好，有精有神儿，百多双脚跟碰出一个声音，煞是整齐。

“请稍息。”关英奎继续说道，“今天抢攻山头的动作，以七班最好。”

七班的战士们听见连长在表扬他们，个个都直挺挺地立着，像十来根栽在那里的铁柱子，腰杆笔直，目不斜视。只见他们浑身上下都被汗水浸透了，连腰带、胶鞋都湿漉漉的可以拧出水来。

关英奎扫了他们一眼，满意地说下去："他们的特点是：快、猛、狠、隐蔽。这是和他们政治思想工作做得细致，明确了练兵的目的分不开的，也是他们注意养成教育和培养高度的组织纪律性的结果。最近两个月以来，他们在训练中从难从严，苦练巧练，有了很大的进步，值得全连向他们学习。"他把眼睛盯着欧阳海，问道，"刚才连续三颗手榴弹都投进敌人枪眼的是谁呀？"

"报告，是刘延生。"欧阳海在队列里回答。

"好，小刘同志最近的进步更为突出，练为战的思想明确。入伍才几个月，在投弹的准确性上，已经是全连数一数二的了。这是他平时勤学苦练的结果，应该给予表扬。"关英奎说，"其他一班、四班也很好，八班和五班的同志也撵上来了。现在，代理副指导员给大家讲话。"

"同志们，我就说一件事。"薛新文向前跨了一步，"刚才教导员说，今天来演习的路上，其他分队有个别的同志不够注意，为了抄近道，从老乡的地里穿过来了。营里指示，要我们注意群众纪律，宁可钻刺窝、绕远道，也不能损害老乡的庄稼。大家听到了没有？"

"听到了！"

"大家到树荫底下休息一会儿。解散！"

"杀——"全连又发出了整齐的吼声。

休息的时候，同志们围着李祥送来的一桶开水，纷纷就七班受到表扬的问题议论开了：

"七班有什么可说的，欧阳海去了嘛！"

"全团有名的班长，硬邦邦的副排长，要是连个七班都搞不好，那像话吗！"

有的不同意："我们也不比别人少个脑袋，搞好搞坏全看主观努力程度怎么样。"

"话不能这么说，十个手指头还不一般齐哩！人家欧阳海就是有办法。"

欧阳海听见这些议论，开水也没顾得上喝，不好意思地走到一边去。同志们的议论使他感到脸红。他想，我个人有什么了不起的能耐呢？——班里的工作都是按支部的指示，连首长的布置进行的。尤其是刚来的副指导员，对班里的工作抓得很紧。回想自己刚到七班来的时候，抓了抓骨干，把小高和另外几个同志的积极性调动了起来。然后就是正副班长、党团员们事事带头。群众发动起来了，困难也就克服了。真要遇上了问题一时解决不了，就组织全班学习文件，开个会，人人发议论，个个联系自己的决心、保证找不足之处。特别是最近的报纸上不断地介绍伟大的共产主义战士雷锋同志的生动事迹，使同志们有了一个光辉的学习榜样——这些都使得班里的工作越做越顺手。要说七班有了一点进步，这也是党的心血和同志们努力的结果，我作为七班的一员，只是没有出什么大毛病罢了。欧阳海心里默默地说道：

“我们这个时代，就是个让人进步的时代。从党中央、毛主席到各级首长以及每个同志的家庭；从报纸、杂志、连环画到我们唱的革命歌曲，都是在关怀、引导、督促青年人好好进步。有谁像我们的党这样关怀下一代的成长哩！在这样优越的条件下，如果再做不好工作，怎么对得起我们这个伟大的社会主义时代！”

欧阳海掏出小本记下连长的表扬，也记起了曾武军在来信中嘱咐过的话：“听到表扬的时候，应该想想自己还有哪些不足。”是啊，任何时候，对任何事物都别忘了“一分为二”。同志们虽然都有了进步，可是班里也还存在着不少问题。就拿小刘来说，他总是随随便便、嘻嘻哈哈的对什么都不太在乎。头上顶着根鸡毛他不觉得轻，背上压个磨盘也不知道重。特别是组织纪律性上还有不少弱点。欧阳海想：“有了进步就应该对他要求得更严格些，对他来讲，单靠鼓励已经不够了……”

薛新文朝这边走了过来，看见欧阳海正在小本上写着什么，便靠在他身边坐下问道：

“七班长，写什么呢？”

“没写什么，”欧阳海递过小本说，“无非是班里的一些情况。今天连长又鼓励了我们，我想……”

“听到了表扬可别晕乎啊！”薛新文接过小本，匆匆扫了一眼又还了回去，“尤其是现在，全连都拿眼睛盯着你们，看你们能不能经受住表扬的考验。刚才我听见一班、四班，还有八班的几个同志在那儿议论，说为了迎接练兵高潮，一定要苦学苦练把你们撵过去。他们的劲儿可是憋得很足啊！怎么样？欧阳海，能不能继续前进，可就要看你这个当班长的在坚持政治挂帅、思想领先方面做得怎么样了！”

“副指导员，我们一定坚持一分为二，特别是现在，多想自己的缺点和不足，虚心学习兄弟班的先进经验。”

“别的我不担心，我就担心小刘。你对他要抓紧点哩！要出问题的话，我敢保险，八成就会出在他身上。”

“副指导员，”欧阳海笑着，“话不能这么说死了。小刘最近有很大的进步，组织纪律上……”

薛新文打断他的话说：“欧阳海呀，不是我又批评你。光凭你这种思想就肯定要出问题。小刘是个好同志，我也不是不喜欢他。可是对他不能随随和和的。他那大大咧咧的脾气你又不是不知道，不定什么时候就会给你捅个娄子……”

正说着，刘延生满脸泥巴，呼哧呼哧地跑了过来。

“副指导员，你在这儿呀！害得我好找。”小刘一扬手，随着一声“缴枪不杀”，飞过来一个圆溜溜的东西。

薛新文赶忙用手接住，一看，原来是个红薯。

“红薯！这是干吗？”

“给你吃的嘛！我刚才在水里洗了好几遍，清凉可口，保证卫生……咳！这南方的鬼天气可真热，要是到了七八月间，还不把地里的红薯都烤煳了！——嘿嘿，那倒省事了。”

薛新文把手里的红薯看了又看，眉毛一拧，怀疑地问道：

“小刘，你这红薯是哪儿来的？”

“要吃你就吃，别管哪儿来的。”

“你得先告诉我，哪儿来的？”

小刘张开嘴哈哈大笑起来：“红薯嘛，当然是地里长的。副指导员，可有意思了，刚才我打那块红薯地里路过……”

“什么？”薛新文猛地站了起来，“你这个小鬼真是越来越不像话了！刚才营里还嘱咐，不要踩坏了老乡的庄稼，你可倒好，连人家地里的红薯都给刨出来了！”

“你，你……”小刘也愣住了，“你怎么知道这红薯是我从人家地里刨的？”

“不用问我就知道，我敢保险！”薛新文指着不远的一块红薯地说，“刚才我看见你一个人在那儿拱来拱去的，我就知道没什么好事……都怨我，刚才少说了一句话，可你……”

“同志，你不了解情况就乱撇手榴弹，小心炸……”小刘刚想冒炮，欧阳海发觉他的情绪不对，连忙拉了拉他的衣角，小声制止道：

“小刘！”

“他，他……”小刘强憋住要说的话，轻声地嘀咕着，“他冤枉人还行啊？”

“瞧！这小鬼多不虚心。我不能因为你给了我一个红薯，就连原则也不要了啊！刚才我还传达了教导员的指示，转眼就发生这种无组织无纪律的事，我能不管吗？”

“我无组织无纪律？”小刘的眼泪涌了出来，“你把红薯还给我吧！”他夺过副指导员手中的那个红薯，气呼呼地跑到一边去了。

“欧阳海，你看看，你看看，到底是出事了吧！我早就提醒过你，对小刘要抓紧点，抓紧点，你思想上一直也没引起重视！”薛新文说，“你看看他，违犯了群众纪律后，还这么股傲劲！这个问题可不能再拖了，今天你们抓紧时间开个班务会，好好批评批评他。”

“副指导员，这个会……”

“这个会一定要抓紧，会上要严肃，别跟他嬉皮笑脸的。开完会把结果及时向我汇报！”薛新文说完拔腿就走。

“副指导员，你上哪儿去？”

“去检讨嘛！”薛新文生气地说，“刚才教导员对我说，演习完了检查一下，看看有没有损害老乡庄稼的事，我还一个劲地说，不用检查，我敢保险，咱们三连不会出这样的事……这下倒好，连人家的红薯都刨来了，我还不得赶快上营里去检讨检讨我的官僚主义？”说完，人已经走远了。

欧阳海站在原地没有动。他望望副指导员的背影，望望站在一边还在生气的小刘，琢磨刚才发生的这件事：刨了老乡的红薯，又当面和代理副指导员顶撞，这当然应该进行严厉的批评。可是刨红薯这事不像是小刘做的。一个高级干部的孩子，从小接触的首长比较多，对一般干部随随便便，不大尊重，这虽然不对，但是可以理解。悄悄刨老乡几个红薯，却无法解释。记得小刘曾经说过，他三岁的时候，就从妈妈口里学会了《三大纪律八项注意》这支歌。一直生长在革命家庭里，难道他不知道，我们的优良传统是不能动群众的一针一线吗？另外，从小刘今天的情绪来看，这件事当中一定有个什么原因。不然，他不会是这个态度的。“对！”欧阳海心里说，“应该相信刘延生同志，要先做一番调查研究。一定要把这件事闹清楚以后再来处理。”

演习结束以后，小刘还把嘴噘得老高，开晚饭的时候，他也只随便扒拉了两口就回宿舍去了。欧阳海想：“小刘的情绪还没转过来。在这种情况下，无论开会也好，批评也好，都不会起到真正帮助小刘的作用。”他问小刘，红薯到底是哪儿来的，是怎么回事，小刘噘着嘴巴不肯讲。欧阳海和副班长魏武跃合计了一下，决定把班务会往后推一推，自己又跑到刚才演习的山头上来。

山坡上有好几大片红薯地。欧阳海本想能够碰着在地里干活的老乡，找他们问问情况。可是社员们都收工回家去了，地里连一个人影也没有。欧阳海有点作难：情况弄不清楚，怎么帮助小刘呢？

无意间，欧阳海发现田塍上有一个用小棍做成的箭头，顺着箭头望去，不远的地方又有一个箭头。他感到有些奇怪，步子也不由自主地沿着箭头指引的方向挪动着，终于在红薯地边上发现一个用土块压着的小纸包。欧阳海打开纸包来看，里边包着两毛钱和一张纸条。纸条上写着：

老乡同志：

练兵为了保国防，慰问红薯不敢当。留下“光洋”两毛整，革命传统要发扬。

此致

革命敬礼

一个小红军战士

望着纸条上这几笔连飞带舞的字，欧阳海知道是小刘的笔迹。尽管从纸条上还看不出更详细的情况，但是小刘为什么会觉得委屈，为什么不想吃饭的原因已经基本清楚了。欧阳海揣起纸条和钱，飞快地朝连里跑去。

刘延生还坐在操场边上生闷气。欧阳海走过去和他并排坐下：

“小刘，红薯到底是怎么来的？”

刘延生望了望班长没吱声。

“小刘，”欧阳海问道，“你说你今天的态度对不对？”

“态度？我反反复复地想过了，”小刘还是噘着个嘴，“我没啥不对的。”

“那……我给你讲个故事。好吧？”

“我不听。”小刘转过身子，把背冲着欧阳海。

“雷锋同志的故事啊！”欧阳海说。

刘延生转过头来，望着班长眨了眨眼睛。

“雷锋同志很注意节约。”欧阳海说道，“有一次，他去参加运动会。大热的天，赛完了一个运动项目，是又热又渴。很多人都去买汽水喝。雷锋同志也拿出钱来，准备去买一瓶来解解渴。巧得很，正好在这个时候供水站送来了开水，他就把钱又收起来，转身朝开水桶走去。

“有个新战士见了，对大家说，看！雷锋也太小气了，连一瓶汽水都舍不得买。雷锋一听，把嘴噘得高高的，气得连晚饭也不想吃了……”

“什么什么？”刘延生觉得奇怪，把身子转了过来，“不会吧，雷锋同志怎么能这样呢？”

“他觉得冤枉嘛！”欧阳海还是绷着脸说，“你也知道，雷锋同志为了支援人民公社，把他几年来积攒下的两百块钱都捐献了。那新战士还说他小气，连瓶一毛多钱的汽水都舍不得买，他能不觉得委屈吗？”

“那也不会！”刘延生认真地说，“我敢肯定雷锋同志决不会这样！他可以向那个同志解释解释嘛……得了得了，我的班长！这段故事一定是你自己编的。”

欧阳海笑了：“对，这故事的结尾是我编的。雷锋同志当时是耐心地向那个新同志做了解释，讲了很多为什么要节约的道理。可是，”他收起脸上的笑容，严肃地说，“副指导员今天批评了你，为什么你把嘴巴一噘就走了呢？就算有些情况还不够准确，为什么你不好好地向他说明情况，而是气得连饭都不想吃了呢？你不是说过要向雷锋同志学习吗？”

“这根本不是一回事嘛！”小刘分辩道，“红薯是在地里干活的一个老大娘慰劳我的。我不肯要，她死活非塞给我不可，说练兵太辛苦，说看我流的这一身汗，她都心痛，硬要给我解解渴；还说，这是她大娘的一片心意，你怎么能不要呢！我没有办法，只好拿了过来。我要掏钱给她，她绷着脸说我这是骂她，不肯收，我当然只好回来了。走了没几步，我还是觉得不太好。记得我爸爸说过，他们打游击的时候，老乡送来一些吃的东西，也是不肯要钱，他们临走时就悄悄把……”

欧阳海接过来说："把光洋埋在地里，放在坛子里，扣在碗下边，留个纸条，是吧？"

"是啊！这有什么错？老传统嘛！我向老红军学习也不对呀？"

"在红薯问题上你是没有错。可是雷锋同志不买汽水喝也没错啊。可别人就不像你这个样子！"欧阳海说，"你好好想想，你今天对待副指导员的态度对不对？为这么点小事就生气，就不想吃饭应不应该？今天连长表扬了你，你应该拿更高的标准来要求自己才对啊！"

小刘低着脑袋不吱声了。

"对待批评，应该领会上级的精神；有些情况需要说明的，就好好地解释清楚。像你这样做，甩手就走，那还行啊？我们常说要向雷锋同志学习，为什么遇到具体问题，就不以雷锋同志作榜样来要求自己了呢？你想想，雷锋要是处在你今天的情况下，他会怎么对待？本来雷锋同志买不买汽水是件很小的事，可是透过这件事可以看出他是怎样对待不准确的批评、不正确的意见的。要把他这一点学到手，还要我们多努力才行啊！"

刘延生惭愧地望了望班长，又点了点头。

"还有，"欧阳海说，"今天你不想吃饭也不对。一个战士嘛，是一个有组织的战斗集体中的一员，要随时准备应付突然情况，随时准备行动。如果今天晚上发生了紧急情况，上级来了一道命令，让我们连夜出发，你说，你随便扒那么两口饭能不能跑得动？能不能顺利地完成任务？吃饭也不光是自己的私事，通过它，能看出一个战士对自己的职责认识得清不清楚。所以说对生闷气不吃饭，也应该认识到是自己组织纪律观念不强的表现。"

刘延生坦率地盯着欧阳海的眼睛，想了想后真挚地说道："你说的有道理。我错了。我承认错误。"

欧阳海看见小刘真的认识到错误了，这时才把那张小纸条和两毛钱塞到他的手上。

小刘望望纸条，又望望班长，心里想："为什么他啥都知道呢？怪不得他批评起人来，让你连半句反驳的词儿也憋不出来哩！"

"你望着我干什么？"欧阳海说，"还不赶快把钱给老大娘送去！"

"对！"刘延生若有所悟地轻声应着，胖胖的脸上又重新露出了笑容。

三十九　误会

红薯问题闹清楚了。

欧阳海想，应该赶紧去向副指导员汇报，免得他还在为连里出现了违反群众纪律的事而着急。他跑到连部，值星排长说薛新文还在教导员那里没有回来，关英奎也到隔壁二连去了。欧阳海看时间已经不早了，只好先向值星排长请了个假，领着小刘到老大娘家去送钱。

欧阳海和小刘打听到了大娘的住处，向大娘说明了部队的纪律，感谢她老人家的好意。他俩把钱和红薯放在大娘的桌上，可是大娘就是不依。

“咯样两个小红薯算得么事慰劳哟！”老大娘亲亲热热地说，“就只当是给小孙孙吃了，未必奶奶还要收钱？莫骂人啰！”

欧阳海知道一时和老大娘说不清楚，不敢久待，拉起小刘一阵风似的跑了回来。

路过服务社的时候，欧阳海问：“小刘，肚子饿不饿？”

“早饿了！气一出，这肚子里就空空的了。”

欧阳海想，炊事班的同志都休息了，不好再去麻烦他们。又考虑到小刘在演习中爬上滚下地累了一天，便买了个面包塞给小刘。两人一起回到宿舍里来。

小刘一边吃着，一边从床底下拎起一个练习用的手榴弹，高高兴兴地又去练投弹去了。欧阳海又把那张纸条掏了出来，心想：“小刘真不错，到底是革命老干部的孩子。革命家庭使他养成了很多非常好的品质。在红薯问题上，他是没有什么错误的。现在问题已经弄清楚了，班务会也不必再开了。”他刚把纸条揣进兜里，又想：“小刘今天和代理副指导员的顶撞，是由于批评不够准确引起的。作为小刘，当然不应该计较，更不应该顶撞；可是代理副指导员本人却应该引起注意。另外，红薯的来历应该向代理副指导员解释清楚，刚才去老大娘家处理的情况，也该向他及时汇报。副指导员这会儿也该回来了！”想到这里，欧阳海朝连部走去。

连部还是没有人，欧阳海一边看报纸一边等着。不一会儿，关英奎匆匆忙忙从外边跑了进来。

“欧阳海，你在这儿呀！快，团政治处刚才来了个通知，原来说是星期六下午召开的那个‘马列主义、毛泽东思想学习心得座谈会’提前了，今晚就开。

你快去吧。”

“连长，让一班长刘伟城去吧。他学得好，谈得也比我深刻。”

“还是你去吧，你是团政委指名要参加的。欧阳海，这没啥可谦虚的，参加这样的会，交流学习马列主义、毛泽东思想的经验，一方面是介绍自己的心得体会，更主要的还是向别人学习嘛！怎么，你不愿学习？时间差不多了，咱们快走吧。”

“你也去吗？”欧阳海问。

“团长找我们去研究下个阶段的训练问题。”关英奎说，“老薛也不知道上哪儿去了，该给他说一声才对。我给他留几个字吧。”

“那我去拿点东西。”欧阳海说。他跑回宿舍拿了几个笔记本，就和连长一起朝团部走去。心想，只有等开完会回来再向代理副指导员汇报了。

月光把人影映得清清楚楚的，欧阳海开完了马列主义、毛泽东思想学习心得座谈会往回走。一路上他都在仔细琢磨会上那几个同志的发言，心想，回去以后，一定得把马列著作、毛主席著作的学习认真安排一下，现在兄弟连队的同志们提供了多么好的学习经验啊。

欧阳海回到班里，魏武跃把他又拉了出来，小声说：

“班长，代理副指导员来找过你几次。他问我：‘谁让欧阳海又跑到团里去介绍当班长的经验的？’我说，‘我不知道开什么会。好像是团政委指名要他去的。’他说，以后像这样的事，应该主动推一推，现在还远不是介绍经验的时候。”

“哦……”

“他还问起班务会的事。我说我们合计过了，决定稍微往后推一下，把情况调查清楚了再开班务会。代理副指导员好像不大高兴似的。”

“这事怪我，临走时没找着你，也忘记给高翼中交代交代。红薯问题已经弄清楚了，没有必要开班务会。我赶紧找代理副指导员汇报去吧。”

欧阳海刚进连部的门，薛新文连忙迎了上来：

“七班长，你上哪儿去了？我到处找你。”

“我去团里开会去了。我也找了你……”

“我找你就是谈开会这个事。”薛新文努力控制住自己的激动，把欧阳海让进屋里坐下后，叹了一口气，严肃地说，“这几天我一直想抽个空好好跟你扯扯。

下午刚跟你扯了个头，又让小刘那个事给打断了。欧阳海呀欧阳海，七班的工作最近有很大的起色，一两个月当中能做出这样的成绩来，确实不简单，连我都没有料到。可是有了成绩，自己得沉住气啊。现在连里正准备通过你们七班，组织一个你追我赶的练兵高潮哩！”

欧阳海有点纳闷，面对薛新文这么个开场白和他那副焦急的样子，不知道该回答句什么才好。

“你看看，你看看，”薛新文从抽屉里拿出个文件夹说，“这是一班给你们的挑战书，这是四班向你们提出的竞赛条件。这儿，还有八班的，二排五班六班的……同志！现在连里的形势多好，大家的劲头都鼓起来了。其他班的同志都挽起袖子，嗷嗷叫，要和你们挑战；你们可倒好，像和那个什么什么赛跑的兔子似的，还没跑到目的地哩，就躺在半道上睡起大觉来了。这还行啊？”

“副指导员，我们没睡觉啊……”

“没睡？班里的小刘刨了老乡的红薯，犯了群众纪律又不肯承认错误，叫你们开个班务会吧，你们又不抓紧，要什么，要‘稍稍往后推一推’！摆着这么些严重的问题不处理，你还有心思去介绍什么当班长的经验……你这不是睡觉是什么！你把班里的问题解决了，再去介绍经验也不迟嘛。欧阳海，你说说，你们这种做法，让不让领导上着急？”

欧阳海听到一半就有点想笑了。代理副指导员是真关心七班，可也真不了解七班。他说：

“副指导员，我说句话你别生气。你呀，确实像那个谁讲的，官儿虽不大，官僚主义不小！”

“欧阳海，你严肃点。”薛新文认真地说，“我这是为你们担心，找你来谈问题哩。”

欧阳海强忍住笑，说：“你听我说具体的嘛！今天晚上那个会，是政治处组织的马列著作、毛主席著作学习心得座谈会，不是什么介绍当班长的经验。临走的时候，连长没找着你，在记事牌上留了几个字的。”

薛新文看了看记事牌：“这学习心得座谈会不是说后天才开吗？”

“提前了，军区来了个理论教员，要做辅导报告，想先摸摸学习情况，所以团里临时通知今晚开的。”

“哦！这么回事。”薛新文问，“那叫你们开的班务会为什么不抓紧点？为什么要往后推？我都上教导员那儿检讨完了，可你们还把这个问题搁着，不赶紧处理！”

“副指导员，这个事本来要向你汇报的。我们认为那个班务会可以不开了。”欧阳海把刘延生的小纸条递给他，又把红薯问题前前后后的经过都详细地谈了谈。最后说：

“……小刘正是为了认真执行三大纪律，学习老红军的传统，才这么做了。我觉得这里边他没有错，而且后来又承认了当时对你的态度不好。班务会的目的已经完全达到了嘛。”

听了欧阳海的介绍，薛新文才明白了红薯问题的真相。他仔细想了想，埋怨自己说：

“对！这个问题我当时处理得太急躁了些。不过他也用不着抹咸水嘛！一个战士，应该把他培养得能摔能打，刺刀对着鼻子尖都不带眨眼睛的。像他这样碰不得挨不得，将来上了战场怎么办？”

欧阳海不同意副指导员的这种说法。战士的勇敢、刚强，应该建筑在阶级觉悟的基础上；勇敢，是人民战士对党的事业无限忠诚的必然表现。但是考虑到代理副指导员出于一片关心，一时又没转过弯来，便没有和他争论，只是把饭后去老大娘家里处理的情况又向他汇报了一番，最后问道：

“副指导员，问题已经清楚了，你看关于小刘的这个班务会是不是不开了？”

“开不开会倒没啥。主要是对他应该严格些。这小家伙虽然有很多优点，最近的进步也不小，但是太调皮了。”薛新文停了停又说，“当然，今天这个事我也不是没有缺点。你回去向他解释解释，叫他心里别存着这个事。”

“是。那我走了。”欧阳海站起身说。

“别走哇！我对你还有个意见哩！”薛新文把欧阳海又按在身边坐下，“欧阳海，要想把一个班带好，主要是严字当头。怎么，我听说小刘闹别扭不想吃饭，你还给他买了个，买了个面——包？”他把面包两个字之间的距离拉得老长老长。

“嗯，面包是我买的……”

“光这个事我就该批评你。部队嘛，是培养能够冲锋陷阵的战士的大熔炉。不是什么托儿所！光靠哄着、捧着，那能培养出个什么样的兵来？这问题你今后要格外注意。”

欧阳海也极力控制住自己的情绪没有吱声。薛新文又交代了一些如何组织应战的具体问题，最后说：

“七班长，你们现在可千万不能松劲，更不能骄傲。连里对你们的期望很高，你可要再加把劲才行啊！”

“是。”欧阳海敬完礼后往外走。

“欧阳海，”薛新文在背后又喊住了他，“你干脆把小刘找来，我跟他解释，免得他情绪不高，鼓不起干劲来。”……

熄灯号吹过半天了，欧阳海发觉小刘的床还空着。“小刘怎么还没回来？是在副指导员那儿谈话呢，还是又悄悄练投弹去了？”想着，欧阳海跑到操场绕了一圈，既没看见香火也没找着小刘。他决定坐在门口等一等，等小刘回来以后再跟他谈谈。“副指导员说得对，现在要鼓足全班的劲头，在挑战、应战中苦练杀敌本领。”

“班长，”副班长魏武跃披着衣服过来问道，“你还不睡呀？不早了！”

“我等等小刘。”欧阳海说，“明天我们抓紧时间开个班务会，根据我们上次给支部的保证，检查班里还存在些什么问题。代理副指导员刚才找我谈话的时候，再三强调要我们不松劲、不骄傲，思想工作要做在前头。小魏呀，领导上对我们这方面很担心哩。你先考虑考虑，我们班、我个人在这方面有些什么问题。会前我们再召集个党小组会研究一下。现在的关键就在于不松劲、不骄傲。”

“对，组织纪律问题也得再强调强调。”小魏说，“小刘还没回来，该不会出什么事吧？”

“不会。”欧阳海站了起来，“一定还在代理副指导员那儿谈话哩。这么晚了，首长也该休息了。我找他去。”

欧阳海还没走到薛新文的宿舍门口，远远就听见了他们的声音。声音很大，好像为一个什么问题争论得相持不下。欧阳海停住了脚，声音却不断地飘过来。

“……没有调查就没有发言权。你都是个干部了还能不懂？可你呢？老是‘不用问就知道’、‘我敢保险’，瞧你那主观劲儿！这还有不批评错人的？”——听口气就知道这是刘延生在讲。

“小刘同志，提意见是可以的，不要带那些刺激性的词儿！”声音中断了一小会儿，“对待领导上的批评嘛，领会个精神实质，认真检查自己就对啰！像你这样还行啊？听到了表扬以后，就碰不得挨不得了？同志，这种情绪就不对头哩！”

“那也要看怎么碰怎么挨。只要碰得对，挨得对，怎么重都不为过。你瞧瞧我们班长，多棒！总是先把问题了解得清清楚楚的，然后再具体指出来哪些地方不对，为什么不对。要是你一时想不通，他就找个故事来将你一军，想方设法，批评得你心服口服。这就是思想工作，这就是扎扎实实、讲求实效的工作方法，老干部们都是这么做的。这样的批评，能帮助人、教育人，听着都让人从心眼里往外舒服。”

“小刘同志！你算是恰恰把我的担心说出来了。你们班长又是捧、又是哄的，正好把你惯坏了。”这是薛新文在说，“我早就不同意他这种做法，也当面批评过他，可他总是没引起重视。我可不能像他那样，又是讲故事又是买面包的。搞些什么名堂嘛！这恰恰是迁就你，对你不负责任，害了你！”

欧阳海听到这里，完全呆住了。

屋里谈话还在继续：

“你瞧瞧你们这股子骄气，还没碰着呢就噘着嘴。像个什么样子？现在骄娇二气在你们班表现得最突出。”薛新文在说，“要是再不引起注意，我敢保险，用不了多久非出原则性的问题不可……”

欧阳海猛地惊醒过来：我怎么能背后听别人的谈话呢！他急忙转身往回跑。

已经听到的几句话使欧阳海又停住了脚步。这样的情况他还从来不曾遇到过，这真是个新的考验！“听到了表扬以后，就碰不得挨不得”、“又是讲故事又是买面包……不负责任”、“又是捧、又是哄的，正好把你惯坏了”……这些话都乱哄哄地在耳边响着。挺简单的两个红薯问题，不知怎么就和面包、汽水、熔炉、托儿所搅到一起去了，怎么也分不清，弄不明。他想冷静下来想想今天发生的事情，可脑子里像一锅糨子似的想不下去；他想回忆一下自己做错了哪些事，可一时又回忆不起来。他呆呆地站在那里，问自己说：

“难道今天这个事我错了？是我的动机不对头，方式方法又有了毛病，还是效果有了问题？不！我从尊重事实出发，我从信任小刘出发，经过调查研究以后，证明我的判断是对的。从效果来看也是好的。我并没有姑息小刘。红薯问题上他根本没有错误，班里这样处理也是对的。可是代理副指导员为什么不满意呢？具体问题具体对待，耐心说服，严格要求，难道这就叫‘捧着、哄着’？那么还要不要以阶级兄弟的热情来对待战士、爱护战士呢……”

欧阳海挠着头皮在苦苦思索着……

四十　“与人为善”

欧阳海这两天在琢磨一个问题。他把自己来到七班以后碰到的一些事情，特别是关于帮助刘延生同志的一些方式方法问题，都仔仔细细地想过了。想来想去不明白自己错在哪里。他想：“既然代理副指导员提出了不同的意见，必然有他的道理。”可是，他的道理是什么呢？欧阳海一时又找不到答案。

细心的高翼中发现班长一直在琢磨什么问题，对自己说：“咱们班长是真没说的！过去有人曾幻想发明一种‘永动机’，一种不借助新的动力却永远转动不停的机器，根据能量守恒定律，这是不可能的。新的能量只能转化而不可能凭空创造出来。可是我们的班长，他就像那上足了发条的钟摆，像那自动手表似的，永远也不知道疲倦，永远也不知道休息。这就是因为他自己总在不停地给自己上弦，总在借助外力的微小震动，上紧了自己思想上的发条。他总在运动着，前进着。为了搞好七班，他花了多少心思啊！干活的时候，有一百斤的担子他不挑九十斤的；有空就找同志们个别谈心，征求对班里工作的意见；大家休息了，他还总在忙着，不是学习马列主义、毛主席著作，就是整理笔记；就连同志们的衣服、鞋子脏了，他都要抢过去替你洗净晾干。星期天，别人都出去玩玩，他又照例到伙房去帮厨……全班被带动起来了，成了全连学赶的对象，他又开始琢磨新的问题。好班长啊，你哪里来的这么旺盛的精力，你究竟在想些什么呢！”

无忧无虑的刘延生也发觉班长在考虑着什么问题，见他总是捧着书在看。今天又看见班长坐在操场边上，两眼望着远处在想着什么，半个多小时了，还在那儿一动也没动。他打趣地对魏武跃说：“咱们班长真有股子倔劲，他准能琢磨出个什么新的训练方法来！”

“不对。”魏武跃拍了拍自己的脑袋说，“班长想的是这里边的问题，而且八成和你有关系。”

“不会吧。”刘延生摇摇头说，“班长脑袋瓜里一个劲地想我干什么？”

不干什么，为了弄清是非。欧阳海是在想有关帮助刘延生的问题。

前天晚上听见代理副指导员那些话以后，他琢磨了很久。代理副指导员提出了怎样去看待小刘、帮助小刘的问题。欧阳海认为，这是一个思想方法、工作方法的问题：是提倡实事求是，调查研究，还是主观武断，脱离实际。当时，他只模模糊糊地感觉到自己的做法是对的。昨天一早，小刘把他和代理副指导员谈话的情况告诉了欧阳海后，他的看法才更坚定了。他觉得代理副指导员尽管一心想把工作搞好，但由于调查研究不够，工作不细致，脾气又比较急躁一些，在处理小刘的两件事上都是有缺点的，是主观主义的。可是代理副指导员不但没有认识到他自己的毛病，相反对七班的做法提出了批评。这就出现了新的问题，产生了新的矛盾。怎样对待这个问题，怎样解决这个矛盾呢——这正是欧阳海脑瓜子里边在反复考虑的问题。

熄灯号刚刚吹响，营房里的灯唰的一下全灭了，只有几盏路灯和刚刚从东边升起的一轮皎洁的月亮辉映着。欧阳海躺在床上瞪大了眼睛还在考虑问题。月亮快当顶了，第三班岗都换过了，欧阳海翻了个身，仍然毫无睡意。

“有意见一定要提。官教兵，兵教官嘛，这是我们革命部队的传统。”欧阳海在想，“但代理副指导员正在批评七班，特别是批评我有骄傲情绪。我是不是被工作上取得的一点成绩蒙住了眼睛，看不清自己的问题了呢？另外，我的这些看法，他接不接受得了？对于一个从机关下放到连队来的带职干部，这些意见究竟将起到什么作用，是促使他改进工作，还是会使他缩手缩脚，不敢大胆管理？提意见不能不考虑到效果。我们是辩证唯物主义的动机和效果的统一论者，光有个好的愿望是远远不够的。何况代理副指导员完全是为了关心小刘，帮助七班。方式方法上不必斤斤计较，从积极方面领会代理副指导员的批评就对了。”想到这里，欧阳海犹豫起来，似乎没有必要和代理副指导员展开一场原则性的争论了。

“不对！”又一个想法从欧阳海心里涌起，“既然要求动机和效果统一起来，那么，无论代理副指导员帮助小刘的主观愿望多么善良，从效果来看是不好的。我已经感觉出这个问题来了，再不向代理副指导员提出来，岂不是我这个动机也值得怀疑了吗？更何况如何处理小刘的红薯问题，两种不同的方法是相互排斥的。不是代理副指导员主观片面，就是我迁就姑息。这不仅是谁错谁对的问题，这是个是非问题。”想到这里，欧阳海对自己原来的想法又来了个否定。

“也不对！”欧阳海思想里还在斗争着。“对干部要体贴。他们工作忙，事情多，一天到晚有多少问题要处理啊，哪能事事都很细致？作为一个战士来说，也不应该苛求干部件件事都调查得详细、具体。问题解决得不够恰当，也是难免的……”

门口传来了声音，薛新文拿着手电来查铺了。他脚步轻轻地朝欧阳海身边走来。欧阳海急忙闭上眼睛，忙乱之中，却让一条胳膊贴在蚊帐上了。眼看代理副指导员已经走近，他只好假装睡着了，没敢再动弹。

薛新文轻手轻脚地把欧阳海的胳膊往里边推了推，嘴里小声嘀咕着：

“你这小子，把胳膊贴在蚊帐上，蚊子就对你客气啦？蚊子对你客气我可不对你客气，看我明天怎么剋你！”

薛新文慢慢朝二排走去。欧阳海继续想：“代理副指导员就是这么个人，说话虽然重一些，可是心里边总是时时刻刻在关心着同志们。”他望望薛新文的背影，对自己说，“说我对小刘姑息、迁就又有什么关系呢？只要我经过仔细检查，自己对小刘的帮助方法并没有问题，那代理副指导员提醒提醒、批评批评，作为警惕今后的工作，也是完全应该的。领导上提醒得多一些，要求得严一些，对自己、对工作都有好处。至于代理副指导员思想方法、工作方法上的一些问题，有适当的机会再给他提一提。挑战竞赛马上就要开始了，班里还存在不少问题，我应该一心一意把工作搞好，没有必要再为这件事挑起新的矛盾。”想到这里，欧阳海完成了他的“否定之否定”。

第二天中午七班又召开了一次班务会，检查了班里的薄弱环节，找了找和一班、四班的差距。欧阳海一方面批评了小刘的任性，同时也检讨了平素对他的帮助不够，要求不严。这些，小刘都接受了，也作了比较深刻的检讨。可是当会后欧阳海个别向小刘提意见，说他那天晚上不该和代理副指导员当面顶撞的时候，没想到小刘却来“否定”他了。

“班长，你这么处理问题可缺乏点原则性。”小刘说着站了起来，“我们那叫争论问题，不能算是顶撞。”

“争论问题？”

“当然哪！同一个红薯问题，两种处理方法，得到两种结果。你说，我们不该弄清楚究竟哪个对，哪个不对吗？”

“领导上是从维护群众纪律出发提出的批评，领会这个精神就行了嘛。”

“不！精神要领会，问题也要弄清楚。”小刘说。

“作为我们来说，不应该强调领导上的方式方法。再说，你那样去争论也解决不了问题。”欧阳海说，“小刘，找个机会你去代理副指导员那儿解释解释。”

“我没什么可解释的！”刘延生委屈地说，“我觉得我的看法是对的，去争论争论也是应该的。他处理红薯问题就是不对嘛，我解释啥？……要解释你去解释。以后，我再也不提意见，再也不争论问题了。”

“小刘，你这不是与人为善的态度。”

“班长，你这个批评我更不能接受。怎么叫与人为善？他工作上有缺点，你不让我提意见；他还没察觉到自己的问题，你不让我去争论；问题没闹清楚，你反倒让我去解释；我坚持原则不去，就不是与人为善？！……班长，你这道理说服不了我！”刘延生气得眼圈红红的跑了。跑不几步，他又转回来说，“你明知道他不对，又不去提意见，你这是与人为善吗？你这是自由主义！”

正是和小刘的这段谈话，正是“与人为善”和“自由主义”这几个字，使得欧阳海又琢磨起问题来：“自己不计较领导上的批评，这是对的，但是这能叫做与人为善吗？不宣扬自己的长处，也是对的，但是看见别人的不足也不具体地指出来，这不正是自由主义吗？”

刘延生的那几句话给了欧阳海很大的震动。他深刻地意识到自己没有领会好我们党一贯倡导的批评与自我批评的精神。世上没有十全十美的事，没有十全十美的人，要发展，要前进，就得开展积极的思想斗争，进行批评与自我批评。他想起第一次学习《反对自由主义》时，只记住了一个不要背后乱说，以为不背后乱说就是没有自由主义了。其实这种理解该多么肤浅啊！他心里说：“主席号召我们反对自由主义，是要我们把革命的利益放在第一位，把原则放在第一位。没有很高的无产阶级觉悟，没有高度的革命责任感，是做不到这一点的！”

欧阳海感叹地说：

“小刘真是又单纯、又真挚。到底是延安生的，到底是跟随毛主席、朱总司令南征北战的老干部的后代。他从小就在革命家庭的培育下，养成了耿直、实事求是、有错就改的好品质。他没有那些不必要的清规戒律，是非异常分明，怎么认识就怎么去做。看见上级有某些不足，他把它当成了自己的心事，不争论、不斗争他就坐不住。这才是真正把革命的利益放在了第一位。相反，自己在这个问题上倒是过于犹豫了。这是思想水平不高的反映，也是农民意识、个人主义还没有彻底断根的一种表现——应该这样来认识自己。”

欧阳海决定，无论如何也要找代理副指导员把自己的全部意见都谈出来。

经过这几次“否定”之后，他终于完成了一次思想上的飞跃。

这两天来，不管是工作时间还是休息的时候，薛新文也在考虑欧阳海和七班的问题。他想，七班受到了表扬，应该对他们要求得更高一些；听说欧阳海一直还不错，立过功，受过奖，入党也比较早，最近工作上又做出了一些成绩，对他就应该抓得更紧一些。可是从他们目前的状况来看，实在是让人担心。娇气滋长了，骄傲情绪也有些抬头。薛新文心里说：“对待这样一个比较好的同志，怎么才能使他在取得一些成绩之后，进步得更快一些呢？革命的路途长得很哩，上游是没有止境的。应该让他们鼓起更大的干劲往前冲才对啊！”

薛新文带着这个担心去找陈永林了解过，也问过连里的几个老班长。大家一致说欧阳海刚参军的时候，有些争强好胜，以后在这方面有了明显的进步；至于爱提意见、辩论个问题，这倒是他一贯的特点。“……是我对他的看法不准确呢，还是他在进步的过程中产生了新的毛病？”薛新文在问自己，“连长对我在工作上不注意调查研究的毛病提过好几次意见了，这次我可别再武断地给谁下结论。一定要多观察观察，为了对欧阳海的进步真正负责，还应该多看看他今后的表现，特别要考验他在领导面前，能不能收敛一些。”

星期六晚饭后，同志们都上俱乐部准备文娱晚会的节目去了，欧阳海抽空来找薛新文。一进门，看见他正在和一个新战士谈心，欧阳海又赶忙退了出来。

“七班长，有什么事吗？进来坐嘛！”薛新文说，“我也正有事要找你哩！”

“我……我等会儿再来吧。”欧阳海说。

“来吧来吧，我们这就完了。”

欧阳海走进房去，看见九班的一个新战士在场，心里想：当着一个新同志的面给代理副指导员提意见，这显然不是一个恰当的场合。他说道：

“副指导员，我想单独跟你谈谈。”

“好嘛！”薛新文说着转身告诉那个新战士，“我们今天就谈到这里。回去以后，你要好好做个检讨。以后可不许再跟班长当面顶撞了，啊？”

“是。”新战士敬完礼就走了。

薛新文给欧阳海倒了一杯水，让他坐在桌旁的椅子上，心里揣度着欧阳海的来意：大概是前天晚上我批评了他之后，来检查他们的骄傲情绪来了。到底还是立过多次功的老同志了，不像刘延生那样，省悟得就是快些。他见欧阳海一直坐着没吱声，问道：

“拉这么长的过门干什么？有话快说嘛。在领导面前作检讨，也不是什么难为情的事！”

欧阳海见代理副指导员是这么一副口气，觉得自己的话很难开口。他想了想还是说：“不。我今天主要是谈有关小刘的那几件事。我有些不同的看法。我们都是一个支部的，我想从一个党员的角度来和你交换一下意见。”

薛新文心里咯噔一下：欧阳海是作为一个党员来和自己交换意见的，不是以一个班长的身份来向代理副指导员作检讨的。他沉默了好一会儿，问道：

“不就是那么一回事嘛，还有啥可谈的？”

“我觉得这里边反映了几个带原则性的问题。我越琢磨越觉得非谈不可。”

薛新文一听“带原则性的问题”这几个字，更有点吃惊。他沉住气说：

“哦！……那你就说吧，我也认真地听一听。”

欧阳海把前天晚上熄灯以后来找小刘时偶尔听到的那些话，以及事后小刘介绍的一些情况都谈了，说道：

“我把这些事都归纳到两个问题上来：一个是如何开展正确的批评；一个是如何进行自我批评。这既是工作作风问题，更是思想方法问题。我觉得你在这两个问题上都有缺点。在批评上，你比较主观，不注重调查研究。毛主席一再强调批评要防止主观武断。可是你对小刘的两次批评都过于主观了些。”

“两次？不就这一次嘛，怎么又冒出来一次！”薛新文说。

“头一次，他拿香火是为了晚上练投弹，这是他苦心琢磨出来的一个窍门。你不但没有表扬他，反而批评他出洋相，挫伤他练兵的积极性；第二次的红薯问题也是这样。公社的一位老大娘看他年纪小，练兵练得满头大汗，送了两个小红薯给他。他推辞不掉，只好接受了。为了发扬革命老传统，他学习老红军，把钱悄悄埋在那块地里。他这么做是根本没有错误的。你却批评他违反了群众纪律。本来，这些事稍微作些调查研究就能弄得明明白白的，可是你呢，急着忙着下结论把他批评哭了不说，还跑到教导员那里责怪自己管教不严，作了个不必要的检讨。这两次批评动机虽然是好的，但由于缺乏调查研究，效果却恰恰相反，没有达到帮助同志的目的。”

“欧阳海同志，我是个连里的代职干部，工作忙，事情多，总不能次次都去调查研究完了才处理啊！”

“不。这就是我要谈的第二个问题。”欧阳海接着说，“谁也没有要求一个干部在工作中不出任何问题。关键是当你的缺点——处理问题时调查研究不够——被同志给你指出来了，你就应该认真考虑才对！可是你却没有这么做。这说明你在自我批评这个问题上也是不够虚心的。前天晚上你找小刘谈话的时候，他把你批评不准确的毛病指出来了。我认为这很难得：一个入伍不到三个月的新战士，敢于破除情面给你提意见，正是出于爱护首长、关心首长。我们应该先考虑意见对不对。怎么能把同志的意见，当场就顶回去呢？”

“我是觉得他那种要求本身就不对头。——反正咱俩是谈问题，不同意的都可以谈谈自己的看法。”薛新文说，“一个战士能光强调领导上的方式方法吗？”

“小刘的要求并不过分嘛！党中央、毛主席一再强调，一切实际工作者都必须向下做调查。他根据党的传统作风，要你多调查研究，这有什么不对呢？坚持实践第一，注重调查研究，是主席的号召，是一个唯物主义者认识客观世界的科学态度。用这个标准来要求你，怎么是强调方式方法呢？可你却简单地认为这是个方式方法问题，还说他碰不得挨不得。我觉得这正是你自己不准他碰，不准他挨。抗日战争时期，边区有一家老乡给我们的一位分区司令员提了意见。毛主席说这是个了不起的变化，说那个老乡很有觉悟，说老百姓敢给‘长官’提意见是天大的好事！——我们伟大的领袖是这样来评价提意见的人的。我们自己怎么能一听到意见，就责怪提意见的人太骄气了呢！薛新文同志，这不正说明你自己太骄气了吗……”

欧阳海的这个故事和这段分析，使薛新文有点受不了。他站起来打断欧阳海的话说：“七班长，你认为你这样谈问题的方法和口气恰当吗？”

“我认为很恰当。薛新文同志！”欧阳海也站了起来，严肃地说，“我是以一个党员对党员的身份来提这些意见的。党员之间，应该无话不谈。不看意见的实质，光要求对方用什么什么口气来提意见，这恐怕倒是不恰当的。”

薛新文急忙踱到一边去。他心里虽然佩服欧阳海，觉得这个文化水平不高的小班长下苦功夫读过几本书，他的分析也无懈可击；但是自己又一时拉不下面子把这些意见全部接受过来。“对，他一开始就讲得很清楚：今天是以一个党员的身份来提意见的。”薛新文对自己说，“应该先让他把意见说完。”为了平静一下自己激动的心情，他倒了一杯水慢慢地喝着，停了一会儿才问道：

“那……你还有吗？”

"还有。我觉得你在对待批评与自我批评的问题上，不管是主观武断也好，不管是不够虚心也好，都是因为过于自信才造成的。这是个思想方法问题，老觉得自己是对的，一遇到情况就会轻易地作出结论；老觉得自己是对的，一听到相反的意见就容易不冷静。这种自信再加上对战士的积极因素估计不足，恐怕就是你既不注重调查研究，又听不进群众的意见的主要原因。任何人，光自以为是，而不自以为非是不行的。"

薛新文参军六七年了，由于比较能干，又能吃苦，总是听表扬的时候多，听批评的时候少。尽管由于工作方法不够细致，碰过一些钉子，但总的说来，还是一帆风顺的。今天猛地听到这么尖锐的意见，他面子上过不去，感情上也有些受不了。他在屋里来来回回踱着，反反复复斗争着：欧阳海作为一个战士，为了帮助领导做好工作，竟能这么细致认真地提出个人的意见，并且谈得头头是道，分析得合情合理。这一点不管怎么说，还是可取的。但是另外一方面呢，一个战士这么爱谈理论问题，遇事夸夸一大套，这是不是过于自负了些呢？哪怕有一点自负的因素在内，作为一个干部、一个比他参军早两天的同志，难道不应该引起担心吗？难道能够把这个担心埋在肚里吗？不能！不谈是不负责任的，应该及早地提醒他才对！

"你谈完了吗？"薛新文回到桌边坐下问道。

"就这些了。"欧阳海说，"你参军比我早，受党的教育比我多，我分析的不一定对。上级号召我们学习马列主义和毛泽东思想，掌握马克思主义的立场、观点、方法，用它来观察、分析和解决问题。我文化浅，学的也太少，理解得不深不透，恐怕有很多地方我都说错了。你比我懂得多，对我一些说过头了的话，相信你也不会在意。主席在《改造我们的学习》这篇文章中，对主观主义的危害谈得很深刻。支部几次组织马列主义、毛主席著作学习心得交流会，你都因为忙着一些劳动活儿没有参加上。我觉得这是很大的损失。支部书记关英奎同志工作也很忙，可他每次都从头至尾地参加了……我的意见就是这些，还是只供你参考吧。"

薛新文见欧阳海不说话了，低着头又踱到一边去。

欧阳海望着他的背影，后悔自己没有早点来提意见。他埋怨自己说："襟怀坦白，忠实，积极，是一个共产党员的本色；任何时候，任何地点，都能坚持正确的原则，敢于同一切不正确的思想和行为做不疲倦的斗争，以维护人民的利益，革命的利益，是党性的集中表现。我要是早点把这些意见都谈出来该有多好！”这时，他为前两天的犹豫感到羞愧，也为开诚布公地谈出了自己的看法，卸掉了一个思想上的包袱，而感到周身轻快。他亲切地望着薛新文，等待他的回答。

薛新文思想上还在继续着刚才那场斗争。欧阳海的意见，虽然使他有些受不了，但是心里很明确：这些意见提得对，提得好，应该全部接受下来，好好考虑。他脑子里斗争的是，现在该不该把自己担心的事向欧阳海指出来？一提，会不会使别人又觉得他不够虚心？“工作忙，难得有这样一个机会；既然欧阳海能够开诚布公地把意见全部谈了出来，为了对同志、对工作负责，自己更不能犯自由主义了！”想到这里，薛新文迅速地转过身来。

“欧阳海呀！我谢谢你对我的批评。老实说，我参军以来还没有听过这么尖锐的意见，有些问题，思想里可能一时还转不过弯来。不过不要紧，这些意见我都会好好考虑的。”薛新文犹豫了一会，“我今天也想谈谈你的问题。”

“那当然太好了！”欧阳海说，“我既是以党员的身份来提意见，更是以党员的身份来听取老同志的批评教育的。”

“这个态度还是不错的。”薛新文说，“那我问你，这些意见、看法、分析，是你自己想的吗？”

“我是一边学习一边认识的。”

“不，我是问，你原原本本的思想就是这些吗？”

“那倒不是。我原来还不想来提意见哩！”欧阳海把这两天来的思想斗争，特别是小刘的启发，以及自己由不准备提意见，到决心把意见都谈出来的认识过程，都一五一十地讲了。最后真挚地说道：

“……顾虑、患得患失，没能及时地找你提意见，都说明我的思想深处还存在着个人主义，对部队的传统作风，特别是对革命队伍中的统一意志与充分发扬政治民主之间的辩证关系，理解得很差。总以为……”

薛新文打断了他的话，说：“不不不！我是问你这个：七班听到了表扬以后，你都是怎么想的。难道你这两天没有考虑过这些问题？”

“当然想过。我和小魏初步合计了一下，班里准备通过小刘的这些事，重点抓一抓组织纪律问题和群众纪律问题。即将到来的大演习，也少不了和群众打交道。你提出的群众纪律问题，等于给我们打了个预防针。今天早上我们开了一次班务会，明天准备利用开饭前的时间，再谈谈……”

薛新文见欧阳海根本不愿意涉及他自己的问题，挥了挥手说：

“欧阳海呀！我觉得你目前正像我当初那样，由于过分自信而看不清自己的问题。事实很明显嘛，作为我来讲，应该加强调查研究，虚心听取群众的意见；可是你们自己呢，工作上有了成绩，听到表扬以后，班务会也不抓紧开，对班里的要求也不严了。这是种什么情绪？就算红薯问题我了解得不够全面，你们也可以就小刘的态度开个会来警惕警惕大家嘛。可是你们并没这样处理。这是不是也有点自负，受到表扬就听不进批评呢？”

欧阳海张了张嘴没有说出话来。他想，我给薛新文同志提了个如何正确地对待批评与自我批评的问题。现在，这个考验正落到自己的头上来了。“怎么办？”欧阳海心里在问自己。很快地，他就得出了答案：“闻者足戒嘛，虽然我还没有察觉到这个问题，但是值得我很好地想一想，引起思想上的警惕。”他说：

“薛新文同志，这个问题应该引起我的注意，我一定冷静下来再考虑考虑。”

“当然，这也只是我的担心啰。我是希望你，希望你们七班能够经得住这次表扬的考验的。可我还是要提醒你，当一个同志比较自负的时候，往往对领导上的方式方法格外挑剔。这种骄傲自负的情绪，也往往是自己察觉不出来的，觉得自己多说几句是应该的。这比一般的‘翘尾巴’更危险。我先把话说在头里，只要你们自己不注意，我敢保险，不出几天，你们班准出事故！”

欧阳海想：“是啊，是应该警惕骄傲情绪的滋长。不过听薛新文同志的这些话，显然他还根本没有听明白我的意见，也不准备接受这些意见。对主观主义的危害性，也还没有真正认识到。不要紧，思想斗争总要经过几个反复，辩证法从来不承认一劳永逸。支部会上我还是要提意见。总有一天，你会明白的。”

俱乐部里传来了锣鼓声，星期六晚上的文娱晚会马上就要开始了。欧阳海平静地说：

“薛新文同志，你的意见我一定好好想想。明天晚上的生活检讨会，我们就专门谈谈你提出的这个问题。不过，我也希望你能够再考虑一下我提的那些意见。”

薛新文笑着说：“对对对！我们都考虑考虑。”

“副指导员，那我走了，你还有什么指示？”

“去吧，晚会就要开始了。你和小魏不是还要出节目吗？咱们今天的争论不算完，暂时告一个段落，以后再接着干。不过不能影响情绪，节目一定要演好。”

“是。”欧阳海说，“我和小魏的对口词《向一、四班老大哥学习》，一股湖南味儿，水平太低。小刘的兴国山歌唱得挺好，听说还是他爸爸教的哩！”

“那你先去吧，我马上就来。”

欧阳海敬完礼后，走了。薛新文独自在屋里来回踱着。他自言自语地说：

“在批评小刘的几件事上，连续出问题。我这个主观主义是不能不引起自己的严重注意了！可是欧阳海的这股骄气，也应该引起领导上的高度重视。可怕的是他自己还一点都没察觉到。怎么才能帮助他认清自己的问题呢？看来，一帆风顺，过多的表扬、鼓励，已经在他身上产生副作用啰！这个问题，过去的领导不能不说是有责任的。

“我既然到三连来了，就要设法弥补这个问题。应该提醒欧阳海。不能眼看着这么好的一个同志走下坡路。对！是该向他敲起警钟的时候了。”

俱乐部里锣鼓越敲越紧，薛新文拿起帽子出了门。他脑子里还在重复着这句话：

“应该拦住他，不能眼看着这个同志走下坡路。要把他拦住，一定要把他拦住！”

前进在革命大道上的欧阳海，恐怕是拦不住的……

第九章　迎着烈火冲上去

四十一　“雷锋的战友”

黎明时分，空气格外凉爽清新，晨风中传来中央人民广播电台清脆悠扬的呼号，随着《东方红》庄严雄伟的旋律，天地万物重新披上一身灿烂的霞光。我们欣欣向荣的祖国啊，正迈着大步向前进。

欧阳海一大清早就来到操场上。他拿着《矛盾论》沐浴在一片朝霞中，认真领会主席的教导：“研究问题，忌带主观性、片面性和表面性。所谓主观性，就是不知道客观地看问题，也就是不知道用唯物的观点去看问题。”他想，昨天的争论虽然还没有结束，但是应该仔细考虑代理副指导员的意见。意见不论正确与否，都是客观上对自己的一种反映，应该尊重，应该从难从严地要求自己，检查自己和班里的工作。

七班抓紧开饭前的时间，又召开了一次学习会，中心内容是围绕虚心使人进步的道理，讨论如何正确对待班里的成绩。同时还学习了“战士尊干八项要求”。同志们特别就第二条“尊重干部，服从管理，遵守纪律，反对极端民主化”联系各自的思想进行了检查。刘延生也再一次谈到他组织纪律观念薄弱的缺点。当他刚要提起和代理副指导员争论的问题时，欧阳海赶忙咳嗽两声制止了他。欧阳海早已经向他嘱咐过，和领导争论的问题，不要拿到一般的会议上来谈，让同志们都知道这些争论，不利于团结。这不是迁就哪个人，而是从革命利益出发。小刘眨了眨眼睛，把话又咽回去了。最后欧阳海根据大家的意见，归纳了这么几条：谦虚谨慎，防止骄傲；加强组织纪律观念，遵守纪律；反对自由主义，模范地执行一切规章制度。

欧阳海拿着会议记录和全班共同拟定的保证书去向薛新文汇报。薛新文指示，这样的认识很好，但是还要进一步挖挖思想根源；特别是欧阳海本人，应该着重检查一下骄傲自满情绪，这样才能巩固目前取得的成绩，不断进步。

欧阳海回到班里来，宿舍里热闹得很，今天是星期天，刘延生请假上街去照相，班里的、排里的同志都托他办些事。这个要修理钢笔，那个要寄钱；有的要取包裹，有的要买信纸信封；还有的要买《雷锋的故事》，要买针线……你也叫他也喊，把小刘都吵蒙了。他喊了声“同志们，一个个地来”，大家才静了下来。一张写得密密麻麻的白纸上，统计的结果是：买书的五桩，寄钱的五桩，补衣服、修钢笔，还有替俱乐部的小鼓重新蒙上一面皮……连小刘本人照相的事加在一起，大大小小一共二十三件。小刘吐着舌头说：

“我的个妈呀！这任务还挺艰巨的哩！”

“你一个人忙不过来吧！”欧阳海同情地说。

“这算啥！向雷锋同志学习嘛。”刘延生笑着说。他整理好东西问欧阳海：

“班长，你不需要捎点什么回来？”

欧阳海替他扣好风纪扣，说：“你快去吧。把相片照得端端正正的；另外，晚饭前一定要赶回来。给我捎个‘遵守纪律，按时归队’的小刘回来！”

“是！”刘延生往腰带上掖了个练习用的手榴弹，准备路过团部大操场时再好好投几弹。心想，连长、班长都表扬了我，应该加把劲，把投弹成绩再提高一步。

欧阳海嘱咐他说：“注意安全，别伤着人了！”

“放心吧，错不了！”刘延生背起俱乐部那个破鼓，唱着歌儿跑到值星排长那儿请假去了。

吃罢早饭，欧阳海领着七班的同志打扫完食堂的卫生后，想起俱乐部门口墙报架子的遮檐还没安好。他记得伙房背后堆放柴火的地方有一些没用的杉树皮。“对呀，杉树皮做遮檐不正好吗！找它几块拼拼凑凑准能行。”想着，他朝堆柴火的地方跑去。

刚拐过伙房门前，远远看见一个穿着背心的同志在那儿劳动。欧阳海走上前一看，代理副指导员正用一把铲刀在剥树皮哩。他已经满身是汗，背心都湿透了。不用问就知道他已经干了好一会儿了。

“副指导员倒比我先想到这个事了。”欧阳海对自己说，“这些方面都很值得好好向他学习。劳动活儿上他总是说干就干，爽快得很，星期天也很难得看见他休息。”他记起第一次和薛新文见面的情景，嘴里喃喃地重复着：

“一天到晚抄着手休息，我敢保险，不出三天就一定把人憋出病来！”

欧阳海刚想上前去帮帮手，薛新文说：

“欧阳海，你来干吗？快回去休息休息！”

“那……那你呢？”欧阳海不肯走。

“你跟我比干什么？”薛新文说，“这次下放时间虽然不长，可是我有个很深的体会：连队里最辛苦的就是你们这些当班长的，白天黑夜领着十来个同志摸爬滚打，组织学习，个别谈心，事事都要模范带头，实在是不容易。今天是星期天嘛，休息休息。去，睡不着也给我在床上躺一会儿！”

欧阳海见他快干完了，只好转身来到伙房。

“去去去！你又来干什么？”司务长李祥也往外撵他，“今天可没有你干的活儿了。下午吃的面条早擀好了；炸酱，你这个湖南伢子又不会弄，还是回去休息休息吧。”

欧阳海想，人家当干部的星期天都不休息，我们年轻轻的怎么能够闲得住！他硬挤进门去想找点零活儿干干。可是伙房里打扫得干干净净，整理得井井有条，确实是一切都弄好了。他指着蒸笼问道：

“司务长，怎么这么长时间没吃馒头了，是人手不够，忙不过来吧！”

“人手倒是够啰，就是蒸笼坏了。修理组的同志忙，还没来修理。”

欧阳海把蒸笼检查了一遍。根据他修补箩筐的技术，只要有竹子，自己也能动手修一修。他想，到底还是让他找着了一件活儿，要不然星期天真难过。心里拿定了主意，他说道：

“行啊，算我今天来晚了，什么忙也没帮上，我干脆打场球去吧。”

“对嘛，劳逸结合一下！刚才刘大个子还到处找你，说要跟一连赛球哩。”

欧阳海无心打球。他向值星排长请了假，决定到楠口公社去。虽然来回有四十多里路，可是那里出的楠竹方圆几百里都有名，值得去跑一趟。连长前几天说，搞副业生产的扁担不够用，刚好自己这个月还节约了几块钱，干脆多买两根竹子回来，蒸笼、扁担都解决了。他计算了一下时间，觉得完全够用，便拿起周虎山送的那本《红岩》走了。他想，路上休息的时候，还可以把描写江姐、许云峰的那几段再看看。

日头快要当顶的时候，欧阳海到了楠口公社。他说明了来意后，社里很支持，派了一位老大爷领他去挑选竹子。他先选了两根又粗又长的准备做扁担，正准备再选根嫩点的回去修蒸笼，那位老大爷拦住了他。

"小同志，你们来了几位呀？"老头问。

"就我一个。"

"那你扛得回去呀？"老头打量着欧阳海说，"你先试试看有多重！"

欧阳海憋红了脸才把竹子扛起来，估计总在一百八十斤左右。他不好意思地说：

"你们这里的竹子好重啊！"

"这还不算大的啰，小同志！有的一根就百把多斤。我们这山上的楠竹是出了名的。拿它去搭棚做梁，几十上百年不腐不烂，比木料还经用些！"老头得意地说，他挽起袖子，"小同志，你扛不动，我来送送你。"

"不敢，不敢。你老人家这么大的岁数了……"

"多大岁数？按新算法才七十整，癸巳年生人。他们都说我，我……"老头激动得头直晃，"说我跟毛主席是同庚哪！"

"哦！"欧阳海这时才知道毛主席已经七十岁了。他想：毛主席他老人家这么大的年纪，还在日夜为全国人民操劳，我们这些小青年还有什么可说的！他连忙付完了竹子钱，浑身是劲地扛起楠竹朝驻地跑去。

欧阳海大步往回走着。想起了毛主席他老人家，就像有谁用手托起了自己的身子和肩上的楠竹，肩上那一百多斤重的竹子好像不存在了似的。他越走越快，一口气就跑了十来里路。涉过一条小河，离家只有一小半路程了，他才歇了下来。他坐在河边，把脚泡在清凉的水里，拿出《红岩》来读着。

江姐临牺牲时说的那些话，每次都使欧阳海激动不已。他把"如果需要为共产主义的理想而牺牲，我们每一个人都应该，也可以做到——脸不变色，心不跳"和"不管是狂风暴雨，不管是惊涛骇浪……一定要把战斗的旗帜指向共产主义"这些警句，都烂熟地背诵下来。他在想，一个共产党员能够在死亡面前毫无畏惧，这是他对他所从事的伟大事业的必胜信念所决定的。江姐他们牺牲了，可是共产主义事业向前、向胜利推进了一步；多少人继承先烈的遗志，在为无产阶级的解放事业继续战斗啊！连我这个差点埋到老鸦窝雪堆里的讨米娃娃，也站到战斗的行列中来了。人总是要死的；我们的革命事业没有休止，它将千秋万代地传下去！一心想着革命事业的人，他还有什么可畏惧的呢？他早把个人的安危放到一边去了。欧阳海自言自语地说：

“心里能看见革命事业终将胜利的无产阶级战士，他眼睛里是没有个人的死亡的。”

想到这些，董存瑞、黄继光、张思德、雷锋……这些崇高的名字，又都在欧阳海的脑子里出现了。欧阳海虽不曾见过他们，但是他们的形象，在欧阳海脑子里却非常鲜明，非常具体。只要一闭上眼睛，就能清晰地看见这些烈士：董存瑞举着炸药包，两眼正盯着冒烟的导火索；黄继光扑在机枪火力点上，一杆冲锋的红旗跟在他的后面；张思德穿着一身灰布军装，乐呵呵地挑着一担刚刚出窑的木炭，从安塞的山里走出来；雷锋系着少先队员送给他的红领巾，正在精心地保养车辆；江姐穿着那件红色的绒线衣，坚定地从歌乐山监狱走向刑场，阳光照在她的脸上，洒满了她的全身……看见了这些伟大的战士，听见了他们的声音，也理解了有的人能够勤勤恳恳地为人民工作到最后一息，有的人在死亡面前这么潇洒自如、落落大方，都因为他们对无产阶级的解放事业，充满了责任感，充满了必胜的信心。这时，欧阳海耳边还仿佛响起了英雄们对他的期待——“……你是否为保卫红旗而生，为保卫红旗而战，为保卫红旗而贡献了问心无愧的一生？”他抚摸着手上的《红岩》，喃喃地对自己说道：

“在为共产主义奋斗的事业中，有多少工作需要我去完成，而我做的又是多么不够啊！”

想到这里，欧阳海决定提前赶回去，争取在晚饭前把竹子剖出来，早点把扁担削好。“我没有更大的能耐，就这么一把傻力气。”他自言自语地说，“能为革命多挑一斤是一斤！”

欧阳海把《红岩》揣进兜里，扛起竹子朝连队走去。刚爬上一道土坎就听见背后有人喊叫。回头一看，河那边的一间房子上冒起了滚滚黄烟。

“失火了？！”欧阳海吃惊地喊了一声，连忙扔下竹子，飞快地朝着冒烟的方向奔去。

一间单独的土墙草顶的房子正被浓烟包裹着。几个妇女、小孩站在旁边大喊大叫，一个约莫六七岁的小孩对着草房大声哭着：

“婆婆呀，婆婆呀！……”

欧阳海一听，心里明白了：房里边有人！他像箭似的一步蹿进门里去。

满屋浓烟使得欧阳海什么也看不见。他焦急地四下里寻找着，大声在屋里叫喊着：

“有人吗？快出来呀！……婆婆……”

屋里没有回答的声音。

欧阳海在屋里摸了一圈，没有找着婆婆。他抱着两床棉被跑了出来。

小孩还在哭，还在喊婆婆，欧阳海跑过去说：

“小兄弟，别哭，你婆婆在哪里？”

小孩急得讲不出话来，只把手往屋里指了指。欧阳海又往门里冲去。刚到门口，只听轰的一声，浓烟变成明火，烧起来了！两个妇女赶过来死死拉着欧阳海喊着：

“不能进去呀！大军同志……”

正是“大军同志”这声喊叫，使欧阳海浑身是胆。“人民的子弟兵，哪有进不去的地方？是刀山，我要上；是火海，我也要迎着烈火冲上去！”他脑子里飞快地掠过了这样一些话，一甩手，又蹿进烈火中。

“老婆婆，你出来呀！……”

看不见也听不见，欧阳海被浓烟呛得连气都不能喘了。忽然，从已经燃起来的楼板上掉下来一个口袋：人在楼上！

楼，只是在土墙的半腰上搭起的一层木板，有一人多高。欧阳海哪顾得及找梯子，他平地往上一跳，双手扳住楼板就翻了上去。模模糊糊看见有个人躺在那里，大概已经被浓烟熏昏过去了。他连忙脱下军上衣包住老婆婆的头，背起她就往下跳。也不知道是哪来的力气和勇气，欧阳海居然背着老婆婆从一人多高的楼板上跳了下来。等他冲出门口的时候，在地里干活儿的年轻人都赶回来了。

有的泼水，有的抢救东西。欧阳海提起一桶水，把全身淋得透湿，转身又爬上楼去。他把烧着的木板撬了下来，一块一块地扔到屋外，这样，渐渐阻止了火势的蔓延。十来分钟以后，火才全部扑灭。

屋架烧掉了一半，茅草屋顶全被火燎光了。所幸的是屋里的东西基本上都救了出来。老婆婆坐在地上望着被烧的房子，伤心地流着眼泪。生产队长指着一个口袋对大家说：

“乡亲们！这是前几天刚从县里拨来的一袋优良麦种，存放在黄婆婆屋里的。黄婆婆为了队里的这袋种子，硬是不顾性命往火里闯啊。现在房子烧了，大家说么样办？”

“给她老人家砌新屋！”

“对！说动手就动手。队长，我屋里还有点料，先给黄婆婆用吧。我这就去扛来。”

“要别的我没有，砖还有一些。黄婆婆，你等着，我这就去挑。”另一个社员说。

“要得哩！盖房子，凑材料，这个任务我们贫协小组一把包了！”

黄婆婆站起来说：“要不得啊！队里信得过我，把种子存在我屋里，这回差点把它糟蹋了，心里实在过意不去，哪能让大家给我砌新屋？要不得啊！”

欧阳海听到这里，心里麻酥酥的。他对自己说：“一个六十多岁的老婆婆，房子起了火，她不搬箱子不拿被褥，一心只记挂着公家的种子。社员们也都把黄婆婆的困难，当成自己的困难，情愿拿出自己的材料为别人砌新屋。这是多么可贵的品质啊！”他深情地望着黄婆婆和周围的社员们，“这就是我们的人民公社社员！他们把自己的身家性命，紧紧地和人民公社的利益结合在一起，社会主义道路，集体劳动，使他们彼此都成为亲人！”

社员们吆喝着替黄婆婆盖起房子来，忙乱中忘记了救火的战士。欧阳海带着激动的心情悄悄过了河，又扛起竹子往回走。一摸衣兜，那本《红岩》不见了，大概是刚才救火的时候弄掉的。他想回去找找吧，又怕别人拦着他问姓名、道感谢。——这在欧阳海来说，是最不自在的场合。不找吧，又舍不得。那么好一本书，人人都抢着看，还是周虎山书记送的哩！他回头看了看，社员们正七手八脚地来回忙着，有的人已经爬上了墙。他心里说：

“不能单从有利于发展生产这个角度来看待我们的人民公社，公社给人们的思想带来多大的变化啊。如今一个老婆婆也从独家独户的小圈子里走了出来，遇事都能为集体着想，为公社着想。这种思想上的变化和生产上的发展同样可贵！”

走了没几步，欧阳海觉得身上一点力气也没有了，两只手火辣辣的疼起来。

手掌上被火烫起了几个燎泡，有的地方已经破了皮。他想起小时候有一年下大雪，冷得没办法，蜷在火塘旁边过夜。半夜里疼醒过来才知道，是睡梦中不小心把脚伸进了火塘里，脚都被烧坏了。“那是什么年月啊！”他又想起老鸦窝，想起了解放前自己家里那间挡不住风雪的破草房。他摸着肩上的楠竹说：“老大爷讲楠竹可以当料用，为什么不把这两根竹子送给老婆婆，帮她先把房子盖起来呢？我也是凤凰村贫农的儿子，应该对一心为公的老婆婆表示这点敬意！”说着，他扛起竹子朝小屋跑去。

天擦黑的时候，屋子全部修补好了。欧阳海帮着黄婆婆把一件件东西搬回屋里，把那袋优良麦种又重新搁在楼板上。一切都安排得停停当当的了，他才告别出来。

“莫走哇！”队长拦住他说，“忙了你大半天，水都没喝一碗，留下个姓名再走。”

“我又没做什么事，房子是社员们帮着盖的，火是大家救的，我一个过路人只帮了一把手，这算得了什么！”欧阳海说完想跑，队长一把拉住了他。

“算什么？要不是你来得早，黄婆婆年纪大，手脚不灵便，又一心只记挂着那袋优良麦种，恐怕真要出事哩！……”队长认真地说，“留个姓名嘛！黄婆婆为队里抢救种子，你又把黄婆婆救了出来，一个是舍已为公，一个是见义勇为，都应该宣传宣传，也好让社员们学习学习。”

“好，你等我告诉你啰！”欧阳海在想脱身之计，“你先松开手，我又跑不了！”

“好，这就对啰。”队长松开了手，“留下个姓名，我们也好借借大军的东风，教育乡亲们嘛！’

“我们部队的番号，那是要保密的啵！”欧阳海故意磨蹭着，正在想脱身之计。

“这我晓得，你光说个姓名就行。”

“我呀，”欧阳海大声说，“我叫雷锋的战友。”说完他转身就跑了。

队长在后边大声喊：“同志，雷锋的战友！你回来……雷锋的战友！……”

“队长，莫再找我了，我是个过路的，你找也找不着的！”欧阳海已经蹚过了小河，回头朝河对岸喊，“谢谢你们，我一定把黄婆婆爱社如家的事迹，带回部队去宣传宣传。谢谢你们，借你们的东风了……”

一轮圆圆的月亮从东边山上升起丈把高了，银色的月光泻在地上。衣服渐渐地又干了，晚风吹得身上凉飕飕的。欧阳海问自己：“月亮光照在身上到底是暖和些还是凉快些？”他摇了摇头，回答不了自己的问题。他想，把这个问题拿去问问高翼中，他一定会知道的。

走了没多远，肚子里咕咕地叫了起来，这时，才想起有大半天没吃饭了，怪不得身上没有劲哩！忽然，他哎呀一声：“我怎么把晚饭前归队的事误了呢！”想到这个，他浑身来了劲，腿上添了力气。他拔腿就跑，恨不能生出两只翅膀，一下子就飞回连队去。

当然，就是飞也来不及了……

四十二　听到批评的时候

开晚饭的时候，薛新文让值星排长通知班、排长们饭后到连部来开会。上级交下来一项临时任务，要部队停止一个星期的操课去赶修一条公路。为了让县里的水库提前完工，通往大坝的那条简便公路需要加宽加固，以便赶快把施工器材运进去。部队为支援社会主义建设，支援农业，主动地把这项任务从县委书记那儿要了过来。

人到齐了，薛新文向班、排长们交代了这次任务的重要意义和上级的要求、指示，最后说：

“关连长明天要去师里参加一次短期集训，十天以后才能回来。连里把这阶段的施工任务交给我来负责。我经验不多，希望大家鼓足干劲，共同来把这次任务完成好。同志们，有没有信心？”

“有！”各班班长齐声回答着，纷纷表示决心。薛新文感到奇怪：以往在这种场合，欧阳海总是要抢先发言的，而且调子也比别人高。为什么这一次轮到我来负责施工任务的时候，他就不吭声了呢？他用目光在屋里搜寻了一圈，才知道会场上根本没有这位爱打冲锋的欧阳海。

“七班长呢？”薛新文问道。

“他，他请假出去买竹子去了，”七班副魏武跃站起来回答说，“还没有回来。”

薛新文摇了摇头没有讲话。今天上午欧阳海还向连里作过保证，说要“加强组织纪律性”、“模范地遵守连里一切规章制度”，为什么在保证书递上来的当天，作为一个班长就敢于带头不按时归队呢？更严重的是，过去欧阳海对生活制度还是遵守得比较好的，现在工作上一有了成绩，就连起码的组织纪律观念也没有了！他反复地把欧阳海最近的表现想了想，心里说："唉！一个本来不错的同志变得这样快，真是到了不批评不行的时候了。"

开会的同志都走了。薛新文拿出欧阳海的保证书仔细地又看了一遍。他把昨天和欧阳海争论的问题又想了想，埋怨自己说："都怪我！顾虑这个顾虑那个的，没把他的骄傲情绪狠狠地批一顿，现在到底还是出了事了。我早就说过他的这种自满情绪非出事故不可！怎么样，说准了吧……

"不行！我可不能再犯自由主义了。正因为你是个不错的同志，所以我就不能不对你负责。你对我有意见也好，认为我这个干部水平不高也好，只要党把我放在这个岗位上，只要我看出了问题，我就要管！我非把你拧过来不可，不能眼看你走下坡路！"

一片皎洁的月光照在操场上，薛新文在给全连讲话。他已经讲了一会儿了。

"……连里不止一次地强调过，要加强组织纪律性。可是有的同志思想上就是引不起重视，尤其是七班，更应该受到批评。"

七班的战士个个低着头。今天全连有两个同志没有按时归队，恰恰都是他们班的：小刘是开饭后回来的，欧阳海直到现在还没回来。

关英奎在一边来回踱着。他觉得薛新文今天的讲话里，有些说法不够准确。但是考虑到他到三连时间不长，可能很快要回原单位去，就紧绷着嘴唇没上去打断他的讲话。

"有的同志，"薛新文继续讲道，"道理都懂得了，嘴巴子上也知道组织纪律的重要性；可是做起来完全是另外一回事。七班长欧阳海就是这样的，直到现在还没回来！……七班副，欧阳海回来没有？"

"没有。"魏武跃小声回答说。

"大家说说，照这样发展下去，领导上能够不为他担心吗？不错，欧阳海过去是个很好的同志，工作上有办法，干劲也大，把七班搞得很有起色，可是为什么会突然变了呢？骄傲自满了嘛！把组织纪律不放在眼里了嘛！不在乎了嘛！通过这件事，我觉得大家都应该吸取教训。党总是希望我们把工作做得好上加好，上游是没有止境的。工作上取得点成绩，有什么了不起的？可有的同志就是认识不到这个问题，取得了小小的一点成绩，就再也不想往前跑了。这还有不出事的！同志们，我们是革命部队，部队是要打仗的，说声有情况马上就要拉走。当然，今天我们只接受了一项修公路的任务。如果是个战斗任务，个个都不能按时归队，都这样松松垮垮的，那拿什么来保证战斗的胜利？这个部队又怎么能完成任务呢？”

“报，报告……”欧阳海上气不接下气地赶了回来。

薛新文见欧阳海空着两手，问道：“你到哪儿买竹子去了？这么晚才回来！”

“我……我回来晚了。”

“入列吧。”薛新文望着他说，“一会儿让七班副给你传达传达。欧阳海！可得注意呀。这一次你们的那个班务会，该认真地开一开了吧？同志，好好找找根源。不光要找自己的那个‘是’，也要找找自己的那个‘非’！”

“是。”欧阳海回答着，可心里还不太理解代理副指导员这些话的意思。

“我们每个同志都要不断地用高标准来要求自己。不要以为自己够了，更不能因为工作上有了点成绩就骄傲自满起来。我再说一遍，谁要是不警惕这个，我敢保险……”

关英奎觉得这些批评走题太远了。他赶上前去对薛新文耳语了几句。薛新文犹豫了一下，说：

“好吧，我今天就先谈到这里。”

薛新文最后这几句走了题的批评，反倒使欧阳海明白了：“原来代理副指导员把一切问题都看成是我骄傲自满的表现了！”

七班就坐在操场边上开会。关英奎也端个小板凳坐在旁边，棱角分明的嘴唇上挂着几分担心：薛新文今天的批评可能不够准确，可是作为下级，应该怎样来正确对待呢？欧阳海的火暴性子能受得了吗？——他担心的正是这个。

小魏刚向欧阳海传达完明天的任务和代理副指导员的批评，刘延生就跳了起来。

“我没啥可检查的。”他胖乎乎的脸上全是委屈，“刚刚开饭我就回来了，顶多——撑死了顶多也只晚了两分钟。”

刘延生说的是实话。同志们刚唱完歌走进饭堂，他就赶到了，也就是晚到了那么一筷子菜的工夫。

“小刘同志！”魏武跃说，“不要计较晚了多长时间，哪怕晚了半分钟，也算没有按时归队嘛！”

“副班长，你知道我今天上街多紧张——在邮局里寄钱，碰上位老太太不会写字，我得先帮她填好了汇款单才能忙自己的事吧；书店里边更挤，好几十个少先队员在那儿买《雷锋的故事》，我总不能站在前边不动吧，我总得让他们先买吧；高翼中要补的那条裤子，前后四个大补丁，都要车成蜘蛛网似的，裁缝铺里补衣服的又是个老头儿，再加上他那台缝纫机是比我爸爸岁数还大的东洋货，咔吧咔吧老断线；俱乐部的那面鼓，绷了老半天又嫌不够紧，拆下来重新绷一遍……紧赶慢赶，好不容易才把二十三个任务完成了二十二个。我急着忙着一个劲地往回跑。你们说，我，我检查啥好？”

关英奎笑了起来：“怎么？你上这么一趟街要完成二十三个任务！”

“二十三个？还不算我在团部大操场练手榴弹哩！”小刘委屈地说。

“哦！”关英奎乐得直摇头，“完成了二十二个也不错嘛。说说看，是哪个任务没完成？”

刘延生没吱声。

“说嘛！你家里来信要的相片，你照了没有？”

“我连照相馆的门槛还没迈进去，那太阳就‘唰’的一下挨着山尖了。谁还敢照啊！”刘延生更委屈了。

同志们本来都低着头在考虑代理副指导员的批评，经小刘这么一讲，大伙又感动又禁不住想笑。大家心里说，是嘛，小刘在团部大操场跟全团的投弹标兵学了个把钟头的手榴弹；上了街又一直是在帮别人忙来忙去——有些事还是帮八班、九班的同志们干的，修鼓本来是文娱委员的事——自己连相都没照成，又只晚了那么一会儿，让他检查什么好呢？

“我看哪，”高翼中说道，“这个事主要怪我。那条裤子本来我自己也能补，我是想用机器多轧几圈结实些。小刘要不替我去轧那条倒霉的裤子，也就不会晚回来这两分钟。时间有限嘛，在一定的时间限度内，他只能完成一定数量的任务——这是科学的态度。”

高翼中这段话引得大家都检查起自己来：有的说不该托小刘去买书，有的讲这个批评应该记在大家名下……同志们几乎异口同声地说：这怎么能怪小刘，人家等于替全排，等于替全连出了一趟公差嘛！

欧阳海一直在考虑要不要把救火的事谈出来。薛新文不做调查，又武断地进行了批评，他是想解释解释的。可是大家刚才的发言使他有了新的想法：要是都强调起客观原因来，那今天这个会就开不下去了，更无法从积极意义上接受领导上的批评精神。再说，连长明天去集训队，家里的事由代理副指导员负责，万一这事传开来，会使副指导员的威信受影响，不好工作。想到这里，他站起来说道：

“我不同意大家的意见。小刘帮同志们办了很多事，又照顾老大娘和少先队员，这是学习雷锋同志公而忘私的共产主义风格的结果。这一点应该完全肯定。领导上是从组织纪律、从战斗需要出发来批评我和小刘没有按时归队，这也是完全正确的。我们平时常说，我们是人民的勤务员，我们所做的一切，都是为人民服务。那我们帮着同志们办了点事，难道就不允许领导上批评我们的缺点了吗？这样，我们还叫什么‘勤务员’呢？”

欧阳海见大家没有反驳，想了想又说：

“今天我们开会，并不是要否定我们办了哪些好事，而是检查我们为什么没有按规定时间赶回来。是补裤子、修钢笔重要，还是打仗重要？大家都会说，当然是打仗重要。那代理副指导员从这个角度来批评我们，我们就该想想自己的思想深处，战备观念是不是那么强，拿我自己来讲，对战争的警惕性是不高的，思想里并没有做好随时都可能拉上去的准备。作为一个保卫祖国的战士，我觉得副指导员批评得很对，很及时。我们应该检查检查。”

“对，班长说得对！”魏武跃说，“优点我们不该抹杀，缺点我们也不能放过。小刘帮助同志们干了不少事，忙得把自己照相的事都忘了，这应该在班里受到表扬。至于回来晚了，哪怕只晚了一分钟、半分钟，也应该受到批评。我们上午还强调过要用高标准来要求自己，要向雷锋同志学习，现在正是需要我们用保证来检验我们思想的时候！”

“那……那你们说．我应该怎么办？”小刘问。

“宁可事不办完，也要按时归队！”欧阳海说，“办不完的事，以后可以再办；不能按时回来，这是组织纪律问题。部队是个战斗的集体，时时刻刻都要保持高度警惕。否则一旦有了情况就无法弥补了。”

刘延生慢慢抬起头来。操场尽头，一个游动哨兵在来回走着，刺刀映着月光，一闪一闪地在小刘眼前晃动。他想起了爸爸曾经对他说过，组织纪律性是完成战斗任务的保证，在平时就要注意养成。越是在和平的环境里，警惕性越是重要；等炮弹贴着头皮飞的时候，不用谁说，人人都会自觉地提高警惕性了。

想到这里，他坦率地说：

“我同意大家的意见了，我思想里确实有麻痹情绪。在街上我虽然急，但也觉得回来晚点不要紧，怎么可能单单今天就遇上紧急任务呢？这说明我对部队最根本的任务——准备打仗，还缺乏认识。我接受领导上的批评。”

“今天代理副指导员的批评，应该由我负全部责任。”欧阳海说，“我没有什么客观原因。没有按时归队只是现象，根源是自己的纪律观念不强、战备观念不强。平时，我作为班长没有能很好地提醒大家，这也是警惕性不高的表现。副指导员说得对，部队是要打仗的。要是今天真的有了情况，就会因为我没能按时归队而影响全连，至少也使得我们七班不能按时拉上去。一个战士到打仗的时候上不去，那还叫什么战士？我向连长、向全班同志检讨，保证今后决不再犯。希望大家多给我提些意见。至于骄傲情绪……我还要再考虑考虑。”

同志们并没有给欧阳海提多少意见。大家都根据薛新文的批评来检查自己，会议中心转到“警惕性”上去了。同志们一致认为，平时养成高度的组织纪律观念，就是为了适应战斗的需要，这是为全国人民、为社会主义祖国站岗的战士所必须具备的品质。从这个角度来看，代理副指导员的批评是完全正确的。不管怎么样，我们也要按时归队，有什么客观原因能大过祖国的安全哩！

听到这里，关英奎嘴角上流露出来的担心消失了。他站起身来把欧阳海叫到一边问道：

“你今天到底上哪儿去了？”

“我……”欧阳海想了想，觉得这会儿把救火的事谈出来不好。自己警惕性不高是事实，谈出来等于为自己的缺点辩护。他说：

“连长，这个事以后再谈吧。”

关英奎问道：“你对今天的批评有什么意见没有？”

“基本上我都接受。不过也有些看法，我早就想跟支部反映。可是现在我对我自己本身存在哪些缺点、错误，应该负些什么责任，还没考虑成熟。你明天一早就要集训去了，三言两语又谈不清，等你回来我再好好向你汇报吧。”

关英奎想了想，说道：“欧阳海，这个事我已经多少知道了一些，你目前的态度，我认为是正确的。革命部队中有时也会遇到些磕磕碰碰的事，要相信组织，要从大处着眼。本来我是想找你好好谈一次的，可是今天没时间了，好在我们支委准备连夜开个会来统一认识。欧阳海，对你自己来说，不管有什么问题，也绝不能影响这次任务啊！”

“连长，这你放一百二十个心！不管是七班还是我自己，保证出色地完成任务，不出任何事故。”

“那好，”关英奎伸出手说，“十天以后见。”

欧阳海急忙把手藏在背后，开玩笑地说：

“免了吧，连长同志，分开十天八天的拉个什么手呢！”他敬礼后就飞快地走了。

散会了，同志们都往宿舍走去。魏武跃来到欧阳海跟前：

“班长，我有个意见。”

“说吧。”

“批评就批评嘛，为什么扯到咱们骄傲的问题上来了，我看这不够准确。帮助同志，处理问题，最重要的就是针对具体情况进行具体分析，然后才能对症下药。否则……”

欧阳海问道：“你在说谁呀？”

“代理副指导员嘛，你没回来的时候，他……”

欧阳海打断了他的话，说道：“对代理副指导员的意见，你可以当面跟他谈，或者是向组织反映。今天我受了批评，我们俩再这么谈那就不好了。对待批评，从积极方面去理解，无论对个人、对工作都有好处……”

小魏还想说什么，欧阳海有意地岔开话题说道：“连长刚才指示，要我们一定把这次支援农业的修路任务完成好。你去把工具检查一下，让同志们都早点休息吧。”

“你也回去休息吧，饭还留在伙房里哩。”

“我，我脑子里乱七八糟的，这会儿也不想吃。让我在这儿一个人好好想想。”

小魏刚走，高翼中悄悄来到欧阳海跟前。

“班长，给你！”

“什么？”欧阳海问道。

“饼干。”高翼中说，“伙房的炉子已经封了，司务长刚撬开来给你热饭，连长说怕来不及，让我把他的饼干先送来给你垫一垫。”

欧阳海接过饼干，感激地说，“我倒不怎么饿。小高，你快睡觉去吧！”

就在这个同时，关英奎和薛新文正坐在寝室里谈话。关英奎介绍了一些欧阳海过去的情况，认为他今天没能按时归队肯定是有原因的。虽然他自己没有说，但是应该相信这个同志。“你想，他不是这么个糊涂人儿嘛！”

“连长，”薛新文说，“我不同意你这个看法。我正后悔昨天没有把他的问题更严肃地指出来哩。你不知道，这小班长目前很有股傲气！”

“傲气？”关英奎不明白他话里的意思。

“对，就是骄傲情绪。那天我让他们通过小刘的问题开个班务会，警惕警惕全班，他就是不肯抓紧。我们再不抓紧点，可就害了他啦！”

“咳！你不了解他。”关英奎找出几封桂阳县委转来的信说，“这个同志做了工作、做了好事以后是从来不愿意向别人讲的。去年他探家回来，也是什么都没向组织上谈，可是县委、公社都来信说他在家参加了劳动，向不顾集体生产的错误思想进行了斗争，还跳到井里去救了个小孩……”

“对，这可能都是事实。可是从另一方面看，我觉得正因为过去我们只看到他好的一面，放松了对他的教育，所以才使得他现在骄傲起来了，今天也才会出事故。超假好几个小时不回来！再不向他敲敲警钟，我敢保险，会出更大的事故！”关英奎见他根本不考虑别人的意见，说道：“批评当然可以，可是你是不是扯得太远了些。”

“连长，我已经和他碰过好几次了。这个同志比较固执，自信得很。心平气和地谈起不了作用。我认为只有像今天这样，才能挖着他的根儿！这事当然主要怪我。三排分工给我，我没有按支部的指示及时抓好工作。对我来说，这已经是个深刻的教训了！”

“那我们如何估价七班的进步呢？基础不牢吗？”

“这个，我还没考虑成熟，不敢乱发言。不过就他最近的表现来看，我敢保险，他还有不少问题没有解决，至少在如何对待工作成绩这个问题上还有很多错误观念。”

“不！我不这么看。”关英奎站起来，深沉地说道，“这些年来，我有一个特别强烈的感觉，今天我们战士的进步很扎实，身上总有一些新的东西在往外冒。想来想去，我认为这是大力宣传党的路线、政策，贯彻党中央、毛主席的指示的结果。老薛呀，过去我当战士那工夫，开起讨论会来，开口闭口是‘指导员说’、‘连长说’；可是今天的战士呢，他们直接从马列主义和毛主席的著作中吸取前进的力量。再加上他们经历了合作化、公社化这些伟大的变革，在新社会培养教育了十多年，这比起我们为保田保家而参军那工夫，可是大不相同了。比方，今天有哪个战士给你提意见，他准能根据马列主义的基本原理，根据主席的一贯思想，分析得头头是道。这意味着什么呢？意味着我们战士的觉悟水平、理论水平大大提高了嘛。我每次跟欧阳海谈话都有这样的感觉。这和某些知识青年的夸夸其谈完全是两回事。”

薛新文眨巴着眼睛想了想，觉得关英奎的话也有某些道理。

“老薛！”关英奎继续说，“咱们部队里出现了雷锋，出现了数不清的雷锋式的好战士，出现了很多好的连队和先进单位，这绝不是偶然的，这是坚持党对军队的绝对领导，坚持用马列主义、毛泽东思想和党的路线教育部队的结果。摆在我们这些基层干部面前最首要的任务，就是如何根据党的方针、政策，根据无产阶级解放事业的需要把他们带好，如何把党的关怀体现在我们的工作当中。正确地估量一个战士的进步，是与自己的思想改造紧紧相关联的问题；对有些新鲜事物看不惯，理解不了，往往与自己脑子当中的习惯势力、旧思想有关。对你我来说，这都是一次新的考验哪！”

薛新文说：“你的这些看法我是都同意的。不过对欧阳海最近的表现，我……”他停住不讲了。

关英奎见他只讲了半截话，说道：“这样吧，老薛，明天一早我就要集训去，但这个问题不能再拖。如何看待这个同志，怎样来理解他的一些意见，这是个问题。我建议我们连夜召开一次支委会，统一一下认识。你看怎么样？”

“好吧，为了帮助这个同志，我也有些看法需要和大家交换交换。”

连部办公室里，支委们展开了激烈的争论。欧阳海一个人还在操场上来回踱着。烧伤了的双手，滚烫滚烫。他想：“该不会发炎吧，工作这么紧张，得想个什么办法才行……”他走了几步又想，“救火的事不能谈，一谈连这次支援水库的任务也参加不上了……看来，代理副指导员已经对我有了些成见了。这以后再慢慢解释吧，现在不是考虑这些事的时候。连长说得对，应该从大处着眼。有多少工作摆在眼前啊！社会主义早建成一天，中国人民早一天改变一穷二白的面貌，是关系到我们和帝国主义、现代修正主义争速度、抢时间的大问题。现在的时间该有多么宝贵。这才是真正的关键哪！一个人为共产主义理想牺牲的时候，可以做到脸不变色、心不跳，那眼前受了这么点批评又算得了什么哩。”他轻声激动地喊着：

“干吧，为了水库早一天发电，全心全意地投入到劳动中去！为了革命，为了实现革命先烈的遗愿，为了共产主义事业的胜利早一天到来，干吧！”

月光在欧阳海深邃的眼睛里映出两朵火花，他坚定地朝宿舍走去。

支委会上，争论还在激烈地进行着……

四十三　高标准

三连和其他分队的同志们为了支援水库工程，挤出训练时间，又和扁担箩筐、沙石土方打起交道来了。他们白天顶着太阳，晚上扯起汽灯，只用了五天时间，就把一条平平整整的公路，从岔路口铺到大坝旁边。现在只剩下一点收尾工作：有的同志在路边种树，有的同志在路面铺上一层细沙；欧阳海领着七班在敷设一条从公路下边穿过的排水涵洞。

这几天干活当中，高翼中发现欧阳海在挑土、扛石头的时候有说有笑，一轮到用铁锹、镐头刨土的时候，却总是皱着眉头。他想，莫非班长又有了什么病痛？要不然，像他那样铁打的汉子，面对劳动活儿，眉头是从来不兴皱在一起的。他有意地观察了几次也没发现什么破绽。奇怪的是，班长不管干什么的时候，总戴着那副施工手套，甚至吃饭的时候也没见他摘下来过。高翼中想：“过去施工的时候，他从来不肯戴手套，嫌戴着那玩意儿不方便。为什么这次变了呢？凡事都有个依据，手套里边一定有鬼！”

高翼中把这个情况向魏武跃汇报时，小魏说他也早就发现了这个反常现象，而且也注意了不止一天了。

“我看哪，”高翼中说，“班长的手套里边一定有什么问题。要不，为什么一天到晚不摘下来？”

小魏试探地问道：“手套里能有什么问题？”

“可能是他的手坏了。”

“不会。”魏武跃肯定地说，“我上卫生员那里去问过，班长这几天根本就没找他看过病。”

刘延生在一旁听得有点不耐烦了。他说：

“你们也是，瞎估计有什么用？要想知道梨子的滋味，就得变革梨子嘛。待会儿把班长的手套摘下来，‘变革’一下，不就什么都明白了！”

高翼中曾经这么试过，说道：“他不肯摘！星期二下午收工的时候，我邀他一起去洗手，他就不肯去。”

“软的不行我们来硬的嘛！”刘延生对着他俩的耳朵，小声地嘀咕着，“……我就不信治不了他！”

三个战友商量完了，都笑出声来。

收工号响过了，小魏把大家召集到一边说着悄悄话。转身一看，欧阳海却不见了。同志们四处喊了一阵，还是不见班长的人影。

刘延生说：“咦，怪了！刚才我还看见他在这儿的。”

“上哪儿去了？溜了？”大家相互问着。

忽然，同志们觉得地底下好像有声音，停了一会儿，才见欧阳海从涵洞里爬出来。大家一见他那模样，笑得一个个前俯后仰，连牙根都酸了。

欧阳海光着上身，满脸满身全是稀泥，头发被泥浆粘在一起，像个带毛的葫芦瓢扣在头上，全身上下只有两颗眼珠是干净的。他不停地吐着嘴里的泥沙，莫名其妙地望着大家说：

“你们在笑什么？……呸，告诉我一声嘛！呸呸……”

同志们见他自己还糊涂哩，笑得更起劲了。小刘提起半桶凉水，猛不防从他脑袋上淋了下来：

“广东人讲话，冲个凉，洗洗身吧！”

“好哇，小刘，看我一会儿怎么揍你！”欧阳海一边躲一边叫着。清亮亮的凉水从他身上经过，流下来的全是浑浊的泥浆。他开玩笑地说，“呸……这‘葡萄糖钙粉’味道不错，就是牙齿受不了。呸，呸……你们在笑什么嘛！”

小刘打趣说：“班长，别人常说谁谁谁像个泥猴，今天我才算真正看见了泥猴的模样。”

“说正经的，”欧阳海赶忙漱了漱口，“涵洞我检查了一遍，涵管都对得很齐，坡度也合乎要求，几百上千吨的大机器开过去保证经受得住。明天我们再弄些水泥来好好一被覆，那就彻底完工了。”

“这回我们七班该捞个表扬，挽回一下影响了。”小刘高兴地说，“超额完成任务了嘛！”

欧阳海问他怎么算“超额”，小刘掰着指头数道：

“路，我们跟大家一起修好了，副业生产我们也没落下；你还领着我们给全连削了二十根扁担，做了一副蒸笼；挤出时间又修了这个排水的涵洞。这，这还不算超额？”

“小刘，你这标杆定得太低了。”欧阳海说道，“为人民服务是我们的本分，完成任务是应该的。作为一个革命战士，他的‘额’应该是共产主义事业的最后胜利。你说，我们才干了这么点活儿，能算‘超额’吗？”

“那，那你这标杆也太高了。按你这么讲，那不到共产主义事业的最后胜利，我们就都不算彻底完成了任务？”

“当然啦！这不光是你我的任务，这是整个无产阶级的历史任务。所以我们要为共产主义事业奋斗到底嘛！现在，我们只能算‘基本上’完成了这一个具体任务。”欧阳海问高翼中，“你说对不？”

“对！我们完成的，是‘无穷大’里边的一个‘已知数’。”高翼中回答说。

“我不同意这么比。任何一个‘已知数’和‘无穷大’比起来总是等于零。我们完成的这些活儿，总不能等于零吧！不过今天我们不争论这个。为了庆贺我们圆满地完成任务，”刘延生伸出手说，“班长，我们拉拉手表示表示。”

“同志们，这几天我们的小刘干得就是不错，对涵管的时候，趴在洞里三四个小时不出来，不愧是老革命的后代！”欧阳海伸出只戴着手套的手，对大家说。

“摘了！戴着手套多不礼貌。”高翼中说。

欧阳海见势不对，连忙把手插在裤袋里，说：

“你们要干什么？”

“没什么别的意思。”高翼中说，“请你把手套摘了，我们握手庆贺，七班胜利地完成了一个‘零’，共产主义的‘零’。”

“嗬！你好大的架子！”欧阳海赶紧跑到一边去，“你哪来这么多讲究，哪来这么多规矩！”

小刘向大家使了个眼色，同志们按原定计划齐声喊着，一拥而上，三下两下就把欧阳海按倒在地上了。

“你摘不摘？”

“我，我就是不摘！”欧阳海躺在地上，两只手还死死插在裤袋里。

“好，算你有本事！来，咱们挠他的痒痒。”小刘一声招呼，五六双手一齐伸到欧阳海的腋下、腰间乱抓乱挠起来。

“哎哟！哎……”欧阳海满地打滚，“我，我不怕，我就是不摘！哎……”

“干脆，来硬的！”小刘使出了最后一招。几个人猛地一使劲，把欧阳海的手从裤袋里扯了出来。

魏武跃看见欧阳海裤袋里掉出来一个小瓶。他拾起来一看，上边写着：“万花油。专治火伤，烫伤；去腐，生肌……”

“啊！到底还是手出了问题！……”魏武跃赶紧拦住大家，喊道：

“别碰班长的手，别碰！”

抓住手套的小刘和其他几个同志都愣住了。

“班长！”魏武跃拿着“万花油”小瓶说，“瞒不过去啦！自己把手套摘下来给大家看看吧。”

“摘就摘。可不许乱嚷嚷。”欧阳海慢慢地把手套摘下来说，“看吧。”

一双长满厚茧的手，现在完全变了模样：燎泡已经消下去了，手心、手指上有几块刚长出来的红通通的嫩肉，光光滑滑连掌纹都还没有哩。

刘延生完全没有料到这场玩笑会开出这样个结果来。他轻轻地托着欧阳海的双手说道：

“班长，原来这几天你是带着伤干活儿的！你，你怎么不早点说哩！”

“没事了！”欧阳海缩回手来，瞪了他一眼，“已经完全好了嘛。这不，都长出新肉来了！这叫‘新陈代谢’，是人体的一种本能。对吧？小高。”说完，他还故意拍了两下巴掌。

“班长！”高翼中制止他说，“你这是怎么搞的？”

“问这干什么？”欧阳海把手伸到同志们面前，“反正已经好了嘛！”

魏武跃埋怨地说：“那你也该先告诉我们一声。我也是糊涂，早几天就感觉出来了，可是思想上没引起重视。最不该的是让你跟着一起干了这么久！要是早点发觉，也好早点采取措施嘛！”

“采取什么措施？让我靠边儿稍息呀！这不，公路修好了，手也好了。工作身体两不耽误。”

魏武跃说：“我，我找代理副指导员汇报去。”

“不行。”欧阳海拦住他说，“不准汇报！”

“为什么？”

“副班长，”欧阳海央求着，“我们班上事故已经不少了，你再一汇报……”

“怪了！”小刘插嘴道，“你带伤工作也算事故？”

欧阳海故作正经地说：“当然算事故。我们给连里的保证中有一条：锻炼好身体，注意安全，防止工伤事故。你们一汇报，到了年底一评比：七班没有完成自己的保证，再给他们画个‘零’吧！那不又糟了？这可是个大事！”说完，他自己也憋不住笑了起来。

轻伤不下火线——这是革命战士的本色。同志们知道班长是在开玩笑，有的也跟着笑了起来。高翼中这会儿却不想笑。他想起了自己刚来三连去修铁路的时候，欧阳海曾经说过，“只要是斗争需要，别说脚上打了几个泡，就是两条腿打断了，也要往前爬。爬着也要把炸药包送上去，也要完成战斗任务！这是一种勇往直前的革命精神啊！……”他轻轻地对自己说：

“班长啊，班长！你真是怎么说就怎么做啊。在你身上，我真正懂得了：人的毅力，可以超越某些‘生理限度’，去完成正常情况下完不成的任务。人民需要我们怎么工作，我们就能够怎么去完成任务——这就是共产党员毅力的限度。我过去却老是为自己的怕苦怕累，寻找什么‘科学根据’……”他觉得眼眶发涩，急忙背过脸去……

薛新文在连部写这次施工总结。他俯在桌上认真地思考着。经过了五天紧张的劳动，虽然一身新军装的两个肩膀头全磨破了，可是眉宇间仍然带着一股使不完的猛劲。关英奎去集训队以后，修路的担子，由他挑了起来。要把一个连队带好真不容易，有多少事要操心，有多少事要干啊！不管白天黑夜，肩膀头上都没有轻松过，就算卸下了箩筐、扁担，可是责任的担子总在心上。

今天，公路基本修好了，营首长初步检查了一遍之后，还夸奖了几句。可是工作还远没有做完。他写完了总结又拿起桌上的一张名单。这是根据各排汇报的意见，准备在队前表扬的一些同志。其中七班就有四个，“欧阳海”三个字也在上边。薛新文看着名单想了又想，一时还拿不定主意。那次关英奎在支委会上，就他对欧阳海的看法提出了不同的意见，对他的某些做法进行了批评。看来，大家的意见有些道理；可是另一方面，他又觉得自从星期天晚上批评了欧阳海之后，欧阳海就好多了。这次修公路当中，同志们的反映都很不错，这说明自己的看法是对的，说明自己对欧阳海的批评起了作用。可是，现在能不能在全连进行表扬呢？一听到表扬，欧阳海的骄傲自满情绪会不会重新抬头呢？

“不错，欧阳海非常能干，干劲也很足，这些优点我都承认。可是他也太容易骄傲了。对他目前来说，表扬是没有什么好处的。”薛新文自语道，“要吸取上次的教训，对他更严格一些准没错。他是老同志了，表扬不表扬都没有什么关系。另外，七班提出了四个受表扬的，比例也太大了点……”想着，他拿起名单，准备去和三排长陈永林再研究一下。正当他站起身来的时候，门口走进来一个战士。

“报告！”营部通信员喊着。他递来一封信，是查询一个救火的战士的。还有一个纸包，里边包着一本烧得只剩下一半的《红岩》。

“教导员请你在连里查一查，看这个救火的战士是不是三连的。最好快点给营里一个回信。”

“知道了，你先回去吧。”

通信员走了，薛新文回到桌前，抽出信来看着。信上说，阴历十五那天，有个自称“雷锋的战友”的解放军战士，在黄家湾从火里背出一个老婆婆，又帮助群众扑灭了大火。公社希望部队能协助他们找到这位好战士。薛新文记不得今天是阴历什么日子了，这几天工作很忙，没有人外出，休息时间大家也不会跑到什么“黄家湾”去。他又拿起那本《红岩》。书已经烧得残缺不全了。忽然他瞥见在书上画了很多红道道，在一些警句的后面还打着感叹号，在书的扉页上写着：“我要学习江姐，如果共产主义事业需要我去牺牲，我一定能够做到——脸不变色，心不跳。”薛新文想：这个战士倒真不错！

《红岩》的扉页上面还可以隐隐约约地看出几个钢笔字来。薛新文仔细辨认了好一会儿，才认清是“周虎山”三个字。他笑着说：

“真是粗枝大叶，真是一点都不调查研究！对书上写着的名字都不看一眼，就到连里来瞎找乱找！别说三连，全营就那么几个姓周的，哪有这么个叫‘周虎山’的人？”他把信和《红岩》放进抽屉。从他脸上的表情看，显然已经认为没有必要在三连寻找那位“雷锋的战友”了……

全连军人大会上，薛新文把修路工作的总结谈完了，接着宣布了受表扬同志的名单。刚宣布完，原来是静悄悄的会场，立刻发出嗡嗡的议论声。他说道：

“各班分头讨论讨论。对总结、对受表扬的同志还有哪些意见，都可以反映上来。”

薛新文刚刚回到寝室，陈永林就跟了进来。

“副指导员，”陈永林说，“欧阳海是全排一致提名要表扬的。他在修路中表现得很突出。你怎么把他漏掉了呢？这样以后我们在排里不好做工作。”

“三排长，我刚才是想找你来研究研究的。我认为这样做对欧阳海只会有好处。你也了解，这个同志最近有些骄傲自满，刚刚有了一点转变就表扬，这不等于害了他吗！不表扬他正是为了帮助排里做工作嘛。”

“不，我并不认为欧阳海骄傲。副指导员，我拙嘴笨腮的，又不会说话。我看你这是抱着成见看人！他就那一次没有能按时归队，原因还不知道，你为什么一定要扯到他骄傲自满的问题上来！你那样批评欧阳海，很多同志有意见，支委会上也统一过认识；今天你又来这么一下子。这说明支委会对你的分析是对的。在对待欧阳海的问题上，你思想里有……我不说，你自己好好想想吧！”

“你叫我想什么？”薛新文问道。

“你应该想想，你对待欧阳海的批评、对欧阳海的看法是不是太主观片面了点，我觉得你的思想就是有些跟不上形势！”

“我跟不上？欧阳海的情况你了解吗？老实告诉你：他们七班听到表扬以后，那些松松垮垮的表现，我还没在支委会上全部谈出来哩！这样的一个原来不错的同志，突然翘起尾巴来了，不批评批评还有什么原则？你作为三排的排长，对欧阳海也得抓紧点才行啊，同志！”

陈永林知道无法谈下去了。他站起来说：

“我认为你对欧阳海的看法有些片面。薛新文同志，我建议再开一次支委会研究一下。”

“现在就开支委会？”

“时间由你决定吧！”陈永林恳切地说，“薛新文同志，你刚来不久，确实还不了解欧阳海。我跟他一起快五年了，从连里到团里，不管哪次分配给他的任务，他都完成得非常突出，这是一贯的。哪次表扬也没有少了他。连咱们的几位军首长都知道三连有个欧阳海，下部队的时候总来看看他，关心着这个好同志的进步。难道这么多人的看法都有问题？你要不信，就去听听群众的反映。工作要跟两头嘛，像你这么脱离领导、脱离群众，那是会犯大错误的！”

各班都在对总结和“表扬名单”进行热烈讨论。可是当薛新文一走拢去，讨论会马上就冷了下来。他知道同志们当着他的面有些话不大好谈，心想：“是应该认真考虑一下，听听群众究竟有些什么反映。”薛新文悄悄朝七班走去。

七班受到表扬的三个同志都觉得于心不安，话显然已经说得差不多了。

高翼中说：“我哪方面都不如班长。表扬我不表扬他，我心里觉得不大好受，这个表扬也起不到鼓励先进的作用。”

“我呀，只有一个意见，”刘延生说，“干脆得很：表扬就得实事求是。该表扬的同志不表扬，那对我的这个表扬，我也不愿意要！”

魏武跃也是受到表扬的。他觉得很为难：既不能附和同志们这种不太对头的情绪，又不太同意代理副指导员的意见。他半吞半吐地说：

“大家不要这样嘛，有意见我们可以好好地提。我觉得目前对我们受到表扬的同志来说，最重要的就是别骄傲；对没有受到表扬的同志来说，最要紧的就是别泄气。至于我们班长这次没受到表扬，而我又挂上了一个名字，我，我……”

小刘急了，说：“副班长，你别又晃来晃去的啦！对我来说，最迫切的就是想听听你到底是个啥意见！”

魏武跃想了想说：“我们班长当然不错，这是一贯的。至于该不该受表扬，我拿不定主意。干脆！我呀，我不表示任何态度。”

薛新文远远看见欧阳海低着头没有吱声。他想，同志们对不表扬欧阳海，确实有些意见，现在看看他本人是个什么态度吧！

“副班长，我也来说一点吧。”欧阳海示意让小魏掌握会场，自己站起来说道，“大家的意见我根本不同意！首先我们这个会就不该纠缠在谁该不该表扬上。做完了一段工作，应该是总结经验，吸取教训，改进今后的工作。我们应该认真地讨论一下代理副指导员的总结才对。”

“我觉得总结得很好，很全面，刚才已经讨论了好半天了，还讨论个啥！”小刘噘着嘴说。

“好，就说表扬吧。”欧阳海望着小刘说，“我们干工作是为了表扬吗？不是。完全为着解放人民，彻底为人民的利益工作，这就是我们来当兵的目的。一再讨论谁该不该表扬，我认为是降低了我们的使命。拿我自己讲，星期天晚上刚刚受了批评，在修路中略微有了点好转，不表扬是应该的，表扬恰恰说明领导上不会做工作。”

小刘反驳道："我不同意。什么叫会做工作？该表扬就表扬，该批评就批评。那次挨批评还有我一个哩！"

"表扬、批评都是为了帮助一个同志进步。"欧阳海耐心地说道，"代理副指导员那天批评我，是为了使我认识错误，改正错误；今天他没有表扬我，说明我做得还不够，还要继续努力。这不也是对我的一种鞭策吗！你是个新同志。有了这么明显的进步，当然该表扬；我比你受党的教育多一些，当然应该要求得严格些。我觉得这次副指导员没有表扬我，正是他对我的信任和督促。"

小刘说："你觉得？你又不是代理副指导员，他是怎么打算的，你都知道？我不信……"

欧阳海严肃地说："刘延生同志，我们作为一个战士，无论在什么情况下，都应该从积极方面去领会上级的批评或表扬，这样才能步调一致，才能把工作搞好。你比方这次修路，大家都看见了，代理副指导员本人的带头作用非常突出。半夜里我站岗的时候，几次看见他还在和技术员一起研究第二天的施工问题，可是第二天一早他照样和我们一起干。快三十的人了，过去参加体力劳动的机会又比较少，身体当然不如我们小青年。可是他扁担都压断了好几根，这也是全连都知道的。这次他没有表扬自己，营首长也没有给他个什么嘉奖。能根据这个，就说明他的工作不好吗？不能！领导上总是全面地考虑一个同志的进步的。要求不一样，方式方法也就不同……"

薛新文没有听完就走开了。这段讲话完全出乎他的意料。他和陈永林谈话以后，已经意识到不表扬欧阳海是有些不妥当。可是欧阳海竟能够这样来理解上级的意图，为了维护领导，反复地向群众做解释工作。"能有这样的觉悟水平，作为一个班长，就很不容易！这个同志确实像大家说的，是不简单！……可是，"他停下来问自己，"究竟是欧阳海改正了错误呢，还是他根本就没有什么错，只是我对他的看法太片面了呢？"他想起了欧阳海的意见，想起支委会上的批评，"难道我真是犯了主观主义，对他作了一种错误的估计吗？"他觉得现在是应该从头来想想那些批评，好好考虑一下自己原来那个看法的时候了……

"副指导员！"

背后有人喊了一声，打断了薛新文的思路。他见魏武跃走了过来，问道：

"七班副，什么事呀？"

"副指导员，有个情况向你汇报一下：这几天我们班长是带着伤工作的。"

“什么！伤？”

“他两只手都坏了，上边全是刚长出来的嫩肉。可他没有上卫生员那儿去看过病，自己买了一瓶治火伤的万花油，偷偷治好了。”

薛新文全身都紧张起来：“火伤？！你快说，哪天开始的？为什么不早点来汇报？啊！”他埋怨自己说，“唉，我怎么就一点也不知道呢！”

“他一天到晚把手揣在手套里，我们也是今天才知道的。大概是开始修路的那天手就坏了。”

薛新文自言自语地说道：“哦，开始修路的那天？星期日……阴历十五……对呀！那天晚点名的时候月亮很大……”突然他撇下魏武跃，一个人飞快地朝连部跑去。

薛新文回到办公桌前，急忙拉开抽屉，拿出通信员送来的那封信，仔仔细细地看起来，嘴里还小声念道：

“……阴历十五……雷锋的战友，楠口公社黄家湾……竹子，湖南口音……”

“楠口公社黄家湾”、“竹子”和“湖南口音”使薛新文吃了一惊：记得值星排长那天说过，欧阳海是去买楠竹的。他在晚点名的时候，发现欧阳海空着手回来，心里还很不高兴哩！他埋怨自己说：

“我这个人可真成问题！怎么先头就没仔细看看这封信哩！这不写得明明白白是去‘楠口公社’吗？……”他又拿起那本烧煳了的《红岩》，“周虎山……周虎山是谁呢？难道那天欧阳海是去救了一场大火？！不会吧？要真是这个原因而没能按时归队，那我不又犯了主观主义了！……”他没往下想，决定先把欧阳海找来问问，“要调查清楚，这一次可不能再莽莽撞撞的了。”

通信员跑到班里，从床上把欧阳海叫了起来。薛新文迎着一面扣衣服一边跑来的欧阳海问道：

“你认识一个叫‘周虎山’的吗？”

“周虎山？”欧阳海想了想说，“哪个周虎山？你是问我们公社的周书记吗？”

“他的名字怎么写法？”

“周总理的周，老虎的虎，高山的山，原来是个铁匠师傅。我从小是他看着长大的。”

“哦！……”薛新文知道不用再问什么了。他挥了挥手，轻轻地说：

“没事了，你，你回去睡觉吧……”

欧阳海莫名其妙地退了出来。

薛新文觉得脑袋像要炸开来似的。他望着那本烧得残缺不全的《红岩》，眼睛发直。一阵晚风刮进窗来，书的红色封面被吹得一晃一晃的，整个书像是一团大火在眼前燃烧起来，心里也好像被大火烧着了一样。他沉痛地说：

“看来，支委会上的批评、关英奎同志的意见、对欧阳海的分析完全正确！是我……错了。我这盲目自信，不愿意进行调查研究的老毛病，可把我坑苦了！我跟不上形势，犯了错误，误解了一个人人称赞的好同志，委屈了一个真正的好战士！……”

支委会上的批评、关英奎的谈话、陈永林的忠告和欧阳海的分析，好像被这本《红岩》引燃成一堆熊熊大火，在薛新文心中猛烈地燃烧起来。它将会烧掉他心中那些主观主义、自以为是的错误思想，烧掉他对同志、对战友的错误做法。薛新文感到周身火辣辣的，终于羞愧地低下头来……

“我刚来三连不久，就发生这样的事！怎么办呢？”薛新文低着头问自己。

猛然间，好像有一个声音在喊：

“薛新文！要像欧阳海那样——迎着烈火冲上去！”

薛新文的脑子里还在嗡嗡乱叫。他为自己心里发出的这个声音所震动。他想起临下来以前，领导上是让他到老三连来，深入实际，好好学习，进行锻炼的。没想到刚到连队不久就犯了这样的错误。今后怎么留在三连继续工作？同志们将怎么看待自己呢？……抬头，望见了墙上的一排领袖像，薛新文猛的一下站了起来。他想起了毛主席的亲切教导：

> 共产党人必须随时准备修正错误，因为任何错误都是不符合于人民利益的。
>
> …… ……

四十四　干革命

公路已经加宽了，七班修的排水涵洞，也只剩下最后一道工序——被覆。魏武跃联合全班，强迫欧阳海留在家里看看书，休息休息，作为对他带伤工作又没有告诉大家的一种“惩罚”；否则就交给连首长处理。欧阳海感激同志们的关心，同时也不愿意把自己带伤工作的事让连首长知道，只好同意了大家的意见。

魏武跃带着七班来到涵洞跟前，刚分配完任务，回头一看，欧阳海已经挑着一担开水跟了上来。

“班长，你又跑来干什么？”魏武跃说，“刚才你已经同意了的，我们也信得过你；可是你……干脆，我们还是找副指导员来处理算了！”

欧阳海放下开水说：“小魏，炊事班要给你们送水来，他们又要忙着下午加菜。你说，我是躺在床上看书呢，还是把这担开水挑来？再说这是用肩膀头挑水，又不是用手干别的，怎么就不行呢？”

“行啦行啦！你这张嘴厉害，就像品字形的地雷似的，怎么也攻不破，这点我算服了。现在水也送来了，你该再也没理由不回去了吧！”

“我……我总得喘口气儿嘛！”欧阳海说着说着，就地坐了下来。

小魏摇摇头说：“在适当注意身体和休息这些方面，全连最不自觉的恐怕就数你了！”

“副班长同志，你别乱扣帽子嘛。我保证不干活儿，保证好好休息！”欧阳海指了指涵洞说，“其实，副指导员讲过，一天到晚抄着手休息，他敢保险，不出三天准能把人憋出病来。你们让我在这儿多坐一会儿……必要的时候我只动嘴不动手。你想，同志们都工作去了，硬让我一个人在家里躺着，我也难受不是？”

小魏迫不得已地说：“班长，你坐在这里休息也可以，不准得寸进尺，又要求别的啵！”

“当然。”欧阳海笑着说。

同志们动手干了起来：有人在搅拌混凝土，有人猫着腰爬进了涵洞……

欧阳海坐在一旁真的没有动手。只是不时提醒大家注意质量，偶尔也告诉同志们，涵管接头处如何被覆，怎样才能加快速度又保证质量。同志们干得满头大汗，他又给大家晾了几碗开水，依次送到战友们的嘴边；有时讲几句笑话给大家“加油”……七班十几个同志干着唱着，惹得过路的行人都停下步来赞叹地望着他们。全班都觉得今天的活儿干得又快又顺手，一点也不累。

工间休息的时候，欧阳海给大家念了几段《雷锋的故事》。他把书上“入党”和“用党员标准严格要求自己”这两段念完后，还联系班里的情况谈了一下。这主要是针对高翼中谈的。高翼中的入党问题，小组已经讨论了，支部分工要他来负责培养，很快就要提交支部大会讨论。欧阳海心里想：现在正是抓紧教育的时候。自己入党那会儿，支部和曾武军书记费了多少心血啊！

想起曾武军同志对他的培养教育，欧阳海心里又波涛翻滚起来：我是个既没有文化、又不懂得什么革命道理的贫农儿子，带着决心当个“战斗英雄”的天真想法来到革命部队。是党，是曾武军同志手把着手地教我识字、学文化，教我熟练手中武器，教我为什么要革命，怎样革命，使我初步懂得了一些革命道理，也进一步理解了“战斗英雄”的真正含义。如今，我是中国共产党的一员，是宣过誓要为共产主义事业奋斗终身的。可是拿我的实际觉悟与党的要求来相比，差距该有多大啊。党丝毫不嫌弃我的水平太低，相反，把培养一个新党员的担子又托付在我的肩上。这是对我多么大的信任！

但是，有差距，这不要紧。关键问题是要善于学习。革命导师恩格斯说得好：劳动创造了人本身。类人猿就是在长期的和自然界相适应和搏斗的过程中，逐步把自己创造成人的。无产阶级也必将在改造世界的同时改造自己。培养一个新党员，也就是培养、改造自己的过程。这是一副双重的担子，我应该勇敢地担当起来。

目前，从小处看，全班的非党群众都把眼睛盯着共产党员。自己的一言一行，对带动全班完成任务有非常密切的关系。从大处看，新中国成了举世瞩目的中心，早一天建成我们的社会主义，对促进人类的彻底解放，将有多么巨大的意义！

我是一个党员，一个中国共产党党员。别说是对世界革命，就是对班里的工作来说，我所能起的作用也是极其微小的。但我愿意老老实实地、勤勤恳恳地从眼前的、手边的平凡而具体的工作，一点一滴地做起。曾武军同志最可贵之处，不是他缴获过多少挺机枪，而是他对革命的无限忠诚。人和人在职务上，在工作能力上无法相比，但是在思想觉悟上，在道德品质上，应该向高标准看齐。

同志们又继续干了起来。欧阳海坐也不是，站也不是，对曾武军同志的回忆，还深深激动着这个普普通通的战士党员。他深刻地理解了曾武军同志平凡而崇高的思想，懂得了早一天建成社会主义的伟大意义。他望着涵洞在想，这也是社会主义大厦上的一片小瓦，能够提前一分钟完成，革命就向前推进了一分！

想到这里，欧阳海戴上手套，提起一桶混凝土飞快地钻进了涵洞。

当远处传来开饭号音的时候，涵洞提前半天全部完工。同志们列队站在公路上准备回去了，欧阳海才慢慢地从洞口爬了出来。大家见他又是满身泥水，一双手也被混凝土“咬”成了灰白色，谁都感动得说不出话来。魏武跃接过他手里的工具，说：

“班长啊！你……你手还没好利索嘛！”

欧阳海坐在洞口没有回答也没有动。他的整个思想还处在激动中。忽然，他若有所思地站了起来，顺手拿起一撮没有凝固的水泥，在洞口细心地塑了一个五角星。他退后几步看了看，感到还不满足，又在刚刚被覆上水泥的洞口，端端正正地刻上了三个大字：

干革命

七班的同志站在洞口，望着“干革命”这三个大字，人人心里思潮起伏，热血翻滚。透过这三个字，他们更深刻地懂得了自己工作的意义，也进一步理解了他们的好班长。伟大的共产主义事业，在他们心目中更加具体了，革命战士的远大抱负，落实在日常的平凡工作之中。全班同志望着亲手修起来的涵洞，望着手里的铁锹、镐头，望着自己满身的泥水，心里都在激动地呼唤着：干革命，修涵洞；修涵洞，干革命！

一缕夕阳在“干革命”三个字上抹上一层金辉，薛新文坐在涵洞口望着它陷入了沉思。

今天一早，他从值星排长口里知道，欧阳海星期日确实是到楠口公社去买竹子的；另外很多同志都记得欧阳海有一本《红岩》，是他们公社党委书记送给他的……经过这样的一番了解之后，一切情况都证明了，那位“雷锋的战友”就在自己的身边。

弄清了欧阳海没能按时归队的原因，薛新文思想里斗争得更激烈了。事实证明，欧阳海是个好同志，自己却犯了主观武断的错误。他把自己到三连以后这一桩一桩的事都想了起来。从关英奎在干部会上的批评、欧阳海要求到七班去……直到昨天晚上欧阳海的发言。几个月来，薛新文一直认为自己是在帮助一个同志改正骄傲自满的毛病，要把他从错误中拧回来，而实际上却成了这个同志前进路上的绊脚石。他问自己：“为什么别人都能看见他的优点，而我偏偏看不见呢？到底是什么东西蒙住了我的眼睛？”他想起了红薯问题和欧阳海的意见，不觉慢慢低下头来。薛新文清楚地知道，这都是因为自己的思想既落后于形势，又不调查研究，所以理解不了今天的战士。遇到欧阳海这样的新型战士——他以马列主义、毛泽东思想为武器，敢于向不良倾向作斗争——自己就接受不了，想当然地认为他是骄傲了。更严重的是，自己只爱听恭维话，不爱听批评话，别人提不得不同的意见，提了就不高兴。这样，竟把善意的批评，同志的规劝，当场顶了回去，反而认为是对方骄傲情绪的表现。基于这个错误的认识，才产生了一系列的错误思想和错误行为。他想起欧阳海曾经一针见血地指出过："……我觉得你在对待批评与自我批评的问题上，不管是主观武断也好，不管是不够虚心也好，都是因为过于自信才造成的。这是个思想方法问题。老觉得自己是对的，一遇到情况就会轻易地作出结论；老觉得自己是对的，一听到相反的意见就容易不冷静。这种自信再加上对战士的积极因素估计不足，恐怕就是你既不注重调查研究，又听不进群众的意见的主要原因。光自以为是，不自以为非是不行的。"想到这里，薛新文感到心都在痛，"多么尖锐的批评，多么诚恳的帮助啊！可是我作为一个连队的基层干部，作为一个做思想工作的代理副指导员，竟把这些足以引起自己认真考虑的批评轻轻放过去！放弃了一次必不可少的思想交锋，反而对他、对一个给我指出错误的战士，产生了一系列的错误做法，认为他开始翘尾巴了。要拦住他……"他简直想不通，自己的思想为什么老憋在一个死胡同里绕不出来。他痛心地给了自己一拳："我作为一个代理副指导员，真是太不称职了！"他觉得对不起欧阳海，对不起首长的期望，更重要的，是对不起党这六七年来的培养教育……

薛新文明白了自己的问题，也知道造成了严重的后果。但是怎样才能挽回自己给党带来的损失呢？……

薛新文慢慢抬起头来，又看见了欧阳海刻的"干革命"那三个醒目的大字。眼前的"干革命"，就好像是欧阳海本人直挺挺地站在那里。"真是个了不起的战士啊！他用'干革命'的精神，不计较我对他的误解和责难，心地坦荡地对我进行批评和帮助；他用'干革命'的精神，抛开委屈，带着伤痛，全心全意地修涵洞。对人对事，他都是这样的光明磊落。我比他参军早两年，受党的教育也多几年，为什么我不能勇敢地承认自己的错误来挽回党的影响，为什么我不能用'干革命'的精神来对待自己的错误呢？……"

我们无产阶级政党勇于自我批评的优良传统，鼓舞着他；伟大领袖毛泽东同志的教导像警钟似的响在耳边：

> 以中国最广大人民的最大利益为出发点的中国共产党人，相信自己的事业是完全合乎正义的，不惜牺牲自己个人的一切，随时准备拿出自己的生命去殉我们的事业，难道还有什么不适合人民需要的思想、观点、意见、办法，舍不得丢掉的吗？

好像有一股新的力量回到了他的身上，薛新文慢慢地站了起来。他觉得是党的传统作风，是毛主席他老人家用两只有力的大手，把他扶起来的。这股无穷的力量啊，正在催促着他，召唤着他，使他坚定地朝着教导员办公的房子走去……

支部委员会开得非常热烈。会议结束的时候，薛新文站起来恳切地说：

“同志们对我的批评我完全接受。一辈子我也要记住这次支委会。为了让我更快地改正错误，为了让更多的同志来督促我、帮助我，特别是为了挽回我给党造成的损失，我要求在全连的军人大会上再检查一次，我要好好听听战士们的意见，也让我这种主观主义的工作作风进一步受到批判。”

关英奎和营党委书记研究了一下之后说道：

“薛新文同志的这个要求很好。我个人表示支持。这说明他开始认识到了主观主义的危害性，也愿意坚决改掉它。我们相信，全连的干部和战士，都会从中受到教育。”

俱乐部里坐满了人，营首长也来参加三连的军人大会。薛新文站在队前，几天来的思想斗争使他的眼窝深深凹进去了。他指着桌上的几件东西说道：

“同志们！这是一束普通的香，这是刘延生同志留给公社老大娘的一张纸条，这是欧阳海同志的那本《红岩》。这三件东西都各有一个故事，它可以充分反映人民战士的精神面貌，说明我们的战士都是好样的。但是在这三件东西上，也充分暴露了我主观主义的思想方法和粗枝大叶的工作作风。它记载着我的错误。我的错误就是从这几件小东西上开始的……”

薛新文激动地讲了三个小故事，也痛心地把自己主观武断的处理经过谈了出来。

同志们开始非常吃惊：一个代职干部怎么能这样粗枝大叶地工作，毫不进行调查研究呢？一个参军六七年的同志，怎么能这样听不进群众的意见，忽视自己的思想改造呢？……可是听着听着，大家又为代理副指导员诚恳又毫无保留的检查所感动：一个干部能在战士们面前这样诚恳、这样坦率地解剖自己，从大大咧咧地批评别人，到认真严格地批判自己，这是多么可贵啊！

薛新文越讲越痛心："……党再三教导我们要改造思想，可是一直没有真正引起我的重视。过去我很少深入实际，工作上一贯马马虎虎的——这是我犯错误的总根。带着这种粗枝大叶的工作作风从学校来到革命部队，只是在劳动活儿上还比较泼辣，就认为自己够了，很不错了，十分幼稚地产生了一种优越感。总觉得自己是对的，别人都不如自己，一听到批评就不冷静，而没有意识到这就是墨守成规，不愿意进步，是个人主义患得患失的表现——这是犯错误的近因。这次来到三连，首长嘱咐我深入实际，向工农同志好好学习，而我却抱着那些错误思想不放，用担心的眼光来看待周围的一切，认为谁要是不按我的主观想法去做，谁就是有了骄傲自满的情绪。这种只相信自己不相信同志的思想，是促成这次错误的具体原因。同志们，如何对待批评与自我批评，是衡量一个革命者有没有点唯物主义的试金石。因为缺点和错误总是难免的，那是客观存在。看你敢不敢正视它，改正它。一个全心全意干革命的人，他必然是闻过则喜。因为知道了自己的不足，就能使自己更快地进步。而我却在这块试金石上暴露出严重的唯心主义。我形而上学地认为：一个班长是不能谈更多的理论问题的，谈了就是骄傲。对自己，则自以为是，不以为非。个人主义思想总是步步为营，顽强地保护着自己。这也正是我曲解了欧阳海同志的意见，听不进批评的思想根源……"

薛新文诚恳的检查，使欧阳海心里热乎乎的。党使薛新文同志这么快地认清了他的问题，并且有了改正缺点的实际行动，欧阳海感到由衷的高兴。他想起了支委们彻夜不眠的会议，心里说："多么坚强的战斗堡垒！"他深情地望着代理副指导员，听他继续说下去：

"……尽管党组织再三批评过，欧阳海和其他的同志们也提醒过，可是我没有省悟过来，我在帮助、批评别人的同时，很少联系自己的思想改造。我辜负了党的期望，大大落后于形势，看不清党已经在今天的部队中培养出无数个新型的好战士。马列主义、毛泽东思想武装了他们，他们学习毛泽东同志的世界观和方法论，学习主席如何从无产阶级立场出发，运用辩证唯物主义和历史唯物主义观点和方法来观察问题，解决问题。他们联系连队的实际，向不良倾向进行斗争。而我却把这一切都看成是骄傲情绪，是夸夸其谈。我是被个人主义蒙住了眼睛，看不清时代的深刻变化，看不清部队的深刻变化，使自己犯了错误……

“我感激党组织对我的挽救。也感谢欧阳海同志。在他身上，我看到了一个党员应有的崇高品质。这里，我诚恳地向欧阳海同志公开道歉！……同志们！我为自己的错误感到羞愧，我也为我们伟大的党，培养出欧阳海这样的战士而感到自豪。我愿意在老三连、在欧阳海同志身边从头学起……”

薛新文指着那几件东西说：“这三件东西，我建议把它永远放在俱乐部里‘批评与自我批评’栏的下边。我们俱乐部里挂着好多面锦旗，它激励着我们保持光荣传统，永远向前。这几样东西，让它也作为教材摆在这里。让我一看到它，就想起自己主观主义的危害和思想改造的艰巨性；让同志们一看到它，在向欧阳海同志学习的同时，就联想到应该从我的错误中吸取教训……”

薛新文讲完了。他把那三样东西放到“批评与自我批评”栏前面的桌子上，然后慢慢回到座位上来。关英奎代表支委会作了检查，也检讨了他平素对薛新文同志帮助不够的缺点。教导员起来发言，他同意支委会的意见，对薛新文的检查也表示满意。“……我们相信他一定能很快地改正错误。今天敢于在群众面前承认自己的思想太主观，太片面，这就是虚心的表现，这就是进步的开始。为了彻底帮助薛新文同志，我临时建议把我们的军人大会改成民主大会。大家对我、对连里、对薛副指导员有什么意见，都可以讲讲。薛新文同志，你同意吗？”

“我完全同意教导员的建议。”薛新文诚恳地说，“希望同志们集中火力，向我开炮。”

没有人要求发言。

教导员望着欧阳海说：“七班长，你还有些什么没说的话、没提的意见，今天再和他大胆地说，大胆地争论嘛！”

“有。”欧阳海跑到前边，激动地指着“批评与自我批评”栏下的那三件东西，说道：“代理副指导员的检查使我深受教育。这是一个真正的革命者对待错误、对待缺点的正确态度。看见这几样东西，我看见了一个对待错误毫不留情的好榜样。它像一面镜子挂在这里，它是给我们大家照的。我要每天照一照，看看自己对待缺点是什么态度：是偷偷瞒着舍不得改正呢，还是像副指导员这样，为了人民利益，一脚把它踢开！……”

教导员打断了欧阳海的话，说道：“谈谈你还有哪些意见嘛！难道你没有意见了？”

“意见？当然有！”欧阳海接着说，“我的意见是对我自己的。副指导员的某些缺点和不足，是与我们没有能够积极开展党内的思想斗争有关的。毛主席把批评与自我批评比作马克思列宁主义的‘武器’，号召我们拿起这个武器去掉不良的作风，保持优良的作风。而我却没有充分发挥这个武器的作用。这是我觉悟不高的表现。所以，我希望组织上，希望副指导员今后好好地教育我们，更严格地要求我们，更大胆地管理我们，帮助我们提高无产阶级觉悟，尽快地接近党的要求。我保证听从副指导员的教育，学习副指导员对待思想改造的严肃态度。毛主席说过，只要我们为人民的利益坚持好的，为人民的利益改正错的，我们这个队伍就一定会兴旺起来。副指导员为了人民的利益，勇于和自己思想上的错误彻底决裂，这种义无反顾的革命精神，永远值得我学习！”

像一声春雷，像一阵疾风骤雨，俱乐部里响起了热烈的掌声。它表达了同志们对薛新文的信任，也感激欧阳海说出了大家心里的话。

薛新文面对着营党委书记，面对着全连百多个来自五湖四海的阶级兄弟，坚定地从座位上站了起来。他慢慢地转过身来，深情地望着欧阳海，望着这个看起来平平常常，却又里里外外通明透亮，肝胆照人的共产党员，两行激动的泪珠，在他的脸颊上缓缓地、缓缓地滚落下来……

薛新文情不自禁地慢慢把右手举起，贴在帽檐上。他当着全连战士的面，向欧阳海——向他的战士敬礼！

欧阳海跑上前去，紧紧握住了薛新文的手，同志们也都亲昵地呼唤着拥了上来。

俱乐部里，掌声经久不息，越来越热烈了……

第十章　脸不变色心不跳

四十五　箭上弦

南岭山脉的崇山峻岭间，秀丽富饶的湘江两岸，碧绿的枫树渐渐变成暗紫色，阵阵北风从摇曳着的枫叶间掠过，又把它们由暗紫色染成一片深红了。猎猎红枫恰似一把一把炽烈的火炬，在青山绿水间燃烧起来。它给祖国江南的初冬原野缀上一片盎然生气。

一九六三年的冬天到了，“野营合练”也来到眼前。这是全面考验一支部队能否适应实战需要的时刻。解放军的每个指战员都把它当成是锻炼、检查自己思想、训练、作风各方面真实本领的大好机会。老兵们说得好：能在野营合练中经得起摔打的战士，就是战场上能够冲锋陷阵的英雄。

野营合练就要开始，就像一支利箭已经搭在绷紧了的弦上，只待一声令下，整个部队就会离弦飞去。

最后的准备工作在紧张地进行着。欧阳海从司务长那儿挑来了几十斤大米和一些黄豆，分别装进同志们的米袋子里去——这是老传统，红军时期的整个“后勤”都带在指战员们自己身上。大米装完了，他把到达目的地以后做豆腐用的黄豆，放进自己的米袋里。大米随走随吃，黄豆背的路程要远些。他想：“当兵五年了，这可能是我在部队的最后一次野营；多背一点吧，能为同志们减轻一两负担也是好的。”

“班长，你看看我这样准备行不行？”刘延生全副武装，身上收拾得利利索索，骑枪擦得油光锃亮，挺胸收腹地站在欧阳海面前，等待检查。

欧阳海瞟了他一眼：站在面前的这个战士，早已不是上半年喊着“缴枪不杀”的那个小鬼了。伪装圈下，那胖乎乎的脸上带着战士特有的暗褐色。这是风吹雨淋、烈日暴晒留下的痕迹，它记载着战士的辛劳，也记载着战士对祖国人民的忠诚。欧阳海藏着内心的喜悦，严肃地喊道：

“目标，大操场。跑步——走！”

刘延生轻捷地跑了出去，除了脚步声，身上没有半点声响，枪支不摆，水壶不晃，一切都安排得停停当当。

欧阳海对跑回来的刘延生说：“你笑什么，还有一项重要的没检查哩。”说着，他从门后拿出一杆秤来。伸出几个手指头表示着，“上级规定每个人的负重标准是这个数儿，我看看你够不够分量。”

“干吗非要背这么多不可？”刘延生望着班长伸出的手指不解地问道。

“这是科学，是经过精确的计算研究的。打起仗来，我们身上的武器弹药和其他装具加在一起，可能就是这么重；野营合练中不背够这个分量，怎么能练出打仗时的硬本领？”

“哦！”小刘明白了。他调皮地说，“要是我没有那么多东西，不够这么重呢？”

“那好办，为了将来能够冲锋陷阵，为了练出吃大苦、耐大劳的真本领，为了从实战出发，你去找两块砖头塞在背包里。反正要背够分量，一两也不能少！”

称的结果，小刘和全班其他同志都合乎要求。欧阳海满意地对大家说：

“不错，都能自觉地按照上级的指示执行，这说明我们对这次野营合练有认识，思想上能严格要求自己。小刘嘛……也基本上合乎要求。”

“什么，‘基本上’？反对！咱们从来都是百分之百的合乎要求。”小刘撇着嘴说道，“还是看看你自己吧，你的装具还没过秤呢，还不知道‘基本上’合不合乎要求呢！”

欧阳海藏过自己的背包说：“我的不用称。”

“为什么？”

“我是班长嘛，上级说……凡是班长嘛，这个这个可以不称。”

“对不起，我们没听说过，也不会有这样的上级。”刘延生一使眼神，大家把欧阳海的背包抢了过来。连同装具一过秤，超过了好几斤。

"班长，"小刘指着秤杆问道，"这你还有什么话讲？上级规定的标准，你……"

"我也是基本上合乎要求嘛！就算我现在背得多了一点，打起仗来我就多抓两个俘虏。未必多抓俘虏还不行？"

"不行！照小高的说法，你背得太多，超过了体力限度，把人累垮了，也许连一个俘虏也抓不着哩。"小刘指着秤杆说，"同志，这是科学，是经过精确的计算研究的！"

同志们不由分说打开了欧阳海的背包，发现里边除了规定携带的衣物之外，还有很多学习材料，怪不得超重了哩！小刘拿起一份刚刚发表的评论文章问道：

"班长，野营合练那么紧张，你有时间学吗？"

"没有时间也得挤。雷锋同志说，在学习中要有钉子那样的钻劲和挤劲。一挤就能挤出点时间来的。"欧阳海感慨地说，"现在世界上出现了各式各样的妖魔鬼怪，替帝国主义搽脂抹粉的，变着花样来欺骗革命人民的，和帝国主义一样到处伸手搞颠覆的，不学习怎能认得清他们！"

同志们都没有再说什么。是要挤时间学啊，最近这些日子，国际上的斗争多么尖锐复杂！党报上已经发表很多重要文章了，每当欧阳海拿到这些文章，他总是如饥似渴地学习着。尽管他还理解得不深，甚至有个别的字还要查查字典，但他从不在困难面前退缩，经常苦思苦想到深夜。作为一个战士，一个党员，他明白肩上的担子有多重；他更懂得要立足连队，眼观全国，胸怀世界。这个曾经讨过米的、一无所有的穷孩子，一旦来到革命部队，懂得了共产主义的真理，他知道怎样才能去做新世界的主人。当年，讨两口残菜剩饭是为了养活四妹子，今天，活着是为了全中国人民、全世界人民。每当收音机里响起庄严的《国际歌》时，他总要跟着激动地高唱起来："满腔的热血已经沸腾，要为真理而斗争！"他为自己生长在社会主义时代而自豪。他觉得为共产主义事业而奋斗的神圣使命就在自己肩上。

"班长，"高翼中跑进来说道，"连长请你去一下，说有要紧的事情。"

欧阳海赶忙来到连部，看见关英奎已经打好了背包，在准备动身了。

"连长，你要上哪儿去？"

"我去接新兵，年底前怕赶不回来了。你坐，我跟你谈个事。"关英奎挪过一张椅子，凑到欧阳海旁边说，"属虎的，你已经为人民站了五年岗了。部队原来是准备把你留下来的，师团各级首长都有这个指示。支部也考虑过送你到步校去学习一个时期，回来负责一个排的领导工作。可是现在情况变了，有一个更重要的工作在等着你。”他煞住要说的话，仔细观看欧阳海的反应。

欧阳海已经超期服役两年了。他思想上早就做好了可能要复员的准备。今天真的知道了这个情况，心里仍然感到有些突然。他一把抓住关英奎的手，低着头不晓得说什么才好。他心里想：“是啊，参军快五年了，革命需要我转到新的工作岗位上去了。可是我离不开生活了五年的部队啊！五年来，党为我操了多少心啊！”他抬起头来望着关英奎，无意间发现连长带棱带角的嘴唇旁边新添了一道皱纹，“党正是通过连长、指导员……这些首长来具体地教育我的。在关连长这双眼睛里，清清楚楚地记下了我的变化、成长。为了我的缺点和微小的进步，他眼睛里流露过多少焦虑、不安和期望啊。对！不能再让领导上为我操心了。”

关英奎从欧阳海坚定的眼神里看出了他的态度，放心地说道：

“我们新建了一个现代化国防工厂，中央指示，从部队抽一批骨干，抽一批党员充实进去。那里的工作非常重要，也非常艰苦，它是我们自力更生、奋发图强的建设方针落实在国防工业上的一项重点工程。相比之下，这个担子比领导一个排更重些。军首长接到指示后，决心派出我们最好的战士，老政委还特别提到了你的名字。听说国防工办和军区催得很急，可能你们野营合练一回来就得走。欧阳海，看来，我们俩这就算分手了！”关英奎说着把厚实的巴掌搭在欧阳海的肩上，使劲地按了两下。

又有一个新的、更重的担子落在欧阳海的肩头。他兴奋得满面红光，眉梢忽地往上扬起来，小声问道：

“连长，工厂在哪儿？是不是制造那个的？”问着问着他站了起来。

关英奎眼睛里也闪着光：“这……这我不知道，也不能告诉你。军——事——秘——密！”

“军事秘密！”欧阳海抑制住内心的激动，强使自己坐了下来。他在想：多好啊，又有一个艰苦而重要的岗位在等待着我了。五年前，为了打仗来到部队，那时候“军事秘密”几个字，给我带来了多少幻想和兴奋，今天，真的要去从事一项军事秘密工作了，心情好像比五年前更为激动些。不同的是，五年前是战斗英雄的奖章在我眼前闪耀，今天，是一副革命重担令我向往。革命路上总是这样的：一个任务紧接一个任务，一场战斗接着一场战斗，就像刚刚打扫完战场又听见了进军的号声。我们生长在这个风云变幻的时代，该有多么幸福。这才是革命者的战斗生活！紧踏着时代的节拍前进，就不会虚度革命者的战斗青春……忽然，他瞥见了身旁关英奎的背包，一股依依难舍的心情又涌了上来。

“连长，那，那我们年底以前碰不了头了？”

“是啊，估计我回来以前你们就走了。没啥，以后咱们多通信嘛。”

“信我当然要写。连长，要是我们工厂有假期，我一定抽空回连里来看看。”

关英奎看了看手表，说道：“时间差不多了，我该走了。”他还想说什么，张了张嘴又没讲出来。对欧阳海这样的战士，他是完全放心的。不管放在哪个岗位上，不管干什么工作，他都相信欧阳海会成为那里突出的一个好同志。他摘下胸前的钢笔说：

“属虎的，这个送给你作纪念。”

“不，连长，你自己留着用吧。”

“我可不是要送给你一支笔啊！”关英奎摸着脑后的那块伤疤说，“一九四八年在黑山完成了阻击任务之后，我负了伤，团政委——就是咱们今天的老政委奖给我这支笔，让我好好学习。那时候我连扁担倒在地上也不知道是个‘一’字，就靠这支笔，学会了写‘共产党万岁’，写了入党申请书。可是我的脑子受了震荡，记忆力不好，进步一直不大……你马上要走向新的岗位了，带上这支笔吧，这是把老首长的心意带去，也把咱俩五年来的战斗友情带去。欧阳海呀，要好好学习，咱们工农出身的同志也要学着去搞尖端，不学怎么行！听说毛主席他老人家还抽时间学外文哩！”

“连长！”欧阳海激动地喊了一声。

“拿着，紧紧地拿着它！”关英奎敲响了他那口洪钟，“搞它几朵‘蘑菇云’出来！”他把钢笔塞到欧阳海手上，背起行装朝团部走去。欧阳海抚摸着手上那支黑杆的老式钢笔，一股泪水涌出了眼眶。笔杆上留着几道槽槽，这是被关英奎的大手捏出来的，它生动地记载着连长在学习上的顽强劲儿。这时，他似乎更深地懂得了连长的一片心意。他望望钢笔，又望望连长宽阔厚实的背影，想赶上去送连长一程，再跟他说几句；自己今后该注意些什么，连长还有些什么嘱咐，都还没谈哩。可是时间来不及了，他只在原地大声喊着：

“连长，你放心！只要到了那里，不管条件有多么艰苦，不管工作上有多大的困难，我一定按照党的要求完成这个光荣任务！”

关英奎没有再说什么。他回过头来望着欧阳海，松开了紧绷着的嘴唇深情地笑了笑。欧阳海觉得，连长在他那难得见到的微笑中，把该说的话，该嘱咐的千言万语，都送到了自己的耳边……

大概是半夜一两点钟了，欧阳海还在宿舍里忙着没有睡觉。对新工作岗位的向往，对老三连的依恋，勾起他心里的千头万绪。他看看已经睡熟的同志们，难分难舍的情绪又爬上心头。朝夕相处好几年了，一起翻开《毛泽东选集》，细细地琢磨主席的教导，一起流过多少汗水，一起战胜了多少困难，为了保卫祖国练本领，一起把胶鞋都磨破了十来双；眼看就要分手了，怎能离得开同志们！欧阳海仔细琢磨“同志”这两个字的含意：并肩战斗的阶级兄弟，目标一致，步伐整齐；心脏按照一个节拍跳动，枪口对准共同的敌人射击；它真是比骨肉还要亲，比同胞手足还要近啊。一想到很快就要离开连队，他觉得比离家时的心情还要沉重些。“反正还有二十多天呢！到时候再说吧。”欧阳海宽慰着自己，又忙了起来。

他从枕头下边拿出一条破得不能再补的军裤，把它剪成十多块，又从上衣兜里掏出一大包针线，分成十来份，分别装进同志们的针线包里。他自言自语地说：“野营合练就是一场战斗，衣服裤子难免要剐破撕烂的，到时候得让同志们有针线可补。”他在小刘的挎包里发现了一个针线包。这个针线包是他爸爸用过的，虽然包包已经褪了颜色，但是上边绣的一颗五角星还红艳艳的，里边有一个磨光了的铜顶针，据说还是红军时期的东西。欧阳海抚摸着铜顶针说：“老传统一代一代往下传，新人一代一代在成长！”最后，他又检查了一下同志们是不是都带着毛主席著作，直到在每一个挎包里都看见那个熟悉的红色封面后，他才安心地准备睡觉。

欧阳海刚刚要上床，忽然发觉高翼中的米袋子鼓鼓包包的。他走过去拿起来一看：“哦，真鬼呀！原来是把我背的黄豆悄悄换过去了。”欧阳海愣在小高的床前，感叹地说，“想背就让他多背一点吧。这不是几粒黄豆的问题，从怕苦怕累，到主动抢重活儿干，这是一个飞跃。它表明这个新党员愿意在自己肩上多挑几分责任。‘生理限度’已经被‘革命的需要’大大扩展了。”说着，欧阳海把黄豆又放回到小高的背包上。

“你还没睡呀！”薛新文拿着手电查铺来了，“这么晚了你还不休息，你是想把自己折腾出病来还是怎么的？”

“我……我马上就睡。”欧阳海说，“副指导员，你也该早点休息了！”

“你别管我，我现在是谈你的问题。”薛新文把他拉到门口，说，“怎么？我听小刘他们向我反映，说你每天都起个大早，三四点钟天还没亮，就一个人‘猫’在俱乐部里学习。是不是有这回事？”

“没……没有啊！”

“没有？你现在瞒不了我啦！我是经过多方面调查研究的。前天早上天还黑着呢，我就看见你在那儿学，上个星期天，人家都去打球，你一个人在屋里学……”

“不学怎么行？现在国际上的斗争这么尖锐复杂，紧学慢学还觉得跟不上队哩！”

“学习当然应该抓紧。”薛新文说，“可是也应当注意身体呀！”

“是！”

薛新文和欧阳海肩并肩地一起回到屋里来。他摸了摸衣兜，掏出个小瓶说：“哟！差点忘了。给！”

“什么？”欧阳海接过小瓶问道。

“黄连素。你肠胃不是总有点小病吗？把它带着，觉得不舒服了，就吃两片。别忘了！啊？”

“副指导员，我挺好的，你给我药干什么！”

“什么挺好的？这些情况我早从卫生员那儿调查过了！”薛新文瞪了他一眼，“你还当我像上半年似的，马里马虎的什么也不知道？告诉你，不管你们班上午发生了什么情况，我敢保险，当天下午就能调查得一清二楚！”

欧阳海没话可说了。他望着副指导员憨笑了一阵，感激地点了点头。

“对了，还有个重要的事哩。”薛新文小声地说，“连长接新兵去了，新指导员又刚来不久，野营的担子重，你可要多提醒着我点，不能眼看着我又出问题嗽！”

“副指导员，这个担子我可挑不起。”欧阳海不好意思地说，“反正连里不管有什么任务，你交给我们就是了。我们七班拼尽全力去完成！”

薛新文满意地点了点头：“睡吧，很快就要行动了。”说完他守在旁边，直到欧阳海钻进了被窝，才轻轻地朝二排走去。

欧阳海躺在床上，摸着装药的小瓶，心里想："副指导员这半年来变成另外一个人了。到底是参军早，觉悟高，改变得多快啊！"他想起第一次和他见面的情景，副指导员满脸汗珠的面孔又在脑子里出现了。一想到很快就要和他分手了，心里也觉得不是个滋味。

欧阳海迷迷糊糊地刚睡着，就听见一阵急促的紧急集合哨音。同志们一骨碌爬起身来。黑漆漆的屋子里，没有一丝光亮，没有半点声响，一切准备工作都在紧张地、有条不紊地进行着。

集合哨音刚落，全副武装的欧阳海第一个跃出房门。黑暗中传来他短促有力的声音：

"七班！跟上！"

一队雄伟的人流，像一支离弦的箭朝前方飞去。枪刺上发出一片寒光，脚下沙沙作响。野营合练开始了。

地上一片银霜，头上满天繁星。

四十六　山顶上

山顶上，一个左臂套着蓝色袖章的同志，手里拿着个小旗晃动着。他警惕地监视着山下，偶尔拉响一小包炸药。爆炸的回声在山谷里滚动。"蓝军"假设敌正守卫在山头上，测验"红军"的进攻动作。突然，他发现远处的山脚下，冒出一小队全身伪装的人影，只见他们迅速冲到河边，便唰唰唰地跃进激流中，进攻的"红军"向着"蓝军"的山脚奔过来了。

河水扬起了一溜白白的浪花，"红军"正在与激流搏斗。水急浪猛，一个战士的身子渐渐下沉，他手脚乱了，呼吸也急促起来。

"不要慌！"欧阳海猛划两下赶了过来，用手托住那个战士说，"关键是沉着！"

"班长，"战士无力地说，"我，我不行啦！"

"如果这是一场真的战斗，河对岸的敌人就要逃跑，身后的指挥员正等着我们冲上山头、截断敌人的退路，发出总攻的命令，想想，你能够停下来吗？咬碎了牙齿也要游过去！"欧阳海说着，把他背上的弹药接了过来。

那个战士倚在欧阳海的身上，抬起头来喘息了一会儿，埋怨地说："我记得那旁边不远就有座平平整整的桥。我们从桥上过，该多……”

“你啰唆什么？桥已经被‘炸’了！”高翼中游过来斥责道，“这是战斗需要，革命需要！”他猛力一推，把那个战士送向岸边。由于用力过猛，自己被反作用的力量连人带枪没进水里……

山上的“蓝军”计算着时间，大约再过半个小时，“红军”就会冲上山头。他们发出信号准备迎击，山上的人紧张起来。三挺轻机枪堵在那条唯一可以上来的路口，成堆的小包炸药封锁住前面的斜坡。他们在想：“看‘红军’怎么上来吧！四周全是陡壁、刺窝，坡度都在七十度以上，平素训练得怎么样，可就看你们这一下子了！”

突然，从那根本不能上的陡壁方向，传来一片杀声。“蓝军”们正感到奇怪，一些全身湿透的战士们已经冲了过来，一把把明晃晃的刺刀顶住了他们的脊背。欧阳海一个箭步上前，从身后拦腰抱住那个“蓝军”假设敌的指挥官。他用膝盖往前一顶，叭唧一声，“蓝军”的指挥官就躺在地上了。

“缴枪不杀！”刘延生冲到跟前，手里还拿着根背包带，大声喊着，“班长，把这‘反动派’捆起来吧？”

“不能捆！”欧阳海制止道，“先搜他的口袋！”

刘延生神气活现地从“蓝军”指挥官口袋里搜出一张“收到条”，上面写着：

你部缴获转盘轻机枪三挺，卡宾枪五支，报话机一部，俘虏十五名。

欧阳海扬起手中的红旗，发出占领“四八三高地”的信号。远处升起三发信号弹——偷袭任务胜利完成，友邻部队的总攻开始了。

“杀啊！——”七班的战士挥舞着枪支，在山顶上兴奋得大声喊叫着。

欧阳海这时才想起躺在地上的“蓝军”指挥官，连忙推开小刘，把那位“俘虏”同志扶了起来，一看，原来是兄弟部队的一位连长。

“首长，对不起，”欧阳海满脸尴尬，抱歉地说，“刚才我们的手脚可能重了点，没碰着您什么地方吧？”

“没碰着？又抓又挠的，差点把衣服都撕破了。”那位连长故意斥责地说。他看见同志们一个个手足无措的样子，继续鼓起眼睛瞪着大家。

“首长，”刘延生心直口快地说，“为了帮着我们练出一身杀敌的真本领，我看你付出一点牺牲也是必要的。老兵带新兵，培养接班人嘛！”

“蓝军”的那位同志哈哈大笑起来：“我逗你们哩！不错啊，你们的动作有股子猛劲，我估摸还有半个钟头你们才能上得来，没想到……”

欧阳海指着身后的陡壁说：“我们是从那儿爬上来的，估计您不会注意那边。”

小刘得意扬扬地说：“咱们这叫做‘出其不意，攻其不备’，打你个措手不及！”

“好！你们是哪个分队的？”

“三连七班。”小刘回答说。

“三连第七班？”“蓝军”同志想了想，说，“有个叫欧阳海的，是不是你们班的？”

“首长，你认识他？”刘延生问。

“认倒不认识，我是听说过。上半年他为公社救了火，又带伤工作，上级发了通报，我们还组织全连学习过。”

“他呀……”欧阳海拦住小刘，抢着回答道，“他是二支队三连七班的。”

薛新文领着后续部队上来了，欧阳海跑上前去报告：

“报告副指导员，七班按预定计划攻上了‘四八三高地’，缴获转盘轻机枪三挺，卡宾枪五支，报话机一部，俘虏十五名。”

薛新文接过“收到条”说：“好！欧阳海，任务完成得很好。通知部队：原地休息待命！”

欧阳海响亮地回答道：“是！”

“蓝军”同志走过来点点头说：“小鬼，还很有点风格。像个‘雷锋的战友’！”

欧阳海不好意思地转过身去，大声宣布道：

“注意了，原地休息待命！”

这是十一月中旬的一个下午，野营合练已经接近尾声。七班和全连同志一起，经过了走训、驻训，现在合练即将胜利结束了。

走训为练铁脚板。在一千多里的行程中，七班一直担任全连的尖兵班，走在全连的最前面，为后续部队探路，任务完成得很出色。驻训结合阶级教育同时进行，他们在助民劳动中洒下汗水，在访贫问苦中流下了眼泪。全班一致表示，要在合练中苦练真本领，为阶级兄弟报仇。这次偷袭“四八三高地”，就是在连续两天两夜的急行军中，奔袭了二百三十多里路以后，马不停蹄接着进行的。同志们一听到“原地休息待命”这几个字，那两天两夜积蓄起来的疲乏困倦全部涌了上来。有的同志坐在地上一声不响；有的干脆四仰八叉地倒在草地上睡着了。

欧阳海一坐下来，就觉得上下眼皮在打架，右脚上那几个血泡也隐隐作痛。他望着同志们那疲惫不堪的样子，心里想：让大家眯一会儿吧，现在哪怕能够眯糊一分钟，也比吃什么都香啊！……忽然，他又记起刚才副指导员交代的命令，“现在是‘休息待命’，万一马上又有行动，带着这样的情绪怎么去完成任务？”这个想法就像往他头上淋了一瓢凉水，使他马上精神起来。

“喂——”欧阳海大声喊着，“七班的注意！我们让一班老大哥来个节目好不好？”

同志们睡意正浓，参差不齐地回答道：“好……”

“大声点！好不好？”

“好！”大家都揉揉眼睛坐了起来。

“一班——”

“来一个！”

“一班的老大哥——”

“你来一个嘛！”

一阵有节奏的掌声之后，大个子刘伟城站了起来。他并没有表演节目，而是联合全连一齐向七班进攻。“七班——来一个！七班——来一个”的声音以压倒的优势盖了过来。

“来就来！”欧阳海说着跳出人群。他把帽檐折到里边，顺手从炊事班的挑担上拿起一个菜盆，晃动着脖子表演了一段“新疆舞”。七班的同志哼着曲调替班长伴奏。欧阳海的舞跳得并不高明，更没有什么新疆味儿，但是他连唱带比画的，把同志们的困意都赶跑了。拉节目的吆喝声、善意的讽刺话儿此伏彼起，一会儿是一排、三排联合起来整二排，一会儿又是全连拉炊事班的节目，连薛新文也被推出来数了一段快板。山顶上一片欢腾。

高翼中把欧阳海按在地上坐着，说：

“班长，你那双脚不能再跳了！前天晚上就起了好几个血泡，这两百多里地你又没休息，‘革命的本钱’还是应该适当注意的。你，你跳个什么‘新疆舞’嘛！”

“不要紧，跳一跳反倒更精神些。”

高翼中埋怨自己说：“都怪我！刚才我一眯糊就睡着了。班长，你自己也该多注意一些。你要觉得需要活跃一下部队的情绪，就告诉大家一声，这些工作，同志们也能做嘛。你要是照顾同志们的体力，那也该喊我一声。就算我不会出啥节目，喊两句口号总可以。”

欧阳海想，是啊，应该告诉班里的几个骨干，让他们主动地多做些工作。还有几天自己就要走了，今后，班长的担子，将要由他们挑起来。要搞好一个班，说容易也容易，说复杂也确实要费一番心呢！他说道：

“小高，工作总是做不完的，关键在于我们能不能主动去找。只要一心一意想着同志，想着全班，想着集体，就会发现到处都是工作，想闲也闲不住；否则，就是瞪大了眼睛也找不到可干的活儿。”

高翼中明白这是欧阳海在批评他。他点了点头，好像在说：班长，你这几句话我一定好好记住。

出发的号声传来，部队又朝山下奔去。指挥部命令：天黑以前要赶到铁路西边某地宿营。这就是说，三个半小时之内，还要强行军整整五十里。

同志们兴致勃勃地朝前走着。刚刚表演的那几个节目，就像给要停摆的钟表上足了发条，给拍不起的皮球又打足了气，现在，一个个劲头十足，两条腿也踏得特别轻快有力。头一个小时就赶了十五里。可是，走着走着，疲劳、困倦又都回到身上来。欧阳海发觉刘延生一步比一步走得艰难，渐渐落下了好几米。他停下脚步等着小刘跟上来。

“小刘，够呛吧，把枪给我算了。”欧阳海说。

刘延生看见班长肩上已经扛着双枪了，他说：

“谁够呛？‘枪不离肩，人不离队’，这是我的保证。把你那支枪给我还差不多。”

“别逞强！听说明天要横跨铁路，进行反空降演习，任务肯定更艰巨。累垮了怎么办？”

“累倒不累。”小刘指着肚子说，“班长，实话告诉你，就是这里边空空荡荡的。”

欧阳海开玩笑地说：“这好办嘛。走！咱们上地头上去转转，想法让人家慰劳两个红薯。”

“那怎么行！”小刘说，“人民解放军不拿群众一针一线。”

“咱们给人家留个纸条，埋两块光洋在地里嘛。”

“班长！老抠人家的底干吗？那种事我不会再干了！任何情况下，哪怕肚皮贴着脊梁骨了，老乡慰劳的东西也不能收。这是老传统！”

“对！这几句话还差不多。”欧阳海从挎包里拿出一块饼递给他说，“拿去！我这儿有不用留纸条儿的东西，早就准备好慰劳你的。”

“班长，你的干粮还没吃完？”

“吃吧！”魏武跃说，“老兵就是这样：不管什么时候，身上总有点可填肚子的，壶里边总有几口可喝的——这才是老传统。”说着，他把自己的水壶也递给小刘。

刘延生大口大口地嚼起干粮来，他说：“班长，你们老兵真有两下子，我最佩服了！”

“算啦算啦！”欧阳海说，“我们这两下算什么！你不用多，再当一年兵，再参加一次野营合练，铁定会比我们这两下子强十倍。”

“真的？”

“当然真的！”欧阳海指着干粮说，“就拿这个饼子说吧，一九五九年我第一次参加野营合练，还没出发呢，我就把干粮全部吃光了。心想，这样走起来轻松些，塞进肚子里和装在挎包里还不是一个样？至少也可以减轻点挎包的分量。哪晓得没走出多远，肚子就饿得叽哇乱叫。亏得连长塞给我两个馒头，要不，我早躺在路边不肯走了。当时我想，咳！这强行军真够呛，坐汽车我是不敢想啊，团长骑马营长骑驴，咱们呢，哪怕把饲养班的老母猪弄来骑一骑，也比走起来轻快点……”

刘延生听到这里哈哈大笑起来，肚子里好像有了底，劲头又回到身上来。他甩开大步跟上了队伍。魏武跃在一旁也跟着笑了，他感叹地对自己说：“班长真行啊！他想方设法编个故事，也能把同志们的情绪鼓起来！”

翻过一道山梁，前边传来了休息的号音。同志们就地休息。有的同志背靠背互相倚着；有的还站在原地踏步，说这样的休息，继续前进时就会轻松些。要是一屁股坐下去，再要站起来就更困难了。大家都在猜问、打听，还有多少路程。

一列火车从山下飞奔而过。

“火车！”有人叫了一声。这说明离铁路附近的宿营地已经不远了。

同志们的情绪又上来了，连坐在地上的同志也都站起身来朝山下望去。蜿蜒曲折的铁路上，一列长长的货车正向南方驶去，车厢都是些圆鼓隆咚的筒筒。有人问道：

“咦！这是装什么的？……”

“装汽油的嘛！”刘延生说。

“对对对！是汽油。这一车得拉多少斤啊！”“起码好几万斤！”“不止，至少有好几万加仑！”“你们猜它是往哪儿运的？”“那谁知道，反正啊，都叫汽车喝了。”……火车引起了纷纷议论，汽油勾起了各式各样的话题。

“你们猜，”刘延生对大家说，“这些汽油是不是我们自己生产的？”

“这还用猜？当然是我们自己生产的！”高翼中说，“前好几年，我们的克拉玛依……”

“你那是老皇历啦！”刘延生打断了他的话，把声音放得低低的，带着几分神秘的口气继续说，“前不久，我碰见一个回来探亲的石油工人，听说我们在东北又发现了一个好大的大油田，那儿的油直往外喷，装都装不赢，足够我们社会主义建设用的。可是谁都不知道它在哪儿，知道的也不准随便讲。有些外国人一看我们不用洋油了，急了眼，想打听它在什么地方，想知道咱们这个‘贫油国’到底有多少油。可是对不起，这个情报谁也弄不到手，连土地奶奶也替咱们保密……”下边的声音小得听不见了，同志们发出一阵自豪的哄笑。

欧阳海没有参加议论。他站在一旁朝山下望着，直到火车拐过一个大弯，消失在远山的背后，还把眼睛盯在那里。刘延生讲的这个消息，他也隐约听说过。他心里说：

“这就是我们伟大的祖国，这就是我们的社会主义。自力更生、奋发图强，使她一天一个样啊！为了争分夺秒把她建设好，火车一天到晚在奔跑，机器日夜不停在转动，我们起早贪黑来练兵：全国上上下下都为了这同一个目标在战斗。江姐和无数的先烈，就是为了实现这个理想而献出他们宝贵的生命的。现在，用洋油的时代过去了！社会主义要加速前进，还需要更多更多的人为建设她、保卫她而继续奋斗！……”

太阳离山巅不远了，夕阳把满山的枫叶映照得更加鲜红。阳光和兴奋使得同志们满面红光，没有半丝儿疲倦。部队又穿梭在如画似锦、枫红草绿的山谷中，迎着铁路飞奔而去。

又有一列崭新的客车飞驰而来。欧阳海不由自主地停下步子，睁着那双明亮深邃的大眼，衷情地望着呼啸而去的列车。列车轻快、高昂的排气声滚滚而来，急促有力，节奏分明，好像它正高唱着一支进行曲在飞奔。这震撼着山川田野的轰隆轰隆的声音，在他听来，仿佛是：

"社会主义，社会主义，社会主义，社会主义……"

四十七　向往

天黑以前部队准时到达宿营地。七班借宿在一家老乡的阁楼上。从那里，背后可以眺望到滚滚北流的湘江，江水浩瀚，来往的船只穿梭不停；前边不远，横着繁忙的京广铁路，车声隆隆，列车更像是一列咬着一列，首尾相连。欧阳海一放下背包就把魏武跃、高翼中找来开了个党小组会。他说：

"连续走了将近三百里，同志们都累得不行了。在这样的情况下要带动全班，关键是我们党员的模范行动。我考虑现在有三件事要做：第一，首先给老乡挑水，打扫院子。这是老传统，再累也不能忘了这个。"

魏武跃说："小组长，小刘一进门就四处在找笤帚。这个任务我和他一起来完成。"

"好。"欧阳海继续说，"第二，几天来没有好好睡过觉，赶快找生产队借点稻草打好地铺，让同志们早点休息。说不定什么时候又有行动，能多休息一分钟也是好的。等炊事班把饭做好了，我再叫醒大家。"

"这事交给我。"高翼中说。

"第三，要上山捡点柴火，给同志们烤烤棉衣，把武装泅渡时打湿了的东西烤干。这事算我的。你们有啥意见？……没有？那我们分头快干吧！"欧阳海又嘱咐了小高几句，便一瘸一拐地朝山上走去。自己的两条腿告诉他，要是不好好休息，明天再来个百把里路的奔袭、追击，那全班都会拖垮的。他自言自语地说，"棉衣晚上再烤，先捡点柴火烧几盆水，给同志们烫烫脚才对。"

欧阳海在山上捡了一担枯树枝回来，碰着个小男孩赶着两头水牛朝铁路方向走去。他想起了前几年在铁路上施工的时候，一位老工人说过铁路附近不准牧放牲口的事，便急忙喊住了小孩：

"喂，莫把水牛赶到铁路上去啊！"

小孩回头望望，像没听懂似的继续吆喝着牲口往前走。欧阳海吃力地紧跑几步赶上来，说：

“小兄弟，铁路跟前不兴放牛的哇！牛的皮厚，火车轧不烂，一撞上火车就不得了！”

“我晓得。”小孩笑着说，“学校的老师跟我们讲过，我大哥还格外嘱咐过哩！”

“你大哥？”

“嗯。他是火车司机，还不比你懂得！”小孩指着前边不远的地方说，“那里还竖的有牌子哩！”

“牌子上说的什么？”

小孩一字一板地说道：“严，禁，在，铁，路，两，旁，牧，放，牲，畜！对不对？”

“对！”

“我是帮生产队把牛赶回去的。”小孩望着欧阳海说，“解放军叔叔，你是个……是个班长。对不对？”

“不对，”欧阳海说，“我是个新兵，刚刚参军的。前几个月，我也在生产队放牛哩！”

“你骗人，你骗人！”小孩唱了起来，“身上穿着旧军装，一定是个老班长，手里拿着机关枪，保卫人民打胜仗！”

“讲战斗故事，讲战斗故事！……”就像从地里突然冒出来似的，一下子围上来七八个小孩儿，扯着拉着，要欧阳海讲战斗故事。

“我没有打过仗，真的！”欧阳海解释着。

小孩们哪里肯信，他们又是叫又是跳地簇拥着欧阳海走下山来，一直跟到老乡的院子里。

“我真的没有打过仗，我给你们讲雷锋的故事吧。”

“好！”小孩们齐声应着，都围到欧阳海身边来，有的趴在他的膝盖上，有的搂着他的脖子。

同志们都休息了。欧阳海一边烧水，一边讲着，讲了一个又一个，把他知道的雷锋的故事都讲完了，小朋友们还舍不得离去。有的问欧阳海见过雷锋没有，有的讲，听说雷锋叔叔还活着。一个六七岁的小男孩认真地说：

“就是，雷锋叔叔还在开汽车哩，解放牌的！”

欧阳海对这个说法没有反驳也没有解释，让小朋友们自己去编完这段故事吧。他心里说："我们这一代该是多么幸福，从刚刚记事的年龄起，心目中就闪耀着无数革命先烈的光辉形象。先烈们用他们战斗的一生，为我们指明前进的大道。人们学习他们，敬仰着他们。雷锋同志怀念着黄继光；黄继光思念着董存瑞、刘胡兰；今天，我们的心目中又多了一个雷锋……"想到这里，他主动地说道：

"小兄弟，我再给你们讲一个故事，《红岩》当中江姐的故事。"

"好！"

欧阳海详细地从江姐怎么领受任务，叛徒如何出卖，以后双枪老太婆如何抢救，江姐在监狱中如何斗争……一直讲到江姐的牺牲。"……敌人把江姐押到刑场上，江姐一点也不害怕。她脸不变颜色，心不乱跳，回头看了敌人一眼，吓得反动派连枪都打不响了……你们说，江姐她为了什么？还不是为了我们受苦的穷人能过上今天的好日子，让我们能够上学念书，让我们能够戴上红领巾。她是为我们死的。你们说，江姐她好不好？"

"好！……"小孩们含着眼泪回答道。

"要记住江姐。我呢，好好练兵，一枪打死一个反动派；你们呢，好好学习，天天向上。等你们长大了，去建设社会主义，去当解放军叔叔，驾拖拉机，开飞机，开大炮……把天下的反动派都打败，好替江姐他们报仇！"欧阳海看看天色不早了，起身送小朋友们回家。

小孩们心满意足地走了，有的还在喊着：

"解放军叔叔，明天你再给我们讲个脸不变色、心不跳的故事！"

班里同志们吃罢晚饭、烫完脚以后，都倒在地铺上呼呼睡着了，欧阳海烤了几件湿衣服，又端起一盆热水朝连部住的房子走去。

薛新文正在灯下查看明天的行军路线图。欧阳海轻手轻脚地把水端到他的跟前，说道：

"副指导员，你先烫烫脚吧。"

"你什么时候进来的？"薛新文抬起头来说，"欧阳海，你再要给我们烧水，我可就要批评你了。"

"你这个批评我不接受，尊干爱兵、互相关心，是我们的优良传统。再说，未必就兴干部给战士掖蚊帐、盖被子，就不兴让我们当兵的给连首长烧盆水？”

“行啦行啦！你这张嘴是真厉害！”薛新文笑着说，“班里同志都睡了吧！”

“睡了。”欧阳海用目光在屋里扫了一圈，问道，“指导员他们呢？”

“去营里开会去了。你坐。”薛新文发现欧阳海的脚上还满是尘土，心想：“他自己还没烫过脚哩，就先把水给我们送来了。不管什么时候他总在忙，不论在什么情况下他总是先想到别人，他从来就没有把‘我’字放在心上。真是个好同志啊！……”他深情地望着欧阳海消瘦的脸庞，心情就像那盆水上的热气，不停地翻腾着。

“副指导员，烫完脚你也早点休息吧。你们一天到晚也太累了，白天和同志们一起行军，晚上同志们休息了，你们还要开会研究问题。”

“属虎的，”薛新文抓住他的手说，“你别光说旁人，你自己呢？连里工作多，我的水平又低，好多事情顾不过来，你要多注意自己的身体。很快就要走上新的工作岗位了，党还要你挑起更重的担子，为革命做更多的工作哩。爱护身体就是爱护革命啊。”

“是。”

“来，”薛新文说，“我们一起烫吧。”

“我，我刚刚烫过了。”

“你脚上还尽是灰哩，什么时候烫的？”薛新文说着，一把把欧阳海拉了过来。两个人面对面地坐着，两双脚同时伸进热乎乎的水中……

欧阳海把班里的大致情况向副指导员汇报了，特别谈到几天来体力上的大量消耗，最后建议说：

“同志们都有些吃不住了，我看连里需要采取点具体措施才行。”

“不光是你们七班，也不只是我们三连，全营都是这样，同志们确实相当疲劳了。现在，野营合练就要胜利结束，有人会产生松劲思想。只要精神上松弛下来，我敢保险，从明天起，就会出现一些掉队走不动的同志。营首长已经布置下来，让我们派一个能吃苦、体质好的班，担任全营的后卫警戒和收容任务。这个担子很重，欧阳海，你看这个任务……”

“副指导员，这个任务交给我们七班！”

“交给你们？先说说你们的条件！”

“我们班个个都有完成任务的决心！”欧阳海说，“思想上早做好了吃大苦、耐大劳的准备，一定要把重担子主动挑起来……”

薛新文打断了他的话，说：“这只是一个方面。我现在要了解具体的：全班有哪几个同志脚上打了泡，是左脚还是右脚；野营合练以来，有哪些人身体不舒服过，对完成任务有没有影响；特别是最近几天，有没有人觉得野营快要结束了，思想上在考虑回营房的事……”

欧阳海想，副指导员的工作真是越做越细致，调查研究越来越具体了。他把班里完成任务的有利条件，同志们思想上、体质上的具体情况详细汇报后问道：

“副指导员，你看怎么样？”

“行！指导员也是这么想的，我们几个干部都是这个意思。警戒收容任务就交给你们了！”

“我们保证完成任务！”欧阳海站起来说。他深邃的眼睛里，好像迸出两朵兴奋的火花，眉梢也高高地扬了起来。年初，他要求到七班来的时候，薛新文曾经见过他这副神情；以后，每当他要求任务时都带着这股劲。在任务面前，在困难面前，他从来是不甘人后的。

“副指导员，”欧阳海继续说，“你放心吧！不管情况多么复杂，我们也保证完成后卫警戒的任务；不管有多少掉队的同志，我们也要帮助他们赶上队。对那些实在走不动的同志，全班就是背也一定把他们背到目的地！”

“好。欧阳海，我相信你们一定能够完成任务！”薛新文又交代了一些警戒和收容应该注意的事项，最后说：

“营里指示，明天行军的序列里，我们连是前卫，你们警戒收容班要跟在炮连的后边。路上我们碰不着面，遇上什么困难全靠你自己想办法了。”

“是。”

“另外，”薛新文指着桌上的行军路线图说，“反空降的演习场地在这里。没有别的路可走，明天我们必须横跨过京广铁路，赶到指定地点。过铁路的时候要格外注意，千万不能大意！”

“记住了！只要有七班在，我们保证不出任何事故！”欧阳海斩钉截铁地说。

欧阳海从连部出来的时候，几颗雨点掉在他的脸上。“下雨了！好啊，老天爷也帮着我们从难从严、从实战出发搞训练，这可真是个锻炼思想毅力，苦练杀敌本领的大好机会！只是一下雨，路上的困难就更多了。”想着，他上团后勤要了一点麻皮，又上驭手那儿扯了两根马尾才回到班里来。

魏武跃在灯下整理学习笔记。同志们都睡熟了。欧阳海走上前说：

“你干吗还不睡？”

“你呢？”小魏反问道。

“我跟你不同。”欧阳海开玩笑地说，“你是全连出了名的‘睡午觉’嘛……”

“班长，对我来说，目前最没兴趣的就是睡觉。一个人干吗要睡觉呢？几十年的光阴，睡去了三分之一，太浪费了！要是一天能够少睡几个小时，那就能多挤出一二十年来为人民服务。”

“不！把什么问题看得太绝对了，就叫做不懂辩证法。关于睡觉问题，辩证法这么看：‘睡眠和休息丧失了时间，却取得了明天工作的精力。如果有什么蠢人不知此理，拒绝睡觉，他明天就没有精神了，这是蚀本生意。”’

小魏睁大了眼睛，半张着嘴问道：

“这是谁说的？”

“毛主席！是毛主席他老人家几十年前说的。”欧阳海拿过小魏的笔记本说，“怎么样，莫非你还想当蠢人不成？”

“蠢人我当然不想当。可，可咱们班还有一班岗哩。”小魏拿起枪来说，“这任务算我的啦！”

欧阳海目送着副班长出了门，回头发现高翼中手里捧着几件烤干了的棉衣，坐在那里没有动。上前一看，才知道他已经睡着了，膝盖上还搁着一本《关于纠正党内的错误思想》哩。欧阳海轻轻把高翼中放倒在地铺上，然后端着一盏小油灯，凑到同志们的脚前，撩开被子，细心地替同志们挑起水泡来。曾武军说过：“行军路上，同志们脚上打了多少泡，班长心里应该是清清楚楚的。”副指导员刚才交代任务时，也督促我在工作上要多调查研究。现在谁都不愿把自己的困难告诉别人，通过给同志们挑水泡，倒能更细致地了解全班的情况。记得曾指导员还说过，战争年代，敌人坐着十轮卡车跑，我们架着两条腿追，战士们的脚上水泡一个接一个。要消灭敌人，踩着血泡也要走啊！那时候，战士们都用马尾穿在血泡上。可以说，我们是靠一颗红心、一根马尾撵上敌人的机械化部队的。

雨渐渐下大了，房顶上沙沙作响。欧阳海挑完了水泡，又拿起麻皮搓绳子。

这是准备明天给同志们捆在脚上当鞋码子的，免得路上打滑。他一边搓着麻绳，一边考虑明天的警戒收容任务："'反空降'以后，野营就结束了，这可能是自己在部队领受的最后一次任务，一定要完成好啊！"他打了两个呵欠，觉得眼皮也越来越重了。"不能睡！"他提醒着自己说，"还有多少事没考虑哩！班里几个体弱的同志要组织人和他们互助，收容组的分工问题要跟小魏研究研究，还要组织同志们检查一下驻地的群众纪律，还要……"

"你还没睡！"薛新文发现楼上还有灯光，上来看见欧阳海还在忙着，轻声地责备道，"整整三天两夜没休息了，你就不累吗？快睡觉！"

"我这就睡的。"

"你给我躺到被子里去！晚上很冷，小心着凉，啊？"薛新文说着，噗的一声把灯吹灭了。楼梯上传来他轻轻的脚步声，就像当年曾武军来查铺时那样，轻手轻脚的，唯恐惊醒了睡梦中的同志们。

欧阳海躺在被子里，两只大眼睛还圆溜溜地睁着。屋子里边漆黑，什么也看不见。远处一列火车开过去，震得房子都微微颤动起来。这声音，使欧阳海想起刚参军那次坐火车的情景。多快啊，一晃就是五年，马上要离开部队走向新的岗位了！他觉得当兵三年时间太短了，超期两年也不够；当兵嘛，起码要当它十年八年才行。刚刚懂得了一点为人民服务的道理，刚刚学会一点军事技术就走了，多可惜呀！他对自己说："当然，一旦打起仗来，一旦祖国需要，我还是要重新回到部队来的。"

"缴枪不杀！"身边的刘延生说着梦话，把被子也踢开了。

"这小家伙，睡着了也不安生，梦里还在强攻山头哩！"欧阳海替他盖好被子，继续在想，"部队就是这样，走了一批又来一批，小刘他们一定会比我们这伙老兵强；连长又去接新兵去了，新来的同志会比小刘他们更棒！"想到这个，他又觉得自己该走，"部队不仅是训练军事技术，更主要的是培养教育接班人。一批批不太懂事的新战士补进来，一拨拨老同志送出去，它就像个学校似的，川流不息地为党的事业培养着人才。青年人最好都能到这个熔炉里来过一遍火，在党的关怀、哺育下，努力学习，刻苦锻炼，经过这三年五载，就会变成一块好钢，出去也就能为社会主义建设起点作用……"

小魏站完岗回来了，远处又有一列火车开过去。欧阳海还没有睡着。他催促着自己说："快睡，明天还有任务哩！"可是翻了几次身，他仍然没有一点睡意，眼睛还盯在漆黑的屋顶上出神。五年前离家的时候，也是这样一个夜晚，也像今天一样睡不着。那时候是参军的兴奋，战斗的幻想激动着自己；如今是即将来到的“军事秘密”令人向往。同样是睡不着觉，但是环境变了，人也变了，连门前那棵松树又长高好多了吧。一切都随着年龄的增长、经历的不同而改变着，今后也还要变。只有一样不会变，那就是曾武军临走那天代表党支部向自己谈的话：“……活着，为了党的事业战斗；死，为了党的事业献身。无产阶级的解放事业需要千千万万个这样的人：他们的眼睛不只看到自己、看到中国，要把眼睛望着全世界；这样，他们才能称为共产党员，才能成为全人类的希望……”是啊！不管在部队，在国防工厂，或者是回到农村，都应该像曾武军教导的那样去战斗。活着，拼尽全力为社会主义事业战斗；死，脸不变色，心不跳。

小魏又发出了轻微的鼾声，雨点在瓦上敲打，火车在远处轰鸣。漆黑的雨夜里，欧阳海还睁着那双深邃明亮的大眼睛，在思考着明天的任务、今后的工作和斗争……

四十八　南岳枫红

欧阳海在睡梦中不时被远处隆隆的火车声惊醒。他觉得火车的声音仿佛一直都没断过，每隔十来分钟就开过去一趟，每过一趟他就被强烈的震动唤醒。汽笛鸣叫着，又有一列火车开进了附近的车站，车头粗声粗气地喘息着，好像在积蓄力量准备再次飞奔。欧阳海抬头看了看窗外，天空还是漆黑一片，屋檐下还滴滴答答地掉着雨点。可是他怎么也睡不着了，短短的一觉，似乎已经赶走了多少天来的疲倦。他独自爬起身来，点燃了桌上的小油灯，从怀里掏出一个小日记本，俯在桌上写了起来：

一九六三年十一月十八日　　雨

野营合练途中，七班接受营的后卫警戒和收容组任务……

刚刚写了这么几个字他就停下笔来。“今天已经十八号了！？”想着，他翻了翻前两天的日记。等证实今天确实是十八号了，他不觉暗暗吃了一惊。欧阳海望着摇曳不定的油灯火苗，轻轻地说："真快呀，已经十一月十八了！再过几天，我就满二十三岁了……我还什么都不会，什么都没开始做哩，就过了二十三年，转眼成个大人了！"他想起在老鸦窝的时候，人没有枪高，刚过十岁就想当"天兵天将"，周虎山不肯要，说自己年纪太小。"那时候，"他心里说，"那时候多么盼着快点长大啊！记得自己常常到门前的那棵松树旁边去比比高矮，用柴刀在树上刻下记号。哪晓得过了些日子不但没长，好像反倒矮了一截。妈妈说自己是个'苕伢子'，说你长它也长，你还有树长得快？"是啊，那时候就是想长得比松树还快些——快点长大吧，长大了好当兵啊！可是现在……欧阳海打量着自己一身洗得发白了的军衣，现在又觉得自己长得太快了，一晃就过了二十三年！从小就盼望着的当兵生活，眼看就要结束了，等待着自己的是一场新的战斗，一副更重的担子。国防工厂在哪儿，是干什么的，"军事秘密"会不会是制造……这些新的问题，就像当年的"金门在哪里"、"炮声在哪方"似的填满了他的脑海；这些新的"谜"，勾起了他新的向往。去工厂是首长指名挑去的，自己能不能用实际行动来回答首长的期望呢？欧阳海深深觉得自己进步得太慢，学的东西太少。世界上有那么多的工作需要共产党员去完成，而自己却什么都不懂！毛主席他老人家那么忙还在学外文，自己哪怕从来是争分夺秒地工作，也会觉得时间不够用的，而自己偏偏把这二十三度春秋轻易地放过去了……

"这二十三年就算它过去了，"欧阳海对自己说，油灯在他深邃的眼睛里映出两朵发光的火苗。他提高了声音，"下二十三年，从今往后，我可要多做工作，努力学习，为社会主义建设挑起双担，把过去了的二十三年补回来！"

窗外透进来一线灰白色。欧阳海犹豫了一下，还是提前把同志们叫醒了。全班开了一个简短的小会。会上，他传达了警戒收容的任务，研究了分工和注意事项；大家也纷纷表示了决心，人人都对完成全营的后卫警戒和收容任务感到光荣和充满信心。他们打好了背包，整理好房子，外边才传来起床号声。

天已经大亮了，细雨还在不停地下着。湘江的流水，白浪翻滚，黑沉沉的云雾，缠绕在巍峨的南岳衡山腰间，祝融峰顶在一片阴霾中时隐时现。一阵风起，满山的枫叶颤抖着血红的身子。看样子，一场大风大雨就要到来了……

部队踏着泥泞，按照行军的序列鱼贯向东奔去。他们将横跨京广铁路，奔向野营合练的最后一个演习场地。指导员率领三连出发了，薛新文从行列中跑了出来，向站在一旁的欧阳海嘱咐道：

“欧阳海，我们先走了。后卫警戒、收容任务，都交给七班、交给你了！”

“副指导员，你放心！共产党员欧阳海，保证出色地完成这次任务！”欧阳海像喷出一堆铁块，字字千钧地回答着。

部队成单行前进。七班目送着副指导员赶上了连队。高翼中计算了一下时间，估计警戒收容班一时还走不了，对欧阳海说：

“班长，我们抓紧时间再去检查一下群众纪律，看看借老乡的东西是不是都还了，有没有损坏了没赔偿的。”

“这也是后卫警戒的任务吗？”一个战士问。

“当然这不算警戒班的任务，”高翼中说，“可这也是革命工作嘛，我们既然想到了，就应该主动多做一些。”

欧阳海和魏武跃都没有说话。欧阳海满意地望着小高，觉得完全可以放心大胆地离开七班、离开连队到新的岗位上去。有这样的好战士，一旦挑起班长的担子，会把一个班带得更棒、更出色的！

七班挨家挨户问的结果，得到的是一片感谢声：感谢同志们挑水、打柴，感谢大军把房前房后都打扫得干干净净。一个系着红领巾的少先队员，背着书包从一间屋里追了出来。他喊着：

“解放军叔叔，你们要走了？”

“是啊，再见了，小朋友！”欧阳海回答说，“我们有任务，练好兵去打反动派。”

“那……什么时候再给我们讲故事啊？”

“等我们回来的时候吧。我一定给你讲一个新的故事。”欧阳海向小孩招招手，回头领着七班，跟在炮连的后边，踏上了征途。

部队急速朝前移动着。前边不远是一道两山之间的峡谷，两条乌黑锃亮的铁轨从峡谷中伸展出来。山顶上，一座白塔屹立在风雨中。

长长的行军行列朝白塔下面的峡谷奔去，他们将从这儿横跨铁路，奔赴路东。

欧阳海甩开大步走在全班的最前面。他不时回头望望巍峨耸立的衡山，心里想：“要是晴天就好了，可以看见祝融峰顶和满山的红枫，还可以看见山上一排排新修的工人疗养院大楼哩！”

刘延生望着前方的路基引起了一个话题：再过几十年铁路会变成什么样，火车还要不要人来开。大家七嘴八舌地发表自己的见解：有的说当然要用人开；有的讲那时候一切都靠自动化操纵，计算机代替了人的工作。

“那时候一切都不用人了，人活着干些什么呢？”刘延生不解地问道。

“你别担这份儿心。”一个战士回答说，“等一切都是自动化以后，人就坐在屋里享福嘛。譬如想吃饭了，一按电钮，饭菜就坐着传送带过来了，再一按电钮，肚子就饱了，再一按……”

“不会吧！”欧阳海插嘴道，“人活着嘛，哪能光按电钮，总还是为了劳动。一天到晚光享福那还有什么意思！”

“我不同意班长的意见。”那个战士说，“衡山上有好多工人疗养院，那是用来干什么的？还不是为了工人老大哥劳动完了之后，住进去疗养疗养，享享福！”

“不！”小刘争辩着，“工人疗养院是为了让工人老大哥疗养好身体以后，更好地劳动。”

“对，小刘说得对！”欧阳海说，“劳动不是为了住疗养院，住疗养院是为了更好地劳动。劳动不光创造了世界，劳动还创造了人类。人要是不劳动啊，非变回去、变成猴子不可。就拿我们眼前的事来说，譬如我们平素干完了一件工作，完成了一次任务之后，心里总有一股特别的舒服劲。这股劲儿就是劳动换来的。不管享什么福，不管吃什么好的、穿什么好的，都代替不了劳动之后的这股劲。学习马列主义、毛主席著作时有了更深的体会，射击打了优秀，投弹达到五十米，野营中练出了一身保卫祖国的硬本领，我们就恨不得高兴地唱起来才好。干吗要唱，就因为劳动之后有一股憋不住的舒服劲儿。要是光让你享福，成天躺着按电钮，你能唱出个什么调调来？我呀，要是不让我干活儿，不让我工作，哪怕让我活上一百八十岁我也不干。那样活着，对自己来说，难熬；对别人来说，是个废物！”

“对！我同意班长的意见。”刘延生说，“这就是那世界观、人生观的问题！”

云层越来越低，雨也越下越大。雨点敲打着路边的树叶和崖壁上的杂草，激起一片沙沙声。雨、雾搅和在一起，使得远处近处都是白茫茫的一片。

先头部队已经穿过铁路往东走了；走在最后的炮兵分队和担任警戒收容任务的七班，正走在像刀切开似的两山峡谷之中。前边是个急转弯，远处传来了火车的汽笛声。

“停止前进！火车来了，注意安全。”前边一句接一句地传来了口令声。

“停止前进！火车来了，注意安全。”欧阳海大声地向后重复着，让同志们紧紧贴着路边的崖壁站稳。

弓背形的铁轨隐没在四五十米外的一座山背后，大家什么都看不见。听声音，火车越来越近了。

一列客车，满载着上千名奔赴各个建设岗位的旅客，从南往北，风驰电掣地朝峡谷驰来。司机发现路边的部队，急忙降低了行车的速度。

火车鸣着长长的汽笛朝峡谷冲来。霎时间，汽笛声、高昂的排气声、车轮和铁轨的撞击声在两山之间激荡着，构成了震耳欲聋的共鸣。树枝在风雨中摇摆，杂草紧贴着地皮乱晃，整个大地都随着颤动起来。

飞奔而来的火车从山背后一露头，距离欧阳海他们就只有四五十米远了。弧形的铁轨造成了人们的错觉，就好像火车不是沿着铁轨，将从身边擦过，而是对准路边的战士，铺天盖地地冲将过来……

突然，一声令人战栗的马嘶声在身边响起：炮兵分队最后边那匹驮炮的战马受惊了。它挣断了缰绳朝轨道上奔去！前边是峭壁，没有战马的去路，它驮着轧不烂的钢炮横在铁轨中间！身后也是峭壁，没有战马的容身处，它惊恐万状地在车头的前方打转！它忽然又像用钉子钉在那里，死也不肯动了！

事情发生得这么突然。欧阳海透过蒙蒙细雨把这一切都看在眼里。他浑身的血液在沸腾！他两道黑眉倒立起来！他整个心就像要从胸腔里跳出来！……要知道，按照列车的速度，四秒钟内，车头就将与战马相撞。老工人叙述的惨剧就在眼前，马死车翻，眼看是无法避免了……

四秒钟的时间容不下任何考虑，突然发生的情况不容许任何人犹豫。这真是关键的时刻啊！就在这个时候，欧阳海，他像支离弦的箭，他像颗出膛的炮弹，冲着车头、朝着战马、迎着危险飞奔而去……

四秒钟内列车即将与战马相撞，这是多么危急的一刹那！战马啊，你赶快离开；列车啊，你赶快刹住；时间啊，你停一停！我们的欧阳海冲上来啦！……

可是战马没有动，时间在一秒一秒地飞逝，巨大的车头、长长的列车，正以雷霆万钧之势，劈头盖顶地朝着战马、朝着我们的欧阳海，压了过来、压了过来、压过来了！……

……在这四秒钟内，欧阳海都想了些什么？

短短的四秒钟里，也许他想起了他二十三年的一生：一个从雪里边捡回来的穷孩子，男扮女装，连个正名都不敢起，饥饿、寒冷就是他的童年，讨米篮、打狗棍是他仅有的“玩具”，连梦里都提防着刘家大屋的黄狗啊！……是共产党从风雪中把他救了出来，是毛主席拨亮了他的眼睛，使他懂得了，人为什么才受苦，人活着应该怎样去斗争。他从一个讨米伢子变成中国共产党党员。他过去只为填饱四妹子的饥肠而挨门乞讨，如今他明白了要为天下受苦人战斗到明天……眼前，列车上是上千个自己的阶级兄弟和社会主义财产，路边是自己的亲密战友和武器、弹药。集体利益和个人生命无法并存地摆在他的面前，欧阳海，他还有什么可犹豫的哩！

……在这短短四秒钟内，欧阳海都看见了些什么？

迎着扑将过来的列车，也许他看见了一条英雄的大路：瞧！董存瑞在大路上走着，他左手托起炸药包，右手拉响了导火索，坚定地站在“桥形碉堡”下边。看！黄继光在大路上走着，他飞快地扑向敌人的机枪火力点，回过头来，眼睛望着冲锋的战友和胜利的红旗。看！张思德在大路上走着，他正挑着一担刚刚出窑的木炭，从安塞的山里边笑呵呵地走下山来。江姐也在大路上走着，她还穿着那件红色的绒线衣，步伐是那样坚定有力，神色是那样泰然自若……无数的人民英雄在欧阳海眼前出现了！有的为新中国举起了炸药包，有的为中朝人民用胸膛堵住了枪口，有的为了人民的解放事业，勤勤恳恳工作到最后一息，有的为了实现人类崇高的理想，含着笑容走上刑场……大路上的英雄们用生命抚育着欧阳海。在这即将发生翻车惨剧的关键时刻，面对飞驰而来的列车，这不正是他的“桥形碉堡”吗？早就准备为革命献身的欧阳海，他还有什么可选择的哩！

……在这短短的四秒钟里，欧阳海都听到了些什么？

隆隆的火车声中，也许他听到了毛主席的教诲。十多年来党的培养、教育，五年来部队首长的谆谆告诫，亲人们的嘱托，英雄们的誓言，都在他耳边回响起来了：听！“为人民利益而死，就比泰山还重。”这是毛主席浑厚有力的声音；听！“为了新中国，冲啊！”这是董存瑞用生命喊出的最强音；听！江姐异常平静地在说：“如果需要我们为共产主义理想而牺牲，我们每一个人都应该，也可以做到——脸不变色、心不跳。”曾武军在讲：“活着，为了党的事业战斗；死，为了党的事业献身，无产阶级的解放事业需要千千万万个这样的人。”妈妈在说：“三三，你这是去办大事，闹革命啊！”……伟大领袖的亲切教导，和这些无产阶级的豪言壮语、人民英雄的铿锵誓言，平时就深深地激动着欧阳海；现在，当社会主义财产即将损毁，当上千名阶级兄弟的生命面临死亡的时刻，欧阳海，他还有什么可畏惧的哩！

……在这短短的四秒钟里，欧阳海都说了些什么？

迎着危险而去的欧阳海，也许他正喊着参军时的誓言：“董存瑞，我的好兄弟，欧阳海已经踏着你的脚步跟上来了！”也许在要求着：“连长，叛匪在杀人，我受不了，我要为西藏人民报仇去！”也许在说：“高举革命红旗，干哪！”听！他正用生命在呼喊：“战友们，同志们！欧阳海虚度了二十三个春秋，下二十三年，请你们替我为革命挑起双担来！”……除此之外，面对着祖国和敬爱的党，面对人民和战友，欧阳海，他已经一无牵挂，不需要再说什么了！

在这短短的四秒钟里，也许他什么也没有说，什么也没有想；也许他什么也没有看见，什么也没有听到。十多年来，他想的、看的、听的、说的，不就是这些吗！在这关键的时刻，他是不必重温一遍的。这时，只有一个信念在推动着他、召唤着他：决不能让人民的生命财产遭受损失！为共产主义理想献身的时刻到了！共产党员应该冲上前去！

浑身是胆的欧阳海冲上了铁路！矫健灵活的欧阳海抢在车头到达之前，拼尽全力推开了战马！耿耿丹心的欧阳海使满载旅客的列车免遭颠覆！旅客的生命得救了，路边的战友们得救了，国家的财产得救了，无法避免的惨剧避免了；可是，共产党员欧阳海却被巨大的火车卷进车轮底下，倒在血泊之中……

“班长啊！……”同志们带着令人心碎的呼喊声奔上前去。峡谷里回响着一片哀痛，湘江的流水，四周的群山，悲切地呼应着：

“欧——阳——海——啊！……”

在欧阳海跃上铁路之前，司机已经撩过了紧急制动闸，巨大的惯性，推着列车向前滑行了两百来米才停住。司机向欧阳海跑来，旅客们向欧阳海跑来，薛新文从队伍的最前面闻声赶了回来。

欧阳海躺在同志们的臂弯中。他安详地睁着那双深邃明亮的眼睛，望着安然无恙的列车，望着陌生的旅客们，望着滚滚北流的湘江，望着细雨蒙蒙的天空。

远处是巍峨雄伟的祝融峰，近处是傲然屹立的白塔。

火车载着重伤的欧阳海向县城奔去……

担架上抬着生命垂危的英雄向医院飞跑……

人们噙着感激的眼泪，轻轻呼唤着欧阳海的名字，几百名战友、旅客，挽起袖子争着要为救车的英雄输血，省里答应马上派飞机把英雄送到上海去抢救，数不清的人们担心地守候在医院院门口，期待着英雄转危为安的消息。

火车司机在病房外边焦急地来回踱着。他逢人便说：

"幸亏这位战士救了列车！幸亏这位英雄救了我们！"

欧阳海平静地躺在病床上。输血瓶里阶级兄弟的血液正通过皮管送到他的身上。鲜红的血缓缓地、一滴一滴地流进他的血管里。他是那样的安详、那样的平静，脸上没有一丝痛苦，就好像刚刚完成了一次任务回来，带着憨笑在思考着即将挑起的建设重担。蓦地，他深邃明亮的眼睛里迸出两朵火花，嘴唇兴奋地抖动了几下，满含着笑容似乎想说什么，似乎已经领悟到国防工厂的"军事秘密"："蘑菇云"正在他眼前缓缓升起……

——突然，输血瓶里的血液不再波动了。欧阳海的心脏停止了跳动。他慢慢地合上了眼睛。短暂而光辉的二十三年过去了。他从老鸦窝的雪地里跨上共产主义大道，一步一个脚印，走完了二十三年的英雄路程。

起风了，湘江两岸，南岳满山，枫树抖动着身子，鲜红的枫叶飘落下来，一片又一片……

刘延生从欧阳海的衣兜里掏出了一个被鲜血染红了的笔记本。笔记本第一页上清晰地写着：

人生短短几十年，
终究要化作土尘；
但我坚信：
　革命必胜，
　真理必胜，
　共产主义事业必胜！

通往胜利的大道，
正由千百万无产者的铁脚，
　一步
　　一步地
　　　踏成。

远处，一声汽笛长鸣，欧阳海用生命换来的那列客车，正发出高昂、轻快的排气声，奔驰在祖国辽阔的原野上。车声隆隆，滚滚向前。

车轮在转动，列车在前进；风在呼啸，水在奔腾，高山峻岭，长空大海在齐声赞颂着人民的好战士、我们永生的爱民模范、一等功臣欧阳海！

就在这个时候，一缕阳光照在凤凰村的山头上。那棵笔直的青松在阳光下挺立着。大雨刚刚洗遍了它的全身，它显得更为翠绿、挺拔……

青松下，无数颗松果已经破土出芽，一排排茁壮的小松苗正在阳光下成长。

青松啊！它像一座英雄的纪念碑立在山头、立在人们心上，千秋万代，永不凋谢。

一九六四年五月二十三日初稿于广州
一九六五年十月二十三日订正于北京
一九七九年五月二十三日订正于北京